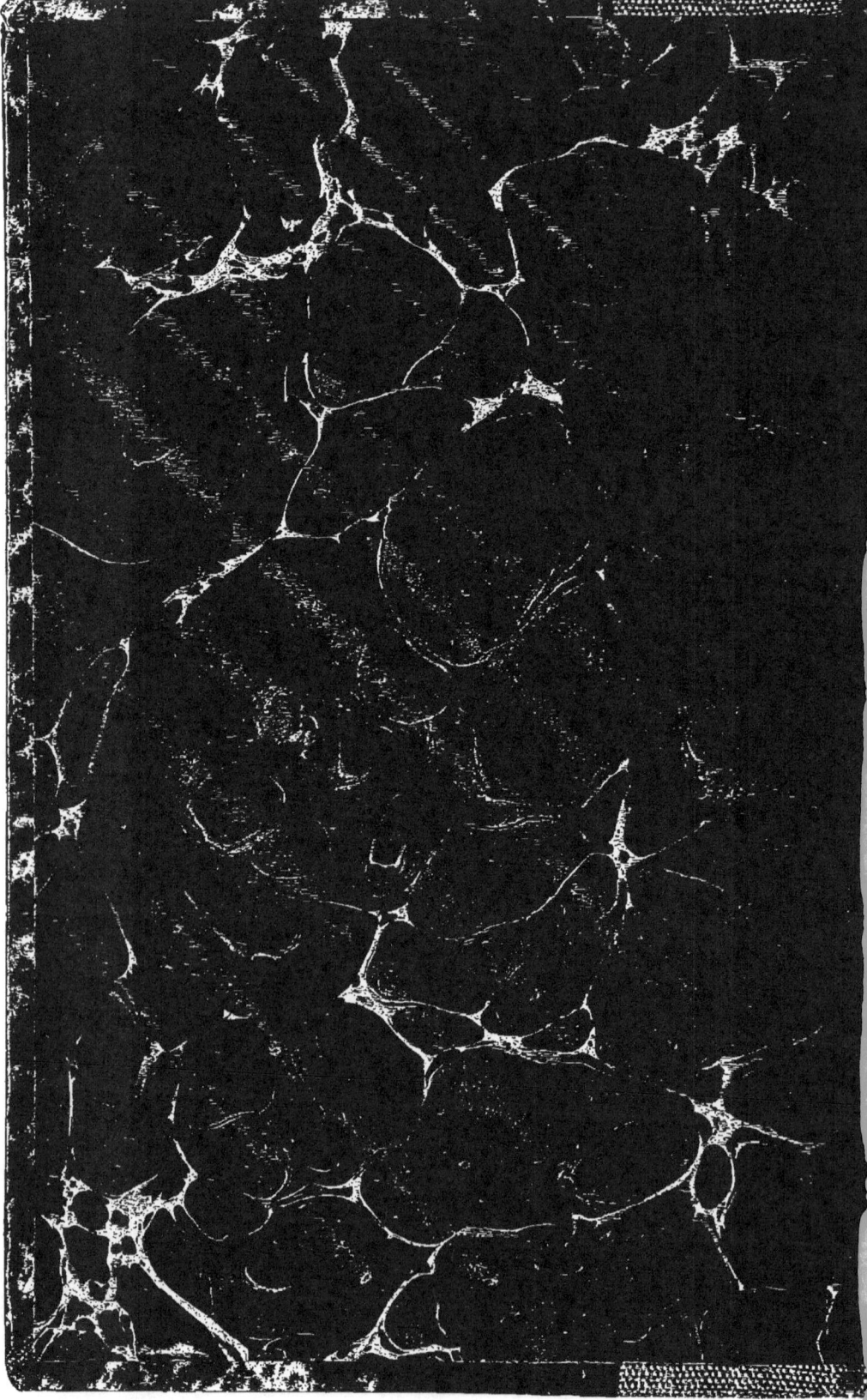

NOUVELLES

ANCIENNES

PAR

LOUIS DEPRET

PARIS

LIBRAIRIE HACHETTE ET Cie

79, BOULEVARD SAINT-GERMAIN, 79

—

1876

NOUVELLES ANCIENNES

OUVRAGES DU MÊME AUTEUR

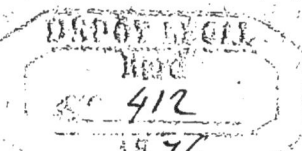

NOUVELLES

ANCIENNES

PAR

LOUIS DÉPRET

PARIS

LIBRAIRIE HACHETTE ET Cie

79, Boulevard Saint-Germain, 79.

1876

Lille. Imprimerie Jules Petit, rue Basse, 54.

MARIANNE ET SON PÈRE

=

I

UN BEAU DIMANCHE.

Ce jour-là, j'étais subjectif, comme disent les *scholars*.
Je subissais une de ces tristesses intimement harmonieuses, qui se partagent ma vie avec les illusions de la
lecture et les troubles de la sensibilité.

C'était un beau dimanche. Or, le dimanche, à Paris, à
Londres, aux champs ou à la mer, est mon jour de mélancolie. Cette mélancolie, où les circonstances extérieures
n'entrent pour rien, exécute simplement l'arrêt du mystérieux destin qui me l'impose. Ainsi, je devinerais à certain état de mon âme qu'il est dimanche, sans avoir besoin
de dénombrer les jours précédents. Alors, les conditions
ordinaires de la vie s'altèrent pour moi. Je ne souffre pas
précisément de la tête ni du cœur, mais le sens de l'activité m'abandonne, et, faible et vain, je me replie.

Est-ce une religion involontaire qui courbe tout mon
être vers ce recueillement ? Je le voudrais, Seigneur ! Je
sais seulement que dès mon premier âge il en fut ainsi.
Peut-être encore les habitudes d'isolement et d'ennui que
j'ai contractées durant soixante dimanches successifs
passés dans la brumeuse Angleterre, sont-elles l'origine
de cette désolation périodique.

Donc, le dimanche venu, je me lève tôt ou tard... il
n'importe; j'ouvre sans intérêt le premier livre qui me
tombe sous la main; je me penche hors de la croisée, je
regarde les Auvergnats jouer au piquet sur le seuil de la

maison d'en face... mais mon cœur n'est point là. Il est tout avec vous, chères ombres du passé ! Je me dis : O ciel ! pourquoi ce qui est cesse-t-il d'être ?

En vraie jeune veuve de Paris, vous avez tout de suite décidé que le dimanche m'est pénible parce qu'on y voit les rues encombrées de petits marchands inconnus, s'amusant à croire qu'ils prennent l'air. Je n'aimai jamais, il est vrai, d'être poussé par la foule ; mais j'aimais encore moins de tomber dans votre cottage de Louveciennes, au milieu de vos oncles et de vos frères qui vous tutoyaient, vous embrassaient à l'arrivée et au départ, et me forçaient de vous dire toujours : madame.

Cependant, jusque-là, mon chagrin des plus noirs dimanches n'avait pas approché le désespoir.

Mais, le dimanche 27 juillet de l'année 1861, j'eus de bonnes raisons pour être tout à fait morose. Dans la soirée du samedi, nous nous étions dit un éternel adieu à la suite d'une querelle très offensante à propos de fleurs, et pour m'achever, vous avez fait l'éloge de ce monsieur Chambrun, que je méprise, et qui ose s'attacher à vous. L'aurore suivante éclaira l'agitation la plus cruelle où j'eusse jamais été plongé après une dure insomnie.

A midi, on me remit une lettre d'écriture inconnue et timbrée de Lille. Je lus :

Pont-de-Canteleu, (par Esquermes) 25 juillet 1861.

« Mon cher Évariste,

» Il y a longtemps que j'ai un très vif désir de vous
» revoir. Aux approches de l'été, ne songez-vous pas à
» vous rafraîchir un peu le sang loin des restaurants
» incendiaires et du macadam ?... »

Il y avait quatre pages de ce style correct, mais privé d'originalité. Le tout était signé : Paul Tingry.

Tingry est le nom de famille de ma mère, dont Paul était le demi-frère, étant né d'un premier mariage de mon aïeul maternel, lequel fut un vert galant, mais sans oncques frauder l'Eglise. D'après mes plus lointains souvenirs, Paul Tingry avait à Lille un renom d'excentricité. Il montait à cheval, faisait des armes, jouait du trombone et collectionnait de vieux saladiers. Je quittai Lille trop jeune pour en savoir davantage, et depuis lors, j'avais oublié Tingry. Sa lettre, en le ressuscitant pour moi, mentionnait que si on obligeait Paul à passer à Paris le mois de juillet, ce serait pour lui une sentence de mort. Enfin ce doux homme me priait avec d'affectueuses instances de devenir son hôte pour le reste de la belle saison. Il y avait plus de trois ans, Marie, que je n'avais erré le matin sous les arbres. En outre, Tingry, mon demi-oncle (c'est son vrai titre), suscitait pour me déterminer des tentations empruntées à l'archéologie, au prestige du sol natal et au respect des aïeux.

Il m'annonçait que l'agrandissement de Lille tendait à être un fait accompli, très intéressant pour un *enfant de l'endroit* (je cite). Déjà les remparts, jadis attenant aux portes de Béthune et de la Barre, avaient été rejoindre ceux de Thèbes et d'Illion, et la région située autour de l'ancien Calvaire n'était plus reconnaissable.

Je résolus de partir pour Lille le lendemain. Chère Marie, notre brouille en fut la cause. Un mois auparavant, l'offre d'un trône n'eut pas su me tenter d'abandonner pour deux jours seulement la rue de Laval. Pour combien de temps ai-je dit adieu à ce cher entresol?

Le salon donnait sur un jardin. De cette étroite maison, vous avez su faire une chapelle par votre sagesse, et un nid par votre amitié !

Ah ! les ineffables jours !

J'aurais beau vouloir m'en défendre (or, jamais je ne le

voudrai), je vous verrai toute ma vie assise solitaire
devant votre table à ouvrage. Un livre est ouvert sous
vos yeux ; tandis que vous lisez en m'attendant, l'eau
bouillonnante chantonne au coin du feu, les deux tasses
japonaises sont encore vides. Huit heures sonnent, j'arrive.
Ai-je été une seule fois en retard d'une seule minute ? Mes
poches débordent de journaux et de manuscrits... On
vous lira tout, puisque vous le demandez. Et quand, à
dix heures, vous me montriez du doigt la pendule, j'étais
si triste ! Salut à vous, âme raisonnable et charmante !

La dernière fois que je vous vis, je pris par les boule-
vards pour retourner chez moi, et ce soir-là, Paris, malgré ses cafés rayonnants et la cohue des passages, me
causa la même mélancolique impression que les rues de
Bruges.

Et puis, je découvris que c'est attendrissant d'empiler
ses livres, ses habits, ses lettres, de fermer les tiroirs, de
dire qu'on s'en va...

II

LA GARE DU NORD.

Le lendemain au matin, j'étais transporté avant dix
heures dans la gare du Nord. Il ne me serait pas malaisé
d'écrire vingt pages émues sur l'aspect d'un embarcadère.
J'ai vu presque toute l'Europe, et cependant un déplace-
ment de quinze lieues trouve encore moyen de mouiller
mon œil. Ah ! c'est que nous sommes tous des hommes
pareils les uns aux autres, malgré l'orgueil, et tous également tristes, malgré le rire.

On dit que le lierre meurt où il s'attache; c'est là
seulement que moi je puis vivre.

Un départ, quand on aime, m'a toujours paru un insensé défi jeté au risque des séparations éternelles.

J'étais en avance d'une heure, et j'allai prendre patience dans un café voisin. En peu d'instants, mon attention fut captivée par le son d'une voix connue, et dont, malgré sa tendance à être confidentielle, toutes les paroles arrivèrent jusqu'à moi.

Il s'agit de ce Chambrun, votre indigne poursuivant.

C'est moins la jalousie qui me le fait traiter avec cette horreur qu'un impérieux pressentiment dont la voix me dit : cet homme est injuste et vil, l'honneur et l'amour lui sont étrangers.

Pourtant sa rencontre ne me fut pas cette fois désagréable, elle me mit au fait d'une excellente nouvelle : Chambrun va quitter Paris.

Je me sers à faux du mot rencontre. Grâce à l'architecture tourmentée du café, Chambrun, bien qu'il fût très près de moi, ne me voyait pas, alors que je ne perdais, moi, ni un mot, ni un geste de lui.

Chambrun était très rouge, et s'entretenait à mi-voix, ainsi que j'ai dit, mais de l'air le plus animé, avec un bizarre monsieur, qui me parut avoir toute la mine d'un homme d'affaires de la dernière catégorie. Devant eux bâillait un portefeuille surchargé de papiers. Ils débattaient les préliminaires de certaine spéculation, dont la mise à flots était retardée par le besoin d'un supplément de lest métallique.

— C'est convenu, vous partirez jeudi au plus tard, disait à Chambrun l'espèce de procureur. N'importe, c'est singulier qu'un homme, s'avouant incapable de ramasser cent livres dans tout Paris où il demeure depuis seize ans, ait seulement à monter en chemin de fer pour trouver cinquante mille francs. Je ne croyais plus guère à la province, mais si vous dites vrai, ma foi me revient sous forme d'idolâtrie. Voyons, mon cher Chambrun, cédez-moi un quart du secret.

— Laissez-moi tranquille ! répliqua l'autre avec une feinte brusquerie.

La cloche du départ m'appela hors du café.

Comme je me félicitais d'être seul dans le compartiment, une demi-seconde avant le dernier coup de sifflet, mon domaine fut envahi par un long monsieur maigre, essoufflé, ruisselant, et traînant après soi six enfants et leur gouvernante. Cela formait un total de huit personnes qui, grâce à ma situation de premier occupant, dépassait d'une unité le chiffre statutaire. Je triomphais, lorsque cette odieuse gouvernante donna satisfaction au réglement, en prenant l'un des enfants sur ses genoux.

Ma résignation n'empêcha pas cette femme de m'examiner, durant tout le voyage, avec sévérité. Non contente de me voir renoncer à fumer et à lire, elle m'en voulait aussi de mes regards distraits. Il aurait fallu que je prisse un onctueux intérêt aux évolutions du Benjamin de cette tribu. La gouvernante était une petite intrigante, de quarante-sept ans peut-être, ses boucles grisâtres, son nez pointu, ses yeux d'un noir brillant m'étaient personnellement hostiles. Elle affectait de vénérer le grand monsieur maigre et essoufflé; mais au fond, je suis sûr qu'elle le trouvait un peu trop économe. Elle lui répétait sans cesse :

— Ah monsieur ! prenez donc garde de vous refroidir, quel malheur si vous vous enrhumiez !

Elle accablait les enfants de demandes et de conseils fades :

— Aimez-vous bien votre papa ? Je crois bien que vous l'aimez... autrement c'est à moi que vous auriez affaire, il est si bon ! jamais vous ne vaudrez autant que lui.

Le Benjamin, celui que la vilaine flatteuse tenait sur ses genoux, dans sa précoce loyauté protestait par de petits coups de pied contre ce parti-pris d'adulation.

Il faisait une chaleur assommante. Les enfants eurent

soif, on les fit boire tous à un gobelet de cuir verni ; puis ils s'endormirent. *O! Fortunatos!*

Il n'est pas besoin de vous raconter notre itinéraire. Vous connaissez par cœur Chantilly, nous avons acheté ensemble des poteries de Creil ; Clermont doit vous être indifférent ; mais je vous recommande Amiens où Vert-Vert naquit, où Desgrieux aima. La cathédrale d'Amiens est d'un grand gothique ; quant à la promenade vantée de la Hotoie, elle abuse de ce mérite que la géométrie bien appliquée rend sensible aux personnes rangées. A sept heures du soir nous arrivâmes à Lille. Je trouvai à la sortie de la gare un paysan en blouse, qui dit en s'adressant à notre groupe :

— Ous'qu'est Monsieur Évariste, un de Paris ?

— C'est moi ; vous êtes envoyé par M. Paul Tingry ?

— Alors, c'est-y bien vous ? ajouta l'homme hésitant.

— N'en doutez pas.

— Alors, j'ai venu tout droit, bien que le Pont-de-Vauban soit au *réparge...* nous attendons tous ici depuis une heure.

A ce *nous* et à ce *tous,* je comptai sur une députation bienveillante, mais je découvris aussitôt que le fondé de pouvoirs de Tingry embrassait dans ce pluriel ses harnais, sa bête, son fouet, sa carriole et lui-même.

Il chargea mon bagage et nous partîmes.

Alors, Marie, chère Marie, je me repentis avec une indicible amertume d'avoir quitté vous et Paris ! Je me trouvai tout seul sur la terre. Une voix me dit que j'étais pardonné, et que ce grand amour dont vous me remplissez débordait enfin de moi, jusque dans votre cœur. Et puis, je n'ai jamais beaucoup aimé la campagne pour elle-même. Mon penchant naturel à me croire abandonné devient facilement, hors des villes, une tristesse noire. Je n'apprécie vraiment la campagne que dans les circonstances suivantes : La terre est toute blanche, et le bleu firmament semble au-d-ssus d'elle une bannière sur le front d'une jeune reine ; — il est bon alors de quitter la ville vers neuf heures du soir, assis dans une vieille berline, comme je ne le fis jamais avec vous Marie, et comme en des jours presque heureux je le fis quelquefois le long des routes séculaires, qui conduisent au royal château de Windsor ; tandis que dans la plaine infinie brûlaient les feux étranges d'un camp de gypsies, et que par-delà les arbres et les collines rayonnait le fanal de la Tour-Ronde !

Mais au lieu de cela, tout moulu par huit heures d'incarcération dans cette boîte qu'on appelle wagon, tout gonflé, tout engourdi de ce spleen produit par le long voisinage des imbéciles, se rendre dans un cabriolet au cuir cassé, vers quelque philosophe convalescent qui a soupé deux heures avant votre arrivée d'une tasse de lait... La chute est grande !... Pourtant tel allait sans doute être mon partage. Je voyais d'ici toute la maison en l'air, rien que pour me cuire une omelette.

III

PAUL TINGRY.

L'émissaire de Paul Tingry et moi nous traversâmes la grande place où s'élève la colonne commémorative du siége de 1792 ; la rue Esquermoise, la rue de la Barre ; puis nous entrâmes dans le faubourg du même nom, très familier à ma jeunesse. Le paysan restait muet ; son cheval trottait allègrement, mais il ne descendait pas du conducteur vers la bête cette sollicitude qui rend intéressant le spectacle des cochers de vocation ; le mien ne l'était que par accident.

Vingt minutes plus tard je vis le Pont-de-Canteleu,

jeté sur la Deûle; avant le pont s'ouvre une longue avenue. En la désignant, le paysan me dit :

— C'est la Joliette, là.

Tel est le nom de la résidence de Paul Tingry, vaste et silencieuse maison où j'avais moi-même, dans ma plus tendre enfance, passé une saison entière. Pour pénétrer dans l'avenue, le paysan opéra un demi-cercle non moins large que s'il se fut agi de faire le tour d'un manége ; et, à ce moment, averti par un bruit soudain, je vis surgir et briller entre notre équipage et les premiers arbres, quelque chose qui rassemblait à une jeune demoiselle emportée au galop d'un double poney, dans une élégante chaise d'osier. Je ne rêvais pas, car le paysan murmura :

— C'est Marianne. Elle n'en fait jamais d'autres. On lui pardonne tout, vu que la moitié du pays sera à elle... et ça n'a pas dix-huit ans. C'est bête, la loi.

Dans les environs de Lille, on est sommaire sur la question des titres. Néanmoins, une jeune personne qui possède en perspective la moitié du Pont-de-Canteleu ne ne doit pas s'appeler Marianne tout court. Je compléterai mes notions sur ce sujet en temps propice.

L'avenue de la Joliette est princièrement longue, et toute bordée d'une double rangée de vieux ormes et de haies touffues. Par une originalité du fondateur, elle s'achève à l'entrée du petit bois, et non au perron du château, qu'on n'aperçoit pas dès l'entrée, et qui est situé à la gauche du visiteur. A droite, le petit bois se continue jusqu'aux rives de la Deûle. La séparation est indiquée seulement par une muraille à hauteur d'homme. La Joliette et moi, nous n'étions pas des étrangers l'un pour l'autre, je le sentis à l'émotion dont sa vue me remplit. Malgré sa simplicité presque sordide et son manque absolu de caractère monumental, cette vieille demeure imposait. Elle avait l'influence auguste des maisons sé-

culaires, cette maison jaune à deux étages. En la voyant,
il me sembla que « mon esquif retournait faire scale au
port dont suis issu, » comme dit Rabelais. Elle était
adossée à un fond semi-circulaire de hauts arbres, dont
les faîtes se penchaient sur le toit comme des saules
pleureurs sur un tombeau. Les tourelles qui manquaient
au château se retrouvaient, ornant une métairie voisine
et de construction récente.

Comme j'escaladais le perron, la porte principale
s'ouvrit, et je fus reçu dans les termes suivants par un
homme âgé de cinquante ans environ :

— Soyez le bienvenu, monsieur Évariste, car il n'y a
pas moyen de s'y tromper, c'est bien vous. M. Paul
Tingry ne saurait venir vous rejoindre tout de suite, mais
dans cinq minutes, il sera trop heureux...

Et ce laconique personnage, après m'avoir introduit
dans un petit salon tout enveloppé des brumes du crépuscule, disparut comme s'il venait de jouer son rôle
dans une féerie.

Malgré l'obscurité croissante, je cherchai à me reconnaître. L'art était représenté dans ce petit salon par
deux poudreux portraits à l'huile de respectables gentlemen, couverts d'hermine, en leur qualité de conseillers
à la Cour de Douai. Je savais cela ; un troisième portrait
de plus fraîche date, et qui ne devait pas remonter à
plus d'une vingtaine d'années, m'émut par son expression
de morbide pâleur et de native mélancolie. C'était celui
d'une jeune femme qui n'avait sans doute point dépassé,
au temps où on la peignit, l'âge actuel de ce doux tableau.
Enfin, sur la cheminée, un portrait-carte en photographie,
entouré d'un petit cadre en chêne sculpté, représentait
en simple robe d'été, une demoiselle de seize ans, dont
la ressemblance et l'air de famille avec la jeune dame
maladive du portrait à l'huile, sautaient aux yeux. Déjà,

je prenais un vif intérêt à cette modeste galerie, quand j'entendis un pas léger derrière moi, et les paroles suivantes :

— Bonsoir, Évariste !

Et, me retournant, je me vis, à ma grande surprise, invité à tomber dans les bras de l'honnête homme qui, cinq minutes auparavant, s'était fait passer pour l'ambassadeur de Paul Tingry, et qui n'était autre que ce célibataire estimable en personne.

— Vous ne m'aviez donc pas reconnu ? fit-il, avec un drôle de petit rire.

— Vraiment non, mon cher oncle.

Si c'est en se présentant de la sorte à ses visiteurs que Tingry avait conquis le renom d'original, cela peint un climat et une époque. Mon hôte ajouta :

— Je ne mange pas le soir, mais on va vous servir à souper ici ; dans trois minutes vos côtelettes seront prêtes. Nous avons encore à votre disposition du jambon, des œufs, de la salade; de la bière de Lille si vous l'aimez, et du Corton 1842, que je me fais un vrai plaisir de vous offrir, parce qu'il est bon. Votre respectable père, mon excellent ami, un fin connaisseur, aimait beaucoup ce Corton-là.

Je serrai tendrement la main de Tingry. C'est une des fêtes, ou plutôt une des consolations de ce monde, d'entendre évoquer à certaines heures la mémoire d'un bon père, par un vieil ami. La mort est impuissante contre ces lumineux réveils du nom de l'homme de bien.

Alors, grâce à l'introduction nécessaire d'une lampe, il me fut donné d'examiner à l'aise Paul Tingry. Il était maigre, et de taille élancée. Et, bizarrerie presque phénoménale, ses courts favoris étaient verts comme la mousse au pied des arbres. Je lui demandai s'il se portait bien.

— Assez bien, répondit-il tout doucement, j'aurais tort de me plaindre.

— Vous vivez seul ici, mon oncle ?

A cette question bien naturelle, je vis Tingry me regarder d'un air peiné.

— Mon Dieu, cher Évariste, quel volcan que votre esprit ! on n'a pas le temps de répondre à une question, que vous en avez déjà posé trois autres, (mon oncle était donc porté à l'exagération). Croyez-moi, il n'est pas sain d'entretenir le cerveau dans cette fièvre ; je sais bien que la carrière que vous avez embrassée... .

Tingry accentua sa réticence de façon à laisser supposer, ou que la littérature conduisait fatalement à tous les délires, ou bien encore que les gens qui s'y adonnent étant fous de naissance, il etait superflu de craindre qu'ils le devinssent.

— Quant aux membres de votre famille, vous ferez connaissance avec eux en dînant chez mon ami Réniez.

Ne soyez pas trop surprise, Marie, de l'air sérieux avec lequel Tingry parlait de me présenter le lendemain à ma propre famille, ni de ma gravité en l'écoutant. Songez que j'ai vécu à Lille seulement jusqu'à l'âge de huit ans, jours heureux où l'on m'envoyait au lit à sept heures du soir, quand les visites commençaient. J'en souffrais quelquefois, mais je préférais pourtant de beaucoup cet exil aux veilles plus longues où j'étais condamné à monter sur la table et à réciter par cœur *le Lapin et la Sarcelle* à ma grand'tante Elmire, qui était sourde ; il y avait là illogisme flagrant.

Ma mère se plaignait souvent que la moindre conversation fût tout à fait impossible avec ma tante Elmire, tant celle-ci avait l'oreille dure, et cependant, elle ne manquait jamais de me faire lui réciter le *Lapin et la Sarcelle*. A huit ans, je fus interné au Collége-Royal de

Lille, qui venait d'ouvrir ses portes (1845). A dix-sept, je fus envoyé en Allemagne, et c'est dans ce temps-là que je perdis la meilleure chose de cette vie : un père et une mère. L'un ne survécut pas douze mois à l'autre. Ils me laissaient une petite fortune dont j'employai une partie à visiter presque toute l'Europe, et en dernier lieu je m'étais fixé à Paris. Voilà pourquoi je ne connais pas Lille, tout y étant né, et comment la plupart de mes cousins me sont étrangers.

Et cependant (oh ! indestructible pouvoir du sentiment de l'origine !) je connaissais, je me rappelais les effluves d'air tiède qui m'arrivaient, grâce à la fenêtre entr'ouverte, tamisées par l'immobile branchage des arbres assoupis. Avez-vous jamais saisi jusqu'à quel point l'odorat est suggestif du souvenir ? Il est, chez moi, l'agent le plus fréquent et le plus infaillible de l'évocation des choses passées. Pour en citer un exemple, je ne traversai jamais les magasins d'une grande librairie classique de Paris, sans que l'odeur particulière du papier affecté aux grammaires et aux dictionnaires, ne me reportât vers le temps du collége, vers les bancs de bois, les petits voisins d'étude, et les lauriers en papier vert.

Tingry et moi nous nous taisions depuis quelques minutes, moi je songeais assez tranquillement, et lui avait l'air en proie à un trouble croissant. Puis je le vis pâlir, son front se couvrit de sueur, et ce dernier symptôme (autre étrangeté !) eut l'air de lui rendre un peu de calme. Il entrouvrit la porte avec des précautions infinies, et murmura ;

— Zoé, la flanelle est-elle chauffée ?

— Oui, monsieur.

Et Paul Tingry me laissa. Douze minutes après il reparut et me tint ce langage :

— Ami Évariste, le corps humain est une merveil-

leuse machine, mais de toutes les machines imaginables,
c'est là plus sujette aux détériorations et aux accidents.
Les excès volontaires, l'imprévoyance de la jeunesse,
contribuent les premiers à affaiblir nos ressources vita-
les et à diminuer nos jours, sans parler des circonstances extérieures et tout à fait insoumises à la volonté
humaine. Le corps humain, neveu Evariste, est donc entouré d'ennemis, et chaque seconde qu'il vit, est, à
notre insu même, furieusement disputée à mille causes
de mort. Selon les naturalistes « il est limité par une
enveloppe résistante, plus ou moins douée dans ses diverses parties de sensibilité et de locomotion, » c'est la
peau. Son travail joue dans la santé un rôle essentiel,
et il n'est pas permis de douter que la plupart de nos
maladies aient, pour origine, l'engorgement des pores,
et...

    — D'après ce que j'entends, votre unique ambition est
de suer... et je vous vois d'ici bien heureux quand viennent les feux d'août.

    — Erreur, mon ami, je réprouve ces moyens violents.
Il s'agit chez moi, d'un système voulu, raisonné, et surtout constamment pratiqué, sans soubresaut et sans interruption, à la minute juste.

    Tandis que je regardais Tingry avec étonnement, il se
fit une rumeur derrière la porte d'entrée, qui s'ouvrit
tout d'un coup et livra passage, d'abord à une séduisante évaporée, qui ne fit qu'un saut jusqu'au fauteuil de
Tingry, et après avoir offert sont front printanier aux
chastes lèvres de cet homme faible, me dit :

    — Bonsoir !

    Je la reconnus tout de suite pour l'original de la pho-
tographie dontj'ai déjà parlé, et, de plus, pour la gentille
amazone qui nous avait *coupé* si magnifiquement à l'entrée de l'avenue : Marianne, en un mot.

La personne qui l'accompagnait n'avait son portrait nulle part. C'était la ménagère de Tingry. Elle jugea à propos de s'annoncer ainsi : « J'apporte le souper. » Elle l'apportait en effet; mais par pièces et par morceaux. D'abord la salière, puis une assiette, puis deux verres, un grand et un petit, qu'on alla chercher dans deux armoires. Tingry avait l'air extrêmement gêné de l'embarras que je donnais à sa servante, et, du geste, du regard et de la voix, il encourageait celle-ci à la résignation :

— Encore un verre, Zoé, un petit verre pour le Schiedam, et ce sera tout... non, deux petits verres, pour vous trinquer avec Monsieur.

— Tout ça, c'est pour faire croire... répondit cette douce personne, vous savez bien que je ne bois jamais d'*esprit.*

Zoé était d'une bonne humeur relative, et cela parut charmer la belle Marianne, qui lui dit :

— C'est bien ça, gronde mon parrain, vieille grognon... je t'aime bien.

Zoé avait une figure plus que sévère et presque méchante... mais cette même figure trouva une expression de douceur délicieuse quand elle s'éclaira d'un sourire en l'honneur et à l'adresse de la jeune fille.

— Mon parrain, poursuivit Marianne, je suis venue de la part de mon oncle Carlos, vous rappeler que nous dînons demain à trois heures, et que nous vous attendons *tous*. Maintenant, bonsoir tout le monde.

Après son départ, j'interrogeai Tingry. Mon oncle se borna obstinément à me répondre.

— C'est une brave enfant, elle adore Zoé.

Puis il reprit, du ton qu'il eût mis à me communiquer une nouvelle importante, oubliée parmi cent autres, dans l'effarement d'une si rare entrevue :

— A propos, j'espère bien vous voir demain matin.

Cela me renversa. Il y avait de quoi, jugez-en : être invité par le demi-frère de votre mère à passer un mois chez lui, et l'entendre le soir même de votre arrivée exprimer l'espoir qu'il vous verra le lendemain matin. Un pareil espoir va de soi. Il sonne chaque jour, pour toute maison digne de ce nom, une heure sacrée à laquelle tous les hôtes de cette maison se rassemblent, sans qu'aucun d'eux ait songé la veille à en exprimer le lointain désir : c'est l'heure auguste du déjeuner. Tingry poursuivit :

— Voyez-vous, Évariste, je me couche tous les soirs à neuf heures et demie, comme M. de Chateaubriand, qu n'y manqua jamais, pas même le soir de la première représentation de *Moïse* ; cela me permet d'être sur pied le matin avant cinq heures.

C'est inexplicable, cette ordinaire prétention des gens qui ne font absolument rien, de vouloir devancer l'aurore, pour gagner du temps.

— Et c'est tous les jours de même, oncle Paul ?

— Tous les jours depuis quinze ans : alors je bois une tasse de lait chaud. Zoé aime mieux le café, elle ne serait capable de rien, si elle n'avait pas pris en se levant sa tasse de café. Mais du moment qu'elle a pris sa....

Tingry eût la parole brusquement coupée par la violente sortie de Zoé, qui fit claquer la porte en se retirant. Elle avait certainement dû prendre sa tasse de café en se levant pour être capable de déployer le soir tant de vigueur.

— Alors, continua mon oncle, je lis le journal que je reçois en co-abonnement avec mon vieil ami Réniez, le plus proche parent de Marianne...

— C'est donc une orpheline ?

— Et, poursuivit l'inexorable Tingry, j'attrape comme cela onze heures.

Je croyais rêver en entendant ces paisibles discours, et toutefois, j'éprouvais le sérieux plaisir du voyageur qui s'instruit, en fin de compte. Il me semblait qu'on m'initiait à des mystères ignorés de tout le reste de la France, à des usages de l'autre monde, et je ne me disais pas que, pour ma part, aux yeux de cet homme que je trouvais surprenant, si ma vie et mon hygiène lui étaient révélées, je passerais indubitablement pour un fou sans excuse. C'est possible ; mais, du moins, dans les anciens bons jours de ma vie, il y avait eu des joies indéniables, d'ardents compagnons, de joyeux verres, de célestes petits coups frappés à ma porte par des nuits désespérées, et quelques essors vers la sublime vérité !

Bref, mon souper terminé, je ne savais rien sur la jolie visiteuse du soir. Dix heures et demie sonnèrent ; Tingry regarda la pendule d'un air qui voulait dire :

— Passe pour cette fois ; bon repos, neveu Évariste.

Et cet homme prudent alla se coucher.

IV

FAITS DIVERS

La chambre où me guida Zoé était un vaste salon avec alcôve, situé au fond d'un corridor presque interminable. Son mobilier, d'un facile inventaire, comprenait : un lit contemporain du maréchal de Biron, et où l'on arrivait comme au faîte d'un arbre, en grimpant ; quatre fauteuils, douze chaises, un grand canapé en velours d'Utrecht jaune, sur lesquels on était assis plus durement que sur le chêne nu. L'ancien velours a de ces mystères. J'approchai mon flambeau des immenses glaces qui remplissaient les panneaux ; elles étaient traversées d'exquises mou-

lures dignes d'un Grinling Gibbons, mais la corolle des
roses était noire d'une ancienne poussière. J'ouvris ma
fenêtre, d'où l'on pouvait voir couler sans murmure la
triste Deûle, continuellement sillonnée de ces lents et
vastes bateaux chargés de bois, de charbon, de pavés, de
blé, et qui sont le cauchemar des voituriers pressés.
Moi, j'ai un attrait pour ces grossières machines. Des
familles entières passent leur morne et laborieuse existence dans ces obscures prisons, où la vie de foyer se
trahit seulement par une mince fumée bleuâtre, échappée
d'une petite cheminée en bois blanc. L'homme, la femme
et les enfants naissent et meurent là-dedans. Ce n'est
pas en vertu de mon penchant à la rêverie que ce spectacle m'attire : d'intimes affinités en sont la cause. Mon
aïeul et mon bisaïeul, fils du Nord, possédaient plusieurs de
ces lourds bateaux et les pilotaient eux-mêmes.

Mon père, en son extrême jeunesse, avait aussi vécu
dans les bateaux domestiques, et il ne pouvait se défendre
d'une vive émotion quand il se reportait vers ces jours
lents et modestes.

Je vous ai souvent parlé de mon père, Marie ; l'ai-je
toujours fait avec la vénération et l'attendrissement que
la mémoire de ce juste entretient chez moi ?

Avant de vous résumer ses extraordinaires mérites, il
faut vous dire que je chéris et que j'élève par-dessus tout,
l'idée de paternité. Rien ne me pénètre plus doucement
l'âme, que la vue réelle, ou même la représentation
fictive, au théâtre ou dans les livres, d'une grande amitié
entre un père et un fils. Je ne sais rien de meilleur à
opposer aux faiblesses et aux calamités de la vie ; et si
cette noble union était bien comprise, si tous les devoirs
en étaient suivis, si le charme en était goûté, il me
semble que la société des hommes serait délivrée d'un
grand nombre de ses maux. Mon père était un homme

simple, dans ce sens qu'il avait sur les choses essen-
tielles des principes invariables, auxquels il soumettait
ses moindres actes. Cette extrême rigueur de logique
s'alliait chez lui à la sensibilité la plus vraie. Quand nous
perdîmes mon frère, il sanglota à fendre l'âme. Mais,
pour ce qui le concernait, je le vis traverser les Révolutions, les grandes crises commerciales, et presque toucher
du doigt la mort, en deux maladies terribles où toute sa
connaissance lui restait, sans que son équanimité en fût
altérée. Tendre pour sa femme et ses enfants (nous étions
deux alors), hospitalier envers les voisins et les étrangers, je ne le vis jamais chercher la plus petite fête hors
de sa maison et sans nous. Respectueux à l'extrême de
tout ce qui touchait à la liberté d'autrui, également
modeste à l'extrême, il mourut très aimé et très regretté
de tout le monde, et loué comme un brave homme, mais
je ne crois pas que tout le monde découvrit et apprécia
les qualités considérables de cette âme, ennemie du bruit.
Il était spécialement un homme de commerce ; à cet
égard nos tendances et nos aptitudes étaient absolument
contraires. Mon père avait dû nourrir le rêve de me
léguer sa maison. Aussitôt qu'il commença à pressentir
que ce rêve était en péril d'en rester toujours un, il ne
me tint point rigueur, et me dit seulement : *tu es libre.*
Alors, j'aurais voulu me jeter à son cou, et m'écrier :
« Pardonne-moi, je ne fais pas ce que je veux, je suis le
moins libre de tous les hommes. Je suis plein de troubles,
que nulle paix humaine ne saurait endormir. J'aime une
femme et une gloire, comme il n'en est pas... mon
malheur et mon bonheur font couche commune dans
cette inquiétude, et j'espère en souffrant ! »

J'ai bien fait de ne lui rien dire ; d'ailleurs il n'était pas
l'homme des épanchements. Bien qu'il vécût sans cesse
avec les chiffres, c'était un contemplateur à sa manière,

il aimait les longues promenades dans les champs, ou sur le bord de l'eau, au bruit des cloches du village. Son courage et sa loyauté furent toujours l'abri de mon âme, à ces heures de crise où l'adolescent ne croit plus aux hommes, et incline à les mal juger. Mais de tant de vertus, celles dont le souvenir prend la voix la plus harmonieuse et la plus tendre pour mon cœur prosterné devant cette ombre, c'était son respect pour les humbles, sa charité pour les pauvres, et son sens si pur de la justice. Économe et conservateur par nature, il ne faisait personnellement pas le moindre cas de l'argent, et il savait allier un complet désintéressement à l'ordre le plus sévère ; il n'attachait pas une grande importance aux choses de pur ornement, et il y avait toujours une certaine austérité dans sa mise. Il tâchait alors de me former aux mêmes leçons, sans jamais me sermonner, moi petit collégien taché d'encre, et dont la naïveté était proverbiale par toute la place aux Bleuets : c'est là qu'était situé notre collége.

Ah ! que ces temps sont loin par la distance d'idées et de chagrins parcourus, et qu'ils sont près de l'espace !

Douze ans, peut-être !

En évoquant ces chères images d'autrefois, mes regards se perdaient dans la campagne environnante, qui, d'ailleurs, n'est pas belle, et sans le mugissement d'un bœuf dans l'étable et une vague odeur d'herbe, on se pourrait croire en plein centre industriel, à cause de la poussière du charbon et de la fumée des usines. Mon cigare achevé, j'allai m'étendre entre deux grands draps blancs, d'où s'éleva quand j'y entrai un mince nuage de poussière. Évidemment, mon oncle ne pratiquait pas souvent l'hospitalité nocturne.

Au moment où j'allais m'assoupir, un aboiement féroce et subit comme un coup de tonnerre, me fit bondir dans mon lit. Puis un silence profond suivit cette désagréable alerte, je me croyais quitte, quand un autre aboiement, mais lointain et résigné cette fois, vint fournir la réplique au premier, qui semblait n'attendre que cela pour s'adonner à une tempête, à une orgie de hurlements comme jamais je n'en entendis. Dans les rares intervalles, où le violent paraissait tendre à s'apaiser, l'autre, du ton des fiévreux et des couards, semblait lui dire :

— N'avez-vous pas peur de crier aussi fort, dites ?

— Peur !... moi, avoir peur !.. Peur de quoi, hé ? Allons, écoute si j'ai peur... j'en ai jusqu'à demain.

Je renonce à décrire le reste, ce fut une furie tellement assourdissante, que j'allais descendre, armé d'une des douze chaises en velours d'Utrecht, pour essayer d'en assommer ce terrible chien, quand son timide interlocuteur, comme persuadé, lui gémit de loin :

— Là, fou que vous êtes... on sait bien que vous n'avez jamais eu peur de votre vie ; maintenant dormons.

Puis ils s'endormirent, ou firent semblant. Pour moi, j'eus d'assez beaux rêves. Je me promenais avec Marianne, dans le jardin de son oncle Réniez que je n'avais jamais vu, au bout d'une allée fleurie, où nous cheminions sans nous parler, se trouvait la gare du Nord, où vous m'attendiez, chère Marie, puis j'étais accosté en ces termes par un effroyable dogue : « Essaye de me frapper avec ta chaise ? »

Quand je m'éveillai, le soleil inondait de lumière la chambre antique dont à Paris j'eusse fait un musée vanté, rien qu'avec les moulures dont j'ai parlé. On frappait à ma porte ; c'était Zoé, qui me demandait sévèrement par le trou de la serrure, si je voulais *encore* des côtelettes et des œufs pour déjeuner.

— Ma brave fille, je ne veux rien qu'un supplément d'eau fraîche, et daignez vous hâter, s'il vous plaît, car je dois aller à Lille tout de suite.

Zoé revint bientôt, exécutant mes ordres. J'étais cette fois en situation de la recevoir ; ses premières paroles furent :

— Je ne comprends pas, qu'*on* ait oublié de mettre assez d'eau sur la table de monsieur.

— La faute est réparée, dame Zoé, lui répondis-je, admirant à part moi les ressources du style impersonnel, qui permettait à cette illettrée de dédoubler son individu.

Je crus (et je fus bien inspiré) lui adresser une gracieuseté directe, en renouant ainsi l'entretien :

— Vous avez ici un bon chien, une bête vigilante.

— Ah ! pour un bon chien, dit-elle avec émotion, c'est la meilleure tête du Pont-de-Canteleu ; de sa niche à ma chambre il devine quand j'ai mal aux dents...

— Pardon, Zoé, mais ne vous semble-t-il pas que toutes ces brillantes qualités sont un peu ternies par son amour du bruit, et n'y aurait-t-il pas moyen de le faire taire, au moins à la nuit ?

— C'est cela, pour qu'il ne bronche pas quand il viendra des voleurs ! fit-elle, avec la dédaigneuse exaltation de la logique triomphante.

— Mais, s'il aboie régulièrement toutes les nuits, comment saurez-vous jamais distinguer si c'est après les voleurs, ou seulement à la lune ?

— On voit bien que monsieur n'est point du pays ; nous autres, nous savons ça. Monsieur me permet-il de lui demander s'il a bien dormi ?

— Oui, bonne Zoé ; j'ai parfaitement dormi, j'ai même un peu rêvé de mademoiselle Marianne.

A ce nom, elle me regarda fixement, sans insolence et sans rigueur, mais avec une certaine autorité passagère, puis elle reprit :

— Ah ! vous avez si bien dormi ? Ce que c'est que de ne

pas savoir ! Hé bien, Monsieur, reprit-elle, vous pouvez vous vanter d'avoir couché dans la chambre des Chauffeurs ; c'est même ici que ces canailles-là ont brûlé Julie Desmadril, une tante à moi, et...

— Ils l'ont mangée ?...

— Les Chauffeurs se contentaient de brûler les dames, rétorqua Zoé, qui n'avait probablement pas encore pris sa tasse de café, car elle n'eut pas la force de rire de mon ignorance ; et, croireriez-vous que c'était pour qu'on leur-z-y dise où était l'argent, poursuivit-elle, en se familiarisant, dans les souvenirs de l'épouvante, jusqu'à substituer, aux formules d'apparat, dont elle m'avait jusqu'alors gratifié, son idiôme ordinaire. Alors les *j'étions* et les *ils escaladions*, fleurirent en toute liberté sur ses lèvres ; mais tout ça n'a duré qu'un temps, conclut-elle, et si on ne me demandait aujourd'hui où est caché l'argent, c'est moi qui leur rirais au nez.

Et, sur cet indirect avertissement, Zoé me laissa.

Une demi-heure après, je descendis le large escalier dont la rampe en fer, si délicatement fouillée dans sa solidité victorieuse de deux siècles, se fût facilement troquée à Paris contre des billets de banque.

Arrivée au bas, j'ouvris une porte au lieu de l'autre, et, je me trouvai dans le premier de deux vastes salons, où cinq cents personnes eussent circulé à l'aise, et dont les volets, fermés depuis vingt ans peut-être, auraient entretenu précieusement la plus noire obscurité, sans un petit trou rond, percé en haut de l'un d'eux, et qui permettait à un rayon de traverser ces ténèbres de sa diagonale lumineuse. Les chaises, les canapés et les raides fauteuils, étaient recouverts de housses en toile grise. En des temps moins sombres, la beauté de vingt jeunes filles, l'amour de vingt jeunes hommes, tout l'espoir, la richesse et l'honneur d'un grave et doux pays, avaient éclaté, sans doute, sous les rosaces vermoulues de ces plafonds, où maintenant l'araignée construisait sa toile, linceul des maisons mortes.

Il y avait là encombrement de vieux portraits, d'antiques tapis, d'épées, de cannes et de perruques. Je soulevai une enveloppe de grosse toile grise, et je demeurai à la fois émerveillé et navré, devant un riche service du Japon dont quelques pièces importantes n'existaient plus qu'à l'état de débris. Je passai ensuite à un chiffonnier en marqueterie, où il y avait pour plus de cinq mille francs en point d'Angleterre roussi et dédaigné. Tingry était, dans ce moment même, enfoui sous une demi-douzaine de couvertures. C'était sa gymnastique matinale. Zoé fut chargée par moi de lui apprendre que je serais de retour à l'heure du dîner de M. Réniez.

Puis je me mis en route assez gaiement pour Lille, et je fis, un peu avant midi, mon entrée au café de l'Europe, situé à l'angle de la Grand'Place, et surtout fréquenté par des officiers. La respectable dame du comptoir, dont je saluai le bonnet plus fleuri de roses que les jardinets de Bougival, parut frappée au cœur à mon aspect, et quitta sur-le-champ son trône.

— Juste ciel ! c'est M. Évariste; mais vous n'avez pas changé du tout, mon petit ami, depuis tantôt vingt ans.

Je ne m'étais pas encore envisagé moi-même de ce point de vue phénoménal.

— Je suis madame Louise, vous ne me reconnaissez pas ? Votre papa m'aurait bien reconnue, lui. Quand il vous amenait ici, vous n'étiez pas plus haut que ça, et poli et obéissant comme une image. Tenez, c'est à cette table là-bas, continua Mme Louise, que vous avez attrapé dans l'œil la queue de billard du capitaine Florimond, un beau guerrier. Il est mort d'avoir tant bu, qu'il n'a pas tout payé.

Mme Louise, en veine d'expansion, se fit servir son café au lait près de moi.

— Et, vous revoilà donc parmi nous, pour long-temps ?

— Non, madame Louise, je suis seulement de passage ici, comme un prestidigitateur ou un ténor.

— Descendu chez votre oncle Léonard, je suppose ?

— J'ai donc un oncle Léonard ?

— Je veux dire un grand-oncle, il a épousé la sœur du père de votre père. Vous êtes nombreux chez vous, surtout du côté des Delannoy.

Par parenthèse, Mme Louise me révéla que j'étais à sept ans le petit bonhomme le plus aimable du département. Il paraît qu'une de mes manies d'alors (manie servile !) consistait à disputer aux garçons l'honneur de faire flamber le punch des officiers.

— A propos, avez-vous été voir *le comte* de Paris ? interrompit cette verbeuse personne.

Ce comte de Paris-là n'a point l'honneur d'appartenir à la branche cadette de la maison de Bourbon. En 1848, nous avions, au collége, donné ce surnom à l'un de nos jeunes condisciples, possesseur d'un petit cheval. Tous les soirs, à la sortie, les demi-pensionnaires et les domestiques, dont le règlement exigeait que chacun d'eux fût accompagné à domicile, formaient une escorte princière au petit cavalier. Vers la fin de février, le peuple se rassembla sur la Grand'Place, en groupes murmurants, parmi lesquels se répandit le bruit que le fils aîné de madame la duchesse d'Orléans venait d'arriver à Lille. Il était environ huit heures du soir. Au moment même où ce simple bruit menaçait de devenir une rumeur, notre ami à cheval et son cortége, débouchaient d'une rue voisine, et un *factieux* s'écria : « *Le voilà, bien sûr !* » L'affaire n'eut pas de suites. Puis, Mme Louise me parla avec émotion de mon père, qui avait toujours été pour elle d'une courtoisie amicale, et lui offrait, chaque soir, une prise de tabac avant de se retirer.

— Mais tout cela ne nous dit pas chez qui vous êtes logé, monsieur Evariste ?

— Je ne crois pas que vous connaissiez la personne, elle mène une vie très retirée; c'est M. Paul Tingry.

— Vous me faites rire ! moi ne pas connaître Paul Tingry ! mais, je le connaissais, que votre papa et votre maman s'appelaient encore *Monsieur* et *Mademoiselle*. Comme vous dites, il mène une drôle de vie. Et dire que ça pend au cou de tous les vieux garçons. Si les maris ne sont pas exempts des misères de la terre (Mme Louise souligna ce dernier trait d'un clin d'œil grivois), du moins ils sont malheureux comme tout le monde. Mais ces céli-bataires vous ont une manière à eux de finir !... les *nobles* comme les autres. Exemple : le comte de Saint-Pierre, qu'il n'y a pas un roi pour avoir l'air plus comme il faut, il ne serait jamais passé devant le bureau (on ne dit plus : *comptoir*) sans dire : « Bonjour, madame Louise, com-ment va votre santé ? » N'importe, il ne doit pas faire gai pour un jeune homme, chez Paul Tingry, quoiqu'il y ait eu un temps où lui et son ami Réniez étaient les deux plus grands *fashionnables* de la ville.

— Vous qui savez tout, lui dis-je, qu'est-ce que Mlle Marianne (j'ignore son autre nom), qui demeure, je crois, tout près de chez mon oncle ?

— Ah ? vous l'avez déjà vue... et vous y pensez ? ça impressionne toujours un jeune homme, la vue d'une belle demoiselle, qui héritera d'un beau château, du mobilier et de l'argenterie, hé !...

— Je vous atteste, madame Louise, que cette face de la question me laisse on ne peut plus insensible.

La bavarde hésitait.

— J'ai tort sans doute, lui dis-je perfidement, de vous parler de choses et de personnes que vous ne connaissez pas ?

Elle bondit.

— Mais, mon pauvre jeune Monsieur, fit-elle non sans ironie, je pourrais vous en parler jusqu'à demain de votre belle Mlle Marianne, rien qu'à vous dire toutes sortes de choses qui ne me regardent pas, et qui sont cependant prouvées ; par exemple, pourquoi il n'est pas question de mariage, bien qu'elle soit jolie et riche ! pourquoi il y a ici et aux environs deux cents jeunes gens qui demanderaient volontiers sa main, et qui ne la demanderont jamais !

Comme je me repentis alors d'avoir pris Mme Louise par son faible ! Songez, Marie, qu'elle était mariée au beau-frère d'une *personne* qui avait été sous-maîtresse d'écriture dans la pension où Marianne avait été élevée ; aussi, Mme Louise possédait sur les premières années de cette jeune fille une surabondance d'anecdotes stupides, dont elle se soulagea dans mon sein, et j'y gagnai cette lourde migraine que donne le dégorgement des cheminées des *steamers,* une demi-heure avant le départ, et qui plus encore que le nitre de l'atmosphère marine, courbe les têtes vers les abîmes de l'Océan.

Heureusement, elle me quitta pour aller au devant d'un nouvel arrivant. C'était un jeune homme d'une figure extrêmement agréable, qui demanda si M... un tel était venu, et ajouta avec un accent étranger : dites-lui que je dîne au Pont-de-Canteleu, chez M. Réniez. — Je levai la tête à ce nom, et Mme Louise répondit au jeune homme :

— Tiens, vous y rencontrerez sans doute Monsieur (c'était moi), qui est le neveu de Paul Tingry.

Le jeune homme vint me serrer la main.

— Je regrette, ajouta-t-il, que M. Paul Tingry ne soit

pas ici pour nous présenter l'un à l'autre ; mais si nous devons dîner ensemble, vous verrez tantôt que j'ai l'honneur d'être de ses amis.

Ce jeune homme était Autrichien.

Il me proposa de faire à pied, avec lui, le trajet de la Grand'Place au château de M. Réniez. J'y accédai de grand cœur. Je lui dis sincèrement le plus grand bien des rives du Danube jusqu'à Pesth, à quoi il riposta par un vif éloge de Paris, et même de Lille, et il termina ainsi : « Vous avez raison, c'est beau, la patrie !... la patrie !! »

Il disait vrai. La patrie !!! Certes nos voisins, nos contemporains, et les habitants de la ville où nous sommes nés, sont loin de s'entendre tous pour nous vouloir du bien. Sans même sortir de la maison paternelle, la vie n'abdique pas sa mission d'être amère à de certaines heures pour tous les hommes : les maladies, les injustices, les répugnances, les deuils de l'âme, et la mort enfin, nous y atteignent sûrement... Hé bien ! malgré tout cela, et quoi qu'on dise, il fait partie de l'honneur, de la vertu, et des meilleurs privilèges du cœur, cet amour qui nous anime pour le coin de l'univers où notre mère nous enfanta ; amour qui survit à tous les autres, lorsque prévoyant l'insensibilité prochaine de la mort, nous ordonnons qu'on nous fasse reposer près des nôtres, dans leur tombe pourtant sourde et muette. En route, mon compagnon m'annonça qu'il était né dans un village près de Salzbourg, berceau de Mozart ; que, son père s'étant ruiné, il avait fallu vendre le manoir natal aux cinquante chambres ; elles n'étaient pas toutes meublées, jugea-t-il à propos de me faire observer avec la séduisante bonhomie de certaines gens de son pays. L'acquéreur était un riche Belge, qui avait longtemps fait le commerce à Lille, où la suite de ses affaires avait été reprise par un parent. C'est chez ce parent que le Belge offrit au jeune homme de le placer.

Tous les Autrichiens ont un filet de sang commercial dans les veines, et celui-ci, qui avait d'abord été accueilli par pure bienveillance dans la maison de Lille, n'avait pas tardé à y être regardé comme un précieux auxiliaire. Ce ne fut pas lui qui me dit cela ; il ne sortit pas, durant notre entretien, des régions voilées, où habitent à la fois le regret et l'espérance d'ineffables amours.

Je ne me sentais pas à côté de tout le monde, en cheminant près de lui. Ce doux jeune homme ne me parla point de femme ni de conquêtes ; mais qu'un délicieux rêve enchantât cette paisible mélancolie, cela était certain pour moi.

Schœffer (c'était son nom) comptait de nombreux amis parmi les jeunes gens de Lille ; en outre, il était secrétaire d'une société musicale qui devait donner, ce soir même, une séance extraordinaire, avec le concours de Bottesini, le contre-bassiste. M. Réniez, notre amphitryon, et Mlle Marianne, avaient promis d'y assister. Il restait encore un billet que je m'empressai d'accepter. Arrivés à destination, Marianne nous accueillit avec un grand air de plaisir. Elle dit au jeune Autrichien :

— Vous êtes exact aujourd'hui ; c'est bien !

Moi, je résolus d'attendre un peu avant de dire comme elle : C'est bien... Et l'on vint nous annoncer que nous étions servis.

Dans le petit désordre de notre entrée et de la prise de possession des siéges par chaque convive, on négligea de me présenter à M. Réniez, et je n'aurais pas facilement distingué l'oncle de Marianne si, à une certaine télégraphie de l'avant-bras, opérée du fond de la salle par un *gentleman* grêle, absolument bâti sur le modèle de M. Tingry, je ne m'étais cru autorisé à conclure à une

démonstration de bienvenue de la part du chef de la
maison.

Aussitôt j'allai vers lui, il m'épargna la moitié du chemin, m'embrassa sur les deux joues, et m'assigna une
place non loin de lui. Marianne avait pour voisin un
grand garçon de vingt-huit ans à peu près, qui me cria,
à travers la table : « Bonjour, cher ! » gracieuse avance
à laquelle je répondis par un sourire très vague, n'en
reconnaissant pas l'auteur. M. Réniez surprit mon hésitation : — C'est M. Vandemissel, me dit-il ; n'avez-vous
pas été autrefois en classe ensemble ? — C'était possible,
mais à cette école-là, M. Vandemissel n'avait pas appris
la simplicité. Il apportait, jusque dans l'acte si ordinaire
de passer un plat à sa voisine, des grâces stupides, où
perçait une telle conscience de son indubitable supériorité, que je protestai par des regards étonnés, et en
faisant semblant de ne jamais l'entendre, lorsqu'il m'interrogeait. Tout son être exprimait l'avarice, la fausseté
et la jalousie. Je devinai tout de suite, dans la société,
les gens de fortune médiocre, rien qu'à l'air impertinent
dont il les regardait en face. Non moins aisément je
devinai encore, qu'au mérite accidentel d'être jolie,
Marianne (on ne l'appelait jamais autrement), joignait le
mérite durable d'être une riche héritière, à en juger par
les attentions que lui prodiguait Vandemissel, et ses
efforts pour l'intéresser. Marianne ne tourna pas une
seule fois les yeux de son côté, et je ne sais rien de
misérable comme les stratagèmes employés par ce fat,
pour convaincre l'assistance qu'il était engagé, avec
sa voisine, dans un entretien d'où celle-ci aurait
grand'peine à rapporter un cœur indépendant. Il s'avisa
d'être drôle et moqueur. Je vis naître l'explosion.
Marianne ne se contenant plus, dit d'abord froidement au
domestique : « Thomas, servez le café au kiosque ; » puis,

en se levant, elle ajouta avec un cruel sang froid, regardant son voisin pour la première fois : « Monsieur, si je n'ai pas entendu le quart des jolies choses que vous m'avez dites, je suis bien excusable, car elles vous ont toujours fait tant rire le premier, qu'on ne pouvait vous comprendre. »

A ces mots, les uns éclatèrent de gaieté (je fus de leur nombre), les autres demeurèrent étonnés et anéantis (M. Vandemissel brilla au premier rang de ceux-là), et Marianne sortit de la salle, en jetant un rapide regard de triomphe vers mon compagnon de route, qui, à ce que je craignis d'abord, n'en vit rien. Je me trompais, ses yeux brillèrent, et soudain, il rougit de ce que j'eusse tout vu. Puis, nous nous dirigeâmes vers le kiosque. Dans les allées du jardin, M. Réniez passa son bras sous le mien.

— Marianne s'habille pour le concert, me dit-il. Hé bien ! vous ne me parlez pas de M. Vandemissel; ne vous fait-il pas l'effet d'un *bon enfant ?*

— Je le connais fort peu.

— Je croyais que vous aviez étudié ensemble, et je n'aurais pas été fâché de connaître les impressions d'un ancien camarade ; je vous dirai le reste en confidence. Il s'agit de ma nièce et pupille. La famille et la position du jeune homme sont des plus convenables...

— Il ne sera jamais votre neveu.

— Vous moquez-vous de moi ? s'écria l'oncle de Marianne, ou bien vous aurait-on dit ?...

— On ne m'a rien dit. J'ai seulement vu de mes yeux que votre nièce trouve, non sans raison, M. Vandemissel absurde; qu'elle ne pourra jamais le souffrir...

— Ce n'est que cela ?

— Cela est tout.

— Voyons, mon cher Évariste, avouez que vous ne vous entendez pas beaucoup à ces matières, vous autres jeunes viveurs de Paris. Rappelez-vous donc qu'il n'en est pas d'une femme qu'on garde toute sa vie, comme d'une fleurette de passage.

— Et n'est-ce pas justement une raison pour attacher mille fois plus de prix à la sympathie, à l'estime mutuelle, et à cet ensemble de mêmes manières de voir ?

— Bah ! vous traitez tout cela à la façon des romans, j'ai eu tort de m'adresser à vous, hé ?

— Oui, monsieur, vous avez eu tort.

Il s'apprêtait à me laisser, mais la chère cause de Marianne échauffait mon zèle, je retins M. Réniez.

— A votre tour, voyons, monsieur, pourquoi vous presser ? Votre nièce est jeune ; vu sa beauté, son mérite et sa fortune, il me semble que rien ne vous serait plus aisé que de remplacer avantageusement M. Vandemissel.

— Il vous semble, il vous semble ! m'objecta-t-il avec une nuance d'irritabilité. Si Marianne avait connu et aimé quelqu'un avant cette demande, il est clair que je ne serais pas aussi décidé; mais il n'en est rien; à sa pension, elle n'avait pas d'amies qui eussent des frères ; en outre, elle ne sort jamais d'ici ; je ne reçois en fait d'hommes libres que M. Schœffer; dès lors, vous comprenez...

— Me voici, mon oncle, toute prête, dit en débouchant vers nous, au détour d'une allée, la gentille Marianne, qui, tandis que M. Réniez nous précédait de quelques pas, me glissa furtivement à l'oreille : Je vous aime bien, vous !

Puis elle alla, en compagnie de son oncle, dire adieu à leurs invités, dont les uns s'apprêtaient à regagner leur domicile, et les autres à se rendre au concert ; c'est à ce moment que M. Vandemissel m'accosta :

— On élève très-mal les filles aujourd'hui, dit-il, mais elles se corrigent en voyant le monde. Je ferai ouvrir à mademoiselle Marianne les portes des meilleurs salons de Lille. Malgré tout ce qu'on a pu dire, on tient à moi ici.

— Qu'est-ce donc qu'on a pu dire ? je ne sais rien.

— Ah ! dit-il en se mordant les lèvres de dépit, je n'ai pas achevé... malgré tout ce qu'on a pu dire de sa froideur envers moi.

Je ne vous ai point parlé de Paul Tingry, quoiqu'il fût du dîner, où je constatai, non sans plaisir, que deux mots d'entretien avec tous les plats sans exception n'étaient pas incompatibles avec les pratiques de son hygiène dépurative. Il rentra chez lui, comme Marianne, Schœffer, Réniez et moi, nous nous rendions à Lille, dans la voiture de notre hôte.

V

L'ARCHET DE BOTTESINI.

Entre les villes renommées par leur goût musical, Lille mérite d'être citée au premier rang. On y compterait par dizaines les associations lyriques. Celle dont Schœffer avait été nommé secrétaire, à cause de son talent sur la flûte, était principalement composée de fils de marchands et de jeunes commis négociants ; le président, le vice-président et le trésorier étaient des hommes plus ou moins forts sur le violon, la clarinette et le hautbois. Cette séance extraordinaire se donnait dans les salons de l'Académie de musique, place du Concert. Je vous décrirais volontiers cette étrange place du Concert, à Lille ; elle est l'endroit le plus paisible du monde entier. Quand nous entrâmes, Schœffer se rendit tout de suite à son devoir, et le président vint offrir son bras à Marianne, avec un salut qui l'eût fait nommer maréchal-de-camp, ou

3

membre de l'Académie française au temps de Louis-le-
Bien-Aimé.

Bottesini, qui a su donner une âme prompte et tendre
à la lourde contrebasse, était l'attraction de la soirée ;
il n'avait pas touché depuis cinq minutes, avec son archet,
les cordes de l'instrument, qu'il était le maître de tous
ceux qui étaient venus là pour le juger.

Marianne était assise entre son oncle et une vieille
dame en chapeau vert, et plusieurs fois elle m'envoya de
sa place un sourire... Et moi, dont le cœur était à cent
lieues de là, je me serais battu pour cet ange. Cependant,
Bottesini débuta par les variations sur le *Carnaval de
Venise*, où son succès fut immense, bien que tout le
monde sût le morceau par cœur. Il se tira avec le même
bonheur de la *Casta Diva* de Bellini, et du *Trouvère*.
Il y avait dans cette salle un grand nombre de jeunes
filles de l'âge de Marianne, que la musique n'attendrissait pas et ne charmait guère ; par contre, le même
souci se lisait facilement sur le front de toutes : « Est-ce
aujourd'hui qu'il se trouvera, cet élu, cet homme de goût
et de résolution, qui me donnera son nom avec un cachemire de cinq mille francs, et une parure en diamants ? »
Cette originale de Marianne ne paraissait émue qu'en
regardant Schœffer , parce qu'elle aimait son désintéressement, sa dignité, ses grands yeux bleus, et d'ailleurs
se moquait bien des hommes et ne songeait pas au
mariage. Celle-là était vraiment une nature simple entre
toutes, et je n'ai jamais rencontré un autre visage où se
reflétassent, avec une aussi exacte fidélité, tous les mouvements de l'âme.

D'abord je l'avais vue dominée par une sorte de surprise, que j'attribuai à la prestigieuse habileté de l'artiste.
Quand l'archet attaquait ces notes graves et tourmentées
destinées à peindre la profondeur de l'âme, l'ambition du

cœur, l'ardeur de l'amour et les grondements de la jalousie, le front de Marianne se plissait et sa face devenait toute blanche. Puis, lorsque l'harmonie du chant semblait, contente et libre, dire nos humaines aspirations vers un doux repos à l'ombre des forêts, ou sous la limpidité des étoiles, l'âme de Marianne fleurissait, comme une rose sous les caresses de l'aube. Mais, quand venait le tour de ces phrases musicales moins flatteuses pour le sentiment, mais très agréables à l'esprit des connaisseurs, soit en vertu de leur sévère correction, soit à cause de la difficulté vaincue, Marianne, qui n'était nullement connaisseuse, semblait, par sa pose allanguie et résignée, transportée au milieu des rigueurs de la réalité quotidienne, et, dans son essor vers les régions de l'espérance, clouée au sol par je ne sais quel secret vulgaire. Schœffer se tenait debout non loin d'elle, et à la faveur de la musique leurs deux amours discrets se livrèrent l'un à l'autre avec la pudeur de l'extase et l'orgueil de l'idéal.

La fête terminée, comme tout le monde se levait, Marianne et Schœffer furent inévitablement rapprochés par un serrement de mains, que j'avais prévu, qui était le premier, que personne ne vit, qui aurait eu lieu quand tout le monde l'aurait vu. Puis, Réniez, sa nièce et moi nous regagnâmes la voiture. Chemin faisant, Réniez me dit : Tingry est couché maintenant, Zoé veille très bien jusqu'à minuit en tricotant. Venez souper avec nous.

Ce fut entendu, et Marianne battit des mains de joie, comme en perspective d'une petite fête. Nous arrivâmes chez Réniez, vers dix heures. Marianne déclara que, ce soir, elle boirait du vin comme les autres :

— C'est drôle, nous dit-elle, que je ne puisse plus le souffrir ; quand j'avais sept ans, j'en buvais, et de la bière aussi, dans de grands verres, et ça ne me faisait rien.

— Qu'est-ce que tu nous chantes là ? dit le chétif
M. Réniez, essayant d'attacher sur cette héroïne un
regard de dompteur.

Elle répondit par une moue qui lui était familière, et le
souper commença. La sympathie et la jeune amitié ont
leurs douces ivresses, qui, sans rappeler en rien les
vertigineux oublis de l'amour, tiennent nos âmes gaiement
flottantes dans une atmosphère de bien-être et de bienveillance, pour laquelle il semble qu'un Dieu clément les
a créées.

M. Réniez se montra fort aimable convive; Marianne fut
gracieuse, attentive, vraiment jeune fille, dans toute la
poésie et toute toute la bonté du mot. Ce fut une rare fête,
où tous les trois, malgré les différences d'âge, de sexe et
de manière de vivre, nous savourâmes la joie d'exister,
sans allusion au passé, sans appel à l'avenir.

Vers minuit, j'étais rendu chez Tingry. La vaillante
Zoé, assise dans sa cuisine, tricotait à la lueur d'une petite
lampe de cuivre, une paire de bas noirs. Comme je m'ex-
cusais d'être un peu la cause de sa veillée, elle me répondit, avec ce qui était sa douceur à elle, qu'il ne fallait pas
dire cela, attendu qu'elle n'avait même pas encore fini.
Sur cet aveu, je sollicitai l'autorisation, aussitôt accordée,
de fumer un cigare dans son domaine. Désormais, nous
étions deux amis, et nous causâmes comme tels. Zoé
avait dû être, vingt ans plus tôt, une fille superbe. Elle
était grande, vigoureusement construite. Ses yeux, d'un
noir éclatant, jetaient encore de vives lueurs du fond de
leur sévère orbite, creusée par un vieillissement précoce.
Elle avait les cheveux également noirs, et son nez d'un
irréprochable dessin, était émacié, ainsi que le reste de la
figure, d'une façon qui trahissait moins l'œuvre du temps,
que celle de quelque altération organique.

Après s'être enquise du menu du dîner, elle me

demanda si je m'étais bien amusé et si Marianne avait été gentille.

— Elle a été parfaite, Zoé. Mais, dites-moi, on m'a tout l'air de vouloir la marier malgré elle, votre bien-aimée ?

— C'est ça qui serait dommage, monsieur. Mais les Vandemissel, c'est riche et bien posé à Lille, et puis, Marianne ne peut pas rester fille toute sa vie, et les hommes entièrement bons, il n'y en a que dans les contes.

Pour s'assurer de l'heure, Zoé tira de sa ceinture une grosse montre en argent escortée d'un médaillon en or qui renfermait une mèche de cheveux pareils à ceux de Marianne.

— Ils viennent de sa mère, me dit-elle.

— Je suis sûr, Zoé, que vous ne les donneriez pas pour un empire ?

Les grands cœurs se peignent d'un mot. A ma question, une autre personne, plus instruite, plus spirituelle, mais moins pure de vulgarité, eut sans doute répondu :

— Il n'y a pas de danger qu'on m'offre jamais un empire pour une mèche de cheveux !

Zoé me répondit :

— Un empire, monsieur, ne pourrait pas m'en rendre d'aussi beaux et d'aussi chers.

Zoé, votre foi vive a raison ! il n'est pas d'empire qui vaille un témoignage, un souvenir d'amour. Zoé, le monde présent a perdu le secret des nobles liens où s'embrassent les cœurs. Ce n'est plus qu'en lisant les contes, comme vous dites, que nos yeux se mouillent au récit d'une héroïque tendresse. Zoé, quand vous irez à la messe, priez Dieu pour qu'il n'envoie pas sur la terre cet hiver éternel, dont l'égoïsme est la glace ! Toute glace tourne en boue.

VI

LE PÈRE DE MARIANNE

Le lendemain, Zoé m'annonça que Paul Tingry était à Lille, chez son avoué, où il faisait une station hebdomadaire, mais qu'il serait de retour pour le dîner, à deux heures.

Je passai cette matinée à écrire et à lire. Mon oncle revint très exactement ; contre son ordinaire, il avait l'air sombre et préoccupé. Comme il essayait de tout pour le dissimuler, j'affectai de n'y pas prendre garde. Vers sept heures, il me proposa d'aller avec lui souhaiter le bonsoir à Réniez et à Marianne. La journée avait été brumeuse, et malgré l'heure peu avancée, il faisait déjà à peu près noir, quand nous entrâmes chez Réniez.

Marianne était occupée à lui jouer au piano le céleste motif du troisième acte des *Huguenots* :

Ah ! l'ingrat, d'une offense mortelle !...

Je surpris un signe furtif de Tingry à Réniez, lequel signe équivalait pour moi à ceci : « J'ai à te dire deux mots, qui ne te feront pas rire. »

Le motif achevé, Réniez nous dit :

— Marianne et Évariste, nous ne vous retenons pas, chers enfants.

L'interpellation était nette. Marianne alla chercher sa pelisse et son chapeau, et accepta mon bras. L'avenue de la maison de Réniez, moins étendue que celle de Tingry et située de l'autre côté du Pont-de-Canteleu, coupe de grandes prairies où paissent en famille les belles génisses de Flandre, et de jeunes chevaux. Marianne et moi nous cheminions doucement, je lui dis :

— Qu'est-ce donc que cela ?

— Voyons ! répondit-elle.

Et nous vîmes tournoyer et bondir à quinze pas de nous, de grandes ombres macabres qui faisaient mine de vouloir nous engloutir dans l'orage de leur course, et apparaissaient et disparaissaient avec la furie des vents armés en guerre. Ce n'étaient que des poulains ivres de liberté.

Marianne connaît familièrement ces bêtes, et leur donne souvent de sa main de grosses miches de pain de seigle ; mais ce soir, elle en eut comme peur, et son bras serra le mien. Dieu a donné aux petits et aux enfants l'instinct de leur sécurité. Ils savent mieux que les sages qui ont vieilli dans l'étude du danger, où ils peuvent appuyer leur bras et reposer leur tête.

— Ecoutez, fit Marianne, je vous ai dit hier que je vous aimais bien ; c'est parce que vous n'avez pas l'air de trouver tout mal, ni de rire et d'être étonné de tout. Ah ! quel malheur que vous ne soyez pas mon frère ou mon cousin, je pourrais alors vous dire ma peine.

Ah ! qu'il y avait d'honnêteté, de bravoure, de charme et de tendresse dans les paroles de cette vierge !

— Mais, poursuivit-elle, est-ce que les frères écoutent jamais leurs sœurs ? Ils ont bien autres affaires en tête : leurs chevaux, leurs amis, et nous pouvons nous désoler en attendant.

Celle qui me parlait n'avait pas dix-huit ans. Elle était vraiment une aurore avec sa fraîcheur et sa tristesse, car toute aurore est mélancolique, et semble avoir la conscience de sa fugitivité.

— Je pleure souvent toute seule, reprit Marianne, et cependant mon oncle et le vôtre ne me refusent rien et font tout ce qu'ils peuvent pour m'égayer ; mais allez donc rire de bonnes vieilles plaisanteries, lorsque vous êtes en train de chercher dans les nuages l'ombre de je ne sais quoi !

Ce *je ne sais quoi* n'était pas alors bien loin de nous. Je venais, moi, de le reconnaître, ou plutôt de le deviner, dans la silhouette encore indistincte d'un jeune promeneur qui nous offrit bientôt la démarche et la figure de Schœffer. Il parut sincèrement étonné de nous voir. Il était venu faire un pèlerinage au pays de la bien-aimée.

Marianne lui tendit la main sans hésitation et sans rougeur. Il vint cheminer à mon côté, par un excès de délicatesse qui eut aussitôt sa récompense, car Marianne, le traitant en intime, reprit la conversation avec un redoublement de franchise :

— Je n'épouserai jamais M. Vandemissel, vous m'entendez tous deux, attendu que je ne l'aimerai jamais ; c'est parce que je dois hériter, dit-on, d'une grande propriété, qui touche aux siennes, près de Templemars, qu'il se montre si empressé. Moi j'aimerais mieux tout donner aux pauvres que d'être sa femme.

— Et s'il arrive, Marianne, qu'un autre vous demande ?

— Mais, monsieur Évariste, je suis encore une petite fille. Il est vrai que je ne suis pas comme les autres ; aussi je n'ai pas été élevée non plus comme elles...

— Cependant, Marianne, vous êtes allée en pension et vous en êtes sortie à l'âge ordinaire ?

— Ah! ne me parlez jamais de ce temps-là, fit-elle. Je périssais d'ennui, et j'enviais le sort des enfants morts au berceau. Si je ne craignais pas d'être prise pour une folle, ou ce qui est pis, pour une personne qui vise à l'originalité, je vous dirais que mes souvenirs remontent jusqu'au jour même de ma naissance, qui eut lieu à Paris, dans une chambre de la rue Montorgueil. Je fus reçue, à mon entrée sur la terre, dans les bras de Zoé. Aussi je l'aime, et quand j'ai le cœur gros, et que je trouve que le

monde va mal, cette paysanne, qui ne saura jamais lire
et qui n'est pas ma mère, me comprend aussi bien que
ma mère l'eut fait. Pauvre mère! j'avais à peine un
an lorsqu'elle mourut, et cependant je saurais faire
son portrait. Je l'essayai une fois au crayon. Zoé a
éclaté en larmes en le voyant, et m'a dit : bien sûr,
Marianne, le Seigneur te l'a montrée dans un rêve.

Schœffer était vivement ému.

Notre attention fut alors attirée par le passage, sur cette
route solitaire, d'une voiture de place qui ne se rendait
pas bien loin, car, dix minutes plus tard, comme nous
revenions sur nos pas, nous l'aperçûmes de nouveau
reprenant cette fois la route de Lille.

Schœffer nous accompagna jusqu'à l'entrée de l'avenue
de Tingry. Alors nous vîmes sortir d'entre les premiers
arbres, comme s'il y était resté caché jusqu'alors, et venir
délibérément à nous, un personnage bien décidé à nous
accoster. A cette vue, Schœffer attendit, et moi je fus
glacé par une froide stupeur en reconnaissant Chambrun,
Chambrun votre indigne adorateur et l'objet de mon
amère jalousie, Chambrun que je croyais à l'autre bout
du monde.

Marianne ne comprenait rien aux allures de cet
étranger, ni à mon embarras trop visible. A deux pas de
nous, Chambrun tira son chapeau et entama ainsi la
conversation :

— J'espère que je ne vous dérange pas !

Tout mon sang bouillonna ; mais, je réussis à me
contenir suffisamment pour lui répondre :

— Cela dépend de la façon dont vous l'entendez; si
vous vous abstenez de nous parler et de vous approcher
de nous, vous ne nous dérangez pas.

Schœffer alla se placer de l'autre côté de Marianne,
que ma réponse avait fait rire.

Alors, Chambrun vint la regarder en face et lui dit :

— Comment, jeune fille, cela vous paraît donc sujet de rire qu'on maltraite votre père ?

Marianne ouvrit de très grands yeux et tomba presque dans mes bras en soupirant :

— Mais, je ne l'ai jamais vu !

Chambrun me toucha la main. Je m'attendais mille fois plutôt à l'offre d'un duel à mort, qu'à l'incroyable sommation de ce drôle :

— Messieurs, vous êtes témoins de l'émotion extraordinaire que ma vue a produite sur cette enfant, émotion où nul ne pourrait méconnaître la voix du sang.

L'œil bleu du jeune Autrichien eut un éclair effrayant, lorsqu'il se chargea de répondre pour moi :

— Taisez-vous, ou j'arrache une branche à cet arbre pour vous en casser la tête.

— Je ne vous connais guère, monsieur, et je me moque de vos menaces, risposta Chambrun, qui jugea à propos de reculer néanmoins de plusieurs pas (car ces blonds rêveurs ont le don de faire peur quand la colère les prend); je n'ai pas quitté d'importantes affaires et fait soixante lieues pour me disputer avec vous!... Ainsi, veuillez rester tranquille. S'il résulte de tout ceci un esclandre, ce n'est pas moi qui l'aurais voulu. Et d'ailleurs, qui a le droit de m'empêcher de revoir ma fille ?

Son discours fut soudain interrompu par un murmure étranglé qui sortit de sa gorge, tenaillée entre dix doigts de fer.

Zoé réussissait assez bien l'ironie amère, à en juger par le peu de mots dont elle accompagna sa violente et soudaine irruption parmi nous :

— Je ne veux pas vous faire du mal, monsieur, mais vous avez de l'audace si vous osez tourmenter cette enfant devant moi.

— Vous êtes une femme, heureusement, dit Chambrun ; mais, bien que vous m'ayez toujours détesté, oserez-vous dire que je ne suis pas le père de cette jeune fille ?

Zoé, sans lui répondre, vint prendre dans ses bras la faible et pâle Marianne.

— N'aie pas peur, mon doux ange, puisque, si je le lui défends, il n'osera pas te regarder.

— Pardon, Zoé, dit Schœffer, tandis que Marianne se raminait lentement ; ce que cet homme a dit, est-il vrai ?

— Hé, de quoi nous inquièterions-nous, si ce n'était pas vrai, répondit la brusque paysanne ?

— C'est vrai ? répéta machinalement l'inconsciente Marianne.

Comme nous nous préparions à rentrer chez Tingry, l'état de Marianne ne permettant pas qu'on se rendît immédiatement chez son oncle, Schœffer se retira. Chambrun me prit à part :

— Vous me jugez trop mal, M. Évariste ; si je n'ai pas été le modèle des fils et des maris, s'ensuit-il que vous ayez le droit de me refuser jusqu'aux moindres égards, dus à tout étranger ? j'en suis un pour vous. Je ne réclame rien d'une amitié qui n'a pas lieu d'exister jamais entre nous, mais, à un jeune homme dont je pourrais être le père, je reproche amèrement de m'avoir parlé comme vous venez de le faire devant ma fille.

— Ensuite, monsieur ?

— J'ai mes motifs pour ne pas chercher à vous suivre dans cette maison, dont, armé d'une autorité sanctionnée par toutes les lois, je pourrais, ce soir même, interdire l'entrée à Marianne pour l'emmener avec moi partout où il me plairait. Tel n'est pas mon projet.

— Je sais que votre projet n'a rien de sanguinaire, et que ce n'est pas un impétueux éveil du sentiment paternel qui vous amène ce soir.

— Que voulez-vous dire ?

— Vous me comprenez bien. D'ailleurs, nous sommes destinés à nous revoir, et nous achèverons cet entretien en un moment et dans un endroit plus propices.

— A vos ordres. Je suis descendu 92, rue des Fossés-Neufs ; je vais vous y attendre avec impatience, et ce sera, sans doute, notre première et dernière entrevue, car je puis à peu près vous promettre, termina-t-il avec un accent très significatif pour moi seul, que nous ne nous verrons plus à Paris.

Ce qui peut-être m'eût fait plaisir en d'autres temps, me laissa entièrement insensible, à présent que le meilleur de ma sollicitude appartenait à Marianne. Quand Chambrun me quitta, Zoé et son précieux fardeau entraient dans le petit salon, où j'avais été reçu le soir de mon arrivée.

Réniez et Tingry parurent alors. Marianne, à demi-couchée dans un fauteuil, avait rouvert ses grands yeux, et paraissait livrée non à un rêve indolent, mais au calcul précis et à l'enchaînement de tous les incidents de sa vie passée, et de la rencontre de ce soir. Nous étions quatre debout autour d'elle, elle nous examina lentement l'un après l'autre, mais sans affectation et sans douloureuse fixité. C'est à moi qu'elle s'adressa d'abord :

— Je suis bien fâchée, Évariste, me dit-elle, de la manière dont notre promenade a été interrompue. Et vous, mes bons amis, sans qui je ne serais rien, et déjà morte sans doute, que me conseillez-vous ?

Personne ne répondit, car personne ne se trompa à l'accent dont Marianne prononça ces paroles. L'enfant n'était pas de celles dont la conscience hésite, son parti était irrévocablement pris ; c'était donc de sa part simple formalité de déférence. Zoé, qui était sujette à des exaltations soudaines, éclata la première.

— Marianne, il ne faut plus penser à tout cela; si vous étiez plus âgée, mademoiselle, vous sauriez que le monde est plein de ces intrigants, qui lorsqu'une jeune personne a la réputation d'avoir des terres et de l'argent placé, sortent, on ne sait d'où, pour venir leur dire : « je suis votre père ou votre oncle ! »

Puis Zoé s'embourbant jusque par-dessus la tête, trouva cette péroraison imprévue :

— Je ne dis pas cela pour vous, monsieur Réniez, puisqu'il est connu que vous renoncez à garder deux chevaux, afin que Marianne soit plus riche dans l'avenir.

Alors Marianne fondit en larmes, et fit le geste de se mettre à genoux devant Réniez, qui la pressa sur son cœur :

— Cher oncle bien-aimé, lui dit-elle, le sacrifice de ma vie ne payerait pas celui que vous m'avez fait de la vôtre, et je ne pourrais jamais vous dire ce que je sens pour vous ; mon plus grand bonheur eut été de vous obéir toujours et en tout ; mais, si celui qui vient de partir seul, par cette nuit sombre, est mon père... c'est à lui que j'appartiens. Oh ! que je vous remercie de ne pas dire non ! et comme vous êtes bien sûr aussi que le cœur de Marianne est plein de vous !

— Alors, tu... vous n'êtes pas contente de moi, interrompit Zoé.

— Tais-toi ! lui dit Marianne, en courant l'embrasser, et viens coucher auprès de mon lit cette nuit. Mon parrain ne t'en empêchera pas ; c'est *toi* qui me diras tout.

Marianne, chaudement enveloppée, partit avec sa fidèle amie, après avoir reçu, en gage d'inaltérable affection, notre baiser à tous trois. Elle me traita comme un frère, et je jurai d'en être un pour elle.

VII

TROP SE TAIRE NUIT.

Réniez, Tingry et moi, nous prîmes chacun un siège, autour de la cheminée, et ce fut Réniez qui rompit le premier notre grave silence :

— Pauvre Charlotte ! Ah ! Tingry, si tu avais parlé, qu'un seul mot nous eût épargné de chagrins !

— Il y a quinze ans qu'elle est morte, s'écria Tingry à travers d'émouvants sanglots, et je l'aime autant ce soir, que le soir du bal qui eut lieu chez toi, à sa sortie de pension ! Et quand tu t'es privé pour moi de son portrait, savais-tu que pendant quinze ans, mes yeux n'auraient pas quitté ce portrait ?

— Vous venez de l'entendre, me dit Réniez, Charlotte était ma sœur ; Tingry l'aimait, et fit son malheur, pour ne l'avoir pas dit. Mon père était triste, et presque toujours malade. Sans doute, il nous chérissait du meilleur de son cœur, ma mère, Charlotte et moi ; mais de ces trois affections, la plus profonde, la plus délicate, la plus discrètement fière, est celle qu'il portait à ma sœur. Il aurait voulu à la fois, et ne jamais s'en séparer, et la marier au jeune homme le plus accompli de l'univers. Charlotte allait avoir dix-neuf ans, j'étais son aîné de cinq ans. Tingry, qui était de mon âge, n'avait jamais cessé d'être traité par ma sœur avec une douce cordialité ; votre oncle ne crut jamais y voir qu'une bienveillance semi-fraternelle, tandis que Charlotte était pleine du tranquille espoir qu'elle deviendrait la femme de Tingry. Elle nous le dit un soir, que chacun de nous tenait une de ses mains, deux jours avant le dernier adieu. Lorsqu'elle n'avait encore que dix-neuf ans, Tingry et moi nous étions déjà de vieux amis, et quand nous entendions parler d'amitiés inconstantes, d'égoïsme et de fausseté, c'est une langue que nous ne comprenions point, n'est-il pas vrai ?

— C'est vrai, répondit Tingry.

— Alors, mon cher Évariste, votre oncle partit pour l'Orient, où il pensait ne rester que six mois, et où il fut retenu deux ans. Cela vous permet déjà de deviner le reste, et nous épargnera un long récit. Bien que la santé de mon père allât toujours en déclinant, et que ma mère eût horreur de tout ce qui l'éloignait de sa maison, on les vit tous deux sacrifier leurs goûts, et renverser leurs habitudes, pour conduire Charlotte au bal ; ma sœur ne manquait jamais d'y rencontrer, assidu auprès d'elle, un jeune homme qui n'était pas de Lille, mais dont le nom et la famille nous étaient honorablement connus : M. Chambrun, fils d'un magistrat de Douai. Personnellement, il me déplaisait; mais il faut dire que tout autre m'eût sans doute également déplu, car je ne pouvais me fier à l'inconnu, et c'est dans Tingry seul que j'avais rencontré la bonté, la franchise et le véritable amour. Je ne dis pas que M. Chambrun soit un méchant homme, je l'ai trop peu vu pour affirmer aussi nettement son indignité ; mais sa fausse élégance, sa fausse bonne humeur, son instinct trivial, sa vie relâchée, me faisaient trembler à la pensée que les plus vives espérances d'une jeune fille, et tout l'avenir d'une femme pussent être livrés aux mains de cet homme. Le danger que je redoutais prit une forme précise. Chambrun, après avoir fait présenter sa demande à nos parents par un homme vénérable, dont la grande réputation d'honneur éclaira de son auréole les côtés obscurs de son protégé, Chambrun parut vouloir s'amender et entrer dans la vie laborieuse et régulière. Mais cela était loin de me suffire : sous la peau du prétendu converti, je voyais poindre le dissipateur-né, incapable d'attachement, autant que de bon ordre, et je suppliai mon père et ma mère d'attendre.

— Attendre quoi ? me fut-il répondu.

— Et le sais-je moi ? Charlotte ne sera pas en peine de trouver mieux, avec ses qualités personnelles, votre nom, et la dot que vous lui destinez.

— Bref, monsieur Réniez, interrompis-je à mon tour, tout ce que je vous ai dit tantôt au sujet de M. Vandemissel et de Marianne.

Réniez n'hésita guère à me répondre :

— Ce n'est pas tout à fait la même chose, comme vous l'allez voir. Mon père me dit : M. Chambrun me paraît devoir convenir à ta sœur sous les rapports essentiels ; il ne serait donc pas, à mon avis, d'une extrême sagesse de l'ajourner ou de le refuser, sous prétexte qu'on cherche une perfection qui n'a pas disparu de la terre pour se retrouver dans le cœur des jeunes hommes à marier. Et, si j'avais encore, mon cher fils, assez de foi en l'humanité, pour chercher ce phénix, avec l'espoir de le rencontrer, voici qui m'interdirait les longues recherches, acheva mon père, en mettant la main sur son cœur, oppressé par un commencement de suffocation auquel il était sujet. Il est un seul homme, ajouta-t-il avec beaucoup de peine, auquel j'eusse donné Charlotte avec une confiance et un repos absolus, c'est Paul Tingry ; il est doux, courageux et honnête, mais il mourra garçon, et ce n'est pas notre rôle de vouloir l'en empêcher.

Tout cela était irréfutable, et en outre l'ébruitement de la démarche tentée par Chambrun, et de ses chances de succès, arrêta ceux qui auraient pu être dans les mêmes intentions vis-à-vis de Charlotte. Quant à moi, j'étais accablé de mélancolie et de pressentiments mauvais. Tingry était alors dans la Haute-Égypte ; mais où lui écrire ? D'ailleurs je n'aurais su comment le faire, sans trahir un vœu que la plus vulgaire délicatesse m'obligeait de tenir secret. Il est vrai que j'eus doublement à me repentir de cette excessive retenue, lorsque, le

mariage accompli, je reçus de Tingry une lettre terrible.
Il avait failli mourir, il est de ceux qui n'aiment qu'une
femme dans toute leur vie.

Tingry parle très peu, comme vous savez, et plaise au
ciel que vous ignoriez toujours combien sont rigoureuses
les tristesses qui saignent sans relâche au fond des cœurs
silencieux ! Au retour de Tingry, c'est-à-dire moins de
deux ans après le mariage de Charlotte, mon père était
mort, ma mère allait mourir, Marianne venait de naître.
Quant à Chambrun, il s'en était allé on ne sait où, après
avoir, en moins de deux ans, dissipé tout l'avoir de la
communauté, et risqué l'honneur de son nom et la dignité
de son ménage, dans une vie molle, livrée aux fréquentations douteuses, et par suite à d'obscures entreprises. Je
ne crois pas qu'il maltraita jamais sa femme, autrement
que par les conséquences fatales de son triste caractère.
Il était même obsédé par le sentiment de son indignité
envers elle ; il lui avouait qu'il ne fallait pas compter sur
lui, et que les tentations du désœuvrement et de la mauvaise compagnie le vaincraient toujours. Après de longues
hésitations, il recula tout-à-fait devant la terrible et sainte
responsabilité que lui réservaient les événements. Charlotte allait être mère. Huit jours avant la naissance de
Marianne, comme la détresse menaçait d'envahir le logis,
Chambrun, avec ce misérable accent d'expiation que
savent prendre les lâches coupables aux approches d'une
crise, annonça à sa femme qu'il allait s'embarquer pour
Melbourne, où il projetait de s'associer au travail des
squatters Australiens. Charlotte avait l'âme grande ;
elle a légué à sa fille ce noble instinct du sacrifice de
notre tranquillité au respect du devoir. Elle rappela à son
mari que jamais une plainte n'était sortie de sa bouche,
et elle le pria avec larmes de rester. Le malheureux
partit. Ma sœur demeura trois jours sans nouvelles de

4

lui, trois jours, où elle fit de Dieu seul le confident de
son martyre. Puis, nous reçûmes d'elle une lettre simple
et douce, comme un testament du cœur, où elle me priait
de venir à Paris, et d'emmener avec moi Zoé. Ce fut
Zoé qui reçut Mariannne à son entrée dans la vie. Notre
présence eut sur l'état de la jeune mère une heureuse
influence qui lui permit après ses relevailles, de nous
accompagner à Lille. Elle s'installa avec son enfant,
dans la maison où vous avez dîné hier. Elle fit deux
parts de son cœur : l'une rayonna dans l'amour de sa
fille, l'autre se fondit dans l'espoir du ciel. Quand Tingry
devint notre voisin, elle le revit avec une sublime joie,
où sa douce jeunesse se montra vénérable. Elle savait
que Tingry n'avait aimé qu'elle, et qu'il mourrait sans
jamais lever les yeux sur une autre femme. Tandis qu'au
sein de notre profonde retraite, nous tremblions tous sur
l'incertitude d'une telle destinée, sur les menaces que
chaque jour tenait en réserve contre la frêle sécurité de
Charlotte, cette adorable sainte recueillie dans la paix,
priait seulement pour que la volonté d'en haut fût faite,
et pour que cette volonté rendît Marianne heureuse. Cela
dura deux ans ; et puis, un beau soir d'avril, que les
petits oiseaux chantaient à sa fenêtre, et qu'une brise
parfumée, accompagnant ces chants, embellissait le
crépuscule de toutes les promesses de l'aurore, Charlotte
enveloppée de langueur et d'harmonie, ferma les yeux et
ne les rouvrit plus. Bien qu'elle eût les yeux clos, et presque déjà morte, nous vîmes son cœur monter vers ses
lèvres colorées d'un soudain et fugitif éclat. Marianne
sommeillait dans son petit berceau, où Tingry l'alla
prendre ; il posa la figure de l'enfant endormi sur les
lèvres de la mère mourante, et, grâce à Tingry, le dernier
soupir de Charlotte fut un baiser pour sa fille.

Depuis, continua Réniez, Marianne ne nous à pas

quittés, hormi pendant les courtes années qu'elle passa au Sacré-Cœur de Lille, où son humeur triste et sa faible santé ne permirent pas qu'elle suivît régulièrement le cours de ses études. Elle les acheva parmi nous. Tingry et moi nous eûmes fort à faire, pour ne pas perdre la tête au milieu des questions dont elle nous poursuivait sans relâche, touchant son père et sa mère, et pourquoi tout le monde semblait lui faire un mystère de quelque chose. Mes dispositions étaient prises pour assurer l'avenir de Marianne. Toutefois, il restait un point noir à l'horizon. Chambrun, sur la résidence duquel nos longues et indirectes recherches n'amenèrent pas le moindre éclaircissement, Chambrun reparaissant avait le droit, sur la simple constatation de son identité, de nous ravir Marianne, et de l'emmener avec lui. Douze années de silence avaient presque anéanti nos terreurs. Elles se réveillèrent, il y a deux ans, dans les circonstances suivantes : J'avais proposé à Marianne le voyage des bords de la Loire, qui lui fut très agréable. Nous nous arrêtâmes à Tours. Un soir, que nous rentrions à notre hôtel, le concierge m'informa que dans l'après-midi, un étranger, refusant de déclarer son nom, avait demandé si parmi les voyageurs il ne se trouvait pas un monsieur Réniez, de Lille, et sa nièce. Sur la réponse affirmative du garçon, l'inconnu était remonté dans une voiture qui l'attendait à la porte. Le lendemain, je ramenai Marianne à Lille. Depuis lors, nous n'avions plus entendu parler de Chambrun, lorsque ce matin, Tingry, malgré le changement produit par les années, le reconnut en ville et pressentit un désastre. Vous avez vu le reste.

— Je puis, si vous le désirez, dis-je alors, vous fournir d'authentiques renseignements sur l'existence actuelle de M. Chambrun. A ma connaissance, il réside à Paris depuis quelques années ; je l'ai rencontré dans différents milieux, où il s'est fait présenter à moi en qualité de compatriote ; dans mes présomptions, l'homme moral n'a pas beaucoup changé ; cependant je ne me rappelle pas avoir entendu émettre de sérieux griefs contre lui ; le bruit public lui attribue une part dans diverses affaires. En outre, je réserve cette bonne assurance pour la fin, il ne songe pas du tout à vous enlever Marianne, mais seulement vingt ou trente ou quarante mille francs dont il a besoin pour participer avec quelque gloire aux travaux des *Squatters*... Parisiens.

— Oh ! Evariste, s'écria Tingry, si ce pouvait n'être que cela, et même le double, je connaîtrais enfin une joie parfaite, à la certitude que Marianne ne nous quittera jamais.

— Je le jure ! murmura une voix sourde, qui s'éteignit aussitôt dans un silence que notre stupéfaction prolongea.

— C'est lui, dit enfin Réniez, c'est Chambrun !

A cet instant, le bruit de la chute d'un corps dans les feuilles des arbustes qui bordaient la croisée entrouverte, et d'où était partie cette voix, nous décida tous trois d'un même mouvement à pratiquer une reconnaissance. Chambrun avait disparu.

VIII

MARIE A EVARISTE.

Mon doux ami, ne me faites pas dire que j'ai eu tort dans notre petite querelle, car je serais bien capable de cette humilité, tellement je suis triste de ne plus vous voir jamais, et d'être toute seule par un si beau temps. Je vous prie donc, Évariste, de m'écrire une petite lettre d'excuses, que je recevrai demain matin, et d'arriver vous-même dans l'après-midi. Vous avez disparu d'une façon si extraordinaire, que je n'aurais pas su où vous

écrire (et peut-être nous serions morts l'un pour l'autre)
sans la visite récente d'un personnage que je n'aurais
pas reconnu, tant il est différent de lui-même, et qui est
venu m'annoncer, comme un immense événement, qu'il
avait embrassé sa fille, et qu'il voulait que sa fille épousât
Schœffer. Je vous parle de M. Chambrun, aux discours
duquel je n'ai pas compris grand chose, sinon, que du
trône de la reine de ses pensées, je suis descendu au rôle
moins éclatant de confidente de son bonheur. Il paraît que
depuis que sa fille doit épouser Schœffer, M. Chambrun
fait le plus grand cas de vous. Mais revenez donc, mon
cher Évariste, après avoir écrit la petite lettre, revenez,
revenez ! Il y aujourd'hui deux ans tout juste que nous
nous sommes rencontrés pour la première fois, à la soirée
de madame Dervieux. J'étais une jeune femme alors,
assez gaie, disait-on, et pas trop laide, puisque, pendant
deux ans, vous lui avez dit trois millions de fois qu'elle
était la plus belle femme du monde pour vous. En pareil
cas, un homme ne doit jamais raisonner contre une
femme, et surtout ne jamais rougir de reconnaître ses
torts devant celle qu'il aime. J'ai visité hier, rue de l'Ar-
cade, un très agréable appartement, dont je vous donnerai le détail, après le reçu de la petite lettre d'excuses.
J'en ai déjà fait la distribution à part moi : votre bibliothèque sera près de mon salon. Est-il bien prudent à
une femme de prendre pour mari un si furieux ami des
livres ? Cela m'est égal ; quand vous lisiez le soir, près
de moi, et que je continuais à vous parler, cela vous
faisait sourire. J'aime votre sourire, Evariste ; sans lui je
ne consentirais pas à vivre près de vous. Un mot encore sur
M. Chambrun : sa visite, extrêmement courte, s'est terminée sur l'annonce qu'il n'était que de passage à Paris,
et qu'il allait retourner à Lille, pour assister à l'éternel
mariage de sa fille avec Schœffer.

Tout cela m'a un peu impatientée, parce que je pensais à vous, et que votre absence m'avait rendue de fort mauvaise humeur. Malgré toutes vos protestations, je doute que ce soit vous qui aimiez le plus ; citez-moi une seule occasion où je vous aie contrarié pour le plaisir d'être en différend avec vous. Ce n'est pas ma faute si je ne suis jamais de votre avis ; vous êtes si distrait quand je parle, que vous ne me comprenez pas toujours exactement, et alors c'est entre nous des explications à n'en plus finir... Cela a été bien délicat à vous de partir ainsi ! et si j'en avais usé de même, et qu'à votre retour on vous eût dit : « Madame est à la campagne et n'a pas laissé son adresse ? » Là-dessus, je vous exhorte à bien vous recueillir, pour être sûr que vous êtes capable de passer tous vos jours auprès de moi, sans trop me tourmenter. J'ai fait de sérieuses réflexions, mon cher Évariste, et je ne donnerai ma main qu'à celui dont je serai sûre d'être bien aimée. Cela est une demande ; répondez, et surtout revenez.

Évariste à Marie.

Je vous aime *trop,* et je serai de retour à Paris demain soir. J'ai eu quelque peine à décider Paul Tingry à un départ aussi précipité ; mais enfin il m'accompagnera ; son désir de vous voir est grand. Il vous admirera, et je suis sûr que vous l'estimerez beaucoup.

Obéissant à votre ordre, je vous demande pardon... d'avoir pu croire que vous étiez bonne. N'importe, je suis tout à vous, et pour la vie. J'ai même peur, Marie, de l'ardeur inouïe avec laquelle tout moi se réfugie en vous. Ah ! ma belle chérie, quelle fête !

Je vous écris de la salle à manger de mon oncle, et je suis interrompu par l'arrivée de Marianne et de Schœffer. Marie, gardez-vous de rire, ou de perdre patience,

quand on devrait vous répéter cent fois tout de suite,
qu'ils seront unis. Chambrun ne peut rien contre eux, et
tout le monde est disposé à tout faire pour lui, si le nouvel
homme, que ses discours et ses regards promettent, n'est
pas le fragile masque de l'ancien. Mais ne faisons pas des
succès à venir une condition de notre joie présente. Je
veux jouir, sans mélange de crainte, de l'espoir de vous
revoir demain, pour ne vous plus quitter, je veux jouir
de ce pur soleil, et du spectacle délicicieux de Marianne
et de son mari. Tous deux ils sont jeunes et sincères, et
le mensonge ignore la route de leurs lèvres.

Vous les verrez, Marie, et je crois qu'ils vous devien-
dront chers. Je crois, surtout, que vous ferez une très
vive et très heureuse impression sur l'esprit de Marianne,
à laquelle je parle de vous tout en vous écrivant.

A demain, et à toujours !

Il est midi ; Dieu lui-même paraît sourire à la terre,
dans la lumière clémente de l'astre qui a réjoui tous les
hommes depuis la naissance du premier ; il est midi,
c'est l'heure du meilleur rêve et de la meilleure prière.
Le concert des oiseaux, le murmure de la brise, le chant
de la sève dans les grands arbres, et l'espoir infini du
cœur humain, se fondent dans une même voix, et cette
voix, au lendemain des jours sombres, redira encore à
ceux qui viendront après nous :

« C'est bien fait d'aimer ! »

LE ROMAN D'HERMINIE

ou

comment on devient greffier.

I.

Un greffier mélancolique avec lequel, dans des jours
plus tranquilles, j'ai fait souvent ma partie de dominos
sous les voûtes du paisible Café Minerve, m'adrese de
Langres une lettre ainsi conçue :

« Monsieur,

» Je l'ai brûlé... j'ai eu ce courage ; mais, qui me
donnera celui de ne point pleurer ? J'ai réalisé tout ce
qu'on pouvait attendre de la fermeté d'un greffier...
Monsieur, je ne suis qu'un homme après tout. Sous le
fonctionnaire impassible... cet homme souffre... Je l'ai
brûlé.

— Qu'a-t-il brûlé ? direz-vous.

Et moi je vous réponds:

C'était un joli manuscrit, sur papier à lettres vergé,
satiné, avec mes initiales, gravées au timbre sec sous
une couronne de vicomte. C'était un joli manuscrit, car
j'ai une belle main, et j'excellais, jadis, aux joûtes
vertueuses des *pleins* et des *déliés*.

La couverture de ce joli manuscrit était bleue, et le
titre en était noir.

Herminie ou le Vœu sinistre, tel était ce titre.

Une année venait de se passer entièrement dans la
société d'Herminie, créature impalpable, qui avait reçu
le jour dans mon imagination, et me comblait en retour
de faveurs idéales. J'avais alors vingt ans.

Mon manuscrit achevé, j'adressai une lettre attendrissante à M. Cousin, membre de l'Académie française, homme sévère, mais juste, que je ne connaissais pas le moins du monde.

Dans cette lettre, je commençais par demander à M. Cousin un peu d'amitié ; puis, je lui exposais mes idées sur l'art, sur le beau, sur la femme, et enfin, je le priais de m'envoyer par retour du courrier, une demi-douzaine de conseils paternels.

Je me rappelle textuellement mon *post-scriptum :*

— Cher maître, donnerai-je *Herminie* à la *Revue des Deux-Mondes,* ou la publierai-je immédiatement en librairie ?

La question était vive et épineuse à la fois. M. Cousin n'osant se charger du soin de la résoudre, ne me répondit pas.

Cependant, tout le monde, à Langres, me méprisait ouvertement. J'en étais fier... Moi aussi, j'étais donc un martyr de la grande cause, un lutteur, un pionnier, un méconnu. Il n'aurait rien manqué à mon bonheur, si mon flanc avait bien voulu saigner un peu. De quel prix n'eussé-je point payé un petit vautour d'occasion, qui aurait fait semblant de me ronger le foie... devant le monde !

II.

Sur ces entrefaites, débarqua à Langres un charmant jeune homme brun, très bien mis, chargé de moissonner des souscripteurs à l'*Adamastor*, revue nouvelle des arts, des sciences, des lettres et de la corseterie.

Langres me l'adressa d'une commune voix. L'*Adamastor* coûte 60 francs par an ; j'hésistais, mais le jeune homme brun me dit :

— Monsieur, l'*Adamastor* est une tribune ouverte à toutes les voix éloquentes , et le directeur compte beaucoup sur la vôtre... autrement dit, si vous disposez présentement de quelque manuscrit, ne vous gênez pas.

J'invitai le délégué de l'*Adamastor* à un déjeûner, qui me coûta le prix d'un abonnement de six mois, et acheva de me déshonorer chez mes concitoyens. Mais, au *gloria*, je lus *Herminie* au jeune homme brun.

Il pleura, le beau, le tendre, le noble jeune homme brun, et quand j'eus fini, il trouva seulement un mot à me dire : mais que ce mot était juste, vrai, profond, marqué au coin de l'à-propos et de la conviction. Il dit seulement : « C'est beau ! »

Par le courrier suivant, j'adresssai au directeur de l'*Adamastor* mon manuscrit, plus soixante francs en un bon de poste, et l'assurance de ma considération distinguée.

A quinze jours de là, je reçus le premier numéro de mon abonnement.

L'*Adamastor* était d'un format extrêmement vaste, le facteur vexé m'en fit l'observation en ces termes un peu libres :

— Ce n'est pas la poste, ce sont les messageries qui devraient se charger de *ça*.

— Que voulez-vous que j'y fasse ?

— Dame ! vous devriez en écrire à ceux de Paris, au directeur.

— Je ne le connais pas.

— Alors, c'est bien différent ; je croyais *que vous étiez de la bande...*

Oh ! Homère ! oh ! Alexandre Dumas ! il était donc écrit que vos sectateurs et ceux de Mandrin porteraient le même nom chez la postérité !

III.

Je restai deux mois (deux siècles !) sans nouvelles d'*Herminie*, et je pris le parti d'écrire au directeur. Il me répondit qu'il avait besoin de causer avec moi, avant de prendre une détermination sur ce sujet. Deux jours après, à neuf heures du matin, le fiacre qui me transportait moi et mes bagages depuis la gare de l'Est, s'arrêtait devant les bureaux de l'*Adamastor*.

Je trouvai porte de bois, et laissai deux cartes cornées à l'adresse du directeur.

C'est l'usage à Langres, de laisser deux cartes dans les maisons où l'on fait visite. Cette prodigalité signifie à la fois, un certain détachement des biens du siècle, et le désir de faire convenablemeut les choses.

Je ne quittai point mon hôtel de la journée, attendant toujours, mais en vain, le directeur. Le lendemain, je retournai chez lui, et fus reçu dans une antichambre malpropre, par un borgne, qui avait mal aux dents. Le borgne ne me rendit pas mon salut, et m'annonça que le directeur n'était parfois visible que de trois à cinq heures.

A trois heures j'étais à mon poste. Le directeur, absorbé dans l'élaboration du prochain numéro, me remit au samedi suivant. Le borgne me transmit les ordres de son maître dans ces termes :

« Samedi, vous êtes certain de trouver M. le directeur, s'il pleut. »

Le samedi venu, il ne plut pas ; mais l'atmosphère était lourde, le ciel gris, cela me suffisait. Je fus reçu.

Le sultan m'avertit, sur un ton de complaisance marquée, qu'il n'avait que trois minutes à me donner, qu'il était assassiné d'affaires... il fumait *sa pipe* et lisait *le Figaro*.

— Monsieur, lui dis-je, je viens au sujet d'*Herminie*...

— *Herminie*, qu'est-ce que c'est que ça ?... Ah ! très bien, je me rappelle... J'ai énormément d'observations à vous adresser là-dessus. Le temps me fait défaut aujourd'hui ; mais je me réserve de vous écrire prochainement. Votre serviteur.

De retour à Langres, je racontai d'un air dégagé, que j'avais mes entrées au Gymnase, et que Montigny (si j'avais dit M. Montigny, personne ne m'aurait cru) me demandait trois actes.

IV.

A mes pressantes lettres, le directeur ne se lassa point de répondre que ces choses-là se traitent mieux verbalement, et qu'à mon prochain voyage à Paris, nous nous entendrions. C'était l'époque des renouvellements, je me réabonnai. Je dus attendre quatre mois avant de revoir le borgne. Il daigna me reconnaître, et fut moins sévère ; s'il avait seulement souri, je l'invitais à dîner ! La première fois, je manquai le directeur d'une minute.

Je me fis une molle habitude d'aller deux fois par jour au bureau de l'*Adamastor*, m'entendre dire par le borgne : « Vous n'avez pas de chance. »

Enfin, un rendez-vous fut pris entre cet invisible et moi, pour un certain lundi, jour que j'avais fixé pour mon départ.

Au dernier moment, l'entrevue fut décommandée, et remplacée par l'avis suivant :

« Cabinet du directeur. »

« *Herminie* ne nous déplaît pas, seulement, il faudrait corriger le titre et le ton trop personnel de l'ouvrage. »

Autrement dit changer l'enseigne et le mobilier de la maison.

Le directeur n'ayant pas mon manuscrit par devers lui (c'est son mot), j'attendis quatre mois dans ma ville natale le résultat de ses fouilles.

En octobre, on m'envoya *Herminie*, que j'allai moi-même restituer à l'*Adamastor* dans le courant de mars, moins sentimentale et réduite de moitié.

Tant de persévérance me valut la promesse écrite, que,

moyennant plusieurs autres coupures jugées utiles, *Herminie* prendrait son rang.

J'abrège, monsieur ; j'allai encore sept fois à Paris (songez, que je n'ai jamais vu les Invalides, ni l'Opéra) pour assister chaque fois à une nouvelle mutilation d'*Herminie*, accompagnée de ces mots du directeur :

— Hé! hé! cela commence à prendre une tournure !... Bourreau !

A mon douzième voyage, les ratures directoriales n'avaient épargné que mon nom, quand la *Revue* cessa de paraître ; j'avais perdu quatre ans, et deux mille écus à ce jeu fantastique... Voilà comment on devient greffier.

C'était un joli manuscrit, je l'ai brûlé.

Agréez, monsieur, etc.

A. R.

JANE

I

Jane ! ce n'est point ta faute, belle miss, si je n'ai pas été un libérateur de peuples !

Jane ! Vous ne trouverez pas ce nom dans les mémoires politiques du temps. Ce nom existe à l'état de phare, seulement dans une volumineuse série de lettres, que j'adressais quotidiennement, dans ce temps-là, à un ami mort l'automne dernier. Sa veuve a eu la pensée de me les restituer. C'était un rajeunissement imprévu, la plus curieuse et la meilleure année de ma vie, qu'on me rendait là pour quelques heures.

Je relus une à une, avant de les brûler, ces pages de mince papier qui durent plus longtemps que nous.

A chaque ligne : Jane !

II

J'avais dix-sept ans et quelques mois ; je venais d'achever ma philosophie ; c'est alors que mon oncle et tuteur Adalbert m'envoya chez un de ses amis, le docteur Williams, sur le point le plus verdoyant, parmi les plus beaux châteaux et les plus vieux arbres de la vieille Angleterre. Si je ne précise pas davantage, c'est à cause des susceptibilités vraiment inimaginables de plusieurs notables du pays.

Quel changement à vue !

La veille au soir, je recevais, en pleine France, les sages avis de mon oncle Adalbert ; et le matin suivant, après une nuit fantastique et terrible, passée sur la mer que j'affrontais pour la première fois dans les pires conditions

au temps funeste des équinoxes, je voyais se dessiner
dans les premiers feux de l'aurore les fameuses côtes
blanches.

Alors un flot d'espérance et de bonheur rompit les di-
gues qui l'enchaînaient au sein de Dieu, et fondit dedans
moi.

Alors toutes les évocations de l'histoire, tous les fan-
tômes de la légende, tous les frémissements de l'inconnu
m'assaillirent ensemble.

Pendant un an, je vécus de lyrisme, de courses folles à
cheval, et de thé mélangé. Petit poney ! gai compagnon
prêté par l'amitié ; seul confident sous ce beau ciel, en
ces fraîches aurores, de mes ambitions joyeuses, de mes
poëmes indicibles : où es-tu, petit cheval ? Où êtes-vous,
jeunesse, audace espérance ! je croyais alors que je
vivrais toujours, l'âme vibrant sans cesse au vent d'une
incomparable forêt, où j'allai tous les jours avec Lamar-
tine, Hugo, Musset, Byron... et une fois avec Jane !!

III.

C'était une fillette de dix-sept ans... mince et frêle...
la tête noyée dans une mer de cheveux châtains. Son
regard fixe et réfléchi, l'invariable nuance de son teint
annonçaient une âme plus rigide que tendre. Elle avait
un frère, clerc chez un avoué du district et ne rêvant que
d'aller s'amuser à Londres (l'ingénu !)

On m'avait présenté chez sa mère, riche bourgeoise,
et travaillée de cette ardeur de propagandisme qui est au
fond de toute Anglaise. Celle-ci en avait surtout contre
les Mormons, qui venaient de bouleverser la ville, en
disant en public un bien énorme de la polygamie.

La mère de Jane ne m'honora que d'une attention
relative. Elle ne me trouvait point assez grand, et ne

pensait pas bien de mon nez. Mais c'était une femme pratique, et elle venait de découvrir un procédé pour se perfectionner dans le français, sans qu'il lui en coûtât rien que d'ouvrir la bouche et les oreilles. On confectionnait à merveille dans cette maison une certaine espèce de *rôties*... et je me rejetais volontiers sur cet intermède.

A notre seconde entrevue, Jane, en me versant du thé, me prit directement à partie, et m'interpella sur la Hongrie, qu'elle prononçait Onn'guéré.

Le lendemain, je trouvai la jeune fille seule au logis. Sa grâce un peu sauvage, mais nouvelle pour mes yeux, avait d'un seul geste saisi mon cœur. J'allai vers elle, débordant de strophes, de soupirs, de passion première et de serments.

Elle tenait à la main un numéro du *Times.*

— Connaissez-vous Louis Kossuth ? me dit-elle.

— Sans doute. Pourquoi pas ? de nom du moins.

L'étrange question !

— C'est bien ! nous verrons. Attendez un peu. Je vais savoir si vous faites quelques progrès dans notre langue.

Elle m'avança le *Times,* et m'invita à lui lire tout haut une correspondance de Pesth.

Je lus assez bien, j'imagine, puisque Jane ne me reprit point. Quand j'eus fini, il lui échappa cette exclamation.

— Oh ! dear !

Ce qui littéralement signifie : oh cher!

La joue en feu, la voix étranglée, je la contemplai, ne demandant qu'à perdre la tête ou à me mettre à genoux, au choix de la partie intéressée.

Plus tard, je sus que: *Oh dear!* lancé par l'auditoire au milieu d'une lecture, ne signifie plus: *Oh cher!* mais quelque chose d'analogue à notre : Tiens ! tiens!

IV.

Cependant mes relations d'intimité avec Jane augmen-

tèrent en raison des progrès de son apostolat. Attendu
que je devenais froid au seul nom de la Hongrie, il était
clair que j'appartenais à Jane. Et elle?... Non, elle
n'avait pas encore jeté sur un autre homme ce regard
profond, aurore boréale d'un amour vierge et vertueux.
Elle m'aimait, cela s'entend... et nous avions beau ne
nous plonger dans les demi-mots, les entrevues secrètes
et les soupirs d'intelligence, qu'au nom des nationalités,
nous sentions tous deux que nos dix-huit ans n'allaient
bientôt plus s'insurger seulement contre les grands Etats
dominateurs des petits... L'explosion était inévitable.

Dans l'intervalle, comme il ne fallait pas perdre de vue
l'histoire qui avait les yeux sur nous, je crus devoir à
notre cause un premier holocauste. La victime fut mon
oncle Adalbert. J'écrivis à cet excellent homme que,
malgré toutes les bontés dont je lui étais redevable, il
n'occupait plus dans mon cœur que la seconde place, la
première appartenant de droit à celui qui avait arraché
à son lâche sommeil mon âme engourdie, et l'avait animée
de pitié et d'amour pour les faibles opprimés... c'est-à-
dire à l'immortel Kossuth.

A ce manifeste loyal, mais incongru et inutile, mon
oncle fit une réponse qu'on devrait non pas lire, mais
chanter au son des flûtes d'Arcadie : « Mon neveu, ton
cœur est son maître... mais il est des choses (et l'amitié
est de ce nombre) qui ont besoin de la consécration du
temps. »

V

Je sentais qu'entre Jane et moi il allait y avoir un lien.
Nos serrements de main avaient toujours des pressions à
l'Harmodius, des temps d'arrêt à l'Aristogiton.

Nous étions au commencement de mai.

Les sources gazouillaient dans les fentes rocheuses du

grand bois ; les petits oiseaux s'ébattaient sur les branches qui avaient vu rêver Shakespeare.

Toute la nature chantait la fête de la jeunesse, et le renouveau tressaillait même aux cœurs de quatre-vingts ans.

Le matin, j'avais (rare audace !) donné un baiser à Jane sur le front, et au lieu de s'indigner, elle m'avait dit :

— Ce soir, à six heures, dans le grand parc.

Nous voilà donc, au milieu de la forêt sublime, le bras de Jane sous le mien... O souvenir ! Elle ne se détournait pas... Les daims intrigués nous contemplaient d'un œil bête et encourageant. Jane, pensive, semblait attendre un hymne.

— O lumière ! lui dis-je, parfum et harmonie !...

Elle se détacha vivement de moi, et un regard froid, pénétrant et résolu comme une pointe d'acier accompagna ces paroles.

— Il faut, Raymond, partir ce soir.

Non, non, non... de l'amour, infiniment d'amour... mais sans crime, ou tout au moins sans délit.

— Incomparable Jane, n'ignorez pas plus longtemps que je suis en tout à la tête de onze francs...

— C'est plus qu'il ne faut pour vous aller à Londres, *lui* parler, *le* voir, nous mettre à ses ordres !

Le voir, qui donc ? Question superflue ! Je sentais bien qu'il ne s'agissait pas du forgeron de Gretna-Green, mais de notre père et nourricier moral, de Kossuth, parbleu !

Oh ! mon premier rendez-vous !... D'ailleurs, les sources continuèrent à gazouiller, les feuilles à bruire, les petits oiseaux à voleter d'une branche à l'autre... mais les cerfs impatientés s'en allèrent dormir chez eux. Pour moi, cette austère conclusion d'un programme si tendre m'avait étourdi. D'ailleurs, je promis de partir ; et en effet, non pas ce soir même, mais le lendemain, j'allai à Londres.

Il demeurait alors dans le voisinage de Regent's-Parck. La seule vue de *sa* porte me glaça. Comment m'y prendre pour lui offrir nos deux têtes et mes onze francs ? J'entrai cependant ; mais quelle ivresse d'entendre dire qu'il était sorti !

Tranquillisé sur ce point, je me promenai une demi-heure dans *sa* rue. Puis j'allai, dans un cabinet de lecture, écrire à *son* adresse une lettre dont nulle épithète ne saurait donner une idée... et je retournai là d'où j'étais venu.

Le célèbre patriote daigna répondre à cette lettre quelques lignes fort sensées qui n'empêchèrent pas Jane de me mépriser par la suite.. Je ne l'avais *pas* vu, donc elle s'était trompée sur mon compte... donc j'étais un traître.

VI

Elle rêvait d'aller elle-même auprès du grand Hongrois, quand on la maria, elle la fière et chaste Jane, à un riche marchand de comestibles de Bond-Street. Moi-même, je regagnai la France. Je suis resté une nature très sensible, et l'ange du célibat ne gémit pas encore sur ma désertion. Il y a dix ans de cela, dix mille siècles !

GIULIA

L'action se passe en 1854. Un épicier de la rue de Paris, à Lille, affichait inutilement à louer, depuis six mois, un bel appartement meublé, au second étage, lorsqu'un jour les locataires souhaités lui apparurent sous la forme d'un ménage italien. Ne croyez pas que cet épicier fût, dans son espèce, un original, capable d'être séduit par l'accent étranger, par la grande image de Rome, par le doux nom de Florence, par le prestige de Raphaël... croyez moins encore qu'il fût un épicier avancé, ayant flairé avec émotion autour de ses nouveaux co-habitants l'odeur du patriotisme exilé. Ce n'était qu'un homme juste. On venait de lui payer, en bon argent, deux mois d'avance, et il avait la loyauté de reconnaître que, *dès lors,* il ne lui restait plus rien à dire. La famille italienne se composait de trois personnes : un homme de grande taille, au visage noble, à la barbe abondante et noire, aux cheveux noirs aussi, lissés, lustrés et se bouclant sur le cou, d'environ quarante-cinq ans ; sa femme, paraissant un peu plus âgée, qui à peine entrée dans l'appartement se coucha, et qu'on ne vit jamais ; puis leur fille. Celle-ci pouvait avoir seize ans, elle était complètement belle, d'une beauté un peu théâtrale peut-être, et elle fredonnait toute la journée, d'un air distrait et rêveur, les ariettes sautillantes et les mélodies passionnées du pays des grands poètes, des grands amants, des grands musiciens et des grands peintres. Le chef de la famille se faisait appeler Tomasso, et nourrissait son monde avec le produit de poteries artistiques fabriquées par ses mains, telles que baguiers, vide-poches, coupes, porte-montres. Heureusement cette nourriture coûtait peu, car l'industrie de Tomasso n'attire guère la foule des acheteurs, surtout dans une ville comme Lille, où l'on n'aurait pu dire pourquoi il avait songé à venir s'établir. On savait en tout de lui qu'il avait précédemment résidé à Londres. Tomasso emportait en tous lieux avec lui une provision d'objets d'art consistant en quelques toiles italiennes et hollandaises d'une réelle valeur, quoique signées de noms secondaires, en émaux, en camées et en faïences, dont il ne se séparait jamais, soit qu'il y attachât une valeur d'affection et de souvenir, soit qu'on ne lui en eût jamais offert le bon prix.

Toutefois, comme il y a dans Lille un assez grand nombre d'amateurs et de connaisseurs de peinture et de curiosités, qui trouvent avec peine l'emploi raisonnable d'une moitié de leur journée, on vint régulièrement visiter, dans l'après-midi, le petit musée de Tomasso ; mais sa fille ne se montrait jamais à ces heures-là, et même elle se privait de fredonner lorsqu'il y avait du monde. Tomasso pouvait donc croire que c'était uniquement lui, son jugement artistique, son esprit un peu gouailleur, mais vif, imprévu et gai, qui attiraient tant de personnes recommandables. Il suivait avec intérêt les ventes publiques : on le consultait, il jouait un rôle, et le soir, après un semblant de dîner composé d'un potage au riz et de café noir, il disait à Giulia de chanter, l'écoutait avec recueillement, et finissait par l'accompagner.

Cependant la maladie de la mère, taciturne personne que Tomasso n'approchait jamais sans de religieux égards, prit tout à coup un caractère de telle gravité, que l'Italien dût faire éveiller en pleine nuit le vicaire de Saint-Sauveur. A neuf heures du matin, l'étrangère expirait tranquillement. Le surcroît de frais occasionné par ce malheur vint compliquer fort mal à propos la gêne déjà produite au sein de la famille par un ralentissement survenu dans la vente des baguiers et porte-montres, et Tomasso se vit réduit à trouver, dans un bref délai, le moyen de conjurer la pauvreté absolue. Giulia le prévint qu'elle était disposée à tout, à le suivre pieds nus jusqu'à Marseille, plutôt que de laisser vendre un seul des objets dont elle s'était vue entourée depuis son enfance. Tomasso se le tint pour dit, et fut intérieurement débarrassé d'une grande crainte et d'un vif souci ; car, s'il chérissait sa fille, il aimait ses vieilles assiettes. Un de ses visiteurs habituels, homme de tact, pénétra un jour le secret du dénuement de Tomasso. Heureusement, cet amateur appartenait à une famille de riches industriels, et il parvint aisément à obtenir pour son protégé un emploi de commis chez un filateur de coton, à raison de 150 francs par mois.

Cette modique somme, une fois assurée, parut une fortune en bien fonds à Tomasso, qui buvait et mangeait pour vingt sous par jour. Son premier argent servit à offrir à Giulia des pantoufles éclatantes. La jeune fille pleura beaucoup le premier matin où son père se rendit à son bureau, comme pleure une mère le jour de l'entrée de son fils au collége. C'était la première fois que son père et elle allaient être séparés pour plus de deux heures ; mais il n'était pas permis d'hésiter. Le filateur chez qui travaillait Tomasso était un gros homme aux manières courtoises et assez bienveillant, dans ce qu'il nommait avec une malicieuse logique les limites de son droit, c'est-à-dire ne réclamant l'enthousiasme de personne et demandant seulement qu'on lui en donnât pour son argent.

Tomasso devait se trouver à la fabrique tous les matins à huit heures et demie. De midi à une heure il était libre, puis cessait encore de l'être jusqu'à six heures. Dans les filatures, la besogne bureaucratique se borne à peu de

chose et n'embrasse qu'une tenue de livre fort res...
Le patron, homme du même âge que Tomass...
resté veuf de bonne heure avec un fils qui...
en ce moment ses études au collège de Douai...
désolait involontairement son père par des tendan...
plus excentriques. Il était blond, audacieux, sensible...
figure charmante... Mais quelle cervelle ! D'abord...
prenait pas le moindre intérêt au progrès des ar...
ques, bien qu'il fût dans *les sciences*, et il s'é...
ingénument que trois cents ouvriers se montr...
dociles à l'ordre d'un seul chef. Il avait, par là,...
se faire interdire l'entrée des ateliers, où sa calotte...
ses attitudes oratoires et ses demi-mots ironiques...
un déplorable effet au point de vue du décorum...
avait l'imprudence de le laisser seul au bureau...
minutes, il signait des permissions de sortie à qui...
la peine d'en désirer. Le patriote Tomasso flaira...
un saint sous la tunique du lycéen, et il vit ave...
joie secrète ses sympathies devinées et recherch...
le fils du millionnaire.

C'était là un prosélytisme qu'il devait à la sainte ca...
il le comprit, et l'entreprit.

Pendant les grandes vacances que le jeune Louis...
souhaitait que pour avoir le droit de porter à son aise, et
sans crainte de le voir confisquer, ce fameux béret roug...
qui est d'ailleurs une coiffure gênante, il venait fume...
des cigares au bureau, à l'heure pleine de sécurité ou le
service de la Banque retenait son père. Alors il prêta...
une oreille ravie aux discours de l'Italien.

Louis était instinctivement passionné pour la musiqu...
et les tableaux, et faisait de médiocres vers que Tomasso
trouvait admirables. De là à une fraternelle amitié, à une
absolue confiance, il n'y avait plus même le pas classique.

Cependant le père de Louis, homme étonnamment

calme, se plaisait à ne voir dans les inoffensives bizarreries de son fils que l'expansion nécessaire de la fougue
ordinaire à la seizième année, et il se disait que la première étreinte avec la réalité du monde aurait bientôt
remis toutes choses en leur place. Par exemple, il ne
voyait pas d'un œil favorable naître quelque intimité
entre Louis et Tomasso, et à ce sujet il avait fait au
jeune homme de demi-recommandations : « Tomasso était
sans doute un très brave homme, mais une tête un peu
chaude qu'il fallait se garder d'enflammer davantage ;
en outre, il n'était pas d'un bon exemple de donner aux
employés le spectacle de l'infraction à la discipline en
allant causer avec eux à l'heure de la besogne. » Louis
souleva cette honnête et ingénieuse objection, que
Tomasso lui montrait l'italien pour rien, et cet argument
eut un succès de deux jours auprès du millionnaire. De
deux jours seulement, car le surlendemain, le père de
Louis, traversant le vestibule qui conduisait au bureau,
et entendant son fils s'efforcer de convaincre Tomasso
qu'on ne dit pas *tout zouste*, mais *tout juste*, découvrit
que c'était Louis qui, avec la générosité propre à sa
grande patrie, commettait lui-même le bienfait qu'il
déclarait recevoir. Cette fois, il ne dit rien, et eut raison,
car l'admonition serait tombée on ne peut plus mal.
Tomasso venait d'inviter Louis à prendre le café dans
son musée le dimanche suivant. Justement, le patron et
son fils devaient dîner ce jour-là chez de vieux amis de
la famille, où le brusque départ de Louis, après le dernier
plat, ne causerait pas un vide regretté ; car dans ces sortes de réunions, si Louis ne s'échauffait pas, il se montrait
d'une maussaderie offensante pour les gens de la maison,
et s'il s'échauffait, il lançait sur la religion de l'égalité
des tirades absurdes.

Toutefois, par un tacite accord, les deux amis résolu-

rent de ne rien dire au père de Louis de la visite projetée
par ce dernier aux dieux lares de Tomasso. Pourquoi ce
mystère ? Uniquement pour que le *patron*, bonhomme au
fond, mais dévoré de préjugés, n'aille pas se mettre en
tête qu'ils complotent contre le gouvernement de la
France. Qu'aurait dit l'honnête filateur, en entendant
Louis et Tomasso se tutoyer comme deux vieux frères
d'armes? C'était, de la part de l'un, pur enthousiasme de
nature libre, vive et jeune, de la part de l'autre,
candeur de vieil enfant et sympathie d'artiste. La veille
de ce fameux dimanche, Louis interpella ainsi Tomasso :

— Tu ne m'as jamais dit si tu avais des enfants ?

— Je n'en ai qu'un, répondit l'Italien, une fillette qui
tient la maison. Et il en resta là.

Depuis la mort de sa mère, Giulia avait, en effet, pris
les rênes du ménage, mais son administration lui donnait
peu de souci. Moyennant six francs par mois, qu'elle partageait avec ses maîtres, la servante de l'épicier faisait
les chambres, époussetait les meubles, mais sous aucun
prétexte ne devait toucher aux objets d'art, dont Giulia
avait soin. Giulia était à peu près du même âge que Louis,
et offrait, dans sa poésie fascinante, le type adorable de
ces beautés italiennes, type qu'on se représente volontiers,
fait d'une âme passionnée et d'une voix tour à tour
profonde et légère, et qui, sur la toile immortelle où de
divins artistes ont prodigué les flamboiements de la
couleur et les splendeurs de la chair, persistent à vivre
surtout par le regard, et réalisent cette antithèse : les
éclairs de la langueur. Quant à la coquetterie, cette
seconde beauté de la Française, Giulia était absolument
une étrangère parmi nous. Elle dédaignait ses beaux
cheveux, et chaque matin, elle en tordait sans fierté, et
pour ainsi dire avec ennui, les tresses trop lourdes pour
ses doigts ; puis elle plongeait dans des brodequins en

velours noir, deux fois trop larges, ses pieds mignons et sculptés. Elle n'était pas non plus gourmande, ni d'humeur capricieuse. Elle buvait l'eau avec délices, mangeait fort peu et songeait beaucoup.

Elle n'avait jamais vu de près un autre visage d'homme que celui de son père, qu'elle aimait de tout son cœur, et qu'elle eût été heureuse de servir toujours. Leurs entretiens roulaient uniquement sur la mère disparue, sur les choses d'autrefois, sur leurs aventures à Londres, et sur un jeune garçon de Milan, qu'ils avaient connu avant leur départ pour l'Angleterre, à la suite des événements qui motivèrent l'exil plus ou moins volontaire de Tomasso. Giulia n'était alors qu'une enfant. Ainsi que tous les êtres dont l'œil est très docile à l'empire des suggestions extérieures, et qui se recueillent ensuite dans la rêverie, Giulia ne lisait guère et n'avait pas besoin de lire. D'ailleurs, sur la planche négligée qui représentait la bibliothèque chez Tomasso, il ne se trouvait, en fait de livres, que des choses peu propres à donner l'amour de la lecture à une jeune fille : des pamphlets politiques, un manuel de l'émailleur, etc... L'innocence de cœur et d'esprit de Tomasso ne le cédait en rien à celle de sa fille. Indifférent aux paroles, il entendait celle-ci soupirer des invocations, dans leur langue maternelle, à l'amant adoré, imploré, sans lequel il n'y aurait pas de romances. Jamais il ne lui était venu à l'esprit que les mots sont les pères des idées quelquefois, et quelquefois produisent de terribles enfants. Dans la simple et généreuse intention de faire une politesse à Tomasso, qui allait se mettre en quatre pour lui offrir de bon café, Louis apportait un cadeau à sa fillette, comme il disait.

Après beaucoup d'hésitations, il s'était arrêté au choix d'un album. La fille de Tomasso devait dessiner ou ne manquerait pas de dessiner un jour. Lorsque Louis se présenta, son album soigneusement enveloppé sous le bras, il fut introduit par Tomasso dans la galerie où se trouvaient étalés, étiquetés, les tableaux et les faïences. Tomasso était justement occupé à nettoyer avec précaution un émail représentant une petite fille de huit ans. C'était le portrait de Giulia à cet âge, fait par un habile compatriote de l'exilé. Louis dit : Maintenant je voudrais bien voir l'enfant elle-même.

— Tout à l'heure, répondit négligemment l'artiste.

Puis il apporta le tabac et les pipes. Un cigare en un pareil lieu, en un pareil moment, eut détruit le prestige et fait choir Louis des hauteurs du rêve dans le sentier du faux dandysme.

Puis, l'Italien alla frapper de petits coups à certaine porte du musée à laquelle Louis, occupé à examiner les toiles, tournait le dos en ce moment.

Ce signal mystérieux était un appel au café, qui parut bientôt, apporté sur une large assiette par la belle Giulia. Louis, absorbé dans son examen, ne la vit pas entrer, et entendit à peine un furtif : Bonjour, monsieur ! prononcé par une voix singulièrement douce. Il se retourna brusquement, mais trop tard pour apercevoir autre chose que le dernier pli d'une robe, dans l'ouverture de la porte. Il se confondit en excuses auxquelles l'impassible Tomasso répondit flegmatiquement : « Cela ne fait rien ; » de cet air qui témoigne que l'idée de la femme n'a pas animé l'existence d'un homme, et que dans sa fille, si belle et si séduisante qu'elle soit, il ne comprend pas qu'on puisse voir autre chose qu'un enfant. Il était sûr que Louis jugeait les choses de la même manière, autrement lui Tomasso n'eût pas aimé d'instinct ce jeune homme. — Mais les italiens, me direz-vous, ces fils d'un sol embrasé... L'amour est l'unique affaire de toute leur vie, ils naissent avec le mot : *Amore,* sur les

lèvres, tout le monde sait cela... Venise, le Vésuve!...
Votre Tomasso est en bois, il ne vit pas, si en mettant en
présence un jeune homme blond et une jeune signora
brune, il n'a pas prévu les suites certaines d'une telle
entrevue ; à moins toutefois que votre Tomasso, père vertueux, mais artificieux, n'ait son projet ? — Ma foi, je le
donne tel que je l'ai connu, fort sensible à l'amitié,
l'ayant sans doute été aussi à l'amour, puisque jadis il
avait enlevé sa femme au despotisme de ses frères et
tuteurs... Mais je crois que si on lui eût demandé son opinion sur l'amour, il eût répondu très sincèrement qu'il
faut des paroles à la musique. En politique, Tomasso
appartenait à cette école primitive, chère aux collégiens,
qui veut tout détruire, douanes et temples gothiques, se
moque des institutions, de l'industrie, de la dette publique,
du budget, ou plutôt ignore tout cela, et inscrit sur sa
bannière : « Luttons, soyons hommes, soyons forts, »
sans jamais s'expliquer. Les hommes de cette école sont
les plus aimables du monde, quand ils ne se recrutent
pas d'ambitieux déguisés, et de *fruits secs* aigris.

Si Tomasso n'offrit pas alors à son hôte de faire rentrer Giulia, il en fut retenu par un scrupule, non de père
jaloux de sa dignité, mais de maître de maison qui craint
d'importuner son visiteur. Cependant Louis avait fait un
grand effort de courage pour oser dire à Tomasso que,
croyant rencontrer une toute jeune fille au lieu d'une
demoiselle, il lui avait apporté un album pour y dessiner. L'Italien répondit à cet aveu par un sourire ambigu,
tendit la main pour recevoir l'album, le déposa sur une
table, hésita quelques instants, parut songer à autre
chose, puis rappela Giulia.

La jeune fille entra de nouveau ; son père, en lui
remettant l'album, lui dit quelques mots en italien ; elle
se retourna vers Louis et lui adressa tous ses remercie-

ments avec un sourire délicieux de gaucherie et de timidité. Tomasso ne la présenta pas à son hôte, et cette
enfantine majesté, relevée par une indicible grâce, alla
s'asseoir dans un coin... puis la conversation fut reprise
entre les deux hommes sur le même ton que la veille,
mais avec un degré en moins d'abandon. Il semblait
qu'un ordonnateur mystérieux avait posé pour condition
à la présence de la jolie fille qu'on ne s'occuperait pas
d'elle, qu'on aurait l'air d'ignorer entièrement qu'elle
fût là. Une seule fois pourtant, Louis, avec l'irréprima-
ble galanterie que tout Français porte en lui, et jugeant
que mieux vaut tard que jamais, demanda si l'odeur du
tabac n'était pas désagréable à mademoiselle ; question
qui prit mademoiselle au dépourvu et inspira à Tomasso
un furtif geste d'impatience. De temps en temps, Giulia
fixait sur le rhétoricien son regard doux et profond, lorsqu'elle était sûre qu'il ne la voyait pas ou qu'elle le croyait
absorbé dans l'examen de quelque toile, orgueil de
Tomasso. Assurément, il y avait, grâce à l'attitude
d'ailleurs parfaitement courtoise de Tomasso, un peu de
gêne dans l'air, mais cela n'enlevait rien au parfait contentement de Louis, désormais au comble de ses vœux et assis
entre le patriotisme et la beauté.

Giulia, peu portée à l'analyse, mais chez qui l'habitude
du silence et de la rêverie aidait merveilleusement le sens
de l'observation, Giulia devinait aisément que son père
éprouvait un vague ennui. En famille, cette situation
d'esprit est très contagieuse, et bientôt la fille partagea
le malaise du père. Cependant Louis était tout rayonnant.
L'enthousiasme est une fleur étrange, qui croît toute seule,
sous la chaleur d'un soleil invisible. Louis avait maintenant l'âme remplie par l'épanouissement embaumé de
cette fleur miraculeuse. Quand, ravi, charmé, heureux,
il adressait une question à Giulia pour s'assurer des

progrès qu'elle avait faits dans la langue française (l'entretien ayant pris cette direction), et qu'elle lui répondait tout de travers, il s'extasiait sur la mutuelle entente, vraiment bien grande, qu'il avait plu au ciel de semer entre eux deux.

Quelle gloire, quelle innocence ! Que ne suis-je encore assez simple de cœur pour vous chanter, fraîcheur pénétrante de l'aurore, naissance de l'amour dans un sein fait pour lui, jeunesse, jeunesse !

Lorsque Louis se retira enfin, Tomasso se sentit délivré d'un poids. Giulia, à bout de contrainte, avait franchement envie de pleurer ; quant au jeune Français, si on l'eût interrogé sur l'accueil qu'il avait reçu dans le musée de l'artiste, il n'eût pas tari en éloges sur la cordialité de Tomasso, et sur la grâce incomparable de la jeune signora.

Le lendemain, lorsque les deux amis se retrouvèrent ensemble au bureau, à l'heure accoutumée, Tomasso parut si fort vouloir éviter de faire la moindre allusion à leur rencontre de la veille, que décidément Louis ne put s'y méprendre, et en fut choqué et attristé. Il en garda même jusqu'à la fin du jour une mélancolie telle (vous savez, cette mélancolie des lendemains de bal), que son père, habitué à des allures plus bruyantes de la part de ce fils qu'il chérissait tendrement, malgré la différence absolue de leurs caractères, nota le changement et questionna Louis. L'enfant était la sincérité même, mais il savait bien qu'il n'aurait pas été compris, et, en outre, il lui aurait été difficile d'expliquer nettement son état moral. Le jour suivant, après une nouvelle tentative de libre expansion, il fut impossible à Louis de ne pas voir que Tomasso était d'une réserve et même d'une froideur qui s'affirmèrent chaque jour davantage, et l'approche du retour de Louis à son collège ne changea rien à cet ordre de choses. Bien entendu, il n'était nullement question d'aller faire ses adieux à Giulia, comme il en avait caressé le rêve.

Toutefois, dans la poignée de main qu'ils échangèrent, Louis sentit trembler la main de Tomasso ; il ne se trompait pas : il y avait des larmes dans les yeux de l'Italien. Le chemin de fer n'attend pas ; ils tombèrent dans les bras l'un de l'autre, et Louis partit. Il avait à peine repris depuis huit jours le cours de ses études (en huit jours, mille destins s'accomplissent), lorsqu'il reçut de son père une lettre où le filateur s'excusait sur un surcroît de travail de ne lui avoir pas écrit plus tôt. Il avait à dresser un nouveau commis, attendu que Tomasso, rappelé par une dépêche dans sa patrie, venait de s'embarquer pour l'Italie.

Ce que le filateur n'avouait pas dans sa lettre, c'est la satisfaction qu'il éprouvait, au fond, de se voir débarrassé, tout naturellement, sans secousse, d'un homme dont les longs cheveux, la longue barbe et les yeux trop brillants lui déplaisaient personnellement, et ne cadraient pas avec les habitudes de la maison. Louis ne prit pas la chose de même, et cette nouvelle lui porta un coup des plus sensibles. Eh quoi ! l'avoir à peine entrevue, assez toutefois pour l'aimer de toute son âme et saluer en elle le meilleur de la vie, ordonner en soi-même l'emploi de tous ses jours selon la fantaisie d'une chaste et jeune enchanteresse, et soudain apprendre qu'on l'a perdue à jamais, qu'elle n'est ni votre sœur, ni votre fiancée, enfin, qu'elle va subir sans vous les injures du hasard, et les violences de la destinée ! Dans l'émotion de ses regrets, il n'avait garde d'oublier ce loyal et candide Tomasso, sobre, désintéressé, composant son bonheur d'un rayon et d'une mélodie, et resté enfant quoique père. Louis ne pouvait séparer

Tomasso de Giulia ; dans son romanesque attendrissement, il eut alors tout donné pour les suivre et vivre avec eux. Pourtant, il chérissait son père, dont il se savait aimé, qui était un modèle de probité et de délicatesse, et qui, en dehors de leurs petites altercations, avait toujours mis au service des goûts du jeune garçon, les facilités que donne la fortune. Pour Louis, la poésie n'était point là, elle fuyait l'abondance, le repos, pour dorer de son reflet la pauvreté errante de Tomasso content de peu, de Giulia la divine, au front pâle, à la charmante sauvagerie. Le soir, dans son lit, sentant son cœur s'agrandir au de là des proportions humaines, puis déborder en chères larmes, il adressait à la vierge disparue de sublimes invocations.

Il aurait voulu mettre dans la confidence de son poëme, de son aventure, son voisin de classes et ami Herbert ; mais celui-ci, malgré ses dix-sept ans, était déjà un viveur, qui répondit par de quasi-grossièretés au récit immatériel des aspirations de Louis ; ce dernier ne renouvela plus la tentative. Le travail et le temps eurent heureusement sur notre jeune amoureux leur action ordinaire : c'était sa dernière année de collége, il se préparait au baccalauréat ès-sciences, et comme c'était une détermination récente, il n'avait pas trop de six mois d'un labeur assidu, pour être en mesure d'affronter, avec chance de succès, cette dernière épreuve scolaire.

La trigonométrie n'est pas aussi hostile qu'on le croit généralement aux rêveries sentimentales, car dans les intervalles de loisir qu'il s'accordait forcément, Louis voyait passer et repasser devant ses yeux fatigués de losanges et d'hypoténuses, comme une fée, comme une princesse, Giulia si loin, hélas ! mais toujours présente à son cœur. Le baccalauréat est probablement, dans l'idée de ses honorables fondateurs, une institution destinée à

modérer, à contenir, chaque année, dans chaque collége
de France, une vingtaine de jeunes cerveaux, qui sans ce
frein tutélaire, éclateraient à l'enthousiasme de la délivrance prochaine. Louis sortit vainqueur de la lice
redoutée, et en l'honneur de Giulia, il n'escorta pas son
triomphe des liesses usitées ; il regagna tranquillement
la maison paternelle. Le filateur, curieux de pénétrer
la cause mystérieuse d'un si grand changement, se
demandait ce qu'était devenu son volcan.

Le père de Louis était jeune encore, la vie d'affaires
était la seule dont il put vivre, et il rêvait de la mener
aussi longtemps que possible. D'autre part, il n'avait
jamais beaucoup compté sur la coopération de son fils
dans la direction de son usine. Aussi ne fut-il guère déçu,
en recevant un jour de Louis la réponse qu'on va lire,
à une question relative au choix d'une carrière :

— Je veux entrer à St-Cyr, dit franchement Louis, j'en
ai le temps... Cela t'étonne, père, que je songe à faire de
ton fils un soldat, cela t'étonnera encore plus, quand je
t'aurai dit que ce n'est aucunement l'ambition de devenir
maréchal de France qui dicte mon choix, mais tout simplement l'ambition d'être maître absolu de ma pensée, en
ayant une profession et un passé d'études qui me mettent
à l'abri du reproche de paresse, d'égoïsme et d'inutilité.
Un officier ne vit pas seul, et trouve la solitude quand il
lui plaît. Il voit de grandes choses humaines, et a le
temps de regarder le ciel. Il peut écrire, et c'est aussi mon
rêve. L'action et la pensée sont à ses ordres.

La thèse est plus ou moins discutable ; le filateur se
garda bien de la discuter. En 1856, Louis fut reçu à Saint-
Cyr, où une discipline méthodique, la nécessité du travail, et l'habitude de la méditation, aidèrent, avec de
délicieux souvenirs, à entretenir chez lui cette fleur d'innocence qui est la grâce même de la fougue juvénile.

Cependant, il ne vivait pas en ermite, il passait ses jours de congé dans les allées méconnues de Rambouillet, à Versailles, dont la royale mélancolie parlait un haut langage à son esprit dédaigneux de toute vulgarité, et plus souvent encore au Louvre, où frémit sur des toiles immortelles, dans des portraits qu'on n'oublie pas, l'âme des peintres Italiens. Giulia, toujours Giulia! Louis était encore, avec un peu de barbe soyeuse sur les lèvres, le blond adolescent de rhétorique, vif mais pur, songeur mais ardent. En vain elle était blonde sur la toile, la femme que semblait adorer Louis, il la voyait avec des cheveux noirs ; en vain elle étalait le luxe incomparable d'un velours rouge digne d'habiller la reine de l'Orient, elle portait une robe noire d'étoffe légère, et sans doute usée. Giulia, Giulia ! rose à peine respirée ! fuite irréparable du temps ! trahison de l'éloignement ! Cette phase d'idéalité, pour avoir une influence excellente sur la jeunesse d'un homme, l'expose à des périls d'une sorte particulière, que vient heureusement conjurer une grande secousse extérieure, un grand mouvement unanime parmi ceux qui nous entourent. Louis, à force de se replier sans trêve sur lui-même, de vivre exclusivement avec une image, de demander l'espérance à l'éternité, allait être précipité dans la vallée sinistre des terreurs religieuses, quand une aventure, aujourd'hui historique, vint le rendre à la vie agissante et l'animer d'une fièvre nouvelle.

En 1859, on afficha sur tous les murs de Paris, le prochain départ de nos troupes pour les plaines de la Lombardie.

Louis venait d'être nommé lieutenant dans un régiment désigné pour partir. Notre dessein n'est aucunement de suivre pas à pas la marche victorieuse de notre armée dans la campagne italienne, d'abord, parce que ce ne

fut pas une marche, mais un vol ; ensuite, parce que nos
lecteurs n'ont rien à apprendre de nous ; enfin, parce
qu'un seul homme, parmi ces milliers d'hommes, appartient à notre récit. A son entrée dans Milan, le régiment
de Louis fut accueilli avec un enthousiasme délirant,
par un peuple ivre de joie. Louis avait rencontré, parmi
quelques-uns de ses égaux en grade, de sympathiques et
joyeux compagnons, avec lesquels il s'était lié d'amitié, et
dans les intervalles du service, nos jeunes gens ne se
quittaient pas. Ils déjeunaient gaiement au café, et allaient
visiter ensuite les musées et les églises de la ville. Ils se
trouvaient ainsi un jour, cinq ou six jeunes frères d'armes,
cinq ou six officiers, en train de parcourir avec admiration l'intérieur de la célèbre cathédrale de Milan, dont on
a pu voir, à la dernière exposition de Londres (1862), une
réduction curieuse. Ils tournaient à demi le dos aux cha-
pelles latérales, lorsqu'après un quart d'heure environ
de contemplation, un des officiers, parlant d'ailleurs assez
haut pour être entendu par tout le groupe, dit, en s'adressant directement à Louis : « Mon cher, je ne vous savais
pas être un fascinateur à première vue ; depuis vingt
minutes, il y a dans cette chapelle, derrière nous, une
superbe signora, qui après s'être retournée une première
fois au bruit que nous avons fait en entrant, ne vous a pas
depuis quitté des yeux, et vous examine avec une obstination bien flatteuse ou bien menaçante. »

Louis crut sur-le-champ à une de ces inoffensives
mystifications dont on est prodigue entre jeunes hommes
du même métier, et auxquelles l'exposaient particulièrement son air de réserve, et son éloignement reconnu
de toute folie avec une si belle figure d'amoureux aimé.
Toutefois, pressé de se rendre à l'évidence, il dirigea ses
yeux dans le sens qu'on lui indiquait, et vit se détourner,
comme reculant devant la honte d'être surprise en

flagrant délit d'indiscrétion, une femme dont la tournure et la vivacité trahissaient la jeunesse : de la tête aux pieds, l'inconnue était habillée en noir. Moitié riant, moitié sérieux, Louis dit aux autres :

— Pourquoi toujours la même plaisanterie ?

— Je te jure, dit un autre officier, qu'Alfred n'a pas été seul à remarquer la sollicitude dont cette jeune dame a paru remplie à ta vue, et, je dépose dans le même sens.

— S'il en est ainsi, je vous crois, et vous voilà obligés de me croire aussi lorsque je vous affirmerai que cette gracieuse dévote se trompe fort, si elle s'imagine me reconnaître, attendu que je n'ai jamais parlé à une femme de ce pays.

Puis, Louis se remit en marche, malgré les sollicitations de ses amis, désireux soit d'assister au dénoûment de l'aventure, soit d'en exploiter la suite à leur profit, s'il le fallait. A trente pas de la chapelle, Louis s'arrêta tout d'un coup, se frappa le front et s'écria :

— Mes amis, en vous disant que je n'avais jamais parlé à une Italienne, en faisant presque un faux serment, je reniais tout le charme de mon passé. La vérité est, au contraire, que j'ai vécu une partie de ma jeunesse dans le voisinage de la plus belle des Italiennes. Elle se nommait Giulia ; son père, Tomasso, était commis chez le mien. Je l'ai vue une seule fois, et je puis dire qu'elle a possédé mon âme pendant cinq ans, que sans elle, je n'aurais sans doute pas l'honneur d'être votre collègue. Tout cela est donc écrit là-haut ! Elle avait une délicieuse figure de vierge, le teint très pâle, de grands yeux brillants d'une flamme surnaturelle, et les plus beaux cheveux du monde.

— Que tu as dû faire de mauvais vers sur tant de beauté, mon cher Louis !

— N'importe ! le signalement est exact, interrompit le premier qui avait découvert la préoccupation inspirée par la présence de Louis à la belle inconnue. Il n'y a plus à revenir là-dessus ; tu es certainement le camarade d'enfance de la signora agenouillée. Une telle situation confère de grands droits, et vu sa façon de te regarder, je gage que notre charmante alliée en juge de même. Revenons donc sur nos pas.

Louis, ne trouvant pas d'objection raisonnable à cette offre, ne résista point à ses amis ; et, deux minutes plus tard, ils se trouvaient devant la chapelle ; mais la place occupée naguère par la jeune dame vêtue de noir était vide, et il ne restait plus autour de l'autel que deux ou trois mendiantes cassées par l'âge et absorbées dans un apparent recueillement.

— C'est bien fait, dit le lieutenant Alfred. Louis, votre conduite, en cette occasion, n'a pas été digne de la France. Messieurs, ai-je dit vrai ? Ne pas sentir qu'une femme jeune, jolie et pieuse vous regarde, c'est là une grande faute ; mais se retourner trop tard pour en acquérir la certitude, revenir sur ses pas et ne plus rien trouver, voilà une série d'actes qui sentent leur décadence.

— Ce qui est digne de la France, c'est d'insulter aux vaincus, n'est-ce pas, mon cher Alfred ? répondit Louis, paraissant gai à la riposte, mais, dans le fond, très vexé. Je vois marmotter dans ce recoin gothique trois bouches qui doivent répondre au moins à cent questions, et de toutes sortes, pour l'équivalent, dans leur monnaie nationale, de notre pièce de cinq francs.

Sur ces mots, Louis accosta l'une des vieilles : — Connaissez-vous la jeune femme vêtue de noir qui priait tout à l'heure ici même ; ne pourriez-vous me dire où elle demeure ?

Dans le trouble qui l'agitait, Louis ne pressentit pas la perturbation qu'il devait causer parmi les pauvresses, en s'adressant à elles en français, dont elles ne comprenaient

pas le moindre mot. Il répéta sa question en italien élémentaire, appris dans les manuels, et aboutit seulement à
faire se quereller entre elles les trois vieilles femmes.

Ensuite Louis s'avisant d'un moyen plus simple,
appuya la main sur une chaise qu'il supposa être celle
abandonnée récemment par Giulia, et se borna à dire :
La signora ? d'un air interrogatif. Une des vieilles
femmes répondit aussitôt par un signe d'intelligence, et
marchant devant Louis, le pria de la suivre.

Cette petite scène avait légèrement impatienté notre
héros, qui, en passant, précédé de son étrange guide,
devant ses camarades, dont l'air intrigué garantissait la
bonne foi, eut le tort de s'exprimer ainsi : si vous vous
êtes moqués de moi, je le saurai dans une demi-heure.

— J'atteste de nouveau, reprit l'un d'eux, qu'il n'y a pas
l'ombre de plaisanterie ni de mépris dans nos affirma-
tions de tantôt. Une jeune dame qui était là tout à l'heure,
qui n'y est plus maintenant, et répondant, si ma mémoire
est fidèle, au signalement donné par toi-même, t'a honoré
pendant dix minutes environ de l'attention la plus marquée ; je le jure.

Louis sortit de la cathédrale. Après une marche d'un
quart d'heure, à travers nombre de petites rues, son cicé-
rone, s'arrêtant devant une maison d'aspect élégant et
révélant un intérieur comfortable, lui fit signe de la main :
C'est là. On touchait à la porte, après avoir monté trois
marches. Dans le moment présent, nulle autre inquiétude
que celle de ne pas rencontrer l'objet de sa recherche ne
possédait Louis ; quant à l'accueil réservé au Français
pour peu que cette maison fût réellement habitée par
Tomasso ou par quelqu'un des siens, cet accueil serait
au moins fraternel. La personne qui vint ouvrir était un
petit homme gras, à barbe noire, au front dégarni, et au
total, d'une physionomie fort peu romanesque dans sa

robe de chambre. Sous ses épais sourcils pétillait un regard rapide, furtif, perçant, empreint d'astuce et de sensualité. Il entendait un peu le français.

Plusieurs suppositions pouvaient, avec un égal degré de vraisemblance, s'offrir à l'esprit de Louis : la première, la plus *obvious* (comme disent les Anglais), c'est que la fille de Tomasso était mariée, et que dans la personne assez grotesque du petit homme, il contemplait pour la première fois le maître de tant de charmes. Avant de s'arrêter à cette douloureuse conclusion, il fallait être sûr que c'était bien Giulia elle-même qu'il venait de retrouver, et dès lors tout se trouvait remis en question.

Pendant que Louis hésitait encore, le regard gênant de l'Italien, dont la main ne quittait pas la porte, l'interrogeait ironiquement :

— Avez-vous affaire avec moi, monsieur l'officier ? cela m'étonnerait.

D'un geste brusque, il congédia la vieille femme au bavardage intéressé de laquelle il n'avait pas prêté la moindre attention, et sans fermer la porte, il désigna à Louis le couloir, comme le seul endroit où il lui plût d'accorder une audience, qu'il souhaitait courte, au plus inattendu des visiteurs.

Louis se fit plus poli encore que de coutume et, avec toutes sortes de protestations du vif regret qu'il éprouvait de déranger de ses affaires un si respectable signore, il raconta tout entière à ce dernier l'histoire de Tomasso, de feue sa femme, et de Giulia sa fille, d'après les documents qu'il possédait. Il insista beaucoup sur Tomasso, afin d'arriver plus naturellement à Giulia, qu'il croyait avoir reconnue une heure auparavant, et dont l'habit de deuil lui avait inspiré de grandes alarmes concernant son père.

Cet exposé, si sommaire que son auteur eût voulu le

rendre, prit beaucoup de temps à Louis ; mais il fut
récompensé de sa patience et de ses circonlocutions, en
devinant, avec des sentiments très flatteurs, qu'il était
compris mot à mot, malgré l'irritation nerveuse que l'Italien cherchait à dissimuler sous une affectation d'impassibilité, par où les gens du Midi l'emportent encore sur
ceux du Nord.

— Monsieur, répondit l'Italien, qui réussissait moins,
lorsqu'il parlait, à cacher son dépit, je regrette de ne
pouvoir vous être d'aucun service. Votre Tomasso m'est
totalement inconnu. J'ai pris beaucoup d'intérêt à votre
petite historiette intitulée : Giulia, mais cette Giulia m'est
également étrangère.

Au bout du couloir où causaient les deux hommes, il y
avait un escalier. Cet escalier conduisait à des chambres
dont on avait sans doute négligé de fermer les portes, car
dans ce moment même, Louis entendit aussi distinctement
que possible, éclater une fusée de notes brillantes ; cet
incident le cloua sur place d'admiration et de stupeur.
L'Italien montra franchement la sensation désagréable
que lui causa cette voix divine. Louis, rendu à lui-même,
non-seulement venait de reconnaître, bien que ne lui
ayant entendu prononcer que deux ou trois mots auparavant, la voix de Giulia ; mais dans ce chant inespéré, énergique et doux, il entendait un appel : « J'ai voulu, bra-
vant toute mesure, et au mépris de mon repos, te faire
savoir que je te vois. Il n'y avait pas d'autre moyen, et
peut-être m'en coûtera t-il cher de l'avoir employé ;
n'importe, sache que j'existe, et pour le moment n'en-
flamme pas contre toi l'homme à qui tu parles, ne lui
résiste pas... nous nous reverrons. »

Voilà tout ce qu'il y a dans une simple roulade pour
qui sait l'y découvrir. Malgré l'appel à la prudence, et
malgré ses propres efforts, Louis ne put s'empêcher de

dire à l'Italien avec les yeux, bien entendu : vous mentez.
Ce à quoi l'Italien répondit avec la langue :

— Monsieur, mon temps ne m'appartient pas, souffrez
que notre conversation en reste là...

Se fût-il appelé Don Giovanni, Louis ne pouvait plus
que battre en retraite, c'est ce qu'il fit, mais il lui restait
à affronter de la part de ses camarades, un minutieux
interrogatoire. Il crut s'en bien tirer en affectant vis-à-
vis d'eux un air mystérieux, destiné leur insinuer que
le résultat de son expédition n'offrait rien de plaisant.

Le lendemain, vers midi, Louis fut, à sa grande surprise, mandé chez son colonel, qui lui dit avec beaucoup
de sévérité :

— Monsieur, je vous tiens pour un brave officier, cela
est certain, mais cela aussi ne constitue point, parmi ceux
que j'ai l'honneur de commander, une exception suffisante
pour vous soustraire à mon mécontentement, si ce que je
viens d'apprendre se renouvelle.

— Daignez vous expliquer, mon colonel ; je vous jure
que je n'ai pas l'honneur de vous comprendre.

— Cette feinte, lieutenant, ne sied ni à votre caractère
ni à votre rang. Qu'un simple soldat, qu'un novice dans
nos rangs ait l'air de n'avoir ni la conscience, ni le
souvenir de sa faute, afin d'éviter la salle de police, ça se
voit...

— Colonel, je n'ai jamais fui devant les suites de mes
actes... parlez.

— N'avez-vous pas, hier même, été l'instrument d'une
mystification, sans grand sel, je l'avoue, tranchons
le mot, d'une vraie farce de collégiens.... pratiquée
sur un honorable habitant de cette ville ? On s'en est
plaint justement à l'autorité supérieure, et je me com-
promettrais en n'agissant pas de manière à prévenir le
retour de semblables faits ; pour aujourd'hui, je me borne
à l'expression d'un blâme absolu.

L'entretien engagé dans ces termes, la fierté de Louis lui interdit d'exposer les raisons qui justifiaient sa démarche, et il quitta son supérieur, non sans maugréer à part lui contre les lois militaires, qui exposent leur homme, si distingué qu'il soit, au châtiment des écoliers, là où le dernier bourgeois ne relève que de sa fantaisie. Cependant, malgré sa vive sensibilité, Louis n'étaitpas porté au découragement et en rentrant chez lui, ilse disait : « Allons, à tout prendre, je n'ai pas encore payé trop cher la certitude que cet affreux homme connaît Giulia. »

Il employa une heure à écrire à son père, avec lequel il entretenait la correspondance la plus affectueuse, et qui était fier de lui. Le Français est toujours prêt à dire que s'il n'était pas filateur il serait volontiers Alexandre. Le père de Louis lisait à son cercle, et même à la Bourse, les lettres du lieutenant, et remportait au nom de l'absent, un premier prix de style.

Dans la soirée, Louis reparut, de l'air le plus gai, parmi ses frères d'armes qui ayant tous fait une expérience plus ou moins approfondie des choses de l'amour, et sachant qu'elles se composent essentiellement de brusques passages de la tristesse la plus sombre à la gaieté la plus folle, décrétèrent que Louis avait trouvé son idéal, et qu'il fallait les laisser tous deux en paix. « S'il ne fait pas de nous ses confidents, aujourd'hui même, pensèrent-ils à l'unanimité, l'indiscrétion n'y perdra rien, et son silence actuel n'est qu'une halte trompeuse, qui prépare de la besogne à nos oreilles. »

Toutefois Alfred, par pure amitié, avisa Louis de se méfier des maris jaloux, et sur ce conseil marqué au coin d'une vaste généralité, ils laissèrent Louis en pleine possession de son roman. Pour une âme chaste, vive et tendre, c'en était là un tout fait, bien préférable à ceux qu'on lit, et ayant la saveur d'un fruit délicieux aspiré

sur le sol natal, auprès de la sève même de l'arbre nourricier.

Louis aimait parce qu'il aimait ; sans nul doute, les
circonstances particulières au   sein desquelles s'était
produit cet amour, devaient exercer leur influence sur
sa marche et son dénouement, mais qui ne sera tenté de
plaindre, d'envier et d'admirer ce jeune homme bouillant
et rêveur, prêt à mourir pour un salut à la femme,
dans la personne séduisante d'une signora jeune et mystérieuse, aux beaux yeux éloquents et profonds, entrevue
pour la première fois à l'âge où l'amour s'annonce par de
si délicieux troubles, et rêvée à l'entrée de la jeunesse, au
seuil de la vie libre ; miraculeusement retrouvée dans
sa patrie au lendemain d'une victoire libératrice, et toujours revêtue des prestiges excitants de l'inconnu, du malheur peut-être !

Cependant le colonel n'était pas un homme dont on
pût méconnaître impunément les ordres, et Louis avait
trop besoin de l'entière indépendance de son action, pour
la compromettre par un inutile coup de tête. Aussi malgré son impatience, il fut deux jours sans chercher à
retrouver la rue et la maison du rancunier petit Italien,
qui savait s'y prendre d'une manière si habile pour montrer aux officiers français qu'ils n'avaient pas fait sa conquête du premier coup. Ce qui compliquait la situation
morale et matérielle de Louis, c'est qu'il était loin de posséder dans la tête le plan de la ville... et pourtant, comment revoir cette Giulia si ardemment attendue, sans se
hasarder dans le voisinage de la maison où elle demeurait ? Le dilemme était aigu. En y réfléchissant davantage, Louis qualifia d'excellente l'inspiration qui
l'avait poussé à ne pas dire un seul mot au colonel, qui
offrît son aventure à ce dernier sous un autre jour que
celui de la plaisanterie. En attendant, il fallait se faire

des amis dans la ville, sans prêter aux remarques, compter sur l'imprévu, sans négliger l'emploi actif et assidu
des moyens proclamés bons par le témoignage des siècles ; espérer en la Providence, sans négliger le secours
des humains... rester chez soi, et aller partout flairant
le bon moment, le bon endroit... Enfin, tout ce qui constitue la tactique du siège amoureux, déjà difficile, lorsqu'on a la citadelle sous les yeux ; hérissé d'assauts inutiles, d'escalades dans le vide, de retraites parfois irréparables, lorsque ladite citadelle flotte dans la brume.
Cependant, les amis de Louis menaient galante et joyeuse
existence à Milan, et s'ils avaient vis-à-vis de leur
camarade l'infériorité résultant du manque d'une passion
sincère, discrète, pleine de souvenirs, de difficultés et de
périls, ils n'en avaient pas du tout l'air inconsolable, et
remplaçaient volontiers les Madones par les Madeleines.
Louis, au contraire, avait beau s'en défendre, depuis trois
jours, il paraissait triste, et il l'était, je crois. C'est un
vieux préjugé d'affirmer que le premier amour est gai ;
il est vrai, au contraire, que chez les âmes impétueuses,
passionnées, mais contenues et studieuses, nourries de la
religion du serment, du dévotieux respect de la promesse
faite, du nom engagé, l'envahissement du premier amour
fait pénétrer avec lui je ne sais quel souffle pénible, qui
d'ailleurs n'attiédit pas sa flamme, et que je ne saurais
nommer plus brièvement que par ces deux mots : la fascination du remords. Les roués traitent cela de duperie ;
ils prétendent que tout en ayant pour but le plaisir ou le
bonheur, selon les dialectes, l'amour est essentiellement
un duel entre la femme et l'homme, armés chacun d'armes différentes, et que dans ce duel chacun, tour à tour,
attaque et se défend pour son propre compte, emporte une
haute idée de son adversaire lorsqu'il est vaincu par lui,
et le dédaigne dans le cas contraire. Je sais que l'événe-

ment semble quelquefois appuyer cette vulgaire philosophie, qui n'était point celle de Louis, autrement je
n'aurais pas écrit cette histoire en son honneur.

Un heureux incident vint bientôt rendre à Louis la liberté d'esprit dont il avait besoin pour agir efficacement. A
un dîner d'officiers auquel était présent le colonel, celui-
ci s'adressa à notre héros, non-seulement sans la moindre marque de ressentiment, mais même avec une faveur
notable. Donc, il avait tout à fait oublié l'aventure de
l'Italien, et la preuve c'est qu'il plaisanta fort agréable-
ment quelques jeunes lieutenants sur leurs affaires d'a-
mour. Louis se dit : « Le moment est venu, récapitulons
nos chances ; de la liste des endroits où j'ai quelque
espoir fondé de retrouver Giulia, je puis et je dois sup-
primer la cathédrale, où il n'est pas probable que son
énigmatique geôlier la laisse retourner, après ma naïve
confession. Les habits de deuil de Giulia détruisent l'éven-
tualité du théâtre et des promenades publiques, il ne me
reste donc qu'à établir un poste d'observation dans sa rue, à
sa porte ; mais comment retrouver cette rue, dont j'ai été
assez fou pour négliger de prendre le nom ?... » C'est ainsi
qu'il se parlait, en revenant de ce joyeux dîner. Comme
il regagnait son logis, on lui mit dans la main une lettre,
dont l'aspect lui causa une profonde émotion. L'écriture
trahissait la main d'une femme. Dans ce moment, il n'est
rien que Louis eût préféré au bonheur de lire tout de suite
cette lettre, pas même peut-être la vue de celle qu'au
trouble de son cœur il devinait l'avoir écrite. Ici le
raisonnement appuyait le pressentiment. L'auteur de
cette lettre devait être, soit Giulia, soit la jeune dame en
noir, soit l'invisible possesseur de la voix délicieuse qui
avait naguère éclaté comme un chant de victoire dans
l'escalier de l'Italien. D'ailleurs, la première lettre d'amour,
nous vint-elle de l'inconnu, ne se laisse pas méconnaître
un seul instant.

Dans la situation où se trouvait Louis, il n'est pas étonnant que la simple vue d'une lettre l'eût ému à ce point. Rien que pour la faire parvenir à son adresse, ne fallait-il pas que l'auteur de cette lettre eût épié les démarches de Louis. Et, comble de joie et terme de toutes les curiosités longtemps enflammées ! elle allait se dévoiler enfin à l'esprit jaloux de la connaître, cette adorable Giulia, cette beauté sans égale, cette chanteuse sans pareille !

Rentré dans sa chambre, Louis déchira l'enveloppe et lut :

« Monsieur,

« Si je ne me suis pas trompée en croyant, l'autre jour, reconnaître en vous M. Louis V..., de Lille, sachez que j'ai pris un vif intérêt à cette découverte, attendu que M. Louis V... était de la part de mon père l'objet d'une estime et d'une affection rares. J'ai le malheur d'être orpheline depuis deux ans déjà. La veille de sa mort, mon pauvre père, Tomasso, me parlait encore de Lille et de M. Louis V... S'il vous était agréable, monsieur, de causer avec moi de ces choses aimées, veuillez vous trouver après-demain, à une heure, seul, dans le voisinage de l'endroit où nous étions ensemble la dernière fois, mais alors sans pouvoir nous parler. Je serai heureuse si ces lignes vous trouvent heureux.

« GIULIA. »

Par un prodige de bonne volonté de la part du dieu des amants, cette lettre était exactement telle que pouvait le désirer un amoureux aussi délicatement susceptible que Louis. D'abord elle était une excellente introduction : elle épargnait à Louis le ridicule et le danger d'une entrée banale ; c'est une grande force, en amour, de n'avoir pas à s'annoncer, d'être dispensé de dire : Comment vous portez-vous ?... d'être autorisé tout de suite à poursuivre la conversation, sans avoir à l'entamer.

Louis demanda aux gens ne la maison qui avait apporté la lettre ; il lui fut répondu : « Un jeune garçon. » Puis il alla dans un café jouer aux dominos avec ses amis d'un air si tranquille, que ces derniers, se retrouvant ensemble, adoptèrent à l'unanimité la conclusion suivante : « Allons, il n'y a rien du tout ; il n'a pas été fâché de nous y prendre tous en jouant le discret ; mais le moyen est usé. »

Dans le même temps, Louis se livrait à des réflexions d'un autre ordre :

« Chère Giulia... Je vais la voir !... De quoi est-il donc mort, ce pauvre Tomasso ? Il était jeune encore, vraiment. Il m'aimait bien, celui-là. La veille même de son dernier jour il parlait de moi à elle, à Giulia. Relisons... « Après-demain, près de l'endroit où nous étions si voisins la dernière fois... » C'est très clair. Mais pourquoi ne me parle-t-elle point de précautions à prendre, et surtout pourquoi oublie-t-elle de me dire le nom de la rue ? Je devrai arpenter toute la ville, et semer du grain le long du pavé avant de retrouver cette maudite rue. Et son gardien... (à quel titre d'abord est-il gardien)... la laisse donc libre à certaines heures, pour qu'elle ose m'inviter à aller, si franchement, en plein jour, à sa rencontre ? Il y a quelques obscurités dans cette lettre ; mais ce ne saurait être la faute de Giulia, adorable créature.

Au jour fixé, à onze heures, libre de tout service, Louis entreprit son voyage à la recherche de la fameuse rue, et, sans trop savoir comment, il s'y trouva tout rendu à onze heures et demie, longtemps, beaucoup trop longtemps avant l'heure du rendez-vous ; il tressaillit des pieds à la tête en reconnaissant la maison, et puis, il eut une minute de désenchantement, en examinant à froid la situation.

Sans les termes nets et précis de la lettre de Giulia, sans l'instinctive et inébranlable conviction de Louis que le caractère de cette jeune fille était le moins fait du monde pour plaisanter sur un pareil sujet, notre héros aurait cru à une mystification, ou du moins à une de ces *épreuves* dont vivaient les dames d'autrefois. La rue était étroite, claire, blanche, et bordée, de chaque côté, de maisons exactement pareilles les unes aux autres, et toutes fermées, comme si chacune d'elles eut contenu un petit Italien gras, au front déprimé, au regard perçant. Enfin, cette rue, quasi deserte, n'offrait à personne, surtout à un observateur en costume militaire, la possibilité d'y stationner, sans devenir suspect au premier habitant à qui il prendrait fantaisie de regarder par la fenêtre. A quoi songeait Giulia, en donnant rendez-vous à Louis dans un lieu si défavorable, au centre même des obstacles ? Louis, tout pénétré de respect pour le mystère, jeta de loin sur les jalousies baissées de la maison de l'Italien cet ineffable regard de tout amant qui, à cinq cents lieues du pays natal, contemple en réalité et croyant encore rêver, la maison où habite l'être unique !

Dans cet instant, il n'y eut plus pour Louis ni colonel, ni tuteur, ni porte close, il y eut l'amour inspiré, impérieux, puissant comme le génie, et auquel ne ressemble pas plus ce qui constitue le plaisir et la recherche d'un certain nombre d'hommes, qu'un crieur public ne ressemble à Démosthène, à Mirabeau, qu'un faiseur de couplets ne ressemble à lord Byron. « Dans cet instant, se dit Louis, à travers la jalousie, elle me regarde peut-être. »

Garde toujours, bel amoureux, cette fièvre divine, et ne demande rien d'autre au ciel ! Si tu es sage, ne demande pas qu'elle se lève, cette jalousie, qu'elle s'ouvre, cette porte. Bénis Dieu de t'avoir fait connaître, ne fût-ce qu'un jour, l'incomparable émoi qui possède aujourd'hui ton

7

cœur, car il n'a pas de meilleur présent pour les purs humains. Si tu prétends à davantage, si tu veux épuiser la coupe, au lieu de savourer seulement son parfum, tu vas bientôt te trouver découragé et plein de doute devant une coupe terne et vide. Tu te sens fort, triomphant, l'orgueil de cette intérieure victoire t'étonne et te charme... Que ton rêve soit toujours un rêve !

Louis eut payé cher alors le droit de s'asseoir à l'une de ces cent fenêtres inutiles, derrière lesquelles ne semblait pas se mouvoir la vie, et d'où il eut pu inspecter à son aise toute l'étendue de la rue, sans l'ennui d'un role monotone et le danger d'une surveillance presque impossible. Heureusement, sa faction ne dura guère.

Parvenu au dernier tiers de sa promenade, notre héros entendit le bruit d'une porte qu'on ouvre et qu'on referme aussitôt. Il tourna à demi la tête, et ne conserva plus aucun doute, en voyant sortir de la maison bien connue, une dame à la tournure jeune, et toute vêtue de noir. Elle prit la direction opposée à celle où cheminait Louis au moment de cette découverte ; sa démarche remplaçait par je ne sais quelle majesté la grâce des femmes parisiennes. Louis, qui la suivait de très loin et mesurait son pas sur le sien, s'étonnait de sa lenteur, s'en irritait presque. D'ailleurs la prétendue Giulia ne trahissait point, même par un de ces imperceptibles mouvements classés et étiquetés dans la cervelle des hommes dits à bonnes fortunes, qu'elle eût la conscience d'être suivie. Louis se disait : « Allons, il paraît qu'elle n'a pas peur de se compromettre ; tant mieux ! »

Croyant seconder les intentions de Giulia, il ralentit encore son pas ; mais à ce jeu, il ne tarda guère à la perdre du vue, quand elle eut dépassé l'angle de la rue où ils étaient deux jusque-là, et où il se retrouva seul. Soudain, il précipita sa marche, et atteignit le maudit angle, à temps pour apercevoir la jeune dame vêtue de noir, déjà parvenue à l'extrémité de l'autre rue, continuer désormais sa promenade au bras d'un petit homme gros et vif, sorti on ne sait d'où, d'une ruelle latérale sans aucun doute, qui gesticulait en marchant, et avait l'air d'emmener sa compagne où il lui plaisait, sans que nul eût rien à dire. Louis atterré ne chercha pas à en savoir davantage, et tout rêveur, alla droit devant lui. Il se retrouva bientôt en face de la cathédrale; sans but, invité par la songerie, il y entra ; il lui plut de revoir la place où Giulia et lui avaient été si près l'un de l'autre six jours auparavant. Il n'eut pas de peine à reconnaître la chapelle où ses amis l'avaient vue agenouillée et curieuse ; la chapelle était vide. Il prit une chaise au hasard, s'y accouda, et se livra à de magiques évocations. « Si près et si loin, se disait-il, la sentir et ne point la voir, l'entendre et ne pouvoir répondre à son appel ! » Alors, il ne sut si c'était la continuation de son extase, mais le frôlement d'une robe arriva jusqu'à lui, et en ouvrant les yeux il vit s'avancer une forme charmante voilée de noir, qu'il n'osa pas reconnaître tout de suite, bien que la voix de son cœur, de sa mémoire, de son admiration lui criât : Voici Giulia ! Elle s'avançait toujours.

Il n'y avait qu'eux deux dans l'immense temple. Entre les piliers gothiques se jouait un rayon.

Giulia se mit à prier.

Le visage de Louis offrait les teintes du marbre blanc, son cœur battait à se rompre, mais il ne souffrait pas. Il se sentait transporté bien haut, par dessus les mondes où règnent l'injure, la sottise et la misère, dans ces régions inénarrables où triomphe l'amour.

Giulia ayant prié, s'assit et eut l'air d'attendre.

— Je vous ai cherchée longtemps, mademoiselle, lui dit enfin Louis, et ce n'est pas ma faute si vous ne m'avez pas revu plus tôt, après cette lettre qui m'a rendu si joyeux, mais n'eût-il pas été coupable à moi d'abréger une seule des lenteurs que semblait commander votre intérêt ?

— Je n'étais pas moi-même bien sûre que ce fût vous, répondit avec une grande sérénité la belle Giulia (car c'était elle), et cette incertitude me troublait. J'étais si heureuse, à la pensée de pouvoir parler de mon père à quelqu'un qui l'avait connu et aimé !

— Je l'ai pleuré. Lorsqu'on m'eut dit que vous étiez tout habillée de noir, je pressentis le malheur qui vous avait frappée, et je vous remercie de vouloir bien me mettre de moitié dans votre deuil et vos souvenirs. —

— Mon père m'a chargée de vous offrir, en mémoire de lui, un objet à mon choix dans cette petite collection qu'il m'a laissée et que vous êtes venu visiter un jour.

— Un jour que je n'oublierai jamais, Giulia.

L'italienne eut un charmant sourire, se leva et dit :

— Sortons... en prenant cette porte, nous trouverons une rue où nous pourrons causer plus convenablement qu'ici.

Puis elle se signa dévotement, après avoir indiqué à Louis la porte, par où celui-ci sortit le premier. Elle le suivit aussitôt.

— Aviez-vous pensé, dit Louis, dont les lèvres tremblaient, que ce jour était une date importante dans ma vie ?

— Vous parlez trop vite pour moi, dit Giulia avec une politesse de reine.

On a remarqué anciennement déjà, que c'est un privilège spécial aux filles d'Italie, de ne point tirer leur air de grandeur d'une naissance illustre, ni d'un rang élevé, mais simplement de la nature qui leur donne à toutes cette majesté inconsciente.

— Je vais répéter, dit Louis.

— Non pas, fit vivement l'Italienne, dont le pâle visage se colora soudain.

— Il serait fou d'espérer que vous ayez jamais pensé à moi, signora ; vous m'avez à peine vu durant cette courte visite chez votre père, et il y a cinq ans de cela. A nos âges, Giulia, cinq ans c'est un abîme jeté entre deux espaces tout différents de la même vie. D'enfant je suis devenu un homme...

— Brave et bon, je le sais.

— Et de petite fille vous êtes devenue une femme, et la plus belle que j'aie vue.

Giulia abaissa aussitôt sur sa figure un voile épais et reprit :

— Je mentirais si je disais que je vous ai à peine vu chez mon père ; un peu de curiosité est naturel chez une petite fille, et j'étais d'ailleurs bien excusable en vous regardant, vous le premier étranger que j'eusse vu à la maison, où il venait cependant beaucoup de visiteurs, mais non à titre d'ami... comme vous, ce jour-là. Cette exception occupa mon esprit d'enfant... et après cinq ans, en croyant vous reconnaître, il m'a été doux de compter, dans la douleur, sur votre sympathie.

— Elle est toute à vous, Giulia ! mon âme vous comprend et vous appartient depuis ce beau jour dont le souvenir est mêlé de si amers regrets. Le voisinage d'un temple ne se sentira point profané par des paroles dignes d'être dites devant l'autel. Ecoutez-moi, Giulia, je crois fermement que nous ne naissons pas pour la première fois le jour où notre mère nous met au monde ; je crois que la meilleure part de nous est éternelle, celle avec laquelle il me semble que je vous ai toujours aimée. J'ai vu, spectateur froid, les richesses et le génie de la plus belle des trois grandes villes du monde ; j'ai été mêlé, acteur docile, à des événements que l'histoire conserve.

La grande fièvre de la guerre une fois calmée, me laissait
en proie à un noir accablement, et je me disais:
« N'est-ce que cela ? » Mais lorsqu'on m'eût dit que vous
étiez ici, j'ai senti mon cœur bondir d'un vol impétueux.
Q'importe la façon dont je vous le dirai, puisque je vous
aime ! Je n'aurai jamais le nom des grands poètes de votre
patrie, mais que ce qu'ils ont écrit de meilleur sur l'amour,
me semble incomplet, inutile, indigne de leur gloire,
auprès du sentiment qui m'anime pour vous et devant
vous, Giulia !...

Cela fut dit d'un ton bas, ému, douloureux.

Louis était assez grand, blond, hardi, frémissant, et
paraissait plus jeune encore que son âge. La tenue de
campagne lui seyait à merveille ; sans parler des beautés
de son cœur, on pouvait l'aimer tout d'un coup.

— Oh ! monsieur, dit Giulia, ce n'est pas moi à qui
vous parlez ainsi, ou tout au moins c'est une épreuve de
votre part, et vous ne pouvez croire que je me sois
rendue vers vous avec la pensée d'entendre un tel
langage !

— Giulia, bien loin que je puisse jamais séparer mon
respect de mon amour, apprenez que l'un est nécessaire
à l'autre, que celui-ci ne serait pas sans celui-là.

— Je n'ai à relever rien d'inconvenant dans vos paroles ; je leur reproche seulement de nous avoir fait perdre
de vue l'objet principal de notre réunion, qui était de
nous entretenir de Tomasso, mon père, et de ses derniers
jours. Que de fois il m'a dit : « Ah ! du moins si je savais
où est maintenant M. Louis, je lui écrirais tout de suite,
pour lui apprendre que ce n'est pas de ma faute si je me
suis abstenu d'aller lui dire adieu à son collège ; mon
prochain départ me laissait à peine le temps d'achever
des préparatifs indispensables.

Un regret, une larme, un soupir de l'amitié absente ou

morte, a sur l'âme la plus passionnée, la plus orageuse, des droits vainqueurs. Louis sentit des pleurs monter à ses yeux.

— J'ai éprouvé aussi vivement que Tomasso, chère Giulia, la douleur de cette brusque séparation. Quelle a été votre vie depuis qu'il n'est plus ? Je crains que sa mort ne vous ait laissée seule dans le monde.

— Dans sa jeunesse, mon père, qui était originaire des environs de cette ville, était sinon très riche, du moins, maître d'une fortune suffisante pour vivre. Il épousa ma mère, un peu plus âgée que lui, malgré l'opposition ardente de deux familles. Vous savez déjà que dix années de notre exil s'écoulèrent à Londres ; mon père s'en est amèrement repenti depuis, à cause du soupçon qui lui est venu que le climat de l'Angleterre avait dû abréger la vie de sa femme. Pour ce qui est de lui-même, il était tellement insouciant des choses matérielles, tellement heureux de ses rêves, qu'il ne chercha pas à triompher de ses épreuves autrement que par l'indifférence. Sur la nouvelle un peu prématurée que son ancienne aisance allait lui être rendue au sein du pays natal, il se hâta de m'emmener ici, vous vous rappelez quand et comment. Notre bonheur promis dépendait de la décision des tribunaux, il en dépend encore...

— Mais vous, Giulia ?

— Vous savez à présent toute notre histoire, répondit la jeune fille, sur le front de laquelle la fin de ce récit avait répandu une teinte sombre. J'avais à m'acquitter envers vous d'un message sacré, j'ai rempli ce devoir; vous recevrez bientôt par mes soins le petit souvenir que l'intention de mon père vous destinait. Maintenant, quittons-nous. Jurez-moi de ne pas me suivre, de ne plus vous occuper de moi.

— Ainsi, s'écria Louis hors de lui, je ne vivais que par

l'espoir de cette heure, et vous l'abrégez à dessein. Vous qui n'ignorez pas qu'un mot peut me tuer, vous dites froidement ce mot : adieu ! Je suis incapable de m'y résigner.

— Vous autres Français, dit Giulia, simulant avec beaucoup d'effort un calme empire sur elle-même, vous vous croyez toujours à Paris, toujours vous croyez avoir affaire à ce que vous nommez la *coquette*, c'est-à-dire, si je ne me trompe, une femme qui joue avec le cœur d'un homme, se plaît à le voir s'élever très haut dans l'air, puis retomber en mille morceaux sur le sol ; une femme qui transforme toute conversation d'amour en une joute sans noblesse, où la victoire revient non pas au plus ému, mais au plus habile.

— Parlons franc. Si vous refusez de me dire le capricieux obstacle qui, après nous avoir permis de nous réunir une fois, nous séparerait maintenant pour toujours, je croirai que vous ne faites que suivre votre antipathie, et que ma vue vous déplaît.

Giulia répondit avec la simplicité d'un enfant :

— Ne le croyez pas, votre vue ne saurait me déplaire.

— Alors ce n'est pas sérieusement que vous m'avez dit : « Adieu, partez ! » Car, ou bien vous n'êtes pas votre maîtresse... mais je ne veux pas m'arrêter à cette épouvantable idée... ou bien vous êtes libre de m'aimer....

Giulia répondit seulement à cette exclamation, par un soupir qui donna une grâce souveraine au rapide soulèvement de ces formes splendides, dont le type à la fois humain et céleste, a immortalisé de si beaux peintres.

— Je ne vous comprends pas, Louis, lui dit-elle avec naïveté. Sans doute mon cœur est libre, et j'espère qu'il le sera toujours. Cher, pourquoi me demandez-vous de vous aimer, puisque vous avez vu que je vous regarde comme mon ami, et qu'il m'est presque impossible de jamais penser à mon père, sans penser à vous en même temps?

Elle ne lui disait plus : monsieur, elle venait même de l'appeler : *cher*. Ce mot banal à de divines éloquences, lorsqu'il sort de certaines lèvres. La première lettre de femme vraiment aimée, où notre nom est précédé de ce mot : cher, est une date dans notre vie. Louis aimait non comme au théâtre, ni comme dans les livres, mais comme de loin en loin, aime un héros d'amour, cette rare espèce d'hommes qui sont, peut-être même avant les penseurs, les maîtres du monde moral.

Donc, de loin en loin il surgit un homme qui montre, jeune encore, pour les objets de l'ambition commune, un dégoût profond ; un homme que les gens de Bourse trouvent absurde, mais dont le front a des lueurs étranges, la pensée de magiques abîmes, et dont le cœur est un monde frémissant de terreur ou d'enthousiasme pour un mot, pour un sourire. Enfant, prédestiné à un rôle inaperçu mais sublime, il est ardent, rêveur, il préfère les livres à la foule, mais il préfère sa pensée à tous les livres. Devant la réalité matérielle la plus vantée, il est toujours assailli d'un étonnement peu flatteur pour elle : il a vu mieux que tout cela, sans faire un pas. Pour lui nul poète n'a parlé de l'amour aussi bien qu'il l'éprouve.

A vingt ans, il lui semble, ainsi qu'au grand Pascal, avoir épuisé le fleuve des connaissances humaines, et il aspire à se perdre en Dieu, représenté par l'infini de l'amour. Ses amis, qui rêvent à devenir banquiers, procureurs, préfets, l'accusent, les uns d'avoir gâté sa vie, les autres d'être un sournois ambitieux. Il voudrait ravir à l'étoile et à la femme leur transparent, mais insaisissable secret. Il ne fuit pas ses anciens compagnons, il ne les trouve plus, et ceux-ci le taxent d'égoïsme, et de pis encore peut-être. Le gain ou la perte d'une mine d'or le trouverait insensible, mais un cri du cœur humain le transporte ; un seul mot lui fait franchir les lourds remparts dans lesquels nous renferment l'intérêt, l'avarice, la peur... et qui prétend qu'un tel homme trahit le culte de l'humanité et manque de respect envers le monde, a menti.

Soudain, un joyeux éclair traversa l'esprit de Louis.

— Alors, chère Giulia, si je vous ai bien comprise, dit-il, vous n'êtes pas la femme de ce... vous êtes libre, en un mot, et les seules entraves qui s'opposent à notre réunion, viennent toutes du fait de votre cœur, qui n'y est pas encore préparé, mais dont le temps peut vaincre l'irrésolution ?

— Je vous ai prié de vous taire désormais et de me laisser.

Louis obéit... mais ce n'était plus cette fois le timide amoureux d'hier, content d'un souffle, c'était un homme qui voulait savoir, un homme jaloux, et dont le pas avait acquis cette certitude que donne la pleine connaissance de la route où il s'engage. N'ayant pu rien apprendre de la bouche de Giulia, il voulut s'instruire par lui-même, et alla reprendre son poste non loin de la maison de l'Italien. Il y resta jusqu'à une heure très avancée de la soirée, mais sans profit. Il vit s'allumer et s'éteindre les lampes derrière toutes les fenêtres, et, à bout de patience, il reprit la route de son logement, tellement absorbé en de confuses pensées, qu'il resta sourd au bruit d'un pas qui suivait avec précision la trace du sien. Aussi, quoique brave, ne put-il se défendre d'un geste de frayeur, en sentant soudain une main se poser sur son épaule. En tournant la tête, il reconnut le petit Italien, dont les yeux moqueurs brillaient dans cette obscurité.

— Monsieur, dit ce dernier, je ne viens pas à vous en ennemi ; donc, pas de défiance. Depuis trois heures, vous vous tenez là, debout sur le pavé ; nos soirées sont fraîches, et vous avez bien gagné l'hospitalité d'un salon chaudement éclairé, et d'un verre de vin au coin du feu ; tout cela est à votre service.

— Que voulez-vous de moi ?

— Comment ! vous avez tout fait dans le but d'entre-voir seulement Giulia... Je vous offre maintenant de la venir voir honorablement, mais à votre aise, de lui cau-ser une agréable surprise, et vous reculez.

— Trêve d'astuce ! La première fois que je prononçai ce nom devant vous, vous n'avez pu cacher votre colère, vous avez juré que vous ne connaissiez pas Giulia, et vous voulez que votre proposition de ce soir ne me paraisse pas la dernière des moqueries ?

— C'est que l'aspect des choses a bien changé pour moi depuis notre première rencontre. J'ai questionné Giulia, et ses réponses m'ont satisfait. Puisque vous savez qu'elle n'est pas libre...

— Elle est mariée ?

— Pas tout à fait, monsieur.

— Lâche !

— Je me moque de vos insultes.

— Qu'est-elle donc ? Qu'êtes-vous, enfin ?

— Je ne suis pas comme vous, un brillant officier, mais un simple adorateur de la musique, professeur, pour mon plaisir bien entendu, de chant, de contre-point, et compositeur moi-même. D'honnêtes revenus me permettent de consacrer mes soins et mon expérience aux sujets qui m'en paraissent dignes. Je connaissais Tomasso avant que vous fussiez né, mais notre amitié date seulement de son dernier séjour en Italie. Je dé-couvris dans Giulia une voix si merveilleuse, et un si rare instinct musical, que ne pas en favoriser la culture m'eût paru une véritable ingratitude envers le ciel, auteur de si beaux dons, et une noire trahison envers celle à qui ils promettaient la richesse et la gloire. J'ai fait mes preuves, monsieur; c'est à moi que le baryton Pasellini et la célèbre Léonora, de votre Théâtre-Italien, doivent en partie leurs succès. Ils ne le nient pas. J'ai de chacun d'eux vingt lettres qui en témoignent. Tomasso, avant de mourir, me confia sa fille, qui n'avait d'autre toit que le mien...

— Et l'infâme a abusé de ce religieux dépôt !

— Monsieur, l'on a très vilaine grâce, je vous jure, à répondre à de bonnes raisons par des grossièretés. Il vous eût paru plus noble de livrer Giulia aux hasards de la solitude, aux gouffres de la pauvreté ! Heureusement, sa tendre reconnaissance me dédommage des mauvaises paroles. Je n'ai point forcé son inclination. Elle reste chez moi de son plein gré ; et c'est d'un commun accord qu'il a été décidé qu'elle deviendrait ma femme aussitôt que, son éducation musicale terminée, un bel engagement à Vienne, à Londres ou à Paris, sera venu couronner mes soins.

— Est-ce vous injurier, monsieur, que de vous dire qu'entre toutes les spéculations viles dont j'aie ouï parler, celle-ci me semble mériter le prix ?

— Monsieur !... Vous m'échauffez bien malgré moi. Pourquoi donc ne me serait-il pas permis, autant qu'à vous, d'être sensible aux charmes de Giulia, et, en outre, de tenir à mon bien ? Je suis trop bon, en somme, de chercher à vous persuader. Depuis deux ans, Giulia et moi nous ne nous sommes pas quittés, et vous l'avez vue un quart d'heure en passant. Elle m'aime beaucoup, elle me l'a dit cent fois, et nous vivions très heureux ensemble, lorsque votre vue, ayant réveillé en elle des souvenirs anciens, il lui a manqué de pouvoir causer avec vous de son père Tomasso. Ah ! si ce dernier revenait au monde, je vous prie de croire que, malgré son estime pour vous, entre vous et moi il n'hésiterait guère.

— 'Assez, monsieur, reprit Louis, affectant un grand calme. Je vous dis adieu ; ne craignez pas de me revoir de nouveau à cette place, et ne parlez jamais de moi à votre Giulia que j'aurai oubliée dans cinq minutes.

La vanterie française cherchait en vain à traverser de notes piquantes le tremblement de sa voix. Louis avait à peine laissé l'Italien qu'il fondit en larmes, et que, rentré chez lui, il s'abandonna à la plus cuisante douleur, celle de pleurer un vivant mort. Je ne sais quel rapport l'Italien fit à Giulia ; mais en même temps que Louis pleurait, la jeune fille terrifiait par la violence de son désespoir le maître de chant, et son beau corps, soulevé par des sanglots, se tordait sur un fauteuil dans les angoisses d'un mal inconnu. Elle répétait : « Heureusement, je vais mourir, je ne chanterai jamais dans un théâtre ! » Le lendemain, une fièvre intense la saisit, et l'accablement la retint plusieurs jours au lit. L'Italien n'osait plus lui parler. Mais il ne croyait pas payer trop cher le bonheur d'avoir cessé d'être jaloux, d'autant plus qu'il venait d'apprendre le prochain départ du régiment de Louis. Aussi, comme il allait et venait !

En effet, le jour du départ était fixé. La veille de ce jour fameux, Louis, si résolu qu'il fût à ne jamais revoir Giulia, à ne plus prononcer son nom, ne se sentit point le courage de quitter à jamais sans un adieu la rue droite, silencieuse et solitaire, mais peuplée un jour pour lui des visions du plus bel amour. Ce projet lui vint d'en haut sur les ailes d'une pitié attendrie et d'un pardon qui ne pouvait pas être l'oubli ; un bon soleil éclairait ce miséricordieux pèlerinage.

Ce matin-là, Giulia, se sentant moins faible, avait quitté son lit et approché son fauteuil de la croisée ouverte. Elle regardait tour à tour le ciel et le pavé, et aspirait la chaleur de ce généreux soleil.

Sa blancheur, encore accrue par de profondes souffrances qui attiraient le sang au cœur, ennoblissait sa beauté de tout le prestige du paradis conquis par la mort.

Elle était toute seule dans la maison ; l'Italien était allé dans un couvent des faubourgs lui chercher une garde pour la nuit.

Son adorable figure, auréolée d'un doux rayon, fut la première, la seule que vit Louis. Elle l'avait également vu tout de suite. Elle se pencha pour le saluer... il pleura... en relevant la tête il ne vit plus rien. Il pensa avec angoisse que, vu son état de faiblesse, elle venait sans doute de perdre connaissance.

Divine clémence ! la porte mal fermée ne résista pas au premier choc. Louis, poussé par d'instinctives alarmes, gagna, en moins d'une seconde, un salon au premier étage ; il y trouva Giulia renversée sur un fauteuil, non évanouie, mais inexprimablement blanche.

Il s'agenouilla auprès d'elle.

— Je vous attendais, lui dit-elle, soyez sûr que je vous attendais. Nous ne pouvions pas nous dire adieu pour toujours sans que je vous eusse remis moi-même le modeste présent de mon père. Je vous ai dit que j'avais le choix. J'ai choisi ce petit portrait émaillé, fait d'après moi, quand j'avais sept ans. Et... et... moi aussi, je vous aime, ajouta-t-elle plus bas, tandis que ses dernières larmes coulaient le long de ses joues. Louis n'appartenait plus à cette terre.

— Avant de partir, ne me donnerez-vous pas un baiser sur le front et sur les yeux ?

Le jeune homme, sans cesser d'être à genoux, mit comme on le lui demandait, sur ce front doux et pâle, un long baiser.

Et Giulia lui répétant : « A vous, chère âme ! » s'affaiblit et mourut, tandis que Louis la croyait seulement recueillie.

Fou de terreur en reconnaissant la vérité, il se dressa... il crut à un odieux cauchemar. La porte s'ouvrit, l'Italien parut suivi de la garde-malade.

— Comment, déjà morte ! fit-il en s'adressant à Louis d'un air d'intelligence, et comme s'il venait seulement de le quitter. Je n'ai pas de chance !... Ne vous a-t-elle rien dit pour moi ?...

La garde-malade dut trouver plus que bizarre cet officier français qui ne répondait pas aux questions de son hôte et s'enfuyait sans que l'on cherchât à le retenir.

Louis regagna machinalement son quartier... il était foudroyé, anéanti, muet. Un de ses amis lui dit :

— Ah ça, tu reviens donc de chez les morts ?

— C'est vrai, répondit-il simplement.

A la meurtrière journée de Solférino, il reçut au cœur une balle autrichienne qui échancra en passant le portrait en émail d'une petite fille de sept ans.

J'ai vu l'an dernier ce portrait dans la collection du vénérable M. L. C., rue Notre-Dame-de-Grâce.

Les trois cents francs de M. Sixtain

=

I.

Vers deux heures — n'importe la saison — il tombe quelquefois sur Paris un air gris, un vent humide qui tue la joie promise par un beau midi. Sur la foi de cette promesse, on s'était mis en route, le pied léger, pour aller revoir à la pointe de l'île Saint-Louis, par exemple, ce qui nous reste du Paris d'il y a cent ans.

On peut apporter une sympathique faiblesse à ce pèlerinage sans nourrir ombre d'hostilité contre les chemins de fer et la photographie; m'accordez-vous cela? Je le demande timidement, car nous sommes d'un temps où l'on ne saurait se plaire à suivre un jeune rayon sur un vieux mur sans être soupçonné de trahir son époque, ni s'attendrir aux pierres du passé sans être accusé de refuser la sienne au monument de l'avenir.

Il faut donc remettre à meilleur jour cette excursion, pure fantaisie au reste, et sans caractère obligatoire.

Quoique l'on fût parti pour le loisir, c'est souvent au retour de ces expéditions différées que, rentré chez soi, on travaille le mieux. Je ne le dis pas pour moi, car dans ces occasions-là, voici comme d'ordinaire l'aventure s'achève : Quand j'ai projeté d'aller rêver entre Notre-Dame et l'hôtel Lambert, et qu'il survient un gros nuage, en réintégrant mon domicile, j'annonce à la taciturne vieille femme qui prétend épousseter ma *table d'écriture* qu'elle ait à me tenir tout de même pour sorti, et à ne recevoir personne.

Deux bûches sont allumées dans une petite chambre meublée seulement de livres, d'un tableau de fleurs et d'un portrait, le portrait de celle qui a peint les fleurs, et qui mourut elle-même dans la rose de son âge.

Alors je vais prendre dans un tiroir secret un large carton d'écolier, où sont pressés mille, dix mille feuillets de papier de plusieurs formats, lettres, documents d'affaires, notes de voyages, billets de mort, réflexions politiques, manuscrits commencés, impressions fugitives d'incidents oubliés, toute la cendre de ma jeunesse qui flamba si ardente, sous l'inclémence de cieux moroses !

Je plonge les mains dans cette cendre, et je la regarde filer à travers mes doigts, et l'heure s'envole en larmes rentrées, en frémissements... et mon cœur se soulève gonflé de ce sanglot que chaque homme croit seul connaître, et où tiennent toutes nos félicités et tous nos regrets de leur fuite magique !

II

De ces ébauches de peinture, de ces romans indiqués, de ces morcelets d'histoire individuelle, plusieurs m'ont encore fait sourire. Commençons par ceux-là.

Je tombe sur cette note :

« Reçu de mon oncle Sixtain, dans une occasion où il y allait de l'honneur et de la vie, la somme de trois cents francs, que je m'engage, également sur l'honneur, à lui remettre dans un an, soit le 1er octobre 1857.

« 1er octobre 1856. »

Quel désespoir, Dieu juste ! que de pleurs et de promesses pour ces trois cents francs !

Si j'avais dit *quinze louis,* l'oncle Sixtain m'eut envoyé promener, et par reconnaissance envers son ombre, je maintiens la vieille rédaction.

8

Lorsque, mes classes finies, on m'envoya à Deutz, chez M. Hirsh, pour y faire l'apprentissage de fabricant, mon père, le propre frère de l'oncle Sixtain, m'avait très significativement invité à ne pas faire de dépenses au-delà de ma pension mensuelle... « le meilleur, le seul moyen de ne pas gaspiller ton argent, avait-il ajouté, c'est de travailler ferme et... tu m'entends. »

Tristes effets d'une explication incomplète! Je crus bravement que les parties d'équitation, en compagnie d'amazones, n'étaient pas comprises dans ce programme de méfiance. Chaque jour, avec une dame, cousine ou nièce de M. et Mme Hirsh, et habitant chez eux depuis six mois, nous galopions hors la ville, sur des chevaux de louage!

Je raffolais de cette Gretchen (seconde manière) ; ce n'étaient que bouquets, rêveries.

J'avais dix-huit ans ; je subvenais à cette poésie par l'emprunt hebdomadaire et régularisé de six thalers, à M. Hirsh, qui s'exécutait sans la moindre hésitation, sûr d'être remboursé avant mon départ. Voici quel était mon calcul :

Mon père m'avait promis un voyage en Allemagne. Je m'y préparais par une fabuleuse consommation de *guides* et *d'histoires,* qui devaient me permettre de *brûler* le pays, et de répondre à toutes les questions des curieux.

Je devais trois cents francs à mon hôte. Le jour même où lui et moi nous tombâmes d'accord sur ce total (car mon départ approchait), une lettre de ma sœur vint me notifier les faits suivants : mes parents se mouraient d'impatience de me revoir ; mon tour d'Allemagne était indéfiniment ajourné ; d'ailleurs, je devais, me disait-on, en avoir assez du pays ; on m'invitait à prier M. Hirsh d'accueillir les remerciements sincères de ma famille, et à regagner la France par l'un des premiers trains du jour suivant.

Ma sœur ajoutait en post-scriptum : « Fâcheuse nouvelle! L'oncle Sixtain, malgré son âge et ses grands enfants, vient d'épouser *cette* petite fermière... (Quelle fermière ? Je pensais bien à cela). Lui qui n'a jamais seulement fait voyager d'Armentières à Calais sa première femme, si bonne et si distinguée, emmène cette paysanne sur les bords du Rhin. Ils sont, je n'en doute pas, à Cologne au moment où je t'écris. Papa lui ayant battu froid à cause de ce mariage, je ne sais si mon oncle Sixtain ira te voir. Il faut véritablement qu'on l'ait ensorcelé, car si on ne peut pas dire qu'il est avare, du moins tout le monde sait comme il tient à l'argent. »

III

Oh! Providence! au moment où la honte, la fureur, la détresse m'envahissaient, l'oncle Sixtain se remariait tout exprès pour passer la frontière à mon service ; mais où, et comment le trouver ?

Je n'eus pas du moins, les angoisses de l'attente; en allant en ville, vers trois heures, je tombai sur un couple en arrêt devant la cathédrale. Mon oncle, qui n'est point poète, examinait cela avec des sensations d'entrepreneur; ma tante, la paysanne rose et rebondie, paraissait avoir mal dormi.

Il aimait le changement, mon oncle Sixtain; de sa défunte première à sa vivante seconde, il y avait toute la distance de Memling à Jordaens. Du reste, on ne l'avait pas gâté de félicitations sur ce nouvel hymen, mon pauvre oncle; je devinai cela à mille riens. Exemple : Après que je l'eus embrassé de tout mon cœur (je l'avais toujours aimé), il me dit :

— Voici ta tante.

J'allai aussitôt faire claquer deux robustes baisers sur les joues de cette églogue, en murmurant un peu tardivement :

— Vous permettez, ma tante ?

L'oncle Sixtain, d'un air de contentement très vif, dit en nous regardant :

— Gaillard ! Bon garçon !

J'étais sauvé.

Pas encore.

Ma tante, fort indifférente à la cathédrale, et ne pou-vant d'autre part, elle me l'apprit ensuite, lever les yeux au plafond sans attraper la migraine, était au contraire toute captivée par les nombreux magasins d'eau de colo-gne, qui font une ceinture au célèbre dôme, et partagent sa renommée. Bientôt elle n'y put tenir, et lâchant le bras de l'oncle Sixtain, elle lui dit :

— Mon ami, pendant que tu causes avec *le* neveu, je vais acheter une petite bouteille.

Ce mot glaça mon oncle qui, la voyant partir, mur-mura avec l'accent de la première ou de la millième désillusion :

— Les femmes ! toutes ne rêvent qu'à gaspiller l'argent.

Si l'autel n'était point paré, la victime était prête, je l'étourdis d'un seul coup :

— Mon oncle Sixtain, j'allais vous écrire. Vous n'igno-rez pas que je porte votre nom. Il s'agit pour moi de l'honneur de ce nom et de la vie. Prêtez-moi de l'argent, et dans un an, foi d'honnête homme, vous serez payé.

— De l'argent ? Quel argent, garçon, me dit l'oncle Sixtain avec calme, mais les lèvres blanches, quel argent ?

— Mon oncle, trois cents francs tout de suite, et silence de tombe ! J'ai dit l'honneur et la vie.

— Ah ! garçon, ce n'est pas bien.

— Mais vous ignorez encore...

— Je dis ce n'est pas bien d'avoir manqué de confiance.

— Vous voyez, au contraire, cher oncle, que je vous

comble de ma confiance, et même je ne demande pas mieux que de vous en accabler. Le temps presse, mon oncle, trois cents francs, il me les faut, ou bien...

Le voisinage du fleuve prêtait sans doute à cette objurgation un pathétique irrésistible pour mon oncle, car il me dit :

— Je ne les porte pas sur moi. Viens à mon hôtel. Ah ! garçon, ce n'est pas bien, tu sais comme ton père et moi nous sommes liés. Je ne lui ai jamais rien caché; et puis, j'ai des enfants. N'importe, viens dîner avec nous dans une heure, à l'hôtel. Je trouverai bien moyen de te glisser la *chose*. Nous boirons tout de même une bonne bouteille. Tu dis dans un an, n'est-ce pas ?

Hélas ! ce ne fut pas dans un an ; pauvre bon oncle Sixtain !

Il se ravisa ; l'hôtel étant à deux pas de nous, il alla prier sa femme de l'attendre deux minutes chez le marchand d'eau de cologne; j'étais censé le conduire à un certain débit de cigares. Il monta en soufflant, étant naturellement court et oppressé, les deux étages qui conduisaient à sa chambre à coucher, me remit la *chose* (comme il disait) en pièces d'or, dans un rouleau de papier, et répondit d'une voix un peu altérée à mes fiévreuses protestations :

— Dans un an, c'est convenu. Va, garçon.

Pauvre bon oncle, je ne lui avais fait aucun mal, et pourtant il m'attendrissait. Je rentrai m'habiller pour le dîner. Je payai M. Hirsh, j'avais le vertige : l'honneur était sauf.

C'était pour une dame que je m'étais induit en dépenses extraordinaires. Sans doute mon oncle l'avait deviné et compris, et j'avais eu le bonheur de le saisir dans un moment où il devait être exceptionnellement sympathique aux douces faiblesses, aux extravagances causées par deux beaux yeux. Avant d'aller rejoindre mes hôtes, j'écrivis le reçu qui figure en tête de cette histoire, et pour la seconde fois de la journée, mais plus gaiement que la première, je fis le trajet de Deutz à Cologne, et en somme notre dîner fut aimable. Ma petite grosse tante qui n'usait pas de café, prit un *canard* dans ma tasse, et e trouvai (puisque après tout, selon le dicton de notre pays, on se marie pour soi), que mon oncle avait eu raison de consulter et de suivre son penchant.

IV

Le lendemain, je regagnai la France, vieilli de six mois par les agitations diverses de cette journée.

Au retour, je trouvai mon père plus enraciné que devant dans son programme restrictif à mon endroit sur le chapitre de l'argent.

Toutefois, je le savais homme de parole, et il me restait dû le montant d'un voyage en Allemagne.

Je n'eus même pas à soulever la plus petite réclamation. Le lendemain de mon arrivée, comme nous achevions de prendre ensemble le café au lait du matin, avant d'aller au bureau, mon père m'apprit que le voyage ou son équivalent serait avantageusement remplacé par le don qu'il me faisait d'un cheval.

Du reste, je ne fus pas appelé à me prononcer dans la délicate affaire du choix de l'animal. Mon père se défiait des intermédiaires en vue, et il entama à ce sujet, dans l'ombre la plus épaisse, avec un marchand de paille et d'avoine de la banlieue, des négociations qui aboutirent à l'achat d'un quadrupède bâti pour n'être pas déplacé au siège de Troie. Je n'étais pas fier, et je le montais avec un plaisir franc sur lequel n'avaient aucune prise les scrupules de la vanité et du dandysme. Quand mon bucéphale *stoppait* dans les rues de L..., cela produisait à trois rues à la ronde un grondement et un bruit de fer qui résonnaient jusque dans les chambres, au troisième étage des maisons. Je vous conterai un de ces jours l'histoire de Garot.

Toutefois, ce plaisir si franc recevait plusieurs fois la semaine d'assez vifs assauts, non pas de l'extérieur, mais du dedans, et ce sont les plus cruels.

Les mois s'écoulaient, et non-seulement je ne possédais pas le premier sol des trois cents francs que l'année finie, je m'étais engagé sur l'honneur à rendre à l'oncle Sixtain, mais j'avais encore aggravé ma situation de quelques petites dettes chez le libraire qui m'envoyait les nouveautés de Paris, et chez la gantière à laquelle je rendais compte des romans.

D'autres sujets de sollicitude plus sensibles à mon cœur vinrent bientôt m'assaillir. Je notai qu'avec sa charpente d'Hercule, mon oncle Sixtain jaunissait, qu'il était triste, qu'il témoignait moins d'empressement et de tendresse envers sa jeune femme. Je crus d'abord à une simple peine morale, et qu'il regrettait de s'être mis en délicatesse avec son frère et tout le reste de sa famille, sauf moi, en épousant contre le gré général, une femme qu'on jugeait, à tort, peu digne de sa devancière.

Mais bientôt il me fut donné de voir que cette anxiété morale, si elle existait, se compliquait de grandes souffrances physiques, que l'oncle Sixtain était menacé dans un organe important, que sa respiration était une torture.

Mon père, qui n'allait plus voir son aîné, tout en ayant gardé pour lui un fond d'affection très sincère, était satisfait de mes assiduités chez ce parent dont il était séparé lui-même par des difficultés et des convenances sociales; ma mère et ses sœurs (je ne les blâme ni ne les excuse), ayant beaucoup chéri et estimé la première femme de Sixtain, s'étaient refusées à voir la seconde, dont le consentement à un mariage si disproportionné, leur semblait trop visiblement marqué au point de la raison d'argent.

Dans cet état de choses, mon père, qui avait toujours attaché un haut prix aux relations de famille, me voyait avec plaisir sauver le principe en jouant le rôle de trait d'union.

Un jour que j'avais trouvé l'oncle Sixtain plus oppressé que de coutume, je crus devoir en avertir son frère qui me dit :

— C'est bien, demain matin nous irons ensemble voir ton oncle.

Ce jour-là, justement, par suite d'une très mauvaise nuit, Sixtain tenait la chambre. Les deux frères, en se revoyant, tombèrent dans les bras l'un de l'autre avant d'échanger un seul mot. Mon père pouvait à peine retenir son attendrissement à la vue des ravages que quatre mois de séparation lui rendaient plus sensibles dans la physionomie de son frère. Il y avait entre eux, malgré l'âge, une fraîche fleur d'alliance, produite non-seulement par la communauté de leurs berceaux, mais par les mille engagements soutenus côte à côte durant trente ans dans la bataille de la vie.

Pendant que je sentais deux larmes m'obscurcir ce touchant tableau, Sixtain fixa sur mon père le regard de ceux qui n'en ont plus pour longtemps à voir le soleil, et lui dit :

— Frédéric, je n'ai jamais rien eu de secret pour toi...

Il me regardait aussi en parlant de la sorte, et ce peu de mots me causa un malaise extraordinaire. L'image inopportune des trois cents francs vint se mêler à cette scène de désolation désintéressée.

Mais mon oncle n'ajouta pas une syllabe; après un

nouvel accès de suffocation auquel nous assistâmes malgré nous, afin de lui donner du courage, il retomba dans son accablement.

En route, je fis observer à mon père à quel point la petite fermière, contre laquelle toutes les dames de notre famille avaient tant de préventions, se montrait épouse attentive et dévouée; et mon père, qui était un homme juste, en convint volontiers, et opina que dans une circonstance aussi grave, il n'était pas question de songer à de petites querelles.

En effet, toute notre maison alla le lendemain rendre visite à l'oncle Sixtain, et même cette démarche parut avoir une influence favorable sur son état général, qui s'améliora, mais sans laisser beaucoup d'espoir. Bientôt le mal reparut avec une double gravité. J'allais voir sans cesse mon oncle, et parfois je réussissais à l'égayer et à le faire rire; il ne s'occupait plus des affaires de sa maison que par les grands côtés financiers ; c'est encore lui qui dirigeait son portefeuille ; cela n'est pas une figure. Ce grand portefeuille à douze compartiments ne le quittait pas, et il prenait plaisir à le parcourir, malgré ses souffrances, comme d'autres à feuilleter un livre favori. Il avait pourtant la conscience de son état. Un jour qu'il vérifiait devant moi les séries d'échéances de l'année, arrivé au mois d'octobre je le vis s'arrêter avec un mélancolique sourire devant un chiffon de papier qui, je n'en pouvais douter, n'était autre chose que mon reçu de Cologne. Pendant ce temps-là, je regardais d'un autre côté, l'esprit en proie à un grand embarras.

Bientôt mon oncle perdit patience devant l'obstination du mal.

Je lui répétais sous les formes les plus variées :

— Allons ! ça va de mieux en mieux, mon oncle ; dans huit jours, vous serez redevenu le brave des braves.

— Mon neveu, répondit-il stoïquement, dans huit jours, le brave des braves aura été rejoindre le maréchal Ney. Du reste, à ta place, j'en ai dit autant à tous les malades de mes amis qui ne devaient point passer la semaine. Merci de l'intention, et parlons d'autre chose.

V

Ne point passer la semaine ! grand Dieu! il n'était pas question pour nous d'un danger aussi imminent. J'en avais du moins la chère confiance. Une après-midi, j'assistai à la visite du médecin. Pendant qu'il écrivait son ordonnance, mon oncle, silencieux, regardait le foyer; les flammes de la bûche faisaient miroiter le fermoir d'acier poli du portefeuille. En sortant, le docteur me fit un signe que je compris. Un quart d'heure après, je me retirai moi-même, et je trouvai le médecin qui m'attendait.

— Monsieur, me dit-il, il m'a semblé que je devais m'adresser d'abord à vous, pour préparer votre famille à la séparation imminente que je prévois.

J'étais atterré et de la funèbre communication et du sang-froid lugubre avec lequel elle m'était faite. J'ai pu jusqu'aujourd'hui, par certaines facultés de critique et d'artiste, me mettre, pour employer une locution vulgaire, dans la peau d'un grand nombre de personnages, penser, agir et parler pour eux, mais ce don m'a toujours été refusé en ce qui regarde les médecins. La lutte mystérieuse et obstinée d'un homme avec l'inconnu, au chevet d'un autre homme, et l'impassibilité avec laquelle cet homme salue sa défaite, sont pour moi des mystères. Il est vrai qu'il serait injuste et stupide de vouloir qu'une seule poitrine enserrât toutes les douleurs de l'humanité. J'eus seulement la force de répondre :

— Dites-moi, je vous prie, ce qu'il faut entendre par séparation imminente.

— D'ici à demain, il peut survenir une dernière crise, à laquelle je suis malheureusement certain que votre oncle ne saurait résister.

Ma première pensée (on n'est pas le maître de ces soulèvements intérieurs), fut pour ma dette non acquittée, et pour la reconnaissance manuscrite qui attendait dans le portefeuille de l'oncle Sixtain.

J'allai aussitôt chez un négociant de la ville, encore garçon et homme de plaisir, qui m'avait plusieurs fois marqué de l'amitié, et ne devait pas hésiter à me rendre, à la première réquisition, le petit service demandé. Je ne fus pas trompé dans mon espoir, et au premier mot que je lui touchai de l'objet de ma visite, il s'empressa de me satisfaire, à mille lieues d'ailleurs de soupçonner la vérité. Comme il me tenait pour extraordinairement vertueux, il crut non pas à une perte de jeu, mais à un acte de bienfaisance qui réclamait le mystère. Je retournai cette après-midi même chez mon oncle Sixtain, qui avait reçu dans l'intervalle la visite du prêtre. Ma tante, exténuée par des veilles sans nombre, dormait dans la chambre voisine; une vieille fille, au service de la famille depuis un demi-siècle, tenait compagnie au mourant. Mon oncle ne me reconnut pas tout d'abord; mais quand j'eus prononcé quelques mots, il me dit :

— C'est toi, petit ?

— Oui, cher oncle, c'est moi, et si vous avez deux minutes à me donner, je voudrais bien, ayant justement la somme sur moi, terminer notre affaire...

Et comme je ne pouvais m'empêcher de ressentir et même de laisser paraître un certain tremblement, pour me donner une contenance, je jouai avec les trois chiffons de cent francs.

Une inexprimable émotion se peignit sur la figure de mon oncle déjà marquée du sceau fatal. Cela me déchirait... Je voyais, quoique je n'eusse pas l'habitude de semblables spectacles, que tout était dit, qu'il n'y avait plus d'espoir, que ce front et ce visage, où depuis mon enfance j'avais mis tant de baisers, étaient envahis par la mort.

Un sanglot que j'arrêtai au passage, faillit m'étrangler. Heureusement, je parvins à ne pas rendre témoin de ma douleur celui qui en était l'objet, mais c'est tout ce que je pus faire.

Mon oncle alla droit, sans se tromper, à ma quittance, la tira de son portefeuille, y mit en place mes trois billets de banque, et me dit tout simplement :

— C'est bien... garçon.

Puis il ferma à clef le portefeuille, renversa la tête sur l'oreiller qu'on avait ajouté à son fauteuil. Je crus qu'il allait sommeiller un peu, et je m'avançai pour l'embrasser avant de me retirer. Je vis alors qu'il était mort, et je pleurai amèrement, car je venais de perdre un de ceux qui m'aimaient.

Un Monsieur comme tout le monde

=

Ce n'est pas au collége qu'éclata, du moins à mes yeux, la révélation d'une navrante particularité de mon propre individu. Je ne jouais aucun rôle au collége ; j'y passais à l'état de numéro (318) pour l'infirmière, l'économe et le garçon de dortoir. Certains succès de fin d'année (je fus deux fois *prix d'honneur*, qui s'en souvient ? Qui l'a jamais su ?) m'eussent donné des droits à la sympathie des maîtres, si ma profonde horreur pour la vie de pension et de mélancoliques révoltes ne m'avaient au contraire érigé en mauvais exemple. Les élèves n'usaient de ce précédent ni pour me honnir, ni pour m'exalter. Je n'avais aucun des vices, ni aucune des humilités qu'il faut pour devenir populaire, étant incapable de suivre le goût public, ennemi desgrosses voix, des phrases toutes faites, et souvent muet et stupéfait à la vue du désaccord qui sépare le monde intérieur, où j'aurais voulu vivre sans cesse, du monde visible qui m'ordonnait de venir à lui. J'avais cependant l'enthousiasme de l'amitié, et c'était mon plus cher ami, celui-là même à qui je disais toutes mes pensées, qui me reprochait de vivre trop seul, trop au dedans de moi-même : « Ça te jouera de mauvais tours plus tard, » ajoutait ce malin qui est devenu...

Il se trompait ; je vivais, au contraire, trop hors de moi-même. Je suis amené à croire que lorsque notre âme refuse ainsi de se faire une maison de notre corps, nous cheminons désormais sur la terre, à l'état d'ombres, de formules, d'apparences. Si la vie commune et générale ne nous entraîne, l'existence personnelle abdique tout son prix : pourtant je n'étais pas un égoïste. Je vous ferai grâce de certaines excentricités physiologiques, dont la présence a été constatée déjà chez d'autres.

Deux mots encore sur le collége de province, où j'ai fait mes classes. J'y étais connu sans doute, mais nul ne s'y intéressait à ma personne. Si la voix publique conférait une initiative à quelqu'un d'entre nous, ce n'était jamais à moi ; même passé quinze ans, des fils de famille m'appelaient : *Chose*. Lorsqu'on proclamait le résultat des compositions, s'il arrivait que je fusse premier, le professeur, au lieu de me sourire, n'avait l'air de me nommer en tête qu'afin d'en avoir fini plus vite avec moi. Mon nom, tout de suite oublié, faisait l'effet d'un caillou lancé dans le puits... à peine un petit rond, que je n'avais plus moi-même la patience de regarder. Ce n'était pas, je le veux bien, un de ces noms retentissants et clairs, s'orthographiant pour ainsi dire d'eux-mêmes sur le registre du souvenir, mais un de ces noms qui font dire à tous ceux qui en prennent note : Faut-il un S ?

Ce fut bien une autre affaire, lorsque j'*entrai dans le monde*, c'est-à-dire lorsqu'il me fut permis d'aller seul, par les rues, et qu'après avoir choisi une profession, je me mêlai d'y vouloir briller. Oh ! la joie d'entendre parler de soi !... Cette joie, je n'eusse pas cru la payer trop cher, même en m'abaissant à écouter mon éloge au trou de la serrure... Mais quoi ? rien ! J'eusse dit les mots de Champfort, écrit les vers de Musset, que Champfort et Musset seraient d'éternels inconnus. Racontai-je en société quelques petites histoires gaies, jamais je ne m'aperçus qu'on en rit ; mais, si, à huit jours de là, un de mes effrontés auditeurs, plagiaire, racontait dans les mêmes termes la même chose, c'étaient de longs trépignements interrompus pour me dire : « Tiens, vous ne riez pas ! »

Sur le boulevard, que de fois il m'arriva d'être regardé, tantôt avec une obstination rancunière et injurieuse, tantôt avec une sympathie charmante, par des gens que je n'avais jamais vus ! Leur émotion expirait brusquement, dans un mot d'excuse empreint d'une indifférence glaciale, aussitôt que je leur avais dit : « Ne vous trompez-vous pas ? je m'appelle B... »

Les quinze cents pages de *Gil Blas* ne suffiraient pas au récit des épisodes quotidiennement amenés par cette ridicule ressemblance avec un nombre incalculable de personnes, dont quelques-unes étaient mortes... de l'aveu des promeneurs inconnus, à qui il advint parfois de m'accoster avec toutes les marques de la terreur. Je ne vous dirai rien des involontaires partages de secrets, auxquels je me prêtai quelquefois dans l'excès de mon irritation et de mon désir de vengeance contre la destinée amère et spoliatrice, qui me privait en toute occasion des légitimes plaisirs de la personnalité. Or, chacun sait que la vengeance est aveugle ; cela me fit parfois donner tête baissée dans des séries de complications et de machines, à faire rougir MM. Dennery, Scribe, avec tout leur répertoire. N'importe ! il est cruel de n'avoir jamais réussi à être mis en rapport avec un seul personnage, sans l'entendre vous souhaiter la bienvenue dans ces termes invariables : « C'est étonnant, monsieur, comme vous ressemblez à *un tel*. » Vous poursuivez l'entretien sur cette donnée familière ; votre nouvel interlocuteur connaît beaucoup votre Sosie ; il vous en donne, d'une manière rapide, le signalement intellectuel qui peut se traduire ainsi : *pas de signes particuliers*. La question de figure est tranchée plus vite encore : « Quant à ça, il est très laid, » vous dit-on avec un franc rire.

Je ne parle que des désagréments subis sur place... et non des infortunes de voyage, des hôtels se fermant sur votre nez, entre minuit et une heure, à soixante lieues de

la France, sous prétexte que l'hôtelier prétend reconnaître
en vous un *particulier* qui lui a fourni des sujets de
méfiance. Pour peu qu'à tantde causes de tristesse, on
joigne de fâcheuses habitudes classiques, celle de l'induc-
tion, parexemple, on en arrive à se dire : « Ainsi, même
chez les Lapons, même chez les Pampéens, ma vie se
passerait à crier aux gens : Vous me prenez pour un
autre ! »

Cette pensée est décourageante, et nul dédommagement
ne saurait prévaloir contre elle. Au fait, quels dédomma-
gements ai-je reçus ? Par ci, par là, en descendant de
wagon, un baiser par méprise d'une petite femme qui
attendait dans la gare son frère ou son mari. Mais non ;
jamais rien pour moi. Si du moins ma destinée n'avait pas
reculé devant ce plat moyen, pour me jeter aux bras
d'une grande aventure, pour préparer à ma vingt-troi-
sième année un de ces coups de théâtre qui sont la fortune des drames bien charpentés ! « Compte là-dessus, dit
la sagesse des nations... et bois de l'eau. » Pour tout partage, une vulgaire découverte, un salut égaré, une poignée
de main qui se trompe, et une verbeuse explication du
propriétaire de la main. Lesurque, lui, a fait du bruit ;
tous les ans quelqu'un parle de Lesurque à la Chambre ;
chaque hiver on reprend le *Courrier de Lyon !* —
Cependant, il m'arrive, au moins une fois par semaine, de
passer de longues heures devant le miroir : « Ah ! je me
reconnais bien, moi !... J'entre dans les détails de ma
physionomie, qui n'est pas d'une grâce souveraine ; mais
je ne vois pas ce que je gagnerais à changer mes yeux et
mes dents. » C'est mon guignon qui l'emporte, ou bien les
gens sont payés pour y mettre du mauvais vouloir, puisque hier encore, à propos de je ne sais qui, dont on prétendait que j'étais la vivante image, j'appris que la
personne avait les cheveux noirs et les dents grises,

tandis que, Dieu merci ! j'ai les uns blond-cendré, et les autres... mais ceci ne s'adresse qu'au miroir, mon seul consolateur. D'autres considérations m'aigrissent contre le ciel et contre la société. Il n'y a pas, au dire des naturalistes, sur toute la rondeur du globe, une feuille d'arbre qui ressemble à une autre feuille d'arbre, une figure d'homme mathématiquement pareille à une autre figure d'homme... et moi, renversante exception, démenti vivant aux lois éternelles de la grande nature !!... Mais j'y songe ! ne serait-ce pas un symbole que la gloire m'est défendue, que je fus coupable de la désirer, et que me voilà puni d'avoir voulu que personne ne me ressemblât, en ressemblant à tout le monde ? A la longue, cette dernière supposition, loin de m'attrister davantage, me fortifie, me ranime et prête à mes yeux affaiblis la clairvoyance prophétique : « Voici, me dis-je, voici venir les temps nouveaux où la grande gloire de l'homme sera sa propre estime, et non le prix plus ou moins juste que les autres font de lui d'après son dehors ; la supériorité sera désormais toute intérieure. J'aurai été le précurseur ignoré d'une admirable révolution morale ! »

En attendant, il me serait agréable de ne plus entendre le marchand de tabac me crier : « Ne partez si vite, vous là-bas ; vous me devez quinze sous de l'autre fois ! » Il me crie cela devant cinq ou six acheteurs qui s'en vont en riant, et n'avoue son erreur, avec toutes sortes d'excuses, que lorsque nous sommes seuls !

LE PONEY DU DIABLE

=

On a beau être doué d'un cœur ferme, il est impossible de ne pas ressentir une grande surprise en trouvant installé chez soi, et sans savoir comme il y est venu, un petit cheval blanc, sellé de velours rouge, et faisant claquer sur son col impatient une belle bride toute neuve, à mors d'argent.

Je fis cette rencontre imprévue dans ma petite chambre, il y aura demain trois ans. J'étais très jeune alors, et très docile. J'avais passé mon premier dimanche de février à visiter le Luxembourg de fond en comble, et à dîner tout seul au restaurant.

J'étais bien triste, je vous jure, d'être seul ainsi, quand tout le monde était deux... ou trois. Mais dans mon désir bien naturel d'être deux, je n'avais pas rêvé de trouver dans ma chambre un petit cheval blanc sellé de velours rouge.

Comme j'avançais vers lui, pour m'assurer si ce n'était pas le fantôme d'un petit cheval blanc, je sentis mon pied gauche arrêté par quelque obstacle; je regardai, et je vis briller pour la première fois à mes talons, deux éperons dont l'un s'était accroché au tapis. Cependant, à mon approche, le petit cheval blanc se retourna avec la prestesse d'un colibri, se fit plus petit encore que devant, s'accroupit entre mes jambes, sans me laisser dire non, et par la fenêtre ouverte s'élança, m'emportant sur son dos.

J'étais si jeune alors! Cette folie me ravit de joie. Il toucha le sol à peine, et galopa intrépidement. Comme il semblait y prendre, ainsi que moi, plaisir extrême, je le déclarai intelligent et capable de répondre à une question honnête. Je lui dis : « Où vas-tu, mon beau petit cheval blanc ? »

Il continua de se taire, et le long d'une route tout à fait ignorée de moi, il ne cessa de galoper, de bondir, de se cabrer et de cabrioler en l'air, jusqu'à me faire bientôt mourir d'étonnement et de peur.

Puis il franchit deux champs de blé, trois fossés et plongea pour ainsi dire dans une forêt noire comme la nuit, et à l'entrée de laquelle je le touchai par hasard de mes éperons. Alors ce fut une course ivre sous le ciel sombre, et malheureusement aussi sous les branches des arbres, où, moins châtié qu'Absalon, je laissai seulement quelques boucles de mes cheveux.

Puis nous pénétrâmes dans une ville, et le beau petit cheval s'arrêta de lui-même devant un grand hôtel tout éclairé. Quatre domestiques habillés comme des généraux s'élancèrent vers moi. Je rougis de honte et je dis tout bas au petit cheval blanc :

— Sais-tu bien que je n'ai pas le sou ?

Le petit fripon riposta par un brusque mouvement de tête signifiant : cela ne fait rien. L'hôtel avait pour enseigne : *au Crédit des Bacheliers*. Je rougis encore plus fort, me disant qu'il faudrait payer tout de même. En vérité, je n'avais pas un sou ; seulement, je possédais un manteau tout neuf, une montre en or, et une fort belle humeur qui me quitta le lendemain matin en même temps que ma montre en or, retenue en gage à l'*hôtel du Crédit*—pour solder un gîte de trente sols.

Combien de jours dura le galop effréné du petit cheval blanc, je ne saurais vous le dire ; nous nous arrêtâmes encore devant trois nobles hôtels intitulés : le premier, *aux Oncles qu'on devrait avoir* ; le second, *au Renouvellement* ; le troisième, *au Bout du fossé*.

Et le petit cheval blanc, irrité à force de galoper, était tout couvert d'écume. Je le trouvai bientôt grandi et maigri ; la bride neuve s'était transformée en corde lâche, le beau mors d'argent était devenu vil fer rouillé, la selle en velours rouge s'en était allée avec mon manteau neuf.

Le petit cheval blanc s'arrêta pour la dernière fois au milieu d'une plaine sans arbre, sans verdure et sans horizon ; là, d'un bond, il me jeta par terre, d'un coup de sabot fit voler mes éperons au diable... et s'enfuit.

Il s'enfuit bien vite, car depuis que je pèse d'un pied lent sur le sol jadis effleuré d'un vol si rapide, je l'ai revu dix fois au moins, emportant un homme jeune et charmé comme je le fus moi-même de son élan féerique.

En vain je lui crie : gare à l'auberge du crédit, gare à la plaine sans verdure, gare au coup de sabot !

Quand on est à cheval, on n'écoute guère ceux qui sont à pied.

LES TROIS LAMPES

=

I

Chez un marchand de friperies du faubourg Montmartre, trois lampes inégalement vieilles, rangées sur une planche à l'entrée de la boutique, depuis six mois que je passe tous les jours par là, attirent mon regard et occupent ma rêverie.

Elles ont une voix pour moi ces trois carcasses de lampes, et elles tiennent à ma pensée des discours étranges.

Il me suffit que je crois qu'elles me parlent sans aller répéter ce qu'elles m'ont dit ; mais il m'est permis d'esquisser leur histoire, en les prenant par ordre, non de beauté, mais d'âge.

Je te reconnais, ô toi la plus rebutée de ces antiquailles ! tu es changée, ma pauvrette, et le moins ambitieux portier, le dernier faiseur de tragédies, ne voudrait plus de toi, qui as eu cependant tes jours d'honneur, sinon de gloire.

Et il ne faut point pour cela remonter au déluge, mais seulement à vingt ou vingt-cinq ans derrière nous.

Alors, tu étais à la mode, dans le pays où je suis né.

C'était la maîtresse de maison en personne, qui de sa blanche main faisait chaque jour ta toilette et te donnait l'huile.

Alors dans ce grave et doux pays on ne se hâtait pas de rejeter, pour un trou ou pour une bosse, ce qui vous avait longtemps servi et vous pouvait servir encore.

Peut-être est-ce toi qui m'as vu naître — ou du moins c'est bien certainement une de tes pareilles.

La jeune femme était étendue pâle et faible, mais souriante et courageuse sur son lit; la servante s'était évanouie de frayeur et de pitié, aux premiers cris de madame; l'homme, les doigts crispés, implorait tout bas sa part de l'inévitable torture; et, dans cette nuit d'anxiété et de joie, la petite lampe brûlait comme les autres soirs; puis le docteur fit à merveille son devoir, et tout alla bien... et dans la maison tout le monde s'embrassa; mais nul ne fit attention à la petite lampe, sans laquelle on n'aurait rien pu faire.

Plus tard, c'est sous la lumière de la même lampe que, tandis que mon père se délassait avec ses amis autour de joyeux verres de vin des soucis du jour, ma mère me montrait à lire dans de grands livres à images, et il me paraissait que je me doublais, qu'un second *moi* venait se joindre au premier, tellement les livres m'ajoutaient de vie. En sorte que je puis dire que cette lampe m'a vu naître deux fois.

Bon fripier, ne la vends pas encore; elle ne pourrait servir à personne... on t'en donnerait à peine quelques sous... Et chaque fois que, passant devant ta porte, je la regarde... elle ressuscite, aux yeux de mon âme, tout un univers défunt.

II

Passons à l'autre. La forme en est bizarre et presque ridicule. Est-ce bien une lampe? Le doute est permis.

Un homme gai ne manquerait pas d'ajouter: Voyons d'abord s'il y a mèche.

Représentez-vous un tube de cuivre, fortement arrondi vers le milieu, et que l'on accrochait au plafond par le moyen d'une tige de fer et d'un anneau.

Dans notre collège, il y en avait, dit-on, cent quatre-vingts toutes pareilles, y compris les salles d'étude et les dortoirs. En hiver, on les allumait dès cinq heures du matin, et nous maudissions leur clarté, qui venait brutalement nous rompre le sommeil, ce paradis des collégiens... et nous descendions en traînant la jambe, et les yeux encore fermés, le glacial escalier... et, comme dans sa retraite une armée sème le long des routes de lugubres blessés, ainsi l'on voyait à chaque marche de cet escalier ployer et tomber sous la main des rêves et du repos, un pauvre petit homme qui ne demandait rien au ciel, et que le ciel regardait souffrir.

Le soir, on rallumait ces lampes à cinq heures. Au dehors il neigeait... la bise sifflait... au dedans, entre quatre murs empuantis par la tôle graisseuse du poêle, les pensionnaires sommeillaient sur leurs livres et maudissaient le retard qu'un chétif souper devait apporter au moment où ils se jetteraient entre leurs draps. Les demi-pensionnaires, mieux éveillés, attendaient avec des frissons le premier roulement de tambour qui les rendrait à la liberté.

Dans la salle d'étude, mon petit voisin Dumont (qui depuis est devenu un grand officier, avec la croix d'honneur, et des moustaches en crin roux) et moi nous passions des soirées entières à suivre le fil enflammé qui sortait de ces tubes de cuivre. Pauvres enfants étonnés !... Pourquoi donc y a-t-il des mères, puisque nous sommes-là ? On n'a pas besoin de tout ce grec pour vivre ; mais on a besoin d'être joyeux, aimé... et les flammes et nos rêves montaient, montaient !!

III

Celle-ci est plus élégante, presque riche, et à la mode nouvelle.

Si elle se trouve là, c'est qu'elle ne paye que de mine, et que le ressort n'en valait rien. Où l'ai-je donc vue déjà, que son aspect agite mon cœur en progression continue de l'attendrissement que m'ont donné les deux autres ?

Ah ! je me rappelle !... et des sanglots oppressent mon sein.

Quand un bon feu pétillait chez Marguerite, plus d'une fois, les invités partis, tu éclairas le soir ces heures où nos cœurs se fondaient en vœux d'immortelle amitié.

Que de fois après une journée de fatigues et de soucis, à travers les rues boueuses de Paris, et tout épuisé des langueurs de l'absence, j'ai salué, ô lampe rose ! ta lumière fidèle, rayonnant à travers les volets fermés, comme le phare du plein bonheur ! J'escaladais les trois étages avec l'ardeur d'un voleur suivi de près... Elle reconnaissait mon pas, et la porte était toujours entrebaillée. Je la serrais dans mes bras, comme on étreindrait la vie et l'amour, et quoique je fusse trempé de l'averse, elle ne disait rien. Il y a quatre ans de cela ; il y en aurait mille que je ne serais pas plus changé !

Ainsi s'écoulent nos jours, ainsi nos larmes tombent où il leur plaît... et trois lampes dédaignées m'ont rappelé toutes ces choses que des millions et des palais ne me rendraient point. Bientôt elles tomberont dans la dernière décadence... Actuellement déjà, ce sont des *rossignols* que le marchand livrerait ensemble pour le tiers d'un écu. *Rossignols,* le nom est bien trouvé pour moi, puisqu'elles m'ont rappelé toutes les chansons de mon printemps ; et qu'à l'écho affaibli de ces chansons, j'ai pu voir, se suivant dans un ordre admirable, les jours divins et douloureux de ma pure enfance, les fougues et les ambitions de ma jeunesse, les délires intrépides et les mensonges pardonnés de mon premier amour.

LE MONTREUR DE BÊTES

=

Un des plus habiles hommes, un des plus savants connaisseurs du cœur humain que j'aie rencontrés fut un certain montreur de bêtes, dont la dernière invention mérite d'être célébrée.

Cet homme, en devenant vieux, avait pris des habitudes de loisir et un grand amour de la rêverie.

En outre, il avait découvert que notre enthousiasme chaque jour attiédi, se réchauffait à peine au feu des plus bouillantes promesses d'intrépidité. Mais à quoi bon gémir sur la décadence de l'art et l'indifférence du public ?

Faites des chefs-d'œuvre !

Cependant, lecteur assidu des journaux littéraires, où il est question de lions et d'ours blancs, ce montreur de bêtes, tout en reconnaissant qu'Hermann et Crockett avaient pu, à grand tapage de réclames, exciter l'indolence ironique de Paris, disait à ses amis : « C'est peut-être un succès d'estime, mais non pas une position fixe. »

Ses observations nombreuses lui avaient encore révélé ceci : Quelle que que soit l'émotion première de la foule, à l'entrée du dompteur dans la cage de ses lions ou de son ours blanc, il ne manque jamais de spectateurs désillusionnés, prêts à éteindre l'ardeur des voisins, sous les douches de paroles suivantes :

— Après tout, c'est son métier; les soldats en risquent bien d'autres; ce qu'il fait, vous et moi nous le pourrions faire.

L'honneur des voisins est satisfait, et personne n'applaudit.

Vraiment, ce n'est pas la peine de s'exposer trois fois par jour à la mort des gladiateurs, pour des Romains si dégénérés.

Ces utiles pensées amenèrent directement mon homme
à une de ces découvertes qu'on est d'autant plus fondé à
nommer capitales, que les intérêts de la tête humaine y
sont engagés.

Il acheta, pour peu d'or, un très gros et très vieux
lion, qui cachait une douceur infinie sous les grogne-
ments de la décrépitude.

Puis il le promena en tous lieux, le déclarant le plus
jeune roi qui eût jamais gouverné le désert, et attestant
qu'avec la témérité particulière aux princes adolescents,
il s'était laissé choir le mois dernier dans un piège tout
moderne.

Ce dont témoignaient deux épaules irrémédiablement
meurtries... pour avoir sauté, pendant huit ans, au travers des cerceaux.

— Le plus jeune des lions en était aussi le plus indomptable : personne n'avait encore osé, et probablement
jamais personne n'oserait pénétrer dans sa cage.

Ainsi s'expliqua mon homme, par la voix de la presse...
et par la sienne, qui avait toutes les grâces d'un antique
enrouement

Voyez comme le succès fait rarement défaut aux com-
binaisons naïves ! On accourut de trois lieues frémir
devant cette bête qui avait grelotté de peur, sous la cra-
vache, dans tous les villages du continent, et le montreur
de dire ironiquement :

— Quelqu'un de l'honorable assistance veut-il entrer ?
Je préviens que ce n'est pas moi.

Et l'honorable assistance de répéter : Voilà un lion qui
ne badine pas !...

— Dites donc, voisin, s'il s'agit de lui rendre visite, vous
passerez le premier. Hé ! qu'ils y viennent, Hermann et
Crockett... Mais ce n'est pas celui-ci qu'il leur faut.

Le vieux captif, dont la vue faiblissait, et qui était

sujet à des hallucinations, croyait voir parfois s'offrir un
cerceau, et alors il essayait d'un petit bond

— Hum ! si on le lâchait seulement une minute, disaient
les *premières*.

— Ce n'est pas à nous qu'il en aurait d'abord, avouaient
gaiement les *secondes*.

A l'heure du souper, comme l'absence de grosses dents
forçait le vieux lion à déchiqueter avec une extrême
lenteur la viande saignante jetée à travers ses barreaux,
l'émotion générale débordait.

— A la bonne heure, ce n'est pas là un de vos lions
bien appris, qui supportent tout du maître pour trois
livres de bœuf. Celui-ci est un vrai lion qui pleure
l'Afrique, et ne mange que des Bédouins ou des soldats
français. Il ne bouderait pas si c'était des hommes tout
crus au lieu de cette charogne...

C'est ainsi qu'un montreur de bêtes de ma connaissance acquit l'admiration de villes nombreuses, de jolis
bénéfices, et de droit de fumer à son aise une vingtaine
de pipes chaque jour, en s'étonnant de la pauvre imagination de ses confrères.

L'OUBLIÉ

=

J'ai connu autrefois, en province, un jeune homme plein d'activité et de bonne humeur, dont le nom ne me revient pas, mais auquel j'avais prédit, sans me croire en cela bien téméraire, un brillant avenir, pourvu qu'il ne fît pas d'excès. Au fond, je serais bien embarrassé de démontrer ce qu'il faut entendre par ceci : *un brillant avenir,* et par cela : *ne point faire d'excès.*

Hier, quelqu'un vint frapper à ma porte : c'était l'intéressant objet de mon ancienne prédiction ; j'eus quelque peine à le reconnaître, et je l'accueillis ainsi :

— Je vous avais, mon cher, presque oublié.

— Oh ! cela ne m'étonne pas, j'y suis fait, répondit-il.

Il était doux et mélancolique, simplement vêtu de noir, parlant bas, avec des formules élégantes, mais banales. On aurait achevé ses phrases, rien qu'au premier mot, comme on aurait pu dessiner sa figure au simple aperçu de son nez. La cordialité de ma réception parut le toucher beaucoup. Il accepta avec gratitude ma pipe, ma bière, et, au deuxième verre, il me fit entrevoir son chagrin.

Il n'en faudrait point rire vraiment.

J'avais devant moi non pas un *inconnu* ni un *méconnu,* j'avais un *oublié.* Il était de ceux dont on dit, quand on les nomme : *Ah ! oui, je me rappelle...* mais qu'on ne se rappelle jamais, quand on ne les nomme pas.

Vous fussiez resté vingt heures dans la société de ses amis ordinaires, sans qu'aucun vous parlât de lui. Notez qu'il était fait pour inspirer l'amitié : serviable, affectueux, reconnaissant ; que, loin d'amener l'ennui à sa suite et de glacer les entretiens, il avait un choix de jolies anecdotes, et qu'il était discret. Fatalité étrange! on l'oubliait. Que deux de ses camarades de collège se rencontrassent, ils passaient gaîment en revue tous les anciens... lui, on l'oubliait. Il n'y avait point là de parti pris; il y avait le doigt de fer du Destin. Il en résulta un bizarre phénomène moral dans l'intérieur de ce jeune homme; c'est qu'à force de ne jamais entendre prononcer son nom, il en vint à presque l'oublier lui-même; à force de ne jamais voir mettre en jeu sa personnalité, il arriva à douter de sa propre vie.

On oubliait ses rendez-vous, ses invitations, ses offres de service, ses services rendus, on oubliait de lui dire merci, on oubliait de lui en faire des excuses; on avait toujours l'air de sortir d'un songe quand on disait de lui :

— Ah! oui, *un tel,* c'est un bon garçon.

Etait-il prié à dîner, rarement il échappa à cette amère humiliation de voir la maîtresse de maison servir ses invités, se servir elle-même, faire emporter le plat vide, et, trois minutes après, s'écrier toute confuse :

— Ah! mon Dieu! j'ai oublié monsieur *un tel !*

Il était de ceux auxquels les gens qui donnent des fêtes sans vous y inviter disent :

— Ah ça! que devenez-vous, cher, on ne vous voit nulle part ?

J'en connais qui vont m'accuser d'avoir reconstruit le profil banal de l'homme enguignonné. Ceux-là auront mal pénétré ma pensée. Le guignon est chose commune, précise et trop aisée à définir. L'homme poursuivi par le guignon est celui qui prend un numéro à la loterie et gagne le gros lot, après avoir allumé la veille, par distraction, un cigare humide avec le chiffon de papier qui prouverait son droit et sans lequel il ne gagne rien.

Vous auriez bien tort, lecteur, de traiter d'imaginaire une infortune qui affecte la sensibilité la plus intime de l'âme.

Pourtant, celui dont je parle n'avait pas un nom difficile à retenir et composé de syllabes baroques, — sur l'honneur j'ai oublié son nom.

Il est vrai que cet oublié était surtout pourvu des qualités recommandées dans les manuels de politesse, et couronnées de papier vert par les chefs d'institutions.

S'il avait fait un chef-d'œuvre, il n'eut pas manqué d'être absorbé dans le rayonnement de son propre triomphe. Par contre, il ne lui est jamais arrivé aucun de ces malheurs qu'engendre le mauvais vouloir de nos supérie... s ou l'inimitié de nos jaloux.

On l'oubliait.

Ce n'est point exprès qu'on l'oubliait, ce n'est point non plus par suite d'empêchements matériels. Le mot oubli exclut la préméditation et l'obstacle... et le remède aussi, hélas !

Jamais, au fond d'une mémoire solitaire, son image indécise ne surgissait aux heures de regret et d'espérance.

Je le plaignis.

Il me quitta en m'informant qu'il venait de faire un livre sur nos différents devoirs envers la famille et envers la société. Je lui citai Cicéron et Silvio Pellico.

Il partit en soupirant.

Or, je n'ai pas seulement oublié son nom, mais je ne me reppelle plus sa figure.

UNE DAME QUI NE REVIENT PAS

=

Au temps que nous étions professeur d'italien, donnant nos séances rue Rousselet, de midi à six heures du soir, nous étions bien heureux ; nous vivions presque seul, nous n'avions pas d'amis, nous n'avions jamais été marié. Enfin, si notre vie privée, que nous aurions pourtant le droit de murer, — n'étaient nos rancunes à l'endroit de la propriété, — n'est pas indifférente au lecteur, informons-le que nous avions gardé jusqu'à l'âge recommandable de vingt-deux ans, une candeur non dépourvue de malice.

Cet emploi du *nous,* imité des *personnes royales,* a été effectué à seule fin de nous rendre propices les gens bilieux que le *moi* crispe ; — cette concession faite au désir de plaire, il nous serait maintenant agréable de procéder autrement.

—

J'ai dû aux hasards du métier ma première et seule rencontre avec une femme. Elle appartenait au meilleur monde. Je lui enseignais l'italien ; il y a de cela trois ans. Le 14 juillet 1859, j'écrivis à cette dame pour la prier de faire coïncider avec l'aurore prochaine l'envoi de trente-sept francs cinquante centimes, somme pour laquelle je me suis engagé à lui faire lire Manzoni dans sa langue musicale. J'obtins de cette dame la réponse que voici :

« Madame la baronne de Sainte-Virginie présente à M. Hippolyte Bridoux ses compliments sympathiques

Elle regrette de ne pouvoir satisfaire tout de suite aux exigences du sus-nommé. Le baron de Sainte-Virginie vient précisément de risquer tous ses fonds dans une grande entreprise. Les affaires sont les affaires ; M. Bridoux, esprit positif, doit comprendre cela, et renoncer à une insistance de mauvais goût. Cependant, si M. Bridoux a un besoin pressant d'argent, ce qui serait l'indice d'un passé immodeste, qu'il répare avec de la gloire une jeunesse ténébreuse... *qu'il s'engage !!*

» Baronne de Sainte-Virginie.

« *P.-S.* — Notre oubli est à ce prix. »

—

Depuis lors, je me suis renfermé dans la société des classiques, et d'un imbécile nommé Hector, qui a abjuré entre mes mains son indépendance, à raison de vingt francs par mois. Je suis attaché à cet hypocrite ; il entretient ma misanthropie, et il ne me déplaît pas de ravaler les blancs dans son idiote et voleuse personne. Sa mission est de battre mes habits et de ne laisser pénétrer jusqu'à moi âme qui vive.

Or, le 16 juillet dernier, à dix heures du matin, il fallait que la foudre fût bien occupée ailleurs pour ne pas tomber sur ma tête, quand Hector vint m'annoncer, avec un sourire bête, qu'une jeune et jolie dame me demandait sur le palier.

Sans m'enquérir de l'âge ni de la robe, j'ordonnai immédiatement au prévaricateur de fermer toutes les les portes. Mon message parvint de lui-même à la plus inattendue des visiteuses, car j'entendis presqu'aussitôt un frôlement de soie murmurer dans l'escalier, et une fraîche voix, un peu colère, couvrir mon nom de reproches.

Dans le fond, j'étais honteux de ma ridicule austérité. Hector le vit et n'épargna rien pour rendre mes remords plus cruels ; il me vanta longuement la toilette de cette dame, et son accent qui était empreint du plus vif intérêt lorsqu'elle avait demandé à me voir. Je passai bien deux heures à me faire répéter ces choses. Enfin, je m'habillai pour aller faire visite à quelques personnes graves qui m'avaient promis d'appuyer de leur concours ma demande d'entrer dans une bibliothèque.

Je fus partout accueilli comme suit :

— Vous êtes venu deux heures trop tard, la place est donnée à un autre. Ce n'est pas la faute d'une charmante femme qui a battu tout Paris à votre poursuite.

— Son nom ? m'écriai-je.

— Personne ne le sait ; pas plus qu'on ne sait où elle demeure et d'où elle vient.

Je ressentis un vif ennui à ces paroles. Très certainement mon échec était lié à l'absurde impolitesse dont je m'étais rendu coupable ; car si j'avais reçu cette dame, quoi qu'elle eût à me dire, évidemment elle n'aurait pas prolongé au-delà de dix minutes sa visite matinale chez un célibataire ; je n'aurais point perdu deux heures à m'en faire donner la description par Hector, et je serais arrivé exactement chez mes protecteurs. Je laissais mille bons écus d'appointements et un poste désiré à ce jeu invraisemblable.

En retournant chez moi, j'égarai le long des quais mon dernier louis. En revanche, je trouvai sur ma table plusieurs lettres de mes élèves, m'informant qu'à la nouvelle de ma prochaine entrée dans l'*Administration*, ils s'étaient hâtés de prendre un autre maître d'italien.

Ma propriétaire, ne m'attendant plus pour dîner, me servit du riz au lait, du melon vert et du veau tiède.

Mon tabac était humide, et pour être resté trop longtemps à la fenêtre, je m'éveillai vers deux heures de la nuit avec une fluxion à la joue droite.

Espérons encore... Cette dame ne saurait manquer de revenir. Hector reçut l'ordre d'introduire tout le monde avec toutes sortes d'égards.

Moi, je m'immobilisai sur mon fauteuil, bien disposé à tressaillir au moindre coup de sonnette. Je ne bougeai pas de dix jours. Egalement, je défendis à Hector de sortir. Pourtant, force me fut, le matin du onzième jour, de l'envoyer m'acheter des cigares.

Au bout de trois minutes, Hector remonta comme un fou : « Je l'ai vue ! monsieur ; mettez-vous tout de suite à la fenêtre, vous la verrez aussi. »

Je ne fis qu'un bond jusqu'à la croisée, et j'arrivai à temps pour voir s'engouffrer la traîne d'une robe violette dans un coupé dont les chevaux prenaient le galop.

Je tombai anéanti. Hector me glissa une petite lettre sur papier parfumé à la violette :

« Monsieur,

» En quittant votre maison, après le singulier accueil de l'autre semaine, j'ai, depuis, passé neuf jours à votre porte, dans le dessein de vous arrêter au passage ; vous vous êtes cloîtré pour m'éviter. C'en est trop. Adieu ! Mais comme vous ne me retrouverez jamais, je ne vois pas d'inconvénient à vous révéler mon nom, en le signant au bas de cette lettre.

» Une dame qui ne revient pas.

» L'OCCASION.

L'ÉTYMOLOGISTE

=

J'étais allé passer quelques jours dans un petit village maritime, voisin de Bruges, et qui s'appelle... (*horribile auditu !*) Blankenberghe.

J'arrivai à la nuit tombante, et en attendant le souper, j'allai voir la plage, où je fus assailli par une averse qui me força de demander asile au café qu'il y avait alors sur la digue.

Je m'y trouvai seul avec un homme qui lisait l'*Indépendance belge* dans un coin depuis une heure... depuis un jour peut-être, et qui, rencontrant mon regard de convoitise (car je ne puis voir un morceau de papier noirci sans que mon œil s'allume), se leva pour m'offrir son journal. Je ne pouvais faire moins que de l'assurer de ma considération distinguée. Cela ouvrit l'entretien. Je demandai à ce complaisant quelques détails sur Blankenberghe. Il m'apprit que ce nom voulait dire *mont blanc*, en me faisant remarquer toutefois que *blanken*, en flamand, veut dire *blanc*, mais *très-blanc, plus que blanc* (*nive candidior*). Il partit de là au pas de charge, pour me convaincre que la langue flamande est la plus ancienne, la plus riche, la plus musicale de toutes les langues. J'acquiesçai, sachant combien il est dangereux d'arrêter un homme qui a beaucoup à dire. L'ingrat n'en tint pas compte, et il se crut obligé de prendre chaque mot en particulier, pour m'en montrer la racine et m'en raconter la petite histoire. Vous figurez-vous un homme qui prétendrait vous expliquer l'une après l'autre toutes les herbes de son pré ? Je frémis ; mais malgré mes sombres pressentiments, ce n'est point encore ce soir-là qu'il me

fut donné d'apprécier la profondeur du gouffre ouvert
sous mes pas. Je l'écoutai faire ses déductions avec un
semblant d'intérêt dont il fut touché, puisqu'il trouva le
moyen, je ne sais plus à quel propos, de me congratuler
sur mon savoir. Notez qu'il prenait du tabac à chaque
mot nouveau, et se mouchait dans un grand madras à car-
reaux bleus dans lequel on eut pu l'ensevelir et dont
les replis flottaient comme ceux d'un drapeau. Je le pris
pour un pion libéré... puis je partis brusquement et le
laissai. Je commençais d'ailleurs à être légèrement agité,
il n'y avait plus que nous deux d'éveillés dans le
village, mon partenaire était colossal, et la mer inson-
dable mugissait à nos pieds.

Le soir suivant, j'assistai de la plage, à une scène d'une
majesté et à la fois d'un charme inexprimables. Tout
l'horizon était illuminé ; sans doute le ciel faisait fête à
quelque martyre de la charité. Les nuages roses s'émail-
laient d'escarboucles et montaient la garde autour d'un
immense brasier flamboyant de rubis. Le ciel, il faut
l'avouer, avait bien un peu l'aspect de l'enfer, mais d'un
enfer admirable. L'onde, comme une foule transportée,
saluait par son frémissement cette gloire et cette lumière.
Cet éblouissement pâlit tout d'un coup, quand le soleil
couchant vint asseoir son disque sur l'arête de l'horizon
et s'y complaire une seconde. En ce moment, un bateau
à vapeur passa juste au milieu, et parut naviguer dans le
soleil couchant. Soudain le soleil s'engloutit, et tous ces
nuages-courtisans, avec leurs pierreries et leurs habits
de fête, s'enfuirent comme de vrais courtisans quand un
vrai roi tombe. Il ne resta de cet éclat ineffable que la
fumée du *steamer*. Je vous épargne les rapprochements
et la morale qu'un autre ne manquerait pas d'en tirer à
ma place ; pour moi, perdu dans l'extase, je contemplais
toujours, armé de ma lorgnette, quand une puissante

main descendit sur mon épaule, et une voix caverneuse retentit derrière moi.

— Monsieur veut-il me permettre de regarder avec son verre ?

J'eus le frisson en reconnaissant mon étymologiste. Il usa de ma lorgnette avec assez de discrétion pour me faire constater que ce fallacieux appel à mon obligeance était un prétexte pour ressaisir l'entretien où nous l'avions laissé la veille.

Pendant qu'il s'obstinait à marcher à mon côté, réglant scrupuleusement son pas sur le mien, je m'excusai de ma fugue du soir précédent ?... Mal m'en prit ; il vit dans mon officieuse attitude une preuve de l'intérêt que je prenais à sa manie. Il recommença de plus belle, et quand je marchais trop vite à son gré, il allongeait son grand bras et de sa grande main me ramenait près de lui, tout en me scrutant d'un œil limpide.

A chaque ressouvenir, il débutait ainsi : *J'allais encore oublier un mot.* S'il en oublia un seul à la fin de la conférence, je lui accorde que la langue flamande est la plus riche des langues... inconnues.

Il me reconduisit jusqu'à la porte de mon hôtel, prit la peine de sonner et dit *bonne nuit* ! en flamand à la jeune servante qui vint ouvrir.

Je logeais dans un petit salon au rez-de-chaussée ; les croisées, veuves de persiennes, donnaient sur la voie publique.

Je dormais du sommeil du juste quand, vers trois heures du matin, de petits coups secs frappés contre la vitre me réveillèrent en sursaut.

J'allai, dans l'appareil que vous savez, très surpris et ennuyé, ouvrir la fenêtre. C'était mon étymologiste, vu au clair de la lune.

Il me dit :

— Bonjour, monsieur, (*Bonjour !*) Je quitte Blanken-berghe tout à l'heure, *j'allais encore oublier un mot,* et je me suis dépêché.

Je lui répondis en fermant la fenêtre :

— Allez au diable !

Et je me recouchai.

A huit heures, la jeune servante m'apporta, avec une tasse de café au lait, un chiffon de papier, écrit au crayon et dont voici la suscription :

Au savant *monsieur français,*

à l'hôtel de Bruges.

« Monsieur,

« Le mot *diable,* qui se dit en flamand *devel,* était employé dans notre langue bien avant que les Anglais en eussent fait leur *devil.* Cela ne vous amène-t-il pas à conclure avec moi que la langue flamande est la plus ancienne, la plus riche, la plus musicale de toutes les langues ?

« Polydore VANOVERBEKE,

« Voyageant pour son plaisir. »

LA DAME DU « 17 »

=

Chacun sait que les directeurs de prisons, d'hôpitaux, et les propriétaires d'hôtels garnis ont introduit dans la société moderne un fol usage : celui de numéroter l'être humain, au lieu de le nommer.

Les hôtes de ces divers établissements, à peine en ont-ils franchi le seuil, sont tenus, non-seulement d'y laisser toute espérance, mais encore d'y déposer leurs noms, prénoms et surnoms.

Qu'un ami les vienne demander en les désignant d'après leur état-civil, le concierge n'entend pas un mot à ce qu'on réclame de lui, et il est de bonne foi.

Enfin ce concierge appelle au secours de son intelligence vaincue un domestique de la maison, lequel répond d'un air très pressé : « Ce n'est pas de mon quartier ; » et s'enfuit au grand trot.

Un autre domestique paraît alors, examine d'un air d'ironique pitié l'ami visiteur, et daigne lui dire :

— Vous vous trompez, c'est le 39, que vous voulez dire.

Et, tel est l'empire de la logique sur les hommes de notre temps, que désormais, l'ami visiteur ne s'informera plus, en entrant, de Monsieur un tel ; il s'exprimera ainsi : le 39 est-il chez lui ?

Il existe une certaine espèce de progrès, dont voici l'axiome fondamental :

« C'est toujours pour en revenir au même. »

Malgré notre répugnance pour les titres qui visent à l'effet, c'est en vue d'obéir à la coutume régnante, et aussi parce que je ne connais pas d'autre manière de la désigner, que l'héroïne du présent conte s'appellera : la dame du 17.

La dame du 17 passa par Boulogne-sur-Mer en août dernier, et bien que Boulogne soit grand et qu'elle ne fît que le traverser, la dame du 17 le remplit de sa gloire.

Le paquebot de Folkestone déposa sur le quai, vers cinq heures de l'après-midi, la dame du 17, escortée de onze caisses, de huit sacs, d'une dame de compagnie et des cinq enfants de cette dame.

A peine sortie du paquebot, la dame du 17 acheta chez un marchand du quai trois jeunes de chiens blancs de la race dite *Loulou*, et se fit transporter avec cette escorte mêlée, à l'*hôtel du Roi Carlos*.

L'hôtelier du *Roi Carlos* avait employé cette chaude journée à refuser du monde. Il ne savait où reposer sa propre tête la nuit prochaine ; son jeune fils en était réduit à un coffre à bois. Il lui restait, sans doute, à lui, le sauvage abri des falaises.. Cependant il était triste et furieux.

Au bruit des roues qui lui annonçaient du monde, il se précipita devant sa porte, fit le simulacre de la barrer, et gémit : « Que personne ne descende, il n'y a de place pour personne ! » Mais la dame du 17 avait prestement sauté hors de la voiture, et disait :

—Ça m'est fort égal, pourvu que vous ne me logiez pas plus haut que le premier.

Dominé par cette franchise, l'hôtelier du *Roi Carlos* se rappela une mansarde libre au sixième étage. On y groupa les onze malles, les huit sacs, les trois jeunes de chiens blancs de la race dite *Loulou*, la dame de compagnie et les cinq enfants.

L'hôtelier se rappela aussi que le ménage du 17, oasis située au premier, avait émis le projet de partir ce soir-là pour Paris. *En conséquence*, le 17 était à la disposition de Madame.

Presque tout le monde l'eut trouvée laide, la dame du 17.

Son nez, mince et pointu, devait obéir servilement aux caprices de la moindre brise ; ses lèvres, plus minces encore, n'avaient pas ces petits coins délicieux que vous savez ; son menton ignorait la fossette chère aux conteurs de jadis ; la peau de son cou était grisâtre.

Oui, vraiment, tout le monde l'aurait trouvée laide, et ceux-là même qui ne demandent la beauté qu'à l'expression des yeux, auraient été justement mal satisfaits de la dame du 17.

En effet, ses yeux presque toujours réfugiés à demi sous la paupière supérieure, ne possédaient qu'un regard saisissable tout juste pour déplaire à ceux qu'il atteignait en passant.

Mais il arrivait aussi parfois, à ces yeux, de quitter soudainement leur retraite, de faire le tour de l'orbite, et de venir se fixer pour une seconde à son milieu. Tout témoin de cette évolution furtive devenait étrangement amoureux de la dame du 17.

Une sole beaucoup trop cuite décida de mes pensers envers cette dame.

Repoussée avec dépit, mon assiette renversa son verre. La dame du 17 me faisait vis-à-vis à dîner. Nos regards se croisèrent au moment même où les siens accomplissaient la rotation décrite plus haut. Je ne pus me retenir de lui chuchoter à travers la table : Vous êtes suave!

La dame du 17 éclata de rire, vida tranquillement un verre de Porto, et causa avec sa voisine, femme d'horrible appétit, que l'hôtelier du *Roi Carlos* ne contemplait jamais sans tristesse.

Celle-là ne buvait jamais de Porto, ni même de Mâcon ordinaire, tandis que la dame du 17 touchait à peine aux plats du jour, et leur préférait des crus surannés. Aussi

l'hôtelier du *Roi Carlos* chérissait, vénérait, glorifiait la
dame du 17, et matin et soir, il citait, devant la cuisine ras-
semblée, parmi les heureuses inspirations de sa vie, la
minute où il s'était rappelé que le ménage du 17 devait
partir le soir pour Paris.

Ce n'est pas leur faute s'ils sont nés ainsi, les hôteliers. Le fait est qu'à l'heure où ils méditent, ou bien se
livrent à cet instinct comparatif qui est en chacun de nous,
ils négligent facilement le point de vue de la morale
pure.

Ce n'est pas leur faute, ils ne gagnent pas un sou *après*
les dîners, et sont bien forcés de se rattraper sur les vins.

Aussi leur dosage de considération, trop partial en
faveur de l'étranger qui demande des Château-Laffitte,
est décidément injuste envers les amis de la bière ou de
l'eau rougie.

S'ils rêvent, les hôteliers, que croyez-vous qu'ils voient
en rêvant ?

Ce ne ne sont pas des chérubins aux blanches ailes, ni
la poésie couronnée, ni la bien-aimée, jeune belle et
jalouse... Non ; à l'heure où, victorieuse du sommeil,
leur pensée s'allume, elle éclaire les fronts de mille et
mille voyageurs entre-choquant par-dessus la table
d'hôte surchargée de desserts respectés, leurs verres
jamais pleins et jamais vidés.

Cependant, il n'était bruit autour de moi que des luxeuses
fantaisies de la dame du 17. Elle portait, à déjeuner, une
robe de chambre valant, disait-on, plus de six cents écus
et toute garnie de valenciennes, qu'elle donnait à mordre,
pour rire, aux trois petits chiens blancs.

Or, les mouvements les plus intimes du cœur le plus
discret n'ayant pas de voiles pour la chambrière qui
administrait le 17, cette fille connut bientôt ma faiblesse
et ne me rencontrait jamais sans sourire.

Il advint aussi que la dame du 17, qui jusqu'alors ne s'était pas montrée orgueilleuse de sa figure, commença, par mon fait, à soupçonner qu'elle pouvait avoir certaine grâce. D'ailleurs, j'attendis vainement, pendant trois jours, le retour du jeu de prunelles déjà nommé; trouvant dans l'intervalle, cette dame assez laide, mais sachant qu'elle pouvait être très belle, ce qui est une mauvaise façon d'aimer. J'essayai de l'intimider par mes fières attitudes à cheval, entrant tout équipé dans la cour de l'hôtel, sous les prétextes les plus incertains, afin qu'elle crut que j'allais conduire une légion vers la gloire... et d'ailleurs, négligeant bals et concerts.

Un soir, un gentleman de brave mine, contre-amiral, disant *Yes,* s'assit à côté d'*elle*, à l'heure du dîner. C'était Monsieur... 17, qui venait rejoindre Madame, pour partir avec elle, deux heures plus tard, à destination d'Egypte.

Je la voyais pour la dernière fois... et alors, fût-ce cruelle bonté de sa part ou illusion de la mienne ? ses yeux obéirent à mon vœu. Monsieur 17 n'en perdit rien, et gronda tout bas sa femme d'un air jaloux.

Après tout, j'étais venu à Boulogne-sur-Mer pour y changer la couleur de mes idées qui tournaient au noir... Quel droit avais-je de me plaindre ?

Et cependant, pourquoi donc, aujourd'hui, à l'heure où Paris m'attriste, et où j'aspire vers les étoiles, pourquoi, dites, est-ce que je revois la dame du 17, et son étrange regard ?

AUTRE CHOSE

=

A l'âge de sept ans, j'étais l'élève le plus distingué de
Mlle Sénéchal, vierge surannée, qui consacrait à l'éducation de l'enfance, les nombreux loisirs d'un célibat
involontaire. Déjà, à cette époque, j'étais avide d'expansions et très-sociable. A la suite d'un comité secret, tenu
entre mes parents et Mlle Sénéchal, il fut résolu qu'on
m'octroierait un camarade dont le choix fut fait séance
tenante, et auquel on me présenterait le lendemain jeudi,
jour de congé. Je ne dormis point la nuit suivante. Le
petit camarade annoncé vint à point nommé. C'était un
grand jeune homme très maigre, très pâle et incurable-
ment idiot. De longs cheveux blonds, secs et raides,
couvraient le collet de son habit. Un perpétuel sourire,
paisible et stupide, plus douloureux qu'un sanglot, donnait seul quelque caractère à sa figure, où jamais
l'émotion intérieure n'envoyait un reflet de ses luttes.
Il vint timidement m'embrasser, et m'emmena avec lui
dans la maison de son père. Un laquais galonné nous
ouvrit et je fus introduit, à la suite de mon nouveau
compagnon, dans une vaste chambre, tapissée de gravures
coloriées figurant des soldats au port d'armes, et meublée
presque uniquement de petits morceaux de bois blanc,
uniformément taillés et empilés, de pots à colle, de pinceaux et de nombreuses feuilles d'images à cinq sous,
représentant l'effectif, au grand complet, de la glorieuse
armée française. Toutes ces provisions étaient installées
sur une immense table en bois blanc, devant laquelle on
avait disposé deux chaises. L'idiot s'assit, je l'imitai ; et
sans plus tarder, armé d'une paire de ciseaux, il se mit,
avec un zèle extrême, à découper ses fantassins de
papier; puis, après les avoir collés sur une feuille de car-

ton, il fixait au pied de chacun d'eux, un des morceaux de bois que j'ai dits, et les rangeait en ordre de bataille?

Il était profondément absorbé dans son travail, son âme immortelle ne voyait rien au-delà. Je m'ennuyais à périr. On nous apporta un verre de sirop de groseille qui me ranima légèrement, mais auquel l'être privé de raison ne toucha pas. Soudain, en me levant pour changer de posture, je renversai avec mon coude le pot à colle sur une colonne de zouaves qui y perdit son dernier homme. L'idiot poussa un cri terrible, me donna un coup de poing sur l'œil et tomba évanoui.

Cependant, je racontai le soir même à ma grand'mère ma singulière aventure, et je lui demandai s'il n'était pas honteux à un homme de cet âge de passer sa vie à coller des soldats de papier sur des petits morceaux de bois. La vieille femme me répondit gravement :

— Il vaut mieux s'amuser à cela *qu'à autre chose.*

Je la quittai tout songeur ; à force de me creuser le cerveau, je découvris que ce mystérieux : *autre chose*, signifiait assurément qu'il valait mieux coller sur carton des soldats de papier, que mentir à sa grand'mère, désobéir à Mlle Sénéchal, et répandre de l'encre sur son catéchisme. Cette solution me satisfaisait pleinement, quand le lendemain, Eugène, mon petit voisin, mentit par trois fois, et s'assit avec préméditation sur le chat de *mademoiselle.* Celle-ci, outrée, envoya chercher la mère d'Eugène, une laborieuse fruitière, qui se fâcha tout rouge de ce qu'on l'eût dérangée pour des bêtises, et qui ne se gêna pas pour dire devant nous à mademoiselle :

— Après tout, vaut-il pas mieux qu'il s'amuse à cela qu'à *autre chose?*

Ce fut le coup de grâce, je renonçai à deviner. D'ailleurs il ne se passa pas un jour de ma vie de collège que je n'entendisse flétrir indirectement, et à propos de tout, cet *autre chose* que nul n'osait nommer, le seul crime sans pardon, et dont s'était rendu coupable quelque personnage, dont le nom même eut souillé des lèvres honnêtes.

Comme j'avais voué ma vie à écrire, je me
mêlais rarement aux mouvements de la foule ; cependant
je me rencontrai avec d'aimables vauriens qui me traitaient de fou et d'inutile, qui passaient des heures
irréparables à chasser des boules blanches et rouge sur
un drap vert, dans un bouge enfumé, aussi loin que
possible de l'enthousiasme, du ciel, de la beauté. J'en
vis qui poussaient la candeur de leurs distractions jusqu'à
se tromper de poches... et partout et toujours quand je
me plaignais, sortait de terre une voix qui me disait rudement : — Cela vaut mieux qu'*autre chose*.

J'errai longtemps par les rues populeuses et par les
forêts désertes, à la recherche de l'être maudit du ciel,
et abandonné des hommes, et les années rapides
s'écoulèrent sans que je le rencontrasse jamais, et chaque
jour, les voix qui me disaient : cela vaut mieux qu'*autre
chose*, étaient accompagnées d'un regard plus sévère.

Comme jamais l'indulgence d'une mère n'avait souri à
mes premiers repentirs, comme jamais les douceurs de
l'amitié n'avaient versé leur miel sur les plaies de mon
cœur, comme l'amour m'avait rempli d'amertume, comme
mon travail infatigable n'avait jamais trouvé sa récompense, j'arrivai par une pente mélancolique au noir
soupçon que j'étais cet infortuné dont la nature et
l'humanité rougissaient, et qui devait servir aux générations futures d'un exemple éclatant de la réprobation
divine Je regrettai amèrement que toute ma vie n'eût
pas été employée à coller des soldats de papier sur des
feuilles de carton, et je découvris enfin que ce fatal
autre chose, qui avait résonné tout d'abord comme une
malédiction à mon oreille d'enfant, c'était d'être... un
poète.

LA CHAMBRE DE MONSIEUR

Il est inutile que je vous dise comment, n'étant point né à Paris, je suis venu y vivre, et pourquoi je me résigne, par intervalles, à éprouver de si cruelles tristesses au sein de ce Paris où rien ne me force à demeurer.

Je n'ai qu'à sortir pour voir quatre heures après s'ouvrir la porte d'une maison ou de bons cœurs m'attendent et n'ont pas cessé de m'aimer... de la maison qui m'offrait jadis un travail plein d'espoir, un loisir plein de gaieté.

J'ai tout fait pour vaincre cette tristesse de Paris qui me prend plusieurs fois l'an ; j'ai essayé des eaux, sans négliger le vin. On m'a dit que l'usage du thé vert engendrait chez moi cette lassitude mélancolique ; j'ai renoncé au thé vert, ma désolation périodique est la même. Donc ce n'est pas le thé vert

Une voix consolante m'a dit : « Espère ! ton chagrin, c'est l'amour et le regret de ce qui fut ; quand de pareils accès te prennent, réfugie-toi dans le passé, plonges-y à l'aise, et demain ou après, son flot salutaire te rendra au présent, gai, jeune et fort. »

J'obéis à l'appel de cette voix, chaque fois que je sens venir la détresse, soit que je me demande avec anxiété où nous allons et pourquoi nous passons si vite, soit que je me dise : pourquoi prendre la peine de vivre, puisque ceux que nous chérissons, et qui donnent tout son prix à notre vie, meurent sans retour ?

Alors, quoi qu'il soit minuit, je cours vers la station, j'entre en wagon... la machine siffle ; bonne nuit, Paris !

Les curieux dialogues qu'on a avec soi-même, dans un wagon, pendant la nuit, alors qu'auprès de vous des Anglais dorment, qu'au dehors le vent gronde, et qu'à travers la vitre on aperçoit seulement la silhouette noire et furtive des arbres !

Où vont ces arbres qui semblent courir ? où vont nos rêves qui semblent planer ? où vont nos jours et nos nuits, notre orgueil et notre amour ?

Que de fleuves et de campagnes nous avons traversés ! que d'oiseaux troublés dans leurs nids pendant ce rapide voyage !

Nous sommes arrivés où je voulais aller. Le jour est loin encore. Dans les ténèbres, fantastiquement, comme un revenant des tombeaux, je viens sonner à la porte qui m'a vu sortir âgé de deux jours, pour aller à l'église être baptisé.

Une vieille servante grelottant vient m'ouvrir après avoir demandé qui est là ; et nous nous embrassons.

— Mon Dieu, dit-elle, si nous avions été prévenus, j'aurais préparé *la chambre de Monsieur* !

Marguerite, la vieille servante, est incapable de s'adresser aux gens à la troisième personne, comme un garçon d'hôtel ou de café. En disant *la chambre de Monsieur*, elle ne parle ni de moi, ni d'une chambre que j'aie toujours occupée, autrement elle dirait : *ta* chambre.

La chambre de Monsieur, est celle où mon père mourut, et où ce qui lui appartint (sauf les habits qui sont allés aux pauvres), est conservé dans des armoires.

Pour tout le monde à la maison, c'est et ce sera toujours aussi longtemps que nous vivrons : *la chambre de monsieur*.

Depuis cinq ans, Monsieur est mort, et nous ne voulons pas le croire. En partant, il a laissé au fond de nous une immortelle image de justice et de bonté. Chaque jour, on

parle de lui à la maison. A tout événement de famille,
on dit : Si Monsieur était là !...

J'étais l'aîné de quatre fils ; huit jours après que Monsieur fût mort, on me donna sa chambre. Le lendemain,
mes frères me disaient : tu n'as pas eu peur ? Non vraiment, j'avais très-bien dormi dans ce lit, qui la semaine
d'avant avait vu notre désespoir ; et au lieu d'épouvante,
je trouvais une espérance attendrie, à l'idée que c'était
maintenant mon tour d'expirer dans ce lit, et qu'il faut
aimer la loi commune.

Deux ans plus tard, le diable me poussa vers Paris, dont
certes je ne vous dirai pas de mal. Même pour le promeneur nocturne, Paris vaut les plus beaux endroits du
monde, et la lune argentant les toits de la Cité, ou faisant
miroiter le double cours de la Seine près de St-Louis,
vaut bien la lune dorant les moissons, ou plongeant dans
les lacs d'Ecosse.

D'ailleurs si je suis souvent triste et sombre à Paris, ce
n'est pas la faute de la lune, et puis, il me suffit de venir
passer une nuit dans la chambre de Monsieur, et la joie
me revient, et la clarté se fait en moi, quoique je vienne
de courir dans les ténèbres, quoique le jour soit loin
encore.

Dans une armoire dont j'ai la clef se trouve une ample
redingote, que Monsieur a portée dans ses derniers jours.

Je le vois encore, faire lentement une dizaine de fois le
tour de sa chambre, s'arrêter près de la fenêtre et
regarder un grand moulin en pierre, aux ailes immobiles.

J'endosse cette redingote, je me promène du même pas
dans la chambre... à travers l'ombre, je tâche de distinguer le moulin toujours à sa place... puis je m'assieds
dans le fauteuil de Monsieur, et je m'abîme en un vaste
étonnement.

Le passé ! le passé ! Avoir été et ne plus être ! Songer

11

que pendant vingt ans mes yeux l'ont vu tous les jours, que pendant vingt ans je l'ai embrassé matin et soir, que dans cette même chambre, je lui faisais la lecture... il n'a jamais su comme je l'aimais !

En vain la table est couverte de livres, je n'en ouvre pas un..., en vain les murs de la chambre sont tapissés de gravures antiques, mes regards embrassent obstinément ce que les ignorants sont convenus d'appeler le vide... Cette contemplation me suffit. Vénus la blonde elle-même viendrait frapper à cette porte, que je n'ouvrirais pas. Soudain mes yeux s'obscurcissent, et des flots de larmes en coulent, jusqu'à ce je m'achemine vers le lit, pour dormir et pour oublier.

Alors je trouve le repos aussi noble que la bataille, et je pénètre le sens ordinairement fermé pour moi des choses de la mort.

J'ai le doux sentiment de l'insensibilité, et le charme en est souverain pour qui a reçu avec tant de violence la faculté de sentir.

Mes yeux sont clos, et pourtant je vois. Etendu sur ce grand lit, dans cette chambre solitaire, où il n'y a personne qui me veuille du mal ni qui cherche à me faire de la peine, ma pensée libre et pure voltige autour de mon front apaisé.

Je connais tous vos systèmes, ô philosophes ! et tout ce que l'espérance ou la crainte a suggéré d'hypothèses sur notre âme, son essence, son origine et ses destinées, et j'humilie aux pieds de l'éternel mystère mon chagrin d'un jour.

Par instants, une douce figure passe et murmure des mots d'une harmonie céleste !

Bientôt le soleil inonde de lumière la chambre de Monsieur.

LUCIE D'HORNEZ

=

Deux ans avant la guerre de Crimée, Lucie d'Hornez, orpheline d'ancienne maison, habitait un vaste hôtel de la ville de X... avec une tante du côté paternel, vieille fille rigoureusement sage et qui n'aimait rien. Mlle d'Hornez *senior* aimait le silence et la solitude et n'entretenait de relations suivies qu'avec la belle comtesse douairière de Belun, dont l'influence était grande parmi les gens titrés de X... et du voisinage.

La comtesse avait un fils unique, Albert de Belun, qui aimait Lucie avec l'entraînement de la tendresse fraternelle, mais la voyait rarement. Lorsque la jeune fille sortit du couvent, elle n'éprouva point ce tumultueux bien-être de tout cœur neuf rendu au libre exercice de ses affections naturelles, de tout joyeux esprit contemplant à son aise, avant de le franchir, le portique entr'ouvert d'un monde inconnu, pressenti, désiré.

Elle paraissait ignorer qu'il y eût dans cette vie autre chose que l'emploi régulier, méthodique et invariable de chaque instant du jour. Elle n'avait jamais eu avec sa tante un quart d'heure d'entretien familier, intime. Ses réponses, dictées par le ton même des demandes, ne portaient que sur des faits banals et des sujets indifférents.

Au couvent, Lucie s'était liée d'amitié avec la plupart des jeunes filles du monde aristocratique de X... Aussi ne se passait-il pas de semaine qu'elle ne reçût pour elle et pour sa tante des invitations de dîner et de bal.

Forcée de s'exécuter, mademoiselle d'Hornez demanda à sa nièce si elle se sentait du goût pour la danse, ce qui reviendrait à demander à un Français qui ignore que

padre veut dire *père,* s'il aime la langue italienne.
Puis on donna un professeur à la jeune fille. Au bout de
dix jours, Lucie était elle-même en état d'enseigner le
quadrille, et elle embellissait la science acquise de dons
qu'elle n'avait point reçus du maître à danser, et
qu'elle eût été très-mal fondée à prétendre recevoir de
lui, c'est-à-dire cette élégance naturelle, supériorité
ineffaçable qui prête un tel secours et un si grand charme
à toutes les situations de la vie. Dans les salons où elle fit
son entrée, on admira sa modeste bonne grâce ; j'ai dit
modeste, mais de cette modestie qui inspire un sentiment
plus profond de respect que le ferait la hauteur la plus
dédaigneuse.

Ainsi, chacun se disait en regardant Lucie : « Ce serait
vraiment dommage que cette taille fine et ces belles boucles
promenant si poétiquement leur ombre sur de jeunes
épaules, et les idées élevées et les nobles sentiments
accusés par ce front et ces yeux, se refusassent à
l'amour. » L'indépendance que sut garder longtemps
ce cœur, sensible d'ailleurs, lui était facile. La plupart des
jeunes gens bien nés et riches de la ville de X... se
montraient, en vertu d'un parti pris ou bien à leur insu,
d'insignifiants personnages, à conversation nulle ou
infestée de ces pitoyables idiômes, tour à tour empruntés
à la langue des marchands de chevaux, aux farces des
petits théâtres, qui feront croire que dans le courant du
dix-neuvième siècle, le vagabond esprit français a fait
une halte de quelque vingt ans.

Le sourire bon et fin de Lucie comptait parmi ses
beautés. Combien on l'eût admiré davantage, ce sourire,
si l'on avait su ce qu'il cachait de réelle tristesse !

La maison paternelle, d'où le père et la mère étaient à
jamais absents, ne contenait pas un atôme de joie. Dans
les hautes chambres inhabitées, dans les vastes salons

sans emploi, dans le jardin et dans la cour, partout
le mystère et le silence, le passé sans souvenirs, le présent sans espérance. La tante de Lucie affectait à son
usage exclusif deux pièces au rez-de-chaussée, où les
jours de réunion générale elle recevait les dames des
salles d'asile, et une au premier étage, où elle couchait.
Ces trois pièces étaient entretenues soigneusement, ornées
avec simplicité et meublées d'anciens fauteuils dont le
bois centenaire avait reçu le voisinage rajeunissant de
tapisseries dues en entier à l'industrie de la tante.

Nous n'avons pas le loisir d'exposer l'histoire des
d'Hornez d'autrefois, ni d'indiquer les racines de leur
arbre héraldique ; mais nous pouvons nous arrêter devant
leurs rejetons contemporains : Lucie et sa tante. La
vieille demoiselle d'Hornez passait à sa gloire, dans la
ville, pour n'être pas de celles qui se jettent au cou des
gens, mais sous ces dehors froids et secs, quelle âme
hors ligne ! quelle inébranlable vertu ! quel type unique
peut-être en sa sévérité des traditions majestueuses de
notre histoire ! Au fait, ses actions parlent suffisamment
pour elle.

Dès l'âge de dix-neuf ans, elle était restée orpheline
avec un frère, alors en pension, et de cinq ans son cadet.
Elle aimait beaucoup cet enfant, qui le lui rendait avec la
tendresse animale que comportait sa nature paisible,
lourde, égoïste. C'était elle qui lui avait appris à lire, non
sans peine et non sans lutte. Tout ce qu'elle pouvait produire et donner d'amitié revenait à ce garçon. Les jours
de parloir, elle arrivait à la pension avant les mères des
autres élèves. Le jeune d'Hornez manqua, une fois au
plus, d'être le dernier de sa classe. Il se trouvait aussi
perdu dans ce latin et ce grec qu'un être précipité hors
de sa sphère dans des régions baroques.

Jamais sa sœur n'avait fait devant lui la moindre allusion à ce triste sujet. Elle le savait gourmand, et à chaque visite, elle le bourrait de chocolat et de pâtisseries, et se réjouissait à lui voir tout engloutir.

Toute femme (que cette femme réponde au nom de sœur, de mère ou à tout autre nom), se plaît à rencontrer chez l'être aimé, un docile appétit. Avis à ceux qui croient séduire en ne mangeant pas.

A sa majorité, d'Hornez fut invité à prendre connaissance de l'état de sa fortune, et à l'administrer lui-même. Il se déclara parfaitement satisfait de tout ce qu'on lui montra, remercia son aînée et la pria de vouloir bien continuer à régir la communauté.

Mlle d'Hornez, alors âgée de vingt-six ans, se trouva, par cette seule prière, suffisamment récompensée. Dans l'appartement du jeune comte, la bibliothèque était remplacée par un arsenal d'articles de chasse et d'équitation. Le matin, d'Hornez montait à cheval : c'était sa période de travail. Il déjeunait et dînait avec Anna, et, pendant la saison, il allait tirer des perdreaux dans la campagne environnante. Il ne pouvait pas ignorer que sa sœur avait reçu et recevait encore des demandes en mariage ; mais il ne lui arriva jamais de rechercher pourquoi elle les rejetait pêle-mêle. Le véritable motif était un goût très-vif pour l'autorité et l'indépendance ; l'excuse avouée était celle-ci :

— Mon frère a besoin de moi.

Ignorant jusqu'à l'ombre d'un seul des mille grands ou petits soucis qui escortent le métier, d'ailleurs si justement envié, de propriétaire, d'Hornez paraissait trouver grand charme à ce bien-être, à ce loisir, à cette sécurité. Il prenait des années et de l'embonpoint. « A qui passera tout l'argent de ces d'Hornez ? disait-on déjà ; car maintenant, il est certain que le frère imitera la sœur. »

Sans en rien dire, Anna était heureuse de voir ses

pressentiments confirmés par l'attente publique : elle jugeait aussi que son frère ne se marierait pas, et qu'il lui tiendrait toujours compagnie. On eut jugé comme elle, à voir l'air absolument *fixé* avec lequel il recevait les soins de sa sœur, et s'en rapportait à elle en toute occasion. Il ne s'absentait de la maison de famille qu'au temps de la chasse, ou encore pour aller, d'après l'ordre du médecin, passer deux ou trois semaines dans un port de mer qu'il choisissait toujours écarté. Au début, Mlle d'Hornez n'avait point vu d'un œil tranquille ce nouveau genre d'excursions. En ces endroits renommés pour être l'asile de tant d'inconnus, elle tremblait pour l'inexpérience et la simplicité de son frère.

Un matin, après une partie de chasse, sur la fin d'un déjeuner entre tous réussi, d'Hornez se livrait à une béate songerie. Certes, s'il y avait sur le globe un homme content, un homme que la simple perspective d'un changement d'état eut bouleversé et pris au dépourvu, cet homme-là était le comte d'Hornez. Ce même homme, du ton d'une douce rêverie inachevée, prit la parole en ces termes :

— Tu sais, chère Anna, que nous ne cesserons pas pour cela de demeurer ensemble ; c'est toujours toi qui commanderas à la maison.

Anna, qui versait de la crème dans le café de son frère, s'arrêta net, et d'un seul regard perça d'outre en outre l'innocent qui baissa les yeux.

— Anna, reprit-il avec un petit accent persuasif, mon tour est venu, très venu. Tu connais la nièce et la pupille du marquis d'Eurbois ; elle a vingt-trois ans ; c'est elle qui dirige la maison de son oncle. A mes premières ouvertures, le marquis a répondu par un si grand éloge de notre famille en général et de toi en particulier, que j'ai lieu de regarder la chose comme conclue, à part certaines formalités dont je ne sortirais jamais sans ton assistance.

— Vous devez savoir pourtant, mon frère, que je n'aime pas à m'occuper de mariage, répondit Anna, avec une expression intense qui fut perdue pour le cerveau somnolent du comte. Puis d'Hornez se mit à patauger dans les petites promesses qui ne manquent jamais de suivre la violation des grandes.

Anna, blessée au cœur, assez grièvement pour que ce cœur en mourut, avait néanmoins réussi à garder si bien le même visage, que d'Hornez y fut pris, et ne devina pas qu'à partir de ce moment même il n'existait plus pour sa sœur, qu'il était jugé irrévocablement, sans colère, mais sans pardon possible. Une rétractation et même un retour sur ses pas, ne lui eussent servi de rien ; il était trop tard.

II

Le comte n'était pas un infatigable chercheur de causes, ni un analyste bien susceptible. Un point le gênait cependant ; sa sœur lui disait *vous* désormais, et jadis elle le tutoyait.

La belle-sœur qu'il réservait à mademoiselle Anna, était une jeune personne douée d'une excessive impressionnabilité dans la région du cœur, et avide d'essors affectueux. La première fois qu'elle fut présentée à Anna, son premier mouvement fut de se précipiter entre les bras qu'elle croyait ouverts de cette amie, de cette sœur ; mais son baiser alla se refroidir contre une pierre.

Elle supposa qu'en redoublant d'égards tendres, elle obtiendrait sa confiance ; elle n'y réussit pas, elle découvrit qu'elle n'y réussirait jamais. Alors elle sentit le découragement la prendre, ainsi qu'une sorte de peur nerveuse, devant ce visage immuable dont le regard clair et paisible était plus menaçant que les provocations furibondes d'une inimitié déclarée. C'est alors qu'un de ces événements, salués partout des beaux noms de joie et d'espérance, vint transfigurer cette jeune victime et remplacer l'hiver de ses craintes par les effluves printaniers, aurore du grand bonheur.

Aux premiers indices de sa maternité prochaine, la jeune dame d'Hornez se fit annoncer un matin chez Mademoiselle, lui apprit cette nouvelle, sans phrases, mais avec un grand charme de jeunesse et d'émotion, et la pria de consentir à être la marraine de l'enfant à naître.

— Certainement, répondit Mademoiselle avec une brusque franchise, et sans perdre de vue un livre de comptes qu'elle était en train de repasser.

A ces simples mots, qu'elle croyait émanés d'une bonté s'ignorant elle-même, la jeune dame s'inclina vers sa belle-sœur restée assise, lui prit la main, la porta à ses lèvres, et avec une angélique effusion :

— Dites-moi comment il faut m'y prendre pour que vous m'aimiez ?

— Vous n'avez rien à faire pour cela.

Tout en restant polie, cette réponse tirait de l'inflexion de voix un sens impitoyable.

La naïveté de la comtesse ne vit pas si loin ; elle crut que ce roc recouvrait une source vive ; qu'il s'agissait seulement de trouver le mot mystérieux qui, à l'instar de la baguette biblique, ferait jaillir l'onde invisible et captive.

Heureusement, un nouvel habitant va naître dans le froid et vaste hôtel. Puisse-t-il y apporter un peu de jeunesse et de vie, non pas de cette jeunesse qui se mesure seulement par le nombre des mois et des années, mais de celle qui palpite, s'inquiète, s'énamoure ; non pas de cette vie qui est, sous un autre aspect, la même chose que la mort. Heureusement, il va naître un enfant à la jeune femme qui sans cela mourrait bientôt de la cruelle mélancolie de cette maison muette au jardin carré.

Quant à d'Hornez, il continuait à subir, sur tous les points, l'autorité de sa sœur. Il aimait sa femme parce qu'elle était avec lui, au lieu de l'avoir prise auprès de lui parce qu'il l'aimait : le bonheur est une nuance. Comme la dame d'Hornez touchait à sa délivrance, une catastrophe mortelle vint en précipiter le terme. Un matin d'août, par une chaleur excessive, le comte sortit à cheval ; le domestique qui vint fermer la porte derrière lui fut le dernier être de sa maison qui le salua encore vivant.

En pleine campagne, sous l'ardeur d'un soleil exotique, d'Hornez fut pris d'un étourdissement. Ses jambes flottant à l'abandon, exaspérèrent le cheval, déjà irrité par cette canicule.

A la première secousse, d'Hornez fut lancé rudement par terre ; c'était un homme mort. Un de ses pieds était resté, ainsi que le veut la tradition de ces sortes de sinistres, engagé dans l'étrier. Heureusement qu'il ne prit pas fantaisie à l'animal de s'ébattre dans sa liberté. Il n'opposa aucune résistance aux premiers passants qui s'emparèrent de lui, après avoir aidé à transporter le cadavre dans une auberge voisine.

Mlle d'Hornez reçut bientôt l'affreuse nouvelle qui lui fut apportée par un prêtre. A peine lui eut-il dit : « Bénissons la main qui nous frappe, » qu'elle l'arrêta :

— Monsieur, taisez-vous... mon frère est mort... Puis après un sanglot, un seul : — Mort, répéta-t-elle avec ce calme étrange, où l'on voudrait nous faire voir une douleur plus profonde que chez ceux dont le cœur se brise en éclats à la perte d'un être chéri.

Du reste, ce calme d'Anna eut immédiatement de bons effets ; elle indiqua tout de suite les précautions à prendre envers la comtesse dont l'état réclamait une sollicitude exceptionnelle. Puis Anna se rendit auprès de son frère mort. La cour de l'auberge était encombrée de curieux venus des villages environnants, et même de la ville, et qu'avait attirés pour la plupart le désir de voir le cheval : les uns poussés par leur bêtise naturelle, les autres comptant que la famille ne manquerait pas de se défaire de cet animal, flairaient un bon coup.

Dans les groupes bavardant autour de l'écurie, on témoignait beaucoup de compassion pour le cheval, qui n'ayant pas une égratignure, mangeait à sa faim et buvait à petits coups. Et les assistants murmuraient : « Pauvre bête ! » Les gens sont ainsi faits : Qu'un cavalier voie son cheval s'abattre sous lui, et qu'il ait le cynisme de s'en tirer sain et sauf, alors que la bête a le genou écorché, si la chose arrive au village, il surprendra de tous côtés à l'adresse du cheval d'impatientantes marques d'intérêt et de pitié contenant implicitement du blâme et du mépris pour lui, l'homme. Et si, poussé à bout par cette intervention abusive, il s'emporte et crie : « Le cheval est à moi ! » il peut lire à livre ouvert dans tous les yeux cet axiome désolant, mais absolument champêtre : « Un cheval abîmé appartient à qui en veut ; un bon cheval appartient non à celui qui l'a acheté, mais à celui qui l'achètera. »

Le jour même des cérémonies, la comtesse d'Hornez fut tout d'un coup instruite de son malheur, par un de ces mille vulgaires détails que la prévoyance la plus minutieuse ne conjure pas. Elle accoucha le soir même. L'enfant entra dans la maison trois heures après que le père en était sorti ; c'était une fille qu'on nomma Lucie.

Quant à la mère, étouffée par deux ans de contrainte morale, allanguie par la torpeur et la monotonie de tristes pensées constamment refoulées, terrassée enfin par la brutalité du dernier coup, quinze jours après la naissance de Lucie, elle termina dans un baiser à l'enfant, son existence obscure aux yeux de la foule, mais lumineuse aux yeux de la conscience, de l'éclat d'une pureté sans ombre et la noblesse du sacrifice.

III.

Mademoiselle d'Hornez, marraine et gardienne de l'orpheline, commença par liquider les affaires d'intérêt avec netteté et précision.

Elle fit attribuer dans le vaste hôtel, à l'usage reconnu de Lucie, de sa nourrice et de sa bonne, une suite de chambres où elle pénétrait régulièrement, mais sans tendresse visible, n'ayant à la bouche que des questions d'inspectrice, toujours les mêmes.

Lucie avait hérité de l'excessive impressionnabilité de sa mère. Même à cette époque purement animale de la vie humaine où l'œil seul connaît, elle semblait se recueillir à l'approche de sa tante. Quand Lucie fut devenue une jeune fille, Anna causait rarement avec elle et lui disait *vous*.

Les rares amis de la maison, je les ai déjà nommés, c'étaient d'abord la comtesse de Belun, charmante femme jeune encore, puis son fils, digne d'elle, nature exquise de jeune Français, puis le notaire et le médecin. Au sein d'un pareil entourage, Lucie ne devait jamais avoir l'oreille atteinte, ni le cœur troublé par l'écho d'une parole irréfléchie.

Même lorsque notre père et notre mère meurent à l'heure de notre naissance, nous ne sommes pas tout-à-fait des orphelins, si quelqu'un reste auprès de nous qui sache relier leur tombe à notre berceau, par ces récits les plus beaux, les plus doux, les plus graves de tous, où nous apprenons, émerveillés et songeurs, que ceux-là qui ne nous verront plus, et que nous n'avons jamais vus, nous ont tant aimés !... Et nous frémissons, effarés, devant ce triple mystère de la mort, de l'amour et de la fuite du temps !

S'il arrivait qu'Anna fût amenée à prononcer devant Lucie le nom de ses parents, elle s'en tirait rapidement en termes brefs, incolores, et sans altération dans la voix. La religion elle-même, dont elle suivait exactement les pratiques, n'amollissait d'aucun attendrissement cette âme réfractaire, sensible sur un seul point: l'orgueil de la race. Il lui plaisait que la comtesse de Belun et son fils, ces vestiges admirés de la plus vieille famille du pays, n'eussent à faire aucun effort pour la traiter d'égale.

La comtesse de Belun appartenait à la classe rare et délicieuse des femmes qui relèvent et poétisent un esprit sensé et l'influence banale de la richesse, par la grâce, la beauté, le charme indicible de l'élégance native, une bonté véritable et l'intelligence des arts. La géométrie elle-même eut souri sur ses lèvres. Elle seule au monde parlait librement à M\ll d'Hornez, que d'ailleurs elle estimait beaucoup.

Quant au jeune comte de Belun, superbe adolescent, folie de sa mère, il était occupé actuellement à désoler la comtesse, par sa volonté bien arrêtée de faire partie d'une caravane scientifique, désignée pour l'extrême-Orient. De Belun avait fait toutes ses classes dans un collége de Paris, où il s'était lié d'une amitié fraternelle avec un de ses voisins d'étude, originaire comme lui de la ville de X... et s'appelant Léopold. C'était un cœur excellent et une intelligence supérieure. Défunt son père, jadis médecin à X..., y avait laissé un nom très-respecté. Du chef de sa mère, Léopold possédait un modeste revenu.

Albert de Belun et Léopold sortirent le même jour de l'école, Léopold avec le titre d'ingénieur. A cette occasion,

de Belun invita son ami à venir passer une saison chez
lui à X..., que l'orphelin n'avait pas revu depuis douze
ans.

Le caractère de Léopold était loin de réaliser ce qu'on
en eût attendu, d'après ce titre d'ingénieur. Il n'avait pas
le coup d'œil précis, la froide tranquillité, ordinaires aux
servants des sciences exactes. Au contraire, il avait
toutes les flammes du poète, si ce nom convient à tout
être réunissant un cœur ardent, un esprit inventif et la
compréhension innée de mille choses que d'autres n'arri-
vent à concevoir qu'après un long travail.

Il advenait souvent à Léopold de s'abstraire de la
réalité présente, d'assister indolent à l'essor de son esprit
vers d'intraduisibles mirages. Depuis son enfance, cette
magique torpeur le surprenait tour à tour dans la rue,
à table, à l'étude, plus tard parmi ses collègues et au bal.

— Léopold, disaient les professeurs, sujet excellent,
mais trop distrait.

C'était aussi à ses heures un véritable improvisateur
éloquent et charmant, de ce charme emprunté à la sincérité humaine, et quelquefois à l'agréable candeur du
vrai savant.

Une riche veuve de X... avait la moitié de sa fortune
engagée dans une exploitation houillère dont son mari
avait été l'actionnaire principal, et qu'une malhabile
administration était en train de compromettre. Léopold
se fit présenter en qualité d'ingénieur aux grands intéressés de la compagnie, et entre autres à l'honorable
dame qui avait environ quarante-trois ans.

Il produisit une excellente impression sur ce cœur bien
conservé. Après plusieurs visites, la veuve parlait déjà
moins au jeune ingénieur, de mines et de houilles, que
des mille ennuis qui assaillent une femme seule et ignorante des affaires. Elle aimait les voyages, les chevaux ;
sa solitude l'obligeait à sacrifier tous ses goûts.

Un homme moins réservé que Léopold n'eût pas manqué de répondre à cette obligeante interlocutrice que lui
aussi il aimait la Suisse, l'Italie et les pur-sang, et
qu'ainsi qu'à tout artiste, le luxe fût bientôt devenu son
nécessaire, s'il n'avait été dressé par l'habitude à se contenter du superflu.

Dans son innocence, il jugea seulement que la dame
avait une conversation un peu décousue, et ne soupçonna
rien de mal derrière ces propos. Une petite lâcheté vint brus-
quer le dénoûment de cette vague intrigue. Un célibataire de
X..., qui nourrissait pour la veuve une estime égale à
celle qu'elle ressentait visiblement elle-même pour le
froid Léopold, arrêta un jour l'ingénieur, et lui dit en
soulignant chaque mot de ce sourire poli et de ce ton
mielleux qui dictent les lettres anonymes et justifient
les soufflets :

— Vous êtes dans le vrai, mon cher. Vous vous atta-
chez aux femmes raisonnables, à la bonne heure. C'est
ainsi qu'un jeune homme fait son chemin ; plus tard, il
se moque à *son aise,* c'est le cas de le dire, des sots qui
ont ri. Courage !

A partir de ce jour, Léopold ne remit plus le pied chez
la veuve, qui en pleura, dit-on. Vrai gentilhomme de
cœur, Léopold appartenait à cette classe de gens, malheureusement de jour en jour plus rares, qui ne sauraient
vivre sans leur propre estime.

Depuis l'arrivée d'Albert, Lucie d'Hornez sentait son
cœur comprimé se dilater au voisinage d'une grande et
victorieuse amitié. Mais la présence du comte, jeune
homme, n'avait changé rien à ce qu'elle éprouvait jadis
pour lui, enfant. Albert avait déjà aimé d'amour ; c'était
visible même pour l'œil inexpérimenté d'une jeune
provinciale.

En l'honneur de son fils, la comtesse donna un dîner

d'apparat qui devait être suivi d'un bal. Léopold et les dames d'Hornez furent naturellement invités des premiers. Albert attachait une grande importance à cette première rencontre de Lucie et de Léopold, deux êtres qu'il avait des raisons de croire entre tous faits pour s'aimer et se comprendre. Fine autant que discrète, Mme de Belun avait tout deviné sans approuver ni blâmer. Le jour du dîner venu, Albert se chargea d'assortir les convives. Sa mère ne put réprimer un sourire assez difficile à traduire en voyant le nom de Léopold à côté de celui de Lucie ;

— Au moins, tu me réponds de ton ami ; je sais bien qu'il est très mesuré dans ses paroles, mais je lui crois le fond romanesque. Recommande-lui de paraître gai. Où as-tu placé la tante Anna ? ajouta la comtesse.

— A la place d'honneur, entre le colonel de Lompery et moi.

Puis la comtesse et son fils allèrent recevoir leurs invités, qui, réunis au complet, formaient un total de dix-huit personnes, dont cinq sont déjà connues. Une mention spéciale est due au colonel baron de Lompery, bel homme de quarante-six ans, célèbre dans la ville pour ses belles manières et son empressement vis-à-vis *des dames*. Le reste de l'assistance se composait d'une douzaine de ces gens, en tous points honorables, mais parfaitement dépourvus d'initiative, chez qui l'habitude du silence a développé l'instinct de l'observation, et qui s'appellent tour à tour : *la galerie, l'opinion publique* ou simplement : *On.*

Placée entre Albert et le colonel, Mlle d'Hornez était, de la part de ses deux voisins, l'objet d'assiduités infatigables. Albert lui vantait Léopold, le colonel lui parlait de Lucie dont l'élégante beauté l'avait frappé. Il procédait par d'ingénieux retours de la nièce à la tante. En ce qui regardait Lucie, le colonel, bon juge, était un juge sincère. La jeune fille venait d'atteindre ses vingt-et-un ans. Quoiqu'elle brillât surtout par le naturel, on prenait à l'observer longuement, le même plaisir qu'à examiner une de ces œuvres d'art heureusement et si justement nommées bonheur d'artiste, parce que l'exécution y est sœur jumelle de l'inspiration, et que chaque détail vient juste à son tour mettre en lumière le charme de l'ensemble.

Dès l'abord, Léopold eut le secret d'intéresser à ses paroles l'intelligente Lucie. Elle fut bientôt captivée par la séduisante élocution de son voisin et sa bonne humeur spirituelle. De même qu'il est des cœurs, il est des esprits qui, la première fois qu'on les met en présence l'un de l'autre, se reconnaissent et se retrouvent.

De quoi Léopold parlait-il à Lucie ? Il lui parlait d'Albert, de leur adolescence fraternelle écoulée dans ce vertigineux Paris que la jeune fille n'avait point encore vu, et dont Léopold lui traça familièrement les grandeurs et la liberté : Paris où l'esprit est roi, où le cœur qui sait se défendre d'être esclave est un heureux sujet; il lui parlait de la retraite profonde et tranquille qu'il est aisé de se bâtir au cœur même de cette gaie tempête.

Lucie se sentit renaître à cette évocation de tant de joie permise. Elle vit se colorer de lueurs amicales l'horizon terne de sa jeunesse. Dans les regards qu'elle adressait à Léopold, il y avait une étrange et ardente reconnaissance.

Le colonel de Lompery n'en vit rien. Il ne se demanda pas non plus ce qu'était le voisin de Lucie, attendu que la comtesse de Belun, que le colonel traitait exactement (en tenant compte de la dégénérescence des dialectes), de la même sorte qu'à l'hôtel de Rambouillet en 1640, Ménandre, Sarraïdes et Bérodate traitaient Parthénie, Féliciane et Arthénice ; la comtesse, dis-je, ne recevait que des gens dont c'eût été vis-à-vis de soi-même impertinence d'aller rechercher les titres.

1

Lorsqu'on se leva de table, et que Lucie vit Léopold lui offrir le bras pour passer dans un autre salon, il lui sembla que l'heure du rêve avait fui, et que l'expiation allait commencer.

Une jeunesse recluse, privée au moral du grand air de l'espérance, habituée à se voir présenter le monde et la vie sous le jour gris d'une mécanique où l'individu est un rouage qui ne saurait se mouvoir de lui-même et dans sa liberté, une telle éducation afflige toute l'existence d'une funeste inaptitude à la joie et au bonheur.

Aussi, quel doux empire il prend tout de suite sur nous, le révélateur imprévu, qui nous vient montrer que nous ne violons aucune loi en rêvant la félicité !

Lucie n'était pas une niaise, ce n'était qu'une ignorante. En entrant dans l'autre salon, elle se dirigea vers sa tante. Albert vint bientôt les rejoindre, et prévint Mlle d'Hornez que les tables de whist allaient être dressées dans la minute ; puis ce fut le colonel de Lompery qui prodigua ses galanteries à Lucie. Il ne s'arracha à cette *délicieuse conversation* que par la faute d'Albert :

— Tout le monde est arrivé ; Lucie, voici mon bras, on vous réclame. Colonel, je veux être le premier à vous instruire du grand bonheur qui vous échoit ; vous êtes attendu pour la partie de Mlle d'Hornez.

IV

Léopold et la jeune fille dansèrent ensemble un quadrille ; mais c'est à peine s'ils échangèrent quelques mots pendant la durée des cinq figures ; la contredanse finie, Léopold se retira, et après son départ, Lucie éprouva un vide ignoré jusqu'alors. Le colonel et Mlle d'Hornez jouaient silencieusement. Le colonel était distrait. Mademoiselle lui marquait son mécontentement par des monosyllabes austères. Le colonel n'était plus le même homme, il s'ennuyait près d'une *dame* ; le cas était grave.

La saison des bals était passée ; il ne restait à Léopold que très-peu d'espoir de renouer avec Lucie un si cher entretien ; quant aux sentiments intimes du jeune homme, ils se peuvent décrire d'un mot : il ne s'ennuyait plus à X... Trois mois d'été s'écoulèrent ainsi en pleine fièvre innocente, et ils furent les plus heureux de la jeunesse de Lucie. La jeune fille se livrait à l'espoir de l'inconnu, sans être tourmentée d'aucune de ces angoisses dont l'amour le plus chaste ne saurait être exempt, s'il ne s'ignore lui-même.

Le colonel de Lompery s'était fait admettre dans le cercle froid, monotone et poli de Mlle d'Hornez. Il y représentait à la fois le prestige guerrier et l'esprit moderne. Il avait un peu lu, lisait encore un peu, et il excellait dans l'art de distiller de certaines histoires, sans révolter les consciences scrupuleuses. Albert était en route avec sa caravane, ce dont se réjouissait au fond le colonel, car il était jaloux d'Albert... d'une simple petite jalousie de bel esprit, s'entend. De temps en temps le colonel se permettait envers Lucie de grands airs de courtoise familiarité que, d'un mot, l'enfant savait réduire à une plate soumission.

Un soir, vingt personnes se trouvaient réunies à l'hôtel d'Hornez, Mademoiselle venait de quitter le salon, Lucie causait à demi-voix avec une dame :

— Il paraît, dit à brûle-pourpoint M. de Lompery, que notre ville vient de perdre un ingénieur, l'ingrat Léopold nous a fuis.

— Ne le condamnez pas sans m'entendre, interrompit une voix. Si nous n'avions perdu qu'un ingénieur ! mais il nous faut pleurer aussi le départ d'une charmante veuve. Madame de Quesnoy aussi nous a quittés,

Madame de Quesnoy, c'était la riche actionnaire dont nous avons parlé.

— Sans doute, ajouta innocemment un habitué de la maison, ils se sont rendus chacun de son côté à Paris pour s'y marier.

Lucie ne pâlit ni ne rougit. Seulement une grande et douloureuse curiosité l'envahit.

. Rentrée dans sa chambre, et libre de songer à son aise, Lucie n'accusa pas Léopold. Elle était préparée à certaines éventualités mystérieuses dans la destinée du jeune homme. Mais elle se demanda qui était cette dame, capricieuse millionnaire, qui au moment où Lucie épelait mentalement son nom, avait la tête et le cœur vaguement occupés d'un jeune *gentleman-farmer,* qu'elle avait découvert dans les environs du château où elle s'était retirée après le désistement de Léopold.

A quelque temps de là, par une brumeuse après-midi de novembre, Lucie travaillait silencieusement auprès de sa silencieuse tante, lorsqu'entra le colonel de Lompery, l'air ému, joyeux et galant. Ses premières attentions furent naturellement pour la tante, puis il s'approcha du métier à broder de la nièce, avec une souriante assurance. Lucie déjà fort intriguée, le fut à l'excès, en voyant mademoiselle Anna se lever, sortir et la laisser. Le colonel la suivit jusqu'à la porte du salon, l'œil baigné d'une humide expression de reconnaissance, puis revenant vers Lucie, il lui dit avec une onction inexprimable :

— Mademoiselle, j'ai sollicité et obtenu de votre admirable parente la faveur d'être admis à vous faire un aveu déjà confié à sa prudence. Mais je regarde cette autorisation comme nulle, si vous ne la ratifiez.

Lucie continuant de se taire, le colonel partit de là pour *oser* lui dire qu'il avait passé tout l'hiver en de mortelles alarmes. Ne viendrait-il pas trop tard, son culte avait-il quelque chance d'être accueilli ? Mademoiselle Anna, à qui il s'était adressé d'abord par déférence, lui avait répondu que, bien que proche parente et gardienne de Lucie, elle entendait n'intervenir en rien dans la question de son établissement. C'était donc à mademoiselle Lucie, acheva-t-il, qu'il appartenait de se prononcer ; elle le pouvait faire en toute liberté.

Quel mystérieux scrupule empêcha l'amoureux colonel, homme éminemment imbu des instincts et des croyances de la vieille galanterie, de terminer son discours par la génuflexion chère aux preux et aux vrais amants ? Il est vrai que l'expression de son regard ne remplaçait pas trop désavantageusement une formalité aujourd'hui abandonnée. Lucie pria le colonel de vouloir bien lui accorder d'abord quelques jours pour se remettre de sa surprise.

M. de Lompery parut étrangement satisfait de cette réplique. Elle dénonçait chez son auteur un caractère ferme et une tête réfléchie. Avant de se retirer, le colonel impressionna favorablement Lucie, en lui faisant entendre à demi-mots qu'il avait toujours sympathisé avec ses peines discrètes, avec la contrainte de son intérieur, et en faisant luire à ses yeux, dans l'avenir, un doux horizon d'indépendance personnelle et de joie domestique.

Lorsque Mlle d'Hornez reparut au salon :

— Chère tante, lui dit Lucie, le colonel de Lompery vient de...

— Chère nièce, interrompit Mademoiselle, je sais tout cela ; vous êtes libre. Ce que vous a dit le colonel de Lompery doit être vrai, car il passe pour un homme incapable de mentir, hormis, peut-être, en matière de galanterie.

— Ceci est grave, ma tante, répondit Lucie, le colonel n'a jamais été aussi galant qu'aujourd'hui.

— Permettez que j'achève... Je m'engage à respecter votre décision, comme j'ai respecté votre inclination.

Lucie, chez qui depuis vingt minutes une foule d'idées

jusque-là endormies dans les ténèbres d'une soumission
morne venaient de s'éveiller joyeusement à cette première
aurore de liberté, qui est une renaissance pour la femme,
se demanda pourquoi Léopold, qui avait tant paru l'admirer et la comprendre à leur première entrevue... Mais
pourquoi songer toujours à Léopold ? n'était-il pas actuellement marié à Paris et sans doute heureux ?

Lucie prit à la lettre cet éternel finale de Mademoiselle :
« Vous êtes libre. » Après le dîner, elle gagna sa chambre, et là elle se sentit femme. La virginité d'une jeune
fille, j'entends sa virginité morale, disparaît avec la première demande en mariage qui lui est adressée, surtout
lorsqu'on ne cesse de lui répéter : « Choisissez, vous êtes
libre. »

Voici quelles furent les réflexions de Lucie :

« Le colonel n'avait plus vingt ans, mais il était resté
jeune de cœur et de figure... Lucie avait en vain déclaré
inutile de jamais penser à Léopold, le souvenir des émotions qu'il lui avait jadis causées, l'agitait souverainement. Que n'eût-elle pas donné pour entendre sortir de
sa bouche à lui, l'aveu prononcé par le colonel ! Mais
non, Léopold n'avait pas fait à Lucie l'honneur de chercher à la conquérir. Alors que voulaient dire ces aspirations sympathiques, ces inflexions attendries de la première rencontre ? Tout cela était un rôle banal. Donc Lucie
descendait au-dessous d'elle-même, et manquait aux
convenances, en s'occupant d'un homme qui l'avait
dédaignée. Quel malheur qu'Albert de Belun fût si loin ! »

Enfin, suprême argument qui frappait de stérilité
toutes ces spéculations rétrospectives, Léopold était
marié. Le temps marchait, il fallait se décider. Adieu
donc, douces perturbations de l'ignorance enfantine en
conflit avec le premier doute ! Adieu, menteuse mais à
jamais chère floraison du mois d'avril de la vie ! On

rêvait de s'envoler n'importe où ; de cet essor ineffable, l'inconnu était le but, le danger était le charme ! Aujour- d'hui qu'il n'est plus question de s'envoler, on tâchera de mettre son bonheur à marcher au bras d'un homme qui pourrait être votre père... et qui veut bien l'oublier.

V

M. de Lompery reçut avec une extrême joie la nouvelle qu'on l'agréait, mais surtout il fut touché au plus sensible de son être, par les félicitations qu'il reçut à ce sujet des autorités et des gens du monde. M. de Lompery était heureux. C'était le type du colonel souriant, la joie et l'orgueil des bals de province.

Quant à Mlle Anna, elle se vit épargner jusqu'à l'ennui de s'occuper du trousseau. Une sœur du colonel habitant Paris, s'occupa volontiers de ces détails. La galanterie du fiancé éclata dans l'heureuse composition de la corbeille.

La noce se fit avec beaucoup de dignité, mais on n'y vit point la comtesse de Belun, qui voyageait en Italie. Albert, lui, était si loin, qu'on n'eût pas su même où lui adresser la lettre de faire-part. Pour Lucie, après s'être donné depuis deux mois tant de preuves d'un caractère résolu, elle avait vu approcher le grand jour avec la mélancolie intense que cause le manque d'une famille à pareille cérémonie. L'ombre vainement repoussée de Léopold traînait après elle dans le cœur de l'épousée un long cortège de chagrins confus. Elle se surprit à traiter de trahison le systématique silence gardé devant elle sur le compte de l'ingénieur.

Pour tuer son fantôme, elle prenait un âcre plaisir à se répéter ce *Lamma sabactani* des femmes éprises : « Il est heureux auprès d'une autre. » Dans ses heures de calme, elle traitait de folie cette désolation pour une simple rencontre. Lucie quitta l'hôtel d'Hornez et alla demeurer avec son mari.

Elle passa sans transition de l'excès de la vie intime dans l'abus de la vie extérieure, où l'on ne s'appartient plus. Sous cet aspect, le régiment ressemblait au pensionnat. La société du colonel se recrutait exclusivement parmi les personnages mariés appartenant à la haute administration ou à l'aristocratie. Une jeune femme à l'esprit original et au cœur fier, ne devait pas respirer à l'aise parmi ces timides ambitieux et ces vieillards économes. D'ailleurs, Lucie n'aurait pu exhaler une plainte, sans passer pour malade du cerveau ou pour un phénomène d'ingratitude.

Le colonel n'était-il pas le modèle des gentilshommes et des maris ? Il n'était exigeant que sur un point : Il n'eut pas laissé sa femme manquer le plus maigre *raout*, à moins d'indisposition grave, et presque d'attestation du docteur. La monotonie bruyante de cette vie nouvelle n'était pas sans rapports de contraste avec l'invariable monotonie des sombres et silencieuse journées que Lucie passait jadis chez sa tante. Mlle Anna habitait seule désormais l'hôtel d'Hornez, et n'avait pas l'air d'y trouver aucun changement depuis le départ de Lucie. Surtout elle se gardait bien de se plaindre de son isolement.

L'aspect des relations de la tante avec la nièce n'avait pas changé non plus. Assez régulièrement, Mademoiselle, qui était la politesse même, venait rendre à Lucie une visite que celle-ci lui avait faite la veille ; mais leur conversation était restée celle de deux étrangères. Quoi qu'elle essayât de s'en défendre, Lucie pâlissait encore sous le regard de sa tante, comme lorsqu'elle était petite fille. Le cadre de sa vie n'était que transformé, mais point élargi. Elle avait adopté un jour de réception pour les femmes d'officiers, parmi lesquelles il y en avait cinq

ou six jeunes, bonnes, jolies et spirituelles, avec lesquelles elle eut pu se livrer aux printanières sympathies
des nouvelles épouses. Hélas ! il planait sur toutes ces
têtes blondes ou brunes, pensives ou coquettes, je ne sais
quelle vile terreur engendrée par une honteuse calamité
qui déshonorait alors la ville de X... Un souffle impur
empestait de fétides calomnies et d'étonnantes impostures
les maisons les plus honorées, les êtres les plus délicats,
des vieillards, des mariées de l'an passé. Chaque
matin tombait dans un ménage ou dans l'autre, l'impardonnable lettre anonyme, cette pestilence de l'atmosphère morale. Toute gaieté avait fui les hautes et
moyennes classes de la société de X...

Lord Macaulay rapporte, qu'il y a un peu plus de deux
cents ans, les petites villes et villages de l'Angleterre,
récemment agitée de profondes révolutions, avaient
cependant réussi à sauvegarder leur fortune et leur
repos, à travers ces redoutables crises.

Soudain, de ces obscurs et modestes centres de population, vivant d'un petit commerce ou d'échanges quoti-
diens, on vit s'enfuir la joie et la confiance ; voici devant
quel fléau ténébreux et insaisissable : De lâches fripons
enlevaient, au moyen d'un léger *grattage*, à chaque
pièce d'argent qui leur passait par les mains, une parcelle,
voire un grain, de manière à dissoudre toute l'économie
du titre légal et à empoisonner les sources du crédit. Les
invisibles *gratteurs d'argent* semèrent plus de consternation et de ruines dans le pays que n'avait fait couler de
sang la Révolution.

A X... des frères ne se parlaient plus dans la rue, des
époux de deux ans étaient désunis par le soupçon. Aussi
le talent perdait le courage, la jeunesse perdait le respect,
le sourire des femmes brillait faux.

On imaginera difficilement quelle prudence inouïe ,

quelle froideur les dames de X... apportaient dans leur conduite et dans leurs paroles. Le risible ne manquera jamais de se mêler aux deuils de l'humanité. Au sein même de la mélancolie qui caractérisait les assemblées mondaines de X..., il y eut un spectacle amusant, c'est celui de l'amour que chaque femme, pour son salut, se crut obligée d'afficher envers son mari, et de la pruderie dont elle accablait tout autre homme. Les maris étaient les moins à plaindre.

Sans doute, on continua de danser, mais dans les bals, une femme n'eût plus osé échanger deux mots avec l'homme auquel elle livrait sa taille. Quant au colonel, il ne cessait pas de traverser en souriant les salons et la vie. Lucie avait du moins aujourd'hui, contre l'ennui, une arme qui lui manquait autrefois, c'était la lecture. M. de Lompery possédait de splendides éditions illustrées des chefs-d'œuvre de la pensée humaine : l'*Iliade, Don Quichotte, Gil Blas*, Molière, Walter Scott, Balzac, les *Méditations,* les *Harmonies*, les *Voix intérieures*, et *Clarisse Harlowe* traduit par l'abbé Prévost.

En lisant et relisant les lettres de la famille Harlowe, Lucie souriait et pleurait ; son cœur s'ouvrait à des palpitations inconnues ; ses rêves prenaient une forme précise, et elle fut un jour séduite et comme effrayée de voir l'image de Léopold surgir parmi ses pensées. Sans doute nous serions surpris de voir entrer dans notre chambre, soigneusement verrouillée, un ami perdu depuis les jours de collège. Ce fut cette surprise fascinante qu'éprouva Lucie. Tel est le fruit de l'inexpérience. Tandis que la jeune femme s'abandonnait à ce courant merveilleux et perfide, aux rives enchantées d'ombres fuyantes et provocatrices, une voix, la grande voix de la guerre, vint réveiller Lucie et effacer l'image de Léopold.

Le régiment du colonel apprit qu'il allait échanger les

loisirs fastidieux de la vie de garnison, contre les hasards, les fatigues et le bruit de la guerre en de périlleux et lointains pays : nous étions alors en pleine affaire de Crimée.

Avant de partir, M. de Lompery, bien loin de prêcher la retraite à sa femme, lui recommanda au contraire la fréquentation régulière de son cercle accoutumé ; il la pria, en outre, de ne pas interrompre ses réceptions : puis après lui avoir donné un aristocratique baiser sur le front, il s'embarqua pour la mer Noire.

VI

Mme de Lompery s'était abonnée au *Moniteur,* afin de recevoir, de première main, les nouvelles de la Crimée. Sans parler de l'intérêt personnel que lui offraient ces dépêches, Lucie était femme, elle était Française, et ces glorieux échos de la vaillance nationale jetaient dans sa vie un intérêt puissant, et je ne sais quel plaisir d'être.

Un jour, Mme de Lompery parcourait distraitement la première colonne du journal officiel ; elle s'arrêta soudain, en proie à un inexprimable vertige, en lisant que Léopold venait d'être nommé ingénieur en chef du département dont X... était le chef-lieu. *Il* allait revenir ; elle allait *le* revoir ; *il* existait donc. Lucie s'abîma dans une profonde songerie.

Deux ou trois heures après cette importante lecture, Lucie reçut la visite de Mme Durangel, la femme du procureur général, qui, sans précautions oratoires, lui dit : Je vois avec plaisir que vous êtes sous les armes. Je vous annonce un noble étranger. Nous possédons, paraît-il, un nouvel ingénieur en chef ; je l'ai vu, il sort de chez moi et viendra vous présenter ses hommages tout à l'heure.

En vain Lucie, accablée d'étonnement, voulut parler

d'autre chose, Mme Durangel tenait à son ingénieur en chef et en fit un portrait réussi. Mme de Lompery, craignant qu'un mot ne vînt la trahir et voulant faire entendre en toute politesse à son interlocutrice que ce sujet était épuisé, dit d'une voix un peu fatiguée :

— Vous ne me parlez pas de sa femme?

— Sa femme ?... M. Léopold est garçon. Vous vous le figurez donc chauve? C'est un homme très-jeune, à peine trente ans. Ça, avec qui le marierons-nous? car ça va être notre devoir de le marier ; ce nous sera une petite distraction, et, sur ce chapitre, on n'a pas le droit d'être difficile à X..., ajouta Mme Durangel avec une noble franchise. Toutes ces demoiselles seraient bien émues si elles savaient de quoi nous parlons.

Tandis que sa visiteuse bavardait, Lucie avait, en moins d'une seconde, passé du chaud au froid. Mme Durangel, occupée à se faire à elle-même de jolies petites mines et à remettre un ruban devant la glace, n'en devina rien. Cette aimable folle avait été l'une des victimes choisies de la terreur épistolaire qui régnait à X...

A cinq heures, on n'avait pas encore annoncé Léopold.

Lucie passa une heure à écouter les battements de son cœur, dans le silence de ce grand salon. Puis le jour baissa. Elle entendit de la rue le bruit d'une voiture qui s'arrêtait. Une minute plus tard on annonça monsieur l'ingénieur en chef.

Mme de Lompery essaya de se lever pour lui faire accueil. Ses jambes la servirent mal, et elle fut forcée de demeurer assise, comme Léopold entrait. Il était resté le même homme que jadis, sauf que son teint avait bruni. Il salua profondément Lucie, puis d'une voix émue et respectueuse, il l'assura qu'avant la joie de revoir sa terre natale, il apportait ici l'espoir d'y retrouver aussi heureuse qu'elle le méritait, une femme dont le souvenir ne l'avait jamais quitté.

A quoi Lucie répondit, non pas en baissant les yeux, (manœuvre bête et rustique), mais en les couvrant de la paupière, voile plein de charmes, qu'elle avait été heureuse d'apprendre les succès...

— Entre toutes les choses d'une valeur purement relative, madame, le succès brille au premier rang. Tel but, tel homme. Permettez-moi de me ranger parmi les non satisfaits.

Cela fut prononcé d'un ton léger, et dit très vivement.

Lucie écoutait, tranquille, songeuse, le menton appuyé sur la main. Elle jugeait que c'était le droit de Léopold d'être écouté. Elle ne tremblait pas. Les perversités de la calomnie locale, elle les défiait... non, elle les oubliait. Elle avait deviné, au premier mot de Léopold, qu'elle n'avait jamais cessé d'être adorée de lui. Elle se sentait reine, et quelle femme n'est, une fois dans sa vie, prête à livrer l'avenir pour une heure de cette royauté ?

Qu'importe ce qu'ils dirent alors, les retours sur les anciens amis, afin de se dissimuler leur trouble, les longs récits de Léopold sur les pays lointains d'où il revenait ? Durant ces trois ans d'absence, il avait principalement vécu dans nos colonies, où il avait été mettre ses connaissances au service d'une importante compagnie, et cela, afin de dissiper les alternatives cruelles de folles espérances et d'amers découragements qu'une seule rencontre avait fait naître en lui.

Il lui dit d'autres choses encore, qui montrèrent que si la destinée ne les eût joués, en abusant de leur ignorance, il n'y aurait pas aujourd'hui dans le monde un bonheur comparable au leur. Il lui dit cela simplement, sans phrases toutes faites, comme il le sentait.

Mme de Lompery ne put retenir deux larmes ; elle se leva, et avec un geste d'une grâce souveraine, montra à son chevalier que la conférence était close.

— Il faut déjà que je vous laisse ?

— Oui, un autre jour nous serons plus gais, j'espère.

— Je voudrais être toujours triste... auprès de vous, comme ce soir.

Au départ, ni l'un ni l'autre ne songea à s'offrir la main. Ce fut peut-être suave terreur, profond scrupule. Il est des heures où la simple rencontre de deux mains transporte, comme un suprême coup d'ailes, jusqu'aux cîmes de la passion, les amoureux jusque là chastement ensommeillés côte à côte, dans les neiges de la pudeur mondaine.

Puis la pénombre du salon s'éclaira de lueurs étranges... l'oubli de soi-même, l'admiration d'autrui, je ne sais quel sentiment de plénitude, de conscience triomphante, cela tourna la tête à la pauvre jeune femme qui poussa soudain un grand cri que nul n'entendit. Elle crut voir Léopold rentré dans le salon par je ne sais quelle voie furtive, couvrant de baisers ses mains glacées. Elle se dit : Décidément, je deviens folle.

Le lendemain, Lucie ne put se dispenser de paraître à une réunion officielle. Léopold, arrivé avant elle, se montrait envers chacun d'une politesse achevée, mais froide, que les chroniqueuses de l'assistance avaient trouvé moyen de mettre sur le compte d'une passion très-malheureuse à bord du bateau à vapeur qui avait ramené l'ingénieur en France. Lucie ne dansant pas, s'assit à une table de jeu, et l'ingénieur fut prié de lui servir de partenaire, à quoi il céda, mais avec un air d'indifférence songeuse ; puis on ne s'occupa plus d'eux. Ils purent causer librement et même gaiement, et cette heure fut une des plus belles de la vie de Léopold; heure si imprévue, si improbable de libre entretien, sous les yeux et à l'oreille des juges les plus capricieux et les plus redoutables ! Quand Lucie se taisait, que le moindre de ses regards rachetait ce silence !

Tout en regardant elle songeait ; parfois, lasse de se dompter intérieurement, elle souriait au rêve d'un péril commun. Léopold avait très-habilement abordé ce sujet inépuisable qui ouvre la voie la plus facile et la plus sûre à la pénétration mutuelle des sentiments : les livres. En parlant des livres, sans imposer sa personnalité, on trahit ses goûts, ses espérances, ses secrets ; on sait au bout d'un quart d'heure, si l'on va se comprendre et s'aimer. Léopold, grand liseur, très au courant des nouveautés, dit à Lucie qu'il aurait l'honneur de lui faire adresser bientôt de Paris, quelques ouvrages des plus intéressants parus dans ces dernières années.

Mme de Lompery rougit, et elle ne cessa d'être mal à l'aise jusqu'au matin, où elle reçut, portant le timbre des messageries et celui du libraire, un paquet de journaux illustrés et de volumes brochés. Elle alla droit à certains d'entre eux que Léopold lui avait vantés avec une insistance significative, et, entre deux feuillets collés hermétiquement, elle trouva le papier suivant sans adresse, sans signature, en caractères d'imprimerie :

« Si j'avais le pouvoir de passer ma vie à vos pieds, une heure, une seule heure d'absence me causerait un chagrin immense. Connaissez par là ma folie, mes ardeurs, mon supplice. Je vis seul avec votre constante pensée. Vous savez quel incendie couve mon respect. Ah ! cela ne me console pas du tout de me dire : Elle et moi, nous ne sommes pas de notre âge. Je vous écris comme un naufragé appelle au secours. Que voulait donc le ciel en jetant le flot vertigineux d'une telle tendresse entre ceux qu'il condamne à vivre l'un sans l'autre ? Pourquoi cette onde qui nous invite par de tels murmures ?... »

VII

Après avoir lu et jeté au feu ce message, Lucie éclata
en sanglots. Le grand malheur, ce n'est pas de souffrir
beaucoup, c'est de ne pas espérer, ou attendre quelque
chose. Le mal cesse d'en être un, quand sa guérison nous
est certaine ; tandis que de quelque avantage que nous
jouissions, s'il ne s'y joint l'image d'un changement,
d'un progrès, d'un mieux ou simplement d'autre chose,
nous sommes vraiment tristes et à plaindre. » Non, se
disait-elle, rien ne m'empêchera d'être son amie, autrement, il me semblerait que je le vole, que je suis indigne
de ses nobles sentiments pour moi. »

Lucie eut été moins malheureuse si Albert de Belun,
sympathique et vaillant ami, se fût trouvé là. Mais le
jeune homme était toujours absent d'Europe, et les dernières nouvelles de sa personne remontaient à quatre
mois. Quant à la comtesse, elle ne trouva plus aucun
charme à X... en l'absence d'Albert, et elle allait du Nord
au Midi pour tromper son impatience.

Léopold était autorisé à voir une fois par semaine
Lucie chez elle, mais à titre officiel, le jeudi soir. Plusieurs fois, il était arrivé à l'ingénieur de manquer un
jeudi. Il trouvait plus pénible de voir Lucie devant tout le
monde, que de pleurer seul loin d'elle. La pauvre femme
se désespérait. Quelquefois ils se croisaient dans les rues
de X.... et échangeaient un salut, plein comme un
univers. Cependant Mme de Lompery se sentait faiblir
vis-à-vis d'elle-même ; déjà elle n'était plus maîtresse
d'une douloureuse et maladive impatience. Sur ces entrefaites, le colonel fut nommé général. Durant quatre jours,
Lucie fut littéralement abasourdie de félicitations. Elle ne

put se dispenser à cette occasion de traiter la société
de X...

Certes, Lucie n'avait pas l'esprit tourné aux préparatifs d'un dîner; mais la situation de M. de Lompery
exigeait ce sacrifice.

Une des premières cartes d'invitation fut adressée à
Léopold. Celui-ci vivait dans la retraite, autant que le
permettait l'exercice de sa profession. Sa vie recluse et
dominée par une idée fixe, avait fortifié les habitudes
distraites et méditatives· dont se plaignaient doucement
les propriétaires qui venaient solliciter de lui quelque
petit passe-droit dans une question d'alignement.

Au jour venu, Léopold se présenta chez Mme de Lompery. Il tressaillit à la voir si belle, si pâle, si parée, et
fut atteint jusqu'au fond du cœur par le regard éperdu
d'angoisses tendres qu'on lui jeta, regard qui lui disait
clairement : « Soyez le gardien de mon courage, puisque
j'en suis si mauvaise gardienne. »

Léopold parut comprendre cet appel désespéré. Après
le dîner, il alla causer avec diverses personnes, puis il se
plongea dans le coin d'un sopha, masqué par un groupe
de personnages officiels, et là il s'abandonna à une
périlleuse songerie.

Il voyait, comme à travers une gaze, Lucie, en toilette
blanche, aller et venir avec une grâce séduisante. Ses
épaules, qu'elle découvrait rarement, scintillaient ce
soir-là d'une lueur fascinante. Léopold les voyait pour
la première fois.

Léopold n'était plus de ce monde, la direction de
son *moi* lui avait été doucement ravie. Ce fut d'abord une
brume, et puis ce fut une aurore! L'infini de la tendresse,
l'inconnu du bonheur! A le voir ainsi, calme et souriant,
Lucie l'en aimait davantage et reprenait confiance. Hélas!
de quel désastre les menaçait tous deux cette sérénité!

13

Le groupe de personnages qui s'était jusque-là tenu debout devant Léopold, s'ouvrit pour laisser passer une jeune fille de Dublin, présentée la veille, à Mme de Lompery.

Léopold ne vit point passer la jeune fille, qui alla se mettre au piano, et y chanta les plus doux airs irlandais; mais il l'entendit.

Bercée par cette éloquente mélodie, où l'ardeur et la douceur humaines se confondent sur les lèvres d'admirables femmes en haillons et de colosses affamés, la distraction de Léopold, longtemps égarée dans le vague, s'attacha à ce rhythme, et des ineffables hauteurs se laissa couler à travers les joies de la terre :

« Lucie avait confié le soin de sa vie à Léopold, n'était qu'à lui, et ils cheminaient ensemble sur la terre, trouvant l'un dans l'autre, un asile contre le doute et la tristesse. L'hiver ils habitaient Paris, et l'été une de ces joyeuses maisonnettes qui donnent aux abords de Paris le contraste d'un charme unique. Tout son bonheur, à lui, était de faire heureuse cette femme adorée... »

Langueur vibrante des chants d'Irlande, cesse de résonner sous ce plafond chargé de lumières et de parfums !

La jeune fille avait quitté le piano, mais Léopold suivait toujours sa vision :

« Quelquefois, durant l'été, Léopold allait seul à Paris, et dans le crépuscule du soir, Lucie venait l'attendre sur la route en robe blanche. De retour à la maison, vaincue par la chaleur, et d'ailleurs, seule avec son mari, Lucie se découvrait les épaules, puis elle lui disait : — Ne prenez-vous pas de thé ? Et d'une voix où il mettait toute son adoration, il répondait: Merci, chère âme ! je t'adore ! »

O terreur ! silence épouvantable ! consternation sans voix, qui mieux que l'éclat de la foudre réveilla Léopold de son cruel sommeil... Il sortit de son rêve... Il vit devant lui, debout, Lucie en robe blanche et les épaules nues, tenant à la main une tasse de thé qu'elle venait de prendre à son intention sur un plateau, Lucie près de défaillir, et derrière elle les invités stupéfaits.

« Merci, chère âme ! » Léopold traversa une de ces crises qui ne durent qu'une seconde, mais où il serait dangereux au plus honnête homme d'avoir à portée de sa main une torche ou un pistolet.

Quant aux assistants, on eut dit qu'un boulet de canon venait de passer par dessus leurs têtes. La main tremblante de Lucie laissa choir une petite cuiller d'argent; son bruit grêle sur le parquet devint lui-même sinistre en ce général silence. Léopold était blême, mais sur son visage d'agonisant s'ébaucha un généreux sourire.

— Oh ! ma reine ! dit-il, recevez ce nom, bien que je ne vous connaisse pas du tout. N'en soyez pas jalouses, belles qui m'écoutez ; vous êtes des reines aussi, toutes ; mais savez-vous chanter ? Voici comme l'on chante.

Et avec l'accent d'une tristesse infinie, il entonna ce sublime *Di tanti palpiti*...

Un sourd murmure parcourut l'assemblée tout à l'heure muette. Les dames avaient peur ; leurs maris et frères s'amassèrent devant elles, et sur toutes les lèvres se dessina le verdict sinistre : il est fou ! cette condamnation à mort morale. Léopold l'entendit et y crut presque lui-même.

Puis il vit quelques invités se concerter, et l'un d'eux sortir du salon.

Quelqu'un de l'assemblée chuchota aux autres :

— Faites comme si rien ne s'était passé... Cher monsieur Léopold, fit alors cet homme de bonne volonté, abordant gracieusement l'ingénieur, ne pourrais-je vous dire un mot ?

— Non... non... répliqua Léopold avec ce fin   sourire
empreint de douce méfiance qui est l'apanage de la folie
civilisée... N ayez pas peur, mesdames, je ne suis pas fou.

— Pauvre garçon, murmura l'autre. Puis il ajouta
a parte: La preuve irrécusable de la folie, c'est de
prétendre qu'cn n'est pas fou.

VIII

Le domestique de l'ingénieur, qu'on était allé quérir,
ne parut point surpris de ce dénoûment ; il s'y était toujours attendu : « Monsieur était généreux et bon, mais il
ne parlait jamais. » Ce loyal serviteur s'exprimait ainsi
sur le compte de son maître, en sa propre présence,
comme d'un objet inanimé et incapable d'entendre.
Léopold, conduit dans la principale maison de santé de
la ville, y fut la nuit même visité par plusieurs médecins,
qui constatèrent une grande fatigue du cerveau, produite
par l'abus de la vie méditative et le manque d'exercice.
Un entier repos, le sommeil de l'esprit pour ainsi dire,
promettaient une guérison prochaine.

Les invités de Mme de Lompery se retirèrent, après
avoir répété sur tous les tons qu'il était bien triste de
perdre par un tel coup une position superbe. Léopold
n'avait pas songé à cela. L'histoire d'amour a inscrit en
tête de ses chapitres héroïques le nom de ce chevalier qui
se laissa broyer deux doigts par une porte sans compromettre d'un gémissement l'honneur de sa dame. On
est encore un homme avec deux doigts en moins... tandis
que Léopold venait d'abdiquer volontairement l'essence
de son *moi*, le principe de son égalité avec ses semblables.

Lucie était comme foudroyée. A l'heure même où
Léopold simulait la démence, elle était bien près de devenir folle elle-même.

Tous ses invités partis, seule assise au coin de la cheminée, le front enseveli dans la main, Mme de Lompery était bouleversée par mille émotions confuses, lorsque, levant les yeux, elle vit près de son fauteuil, rigide, blême, Mlle d'Hornez, qui, songeuse et grave, la regardait.

Lucie, mourante, eut un frisson de peur et cria : Ma mère !

La statue frémit. Une larme, la première, coula le long de ses joues. Le cœur a-t-il donc des léthargies de cinquante ans ? Mlle d'Hornez vint s'asseoir près de Lucie, lui prit les mains, la força de la regarder en face ; puis, appuyant ses lèvres au front de la jeune femme, elle murmura :

— Je te prie de me pardonner.

Lucie fondit en pleurs.

Mlle Anna d'Hornez avait quitté les salons de sa nièce avant l'accident ; à peine venait-elle de rentrer chez elle qu'un invité, mû de bonnes intentions, était accouru lui conter la nouvelle. Ce qui se passa alors dans l'intérieur de cette âme de marbre échappe à notre analyse, mais l'expression en fut curieuse. D'abord elle appartint au repentir et au remords ; puis elle tourna en une sollicitude fort inattendue.

— Pauvre M. Léopold ! je me le rappelle fort bien... C'est lui que tu as eu pour voisin chez la comtesse.

Lucie, toujours très-faible, ne sachant rien, ne pouvant rien, n'osant ni croire, ni se défier, regarda Mademoiselle en silence.

— Oui, c'est lui... c'est lui, je me le rappelle, poursuivit la vieille fille. Eh bien ! il m'intéresse. Je sens que je vais être toute seule un de ces jours. Qui sait où le général t'emmènera ? Je passerais volontiers mon temps à m'occuper de ce malheureux. Il n'a ici ni parents ni amis. Si même on parle de lui ce sera pour dire : Sait-on qui va remplacer M. Léopold? — Sur le bruit qu'un homme de mérite a perdu la raison à force d'études , les collégiens paresseux vont abuser, pendant trois mois des permis d'infirmerie. Mais qui, dans sa triste solitude, ira voir ce brave garçon ? moi. Il me plaisait d'abord. C'était un être de ma sorte, n'aimant pas beaucoup à parler. Dès demain j'irai le voir.

Lucie se laissa tomber de nouveau dans les bras de l'étrange demoiselle. Anna ne s'était pas trompée. Excepté elle , personne ne songea à se rendre auprès de Léopold, qui d'abord ne comprit rien à ces visites, et peu à peu en fut ému.

Lorsqu'il s'ébruita par la ville que Mlle d'Hornez s'intéressait si activement au fou, il n'y eut qu'une voix pour s'écrier : Mlle d'Hornez est une sainte !

A la suite de la scène de larmes racontée plus haut , Anna continua à n'aller voir et à recevoir sa nièce qu'une ou deux fois par semaine; mais que leur langage était autre ! et maintenant on s'embrassait.

Mlle d'Hornez n'avait jamais menti.

Elle s'était vraiment senti naître une soudaine et profonde sympathie pour Léopold, pour cette jeunesse malheureuse, pour cette carrière brisée , et Lucie en profitait. Elle lui reportait ses conversations avec le prétendu fou. Chaque jour il revenait à lui. A part des silences très-prolongés, son humeur était plus égale qu'autrefois. Il parlait de ses projets d'avenir en excellents termes, et avait exprimé vivement le désir d'aller, avant un mois, s'installer dans une maison de santé de Paris dirigée par un de ses anciens camarades.

Voilà ce que racontait Mademoiselle.

Pourtant il y avait un sujet qu'elle n'abordait jamais.

Lucie, devenue plus confiante et n'y tenant plus, dit un jour à sa tante :

— Il ne vous parle donc jamais de moi ?

Mademoiselle répondit :

— Jamais.

— Cependant, chère tante, je suppose que vous lui avez bien fait entendre que nous nous intéressions *tous* à lui.

— Sans doute, mais entre nous, il m'a l'air d'un homme qui vit beaucoup au dedans de lui-même et ne s'inquiète guère du reste de l'univers.

— Il a raison, répondit tout haut Lucie, qui intérieurement ajouta : Pour un fou, quelle sagesse, quel calme !

Les jours suivants ne firent qu'augmenter ce calme. Le directeur de la maison de X... déclara que si l'ingénieur tenait à aller s'établir à Paris, il était libre de le faire. Deux jours avant son départ, Léopold reçut la dernière visite de Mlle d'Hornez, mais cette fois elle n'était pas seule; Lucie, en toilette sombre, l'accompagnait.

Quand leurs regards se rencontrèrent, Léopold fut ébloui ; jamais Lucie ne lui était apparue plus belle.

Il conduisit lui-même les deux dames à travers la maison, pour la leur montrer, et leur offrit ensuite de se reposer dans son appartement.

Au moment des adieux, ils se tenaient tous trois debout causant près de la porte. Mademoiselle était triste et répétait : J'irai vous voir à Paris.

IX

A l'attaque du Mamelon-Vert, le général de Lompery eut l'avant-bras emporté par un boulet. On dirigea le blessé sur la France. Auparavant, de la main qui lui restait, il écrivit à Lucie, pour l'informer de son retour prochain, et la prier de l'aller attendre à Paris, chez sa sœur à lui, mais sans lui dire toute la vérité sur sa blessure.

Lucie se prépara donc à quitter X... peu de jours après

Léopold. Le départ de l'ingénieur avait passé inaperçu, hormis des dames d'Hornez.

C'est là le revers du fonctionnarisme; la place y efface, y absorbe l'homme ; vous n'êtes pas M. Léopold, vous êtes monsieur l'ingénieur.

Uno avulso non deficit alter.

Lucie était une âme très-haute. En présence des témoignages d'estime extraordinaire qu'on lui prodiguait, elle se disait : C'est à lui que je le dois. Elle avait la folie de la reconnaissance. Devant le tribunal d'une conscience pure, elle fit comparaître les devoirs que lui imposait sa qualité d'épouse, et les droits que lui conférait l'exercice d'une légitime gratitude envers l'homme qui avait si fièrement bravé jusqu'au ridicule pour sauver l'honneur de sa dame. Puis, son âme franchit les mondes, et alla se confondre en celle de son ami, dans la sphère harmonieuse et lumineuse, inaccessible aux préjugés de cette terre, mais où sont récompensés ceux-là qui ont souffert en les respectant.

Son excuse, en ces sortes de compromis intérieurs, c'est que Léopold était le premier, le seul homme à qui son cœur se fût librement donné.

A d'autres moments, elle brûlait d'aller rejoindre le général, non à Paris, mais sur le théâtre de la guerre. En lisant la lettre de son mari, elle soupçonnait vaguement que son retour en France devait avoir des raisons plus graves qu'une blessure ordinaire.

Mlle d'Hornez lui apporta un jour des nouvelles de Léopold, qui se félicitait de son installation. C'est à peine si elle entendit sa tante.

Finalement elle se mit en route pour Paris, laissant après elle un pur renom de grâce et de vertu, dont les témoignages éclataient souvent, en son absence, dans les salons maussades et rigoristes de la ville de X...

La sœur du général, riche veuve habitant la rue de Bourgogne, reçut Lucie avec une affabilité parfaite, et prétendit l'initier à la vie du grand monde parisien. Mme de Lompery en fut on ne peut plus surprise. Elle comptait trouver sa belle-sœur absorbée en d'autres soins.

— Ma chère, lui dit l'élégante Parisienne, lisant dans la pensée de la jolie provinciale, je connais mon frère, il lui sera plus agréable de nous retrouver l'attendant gaiement, qu'occupées à faire mettre de la paille sous ses fenêtres.

— Cependant, la dernière lettre du général exprime pour l'avenir des intentions de retraite, des aspirations vers la vie intime et affectueuse...

— Mignonne, au terme d'une campagne pénible et lointaine, tous les officiers survivants écrivent à leurs femmes la même lettre.

Pendant que se tenait cette conversation, on recevait au ministère de la guerre la nouvelle qu'il avait fallu désarticuler l'épaule du général, et que ce chef intrépide avait succombé le lendemain de l'opération.

Au retour d'une promenade au bois (durant laquelle madame de Lompery avait été profondément remuée à la vue de Léopold assis sur une chaise des Champs-Elysées, et lisant un journal, sans avoir même levé les yeux au passage de son ancienne idole), Lucie vit en rentrant à l'hôtel, qu'on remettait à la sœur du général un grand pli cacheté. Cette dame, s'étant retirée dans sa chambre pour en prendre connaissance, en était sortie avec une figure bouleversée... puis elle vint embrasser Lucie, qui devina tout et tomba écrasée par la consternation.

Le lendemain arriva Mlle d'Hornez fort à propos, car elle se montra à la hauteur de sa nouvelle mission.

Lucie était tourmentée de scrupules, de remords même. Un excessif attendrissement la porta dans les bras de

sa tante à des confidences dont la seule idée l'eût glacée
d'épouvante six mois auparavant.

C'est Anna qui la calmait. C'est elle qui se procura les
journaux où le général était l'objet d'unanimes louanges
et de justes regrets.

C'est elle enfin qui se chargea d'installer Lucie dans
un agréable appartement où elles demeurèrent à deux.
Jamais le nom de Léopold ne se glissait dans leurs entretiens. Cependant Lucie n'ignorait pas que sa tante voyait
fréquemment le jeune homme, et que des raisons de haute
convenance avaient seules empêché ce dernier de venir
faire visite à Mme de Lompery. Elle savait que l'ex-ingé-
nieur s'était remis au travail.

Puis les mois succédèrent aux mois.

Mme de Lompery fut un jour de mai, très surprise
d'entendre sa tante lui proposer pour l'été un voyage en
Allemagne, suivi d''un séjour dans le ravissant pays de
Spa, dont les eaux avaient été recommandées à Mademoiselle, du moins à ce qu'elle dit ; par exemple elle eût été
embarrassée de dire le nom du médecin.

Le voyage fut enchanteur. La vue d'Heidelberg, de
Francfort, de Mayence, de Cologne et surtout du poétique
fleuve, impressionna fort heureusement Lucie, qui, en
arrivant à Spa, ne tarissait pas en éloges sur l'habileté
consommée avec laquelle Mademoiselle avait dirigé leur
itinéraire.

Un matin que les deux femmes suivaient à pas lents le
cours des sinueuses cascades de la promenade d'Orléans,
leur excursion quotidienne, Lucie, qui marchait la
première, perdit de vue sa compagne.

Moitié inquiète, moitié rieuse, elle l'appelait à haute
voix ; soudain elle vit venir vers elle, et comme répondant
à son appel, un homme qui avait l'air d'avoir attendu là
exprès.

En reconnaissant Léopold, la belle Mme de Lompery se sentit faiblir, et Léopold la retint à propos.

La honte l'empêchait de regarder son ancien admirateur. Lorsque enfin elle rouvrit les yeux, elle rencontra ceux de sa tante apparaissant alors au bras d'Albert de Bélun, venu là on ne sait d'où.

Mlle d'Hornez, après une légère pause, s'adressant à l'ingénieur :

— Monsieur, dit-elle, doit maintenant savoir à quoi l'honneur l'oblige.

UN BEAU LUNDI

=

I

Je venais d'achever ma philosophie aux mains d'un honnête homme, qui ne me reconnaît pas du tout quand nous nous croisons sur le boulevard, car, ainsi que moi, il a fait du chemin... j'entends le chemin de Douai à Paris.

Toutefois, ce n'est pas à lui que je dois les rares leçons de philosophie dont le temps m'ait démontré la justesse ; c'est à mon oncle et tuteur Adalbert, esprit simple et agréable, encore que systématique.

Qu'il m'arrivât d'exprimer devant cet oncle un vif désir, une opinion absolue, un sentiment passionné, M. Adalbert me répondait :

— Patience ! attends seulement trois ou quatre lustres... (on sourira à ce mot de *lustres*, qui est d'ailleurs très bon français, et que mon oncle lâchait sans sourciller) et tu viendras me dire : Que j'étais bête à dix-huit ans !

II

Mon oncle Adalbert ne m'a pas laissé le temps de lui porter la réponse.

Sur le pas de la soixantaine, il a fini comme un beau soir d'automne.

La veille de sa mort, il me remit la liste des gens à inviter au repas des messes, avec l'indication des vins à offrir. Il m'enjoignit surtout, avec une bonne humeur étrange, de ne pas oublier un sien cousin, cultivateur aux environs de Rouen. Les deux amis ne s'étaient pas vus depuis les jours de leur commune enfance, qui remontait à l'affaire Fualdès, un crime *bon teint,* le seul qui *soit resté,* avec le procès de La Farge, suivant les propres expressions de mon oncle. Il n'eut pas dit autrement : on bâtissait bien dans ce temps-là.

Mon oncle Adalbert attachait une idée plaisante à cette invitation... il en riait presque.

Cette drôlerie vous peint l'homme. Il était brave et bon. Mourir était pour lui une opération aussi naturelle que dormir ou boire, et aussi prévue : il faut bien laisser la place aux autres, tel fut son mot. Cette idée de passer du présent dans l'inconnu, qui affolait d'épouvante le génie d'un Pascal et remplit d'horreur la vieillesse de Johnson, ne changeait rien à l'humeur ordinairement gaie de mon oncle et lui inspirait même des plaisanteries d'un ragout bizarre. Il mourut. Je devais tout à ce simple et large cœur, et je le pleurai sincèrement.

Cinq ou six jours s'écoulèrent, puis dix, et il fallut songer enfin à ce dîner d'obit ; dans ce pays-là, et dans bien d'autres, j'imagine, il ne ferait pas bon d'esquiver la cérémonie. Une meilleure raison, une raison sacrée eût d'ailleurs, même en l'absence de la coutume, vaincu mes répugnances : c'était la volonté du défunt.

Les gens de la campagne dominaient sur la liste de mon oncle Adalbert, qui était lui-même né dans un village du Pas-de-Calais.

La ville ne devait être représentée que par le cousin Diérick, sa femme et leurs enfants. Le nom de Diérick était accompagné sur la liste de ce précieux commentaire : « Nous nous appelons cousins sans en être bien sûrs, mais ils ne m'ont jamais oublié dans *leurs* événements. »

J'écrivis moi-même les lettres d'invitation, car je voulais que tout fût fait irréprochablement, par respect pour une mémoire chérie. Et puis, vu l'intention formelle où j'étais, après la mort de mon seul ami, de venir m'établir

à Paris, vraiment ce n'était pas la peine de laisser de moi
une méchante impression.

Tous les invités me répondirent affirmativement, sauf
ceux de la campagne, qui ne mettent pas volontiers
la main à la plume.

Mais je n'avais pas besoin de leur *présente* pour être
sûr de leur *oui.*

Madame Diérick, parlant au nom des siens, dans un
aimable et correct billet de condoléance, m'informa qu'à
l'exception de son fils, qui, pour le moment, voyageait
en Irlande, le reste de la famille se ferait un devoir de
répondre à l'invitation posthume d'un ami aussi digne de
regrets.

Ces dix lignes avaient une tournure.

J'aurais dû être au moins intrigué... Mais j'étais encore
tout à mes larmes. On ne pleure pas si longtemps, c'est
le moins qu'on pleure bien. A dîner, j'eus à ma droite
Mme Diérick. Le reste de la famille indiquée par sa lettre
comprenait M. Diérick, dont je n'ai rien à dire, et leur
fille Laurence, une jeune personne remarquablement
intelligente, à ce qu'on disait, mais que, pour mon malheur, je n'avais jamais cherché à rencontrer, la croyant
desséchée par la lecture, un peu théâtrale et coquette.

Comment nier les fluides, l'instinct, le pressentiment ?

Laurence reçut mon salut et mon remerciement d'un air
visiblement raide et gêné, comme si elle ressentait l'injustice de mes pensées envers elle ; et je n'en avais jamais
touché un mot à personne ; je n'avais pas même vu
Laurence plus de quatre fois dans ma vie ; je ne lui avais
jamair parlé. Sa réputation d'esprit dfficile, et un mot
vrai ou faux d'elle sur moi, répété bêtement, nous avait
séparés pour la vie ; ce n'était pas bien grave... on lui
aurait demandé ce qu'elle pensait de moi, et elle aurait
répondu :

— C'est un fat !

A quoi j'avais riposté, toujours par intermédiaire :

— Elle fait bien de le croire, car elle n'en verra jamais rien.

Et dans la rue, quoique alliés, nous ne nous regardions pas.

Et cependant je faillis me battre un jour pour elle avec Jules Périez, qui en disait du mal. Arrangez tout cela... c'est la province !

III

Au dîner des messes, Laurence fut placée à table entre deux fermiers. L'un avait des boucles d'or aux oreilles ; l'autre, en guise de bijoux, exhibait le bout en cuivre d'un tuyau de pipe. La jeune fille fit bonne mine entre ses deux voisins, quoiqu'il y eût du mérite à ne pas les tenir pour des curiosités.

Quelquefois, à certaines sorties, nos regards se rencontraient. Nous avions alors, Laurence et moi, des sourires jumeaux, de ces sensations du comique, fugitives et réprimées, qui trahissent bien des sympathies. Même, nous échangeâmes quelques mots, où il y avait, quand j'y pense, tout un monde à poursuivre, à trouver, à construire. Mais vous le savez aussi bien que moi, lorsque la Destinée a dit : *Il arrivera ceci ou cela,* les âmes captives ont beau palpiter et battre de l'aile dans leurs cages... Et cependant trois mots de plus dits à propos m'eussent peut-être fait entrevoir le bonheur. Je constate simplement, car je ne regrette rien, sachant à quoi tiennent les choses, et quels inévitables retours cache le sourire ému d'une femme.

On but beaucoup de Corton, *par ordre,* à ce dîner des messes. Les fermiers se tenaient pour offensés si on ne leur faisait pas raison à tout coup. Quand, aux

approches du soir, on apporta soudain les lampes,
je surpris l'œil de Laurence fixé sur moi avec
une expression d'intense examen, de méditation et un
peu aussi de reproche. Son front et son cou resplendis-
saient de blancheur, et je fus redevable de l'émoi d'une
apparition, à la brusque entrée des lumières. Cet émoi
ne me fut pas tout agréable. Rien ne me vexe autant que
de paraître animé sous l'action du vin. Je me persuadai
que le Corton m'avait donné trop de couleurs, que j'étais
trop disposé à parler et que j'avais l'air de sourire à travers l'irradiation du vin de bourgogne. Laurence ne buvait
que de l'eau rougie, et la fraîcheur d'aube de cette tête
sereine me faisait honte.

En conduisant ces dames à leur voiture, je fus encore
plus frappé de ce grand air de décence romanesque, qui a
fait de Laurence à mes yeux la séduction la plus adorable
du monde... Et ce fut seulement lorsque le talon de son
petit pied disparut dans la voiture que j'eus un rapide
soupçon que ce noble amour que je rêve s'en allait peut-
être là. S'il est vrai que nous pouvons nous faire à toutes
les femmes, je crois aussi qu'il n'y en a qu'une de faite
pour nous.

Par la croisée de la voiture, Mme Diérick me tendit la
main en me souhaitant bon voyage, car j'avais annoncé mon
prochain départ. Je priai Laurence de vouloir bien me
donner la main aussi. C'était une main blanche, un peu
maigre, mais délicieuse à sentir dans une étreinte de
sympathie et de raccommodement ; une main spirituelle
qui ne s'irrita pas de ce que je l'avais tenue dans la
mienne, peut-être une seconde de trop.

IV.

La nuit suivante (la dernière ou à peu près que je

dusse passer sous le toit — paternel pour moi — de l'oncle Adalbert), à travers les images attendrissantes de mon récent malheur, je vis circuler une ombre chaste et attrayante.

Je me bouchais littéralement les yeux avec les mains pour ne plus voir cette ombre, ni sa robe aux plis nobles, ni sa marche de jeune déesse dans les premiers jardins du monde naissant, ni le flot de mélodies captives qui gonflent ses lèvres parfois entr'ouvertes sous un baiser idéal.

Si je fermais les yeux, mes oreilles restaient malgré moi dociles à une voix qui soupirait :

— Ce n'est point là un charme ordinaire, tu es trop pressé de partir, il faudrait attendre, observer...

— Me marier, n'est-ce pas ?... non... non... jamais ! Quelle femme vaut la liberté ?... Hé ! sans doute me marier... Qu'y a-t-il là d'extraordinaire, et pourquoi mon orgueil se cabre-t-il à l'idée de demander une femme, Laurence, par exemple, en mariage ?

Ne s'agit-il que de notre grande jeunesse à tous deux, dix-neuf ans et vingt-trois ans ? On pourrait ajourner la cérémonie... N'est-ce que mon superstitieux et intraitable amour d'indépendance ? Soit.

Mais dans les profondeurs de mon vrai *moi,* de celui qui reste pur comme la neige des hauts sommets, et que nul mensonge n'a jamais souillé, une autre folie que celle de la Prudence et de la Liberté me détournait d'une demande en mariage. Assurément je parle du mariage tel qu'il s'exécute dans l'état présent de nos mœurs et de la civilisation. Il faut toujours écrire de son temps... pour les autres temps, si c'est possible.

Donc, le mariage étant, selon moi, affaire de convenance, d'amour-propre ou d'obligation pour la plupart des femmes qui se trouvent déclassées si, passé vingt et

14

un ans, elles n'ont pas changé de nom, je ne voyais rien
de flatteur, pour un cœur bien situé, à se voir accepté
comme mari. J'avais vu les plus fières et les plus délicates
elles-mêmes consentir à tout, plutôt que d'attendre et
d'arriver aux diamants après telle ou telle de leurs amies.
Il m'eut répugné d'être *pris* ; je rêvais d'être *choisi*,
c'est-à-dire de remonter le courant des vieilles habitudes
nationales. Je m'offensais de tout ce qui accompagne le
mariage tel qu'il est organisé chez nous : la cour officielle,
les séries de dîners, les embrassades, le ciel à jour fixe.
J'étais presque heurté dans ma sauvage pudeur ; j'étais
fou de cet Orient où la femme voilée ne découvre qu'à
l'*ami* son visage presque sacré. Où sont allées toutes ces
vertus de ma jeunesse !

V

Puis je partis pour Paris, et tout de suite je me jetai
dans la grande cuve bouillonnante. J'y pêchai une petite
renommée, c'est-à-dire le privilège, étant connu de plus
de gens, d'être en butte à plus de mensonges sur mon
compte... Et puis après ?

Ces choses étaient loin ; quatre ans de travail et
d'aventures, sans presque sortir de la rue de Verneuil,
me séparaient de mon ancienne vie.

Une des choses les plus piquantes de la vie parisienne,
c'est, pour un homme assez répandu, qui vient de revêtir
son habit noir et son air froid pour aller dans le monde,
de voir miraculeusement s'épanouir l'intimité, et de vivre
par hasard sa vraie vie, dans le tumulte et l'artificiel
des réunions hebdomadaires d'une maison à la mode.

J'eus ce bonheur, un certain soir que je ne me rappelle
pas uniquement, parce que mes vingt-sept ans sonnaient
ce jour-là, et que je les avais célébrés par une séance
prolongée de méditations et de réminiscences au coin du

feu ; mais parce que ce jour-là, je fis une rencontre merveilleuse, et je doute qu'il me soit donné de redevenir
aussi heureux que je le fus à la suite de cette rencontre.

C'était en janvier dernier, un *lundi*, jour de réception
chez Mme X... dont les *assemblies* sont les plus charmantes de Paris.

Quoique je fusse un habitué de deux ans à ces soirées,
et ami du maître de la maison, je ne crois pas que j'eusse
jamais eu l'occasion d'échanger dix phrases avec sa
femme. Lorsque j'allai lui faire mon salut en entrant,
c'était tout un voyage d'explorations à travers des éta-
lages de brochettes et des buissons de volants de dentelles. Aussi, Mme X... ne me connaissait rigoureusement que de nom.

Mais ce fameux lundi, objet de mon souvenir ému,
c'était comme le monde renversé, et je fus surpris, en
arrivant à l'heure où d'ordinaire les salons étaient remplis,
de trouver un cercle restreint, le maître absent, Mme X...
plongée dans une causeuse, côte à côte avec une autre
dame de vingt-trois à vingt-cinq ans, tournée vers elle,
et qui ne m'intéressa guère d'abord.

A l'annonce de mon nom, Mme X... eut un sourire de
bienvenue et me tendit gracieusement la main :

— Vous nous êtes resté fidèle, au moins, vous !

— Quel malheur s'est donc abattu sur ce toit hospitalier ?

— Un très petit malheur : on a beaucoup dansé la
semaine dernière ; il y a ce soir deux premières représentations, beaucoup de grippes... Enfin *on ne vient
pas,* vous le voyez, du reste. Mais nous avons notre
vengeance sous la main. Lorsqu'aux environs de minuit
tous nos déserteurs vont arriver avec d'hypocrites
figures d'ennui, faisons la comédie risqua-t-elle gaiement, *de ceux* qui se sont beaucoup amusés.

Cependant la dame assise à côté de Mme X... avait la bonté de m'examiner avec une certaine attention. Je n'ai guère la mémoire des physionomies. Ma vue assez faible m'impose de ne jamais regarder les gens, à moins que je sois prévenu, et cela de crainte de méprise. Je m'inclinai vaguement du côté de l'étrangère.

— Votre vertu mendierait-elle déjà sa récompense ? fit Mme X... Je croyais cependant inutile de vous présenter. Je me flattais même d'une petite scène de reconnaissance.

Je ne voyais pas encore — ce qui s'appelle voir — mais l'aube se levait peu à peu sur mon obscurité.

— Je crois bien, lui dis-je, ne pas rencontrer madame pour la première fois ; mais s'il en est ainsi, comment hésiter ?

— Voilà un excès de politesse qui gâte tout, fit la dame avec une petite moue de mépris ; j'aimais mieux le premier mouvement.

— Je demande une minute pour vous rendre moins rigoureuse envers le second.

— Pas même une minute, fit la maîtresse de la maison, mon rôle est de présenter, je présente...

Emporté par la situation, j'eus le mauvais goût de l'interrompre :

— Si j'ai hésité quant à l'époque de notre rencontre antérieure, je suis sûr à présent du nom de baptême de madame. C'est déjà quelque chose, n'est-ce pas ? Un gage si je gagne. Eh bien ! vos parents et ceux qui ont ce droit, vous appellent Laurence.

Mon gage fut l'extrémité de trois doigts gantés de gris, avancés bravement vers ma main.

— Ce n'est même pas la première fois que j'ai ce bonheur, lui dis-je avec émotion.

— C'est vrai, dit-elle simplement. Cependant , reprit-elle, nous ne nous sommes jamais parlé.

— Jamais... jamais? Et si je prouve...

— Prouvez... mais sans gage, cette fois.

— S'il n'y a pas de gage, je ne vais pas me mettre en frais, je serai très bref. Eh bien ! oui, nous nous sommes parlé une fois, il y a quatre ans, à l'issue d'un dîner de famille. Nous nous sommes dit un mot, un seul, il est vrai.

— Quel mot?

— Adieu!

— Adieu ! murmura Laurence.

Mais ce n'est rien de dire *murmura*.

A quelle musique emprunter une comparaison pour exprimer justement la douceur profonde, la pensée, l'*âme* de cette voix ?

Une note aiguë, la voix à présent de Mme X... vint couper notre rêverie.

— Je vous laisse, dit-elle, maintenant que vous vous êtes reconnus sans moi, causer à votre aise ensemble des adjoints, des marguilliers, des *Leroux* et des *Lefebvre*, qui ne peuvent manquer d'être liés à vos souvenirs d'enfance , et je vais retrouver cette dame là-bas, qui est très susceptible.

La *dame susceptible* était une invention gracieuse de Mme X... qui alla , j'en ai peur, troubler un *duo* , par égard pour le nôtre.

La conversation s'engagea dès lors librement entre Laurence et moi.

— Aimez-vous Paris ? madame.

— Non, me dit-elle, je le quitterai volontiers , et je ne demanderai pas à y revenir.

Évidemment, Laurence ne voulait pas être entendue au pied de la lettre. Il y avait , dans ce qu'elle disait , au moins en me parlant, un sens intérieur, mais transparent, et son langage détourné, incomplet, était comme la pudeur d'une pensée fière et aimant la retraite.

Comme je la devinai tout de suite, comme elle me fut chère sur l'heure, comme je fus heureux de l'aimer !

Je me retrouvais devant elle, éclatante et jeune comme à ses dix-huit ans, sous un voile de fière modestie. Malgré sa réserve un peu farouche, je devinais en elle quelque chose qui ressemblait à un plaisir de cœur.

Ah ! la noble et chère Laurence ! Si mes yeux ne lui ont pas dit la reconnaissance et le désespoir mêlés d'un cœur digne d'elle, et trop tard résolu, cent volumes ne le diront pas.

Et puis, nous causâmes un peu des livres, mais pas longtemps : ils ne sont que des prétextes, des thèmes, et nous en avions assez avec ce livre qui, bien ou mal écrit, efface tous les autres, et s'appelle la vie.

Nous étions d'accord sur mille délicatesses de sentiments ; l'enthousiasme des pensées intimes qu'on se croyait seul à connaître, et qu'on voit refléter dans des yeux qui font aimer, m'incendiait rapidement.

Cependant, la soirée s'avançait, un certain nombre de retardataires avaient fait leur entrée, de telle sorte que notre duo pouvait espérer d'être bientôt protégé par un double rempart de siéges et de fauteuils. Le romancier X..., un esprit célèbre et jovial, vint interrompre un moment notre tête-à-tête, et la petite provinciale, d'ailleurs très sensible aux renommées de la plume, l'accueillit avec un sang-froid et une égalité d'armes, dans ces légères et redoutables escarmouches parisiennes, qui me parurent frapper l'écrivain d'une certaine admiration.

Le piano hasarda une valse à la mode ; la maîtresse de la maison, jeune et amie du tournoiement, donna un exemple aussitôt suivi.

Il advint donc que bientôt, Laurence et moi, nous fûmes entièrement abandonnés à nous-mêmes dans ce désert que fait à messieurs et à mesdames de la tapisserie, l'égoïsme (à deux) des valseurs.

J'invitai Laurence, elle refusa.

— Pourquoi non, madame ?

— Parce que je n'aime à valser que cinq minutes seulement.

— Eh bien, soit, cinq minutes !

— Et que répondrai-je à ceux qui viendront m'inviter ensuite et qui m'auront vue danser avec vous ?

— Que vous êtes fatiguée...

— Cela serait parfait... si vous ne me teniez pas compagnie depuis une heure ; mais avec ce précédent, cela aurait trop l'air, convenez-en, d'un parti pris d'exclusion.

— Madame, vous êtes bien raisonnable.

— Avouez que c'est *raisonneuse* que vous pensez ?

— Soit... et après ?

— Après ? Supposez que je viens de vous accorder avec plaisir cette valse, qu'elle est finie, et continuons de causer.

— Vous êtes charmante ! Madame.

— Alors je retire la supposition.

— Alors, je retire *Madame*, j'use de mes droits : Cousine Laurence, je ne suis d'aucune façon le premier venu pour vous, ma personne vous est connue, et de plus, vous m'avez fait l'honneur de lire avec une certaine suite, les choses signées de mon nom...

— Qu'en savez vous ?

— L'eussé-je ignoré que j'en serais sûr à présent. Moi je puis vous parler sans madrigal d'une image lointaine, à mon insu, chérie. Eh bien, oui, sur la muraille de ma vie (l'image n'est pas de moi, mais elle rend ma pensée), il y a un clou où votre souvenir demeurait accroché.

Cela n'est point de la galanterie, je ne vous fais point la cour, je vous ouvre mon cœur. Cette base acceptée, voulez-vous bien m'aider à écarter de notre conversation, tout air de duel et de joûte d'esprit. Imaginez que je suis aussi bien votre ami de toujours que j'ai été votre voisin d'enfance, que vous vous intéressez à moi autant que je me fie en vous, qu'un grand attrait mutuel nous réunit, celui de savoir que nous comprendrons tout l'un de l'autre, et qu'enfin je pourrai vous dire dans toute la vérité de ma joie : Oui, j'ai eu, ce soir, à vous retrouver le plus vrai plaisir, le seul approchant du bonheur que j'aurais connu depuis dix ans.

Laurence me tendit la main.

— Vous avez raison, me dit-elle, de ne pas prétendre à me tenir un langage que je n'aurais pas le droit de permettre. Celui de l'amitié, au contraire, et surtout de la vôtre, me sera infiniment agréable. Mais, vous m'aviez bien oubliée, je crois.

— Et vous, vous souveniez-vous donc si bien ?

— Oh ! moi, répondit-elle en rougissant, à une vie très peu accidentée, j'unis la mémoire la plus fidèle d'une foule de petites circonstances. Il n'y a donc pas lieu de trop vous flatter, vous le voyez...

Cette gracieuse personne était en vérité fort singulière. Dans moins de cinq minutes, elle s'épanouissait et se refermait comme une corolle capricieuse et vite effarouchée. On n'aurait su dire sous lequel de ses deux aspects d'abandon ou de scrupule, elle était le plus séduisante. Elle se méprenait à ma subite admiration de cœur et de tête. Elle me croyait peut-être menaçant et tortueux. Je n'étais qu'un enfant, un poète heureux pour la première fois, d'un bonheur frais éclos, et tout fleuri d'espérances. L'aurore de la vingtième année renaissait, et me transfigurait le monde.

— En m'interrogeant de nouveau, je ne vois rien, madame, qui aurait pu m'être aussi agréable que de vous retrouver ce soir.

— C'est vrai ? fit-elle interrogativement cette fois.

— Vrai... comme un premier amour.

— Moi aussi, riposta Laurence avec une nuance de mécontentement (à cause du mot : *amour*), moi aussi, je suis fort aise de rencontrer, dans ce monde étranger, un compatriote bien informé qui va se mettre au service de ma curiosité. Commençons tout de suite, si vous voulez. Quelle est cette jeune fille, là-bas, qui vient d'entrer et qui ne paraît pas plus de seize à dix-sept ans ? Elle est très gentille.

—- C'est une cousine de Mme X...

— Vous n'êtes pas marié ?

La question venait bien à propos !

— Non, madame, je ne suis pas marié, et cela me rappelle que j'ai négligé ce matin ma prière quotidienne de remercîments au ciel.

— Comment, vous aussi, vous faites de ces plaisanteries sur le mariage ? C'est très original... d'autant plus que, si je me mets à en dire du bien, parions que vous allez renchérir ?

— Et pourquoi non ? si cela doit vous être agréable ?...

— Peut-être n'avez-vous pas bien compris ma question. Je voulais dire que si j'étais homme, libre, et de votre âge, voilà celle que je voudrais épouser. Elle est charmante, cette enfant ; vous auriez le premier sourire de son cœur.

— A cet âge-là, il n'y a pas de premier sourire, on sourit toujours, cela fait partie de l'uniforme, on sourit à tout et à tous, indistinctement, et l'on épouse de même. Voilà pourquoi je ne suis pas marié, et pourquoi, surtout, je ne l'eusse pas fait, suivant votre idéal.

— Voilà bien de belles années perdues pour une méchante et fausse théorie, répondit Laurence avec plus d'expression qu'elle n'en avait mis jusque-là dans ses paroles.

Généralement elle parlait à demi voix, mais sans dureté, ni gaucherie... quelque chose de preste et clair, le parler de l'intelligence. Je n'ai pas décrit sa personne; ces sortes de descriptions ont beaucoup de mal à ne pas être des jeux de plume que le lecteur passe à bon droit. A première vue, rien d'extraordinaire chez Laurence au repos, mais en un instant le charme d'une harmonie vous envahissait. Au bout d'un quart d'heure on l'aimait pour toujours. Quel orgueil sous cette modération ! Quel triomphe de la comprendre ! et comme on sentait que tout ce que l'on trouverait d'élevé et de vraiment spirituel irait droit à ce cœur froid et sauvage ! Laurence est un des rares exemples que j'aie vus de la prédominance de la volonté chez une femme. Je retrouvais là ma Parisienne idéale. telle qu'il y en avait plus d'une avant que Paris fût devenue la mangeoire et la tabagie des kalmouks et des koptes, avant que les prétendues grandes dames manquassent à leur nom pour un souper, et servissent d'enseigne aux couturiers. *Va mancando l'animo,* disait Monti. Laurence était une âme. Sur sa tête, mécontente ou joyeuse, mais toujours charmante, ses cheveux blonds, d'un blond vivant, rappelaient des ailes déployées ; le front mat, les yeux pensifs, mais s'éclairant dix fois dans un même rayon, quand une parole, une idée, avait ému en elle le clavier intérieur. Ne se livrant pas toujours à deviner, mais d'une loyauté unique dans l'aveu de son plaisir et de son approbation. Rien de prononcé au physique, tout en aurore et en espoir... d'élégantes épaules, une poitrine jeune. Je reconnaissais à peu près la femme, mais je ne voyais

pas du tout la mère. Cependant elle devait être mariée
de trois ans au moins. Sa grande perfection était la
taille, la démarche. Pour ceux qui aiment la musique,
le rhythme , c'était comme une page de Mozart, de
la voir se lever, aller vers quelqu'un. J'aurais voulu
questionner à part Mme X..., afin de savoir au juste
où Laurence en était de ses attaches de famille, si elle
avait encore ses parents, le nom de son mari, toutes
choses qui ne peuvent se demander en face. Précisément
la maîtresse de la maison vint à passer près de nous,
mais elle était engagée ailleurs et se borna à nous
glisser rapidement :

— Que va dire, ma chère Laurence, *celui* qui est
si ombrageux et qui vous a si péniblement confiée
à moi, lorqu'il saura que je vous ai laissée en dialogue
réglé avec un jeune homme?

— Madame, dis-je à cette voisine inespérée, êtes-vous
à Paris depuis longtemps ?

Car enfin , il était plus que temps de s'expliquer,
ou du moins qu'elle s'expliquât. Par quel enchaînement
de faits, par quelles ramifications d'amis et de connaissances retrouvais-je Laurence installée sur le pied de
l'intimité familière chez Mme X... ?

A cet interrogatoire détourné, Laurence répondit en
peu de mots qui suffirent à mon instruction. Son père
avait été l'ami intime de Mme X... Les deux jeunes
femmes n'en étaient pas précisément aux termes d'amies
d'enfance ou de couvent, mais elles s'étaient liées assez
pour que Laurence fût parfaitement à son aise, en accep-
tant l'hospitalité des X... à Paris.

— Et, si contre l'usage, me dit-elle, et par une déro-
gation unique, vous me voyez seule ici, c'est que M. X...
a entraîné le reste de *mon monde* à une première représentation.

— Et vous n'y avez pas tenu plus que cela pour votre compte ?

— Non... ce soir, j'aimais mieux causer, et, grâce à vous, le premier sujet de conversation qui m'arrive est justement celui qui m'a toujours tenu au cœur, aussi bien quand j'y étais directement intéressée que depuis qu'il m'est permis de me considérer comme étant de la galerie. Il vous semble pour tout dire en un mot, que jeune fille signifie niaiserie, instinct réfléchi de s'appeler madame... que de dix-sept à vingt ans, et plus tard peut-être, nous nous marions pour nous marier ; qu'enfin notre cœur n'est pas noble, et qu'il n'y a rien de flatteur pour une âme délicate, dans notre consentement à changer de nom. Je pourrais vous répondre que nous subissons une autorité, des lois et des coutumes que nous n'avons pas faites ; mais je préfère vous dire qu'il y aurait, pour l'homme gratifié de cette âme délicate, mieux à faire que de nous condamner. Je lui entrevois un rôle touchant et distingué : conquérir ce qu'il vient d'acquérir ; se faire pardonner son privilège ; poétiser son droit avec de la bonté... voilà la vraie poésie, s'il vous en faut. Elle n'existe pas seulement dans mon programme ni dans votre rêve. Elle est dans la réalité. Quant à cette indifférence que vous nous prêtez, monsieur, —accepter la main de celui-ci ou de celui-là, après avoir indifféremment souri à tout le monde, — je connais parmi nous plus d'un trait de constance que vous ne devineriez pas, et d'autant plus surprenant qu'on était quelquefois seule à aimer, qu'on est restée fidèle à un souvenir, à un rêve, à une bonne pensée, à un serrement de main qui croyait ne rien dire, et qui engageait cependant pour la vie de ces petites niaises que vous croyez pétries de frivolités...

— Un serrement de main ? dis-je...

— Pardon, ceci n'est pas mon secret, et je me suis

laissé entraîner trop loin par votre attention de converti. Si nous nous connaissions mieux, je pourrais vous dire cette histoire dont j'ai été le témoin. Rien donc qui ne soit prouvé pour moi ce que vous allez taxer peut-être d'invraisemblable. J'ai connu une jeune fille...

— L'ai-je connue aussi? Excusez ma curiosité, mais il s'agit probablement de notre pays natal.

— Je ne crois pas que vous l'ayez connue... j'en suis même certaine.

Cela fut dit si naturellement, que l'espèce de palpitation que je sentais tout à l'heure se soulever dans les retraites inviolées de mon cœur s'apaisa ; je m'étais trompé... J'allais entendre l'histoire de n'importe qui.

— Inutile de vous nommer les personnages ; l'un a disparu ; quant à l'autre, on en a dit du mal dangereux à réveiller. Elle passait pour coquette et folle, et se mourait au dedans de tendresse et de sensibilité. Il faut tout vous dire.., c'était une vision d'enfance. L'objet de ce culte et de ce dévouement intérieurs n'en a jamais rien su ; il n'a pas su comme l'imagination d'une petite pensionnaire s'était attendrie de le voir si triste aux promenades du jeudi, sous sa tunique de collégien... comme les vœux d'une jeune fille ont suivi ses premiers pas dans le monde. Mon amie est assez bien posée et d'une figure agréable ; elle a eu plus de demandes qu'elle n'eût voulu. J'ai connu toutes ces demandes. il y en avait d'absolument acceptables, sans je ne sais quelle ombre qui venait lui soupirer : « Tu n'es pas libre, attends, rappelle-toi ce regard, cette étreinte imprévue de vos mains. » Bref, elle ne s'est pas mariée, et le temps a marché et mis le sceau d'une résolution définitive à ce qui n'était d'abord que simple délai. Vous croyez peut-être qu'elle s'est aigrie, qu'elle en a voulu à celui que, d'après ces vagues indications, elle pouvait regarder comme traître à un engagement muet ? Eh bien, non. Elle lui a voué toute sa pensée, et même une certaine reconnaissance.

Laurence me conta cette histoire d'une voix égale, sûre d'elle-même, sans attendrissement. Tout au plus à la précipitation du débit, augurait-on qu'elle avait soif depuis longtemps de la conter. Moi j'avais le plus grand mal à retenir une larme, malgré le flegme de ma voisine.

— En raison même de mes précédentes objections à l'endroit du mariage, madame, j'aurais tenu pour bonheur divin d'épouser une femme de ce caractère. Mais lorsque, ainsi que moi, on arrive habituellement un peu trop tard partout où l'on va, il faut bien se consoler avec des théories et des maximes.

— Tenez, voici mon père qui rentre avec M. X...

A ce moment, la maîtresse de la maison vint nous rejoindre tout à fait.

— Vous m'avez empêchée, me dit-elle, de vous présenter tout à l'heure. Je prends ma revanche. Pourquoi, monsieur Evariste, si vous êtes sûr de connaître Laurence, l'appelez-vous madame? C'est mademoiselle qu'il faut dire.

— Quoique vous n'ayez pas deviné, voici tout de même un gage, fit Laurence avec un sourire de bonne fée, en avançant une main que, cette fois, je ne laisserai plus s'en aller de la mienne.

La Galerie Vandemissel.

==

M. Vandemissel, ancien négociant, retiré depuis cinq ans du commerce, habitait, rue Française, à X..., un grand et bel hôtel.

Le goût des beaux-arts lui était venu tardivement. On le vit faire partie de plusieurs commissions orphéoniques et acheter un petit orgue-harmonium.

D'ailleurs, il ne savait pas ses notes ; mais il estimait que lorsqu'on a travaillé trente-sept ans pour amasser un million et demi, on a joliment le droit de se passer quelques fantaisies.

Avec ces belles raisons, il eut tout aussi plausiblement acheté une pacotille de singes ou des débris de navires.

Bientôt son orgue le fatigua.

Ainsi que ce vieil oiseau, que nous ne verrons jamais, le phénix, dit-on, renaît de ses cendres, de même chez M. Vandemissel, le déclin d'une passion annonçait l'aurore prochaine d'une autre passion.

Il trouva à céder son harmonium au curé d'une petite ville voisine de X... qui en paya les deux tiers argent comptant, et fit l'appoint avec deux gigantesques toiles à sujets religieux, dues à l'obscur pinceau d'un nommé Henriot, et qui figuraient pour cent soixante francs sur les registres de la fabrique.

Ce fut une révélation pour Vandemissel.

Jamais ni lui ni aucun des membres de sa famille n'avaient su tirer de son harmonium le moindre bruit agréable, personne n'en avait *profité* (voilà le grand mot), tandis que ces deux immenses peintures décoratives allaient frapper les yeux de tout le monde.

L'enfantillage de M. Vandemissel (c'est le nom caressant qu'il donnait à ses manies), consistait surtout dans une vaste part accordée au plaisir des yeux. Jusqu'à présent, la caisse n'en avait pas souffert.

Dans la position de Vandemissel, il ne fallait pas songer à se passer de chevaux, sous peine d'être publiquement taxé de ladrerie, et de se placer à tout jamais sur un pied de choquante infériorité vis-à-vis de *sa* société. Or, nul n'ignore que de toutes les acquisitions connues, la plus hasardeuse, la plus sujette aux précautions et aux méfiances de toute sorte, est celle des chevaux.

C'était alors la mode aux attelages anglais ou irlandais, et les plus autorisés connaisseurs de la bourgeoisie de X... n'avaient pu prévenir de cruels et coûteux mécomptes. Le fond de prompte décision, qui était le signe caractéristique de M. Vandemissel, ne lui permit pas d'hésiter.

Il acheta une belle paire de solides mecklembourgeois au poil bai, au col pesant et à la croupe bien nourrie, qui eussent transporté un omnibus, au petit trot, jusqu'au plateau du mont de Cassel, près de Dunkerque. En dix ans, ces consciencieuses bêtes n'avaient coûté à leur propriétaire que trois visites de vétérinaire, et encore n'était-ce que pour de petits rhumes.

Mais le vieux bourgeois, en humeur de jouir *raisonnablement* de sa fortune qui échappe au Charybde des chevaux de luxe, [est un individu trop favorisé qu'attend le Scylla des *tableaux de maître*.

Vandemissel jura de ne pas mourir sans avoir entendu dire : la galerie Vandemissel.

Dans cette visée, il rechercha l'amitié des étranges et rares marchands de vieilleries de X..., dont l'étalage ne change pas trois fois en vingt ans. Vandemissel ne connaissait absolument rien à la peinture, et ce qui le séduisait dans son rêve d'une galerie, c'était le fol espoir de rencontrer des *occasions*.

Il n'était pas besoin de gratter cinq minutes ce néo-dilettante pour retrouver le négociant malin. Le beau coup qu'il croyait avoir fait en vendant son harmonium l'avait mis en appétit; mais toujours empressé de se garer, de se prémunir contre les entraînements d'un cœur ami du beau, au premier éveil de sa nouvelle turlu-taine, il s'était dit :

— Sans faire la part des *occasions*, je mettrai *tant* à ma galerie.

Il était persuadé que les beaux jours des bonnes affaires allaient renaître pour lui.

Toutefois, au commencement, il eut fort à lutter pour se tirer sain et sauf des conseils de ses nouveaux amis, les gens du bric-à-brac.

Voici la substance des discours que lui tint le plus lettré, sinon le plus sévèrement probe d'entre eux :

— Monsieur Vandemissel, je n'ai pas la prétention de vous rien montrer de nouveau, en vous disant que si les collectionneurs abondent, les connaisseurs sont infini-ment rares, et je ne crois pas davantage être un flatteur en vous rangeant parmi ces derniers.

Un vieux bourgeois qui sourit d'une certaine manière à de telles paroles, est un homme qu'il est possible de voler, si rusé qu'il soit. Or, Vandemissel sourit de cette certaine manière, et il fut volé... mais si peu !...

— Monsieur Vandemissel, poursuivit cet homme disert, soyons logique. C'est ma devise; si ce n'est aussi la vôtre, il est inutile que j'aille plus loin.

Un regard de Vandemissel fit comprendre à son inter-locuteur qu'il pouvait aller plus loin, et l'homme usa galamment de cette faculté.

— J'arrive au fait, lui dit ce tentateur. Votre but est bien moins d'agglomérer ici une énorme quantité de toute sorte de choses, que d'y grouper une élite d'œuvres

15

excellentes. Il est bien entendu que ce n'est pas la question d'argent qui *nous* arrête...

Ah! que notre orateur n'eut pas besoin d'attendre jusqu'au lendemain pour voir qu'il touchait la mauvaise corde, qu'il s'enferrait comme on dit, et qu'un furtif soubresaut de Vandemissel en montra long à ce bric-à-brac, sur le véritable esprit du millionnaire!

— Laissez-moi m'expliquer, poursuivit-il. Je veux dire que s'il y a par ci par là, quarante, cinquante francs de réparations à faire *autour* d'un tableau dont ça triplera la valeur, vous n'êtes pas homme à rater une belle occasion faute de soixante francs.

— Sans doute, sans doute, mon cher ami; mais vous avez commencé par dire trente.

— Non, quarante... Je vois que nous nous comprenons. Deux mots et j'ai fini; mais ces deux mots contiennent toute la sagesse et veulent être écoutés avec religion. Donc, si vous m'en croyez, vous spécialiserez votre galerie, c'est le seul moyen d'être original, adroit, et en même temps d'avoir de pures jouissances d'art et d'amour-propre. Je vous en fais juge : Qu'on vienne vous dire : « Monsieur un tel a chez lui une trentaine de tableaux, mais c'est le diable pour les classer, pour s'y reconnaître; tout cela lui est venu au hasard des ventes publiques et des héritages... Tout le monde aurait pu en montrer autant. » Voilà un homme qui n'arrive pas le moins du monde à vous intéresser, et qui passe tout de suite à vos yeux et aux miens pour un ignorant. Mais qu'on dise : M. Vandemissel a chez lui quelque chose d'unique, c'est quinze ou dix-huit toiles (pas davantage), toutes de Van Ostade, ou bien toutes de Watteau ou de Téniers; voilà un homme posé et dont le nom, sans avoir fait beaucoup d'embarras, est promis à l'histoire des musées d'Europe. Tous les grands personnages, amis des arts, qui passent dans votre ville, connaissent votre nom par le Guide (sans calembourg); leur première visite est pour vous, et l'on a vu des gens décorés pour moins que cela.

Vandemissel pâlit... Mais ce premier choc affaibli, le vieil homme reparut tout entier dans une phrase belle de caractère, sinon de style :

— Tout ce que vous venez de me dire là est fort juste, cher ami... mais il n'est pas besoin d'aller chercher si loin ce tas de noms baroques; j'ai déja chez moi deux Henriot (ainsi s'appelait le maître méconnu dont la signature flamboyait au bas des deux toiles religieuses cédées par le curé), ne vous semble-t-il pas qu'aux prix où me sont revenues les deux grandes œuvres que je psssède déjà de cet artiste, il y a lieu d'espérer qu'on s'arrangera plus facilement avec lui qu'avec tout autre ?

L'interrogateur de Vandemissel se garda bien de le heurter, croyant avoir rencontré là une bêtise plus consommée que toutes celles dont il avait tiré jusque là son pain et sa gaieté.

En quoi il se trompait, car Vandemissel était entêté comme le diable, il ne voulait que des Henriot.

Or, le véritable Henriot (sur lequel les détails biographiques nous font entièrement défaut), ayant peu produit, il eut bientôt fallu pour satisfaire la nouvelle manie de Vandemissel, inventer des Henriot exprès pour lui, à moins de lui passer des Raphaël et des Andrea del Sarto sous le couvert d'Henriot.

Si Vandemissel avait prévu le cas en émettant sa candide observation, c'était un original de prix. Tous les marchands de bric-à-brac se le signalèrent comme un vieux malin très difficile à attraper. D'ailleurs sa haute position dans la ville empêchait que le manque d'égard dépassât les limites d'un mépris railleur, à huis clos. Les autorités dînaient chez lui; et s'il était presque avare, il recevait parfois des prodigues. On ne devait donc pas se faire un ennemi de cet homme.

On le vit à toutes les ventes ; ses achats ne dépassaient jamais cinquante francs.

Un épigrammatiste de la ville l'ayant vu si souvent traverser le feu de la criée sans en ressentir la moindre chaleur, l'avait surnommé : *la Salamandre des enchères*.

Le Vieillard qui chantait

=

Agé d'un peu moins de vingt ans, j'habitais, dans une maison près de Montmartre, un étroit et obscur logement au fond d'une cour.

Le reste de la maison était occupé par des employés et de petits rentiers... Point de filles galantes ni de rapins tapageurs, mais plusieurs anciens marchands venus là pour passer dans l'inaction l'automne de la vie, et chaque matin époussetant eux-mêmes leurs tapis à la fenêtre.

Ils se connaissaient tous entre eux ; et quelquefois, rompant le silence de cette vieille maison, il s'établissait, d'une fenêtre à l'autre, de ces dialogues qu'on dirait inventés par une imagination bizarre si on les transcrivait.

De même, dans un ordre de choses tout différent, on s'arrête quelquefois, le soir, en nos pays du Nord, surpris par de flamboyants et rouges couchers de soleil, qui feraient rire aux éclats du peintre assez osé pour les risquer dans une vue flamande ou anglaise.

Immédiatement au-dessus de moi demeurait un de ces étranges causeurs. Celui-là n'était pas un rentier parisien, mais un vieil Autrichien de soixante-douze ans, qui gagnait sa vie à raccommoder des paletots et des gilets, et qui chaque matin, debout à cinq heures, hiver comme été, chantait en travaillant.

J'ignore ce qu'il chantait. Je sais seulement que ce n'étaient pas des airs de Mozart, ni de Meyerbeer, ni de Mendelshonn...

Je soupçonne que ce devaient être de populaires ou rustiques mélodies, qui l'avaient bercé à trois quarts de siècle en arrière de nous, dans la cabane de son père.

D'ailleurs, ces chansons incessantes et peu variées, lancées de ce franc gosier, troublaient souvent ma pensée et empêchaient mon travail.

Et puis, attendu que le vieillard commençait ordinairement la journée par mettre en ordre son ménage et cirer lui-même sa chambrette avec une agilité incroyable et une ardeur sans pareille, il en résultait que tous les matins, dès cinq heures, j'étais éveillé sans espoir de me rendormir.

Aussi, j'avais fini par exécrer ce vieil Autrichien, et je le regardais d'un air farouche quand nous nous rencontrions dans l'escalier.

— Quel besoin, me disais-je, ont tous ces vieux Allemands de venir fabriquer des bottes ou des habits à Paris ?

D'abord, ils font une grave concurrence à nos nationaux... Ensuite, ils abusent souvent de leur accent pour prétendre ne pas avoir été compris, et se jouer du crédule et irascible Français.

Puis j'ajoutais : Qui donc nous délivrera de ce bruyant bonhomme ? C'est insupportable de n'entendre que lui !

Un beau matin, la portière me dit :

— Allons, on ne vous éveillera plus mal à propos, maintenant ; le vieux monsieur Siébel a déménagé tantôt.

— Vraiment, répondis-je. Je crois me rappeler que depuis une semaine on l'entendait moins. Vu son âge, j'aurais cru qu'il était installé ici pour de bon, et jusqu'à la fin.

— Je le croyais également. Mais voici ce qui est arrivé : Ce vieux Siébel avait à peu près de quoi vivre, et s'il ne se reposait jamais, c'est parce que, tout jeune, il s'était habitué à beaucoup travailler, et surtout, qu'il voulait du bien à sa nièce. Cette personne est mariée et demeure dans la maison à côté. M. Siébel l'aimait réellement ; il allait la voir tous les jours, et avait rendu à son ménage de grands services, en se privant lui-même, car c'était un très bon cœur. Voilà que ces gens-là, cette nièce et son mari, ont affligé gravement M. Siébel par leur ingratitude, et que ce pauvre homme, blessé à fond, n'a plus voulu revoir même cette rue où ils demeurent, et s'en est allé tout de suite. Ça lui a coûté cher, attendu qu'il n'a pu donner congé en temps au propriétaire.

— Pauvre homme ! répétai-je, et, à part moi, je trouvai que ce Siébel ne devait pas être le premier venu, pour avoir cette pudeur du sentiment outragé.

Le lendemain, à cinq heures, il ne chantait plus au-dessus de ma tête, et je m'éveillai tout de même.

Et tous les jours qui suivirent (car j'en avais pris l'habitude, et cela ne me causait plus aucune peine), dès cinq heures, mes yeux s'ouvraient.

Et, par habitude aussi, j'attendais les anciennes chansons, mais en vain, et elles me manquaient, et ce silence devint pour moi de la tristesse.

Parfois dans la journée, quand de guerre lasse, je déposais la plume, je suivais distraitement cette mélopée naïve.

Et, aujourd'hui, il ne se doute pas que mon œil se mouille en pensant à lui, ce vieil Autrichien chanteur et raccommodeur d'habits, à qui j'adressais des regards farouches dans l'escalier.

UNE DAME PATRONNESSE

=

I

Mon héros sort du théâtre des Variétés, sans parler à personne, sans même allumer un cigare, et il arrive au bout des trois kilomètres, ou à peu près, qui séparent le boulevard Montmartre du milieu de la rue Bonaparte. Absorbé sans doute dans de profondes pensées, il n'entend pas sa concierge lui crier du perchoir, où elle juche pendant la nuit :

— On a apporté un paquet pour vous.

Il se déshabille et s'endort.

Cela se passait le 10 décembre 1858.

Sautons tout d'un coup au matin du jour suivant. Onze heures venaient de sonner à l'église de St-Germain-des-Prés. La vieille place mélancolique, où est situé ce vénérable temple, est des points de Paris les plus dignes d'occuper l'humouriste. Jeté au centre d'une des rues les plus bruyantes et les plus peuplées de Paris, il n'a rien perdu de son mystère ni de son étrangeté. J'ai habité là une chambre dont les deux fenêtres donnaient, la première sur l'enseigne d'un certain *Hôtel Camoëns*, l'autre sur les maisons d'une certaine *rue Childebert*. Tout cela n'est point banal.

Mon héros, René Leduc, occupe justement, au troisième étage de la même maison, deux petites chambres tendues de papier chocolat, étalant à leur plafond une rosace dédorée, dans le goût de celles qui ornent les cabinets des restaurants du Palais-Royal.

Je reprends : comme onze heures sonnaient, René se

leva. Un épais brouillard régnait au dehors, un brouillard
gris et froid que les Anglais ont baptisé du nom de *mist...*
(cela ressemble à *mystère...*) Le locataire du troisième se
mit en devoir d'allumer un grand feu, sans réussir à
autre chose qu'à remplir le salon de fumée, ce qui prouve
qu'il ne faut pas prendre les proverbes au pied de la lettre.
Il vit ensuite sur sa table de travail, un petit paquet
soigneusement plié. Comme René le décachetait brusquement, il en tomba une lettre et un cahier.

Au mois de décembre 1858, il y avait à peu près vingt-
quatre ans que René avait reçu le jour dans une ville de
la Picardie. René avait réussi à se faire, dans de bons
cercles de Paris, un renom de garçon aimable et de poète
de talent. Vous me direz peut-être que cela n'est pas un
signe particulier, et que les bons cercles de Paris en font
bien d'autres. Moi, je raconte seulement, et pour vous
mettre sans plus de détours dans la situation, cinquante
jours avant ce 11 décembre, René avait lu dans un salon
une comédie de sa façon. L'œuvre avait été goûtée, et il
l'avait remise au directeur du théâtre... à l'instigation et
avec l'appui chaleureux d'un de nos premiers auteurs
dramatiques, un membre de l'Institut, que je désignerai
sous l'algébrique appellation de X..., bien qu'il soit loin
d'être l'*inconnu*.

Depuis ce temps, René attendait.

La vue du cahier ne lui disait que trop le contenu de la
lettre. Le voici :

« Monsieur,

» J'ai fait lire, et j'ai lu moi-même votre pièce. J'y ai
trouvé de la poésie, du style, mais pas suffisamment
d'action, ni de connaissance de la scène... Or, c'est là
l'important. Ce qui vous adoucira, j'e l'espère, les ennuis
du refus que j'ai le regret de vous annoncer, c'est que,

même admise, votre comédie aurait dû attendre deux ans et demi au moins, à cause des engagements contractés par notre théâtre. X... m'a dit que vous étiez très jeune. Permettez-moi de vous en féliciter, monsieur, c'est là un avantage plus précieux que d'avoir une pièce reçue. »

René avait assez mal dormi la nuit précédente ; comme il jetait au feu la missive directoriale, réservant le même sort au manuscrit, il s'arrêta quelques instants, tout assoupi et rêveur ; une vague torpeur le saisit, et le charme ineffable du sommeil en plein jour l'enveloppa insensiblement. C'est un grand supplice d'être éveillé tout une nuit dans son lit, mais c'est une grande douceur de dormir à midi dans son fauteuil. Nos yeux, baignés de lumière, quoique fermés, se perdent dans les régions prismatiques ; c'est un éblouissement sans fatigue, dont je ferais mon Paradis.

René vit défiler un à un devant lui tous les beaux jours et tous les jours tristes de sa vie. Il se représenta avec une grande lucidité de détails la fameuse soirée où il avait lu sa comédie, tout le monde avait ri et applaudi ; les auditeurs, au nombre de trente, étaient disséminés, sans ordre, dans le salon. Soudain, comme un essaim d'abeilles s'abattant sur une seule rose, les pensées confuses et éparses de René vinrent toutes se réunir autour de l'image enchanteresse et mélancolique d'une jeune dame vêtue de noir, qui était restée assise au coin de la cheminée, et qu'on appelait madame la comtesse ; elle avait paru charmée pendant la lecture du jeune poète. Il dormait presque ; c'est étrange comme cette figure s'empara de son demi-sommeil : avoir occupé un seul moment l'esprit d'une telle créature, rêvait-il, voilà le bonheur ! Délicieuse apparition ! songe d'une nuit d'hiver ! que fait-elle à cette heure où je pense à elle ?

On frappa plusieurs coups à la porte de la chambre. La

première fois, René ne répondit pas ; la seconde, il cria:
attendez ! d'un ton fort brusque !... et enfin, il vint
ouvrir de mauvaise humeur, et faillit tomber à genoux,
à la vue de la belle jeune femme qu'il venait d'adorer
dans un songe, moins séduisant mille fois que la réalité.

— Pardon, monsieur, dit la visiteuse, en reculant d'un
pas... on m'aura mal renseignée en bas, j'étais venue
pour voir une pauvre femme, la veuve...

— La veuve Dubois, je crois, répondit Leduc. C'est
l'étage au-dessus, madame...

Soudain, René courut à son secrétaire, et y prit un louis:

— Madame, je vous prie de vouloir bien joindre cette
aumône à vos largesses.

— Monsieur, lui dit la comtesse, avant de vous remercier pour vos obligeantes indications et votre charité,
permettez-moi de vous demander si ce n'est pas vous
qui avez lu, chez M..., cette jolie comédie ?

— C'est moi, madame.

— Et ne deviez-vous pas la faire jouer au théâtre ?.

— Je suis réduit à me la jouer à moi-même... du moins,
je ne me sifflerai pas. En un mot, on l'a refusée.

— Si vous en avez le manuscrit par devers vous,
reprit la comtesse, vous me feriez plaisir en me le confiant.

ll

Huit jours après cette visite, René reçut le billet que
voici :

« Monsieur,

» La pauvre veuve à laquelle vous avez bien voulu vous
intéresser est dans une position si malheureuse que nous
avons organisé à son profit un concert qui aura lieu à
l'hôtel de *** jeudi prochain ; — je vous prie de vouloir
bien y assister.　　　　　　　　　　» Hortense de ***. »

— Diable ! c'est encore vingt francs qu'il m'en coûtera,

se dit René... et pas un mot de ma propriété, c'est étrange !

Quand René entra à l'hôtel de ***, la comtesse, entourée d'un essaim d'hommes à grands noms et à beaux noms, l'accueillit d'un salut bienveillant, mais cérémonieux. A la porte du premier salon, un laquais le gratifia, comme tous les entrants, du programme de la soirée, illustré des premiers noms de l'Opéra et des Italiens. René l'avait mis dans sa poche sans même y jeter un regard distrait. Pourtant une certaine partie du programme devait l'intéresser. Au milieu du concert, le mari de la maîtresse de la maison s'approcha de René : « Monsieur Leduc, lui dit-il, veuillez venir vous placer près de moi, on va jouer une pièce inédite d'un de nos amis, et je tiens à votre avis. »

Tout interdit, le poète se laissa diriger vers une place d'honneur, et sa surprise devint de l'extase, quand le rideau levé, il reconnut mot pour mot ses vers, dans la bouche de Mlle V..., de l'amoureux D... et du comique F..., tous pensionnaires du théâtre dont le directeur avait écrit à René. René comprit tout ; la noble dame avait usé de son influence pour amener l'*impressario* à autoriser ses premiers sujets à étudier, en dehors de leur travail au théâtre, la pièce d'un auteur de sa connaissance, au profit d'une œuvre de charité. Le succès fut grand et peut-être sincère, auprès de l'auditoire rassemblé autour de l'œuvre du débutant.

Le directeur, en présence de ce résultat triomphant, fit, moyennant quelques corrections, représenter à son théâtre la pièce du jeune auteur... Depuis lors, René est *lancé...* il peut arriver à *tout.*

Mais qui me dira pourquoi il est triste ; il n'a plus revu la comtesse. Il y a des avantages plus précieux qu'une pièce jouée, avait dit le directeur, René en connaît sans doute au moins un, mais il ne le dit pas.

LA FOLIE HEUREUSE

=

Le premier aspect qui s'offre au voyageur sortant de la gare de X... pour pénétrer dans la ville, est la haute muraille grise d'un hospice d'aliénés des deux sexes. Le promeneur, attardé entre onze heures et minuit dans la rue du Nord qui longe les dortoirs de l'hospice, frissonne et parfois s'arrête à de plaintifs murmures, à des gémissements soudains.

J'assistai un jour à l'entrée dans ce lugubre asile, d'une femme dont l'image me reste, à cause de sa divine beauté. Représentez-vous, sur un de ces corps harmonieux qui semblent être nés avec la splendeur de leur grâce et voués à périr tout d'un coup sans la perdre, une figure sublime de pensées, décolorée, et tirant de la pâleur même son rayonnement ineffable. Rien dans les yeux, ni dans le langage, ne révélait le mal dont ce lieu mélancolique rassemble les victimes. C'était une tristesse pensive, une songerie élevée. On eut bien plutôt pris pour un fou l'homme jeune qui l'accompagnait et dont l'insomnie et les larmes avaient enflammé les paupières. Tout ce qui vivait en lui était un foyer de peine ; l'épuisement avait seul pu tarir ses pleurs ; il disait :

« — C'est moi, reconnais-moi, appelle-moi !... »

C'est seulement dans les drames bien charpentés que les folles ont l'air de ne jamais entendre ce qu'on leur dit, et répondent à toutes les questions par des fragments de ballades. Celle-ci écoutait son mari avec une grande attention, et ne chantait pas. Dans son regard brillaient une amitié attendrie pour celui qui lui parlait, et un séraphique oubli de la terre. Le directeur fit appeler la sœur Caroline.

— Ah ! l'horrible coup ! dit le jeune homme, nous étions trop heureux ! nous nous aimions.

La sœur Caroline entra. C'était une femme âgée peut-être ; mais, sur son visage, quel jeune et ravissant éclat, allumé aux étoiles de la céleste Charité ! C'était une âme qui croyait, sans que la foi rigide eût détruit chez elle la terrestre pitié... je vis, avec un infini respect, tomber une larme des yeux de cette sainte.

— Qu'elle est jolie ! dit-elle.

— Je suis un peu en retard, madame.

C'est la folle qui parlait pour la première fois, et sur le ton d'une jeune pensionnaire en faute.

Le mari nous dit, de l'air d'un interprète traduisant devant les ignorants une langue étrangère, qu'elle se croyait revenue aux jours du couvent, et un peu confuse d'avoir prolongé ses vacances au-delà de la règle.

— Je ne perds pas une de ses paroles, nous assura-t-il. A la maison, nous pouvions très bien causer... Mais il fallait tenter tous les moyens pour la guérir !

Je pris un fraternel intérêt à ce brave garçon, et, tout chancelant qu'il était, je le suivis au départ, jusque dans sa maison. A la vue de ce nid élégant et confortable, je devinai le mortel chagrin que la solitude allait souffler au malheureux, devant ces fauteuils, ces livres, ce portrait.

Il me récita de mémoire une centaine de vers qu'il avait écrits jadis pour sa femme, les seuls vers qu'il eût jamais faits, m'assura-t-il.

Il avait eu raison de briser son luth. Nous nous séparâmes avec promesse de nous écrire.

Je lui écrivis, il ne me répondit pas. Seulement, à mon retour à Paris, je trouvai cette lettre du directeur de l'hospice de X...

« Vous m'avez dit, cher ami, que vous vous intéressiez à l'étude des phénomènes de l'aliénation mentale. Mon

expérience professionnelle m'a démontré qu'un certain
degré de folie est l'état normal de certains cerveaux, et
qu'en guérir ces derniers est un bienfait douteux et téméraire de la part d'une science qui ne voit rien au-delà de
l'appareil physique à corriger. Vous souvenez-vous
d'avoir assisté chez moi à l'installation d'une très belle
jeune femme dont le mari exprimait une douleur si vive
qu'elle nous gagna tous deux ?

» Je ne communiquai alors à personne l'impression
produite sur moi par ce spectacle, et bientôt changée en
certitude, c'est-à-dire que ces époux si unis l'étaient par
le lien de la même faiblesse. Je notai chez l'homme divers
symptômes inaperçus de vous, mais dont l'absolue
concordance avec l'état de la belle malade trahissait
d'autres sympathies que celles de la tendresse et de la
compassion. Bref, je découvris qu'ils en étaient l'un et
l'autre au même point. Après quinze jours d'isolement,
M. ***, à la suite de quelques traits plus que bizarres, est
devenu aussi mon pensionnaire.

» Sa folie et celle de la jeune femme étaient des plus
tranquilles. Souvent un médecin et moi nous étions
présents aux entrevues du couple. Leur conversation
n'abondait pas toujours dans le sens généralement
accepté des choses de la vie ; mais, du moins, si nous
ne les entendions pas, ils s'entendaient fort bien entre eux,
et leur amour, si touchant et si vrai, l'harmonie constante
de leurs pensées, leurs mutuelles sollicitudes, nous émer-
veillaient. A leur air satisfait et non inquiet, on les eut
pris facilement pour des exilés volontaires d'une société
qui ne leur agréait pas. On les avait soumis à un traitement
qui, aux approches de son efficacité, détermina chez tous
deux un bouleversement réciproque.

» A mesure que le traitement opérait, on les réunit plus
rarement, et ce qui naguère les eut désespérés, semblait

maintenant répondre à leurs intimes désirs. Il y avait, comme on dit parmi les gens raisonnables, du froid, de la gêne entre eux. Ils cessèrent de s'attendre avec impatience, de se rencontrer avec joie. Ils se trouvaient l'un et l'autre étranges et s'en plaignaient alternativement en confidence à nous, en exprimant toutes sortes d'alarmes sur le compte l'un de l'autre.

» Lorsqu'il y eut une opportunité de les rendre à la vie extérieure, ils en reçurent l'annonce avec chagrin, se demandant comment ils pourraient vivre ensemble désormais et ne se parlant plus qu'avec aigreur.

» Rendus à leur maison, ils sont sensés, mais tristes. L'ancienne et confiante union a fait place à une mésintelligence profonde. Sur le même terrain où les deux folies se chérissaient, les deux raisons se querellent. »

— Ce directeur est peut-être lui-même un peu *touché*, pensais-je après avoir terminé ma lecture. Il oublie de faire la part à l'inévitable étonnement, au malaise qui suivent toute crise grave chez l'être humain...

Mais plus j'y songeais, plus je trouvais, au fond de cette histoire, un symbole de la Destinée, qui veut toujours que l'Amour heureux soit traité de Folie, et la Méfiance de Raison.

LA VRAIE FANNY LEAR

=

J'ai connu le type réel et vivant de l'héroïne si parfaitement créée par Mme Pasca sur la scène du Gymnase. J'ai connu la vraie Fanny Lear. Elle existe, je l'ai vue, je lui ai parlé... Je lui dois presque de n'être pas marié.

L'an dernier, j'allai passer la première quinzaine d'août à Boulogne. Jusqu'à présent, la louange de Boulogne a été surtout abandonnée aux réclames de la *vicomtesse*. Paris ne donne pas, il préfère les plages normandes.

Un soir, j'allai rejoindre au Casino mistress Simpson qui était là avec sa fille ; il n'était pas impossible que j'eusse fini par épouser miss Florence, non pas que je l'aimasse beaucoup ; mais elle paraissait si radieuse à l'idée d'habiter Paris, que, ce vœu réalisé, il semblait qu'on aurait eu en elle la plus reconnaissante des femmes. J'étais un peu en retard... on ne m'attendait que pour les valses. Le capitaine Roberts m'avait, en sortant de table, entraîné de force chez lui pour exterminer une bouteille de moët, et, à neuf heures et demie, je l'avais laissé rêvant la ruine d'une seconde.

A l'entrée de la salle de bal, je vis une jeune Anglaise de seize à dix-huit ans, très humble de ton, fort rouge... vêtue de choses trop longues, *de démises* ; Cendrillon usant les habits des autres. Devant elle, un groupe international riait assez grossièrement, et plus grossièrement encore lui barrait le passage.

— Désirez-vous entrer, mademoiselle ? lui dis-je.

Elle regarda en personne peu habituée aux égards ; lorsqu'elle vit que j'étais très sérieux, son embarras augmenta.

— Yes, but I can't.

C'était presque mélodieux.

L'enfant était candide, modeste, improtégée.

— Vos parents sont là-dedans ?

— Oui, ma sœur est assise là-bas.

— Et vous vouliez la rejoindre ?

— Oui... mais ces *gentlemen...*

— Prenez mon bras.

Elle céda en rougissant, et je la conduisis à travers le groupe, qui se rangea de mauvaise grâce... à l'anglaise, mais sans réflexions heureusement. J'avais soif d'une méchante affaire, et celle-ci eut été cent fois méchante.

— Je ne vois pas votre sœur.

— Là-bas, répéta-t-elle.

Je ne voyais rien encore, à cause des groupes. Tout en marchant, je sentais des regards intrigués et des mystérieuses ironies flotter sur moi. Lorsque je vis la sœur, je fus fixé. Une jeune femme de vingt-quatre ans, les cheveux d'un blond de chanvre, les yeux d'un bleu de porcelaine sur un fond impassible, la figure régulière, le cou et les épaules solides... et des diamants partout. Toilette simple d'ailleurs : une robe de satin bleu coupé de raies blanches... une rose dans les cheveux. Signe particulier : la banquette sur laquelle elle était assise, par un privilège exceptionnel en ce jour d'encombrement, était laissée à son seul usage. A côté d'elle, un vieux monsieur que les limites de cette communication ne me permettent pas de décrire... un monsieur inexprimable d'ailleurs.

La figure de la dame aux diamants, figure étonnante, vigoureuse et expressive dans son atonie, s'éclaira d'un sourire à notre approche. Elle me remercia *trop* de ma bonté, sans regarder une fois sa sœur, qu'elle traita de *stioupid*. Le vieux monsieur se leva comme pour me céder sa place, et la dame de recommencer sur nouveaux

16

frais ses effusions de gratitude avec de ces jeux d'éventail et de carnet qui disent :

— Monsieur est jeune, monsieur danse ?

Je suis sûr que derrière moi on faisait des paris.

J'aime les désespérés qui coquettent avec le guignon par qui leur cœur est rongé de fureurs infernales ; je ne déteste pas les déclassés, je raffole des braves, et j'aurais peut-être répondu à l'éloquence du carnet, sans mon rendez-vous avec les Simpson. Quand je les retrouvai, miss Florence au supplice baissa les yeux ; sa mère détourna positivement la tête en me disant que sa fille était *engagée* pour la soirée.

Je répondis à l'affront par un mensonge, en déclarant que je venais moi-même pour m'excuser.

C'est à cet incident que miss Florence doit peut-être d'être mariée à Singapour.

En ce moment on entra en danse ; la dame aux diamants se leva, et circula au bras du vieux monsieur, intrépide, mais non pas insolente, ferme comme le marbre sous les curiosités outrageuses. C'était à désirer qu'elle fût honnête pour lui faire vis-à-vis.

Dans ce moment entra Roberts doucement gris, auquel je fis part de mon aventure avec les Simpson.

— Mais, me répondit-il, je ne sais pas une femme de Londres qui ne vous eût reçu comme l'a fait mistress Simpson. Il n'est pas un diamant de Sarah qui n'atteste l'infamie. C'est la pire des créatures ! deux hommes sont devenus fous à cause d'elle.

— Pour ceux-là, je ne les plains pas.

— C'est une indignité qu'on l'admette ici.

— Capitaine, lui dis-je, vous êtes peut-être bien sévère ; mais qu'eussiez-vous fait de la petite suppliante ?

— Si elle m'avait demandé de lui faire place, je me serais empressé... mais, pas le bras...

— Très bien. Nous en France, nous ne savons pas faire l'aumône sans toucher la main du pauvre.

Je n'assistai jamais à plus étrange spectacle que celui qui suivit. Le vieux compagnon de Sarah n'était pas là évidemment pour son plaisir. Sous le feu des regards, rouge comme braise, il souriait complaisamment... et l'apoplexie aussi souriait. On me dit que cet homme avait été un héros dans les Indes ; je le crois parbleu... il en restait quelque chose. Ce couple ne trouva pas de partenaire pour le quadrille, mais Sarah avait juré de ne pas rentrer bredouille. Elle manœuvra si bien, favorisée par le nombre étouffant des danseurs qui empêchaient toute régularité dans les figures, qu'elle put aller, venir, saluer faire la chaîne des dames, se mêler aux groupes voisins... Elle trouva même de quoi sourire aux méprises inséparables d'une pareille cohue, aux robes déchirées, aux *cavaliers seuls* retardataires... Vrai, je l'admirai jusque dans le regard de défi qu'elle me jeta en regagnant sa place. Et dire que ce quadrille fut tiré à cinq exemplaires tous pareils dans la même soirée ! Le lendemain matin, on put la voir sur le quai, en voiture à quatre chevaux, et cette dernière lueur jetée, elle partit pour l'Italie.

La dernière Consultation

=

I

M. Rolès, médecin célèbre au Havre, et justement apprécié même à Paris, était à déjeuner dans une petite salle à manger des plus simples, avec sa femme, vieille personne de huit ans plus âgée que lui. Selon son habitude, il lui racontait en peu de mots, pour la distraire, les incidents plus ou moins curieux de ses visites du matin, lorsqu'un coup de sonnette vint l'interrompre.

— Tous les mêmes ! fit le docteur ; ils savent que je ne me réserve que cette demi-heure, et il me la disputent. Qu'est-ce, François ?

— Monsieur, la personne a dit qu'elle attendrait. Voici sa carte.

— M. Paul Guilbert.

— Le fils du riche Guilbert, qui vient de mourir ? interrompit Mme Rolès.

— Probablement ; la carte est entourée de noir.

— Qu'est-ce qui lui prend ? Tu n'as jamais été appelé dans la maison.

— J'ignore comme toi le motif de cette visite ; donc ce sont là propos inutiles. François !

— Monsieur !

— Monsieur Paul Guilbert tient sur ses jambes, et ne vous a pas dit qu'il allait tomber ?

— Non ! répondit flegmatiquement François, habitué aux locutions de son maître.

— Eh bien ! priez-le d'attendre seulement dix minutes.

Il n'en fallait pas davantage à M. Rolès pour expédier son déjeûner, qui se composait invariablement d'un potage, d'une côtelette, d'un verre d'eau rougie et d'un doigt de rhum quinquagénaire dont lui avait fait hommage un armateur reconnaissant.

On ne reprochait sérieusement à M. Rolès que d'avoir l'œil trop pénétrant et la langue trop franche. A peine introduit dans une chambre de malade, du premier regard il vous dénichait l'hypertrophie du cœur, la pleurésie, la fièvre typhoïde, et, en descendant les marches de l'escalier, il faisait part de sa découverte à la famille, en disant les choses par leur nom. En certains lieux, on l'appelait brutal.

Toutefois, ceux qui avaient fréquenté le docteur, dans l'intimité, prétendaient que le cœur le plus tendre et le plus doux battait sous cette cuirasse de rudesse ; qu'il avait notamment pour les pauvres des dévouements d'ami, des délicatesses de femme. Il renvoya un jour, avec un juron (dont il lui sera tenu compte au ciel), un matelot qui était venu pour le payer de soins donnés à ses enfants.

Au bout de l'année, son entretien de maison, d'écurie et de remise soldé, le docteur Rolès, cette gloire médicale de la province, ce savant appelé plusieurs fois chez les princes en consultation avec des célébrités européennes qui l'écoutaient attentivement, ne mettait pas deux mille francs de côté, comme on dit. Là où on ne pouvait pas lui donner d'argent, c'était lui qui en donnait. Une vieille rosette d'officier de la Légion-d'Honneur, décousue et fanée, pendait à sa boutonnière. Il affectait le parler un peu trivial. D'ailleurs, tout son être était fait d'honnêteté pure.

Le visiteur qui venait d'être annoncé par François et qui attendait au salon paraissait avoir de vingt-six à vingt-huit ans.

Entièrement habillé de noir (il avait perdu son père

trois mois auparavant), Paul Guilbert portait son deuil
ailleurs que sur ses habits ; sa figure exprimait une
profonde tristesse ; mais, nonobstant une grande pâleur,
rien chez lui ne trahissait le besoin actuel d'assistance
médicale.

Le salon du docteur était meublé avec une extrême
simplicité. Une douzaine de chaises et de fauteuils montés
en velours rouge, voilà tout. Les arts de la peinture et
du dessin n'y étaient représentés que par les portraits à
l'huile du praticien et de sa femme, et quelques planches
de botanique. M. Rolès avait l'amour des fleurs.   —

Sur la table ronde en acajou, brillait la reliure dorée
l'un Molière avec images que M. Paul Guilbert feuilletait
en attendant.

Une porte de communication s'ouvrit, et le docteur
parut. L'expression de tranquille goguenardise ordinaire
à ses traits avait fait place, pour la circonstance, à un
air de courtoisie surprise et de sympathique urbanité. Il
ôta sa calotte, hommage réservé aux seuls étrangers.

Paul Guilbert, un peu fiévreux, ou naturellement
expansif, s'était dès l'entrée du médecin, élancé vers
lui.

Les deux hommes échangèrent une cordiale poignée
de mains. Citoyens de la même ville, demeurant presque
dans la même rue, ils avaient eu jusque-là l'occasion de
se rencontrer, mais c'était tout, et la première expression
d'étonnement causée par cette visite persistait dans l'air
du docteur.

— J'espère, mon cher compatriote, que je ne puis
vous être bon à rien, dit M. Rolès.

— Au contraire, monsieur, je n'espère plus qu'en
vous.

— Vous m'étonnez : l'œil est excellent, la peau
fraîche, et, poursuivit le vieillard en souriant, le discours
très sensé.

— Vous êtes bon, docteur, grand merci !... mais je suis mille fois plus malade que vous ne le croyez. En voici la preuve sérieuse pour un savant comme vous : je ne sais où ni de quoi je souffre. On m'a traité pour la névralgie, ce n'est pas cela, car, lorsque les médecins m'eurent assuré que mes désordres nerveux étaient domptés, je continuai de souffrir ainsi qu'auparavant. Je n'ai pas à me plaindre de la poitrine, je n'ai jamais eu le moindre accès de goutte ni de rhumatisme, et cependant j'appartiens à un trouble général, à un malaise constant, qui doivent avoir pour cause chez moi un vice fondamental de l'organisme ?

— Désirez-vous être ausculté ?

— Je crois, mon cher docteur, tout en ayant confiance entière dans votre diagnostic, que cela ne vous révèlerait pas grand'chose, non plus qu'à moi. Grande propension aux enthousiasmes suivis d'abattements, sensibilité exagérée dans la région du cœur. On me l'a répété mille fois. Ne vous hâtez pas de me demander pourquoi je suis alors venu vous déranger, car certainement je vous répondrais que toute occasion m'est bonne pour faire la connaissance d'un grand savant modeste.

— A votre service, répondit le docteur Rolès, en soulevant sa calotte avec un sourire d'agacement. Il était ainsi fait, que tout ce qui avait tournure de compliment l'ennuyait ou l'irritait.

— Il est clair que le mal dont je souffre tient plus encore à des causes invisibles et morales qu'à des événements matériels, puisque très souvent, à l'heure même où chez moi le corps est parfaitement sain, je me sens malade néanmoins. S'il existait un traitement qui pût faire, pour ainsi parler, des muscles à notre esprit et à notre cœur, c'est ce traitement-là qu'à mon sens je devrais suivre.

— Je vois ce que c'est, on vous aura parlé de moi comme d'un matérialiste qui ne croit pas très fort à la séparation des deux natures.

— Pardon, monsieur, on m'a parlé de vous comme d'un homme dont la science égalait la bonne foi, c'est là ce qui m'importe...

— Très bien, vous êtes un esprit positif, vous, et vous aimez à ce qu'on ne sorte pas de la question, interrompit le docteur Rolès avec une pointe légère d'ironie. Poursuivez, je vous écoute.

II

Envers ses familiers, sa femme, ses neveux et ses clients habituels, M. Rolès se montrait parfois brusque, impérieux, sans que jamais on songeât à lui en vouloir. En présence des étrangers, des gens avec qui il causait pour la première fois, ou dans les relations mondaines, il devait garotter son humeur. Alors, on le trouvait comique ou maussade, suivant les dialectes — délicieuse sauvagerie de timide, disaient les uns ; — reste de grossièreté de carabin, disaient les autres ; — au total, savant hors ligne, caractère sans tache.

— Je vous écoute, avait dit le docteur Rolès.

Et Paul Guilbert, qui semblait n'attendre que ce mot pour se débarrasser d'un pénible fardeau, fit au docteur Rolès sa confession générale. Détails d'enfance, éducation première, vie de collége, entrée dans le monde, impressions éprouvées à chaque soudain contact avec une nouvelle forme de notre destinée, tout y passa, le tout venant aboutir à une incurable mélancolie, à un fond habituel de découragement, au triste sentiment de l'inutilité des efforts humains.

Lorsque Paul approcha du terme de son récit, M. Rolès

qui à la longue n'avait rien trouvé de mieux que de s'y intéresser, lui dit :

— D'après ce que je viens d'entendre, il ne vous manque absolument pour être heureux que d'oser l'être, que d'avoir le courage de l'être. Vous n'osez pas être heureux. En vous parlant ainsi, Monsieur, je vous fais encore la part belle ; je vous donne un brevet d'originalité ; mais si vous le préférez, je dirai que vous êtes tout simplement un jeune homme riche et désœuvré qui s'ennuie. Le cas est moins rare.

— Je proteste avec respect ; vous ne m'avez pas compris ; malgré le chiffre innombrable de ses différents aspects, je crois que l'ennui est un fait simple, facile à saisir et à définir, et dont les sources les plus communes, l'excès du plaisir ou l'inertie, sont aisées à refouler ou à tarir. Moi, au contraire, je suis né sobre et porté vers l'action. Qu'on me donne une tâche à accomplir, nul ne me surpassera en bon vouloir et en exactitude ; un être à aimer, à chérir, à protéger...

— Vous êtes seul, vous vivez seul ? demanda le docteur d'une voix douce.

— Hélas, oui !

— Qui vous empêche de vous marier ? Ce n'est pas la certitude du bonheur, mais c'est la route la plus sûre vers le contentement, à votre âge. Vingt-huit ans, c'est, dans la vie de l'homme cultivé, une époque où le fievreux amour de la jeunesse dépouille son involontaire égoïsme sans perdre son ardeur, où l'image entrevue d'un enfant commence à nous sourire à côté de celle de la femme...

— Si c'était aussi facile que cela, docteur, je vous aurais épargné mes doléances.

— Comment, facile ? est-ce que nous ne parlerions pas la même langue ?

— Je veux dire, Monsieur, que je ne crois pas que le mal indéfinissable dont je vous parlais tantôt soit de nature à céder à un remède net, précis, absolu. Je pense qu'il a des racines très profondes, très subtiles, très enchevêtrées dans le fond même de notre être, qu'il faudrait renouveler radicalement, avant d'atteindre la guérison.

— Halte-là ! j'espère que vous ne m'avez pas pris pour un docteur, ayant dans ses tiroirs des petites boîtes où des petites fioles qui changent instantanément la couleur des cheveux et de la barbe, transforment les vieillards en enfants, et les moulins en chevaliers. C'est mon devoir de vous répéter que je travaille dans le positif, et, en réalité, depuis une demi-heure, vos renseignements sont par trop vagues.

— Précisons, je ne demande pas mieux ; quelle réponse vos études et votre expérience vous suggèrent-elles envers l'homme qui vient vous dire: Je me porte bien, nul organe de mon corps n'est atteint par aucune lésion visible ; les satisfactions et les joies sont à ma merci ; et toutefois je souffre plus qu'un malade, que répondrez-vous à celui-là ?

— Voici ce que je lui répondrai, fit le docteur: S'il a couru le monde, restez un an chez vous ; si, au contraire, il a jusque-là vécu sédentaire, prenez votre billet pour l'Ecosse, la Russie, l'Italie ou la Hollande... à votre choix. Habituez-vous à la responsabilité, en vous dégageant temporairement de la protection que vous avez jusqu'ici trouvée dans l'habitude. A laquelle de ces deux catégories appartenez-vous ?

— Je vous l'ai dit, Monsieur, je suis né au Havre. Je suis censé avoir appris le latin au lycée du Havre. A dix-sept ans, je commençais ma première année de droit à Paris. Sans chercher à m'en faire honneur, je me crois le plus sensible des êtres que j'aie rencontrés jusqu'à ce jour. Je ne compte pas que cela me vaudra les sympathies d'un Lacédémonien comme vous, mais, à tout risque, je vous dois de sincères aveux. Dans tous les milieux où je me suis trouvé, s'il arrivait quelque désastre, soit la mort d'un être cher, soit un amoindrissement d'honneur, soit une ruine financière, il me semble que j'en étais plus touché que les intéressés eux-mêmes. Enfin, pardonnez-moi cette faiblesse, vous homme de bronze, je crois que, jamais, pour mon malheur, il n'exista un cœur aussi tendre et aussi impressionnable que le mien.

— J'ai connu, reprit lentement, et avec une voix singulièrement altérée, le docteur Rolès, j'ai connu des gens, nés aussi délicatement sensibles que vous vous flattez de l'être, mais comme ils n'en parlaient jamais, qu'ils oubliaient volontiers eux-mêmes et leurs maux, ils passaient pour cuirassés contre toutes les émotions ; leur dehors était luisant, dur et intact comme l'acier neuf; si l'invisible rongeur les trouait en dedans, nul n'en voyait, n'en savait rien. Vous vous plaignez, vous pleurez... C'est là un premier remède, un palliatif que vous octroie la nature: les médecins n'ont rien à voir ici... Il y a un second remède que vous fournira la vertu ; ce sera, si vous le pouvez, un chaud sentiment, une grande affection, d'un ordre général autant que possible, l'habitude du devoir quotidien ; cessez de vivre par vous, en vous observant sans cesse, et vous vivrez ; ne faites pas de vous-même un centre... Vous êtes un égoïste...

A ces mots, Guilbert, dont les yeux plongeaient littéralement dans ceux du docteur, leur vit prendre une expression étrange; instantanément, sa bouche se tordit sous une convulsion rapide... et son buste parut se pencher vers l'un des bras du fauteuil sur lequel il était assis.

Cela avait été si prompt, la phrase avait été coupée si brusquement par un fugitif soupir, que Paul Guilbert supposa le docteur tout simplement en proie à un trouble digestif. Cependant, comme sa pâleur augmentait et qu'il continuait de se taire, Paul se leva, s'approcha de lui plutôt intrigué qu'alarmé de cet incident, et lui dit :

— Docteur... M. le docteur Rolès...

Le docteur Rolès parut ne pas entendre son visiteur et ne lui répondit pas un seul mot. Alors Paul sortit tout effaré du cabinet de consultation, et alla droit demander du secours à la cuisine qui se trouvait en face du salon, de l'autre côté du couloir. Il y trouva fort à propos François, le Maître Jacques du docteur, François, introducteur, confident, cocher, valet de pied... cuisinier, peut-être.

Juste au moment où Paul Guilbert atterré demandait du secours, on sonnait à la porte de la rue.

François, la fourchette d'une main, le verre de l'autre, hésitait. Il ne sortit de cette incertitude que pour dire:

— Est-ce que monsieur est tombé ?

En d'autres moments, Paul aurait pu être tenté de lui répondre :

— Il paraît que vous vous y attendiez .

Il n'en eut pas le temps, car François se hâta d'ajouter :

— Heureusement, c'est son ami le docteur qui sonne là.

Puis, il alla ouvrir au docteur Bernod.

Le docteur Bernod était un homme un peu plus jeune que M. Rolès, c'est-à-dire âgé d'environ cinquante-cinq ans ; un type curieux, ou plutôt l'ombre d'un type. Le docteur Bernod était médecin *in partibus* ; il avait connu Rolès à l'Ecole ; puis il était venu s'établir au Havre en même temps que lui ; mais il n'y *avait pas pris*, selon la locution courante. Il y avait plusieurs raisons à cela : d'abord, M. Rolès avait accaparé la place (en province, le premier médecin devient facilement le seul médecin), et puis M. Bernod, quoique sagace, instruit et méticuleux, avait eu des accidents ; il avait même dû comparaître un jour devant le Tribunal, et l'énergique témoignage de Rolès l'avait seul sauvé de l'amende.

Rolès, qui devait s'y connaître, appréciait tellement Bernod, qu'en cas d'absence il lui confiait son intérim au Havre, et que, dans les rares occasions où le même Rolès avait dû s'aliter, c'est Bernod qu'il envoyait quérir. Heureusement, ledit Bernod avait, du chef de sa femme, une assez belle fortune. Un médecin sans clients devient forcément collectionneur. M. Bernod avait recueilli jusqu'à 2,800 pipes dans son musée. Tous les jours, sans exception, à une heure sonnant, Bernod venait causer avec Rolès.

Aujourd'hui, quoique exact, il venait cinq minutes trop tard.

Il connaissait de vue Paul Guilbert dont la présence insolite dans cette maison le surprit, et dont la figure épouvantée le prépara à une mauvaise nouvelle.

François fut aussitôt chargé de maintenir le silence par égard pour Madame Rolès, puis Bernod et Paul Guilbert rentrèrent dans le salon.

Bernod se borna à jeter un coup d'œil sur son ami et dit :

— C'est fini.

— Comment ! s'écria Paul... le docteur Rolès ?...

— Il n'y a plus de docteur Rolès, murmura Bernod.

— Mais songez donc, monsieur, qu'il y a dix minutes nous causions ensemble, lui assis comme vous le voyez-là. Je sollicitais de sa haute expérience...

— S'il n'a pu vous être utile, répondit Bernod prenant la main glacée de son ami et la gardant entre les siennes, ce n'est pas sa faute, car cet homme-là ne vivait qu'en étant utile aux autres. Mais le mal qu'il portait est sans merci : c'était un anévrisme. Il était digne de lui de mourir par le cœur. Il savait quel intraitable ennemi il portait au dedans de lui. Jamais il ne s'en est ouvert qu'à moi; jamais il ne s'est plaint. Faire chaque jour son ouvrage, telle était l'ordonnance qu'il s'appliquait à lui-même. N'étaient mes regrets personnels, je dirais que c'est moins à moi qu'à personne de le plaindre. Je l'ai trop connu pour douter une seconde que c'est uniquement à cette heureuse vaillance qu'il a dû de vivre. La nature l'avait formé impressionnable à l'excès, frêle comme une feuille ; par la volonté, il s'est fait solide, et cela en méprisant son mal, pour ne s'occuper que du mal des autres. Mais, pardon, monsieur, c'est la première fois que je vous rencontre ici ; vous le voyez, nous n'avons pas de temps à perdre en paroles; seriez-vous assez bon pour me dire...

— J'étais venu, répondit Paul violemment ému, demander un avis au docteur Rolès ; il achevait de me le donner juste comme il a cessé de vivre. Sa mort, ainsi que je vous le montrerai plus tard, aura été sa dernière consultation et non la moins merveilleuse peut-être, et maintenant, monsieur, je me tiens à votre disposition et à celle de la famille si je puis vous être bon à quelque chose.

— Merci, répondit l'autre.

A quoi tiennent les larmes

=

« Je n'avais jamais pleuré, écrivait Mary à sa cousine, qui nous a montré la lettre. Quelle force retenait mes larmes dedans moi ?... je ne saurais le dire. Mon malheur fut toujours extrême. Mon enfance s'est écoulée dans les mauvais traitements, quelquefois adoucis par la pensée d'un bon avenir, par l'image entrevue et menteuse d'un mari qui fût un soutien, d'une maison qui fût un abri et d'enfants adorés follement. Tous les jours, on me battait ; et quoi que fissent les coups, je grandissais, maigre, faible, mais alerte tout de même... et je ne pleurais jamais. On me reprochait de vivre et de grandir. Je ne nomme pas mes bourreaux. Mon père, à la vérité, ne leva jamais la main sur moi, mais sa faiblesse et ses distractions feintes ou réelles, autorisaient mes persécuteurs. Sans doute on découvrit la source cachée où je puisais ma constance, et dès lors on répéta sans cesse à mes oreilles : — « Que deviendra cette sotte si elle rencontre un mari de son caractère ? » Et d'un autre côté : « Le moyen de la refuser au premier homme qui la demandera ? Il n'y en aura pas un second, bien sûr. » — Un soir, ma bien-aimée, je vis entrer dans notre cottage ce premier homme qui me demanda. D'abord il m'effraya par ses airs de colosse ; ensuite, si j'avais osé, je l'aurais haï, rien qu'à cause de la servilité qu'on lui montrait et du plaisir avec lequel on comparait ses mains énormes et mes épaules d'enfant. Pourtant, s'il l'avait voulu, j'aurais été sa femme aimante et dévouée. Il ne le voulut pas. Au moment de le suivre à bord du bateau qui devait nous transporter vers New-York, où est située sa fabrique ; au moment de dire adieu au cottage et à ses habitants, j'eus envie de pleurer, mais je ne pleurai pas. Quand je dis : « Nous nous écrirons souvent, n'est-ce pas ? » Il me fut répondu : « Si vous avez le temps. » Durant la traversée, on dut porter tous les soirs dans sa cabine mon mari ivre-mort, et défendant qu'on me laissât approcher de lui. Emue par sa pâleur, je l'appelai une fois : *dearest (très-cher)* ; il m'interrompit ainsi : « Pas de morale, pas de leçon, ou vous vous en repentiriez toute votre existence. » Si je vis pour te le raconter, douce cousine, c'est que le corps des victimes est fait d'une chair propre aux meurtrissures, ou que le maître du ciel ne me jugeait pas agréable à ses yeux.

Quel dur théâtre de ma honte fut pour moi la maison d'un mari ! *l'autre* valait encore mieux. Cependant l'une ni l'autre de ces prisons ne me fit pleurer. Mon mari ordonnait aux domestiques de n'obéir qu'à lui, et il s'irritait de ce que le désordre de son intérieur trahît le manque d'une ménagère. Un soir, il me prit et me jeta comme une orange au bout de la salle, où je restai deux heures à peu près morte et toute brisée. Pour moins qu'un mot, pour le silence même, il broyait ma tête dans ses doigts. J'en étais réduite, cousine bonne entre toutes, à remercier Dieu de n'être pas mère ; j'en étais venue à redouter les coups seulement pour le mal qu'ils font. Mon mari traitait un jour à dîner une dizaine de ses amis qui se livrèrent en ma présence à de choquants excès de vin et d'eau-de-vie, un peu parce qu'ils n'eussent pas osé me témoigner le moindre égard devant *lui*. Pendant le dîner, il roula à mon adresse des yeux annonçant comme prochaine une scène féroce. Une telle épouvante me saisit, augmentant à mesure du départ des convives, que lorsque ce fut le tour du dernier, je me jetai à ses pieds, le suppliant, au nom de sa mère ou de sa fille de me protéger, de ne pas m'abandonner. Il partit... Je tais le reste. Je

n'avais plus le choix qu'entre la mort ou la fuite... Je
n'avais pas encore pleuré. Je choisis le moindre péché:
la fuite, ayant juste de quoi payer le bateau. Je me
trouvai dans Londres par une soirée froide et brumeuse,
en des rues fangeuses, laissant mes pieds humides me
porter douloureusement je ne sais où. Dieu garde ceux
que tu aimes, ma chérie, et toi-même, de cette tristesse
sans nom, d'errer par une nuit froide, sans amis, sans
maison, dans les rues infernales de Londres !... Je ne
pleurais pas. Un petit garçon de trois ans qui jouait dans
le ruisseau, y trempa son pied et couvrit exprès de boue
jusqu'à mon voile. A l'aspect de cette conjuration du
monde entier, et même des petits enfants contre une
jeune femme qui ne demandait qu'à servir tout le monde
et à chérir les petits enfants, je sentis mon cœur éclater
et défaillir... Alors, oh ! comme je pleurai ! »

AUDITION MUSICALE

—

Scène parisienne de 1864

=

Un de mes amis, critique musical dans un recueil en vogue, m'avait emmené avec lui au cinquième étage de je ne sais quelle maison de la rue Chaptal, pour y entendre un *merveilleux* soprano. On assurait que Verdi viendrait... peut-être. Je ne crois pas utile de vous dépeindre par le menu la réunion spéciale à ce genre de fêtes. Vous voyez cela.

Au centre, tous les yeux, même les plus myopes, reconnaissent la victime parée pour l'exécution : robe blanche, ruban rouge, un large médaillon en or sur la poitrine, une rose dans les cheveux et sur les épaules une sortie de bal comme si elle se rendait en soirée chez des étrangers. Autour d'elle évoluent de petits vieillards à lunettes, aux crânes polis comme leurs gestes et leurs discours, compositeurs inédits, répétiteurs à l'Opéra, habitués non payants de l'ancien *Lyrique*. Un vieil auteur parle *de mots dégelés*, qu'on entend retentir dans l'air, sans que nulle bouche soit visible aux alentours. Pareillement, il s'échappe de ce groupe des mots répercutés par toutes les ondes sonores du logis : « *Rendez-vous avec Carvalho ; ... je le tiens d'Ambroise Thomas ; ... Perrin m'a répondu : Mon cher ami... Ah ! oui la Patti, une serinette, etc., etc.* »

Ces divers sexagénaires forment comme un boulevard entre la victime et un jeune homme fatal, malaisé à péfinir.

Lorsque la victime, qui ne se rend plus compte de rien et a dîné d'une tasse de chocolat, pousse de petits cris hystériques, d'un air égaré et voisin de l'évanouissement, aux galantes plaisanteries des bons vieillards, le jeune homme fatal la regarde d'un air lamentable et semble prendre les dieux à témoins.

Ce jeune homme fatal, c'est le pianiste accompagnateur. On lui a refusé tout dernièrement la main de la victime.

Mais on ne lui a pas dit : « Non, allez vous faire pendre ailleurs. » Pas si bête ! On a pris la chose en riant : « Comment ! vous, un ami, nous mettre le couteau sur la gorge !... Hé quoi ! vous, un artiste, venir nous parler de *cela*, quand la journée et la nuit ne sont pas assez longues pour nos études ! »

Et l'on a fini sur ce mot admirable :

— Attendez ! ... nous attendons bien, *nous*.

Et le pianiste-accompagnateur attendra jusqu'au jour où l'indifférence criminelle de Carvalho, d'Ambroise Thomas et de Perrin lui aura permis d'offrir ses consolations à l'artiste méconnue qu'il n'épousera jamais, et qui, *elle, ne l'oubliera plus.*

En attendant, le jeune homme fatal va échanger des regards d'homme sacrifié, des regards de valet servant à table, avec un homme doux et replet qui salue ses propres meubles.

C'est le père de la diva, un honnête imbécile à qui il est arrivé, par malechance et non par fraude, des malheurs sur la considération, comme parle cette exquise Sévigné.

Depuis, ce père a l'air presque heureux du naufrage qui lui a permis de jeter par dessus bord le fardeau des responsabilités. Il a passé le gouvernail à la mère. Présentement, c'est à la mère que l'on doit tout. Cette mère est partagée entre deux sensations contradictoires, et ce partage fait d'elle un type.

C'est d'abord un fond de traditionnelle et saine antipathie bourgeoise qui lui fait tenir pour équivoque et peu sérieux ce qui se rattache au monde du théâtre.

C'est ensuite un esprit positif qui l'induit à tirer le meilleur parti possible des circonstances.

Or, dans la détresse présente de cette famille, il n'apparaissait qu'une chance de ressaisir le bien-être, sinon la fortune.

Cette chance, c'était la voix et les dispositions musicales d'Andréa.

Andréa ! ! !

Ce devait être un nom d'investiture récente, car l'enfant n'y répondait pas tout de suite. Donc, l'idée fixe, l'occupation unique de cette mère, c'était de faire resplendir, sous mille facettes, le talent musical de sa fille.

Je ne veux citer qu'un trait de cet entêtement qui s'imposait, qui vous attendrissait presque.

Cette opiniâtre dame, en apprenant que je ne pouvais être d'aucune utilité sérieuse, effective, puisque je n'étais rédacteur attitré d'aucune revue ou journal, m'avait fait dès l'abord, je l'ai dit, une assez pauvre mine.

Puis elle s'était ravisée, et tandis que l'on épiloguait sur le célèbre Italien (qui naturellement ne vint pas), l'excellente mère, obéissant comme à une inspiration d'en haut, me prit tout à coup les mains, et me dégoisa dans un charabia des environs de Béziers :

— Alors, monsieur, vous ne pouvez pas, vous-même, *rinndre* service à la petite dans une gazette ?

— J'en suis désolé, madame, mais...

— Point de mais... Point de mais... Vous pouvez, du *moinns*, la recommander à vos amis ; et quand vous allez à votre *restaurannt*, à votre café, vous pouvez dire, pour que les gens de votre table ils vous *inntenndent* : c'est mademoiselle Andréa qui est maintenant une *chinnteuse* unique dans le *monnde.* — Dites cela, monsieur, une fois tous les soirs au *moinns*, et le bon Dieu de là-haut, il ne vous oubliera *poinnt.*

Un zèle profond — disons le mot brutal — l'intérêt, l'intérêt ardent et laborieux n'est jamais ridicule, et quand sa fin est honnête, il conquiert tous les amis du vrai.

Je ne songeai donc pas à rire. L'héroïne de la soirée, lassée d'attendre inutilement le maëstro, avait dû se résigner à chanter pour le chœur des vieillards et à savourer leurs murmures approbateurs, les *ah !!* les applaudissements involontaires et aussitôt retenus, les *brava !* dominateurs qui semblent dire aux voisins : « Je suis comme cela, pensez ce que vous voudrez. »

Paris est délicieux sous cet aspect pour les naïfs qui se contentent de semblants.

Mon ami, le critique, s'était ensuite lancé dans une controverse de musique transcendante avec les amateurs en bésicles. Le foyer, si j'ose ainsi parler (j'entends le foyer de la discussion), jetait d'autres étincelles que tout à l'heure.

Au lieu de *Carvalho,* de *Perrin,* d'*Ambroise Thomas,* un mystérieux écho vous répétait : *Wagner* ... cela plaisait moins.

L'accompagnateur radieux avait pu rejoindre *son* Andréa. On devait dire du mal de Verdi dans ce duo-là.

Pour ces causes, il ne fut pas octroyé plus d'attention à mon départ qu'à mon arrivée.

L'Ami du Mari de Géraldine

=

Le 18 du mois de septembre de l'année dernière, en revenant d'Ostende, je m'arrêtai à Bruges, et j'y rencontrai le soir, buvant de la bière dans un estaminet, les deux derniers cabotins, homme et femme. Comme ils arrivaient justement de la ville de France où je suis né, ils me reconnurent et vinrent s'asseoir auprès de moi. L'homme s'appelait Antoine, et la femme répondait au nom cristallin de Géraldine, tout comme la bien-aimée de Surrey.

Je les conviai au souper du touriste, et les pauvres gens me racontèrent de joyeuses histoires.

La femme était jolie, et d'une grâce piquante et mutine. L'homme portait paletot jaune et casquette écossaise.

Hélas! les cabotins s'en vont... ils s'en sont allés. — *Fuerunt* ou *fuere* (*Burnouf*).

Les rares et derniers vestiges s'en cachent aujourd'hui parmi les seconds sujets des cirques nomades, et les choristes des théâtres d'arrondissement.

Les autres membres de la troupe, depuis le premier amoureux jusqu'au troisième traître, se prononcent indistinctement : *Artistes,* et ont tous une montre. Il n'est pas d'ingénue qui ne possède un piano, pas de baryton qui ne vienne d'une bonne famille, pas de première chanteuse qui n'ait ses entrées dans le meilleur monde... pas de grande coquette qui ne soit bien logée, bien nourrie, bien vêtue.

Aussi *tous* méprisent le pauvre choriste à paletot jaune et à casquette écossaise, et *toutes* méprisent sa femme.

Voilà ce que m'a dit M. Antoine. Cependant les plus superbes d'entre les fiers chefs d'emploi déposaient assez volontiers leur orgueil sur les deux joues roses de Géraldine, quand ils la rencontraient seule dans l'escalier.

Voilà ce que M. Antoine ne m'a pas dit. Géraldine et son mari demeurèrent deux ans dans ma ville natale. Ils logeaient au troisième, chez un épicier, sergent de la garde nationale, qui, aux jours de revue, ne manquait jamais d'aller, en uniforme, tenter la faible femme.

Quant au paiement du premier terme, il dormait toujours, mollement enveloppé dans les langes de l'intention.

Les ennemis d'Antoine avaient semé le bruit que Géraldine n'était pas une Lucrèce.

Les amis particuliers de Géraldine la vengeaient dans ces termes : — La preuve qu'elle est sage, c'est qu'elle n'a rien. — Ô vertu !

J'entrai une fois chez eux, m'a dit un de mes amis ; c'était en mai, je crois. Je me trouvai en présence d'une femme jeune et jolie, protégée contre les ardeurs de Phœbus par une chemise et des pantoufles, tandis que le chef de la communauté, décoré d'un simple pantalon de coutil, reposait sur le lit, dans une attitude pleine d'insoucieuse magnanimité.

La chambre, tapissée de défroques bizarres, a pour tout mobilier une chaise cassée, une table cassée, un fourneau cassé, et un secrétaire, où se trouvent à chaque aurore nouvelle, dans le même beau désordre, le pain, le sel, la pommade, les billets protestés, les rôles manuscrits et le chapeau de ville de monsieur.

Ce qui vous jette dans la stupéfaction, ce n'est point de rencontrer cet horrible dénûment chez des gens appelés à se transformer au premier signe, l'une en dame d'atour de l'infante, l'autre en don José perdant insolemment mille pistoles au jeu du roi... Non, ce qui frappe, ce qui ravit, ce qui jette presque un rayon sur ces obscurs disgraciés, c'est l'aplomb sublime avec lequel ils vous prient de vous asseoir.

A propos de l'intérieur de Géraldine, voici une petite aventure dont ne fut pas le héros M. Charles Verdun.

Charles Verdun est riche et a des loisirs ; sa famille représente la haute bourgeoisie de ma ville natale. Charles Verdun a de dix-neuf à vingt-cinq ans ; il est bachelier, il est châtain-clair... il ne fait rien.

Comme il assistait un jour dans les coulisses, aux répétitions générales d'une féerie, il entrevit, dans le crépuscule des décors, Géraldine appuyée mélancoliquement contre un arbre en carton. L'illusion n'était pas complète ; cependant la jeune femme parut à Charles des plus aimables, avec ses cheveux blonds, ses yeux brillants et son nez de sultane favorite. Il s'approcha d'elle, lui parla de bals masqués et de champagne glacé. Charles, troublé, ne s'aperçut pas qu'Antoine passant derrière eux, avait tressailli au mot de champagne.

Dix jours après (les répétitions générales ayant duré tout autant), on allait grand train sur le chemin qui mène au tutoiement... on allait s'aimer pour soi-même.

Charles ne soupçonnait l'existence d'un Antoine que par la défense à lui faite par Géraldine de la voir chez elle.

Un soir d'été, Verdun méprisant la consigne, tomba à l'improviste chez la figurante qu'il trouva seule.

— *Vous* ici ! fit-elle avec émotion.

Et dans ce *vous,* il y avait un monde de bons sentiments.

Charles répondit par quelques paroles tendres, en lui mettant au doigt une petite bague d'or.

A ce moment, Antoine parut sur le seuil, chancelant et chantonnant.

— Qui êtes-vous, vous ? dit-il à Charles, soudain pris de dégoût.

— Monsieur est notre ami, répondit Géraldine avec beaucoup de sang-froid, il veut nous protéger auprès *des* directeurs ! Et vous voici dans un bel état.

— Si c'est un ami, il n'y a pas de mal, soupirait l'ivrogne... je dis qu'il n'y a pas... tu m'entends, Géraldine... pas de mal, répéta-t il en tombant lourdement sur le plancher.

Malgré la contenance héroïque de Géraldine, Charles, furieux et humilié, travailla à s'esquiver, ce qui n'était pas facile, Antoine lui faisant une barrière de son corps.

— Laissez-moi... il faut que je sorte... Bonjour, mademoiselle...

— Pourquoi appelles-tu Géraldine mademoiselle ? c'est ma femme, je te dis.

— Oh! c'est indigne, s'écria Géraldine, pleurant de honte.

Charles avait disparu, guéri pour la vie des intrigues au troisième étage.

Le soir du jour suivant, il se promenait dans la grande rue de ma ville natale, au bras d'un jeune gandin, qui le moralisait sur *certaines fréquentations* dont le beau monde blâmait Charles. Celui-ci se disculpait péniblement.

Soudain, il se sentit légèrement tirer par le pan de l'habit, et devint verdâtre, en reconnaissant Antoine.

— Ah ça, mon garçon, qu'as-tu fait à Géraldine ? ... elle a la fièvre depuis hier, et toi, un ami, tu n'es pas encore venu nous voir... Peux-tu m'offrir un de tes bons cigares ?

— Que me voulez-vous? grommela Charles d'un air sombre.

— Et puis nous irons prendre quelque chose, poursuivit

Antoine. Oh ! ce n'est pas pour que tu paies... il restait de l'argent dans le secrétaire, tu sais, le petit secrétaire du coin... Viens, ton ami n'est pas de trop.

L'ami, redressant la tête, à la façon d'une demoiselle d'honneur offensée, courut narrer la chose au beau monde scandalisé, et l'ardeur avec laquelle il plaida dans son récit la cause de la morale, lui fit obtenir, séance tenante la main d'une laide héritière de trente et un ans *qui avait fait parler d'elle* dans le temps avec un officier du génie...

— Allez-vous-en au diable ! Tel fut l'adieu de Charles à Antoine.

— Ça, un ami !

Cette atroce persécution dura trente-sept jours. Charles n'osait plus aller au théâtre, où Antoine, souriant et vermeil, ne manquait jamais de le saluer de la main entre deux chœurs, ni d'envoyer l'ouvreuse lui emprunter quarante sous de la part de son *ami* Antoine. Verdun eut volontiers étranglé le misérable, comme il se voyait, dans le cours des représentations, orgueilleusement signalé par lui aux autres choristes *jalouses d'une si belle connaissance en ville.*

Un jour, Antoine, pris de genièvre, l'interpella au milieu du silence religieux de l'assemblée, ce qui fit un scandale énorme.

L'infortuné Charles avait tout à fait renoncé à Géraldine, au monde et à ses pompes ; il comptait sur l'oubli, sur le temps, et un soir qu'il croyait l'affaire à peu près étouffée, il invita la fleur des pois de ses jeunes compatriotes à un souper de garçon chez lui. Vers le milieu de la soirée, éclata dans l'antichambre une voix qui le fit tressaillir.

— Je vous dis qu'il est ici, moi !

— Monsieur, il n'y est pas pour vous, dit un domestique.

— Dites-lui que c'est son *ami* Antoine qui vient lui dire adieu, et vous verrez...

— Voulez-vous filer !

— Non, valet, non, esclave !

Les convives chuchottaient. Verdun n'y tint plus, et sortit du salon pous voir Antoine littéralement jeté sur le pavé, et braillant d'une voix enrouée :

— Un ami ! c'est ignoble... Ah ! je comprends, maintenant.

Le soir, Mars battit soigneusement Vénus, pour avoir appelé *cela son ami*.

Le lendemain, Charles prit son passe-port pour l'Espagne.

Aujourd'hui, Géraldine a beaucoup de succès à Liège.

LE TÉLÉGRAMME

L'action se passe à Boulogne. Si vous connaissez cette plage, il n'est pas besoin que je vous décrive le doux et primitif tableau qui s'étale à droite, vers la sortie du port. Sur le flanc des falaises verdoyante, où reluit tour à tour le blanc des vagues ou le bleu du ciel, un sinueux chemin grimpe et s'arrête au pied d'une maison grise. Si vous n'êtes jamais allé à Boulogne, évoquez un *fond* des plus vieux maîtres, du Pérugin, ou de Hans Memling, la joie et l'honneur de Bruges, et vous aurez une belle idée de ce beau paysage, qu'à mi-chemin d'Angleterre on aperçoit encore.

Tous les hôtels étaient remplis d'Anglais. Dans le nombre il y en a de charmants, d'intolérables, de gracieux, et d'autres qui, sur l'article de la politesse, n'ont point fait un pas depuis Guillaume-le-Conquérant. A mon vif ennui, je ne trouvai pas tout de suite, en arrivant à Boulogne, une chambre donnant sur la mer; mais l'assurance d'une satisfaction prochaine me consola.

Après dîner, j'allais volontiers m'assoir au bout de la jetée, sur le banc circulaire du rond-point, devant l'horizon sombre et la mer retirée au plus profond de ses cavernes. Un certain soir, je trouvai ma place habituelle occupée par un couple anglais. L'homme, beau *gentleman* de trente ans, se montrait de profil. La femme, svelte, onduleuse, penchée vers les flots, un bras accoudé sur le rebord de l'estacade, cachait littéralement sa tête au fond d'une capeline. Moi, je me livrai à mon extase favorite, devant la mer effacée et murmurante. Au diable! ceux qui ne voient là-dedans que gaz, sels, condensations... et, vive Dieu! malgré tout.

Bientôt le *gentleman* me questionna sur un point de la côte. Tandis que je lui répondais, sa compagne ne cessait de fixer l'horizon. Monsieur paraissait prendre un plaisir très vif à mes explications, il les prolongeait de tout son pouvoir; enfin, Madame, que je brûlais de voir en face, daigna sortir de sa contemplation, et sans se retourner d'ailleurs, prononça à mon adresse quelques paroles sur un ton si bienveillant et si enchanteur, que mon cœur en sauta de joie, comme si une mine de sympathie venait de faire explosion à mon côté. La vue et le parler d'une Anglaise me causent de ces frissons; je me rappelle qu'en la fleur de mon âge, je fus frappé d'un inoubliable émoi, à l'aspect des côtes blanches, et jusqu'à la fin de ma vie, je porterai dans mon cœur la mémoire chère et cruelle d'une promenade à Richemond par un clair soleil. A mon bras liée, la belle Rosine inclinait sa tête charmante...

Je ne me serais jamais lassé du charme de cet entretien dans l'ombre, devant la mer; mais tout finit. Je repris seul et le premier le chemin de la ville et de mon hôtel. Je rêvais à cette pose d'une noblesse idéale, je vibrais encore à cette voix harmonieuse et expressive. J'avais le pressentiment d'un mystère et d'une aventure, où le destin m'allait faire ma part. D'ailleurs, je n'étais pas trop pressé. J'attendais l'appel du dieu. Il y a une inspiration, un trépied sybillin en amour, comme en poésie et en oracles. Après huit heures de lourd sommeil, je m'éveillai avec un souvenir très-indistinct des émotions de la veille. La pluie m'empêchant de sortir, je restai dans ma chambre à lire et à écrire des lettres jusque vers trois heures, et alors je descendis au *Reading-Room* (salon de lecture). Cinq ou six Anglais des deux sexes, épars sur les sièges d'alentour, occupaient les divers fragments d'un numéro du *Times*. J'eus bientôt fait d'oublier ma rencontre de l'estacade, à la vue d'une jeune femme, d'une grâce merveilleuse, isolément assise, et en train d'écrire au crayon sur un carnet. La beauté est pour ceux qui l'aiment une patrie, une famille. Je me demandais auquel des Anglais du voisinage, tous silencieux, lisant ou rêvant, celle-ci se trouvait liée. Elle se leva pour aller jusqu'à la croisée voir où en était la pluie. Alors comme elle avait le dos tourné, les autres quittèrent leur lecture et l'examinèrent avec une obstination ironique et pis encore.

Cette situation prestigieuse fut dénouée par l'entrée d'un garçon, qui vint remettre à l'étrangère un message du télégraphe, et m'informer, moi, d'un air de mystère, que le N° 18, qui donne sur la mer, étant libre, on y avai transporté mon bagage.

Cependant, la belle Anglaise avait quitté le *Reading Room*; nous avions peu à peu suivi son exemple, à l'appel de la cloche de la table d'hôte, où elle ne parut pas. Après dîner j'allai faire un tour sur le port, puis je rentrai à l'hôtel, tout aise par avance de la belle vue que j'allais avoir du N° 18. Le N° 18 est au second étage, au milieu d'un grand corridor. Je tournai la clef... Ici, mes souvenirs flottent un peu. J'avais entendu, avant d'ouvrir la porte, comme un gémissement ; ensuite, je fus assailli par l'odeur et la fumée de papiers qu'on brûle. J'eus à peine le temps d'entrevoir une forme féminine assise auprès du secrétaire ; à mes oreilles retentit un cri d'angoisse, à mes yeux se dressa, vision éblouissante, la jeune lady du salon de lecture ; je fus étreint par deux bras désespérés ; une tête frémissante et parfumée s'abattit sur mon cœur, et une voix, que j'eusse reconnue entre mille pour celle que j'avais ouïe la veille sur l'estacade, avant d'expirer dans une mortelle stupeur, murmura : « C'est vous, trop cher, cruel William ! Pourquoi avoir dit que vous partiez !..... »

Quand je fus rendu à moi-même, je la vis qui s'enfuyait, portant sur son visage un tel air de détresse, que les pleurs m'en vinrent aux yeux. Sur le secrétaire, à côté des lettres à demi-brûlées, elle avait oublié le télégramme suivant en anglais :

« Adieu *Dearest* Lucy ; il le faut !!! Soyez raisonnable. Je pars pour les Indes. Je vous adore toujours... Nos lettres dans le secrétaire du N° 18.

« William. »

Je crus pouvoir conclure à un petit roman de séduction anglaise à la Richardson ; jeune nobleman millionnaire et sans scrupules ; adorable miss mal gardée.

Lucy partit de Boulogne le lendemain. Une honte qui fait mon éloge m'interdit de chercher à la revoir, et à mesure que les mois s'écoulèrent, cette honte, en s'affaiblissant, fit place à la tristesse qui me saisit toujours au plus vif de l'âme, lorsqu'il m'arrive d'évoquer en sa présente misère, ce que jadis j'ai trouvé beau, ce que j'allais sans doute aimer. Longtemps l'image de cette splendide jeune femme ardente et désolée me poursuivit d'une sensation vertigineuse de cauchemar.

Deux ans après, j'allai passer quinze jours chez un gentleman-farmer du Yorkshire, qui m'avait promis de me céder une paire de beaux chevaux Avant de retourner en France, je m'arrêtai à Scarborough, plage riante et mondaine, et ville d'eaux en outre, dont les sources ferrugineuses ont, au dire des guides, un petit goût atramentaire... à votre service.

Ma première visite fut pour le château contemporain du roi Étienne, et bâti tout en haut d'un rocher.

En me croisant dans le château avec un capitaine de l'armée anglaise, je fus frappé d'un éclair de ressemblance entre la jolie et élégante femme qu'il avait à son

bras, et celle dont la pensée m'obsédait depuis deux ans,
Celle-ci portait une fraîche toilette de juillet, et un coquet
voile dont elle se servait contre la poussière, sans cacher
la rose de ses joues ni le rayon de ses yeux, suffisait à
empêcher ma certitude.

Le capitaine, homme athlétique et d'un flegme rare,
avait le talent, au moyen de simples monosyllabes, de
faire rire aux éclats sa printanière compagne ; et les éclats
de ce rire nouveau me rappelaient ceux de sanglots
anciens. La même opération des lignes physionomiques
sert à exprimer la gaieté et la tristesse. Peut-être un
phénomène analogue se produit-il dans les sons partis de
nos lèvres.

N'importe, je devais m'être trompé... Eh bien non !
car c'était *elle*.

Le soir il y avait concert au *Saloon* ; je m'y rendis
vingt minutes avant l'ouverture, afin de choisir ma
place, et sur l'un des sièges du premier rang, je *la* reconnus. Elle était seule et regardait justement vers la porte
comme j'entrais. Un gracieux salut m'autorisa à m'approcher d'elle ; elle me serra la main avec une aisance
idéale, et m'apprit qu'elle était à Scarborough avec son
mari, le capitaine Lewis, qui fumait présentement son
cigare dans le jardin du Casino.

— Je l'ai vu, madame... un superbe militaire...

Elle alors me regardant fixement, sans plus sourire
cette fois :

— Il a tué William !

UNE FEMME ET DEUX AMIS

=

I

Un homme très-riche donnait son dernier bal de printemps dans le bel hôtel qu'il habitait avec sa famille, au milieu de la rue Saint-Lazare.

Ces bals comprenaient une cinquantaine de familles, plus ou moins rentées, de Paris et autres lieux. On y rencontrait à profusion de ces jeunes filles telles que notre civilisation les a faites : vierges déclassées dont le front lisse et blême, chez l'une, cache des tempêtes, chez l'autre, recouvre une eau dormante, à jamais sourde au *quos ego...* du sentiment.

Les principaux clubs de Paris comptaient aussi des représentants aux fêtes du millionnaire.

Je n'ai rien à dire contre les petits marquis de Molière en 1865. Ceux-là, du moins, poursuivent une idée, ou, si on trouve que je les flatte, entretiennent une tradition.

Les seuls impardonnables, ce sont les arrière-neveux de M. Jourdain, car à ceux-ci, le plus formidable bouleversement que le monde historique ait vu, s'est mis de la partie pour leur faire une éducation.

Ils n'en sont ni plus reconnaissants ni plus fiers, ces petits sots, que nous voyons par bandes, portant les mêmes gilets, eniaisés par les mêmes femmes, bornant leur instruction à savoir le chiffre exact des caisses de la duchesse X... et de Griffonnette en partance pour Trouville, et leur ambition à montrer à la levrette d'Acacia comme on roule une cigarette.

18

L'action se passe dans les premiers jours de mai, où Paris est splendide, à la seule condition qu'il ne soit pas affreux.

Il vient de sonner onze heures du soir.

L'assemblée est au complet chez l'amphitryon capitaliste.

Les cinq cents invitations lancées, à peine quatre refus, et encore par suite de deuils trop récents ou d'autres obstacles majeurs. Quel triomphe !

L'orchestre est en train de gagner son argent; de minute en minute on voit s'entrouvrir les groupes serrés et pressés ; ce n'est point le génie qui passe, ni la gloire... c'est un plateau de sorbets ou de verres de Moët.

Les mouchoirs parfumés font déjà voltiger leur blanc nuage sur les fronts resplendissants de perles... liquides.

Les observateurs se sont devinés, reconnus et formés en comité : le comité des observateurs réunis. Il n'en sort pas de ces fusées d'éclats de rire qui trahissent le pot aux farces. On y dit, d'une voix très-douce et sans l'ombre d'un geste, des énormités qui, tandis qu'on les prononce, n'empêchent point de saluer à dix pas la personne qui en est l'objet.

Autour du quartier officiel des observateurs réunis, font sentinelle une douzaine de médisants timides, qui voudraient bien avoir l'air d'être innocemment venus là pour s'instruire ; mais, en réalité, ils achètent par divers menus renseignements émanés du coiffeur, du cocher ou de la cuisinière, la faveur de correspondre directement avec ces dispensateurs de la satire et obtiennent, grâce au voisinage, de n'avoir aucune part à leurs dons. En effet, les choses se passsent ici tout autrement qu'à la cour ou dans les ministères. Ici, l'on ne gratifie que les absents, ou du moins ceux-là seulement qui se tiennent à distance du centre des libéralités.

On est en train d'en accabler la comtesse ; écoutons :

— Hé ! hé ! On voit, sans l'avoir vu, que le marquis est arrivé. Tout-à-l'heure, la comtesse a déclaré qu'elle se sentait trop faible, trop fatiguée pour se risquer même à la première figure du quadrille, et la voici qui valse comme une Autrichienne.

— Vil flatteur !

— Permettez, je n'ai point parlé de l'art qu'elle y apporte, mais de l'expression qu'elle y déploie.

— Le faubourg Saint-Germain, en dévalant ici, ne me dit rien, ne m'intéresse plus. Ce qui me préoccupe, c'est de n'avoir pas encore vu *ma mère et ma fille.*

— Du moins, vous avez dû les entendre.

— Ce pluriel est une iniquité. S'il est vrai que Mme Bernardi parle à tort et à travers, et que sa voix est d'un volume détestable, reconnaissez, pour être juste, que sa fille Valentine est le plus souvent muette ; et même, faute de répondre neuf fois sur dix aux gens qui lui parlent, elle passe pour douée d'un orgueil insensé. Ce n'est pas mon avis, à moi, qui l'ai toujours trouvée fort gracieuse.

— Tu en es donc sans trêve amoureux ? pauvre esclave.

— En ce cas, j'aurais plus d'un voisin de chaînes.

— Bravo ! Que toutes louanges soient dès lors rendues à la belle Valentine ! M'est avis, néanmoins, que ses actions ont un peu baissé depuis la dernière saison à Trouville.

— Hélas ! oui ; il paraît que ces petites excursions font de mortelles trouées au budget de la communauté. On ajoute que cet été nous serons libres, en tenant nos volets bien clos, de croire et de faire croire que nous sommes allées conquérir un peu d'air respirable à trois cents lieues de Paris... mais, en réalité, notre grandeur nous attachera aux rivages de la Seine.

— Mon cher ami, tu dépasses le but; à ta façon de t'exprimer sur le compte de ces dames, on jurerait que tu t'inspires de quelque femme de chambre congédiée. Il faut éviter quand même de donner prise à de semblables hypothèses, et résumer les situations de plus haut. A t'entendre, Mesdames Bernardi en seraient déjà à acheter leurs gants à crédit, et Valentine serait la plus délaissée des filles comme il faut, sans dot. Or, nous savons tous que ce gros benêt de Léopold, le même qui aurait pu gagner sa vie avec son hautbois s'il n'avait pas quatre-vingt mille livres de rentes, soupire littéralement après le *oui* de Valentine. Nous savons que la fleur de notre chevalerie, l'incomparable Maurice de Préval, finit toujours, malgré l'heure avancée, par montrer le bout de sa cravate blanche dans tous les bals où il y a Valentine, et dans ceux-là seulement. Ce n'est pas tout : si vous aviez les bons yeux que j'ai, vous verriez rôder avec persistance, depuis cinq minutes, autour de Mesdames Bernardi, un preux inconnu qui va se déclarer, si vous ne le retenez pas.

II

Le camp des observateurs réunis avait ses raisons pour s'appesantir avec quelque animosité, du moins sur l'une des personnes désignées par cette appellation sarcastiquement familière : *Ma mère et ma fille.*

Mme Bernardi, — c'est-à-dire *Ma mère*, — a quarante-huit ans. De taille et de maigreur moyennes, les yeux et les cheveux gris, la langue infatigable, elle ne saurait exprimer la pensée la plus insignifiante, sans que ces mots : *ma fille*, n'y apparaissent plus ou moins pompeusement, mais toujours à haute voix et sans à-propos.

.. Il est sorti plus d'indiscrétions et de railleries de la seule bouche de Mme Bernardi, que de toutes celles des observateurs réunis. Au fond c'est une dissidente, elle dresse autel contre autel ; aussi vous avez vu qu'on ne la ménage pas ; c'est trop de rigueur. Mme Bernardi n'est pas si coupable, ou, du moins elle retrouve une seconde innocence dans la sottise absolue des remarques piquantes qu'elle lance contre tout le monde.

A côté d'elle est assise une grande jeune fille de vingt-et-un à vingt-trois ans. L'ovale de sa figure hautaine est encadré dans d'admirables cheveux noirs qui, le soir au bal, projettent poétiquement l'ombre de leurs boucles sur de rondes et fines épaules.

Les yeux sont d'un bleu sombre, les ailes des narines sans cesse au repos. Par contre, les lèvres sont très-expressives... mais ce qu'elles expriment convient tout à fait à un récit chaste comme celui-ci. Les nigauds de rhétoriciens à qui il serait permis d'entrevoir actuellement Valentine se donnant de petits coups d'éventail, et nos Walter Scott au tas, qui rédigent des scènes du grand monde pour les journaux à un sou, la traiteraient volontiers de beauté fatale; ils ne manqueraient pas de faire du cœur qui bat sous ce corsage blanc et rose, un volcan hypocrite, de la pensée cachée sous cette chevelure sombre un arsenal de machinations ardentes.

Valentine était en réalité une jeune personne froide, tranquille, et si je n'ajoute pas raisonnable, c'est à cause de certains accès d'humeur capricieuse dont nous allons avoir bientôt un échantillon.

.Le camp des observateurs réunis avait dit vrai en parlant de son manque de fortune. Elle et sa mère (cette dernière, veuve d'un lieutenant-colonel), étaient obligées d'entamer l'avenir pour satisfaire au présent.

Le rêve de Valentine était des moins tortueux : elle

visait en ligne droite la richesse ; et elle désirait la richesse afin de ne se rien refuser.

L'hiver dernier, après deux ans de cette chasse aux millions, à travers les halliers illusoires de la *gentry* parisienne, elle avait presque touché du doigt son idéal doré. C'était Léopold, un gros garçon de vingt-huit ans, à la respiration courte, et que deux tours de valse faisaient ressembler au dieu des fleuves.

Il était déjà riche de huit cent mille francs, et en devait hériter autant d'une tante de Strasbourg qui le chérissait, l'avait élevé, et s'imaginait avoir trouvé pour ce cher enfant un préservatif contre les entraînements de la jeunesse et les séductions de Paris, dans la pratique régulière du hautbois.

Le moyen avait réussi longtemps ; aujourd'hui Léopold pâlissait d'amour au seul nom de Valentine.

Depuis six semaines on ne le voyait plus, on n'entendait plus parler de lui ; une lettre de sa tante l'avait rappelé à Strasbourg, justement au sujet de ce violent amour dont la vieille dame voulait avoir le cœur net.

Loin de s'inquiéter de cette absence qui ne devait pas avoir pour objet ni pour résultat de l'oublier, elle, Valentine, l'employait à de merveilleuses coquetteries avec le blond et élégant comte de Préval, jeune prince régnant des blasés, héros du désœuvrement, partout connu pour n'avoir jamais fait un pas vers personne, et dont les conquêtes étaient célèbres.

M. de Préval ne *nous* avait pas dit une seule fois : « Je vous aime, » et toutefois cet indépendant, que les bals assommaient, n'en manquait pas un, si *nous* devions en être.

Valentine, sans l'encourager (il aurait d'abord fallu qu'il y donnât prise), cédait en l'accueillant avec honneur, bien moins au prestige du rang et à la gloriole, qu'à l'attrait d'une certaine espèce de mystère, ou plutôt du doute.

D'une part, le comte de Préval se marier!.. cela eut passé pour absurde et invraisemblable.

Et, d'autre part, ce spirituel et galant homme devait avoir quelques bonnes raisons pour suivre de si près, et pour gratifier d'attentions assidues et visibles, une jeune fille posée dans le monde comme Valentine. En somme, la position respective de ces deux jeunes gens n'aurait pas manqué d'un certain charme, si, chez tous deux, on n'avait été amené à supposer qu'elle était le fruit de l'ennui.

III

Le singulier état de cœur et d'esprit de la belle Valentine tenait à une éducation vicieuse ou plutôt nulle.

Elle n'avait pas connu la vie de foyer.

Son père et sa mère, errant d'une ville de garnison à l'autre, de Philippeville en Algérie, à Dunkerque en Flandre, n'avaient jamais eu d'installation fixe.

Réduits à de pénibles et constants sacrifices pour paraître, même avec désavantage, dans le monde, ils n'étaient pas gais. Or, la meilleure école pour l'enfance, c'est la bonne humeur chez ceux qui la dirigent. La bonne humeur, c'est l'ordre.

Les parents de Valentine, toujours en exhibition chez les autres, n'avaient ni les plaisirs de la mode et de la vanité triomphantes, ni l'incomparable bonheur du chez soi.

Puis, le lieutenant-colonel était mort. La pension que l'Etat servait à sa veuve n'aurait suffi à rien si le parrain de Valentine, qu'on s'était fort heureusement avisé de choisir riche, célibataire et brouillé avec ses neveux, n'avait laissé à la jeune fille une centaine de mille francs.

De jour en jour, ce legs s'évanouissait dans les dépenses de la communauté. L'intention secrète du donateur était que cette somme fût la dot de Valentine...

Une dot avec ces cheveux et ces épaules, allons donc! On n'avait pas trop présumé de cette fière beauté. Le soir, à la clarté de deux cent soixante bougies, elle était la joie des maîtres de maison, chez qui elle attirait *ce qu'il y a de mieux* parmi les marquis et les comtes à la mode, et elle remplissait d'adoration le cœur de Léopold.

L'occasion nous paraît bonne pour réfuter un préjugé de la province.

Dans un grand nombre de chefs-lieux, on est décidément trop porté à croire, sur la foi des vaudevilles, que les salons de Paris ont accoutumé d'emprunter leurs danseurs à la nouveauté et à l'art capillaire, qu'ils fournissent ces jeunes recrues de gants, de bottes et d'habits, et les paient à raison de cinq francs l'heure pour consentir à serrer dans leurs bras les fleurs de la beauté française. Dans tous les cas, il n'en était point ainsi ce soir pour Valentine, autour de laquelle s'empressa, dès son entrée, une légion de solliciteurs titrés. Ce groupe aristocratique venait de se disperser.

Un jeune homme (celui-là même qui avait éveillé l'attention du camp des observateurs réunis), un jeune homme de vingt-huit à trente ans, après avoir erré dans le voisinage de Madame et Mademoiselle Bernardi, parut prendre une résolution énergique, se présenta à Valentine, et la pria de lui vouloir bien accorder la deuxième polka.

La jeune fille accueillit d'un regard indéfinissable cette galante prière dont l'auteur ajouta avec un sourire respectueux :

— M. Raymond Dugardel.

Valentine lui répondit par un imperceptible signe de

tête, qui pouvait signifier également, au choix de la partie intéressée :

— Comment cela s'écrit-il ?

Ou bien encore

— Que m'importe votre nom ?

Elle fit un petit point au crayon sur un bout de carte, et M. Raymond Dugardel, congédié, mais heureux, alla se perdre dans la foule des invités.

En réalité, Raymond ne se perdit pas le moins du monde. Mais, attendu qu'il était venu là seulement pour danser avec Valentine ; attendu que, inspection faite de la liste des danses, son tour ne devait pas venir avant une heure et demie, il était allé prendre patience dans le jardin, qui par extraordinaire méritait ce nom, et où il y avait de vraies fleurs.

Quatre-vingt-dix minutes passent plus vite qu'on ne croit, à causer avec les arbres et les étoiles, quand on a quelque chose à leur dire, et à l'expiration de la quatre-vingt-neuvième, Dugardel reparut dans les salons où l'on dansait.

Le programme, fidèlement suivi, annonçait la deuxième polka. Déjà l'orchestre y préludait.

Dugardel vint, avec un profond salut, rappeler à mademoiselle Valentine son engagement.

Celle-ci, de l'air d'une personne qui ne sait pas ce qu'on lui veut, finit toutefois par se lever, et en hésitant, posa sa main sur le bras de Raymond.

Mais, en voyant venir à elle un jeune homme grand, mince, dont toute la personne était d'une élégance achevée, Valentine retira sa main, murmura un : *vous vous trompez,* que Raymond ne comprit pas, et avec une rapidité indescriptible, accepta le bras du nouvel arrivant, en continuant de sa douce voix :

— J'ai promis à monsieur.

Et ce joli couple s'allait joindre aux autres, lorsque
d'une voix non moins douce, Raymond s'interposa :

— Je sais que je ne devrais pas insister, Mademoiselle;
ma conviction, cependant, est que c'est à moi que vous
avez promis d'abord.

— Je ne le crois pas, répondit Valentine sèchement;
monsieur le comte m'avait invitée.

— Je suis incapable d'y avoir manqué, répondit gaiement celui qu'on appelait en témoignage ; mais s'il y a
incertitude, voici à qui il appartient de trancher le débat,
poursuivit-il en désignant l'horloge. Il y a juste une
demi-heure que j'ai eu l'honneur de vous adresser ma
requête ; à monsieur de vouloir bien nous dire quand
il s'est présenté.

— Et moi, répondit Raymond, gagné par ce courtois
esprit de justice et de conciliation, tout en me défendant
de nouveau d'insister, je dois établir, monsieur, que je
vous ai devancé de la veille, ayant invité Mademoiselle
hier à onze heures.

— Dès lors, que parlons-nous d'incertitude ? Nous
cheminons en pleine clarté. Non seulement vos droits
sont éclatants, mais dans l'espèce (j'ai pris deux inscrip-
tions à la Sorbonne), vous seriez impardonnable de ne
pas les soutenir. Il me reste à supplier Mademoiselle de
m'accorder un dédommagement.

L'aimable de Préval allait abandonner le bras de
Valentine, quand Raymond s'y opposa précipitamment.

— Non, monsieur, je ne saurais profiter d'un malen-
tendu. Il me reste à vous prier. d'agréer mes remerciements les plus sincères.

Et sur ces mots polis, soulignés d'un sourire impérti-
nent pour Valentine, Raymond disparut, accompagné
dans sa retraite par un étrange regard du comte, et le
plus extraordinaire accès d'étonnement qu'eut jamais
ressenti mademoiselle Bernardi.

Les maîtres du terrain se mirent à tournoyer, mais sans échanger un mot, car mademoiselle Valentine, de nature rancunière et despotique, taxait de ridicule et de niaiserie la gentilhommerie du comte ; celui-ci, frappé de la sympathique dignité que respiraient la figure et le langage de Raymond, tenait à faire plus ample connaissance avec lui.

IV

Comme Dugardel demandait son paletot à un domestique, il sentit s'appuyer légèrement sur son épaule une main fine et gantée ; c'était celle du comte.

— Vous jugez sans doute comme moi, cher monsieur, que nous ne pouvons en rester là, fit le danseur de Valentine d'un ton demi-sérieux.

Ne sachant d'abord comment prendre la chose, Dugardel répondit exactement sur le même ton :

— Je suis tout à vos ordres, cher monsieur.

— Tant mieux ! Vous m'appartenez, je vous emmène. Ma voiture attend en bas. Où demeurez-vous ?

— Rue de Luxembourg.

— Et moi, rue Saint-Florentin. Nous vivons porte à porte. Laissez-moi vous déposer à la vôtre.

Les voilà tous deux assis dans le coupé blasonné ; l'un sautillant, fébrile, cordial, impérieux, spirituel, vrai type de jeune français, né riche, d'ailleurs dégoûté, inactif, se sentant créé pour un meilleur usage, ayant un peu trop l'air de rire par bravade, de railler par dépit ; d'une beauté franche et délicate à la fois, âgé de vingt-sept ans au plus, et porteur d'un nom que le duc de Saint-Simon en ses mémoires, couvre d'anecdotes flétrissantes, espèce de consécration très-recherchée aujourd'hui, car cela prouve du moins que *nous* existions, il y a tantôt deux siècles.

L'autre, plus froid, plus contenu, mais aussi agréable en somme. C'était la première fois que nos jeunes gens se rencontraient, mais ils se connaissaient déjà, par cette vague publicité, qui, à Paris, s'attache à certaines individualités, et qu'on pourrait appeler une renommée sans excuses. Cela s'applique surtout au comte de Préval. Cette notoriété est à la véritable et solide renommée, ce que cette dernière est à l'illustration.

En laissant de côté sa généalogie historique, Raymond, quand le comte se fut nommé, salua en lui un de ces héros, au prestige inscrit dans les colonnes du journal *le Sport*. Raymond, ancien élève de l'école des Chartes, travaillait dans une *Revue*.

— Parbleu, dit le comte, après l'avoir complimenté en l'air sur de récents articles, vous devez connaître mon oncle, le marquis de Danlet ; c'est un des actionnaires fondateurs de votre *Revue*.

Raymond salua de nouveau.

— A propos, mon nouvel ami... comme je ne soupe jamais dans les maisons où je viens de danser, je me suis fait attendre ce soir chez moi par un poulet froid et une bouteille de Richebourg que je veux que nous partagions. Acceptez-vous le partage ? Oui. Allons, merci.

Tandis qu'ils devisaient ainsi, et que leur capricieux entretien était parfois interrompu par des accès de songerie, la voiture s'arrêta devant un hôtel de la rue Saint-Florentin, où le comte de Préval occupait, au second étage, un vaste appartement, dont quelques fenêtres donnaient sur le Jardin des Tuileries.

Pour mieux dire, dans ce logement trop grand, sans âme, pénétré d'ennui, et où l'habitant ne *vivait* pas, de Préval occupait deux pièces.

Les autres que Raymond ne fit qu'entrevoir en les traversant, rappelaient ces froids salons des châteaux inhabités, aux toiles d'araignées humides.

Les deux pièces en question étaient une chambre à
coucher et un salon prodigieusement encombré d'objets
de toutes sortes, dont une bonne moitié restaient invisibles à l'œil nu pour cause d'entassement.

Bibliothèque, buffets, divans, tableaux, porcelaines
de Chine, du Japon, de Saxe ; attirail de chasseur, de
cavalier, de fumeur ; portraits de grandes dames du
dernier siècle ; photographies d'actrices, de lorettes, de
juments.

— Êtes-vous musicien? demanda le jeune comte à
Raymond. Sans doute, vous l'êtes. Il y a, à votre service
sous cette robe de chambre turque, un violon, un piano
et des castagnettes. Avant tout, mangeons.

Tous deux s'assirent devant la petite table dressée au
milieu de ce tohu-bohu. De Préval, causeur, souriant, ne
pouvant tenir en place, Raymond, mis en appétit par ce
bon accueil, mais toujours étonné.

— Une vraie musicienne, dit alors le comte versant à
boire à Raymond, c'est cette jeune fille avec qui vous
avez refusé de danser ce soir... Vous ne l'avez pas
ménagée ; entre nous, elle méritait cette leçon.

— Aurais-je eu, répondit Raymond surpris, le mauvais
goût de paraître lui en donner une ?

— Mauvais goût ! Vous êtes sévère. Je vous tiens au
contraire pour un homme extrêmement adroit, et vous
avez pris la bonne route, un dédain poli. Ces enfants gâtés
ne s'en porteraient que mieux, si, au lieu de ces sorbets
empoisonnés, on leur passait de temps en temps, au milieu du bal, ainsi que vous l'avez fait avec tant d'à-propos
ce soir, un simple verre d'eau de ce puits où on prétend
que la vérité habite.

L'accent sardonique de Préval, comme il disait ces
mots, dissimulait à grand'peine, ou plutôt découvrait par
endroits un fond d'étrange tendresse dont Raymond fut
frappé.

— J'espère que je ne vous ai pas personnellement désobligé en vous cédant mon tour de danser avec mademoiselle Bernardi?

— Qui sait? Je la connais, et ce petit épisode ne m'a pas servi dans son esprit.

— Monsieur, répondit Raymond, quels que fussent mes droits à la priorité comme danseur, je ne m'en reconnais aucun à troubler l'harmonie des rapports de deux anciens habitués d'un monde où j'ai paru ce soir tout à fait exceptionnellement.

Un instinct mystérieux et brusque avertit Raymond qu'il venait d'en trop dire. Par malheur pour son secret, s'il en avait un, il avait à faire au plus subtil de cette famille vraiment parisienne d'insouciants perspicaces à qui rien n'échappe. C'est le plus naturellement du monde que le comte demanda à Dugardel :

— D'où connaissiez-vous déjà Valentine Bernardi?

— Je ne la connais pas ; tout au plus l'avais-je vue.

— Tant mieux... restez-en là, car ce n'est pas une petite affaire que d'en devenir amoureux.

— Qu'en savez-vous ?

— Si je vous fais ma confession, puis-je compter sur la vôtre ?

— Quel marché de dupe vous feriez là !... Vous allez me prodiguer, vous, des aventures passionnées, des leçons pratiques d'élégance absolue et raffinée, des audaces... et moi, je n'aurai à vous rendre en échange que des songeries de prisonnier et des émotions de maître d'étude.

— Mon cher ami (permettez-moi ce nom qui est, je l'espère, une simple anticipation), non, je suis pas, et bien mieux, je ne saurais être amoureux de Mlle Bernardi. J'ajoute que ce serait faire un médiocre hommage à cette jeune fille de lui dire : Je vous aime... car elle est vraiment de son siècle et incapable d'accueillir de tels propos autrement que comme plaisanterie d'un autre âge.

— Diable! fit Raymond songeur.

Puis, se ravisant aussitôt :

— Il me semble à moi, continua-t-il, que pour si peu que Mlle Valentine eût d'esprit, il devrait lui paraître plus original de prendre le parti du sentiment, si tout le monde l'attaque.

— Oh ! Valentine est loin d'être une sotte, mais elle a plusieurs ambitions à son arc. Elle tient beaucoup au nom, énormément à l'argent... et l'heureux jeune homme qui réunit jusqu'à présent le plus de chances d'être agréé, ne possède que le second de ces avantages. J'admets qu'il l'emporte définitivement... Tiens ! vous pâlissez, vous ne buvez plus... ce qu'on m'a dit de ces aimables faiseurs de livres serait-il vrai ?

— Qu'a-t-on pu vous en dire ?

— Rien de méchant, sinon qu'un jour ou l'autre ils finissent tous par rencontrer sur leur chemin, dans la rue ou au théâtre, une femme blonde ou brune ; que ce jour-là, ils disent à leur idéal : « Tiens-toi bien, ou je vais t'attrapper. » Qu'en attendant, ils continuent à maigrir sur leurs livres sans s'inquiéter du reste ; et si, d'aventure, on leur apprend un beau matin que l'inconnue aux cheveux noirs ou pas noirs se marie... ils sentent quelque chose se briser là (montrant la région du cœur). Hé ! ne me regardez donc pas comme si j'étais votre Méphistophélès. Gageons que sur une foule de points, je suis un naïf auprès de vous.

— Mon cher hôte, je vous prie de me pardonner ; mon ignorance est mon excuse. Si j'avais su que des sentiments si profonds vous liassent à Mlle Valentine Bernardi...

— Vous rêvez, cher ami... Ne venez-vous pas de me

dire que vous connaissiez Valentine seulement de vue ?

— Ce que j'ai dit est sans importance. Vous-même, nierez-vous que vous vous exprimez sur le compte de Mlle Valentine avec un grand zèle ?

— Moi, c'est une autre affaire. Depuis trois ans, Valentine et votre serviteur, nous nous rencontrons tous les jours. J'ai pris pour ainsi dire des actions dans sa vie ; je me suis intéressé à son avenir.

— Qu'importe un peu plus ou un peu moins d'indiscrétion de ma part ? poursuivit Raymond. Puisque vous vous préoccupez si fort des destinées de Mlle Valentine, qui vous empêche de protéger directement l'objet d'une si flatteuse sollicitude en l'épousant ? Ce serait là un dénoûment bien naturel.

— Vous venez justement de dire le mot qui partout et toujours m'arrêtera : dénoûment. Hé ! quel besoin est-il que rien se dénoue de Valentine à moi ? Tout se borne entre nous à une vague et mutuelle impression de contentement quand les hasards du monde nous rassemblent, à je ne sais quelle ombre flottante d'intimissime secret qui ne serait rien du tout si ce n'était pas un secret ; à une interminable petite guerre de sourires, de silences, de regards, d'yeux détournés, qui serait quelque chose d'absolument insensé pour des cœurs positifs et des esprits sérieux, mais qui pour des âmes vides et frivoles comme les nôtres, sont de petits extras d'idéalité. Dès lors n'avais-je pas raison de vous dire, à vous qui, comme la plupart des écrivains graves, avez conservé jusqu'aux environs de trente ans la fraîcheur du sens affectueux : Ne soyez pas amoureux de Valentine...

V

Il y eut un moment de silence entre les deux nouveaux amis.

— Monsieur, reprit le flegmatique Raymond, cessez
de craindre pour moi. Je vous répète que je n'ai pas
l'honneur de connaître Mlle Bernardi. Je suis franc... et
j'ajoute que cette beauté ne saurait me charmer. Il ne
s'agit d'ailleurs ici ni de moi, ni de mon goût...

— Alors, qu'alliez-vous faire dans cette... à ce bal ?

— J'y allais au nom et en place d'un absent.

— Comment cela ? fit de Préval intrigué.

— Une lettre que je vais à l'instant même écrire sous
vos yeux, me tiendra lieu de confidence.

Le comte avança son pupître à Raymond, qui dépêcha
les lignes suivantes :

« Mon cher Léopold,

« Quand me reviendras-tu de Strasbourg ? Prends
garde de te faire oublier à Paris ; je ne parle pas de moi...
tu m'entends. Pour te contenter, je suis allé de ta part à
ce bal, rue Saint-Lazare. Je ne te pardonnerais pas,
Léopold, de mettre mon dévouement à de telles épreuves,
si je n'avais eu la bonne fortune de faire ce soir même la
connaissance de ton prétendu rival. De Mlle V., je n'ai
rien à te dire. Quant à M. de P., on ne t'avait pas menti
en te le représentant dangereux, mais on t'a trompé sur
ses intentions. Il ne songe aucunement à se marier. Il
vient de me l'affirmer à l'instant même, et c'est un
homme de parole. Il n'a dansé qu'une fois avec Mlle V.,
et encore par ma faute. Voilà ce que j'ai vu. Le reste te
regarde.   « RAYMOND. »

De Préval ayant, à l'invitation de son hôte, pris lecture de cette lettre, essaya de sourire en répondant :

— Qu'avais-je dit ? Quel est le plus naïf de nous deux ?
Quel est celui qui s'est le plus candidement livré pieds et
poings liés à l'autre ? Vous avez tous mes secrets.

19

— Moi, je n'en avais qu'un, interrompit Raymond, et je vous en ai fait part aussi.

— Je suis certain que Valentine ne soupçonnait rien de l'objet de votre présence. Je serais curieux d'assister à votre prochaine rencontre.

— Elle n'aura jamais lieu, car on ne voit cette demoiselle qu'au bal, et moi, on ne m'y verra plus.

Le comte se trompait en regardant à part soi Raymond comme un homme *très-fort;* et de son côté, avec la sûreté d'instinct propre aux cœurs vierges, Dugardel ne se trompait pas en se disant: « Non-seulement le comte est amoureux et jaloux, mais il est sincèrement et délicatement l'un et l'autre. » Dugardel n'était pas un homme *très-fort,* mais une âme ingénue et sensible, prompte à se sentir remuer au moindre accent de sincérité. Une fraternelle amitié remontant aux jours de l'enfance, l'unissait au placide et langoureux Léopold ; un vif et soudain attrait le faisait sympathiser avec de Préval, et pour couronner son embarras, il avait toujours devant les yeux l'étrange regard adressé par Valentine au comte, lorsqu'elle lui avait manqué de parole, à lui, Raymond, pour aller prendre le bras du gentilhomme.

Les deux jeunes gens allèrent fumer sur un divan. Le comte s'était permis une saillie :

— *Ma mère* Bernardi tient beaucoup à son Léopold. Quelle figure elle aurait faite, si elle avait su que vous étiez son *alter ego,* en voyant comme sa fille vous recevait !

Puis, de Préval songeur, n'avait plus prononcé un mot.

Raymond, d'ordinaire très-réservé, dit à son hôte :

— Je voudrais penser tout haut un instant. Me le permettez-vous ? L'origine de notre connaissance, c'est de votre part un trait de spirituelle politesse qui m'a conquis, je l'avoue. Nous sommes en effet d'un temps où tout ce qui

ressemble à une floraison d'amitié est chose tellement
rare qu'elle demande à être expliquée.

— J'ai pu obéir, reprit le jeune comte, à un sentiment
de justice en constatant vos droits dans l'affaire de la polka ; mais surtout je n'étais pas fâché de lutter de coquetterie avec Valentine. Pardon… il y aurait mauvais goût
de ma part à répéter ce nom devant vous, qui êtes le
confident de l'amour d'un autre.

— Si votre cœur était aussi libre que vous me l'avez
dit, vis-à-vis de cette hautaine jeune fille, qui vous em-
pêcherait de m'en parler comme il vous plaît ? Si vous
l'aimez, qui vous empêche de l'obtenir ?

— Je serai franc avec vous ; il me semble que si je lui
disais : « Je vous aime, » sur-le-champ je ne l'aimerais
plus. Entre nous, vous avez d'étranges façons de servir
votre ami ; vous lui voulez susciter un rival.

— Pour l'instant, vous m'êtes à peu près aussi cher que
Léopold, et je me réjouirais de ne voir ni l'un ni l'autre
de vous épouser Mlle Valentine. J'entends sonner quatre
heures ; il est temps que je vous quitte.

— Où vous retrouverai-je ? fit de Préval.

— Je déjeûne chez moi, tous les jours à onze heures.

— Bientôt, nous nous reverrons à votre table.

VI.

Puis Raymond, cœur sensible mais indépendant, regagna à pied la rue de Luxembourg, l'esprit occupé de méditations et de comparaisons bizarres. Il ne pouvait manquer de s'intéresser fort inégalement à la passion docile,
naïve, dévouée de son gros ami Léopold, un *cœur d'or*
qui aimait pour la première fois, et aux étranges balan-
cements de ce délicat roué, fatigué d'être aimé, et si
hésitant à la pensée d'aimer lui-même.

— Il faut cependant, pensait-il, que cette Valentine Bernardi ait quelque mérite dont je ne me sois pas aperçu pour avoir emporté l'amour de deux hommes si différents. Je serais bien aise de savoir lequel des deux l'occupe. Je n'ai pas bien compris le motif des hésitations de M. de Préval. Il doit être riche aussi, lui, et tout compte fait, au risque de voir Léopold mouiller mes gilets de ses pleurs, je regarderais plus volontiers le mariage du comte, que celui de mon doux camarade, avec une fille telle que Valentine.

Quatre jours après le souper de la rue Saint-Florentin, vers onze heures du matin, le comte escaladait les trois étages de l'appartement de Raymond. Une vieille servante, en train de s'essuyer les yeux qu'elle avait rouges de pleurs, l'introduisit dans la pièce où se tenait le jeune savant. Malgré l'heure, il n'y avait là ni table mise, ni préparatifs d'aucune sorte annonçant le déjeuner.

Raymond était très pâle ; sans dire un mot il serra les deux mains du comte, qui débuta ainsi :

— Les oreilles ont dû vous tinter hier au soir ; Valentine et moi nous n'avons fait que parler de vous...

— Il vient, monsieur, de m'arriver un grand malheur, reprit Raymond. Mon pauvre Léopold n'est plus. Cette mort m'enlève mon seul ami d'enfance. Son amour pour Valentine lui rendait tout éloignement de Paris insupportable ; cette exaltation nouvelle, chez une nature d'ordinaire si calme, n'était pas sans périls. La veille de son départ de Strasbourg, Léopold a été pris d'une fièvre cérébrale dont il est mort.

De Préval exprima de vifs regrets, et par convenance se retira bientôt. Raymond partit pour Strasbourg le jour même, afin de rendre les derniers devoirs à Léopold. A son retour à Paris, il n'eut plus guère l'occasion de revoir le comte, et se remit tout entier à ses travaux et à ses études.

Si Valentine fut profondément atteinte par la disparition subite de celui qu'elle comptait épouser, elle eut le bon goût de n'en rien laisser voir et continua d'aller cinq fois par semaine, dans le monde, joûter de tendre capriciosité avec son aristocratique servant.

Un soir qu'il était sentimental, de Préval eut la mauvaise inspiration de faire des ouvertures positives, et du coup son prestige entier s'éclipsa. Il est vrai qu'on le savait ruiné; son excuse, c'est que lui n'en savait rien. Il partit pour l'Australie.

Dépouillée de l'auréole de ses deux adorateurs, le gentilhomme et le millionnaire, Valentine cessa d'être la reine des bals et ne voulut plus revoir son royaume perdu.

On eût juré que ce n'était pas un âme vulgaire, à voir comme elle se résigna en grande dame à l'obscurité d'un tout autre genre de vie.

Un jour, quelqu'un dit à Raymond :

— Vous désirez vous marier? L'argent n'est pas ce qui vous décidera. La jeune fille à laquelle nous avons songé pour vous est d'une grande beauté, d'une instruction cultivée ; jadis on lui reprochait un peu de coquetterie ; aujourd'hui elle ne se montre plus que dans les réunions modestes d'amis. Partager la vie d'un lettré distingué serait entièrement son fait...

— Mais je ne la connais pas.

— Elle vous connaît.

— Ne pouvez-vous me dire son nom, du moins ?

— Non. Vous la verrez elle-même ce soir à dîner chez nous.

C'était un personnage très-recommandable qui parlait ainsi à Raymond, et le jeune homme, à qui sa solitude devenait désagréable, et d'ailleurs alléché par le mystère, se rendit à l'invitation amicale.

Sa surprise fut grande en retrouvant là, belle comme l'an passé, mais toute autre par l'expression du visage, Mademoiselle Valentine, qui, à la vue de Raymond, rougit délicieusemement et lui adressa, en lui rendant son salut, un regard profond qui atteignit le jeune homme tout d'un trait jusqu'au cœur.

Plus tard, quand ils furent mariés, Valentine avoua à Raymond qu'elle l'aimait depuis cette polka refusée.

LE CHAPEAU ENVOLÉ

=

... A la hauteur de Bacharach, un coup de vent emporta mon chapeau. Bien des gens vous diront : « ce n'est rien, c'est un chapeau qui s'envole. » Pour moi, en raison des circonstances, j'honorai d'adieux presque yriques le brusque départ de mon vieux compagnon.

Cela peut se chanter sans accompagnement :

AU CHAPEAU ENVOLÉ

« J'étais devenu ton maître par un jour d'été, dont ie souvenir éclaire d'un reflet heureux mon passé mélancolique. *Elle* m'attendait.

» Tu ne t'étalais point vénalement aux barreaux de ta cage; cette réserve de bon goût m'intéressa tout de suite en ta faveur. Je te choisis entre de nombreux rivaux qui briguaient ma préférence par un éclat supérieur au tien et par cent molles attitudes; mais j'étais résolu à ne couronner que les grâces solides. Nous partîmes ensemble à la conquête de mon bonheur, et, tu ne fus pas étranger à l'accueil tendre qu'on me fit. J'eus pour toi des égards excessifs, je te posai délicatement sur un siège de velours bien épousseté, et, au milieu d'entretiens célestes, je ne te perdis pas de vue une seule minute. Cette sollicitude, mal interprêtée, m'attira même les foudres d'un *ange* qui, malgré sa bonne éducation, me donna des noms d'animaux, tels que *chien* et *rat*. Dans son aveugle ressentiment, elle alla jusqu'à te jeter à ma tête avec un geste violent qui nous brouilla pour toujours.

» Hélas! cette extrême tendresse ne survécut pas intacte à ta première splendeur. Je t'exposai à ma suite à d'horribles tempêtes qui ébranlaient ta frêle machine.

» Cependant cette existence aventureuse t'offrait plus
de charmes que la vie longue et monotone qu'aurait pu
te faire le respect intéressé d'un vieil avare. Celui-là ne
t'eût fait prendre l'air qu'à des jours d'enterrement.

« Sois fière, intéressante victime des brises du Rhin.
Le souffle de la honte ne rebroussa jamais un seul de
tes poils. Tu ne t'es jamais abaissé devant l'opulence
sans vertu. Tu n'honorais que la probité, le malheur ou
le génie, et la beauté elle-même, ne recevait ton hommage
qu'à la condition d'être honnête.

» Cependant les symptômes de dissolution répandus sur
tout ton être auraient dû m'ouvrir les yeux.

» Sophismes de l'ingratitude !

» J'appuyais mon égoïste sécurité sur les raisons
mêmes qui auraient dû m'alarmer. Je me disais que, sorti
vainqueur de tant de luttes, tu n'avais rien à craindre de
celles à venir. Je t'entraînai, sur ces entrefaites, vers
la poétique Allemagne. Tes bords pendaient languis-
samment, ton ancien lustre avait fait place à ces tons
roussis, qui sont vos cheveux blancs, à vous autres
chapeaux !

» Ne voulant pas encore me séparer de toi... à Coblentz,
qui en a vu jadis beaucoup de ta sorte, je t'adjoignis une
casquette. Ta vieillesse provoqua chez le marchand de
fines railleries contre lesquelles je ne te défendis point : ce
dernier coup t'accabla. Ta résolution fut bientôt prise.
Nous approchions de cet endroit aux brises funestes,
jadis une des terreurs du Rhin. Tu hésitas quelques
instants devant un adieu éternel. Les caresses de la
brise t'entouraient, et l'onde t'appelait d'une voix
irrésistible. Ta pudeur égala ton courage, car tu profitas
d'un moment où l'attention générale était occupée loin de
nous pour donner le suprême coup d'aile et t'envoler,
à ma douloureuse stupeur. Avant que personne en pût

rien voir, j'eus, grâce à toi, le temps de te substituer cette
casquette, objet de ta susceptibilité.

» D'abord, tu tourbillonnas dans l'air, puis tu t'engloutis; le moulin du steamer déchira ton flanc sans
pitié, et te refoula jusqu'aux profondeurs dernières du
vieux Rhin, à la surface duquel tu reparus encore, mais,
lacéré, méconnaissable. Ton cadavre noir, bercé par
l'onde jaune du fleuve des légendes, éveilla la curiosité
de ceux qui m'entouraient.

» Dans une évolution pleine de délicatesse, tu m'offris
en dernier spectacle mon nom inscrit sur ta coiffe.

» Mille beaux yeux se fixèrent sur toi, et un Anglais
de distinction, que ta vue intéressait vivement, écrivit sur
son carnet: Débris d'anciens naufrages. »

L'OMNIBUS DU MAINE

Philosophes, raisonneurs, analystes, esprits judicieux, malins sourires, gens conséquents avec vous-mêmes, doutes fondés, et toi, sotte expérience, laissez-moi tous tranquille une heure !

Vous m'ennuyez ; vous me faites peur. Pendant une heure, laissez mon frère m'embrasser ; laissez-moi dire : le bon Dieu !

Pendant une heure, je veux ne pas encore être un homme, et qu'on me traite en enfant !

Logique, tu es un monstre ! Je te laisse et je pars vers les cheveux blonds.

Il est des chevelures noires que j'admire aussi, mais j'aime toutes les blondes.

—

Dans ce temps-là, Paris s'augmentait chaque jour de cent nouvelles rues et de mille maisons neuves.

C'était à se demander dans quel autre monde on irait chercher des hommes, des femmes et des enfants pour les faire habiter ces maisons neuves.

Cependant on voyait errer, dans les nouvelles rues, des légion d'hommes, de femmes et d'enfants qui ne devaient jamais entrer dans ces maisons neuves, et destinés à mourir, ce soir, demain ou l'an d'après, en de noirs réduits sans fleurs et sans soleil.

—

Il y a des gens qui n'ont pas de chance, et qui s'éteignent dans le désespoir et dans l'oubli.

Il y en a d'autres qui reçoivent dans un nid joyeux

l'amie de leur cœur, et dont les enfants ne courent pas pieds nus, derrière les voitures, pour un sou.

Il y en a qui n'ont pas dû quitter, à quinze ans, leur maison, leur mère et leur ville... pour revenir dix ans après, tristes seuls, effarés... ayant perdu leur mère, ayant comme on dit, gâté leur vie.

Que le ciel soit bon pour ceux-là, puisque la terre leur est mauvaise !

Mon cœur, tu étais fou.

Tu étais fou d'être ainsi désolé sans trêve, de toujours dire : Ah ! si du moins j'avais un frère !

Cette nuit encore, je pleurais en y songeant. Mes rêves et mes insomnies sont également noirs.

Autrefois ! autrefois !!! On dirait que je parle du moyen-âge... et il n'y a pas trois ans de cela. Autrefois, ce qui chantait d'espérance en la gloire et d'amour de la femme dans mon cœur, je ne saurais vous le dire.

Aujourd'hui, pourquoi ne veux-tu rien prendre, mon cœur, à la gaieté des autres ?

C'est de l'orgueil, cela ; c'est une maladie.

Tu songes peut-être qu'on va faire de tes larmes des perles pour les épaules de la Beauté ou pour le diadème de la Tristesse.

Regarde, elles sont séchées, tes larmes.

Ecoute, le rire éclate encore.

Voilà ce que c'est que d'avoir voulu tout apprendre tout seul ; mes jours n'en finissent pas. Autrefois, lorsque je ne savais qu'aimer, ma vie était une onde.

———

Ce dernier jeudi, par un soleil splendide, j'allais monter sur l'omnibus qui conduit de la barrière du Maine au chemin de fer du Nord.

Un ami m'accompagnait, un jeune officier à la voix

forte, qui, à chaque phrase, répétait mes deux noms, comme par peur de les oublier.

D'ailleurs, il me plaisait, avec sa manière franche de raconter de fausses conquêtes au pays amoureux.

Enfin, caprice du bel âge, nous nous faisions une petite fête d'escalader l'impériale de l'omnibus qui devait nous conduire à la gare du Nord, et de là aux prairies.

En regardant ce jeune et gai soldat, je me disais :

— Que n'est-il mon frère !

Au moment de partir, de plus en plus excité, il répéta très-haut mon nom, pour la dixième fois.

Alors vint près de nous un homme âgé de trente ans peut-être.

Les yeux, creusés, avaient dû être brillants et doux ; ses rares cheveux avaient dû être et noirs bouclés.

— Frédéric, me dit-il, je suis votre frère !

Je crus que ce pâle jeune homme avait trop bu, ou pas assez dormi, et je lui répondis :

— Vous vous trompez malheureusement. Je n'ai jamais eu de frère !

— Cependant, on vous nomme Frédéric Vallon... N'êtes-vous pas d'Amiens ?

— Oui, vraiment.

— Moi je me nomme Georges Vallon, je suis né à Amiens où habitaient mon père Georges et ma mère Marguerite. Je suis votre frère aîné ; mais, à ce que je vois, on ne vous a jamais parlé de moi.

Je ne le connaissais pas, mais nous nous reconnûmes. Alors, quel serrement de mains, quelle embrassade du fond du cœur !

C'est ainsi que j'ai enfin trouvé, l'autre jour, ce frère attendu, cherché et ignoré, alors que je ne comptais pas plus sur cette rencontre bénie que je n'espérais la résurrection de ma candeur d'enfant.

Mon ami l'officier dut rester avec nous, malgré sa discrète résolution de nous laisser ensemble, et mon frère monta aussi sur l'impériale de l'omnibus du Maine. Mais, nous prévint-il, une affaire le réclamait rue de B.., et il ne pourrait nous accompagner que jusque-là.

D'ailleurs, il s'engageait à m'appartenir définitivement dès le soir du même jour.

Cette assurance nous mit d'accord. Je fus attendri jusqu'au fond du cœur par l'histoire de ses peines. Tout jeune il avait quitté la maison de notre père. Sa jeunesse avait été indocile et passionnée, voilà tout.

— Sois pardonné et content, lui dis-je ; tu seras heureux ; ma maison sera la tienne, oh ! mon frère !

Si vous aviez vu combien timide était sa joie et humble sa reconnaissance ; je brûlais de le serrer contre mon cœur, de me promener à son bras, de dire à tout le monde :

— Voici mon frère !

Le soleil resplendissait. Au milieu du faubourg, où est située la rue de B.. ; mon frère descendit, la paupière humide... Je le suivais des yeux, comme il cheminait parmi les décombres et les murs en ruines qui abondent par là. Il m'envoya un baiser avec la main, et continua de marcher.

. . . .

Tout d'un coup, il se fit un ouragan de poussière blanche, un horrible fracas de pierres traversé d'un cri d'angoisse humaine... un mur venait de s'écrouler. Les chevaux se cabrèrent... nous fûmes tous renversés l'un sur l'autre... Je sentis mon cœur se fondre.

On releva deux hommes blessés et un mort.

Le mort... *c'était lui !*

PORTRAIT DE SOUVENIR

Odi s`io son sincero :
Ancor mi sembri bella;
Ma non mi sembri quella,
Che paragon non ha.

Metastase.

I

Evidemment, jeune Claudius, c'est un portrait de souvenir. Si tu m'écoutais comme tu le dois, tu ne me ferais pas de ces demandes. Laisse tes pinceaux tranquilles.

Qui te pousse à commencer avant de savoir ce que je veux ?

Ecoute-moi religieusement, et alors inspire-toi de ce que j'aurai dit. Cependant, cherche moins à saisir dans mes paroles que dans mes gestes, l'éclair de cette ressemblance. Et souviens-toi, Claudius, que si par la bonté des puissances mystérieuses, ou par l'effet de mes accents émus, tes couleurs me rendent sur la toile un air de ce visage... je ne te refuserai rien. J'écrirai des vers admiratifs au bas de ta photographie, je citerai ton nom à tout propos dans mes romans, comme si tu étais un homme illustre. Et bien mieux, je te donnerai, en ami, de quoi aller vivre trois mois en Italie, puisque tu me dis que c'est là ton rêve.

Tu es heureux, toi, d'avoir des rêves si aisés à accomplir. Moi j'ai toujours chéri des impossibilités. Rien de ce que donne l'or n'a su me plaire. Je suis amoureux d'un orgueil, d'une liberté, d'un secret, d'une moquerie, d'une démarche, d'un soupir, d'un passé manqué, d'un parfum.

J'y pense, Claudius, nous devrions plutôt essayer le fusain. Une fois pour toutes, lorsque j'exprime une opinion, tu pourrais bien t'épargner ces signes de tête négatifs. Il ne s'agit point de tes idées, mais de mon caprice.

———

La scène se passe à Blois, dans une rue quelconque. Si tu y tiens particulièrement, je t'accorde une promenade plantée d'arbres, avec diverses maisons entrevues à travers les branches ; je te dirai pourquoi.

Une jeune femme marche dans cette rue ou dans cette allée d'arbres, à ton choix.

De quelque façon que tu t'y prennes, ô maître ! (je te flatte, sois reconnaissant) attache-toi surtout, car c'est mon unique envie, à ce que l'on sente bien que cette femme baignée dans la fraîcheur de l'aurore, isolée dans l'égoïsme de la santé parfaite et des habitudes imperturbables, est pour quelqu'un une apparition follement désirée, et que sa vue soulève un cœur !

Ainsi bondit le flot, amoureux lui aussi de beautés profondes.

... Et qu'alors, en cherchant un peu, on découvre à la croisée d'une des maisons, le menton dans la main, la silhouette d'un jeune homme pensif.

D'ailleurs, pas un regard échangé, pas un signe... rien qui indique, entre ces deux solitaires de la ville, le moindre accord antérieur, ni qu'ils se sont jamais parlé.

Si tu réussis à exprimer cet effet divin de rendez-vous muet, inconscient, ordonné par la seule fatalité, Claudius, je te le dis, tu tiens déjà dans ta poche un mois sur les trois que j'ai promis de te faire passer en Italie.

———

Avant d'aller aussi loin, jeune homme, j'aurais dû m'enquérir de tes mœurs.

Si tu aimes les filles et tout ce qui leur ressemble, les

tutoiements à première vue, les farces, les choses grossières, tu ne me comprendras jamais.

Il faut que ton art dise *vous* à mon idole... et la traite,
comme moi, avec religion. Tu ris, tu ne crois pas à
l'amour immortel, enthousiaste de refus, ivre de priva-
tions. Cet amour-là existe; il est un dieu, Claudius.

Alors, que diras-tu, lorsqu'on t'apprendra que je
faisais ce que je voulais de deux femmes à la béauté irrésistible, et savantes entre toutes dans l'art de paraître
jalouses?

Eh bien, ces deux femmes, je ne les ai pas revues
depuis l'an dernier, pour l'amour d'une autre, qui ne me
donnera jamais sa main à baiser, mais qui m'a appelé
son ami.

—

Je ne suis pas un sot, Claudius. Cependant, l'autre jour,
(songe que durant deux mois il ne s'était point passé une
heure sans que j'eusse cette femme devant les yeux),
soudain, mes chères visions prirent un corps, et
en plein midi, sur le Pont-Neuf, je crus voir venir à
moi ce sourire qui est tout un printemps, et ce pas de
Diane.

Va, Claudius, ceux qui improvisent des vers dans ces
moments-là sont d'étranges poètes. Pour moi, mes yeux
s'obscurcirent, je portai la main à mon cœur assailli par
une tempête de battements sourds, et je fus bien près de
tomber, comme Rosny, aux pieds de Henri IV. Heureusement, je redevins mon maître, je repassai dans mon esprit
toutes les paroles qu'elle m'a adressées depuis que nous
nous connaissons. Je n'en ai pas oublié une seule, je les
cultive toutes comme un parterre de fleurs sacrées dans
ma mémoire fertilisée. Je n'ai que cette manière de
faire ma cour à l'absence, et de montrer ma fidélité à l'âme.

—

Soigne bien, Claudius, le geste par lequel sa main, finement gantée sans être à l'étroit, tient un pli de sa robe, sans la relever plus haut que le bout du pied. Autour de la tête, changeante et pensive à la fois, éveillée ou lasse tour à tour, fais frémir sous une brise intelligente deux touffes de cheveux presque noirs. Que la démarche d'une élégance aérienne, suggère l'idée de jeunesse éclose d'hier, et fixée pour l'éternité. Inspire-toi de métamorphoses gracieuses : par exemple, un bouton de rose changé cette nuit en un lys. Lorsqu'il s'agira de la bouche et du nez, pense à Paris, oublie Athènes et ses lignes droites.

—

Le jeune homme te préoccupe. Parlons-en.

N'en fais pas un saule pleureur. ni un joli garçon roulant des cigarettes, mais un esprit, encore ce matin, las de toutes choses, et maintenant émerveillé et rattaché à la vie par le charme de cette inconnue.

Bref, une scène de renouveau poétique, d'aurore spirituelle, de renaissance du cœur.

J'ai soif d'un regard qui soit une victoire, d'un sourire qui soit une récompense.

Tu me demandes si j'aime cette femme, je ne sais... mais toute autre qui jurerait que je l'ai aimée, me causerait une surprise généreuse comme la pitié.

Est-ce donc moi le jeune homme de la croisée ? Oui, peut-être, si tu comprends ma faiblesse de me croire jeune jusqu'à ce que vienne la mort. Elle viendra bientôt, le vent de son aile a déjà refroidi mon·front, elle m'avertit sentimentalement, par demi-mots ; son appel frissonne comme un aveu, elle aura été femme pour moi.

Cependant, Claudius, ne donne pas mes traits â ce jeune homme, car cela me ferait passer pour un sot langoureux. Ne mets rien dans la main du personnage qui ressemble à une lettre.

20

Tâche de représenter un idéal passionné, une rêverie plus forte que le réel. Ne me force pas à répéter, Claudius ; il souffle dans ton atelier un vent aigu qui me donne la névralgie, et il y aurait conscience à me faire ouvrir la bouche inutilement.

J'entends... tu es possédé de cette manie (afin de paraître lettré) de mettre une citation de poète étranger pour, devise à ton œuvre. Je ne te refuserai pas cette misère. Inscris alors sur un des châssis du cadre cette phrase de Walter Scott :

« Le pilote dirige sa barque au gré de l'étoile polaire, bien qu'il n'espère pas posséder jamais cette étoile.

« Que la pensée d'Isabelle de Croye fasse de moi un homme digne d'elle, bien que je ne doive peut-être plus la revoir. »

—

Lorsqu'on parle de ces choses, on dit en riant : Amour platonique !

Certes, je n'étais point allé à Blois pour apprendre à aimer, ni pour injurier Paris.

Une grande douleur, celle qu'on nomme à genoux, celle qui est aux autres douleurs ce qu'est aux roses effeuillées le chêne éventré par la foudre, m'avait jeté dans cette retraite et ce silence.

Après un mois de cette stupeur, je commençai à ouvrir ma fenêtre qui donne sur la promenade plantée d'arbres et domine la ville où ce coup m'avait cloué.

— Plus rien ici, me disais-je, que des parfums évaporés et des maisons peuplées d'ombres... Partons !

—

Alors, Diane parut. Je la vois encore, je la verrai toujours assise ou marchant. Et, je l'adorais assise, et je l'admirais marchant. Surtout, ne fais pas de Diane une sentimentale du vieux roman, ni une excentrique du roman d'aujourd'hui. Ce n'est qu'une femme. Mais à sa vue, toute la beauté, toute la vaillance de mon ancien cœur, branches dépouillées par l'orage, vertus endormies par l'égoïsme, ont frissonné et vont reverdir.

Devant elle, on oublie que la richesse fait le bonheur. Devant elle, on se reprend à chérir la justice, la liberté, le dévouement, l'esprit et le courage...

Les belles nuits vertigineuses du café Anglais, de la Maison d'Or, les boudoirs en satin bleu, s'effacent dans une pâle brume éclairée bientôt des feux de la grande aurore. On ne songe plus à faire des livres avec les mots que les autres ont dits. Tu t'impatientes, Claudius... Il vient de t'échapper même un vilain reproche. Non, je ne te fais pas poser. Tout ce que je viens de dire est vrai, ou du moins je l'avais cru... et j'en meurs. Tu comprends que j'aime mieux paraître mourir d'un idéal rentré, que d'une lésion au foie.

———

Lorsqu'on s'abandonne à ce penchant d'examens et de rêves, si l'on perd sa liberté et ses anciens goûts, si l'on sacrifie tout, travail, devoir, amitié, à la crainte de manquer l'heure où passe une insensibilité qui vous a ensorcelé... en revanche, notre âme, reployée sur elle-même, acquiert des vigueurs étonnantes, et, il y a des jours où elle semble connaître sûrement ce qui va arriver, et même commander à la destinée.

Songe que depuis le temps que cela durait, je n'étais nullement autorisé à saluer Diane, ni à lui parler. Il était convenu que l'autre semaine je retournerais à Paris. Paris! nom auguste! dernier asile du naturel!

La veille même de ce départ arrêté, nous nous rencontrâmes en visite, Diane et moi, chez une très-vieille dame à peu près sourde et aveugle, qui venait de perdre son mari.

Nous étions seuls dans le salon, auprès de cette mère-grand, qui avait tellement perdu la juste appréciation des choses qu'elle dit à Diane :

— C'est votre mari qui est là, ma petite ?

Ma chaise elle-même fut presque aussi renversée que moi de la question, et je ne dus qu'à beaucoup de sang-froid d'être préservé d'une chute ridicule.

C'est une tout autre sensation d'être ainsi près de la femme, objet d'un pareil amour, et de causer avec elle de choses brûlantes, ou bien de l'apercevoir seulement du haut d'une croisée, ou dans la rue. D'ailleurs, ce fut divin. La vieille dame, abîmée dans son chagrin, ainsi que cela se dit des personnes que l'âge a rendues tout à fait insensibles, ne se mêlait à la conversation que pour nous demander de temps en temps si nous n'avions pas froid. Diane était calme, absolue maîtresse d'elle-même, mais un peu rouge... Moi, je trouvais assez bien mes mots ; seulement, ma voix tremblait.

Vraiment, Claudius, tu es bien comme tous tes pareils; tu n'es pas un cœur, mais un œil. Vous autres, peintres, vous voyez tout sous un jour matériel et grossier, et ne voilà-t-il pas qu'il faut que je te dise comment était faite Diane, car c'est ainsi que je venais de l'entendre appeler par la vieille dame. Eh bien ! divinise ton plus pur idéal d'élégance. Tu es un habitué de l'Opéra : rappelle-toi l'amour de *Néméa* sur son socle électrique... C'est le même sourire, les mêmes cheveux, le même air de tête.

—

Dans cette conversation magique, sous la présidence de la vieille dame sourde, il ne fut pas dit un mot dont le provincialisme le plus austère pût s'effaroucher... et pas un de ces mots pourtant qui ne sentît la poudre et ne couvât un incendie. Notre conversation s'était faite aussitôt ce que doit être toute conversation entre gens réduits à se parler dans un arrêt de train express... et qui ont à loger dix ans, tout le passé et l'avenir, dans trois minutes ; c'est-à-dire une conversation aiguë, toute de détails, analytique, personnelle, questionneuse.

— C'est un émerveillement pour moi, lui dis-je, que cette rencontre.

— Pas pour moi, répondit-elle, j'en étais sûre.

Autre exemple :

— Êtes-vous superstitieuse ?

— Oui.

Évidemment, cela ne voulait rien dire pour la galerie, s'il y avait eu une galerie... Pour moi, c'était un univers neuf qui flamboyait à l'horizon.

— Alors ! vous m'aimez !!!

Il y eut un *oui*... mais dans quelles soudaines ténèbres, dans quel effarement, dans quelle douleur d'homme qui reçoit sur la tête des coups de marteau !

—

Car tout cela était encore un rêve... un rêve en plein jour, entre mes malles prêtes pour le départ.

Je n'ai jamais parlé à Diane. C'est une femme pareille aux autres femmes ; une femme comme toutes les femmes... Coquette et gentille, soit... Mais gare à l'enthousiasme qui se promène par là !

J'ai eu tous les torts ; elle est charmante. Mon grand essor d'aigle, irrité et jaloux, au lieu du soleil, rencontra un nuage humide qui lui mouilla les plumes. Ce n'est pas la faute de Diane. J'ai fait beaucoup d'honneur à une créature humaine en lui rendant de tels hommages, mais il est convenu qu'envers une femme, ces sortes d'humilités ne doivent pas nous donner à rougir.

Les Amis qu'on n'a jamais vus

=

N'avez-vous pas été amené, soit par le besoin d'un renseignement, soit par toute autre cause, à écrire à une personne inconnue, vivant très-loin de vous ? Ne vous est-il pas arrivé d'en obtenir une réponse si pleine de bonne grâce, que vous vous représentiez son auteur sous les traits les plus agréables, et qu'il comptait désormais parmi vos sympathies ? —Ce sont là des événements, des mystères dans la vie des âmes sensibles et délicates ; l'imagination des solitaires et des malades y trouve des armes contre l'ennui. En 1836, je terminais mes études à l'étranger, et durant les loisirs que me laissait mon application à une langue nouvelle, j'accumulais des matériaux pour l'histoire d'un très-ancien poète français. A cette occasion, j'entrai en rapport avec un savant archiviste d'un département du Nord, au moyen d'une longue lettre où je le sollicitai de m'éclaircir plusieurs points obscurs de chronologie et de linguistique du temps. Ce fonctionnaire, dont j'ignorais le nom, se mit à ma disposition, dans une réponse tellement exquise de courtoisie et de bienveillance, que je ne pus m'empêcher de le remercier avec l'abondance du cœur. Une semaine plus tard, ce galant homme eut l'occasion de réclamer de moi un service analogue à celui qu'il m'avait rendu. Il s'agissait de lui faire parvenir de temps à autre, de courts extraits des journaux scientifiques de l'Angleterre. Il s'ensuivit entre nous une correspondance assidue et régulière, qui, après avoir parcouru la série des formules affectueuses, aboutit en moins d'un an, vers l'époque de mon retour en France, aux épanchements de l'intimité.

Les histoires de cœur, les affaires de famille, tout y passa, sauf la question d'âge, qui ne fut pas abordée. Il ne se doutait pas qu'il aurait pu être mon père.

Je lui réservais cette petite surprise pour notre première rencontre. Elle n'eut jamais lieu.

Souvent, je rêvais aux rivières, aux collines, aux champs, aux villes qui nous séparaient ; à cette étrange union, si vive, si tendre, qui n'existait que par la grâce de la poste et le lien de l'idée. Je m'étais fait cette persuasion que, dans une foule, je le reconnaîtrais à première vue, et nous avions convenu, en plaisantant, qu'à notre premier rendez-vous, nous ne nous nommerions l'un à l'autre qu'après avoir laissé agir la divination du sentiment. Une fois, je ne reçus pas de lettre de lui au jour accoutumé. Il fut deux semaines, et puis quatre sans m'écrire, malgré mon exactitude. Ce silence m'inspirait de vives alarmes, et je voulais me mettre en route quand on m'apporta un paquet accompagné d'une lettre d'écriture inconnue. C'était celle d'un ami, son exécuteur testamentaire, qui m'annonçait la mort du savant archiviste, et conformément à sa volonté dernière, m'envoyait un portrait de lui, aux tons effacés, et remontant presque à l'origine du daguerréotype. C'est d'une main tremblante que je le portai à mes yeux, sans être mieux fixé qu'auparavant sur l'expression qu'avait son visage au temps où nous nous connûmes. Ce vieux portrait représentait un jeune homme de mon âge. Après la mort du modèle, il ne fut point donné à une mère, ni à une amie, ni à un enfant, mais à moi, qui ne l'avais jamais vu, et qu'il traitait comme son plus cher, par delà le tombeau. Aussi, est-ce une légitime reconnaissance qui me fait chérir cette mémoire.

DANS UN CAB

=

Après avoir accompagné mes amis de France, jusqu'à
la station de South-Eastern, je songeai à me faire transporter, à toute vitesse de cab, vers la maison de ma chère
Ellinor, que l'inquiétude avait sans doute gagnée depuis
longtemps (Mistress Ellinor est cette jeune veuve austère
et pieuse, dont je vous ai déjà parlé, et à laquelle je
n'avais fait agréer mes hommages qu'à la suite de longs
refus). Comme je m'établissais avec laisser-aller sur le
vieux coussin du véhicule, un son qui ne pouvait sortir
d'aucune bouche humaine ni appartenir à aucune langue
parlée, rompit soudain le silence qui m'environnait...
puis, ce son vague devint une sorte de voix :

— Ne pourriez-vous pas vous asseoir plus doucement ?

Je tressaillis, et ma surprise me fit me rejeter avec plus
d'abandon sur le vieux coussin déjà nommé.

LA VOIX MYSTÉRIEUSE. — Êtes-vous sourd ou entêté ?

MOI. — Décidément, le diable s'en mêle. Cocher ! non...
rien ; dépêchez-vous.

LE COCHER. — C'est facile à dire, la bête est fatiguée !

LA VOIX. — Moi aussi, je suis fatigué !

MOI, exaspéré. — Cocher !

LA VOIX. — Mon ami, quand vous vous égosilleriez à
interroger ce brave homme, cela ne vous servirait à
rien. Puisque, au milieu de cette rue solitaire, ce n'est
point lui qui vous parle, qui pourrait-ce bien être sinon le
pauvre coussin sur lequel vous vous êtes laissé choir si
lourdement?

—

Je me frottai les yeux, et j'examinai de très-près cet étrange interlocuteur. C'était un coussin des plus vulgaires, habillé de drap vert et fixé très solidement aux parois intérieures du cab.

Est-ce que, par hasard, les corps de Trilby et d'Asmodée, subtils et rapides comme des âmes, se sont donné rendez-vous sous moi? pensai-je. Tenons-nous bien. La voix reprit :

Lorsque vous égorgez un poulet, ce poulet crie sous le couteau... Lorsque vous déchirez une feuille de papier, elle exhale, en grinçant son tourment; de même lorsque vous accablez de votre poids un faible coussin, ce coussin souffre. Savez-vous que je suis un vieillard, poursuivit-il, j'ai dix ans. La meilleure partie de moi ornait jadis la queue d'un brave cheval qui n'eut qu'un maître. Les enfants du maître du cheval auquel j'appartenais, avaient coutume de me traiter on ne peut plus malhonnêtement. Dieu est juste! une portion de ce crin tyrannisé servit à rembourrer le fauteuil du maître d'école, qui fit expier aux doigts de ces petits Nérons leurs méfaits à mon endroit. Enfin, ce qui compose mon moi fut enfermé dans une prison de brillant cuir rouge, car je n'ai pas toujours été couvert de ce drap sale et sombre, qui, d'ailleurs, n'est pas plus à moi, que ton habit n'est une partie de ta personne.

» A l'aurore de ma splendeur, je fus appelé à illustrer le *dog cart* d'un jeune parvenu, qui se tua après s'être ruiné pour les femmes, dont je ne pensais pas déjà trop de bien; cet accident me les fit bientôt haïr. Le nouveau maître auquel je fus vendu était un homme sobre, économe, et dont les attentions délicates me promettaient longue vie et long éclat, quand la dent d'un chien mal élevé, me déshonora d'un accroc qui me fit jeter au rebut. Je commençai insensiblement à apprécier, comme ils le méritent, les hommes, ces courtisans de la richesse et du faste, ces ennemis du malheur. Je passai aux mains d'un fripier, et c'est alors que l'on changea ma première enveloppe contre ce vulgaire manteau de drap vert, qu'on croirait dérobé à une table de billard. Ainsi, mes espérances aristocratiques aboutirent au sort misérable d'un coussin de fiacre. Toutefois, il serait ingrat à moi de m'en plaindre beaucoup, car c'est grâce à cette transformation que j'eus la conscience de moi-même, et l'intelligence de ce qui m'environne.

J'aurais pu, dix fois pour le moins, révolutionner par mes aveux ce monde qui me rudoie et que j'ai largement appris à connaître et à dédaigner.

» Dans quelle surprise n'aurais-je pas plongé tous ceux qui se sont assis à la place que tu occupes, si j'avais usé, chaque fois que l'occasion s'en est présentée, de ce don de la parole que les hommes, dans leur ridicule présomption, n'attribuent qu'à eux-mêmes et aux perroquets ! Je suis le théâtre des seules oraisons funèbres sincères, et le témoin de toutes les promesses fausses. Je puis me vanter de connaître les pieds qui ont fait tourner le plus de têtes. J'ai le même jour servi à transporter un roi banni par son peuple, un père ruiné par son fils, un mari trompé par sa femme, une femme... se promenant avec l'ami de son mari... Que de douleurs ! que de parjures! »

—

— J'admire, lui dis-je, la clairvoyance extraordinaire dont il faut que vous soyez doué.

— Mon ami, répliqua-t-il avec volubilité, j'ai entendu dernièrement un poète affirmer qu'il pouvait à la simple vue d'un chapeau d'homme ou de femme, établir le caractère et la position sociale du propriétaire du chapeau.

— Permettez, dis-je, à mon tour, il ne faut point s'ap-

peler mademoiselle Lenormand pour cela. N'est-il pas
élémentaire que le chapeau gras et ployant indiquera
l'usurier, comme les bords concassés à force de saluts
révèlent le solliciteur, comme le poil lustré à fond blanc
trahit le jeune marié, comme le brave castor, moins brillant, mais plus fort contre la pluie, accuse le propriétaire
économe... comme pour les femmes, l'élégant *bonnet*,
renversé sur un flot de dentelles...

— Assez, assez, je te prie. Je te dis, moi, qu'on ne s'y
reconnaît plus, et qu'il y a moins de chances de se tromper, en classant les gens d'après la façon dont ils s'as-
soient. L'artisan, l'homme du petit peuple ne m'aborde
qu'avec respect, et généralement, au bout de cinq minutes (telle est l'humeur de ces gens-là), il troque ses
premières hésitations contre les familiarité les plus
choquantes, sous prétexte qu'il a payé. Le parvenu ne
s'assied pas, il s'étale, l'insolent outrage ma vieillesse, le
soigneux m'époussette avant que de m'approcher...
les désagréables sont en majorité. Vous autres hommes
avez introduit dans la circulation cette bêtise insigne,
qu'on ne connaît bien que ce qu'on a éprouvé. Je n'ai
jamais éprouvé l'amour, heureusement, et pourtant je le
connais assez pour m'en moquer. Il y a quelques jours à
peine, une belle et jeune femme vint s'asseoir à la place
que tu occupes, en compagnie d'un homme de ton âge.
Jusque-là, rien de mal. Au bout d'une heure, *elle* lui
dit : « Mon ami, laissez-moi vous quitter, car si j'étais
en retard *il* se douterait de quelque chose. » On trompe
quelqu'un, me dis-je.

Cependant, le lendemain venu, je vois revenir ma
perfide, escortée cette fois d'un vieux *gentleman,*
auquel, en moins d'une demi-heure, elle extorqua pour
la valeur de trente guinées, rien que pour lui avoir
permis de l'accabler de compliments. Elle plongea le

bonhomme dans une réelle extase, en lui disant :
« Surtout, soyez discret, car vous avez une terrible
réputation... et *s'il* le savait... » L'excès de mon
indignation me retint seul de détruire ce petit chef-
d'œuvre de fourberie ; mais n'importe, cette brune beauté
n'en portera pas la gloire en paradis ; j'ai parfaitement
retenu le son de sa voix, et à la prochaine occasion...
Tu conçois que je méprise l'amour, n'en ayant jamais vu
d'autres traits. Néanmoins, j'en ai tiré à l'usage du monde
une conclusion moins sévère, c'est que, en admettant
qu'une femme soit quelquefois vraie, en disant : Je
t'aime... elle est toujours fausse, quand elle ajoute : Je
n'aime que toi !

Je t'autorise maintenant à rallumer ton cigare... Je
devine, au ralentissement subit de notre marche, que tu
approches du terme de ta course. Adieu !... adieu !...
Mais, que vois-je ? Cette agitation fébrile de ton être, ce
billet parfumé qui sort à demi de ta poche... ce double
cri de plaisir échangé entre toi et une personne que je ne
vois pas... Amour ! amour ! je regrette de n'aimer point,
fit-il avec attendrissement... Ah ! stupide que je suis !
reprit-il soudain... c'est sa voix, je la reconnais... Ah !
ah ! ah ! *Il,* c'était donc toi. »

Je bondis hors du fiacre, sur le trottoir, d'où ma
charmante amie avait salué mon arrivée, par l'exclamation joyeuse qui venait de provoquer cette nouvelle impertinence du coussin. Elinor me reçut avec la plus tendre
cordialité. Bientôt assis devant un feu pétillant, et son
bras sous le mien, je lui racontai dans ses détails mon
aventure. Elle me regarda fixement dans les yeux avec
une certaine expression d'inquiétude et d'embarras, et
m'appela un grand fou.

Un Jaloux et une Coquette

=

— Madame, vous n'avez pas de cœur, et le pire accident qui puisse arriver à un homme, c'est d'aimer une femme sans cœur.

— Monsieur, vous êtes un grossier, et c'est madame Delaunay qui me reconduira chez moi après le bal.

La scène se passe dans un salon de la rue Gaillon. Madame (de son petit nom : Caroline) est une jeune veuve brune, aimable de cœur et de figure, mais follement coquette. Elle avait permis à Monsieur (de son petit nom : Georges) de s'établir son chevalier, et la voix publique parlait de leur mariage.

Madame Delaunay, la confidente, était une personne laide, d'un âge problématique, et peu favorable à Georges.

Vers onze heures, comme Georges, travaillé par le remords, venait demander la paix à Caroline, celle-ci affecta de jouer avec son éventail, et de se préoccuper gracieusement des allées et venues d'un grand nigaud qui venait de faire des imitations d'acteurs. Puis elle dit:

— Êtes-vous prête, madame Delaunay?

— Je vous attends, ma chère Caroline.

— Je vous en supplie, ne partez pas encore, fit Georges.

Madame Delaunay sourit de mépris à ce langage; Caroline salua froidement Georges, et le laissa en proie à un douloureux ressentiment.

Caroline était la fille d'un ancien chirurgien militaire, et la veuve d'un avocat.

A l'expiration de son deuil, elle fut invitée par une amie, à une soirée musicale. C'est là qu'elle rencontra Georges, un de ces nombreux poètes qui n'ont jamais écrit un vers. Ils causèrent ensemble, et bien que la jeune veuve fût très-aimable envers les autres, il parut à Georges qu'elle se trouvait plus à l'aise avec lui, en un mot, ils se sentirent tous deux du même monde. Depuis ils s'étaient revus souvent.

Caroline avouait une grande amitié pour Georges qui l'aimait avec ivresse ; seulement l'une redoutait l'empire des sentiments violents, et l'autre se livrait à leur tyrannie. Au bal, si Georges voyait Caroline sourire à un autre homme, il gémissait intérieurement. La dame avait le tort de n'y rien entendre ou de s'en amuser. Le meilleur cœur de femme n'échappe pas à ces petites monstruosités. N'y pouvant plus tenir, il se rendit un jour chez elle, et la pria de devenir sa femme.

La réponse de Caroline fut une prière de ne rien précipiter, et de laisser au temps le soin d'établir entre leurs caractères une complète harmonie. Georges lui avait paru être trop ombrageux et jaloux... ce sont là d'innocents ridicules dans un bal, mais de terribles écueils en ménage.

Georges prit bien la chose, et il laissa circuler la nouvelle de son mariage avec Caroline.

Celle-ci continua d'approuver l'empressement des jeunes hommes qui formaient sa cour ordinaire, réservant exclusivement pour Georges une cérémonieuse froideur. Pourtant, c'est Georges qu'elle aimait, et elle connaissait à peine le nom des autres. Qui saura jamais le premier mot de cette obscure science du cœur féminin ?

Georges parut se soumettre, puis il perdit patience, et comme nous l'avons vu, un vilain soir, il annonça à Caroline d'une voix étranglée par le dépit, qu'elle n'avait pas de cœur, et Caroline pria madame Delaunay de la reconduire chez elle.

Sa colère apaisée, Georges se dit :

— Restons calme, jusqu'au jour du mariage. Et ce grand jour révolu... Ouais, mais rien n'est moins certain que ce mariage. Caroline, presque riche, tout à fait belle, et agréable, ne manquera jamais d'épouseurs... et peut très bien manquer à Georges.

Puis, l'infortuné s'endormit d'un sommeil fiévreux, en accusant les mensonges de la vie, l'énigme des femmes et le chagrin de ne pouvoir plus prendre goût à rien, quand on a été déçu par l'amour.

Il se trompait en ceci, qu'il prenait Caroline pour une coquette ordinaire, tandis qu'un cœur excellent battait sous cet enveloppe légère et charmante.

Le lendemain de cette mauvaise soirée, Georges éprouva toutes les angoisses inhérentes aux longues heures, qui suivent une brouille avec un être chéri, surtout quand c'est une femme. Il résolut d'aller chez Caroline. A ce moment, on lui apporta une dépêche ainsi conçue : « Ta mère est très-malade ; reviens tout de suite. »

Georges, remis de sa première stupeur, fondit en larmes à la pensée que sa mère pouvait lui être ravie.

Au sein des ivresses de la crise amoureuse, il n'est rien de plus touchant et de plus sévère que ce rappel aux émotions religieuses que fait retentir la plus intime et la plus grande des épreuves humaines : un péril de mort pour notre père ou notre mère. Tout d'un coup, Georges se retrouva petit enfant et jeune collégien sur les genoux de cette femme qui n'avait jamais été coquette, qui avait pleuré autant que lui-même sur ses premiers chagrins, qui laissée veuve, jeune encore, s'était privée de mille petits luxes pour laisser plus d'aisance à son fils quand elle n'y serait plus, qui lui avait enseigné la charité et lui avait mieux prouvé Dieu que la sagesse de tous les philosophes. Et, puis, quand une tête bien-aimée se courbe en notre absence, sous les menaces de l'agonie, il se mêle toujours en nous un cruel remords à la tristesse de son danger. Il semble que, si notre main ne s'était pas éloignée, elle eut pu soutenir et relevée peut-être cette tête penchée.

Georges se rendit immédiatement chez la jeune veuve, et, ne la trouvant pas, il laissa quelques lignes pour l'informer de son brusque départ.

C'est à Amiens que demeurait la mère de Georges. Celui-ci ne put prendre qu'un train du soir. Sa solitude fut bientôt rompue par l'entrée de deux dames impénétrablement voilées. Georges s'enfonça dans un coin et se livra aux plus amères pensées. Bientôt son cœur déborda et, à un sanglot qu'il ne put comprimer, un autre sanglot répondit.

Soudain, à l'immense étonnement de Georges, une des deux dames quitta sa place, vint s'asseoir auprès du jeune homme et lui d'une voix douce :

— Pardon, mon ami, pardonnez-moi. Je vous aime... Si vous le voulez, nous nous quitterons plus.

Puis elle releva son voile, et Georges reconnut, à travers ses larmes, le délicieux visage de Caroline.

— Et m'en voulez-vous encore à moi ? dit madame Delaunay se dévoilant à son tour. Songez que sans moi, Caroline, malgré son désir, n'aurait pu être ici.

On entra dans la gare d'Amiens. L'anxiété du jeune homme ne fut pas de longue durée. Sa mère était hors de danger.

—

Georges épousa Caroline. Leur union est trop récente pour nous permettre d'ajouter : *ils furent heureux.*

Ils le seront peut-être, si Caroline ne cesse pas tout à fait d'être coquette, et si Georges continue d'être un peu jaloux.

GENEVIÈVE BLANCHART

=

Je marchais dans la rue de Luxembourg, au bras d'un de mes plus chers amis, médecin par état, et par caractère très-peu enclin à faire des avances aux gens : c'est Libert. Un homme d'âge mûr, à la mise très-soignée, à la figure sympathique, vint à passer près de nous et tira son chapeau à Libert qui n'en vit rien.

J'avisai celui-ci de sa distraction ; il prit le temps de s'assurer du personnage, puis aussitôt il quitta mon bras, et la main tendue avec l'élan d'un affectueux respect, il courut aborder l'homme qui était déjà loin, et lui dit : « Pardon, monsieur Fontenne, je ne vous avais pas reconnu d'abord. » Ensuite tous deux échangèrent quelques mots de politesse et d'amitié. Au risque d'indiscrétion, je questionnai Libert sur l'objet de cette rencontre, il me répondit :

— C'est un très-brave homme, un homme heureux, un homme d'esprit, un homme trois fois rare. Personnifie dans un homme, continua Libert, ce que le mot *bonté*, bien compris, renferme de puissance et de charme, et tu auras M. Fontenne.

Je ne tardai pas à m'entendre raconter au long l'histoire de M. Fontenne. La voici :

—

Nos plus jeunes contemporains ne connaîtront que de nom, mais les hommes de vingt-cinq ans élevés à Paris ont pu voir, à l'époque de ses grands succès, la belle Geneviève Blanchart. Elle fut, de 1849 à 1855, la gloire

21

du Théâtre-Français, qu'elle quitta, à trente-deux ans,
dans la perfection du talent et de la beauté, et attristant
par son départ presque autant d'amoureux que d'admi-
rateurs. Ni petite ni grande ; la nature s'était montrée
artiste en la formant. L'artiste ne devait rien à l'intrigue
d'une position et d'une célébrité conquises par son génie
naturel et entretenues par l'étude et le travail ; la femme
était un modèle cité de vertu et de sagesse, et elle avait
échappé même au soupçon.

Un jour, dans le café du théâtre, un imprudent méri-
dional osa dire que si c'était la même petite Blanchart
qui avait jadis fait partie de la troupe de N..., il ne
fallait pas compter de si près avec elle, attendu qu'elle
avait quitté la ville à la suite d'un désastreux esclandre.
L'orateur se fit rire au nez pour sa peine.

Geneviève n'était pas moins bien vue de la critique ; à
vrai dire , l'admiration qu'elle inspirait au public eût
retourné contre son auteur toute tentative de nuire à cette
charmante femme, et, d'autre part, les vrais juges, honnêtes, accrédités, aimant l'art pour lui-même, savaient
gré à Geneviève de sa modestie et de ses continuels efforts
vers le mieux.

En parlant d'elle, comment se défendre d'un retour ému
vers ces éclatantes soirées où elle était reine ? comment
ne pas se demander, avec l'infini étonnement qu'inspire
le mystère du temps, où se sont enfuies ces heures clé-
mentes et joyeuses ? Deux fois par semaine Geneviève
recevait à dîner une douzaine d'hommes : le médecin du
théâtre, vieux praticien qui avait suivi nos armées en
campagne; — à voir ce savant manger des truffes et des
écrevisses, on se demandait par quel prodige il avait pu
se nourrir durant trois mois, sans une plainte, de pommes
de terre gelées, ainsi qu'il l'affirmait ; — un ancien juge
d'instruction, des journalistes, deux musiciens, un pein-

tre. On y remarquait aussi, parfois, une figure tout à fait
étrangère, non-seulement aux hôtes ordinaires de la
célèbre actrice, mais inconnue de tout Paris, et appartenant à quelque honnête amateur de chef-lieu, qui avait
eu la chance de rendre un bon office à Geneviève dans
ses tournées départementales.

Tous les ans, l'actrice allait jouer en province. Ce n'était
point par amour de la recette; ce n'est pas davantage
pour se faire connaître, depuis six ans l'illustration venait
à elle, sans qu'elle eût besoin de la courtiser. Ainsi qu'il
arrive pour tout être exceptionnel, Geneviève logeait un
secret. Dans ses voyages, l'actrice se faisait accompagner d'une femme de chambre, qui annonçait les visiteurs
aux heures de réception. Ces visiteurs étaient presque
toujours d'enthousiastes jeunes gens, initiateurs, caissiers
de souscriptions organisées à l'effet d'offrir à la célèbre
artiste une couronne ou un bracelet. En retour, elle
invitait ceux d'entre eux qui lui avaient plu à venir la
voir, lorsqu'ils se rendraient à Paris; et de temps en
temps, elle en retenait un à dîner pour le présenter aux
feuilletonnistes connus, aux musiciens et aux peintres.

Donc les amis de Geneviève aimaient singulièrement à
se réunir chez elle. Il n'était pas une femme dans Paris
qui n'eût consulté avec avantage la poétique artiste sur
l'ordonnance d'un dîner, sur l'art d'assortir et d'accueillir
ses invités. Rien de plus gai, de plus *confortable* qu'un
repas où la femme rayonne pour ainsi dire abstractive-
ment, à l'état de soleil moral luisant pour tout le monde,
et où cependant la présence réelle d'une femme oblige
les hommes à l'observance réciproque de l'entière politesse. Si l'amour est divin en tête à tête, dans la solitude,
il attriste et embarrasse la vie sociale et ennuie la
galerie.

Le médecin et le juge contaient fort drôlement d'épou-
vantables histoires, entre le café et le rhum.

La réunion bi-mensuelle de Geneviève s'accrut un jour d'un convive, superbe *gentleman* d'environ trente-sept ans, dont le nom et l'accent trahissaient l'brigine belge ; le nouveau venu avait de l'instruction, et même un langage attachant. Il était le président d'une société philharmonique, qui avait l'année précédente donné une sérénade à Geneviève en représentation à Gand.

A propos d'un récent procès, quelqu'un lança cet aphorisme banal :

— La grande affaire, c'est de ne pas se laisser duper.

— Je voudrais penser comme vous, monsieur, interrompit Fernand (c'est le nom de baptême du Belge), mais ne croyez-vous pas qu'avec un pareil système, nous calfeutrons la fantaisie, nous tuons l'imprévu, nous tenons notre vie à jour et en partie double, nous manquons fatalement beaucoup d'occasions de bonheur ? Ne croyez-vous pas enfin que parmi les gens assez forts pour avoir travaillé sans relâche à n'être jamais dupes ni des hommes ni des choses, il serait impossible d'en nommer un seul qui n'ait pas fini par être la dupe de ses précautions ?

— C'est un discours cela, monsieur, répondit narquoisement l'interlocuteur de Fernand, et je n'avais dit qu'un pauvre petit mot. Toutefois, je vous accorde volontiers que nous n'avons rien de mieux à faire que nous en remettre en tout à la Providence.

— Vous seriez en cela, répondit gaiement Fernand, de l'avis d'un de mes plus chers amis. Le ciel, dit-il, ne voit pas d'un bon œil ceux d'entre les humains qui lui paraissent avoir trop bien pris leurs mesures, et ont l'air de ne pas se fier entièrement à sa vigilance, tandis qu'il a des retours merveilleux en faveur de qui sait être imprévoyant à propos. Mon ami ne s'est pas borné au précepte, il me fournit de même l'exemple. Je ne serais pas fâché de vous citer un trait de lui...

— Je vous prie de nous raconter cette histoire, dit le
médecin, qui aimait autant à écouter, en savourant son
café, qu'à parler avant et après.

Fernand ne se laissa pas émouvoir par ce qu'il y avait
de profondément déconcertant dans l'attention pour ainsi
dire officielle dont il devint le centre. Il se disait sans
doute : « J'ai remarquablement bien dîné avec ces personnes, je vais leur servir à mon tour un irréprochable
morceau. »

— Mon ami, — ainsi débuta Fernand, — était un être
idéalement bon. Il était orphelin, et n'avait pas hérité de
ses parents plus de sept à huit mille francs de revenu. Il
venait de terminer son droit à Paris, où je passais auprès
de lui trois mois chaque année.

« Notre amitié remontait aux premières années de
collège, elle est plus vive aujourd'hui que jamais, malgré
la distance de vingt-cinq lieues qui sépare Douai, sa patrie,
de Gand, la mienne. Il était instruit, passionné liseur, et
d'un caractère porté à la galanterie. Il fit un jour en
chemin de fer, la rencontre d'une jolie inconnue. âgée au
plus de vingt ans .. Il y en a douze que cela se passait.

« La toilette de cette jeune personne, et celle d'un petit
enfant qu'elle portait, trahissaient une sérieuse misère.
Mon ami eut pour sa voisine de gracieuses attentions
dont elle fut touchée. L'entretien s'anima peu à peu, la jeune
femme eut l'art, sans entr'ouvrir le voile de mélancolie
qui l'enveloppait, de révéler un grand charme naturel
d'accent et d'élocution, et certaines richesses d'esprit.
Elle se rendait à Amiens, et elle était indécise sur la
question d'hôtel. Mon ami devait également s'arrêter dans
cette ville ; il indiqua à l'inconnue, comme bien famé, un
hôtel où il projetait lui-même d'aller loger. Elle agréa
cette suggestion. A l'arrivée, elle s'enferma chez elle, et,
depuis lors, mon ami ne l'a plus revue.

« Dans la matinée du lendemain, mon ami fut brusquement réveillé par une série de bruyants : *Toc, toc*, réson-
ant sur sa porte, et il se trouva bientôt en présence du
ropriétaire de l'hôtel, tout effaré.

— Qu'y a-t-il ? Que me voulez-vous ?

— Monsieur, cette dame qui était hier avec vous...

— Vous voulez dire, sans doute, la dame qui est entrée
hier chez vous en même temps que moi ?

— C'est cela même. Eh bien ! monsieur, cette personne
est partie ce matin, très tôt.

— C'est pour cela que vous me réveillez ?

— Elle a oublié son enfant dans la chambre.

— Alors, elle compte revenir bientôt ?

— Non, monsieur ; elle a emporté ce qui lui appartenait, laissant sur la table quelques objets d'enfant, deux
pièces d'or, c'est-à-dire vingt fois ce qu'elle nous doit,
car elle n'a rien pris, chez nous, depuis son arrivée.

— Pauvre petit ! murmura mon ami.

— C'est encore une espèce de je ne sais quoi... insinua
le gargotier.

— De quoi vous mêlez-vous ? elle vous a payé...

— Oh ! je ne garderai pas son argent... le voici.

— Il n'importe, vous n'avez pas le droit de parler mal
d'elle. Ces quarante francs représentent peut-être tout ce
quelle possédait en ce monde ; peut-être est-elle partie
d'ici sans avoir seulement de quoi acheter du pain.

— A merveille, monsieur ; mais il faudra tout de même
que j'aille faire ma déclaration à la police, et vous serez
forcé de venir avec moi comme témoin.

— Attendez donc : le commissaire n'aura rien à faire
ici. Il n'est que juste de se dévouer quelquefois. Cette
malheureuse femme n'est peut-être pas aussi coupable
qu'elle en a l'air, et le fût-elle, est-ce à un petit garçon
d'un an à en porter tout le poids, si nous pouvons l'allé-
ger ? Or, je le puis, moi, mon devoir m'oblige donc... »

A ce point du récit, Geneviève montra son visage soudain baigné de nobles larmes, et dit :

— Votre ami a-t-il vraiment parlé ainsi? C'est divin.

La vertu véritable connaît seule de pareils attendrissements en faveur des défaillances humaines. Une autre femme eut couvert de mépris la mère dénaturée qui délaissait son enfant. Fernand continua :

— Permis à l'hôtelier de conserver des soupçons, l'expression de sa figure ne laissait subsister aucun doute à cet égard ; mais moi, qui connais à fond l'homme dont je parle, je me rencontre avec madame, pour trouver admirable la tranquillité de mon ami, au sein d'une prompte résolution qui devait changer sa vie. Dans une telle aventure, l'écueil redoutable, invisible à l'aveuglement du premier enthousiasme, n'en apparaît que plus pénible, plus décourageant, durant les jours qui suivent. Mon ami devait rester seulement deux jours à Amiens. Ne recevant point de nouvelles de la fugitive, il décida que l'enfant serait mis en nourrice tout de suite, et que dans l'intervalle il aviserait. En considérant avec sang-froid sa tâche, il la vit, sans terreur, se dresser, grave et impérieuse ; elle absorberait et dépasserait peut-être la somme de temps et d'argent qu'il avait jusque-là consacrée aux plaisirs et aux voyages. Sans plus d'hésitation, mon ami s'attacha au bien pour lui-même, et au risque d'être méconnu, calomnié, et de se voir fermer les maisons où sa qualité de jeune homme pourvu de huit mille francs de rente honnêtement acquis, lui avaient assuré jusque-là un parfait accueil, il prit l'enfant chez lui, le traita comme son fils, remplit les formalités légales de l'adoption, et vivant d'ailleurs à sa guise. Le monde trouva cette conduite basse, inconvenante, et prédit en masse une fin déplorable au jeune homme qui affichait, avec cette effronterie, le fruit de son inconduite.

Il avait fini par s'associer avec un commissionnaire
en laines, et la fortune lui avait souri. Mon ami est
l'homme le plus heureux que je connaisse. Un jour, il
m'a dit : « Je dois tout à cet enfant ; sans lui, je n'aurais
pas cherché, ni fini par trouver un état sérieux et libre
qui m'a fait riche... je lui dois tout et mieux encore.
J'aime à la fois les occupations de la paternité et l'indépendance de l'esprit. Je suis né rêveur. Grâce à Eugène,
je suis un père sans connaître les inquiétudes et les douleurs du ménage, et je puis invoquer Béatrix et Laura,
sans porter ombrage à une épouse qui pourrait être
bonne.

— C'est un joli réquisitoire contre le mariage, que vous
venez de nous prononcer là, fit l'ancien juge.

— Pardon ; j'ai seulement montré par un exemple,
qu'il ne faut pas toujours commencer par dire : « Avant
tout, ne nous laissons pas duper. »

— Et votre ami n'a plus revu la mère de l'enfant ?

— Ni même appris son nom.

Fernand tenait un succès, il le vit, et eut le bon goût
de n'en pas abuser. Après un temps de silence, le docteur,
désireux de varier ses plaisirs, demanda si l'on n'allait
pas entendre Geneviève au piano.

Ainsi que la plupart des artistes parvenus à une supériorité quelconque, Geneviève aimait à paraître exceller
dans un autre art que celui qui l'avait faite célèbre.

Geneviève était plus heureuse de s'entendre applaudir
au piano que sur la scène.

Ce soir-là, tandis qu'elle s'accompagnait elle-même en
chantant, on nota que, contrairement à ses habitudes,
elle permit à quelqu'un de tourner les feuillets... Ce quelqu'un était Fernand. Elle lui demanda à demi-voix s'il
comptait faire long séjour à Paris.

— Non... Je dois regagner Gand après-demain.

— Alors, ajouta-t-elle négligemment, j'attendrai votre visite d'adieux, demain entre midi et deux heures.

Fernand comprit qu'il ne devait rien laisser voir aux autres convives de son étonnement ; il comprit surtout que tant de sollicitude n'émanait de rien dont sa vanité pût s'enfler.

Cependant le reste de l'assistance observa un changement manifeste dans l'attitude de Geneviève ; ce n'était plus cette blanche sérénité de marbre, c'était une femme décidément préoccupée ; et chacun de se dire : « Est-ce que ce bel homme qui l'a fait pleurnicher tout à l'heure, imposerait à cette raffinée de goût, à cette immaculée de cœur ? Est-ce que l'heure aurait sonné pour Geneviève ? Ou bien a-t-elle simplement la migraine ? C'est cela ; car enfin, s'il a les yeux bleus, ce monsieur ne les a pas inventés... et puis, cette impertinente santé ! » Non, Geneviève ne pouvait commettre ce crime de lèse-Paris ! Il était clair pourtant que la même Geneviève avait à trois reprises, échangé de singuliers regards avec Fernand.

« Après tout, se dirent les observateurs, c'est affaire entre le diable et l'archange saint Michel. » Puis ils se retirèrent en même temps que Fernand. Dans le fond nul n'en voulait à ce dernier, ni n'était jaloux de lui pour son propre compte. Après trois ans de commensalité organisée, on ne peut guère *devenir* amoureux que d'une femme laide ; la jolie femme, la belle femme, dont on a supporté le voisinage durant trois ans, peut se dire sûre de vous, qui la connaissez toute depuis le premier jour.

Fernand, l'âme en paix, alla en fils du Nord s'amuser gravement à Mabille, et, le lendemain à midi trois quarts, il présentait à Geneviève une figure de conseiller.

— Mes compliments sur le succès de votre histoire

d'hier, lui dit-elle dès l'abord. Aucun des personnages de votre récit ne m'est sorti de la tête ; depuis, je n'en ai pas dormi, et vous me voyez encore tout émue, mais ce qui m'a le plus attendrie, c'est la magnanimité de votre ami, car cet ami existe, n'est-ce pas, poursuivit Geneviève avec fébrilité, et cette histoire n'est pas un conte ?

— Mon ami se nomme Fontenne, il habite Douai.

— Et cet enfant aussi... est vivant ? continua Geneviève très-précipitamment, comme si elle eut craint de s'entendre elle-même.

— Vous en aurez la preuve dans un instant.

— Ce qui me touche, ce n'est pas le généreux élan de votre ami, ni sa persévérance qui lui a si bien réussi; on n'admire pas le bonheur. Ce que j'admire, c'est qu'il n'a pas méprisé cette femme, qu'il n'a point permis qu'on l'accusât, et que peut-être lui-même, dans son cœur, il ne l'a jamais accusée.

— Je m'en porterais le garant. Tenez, voici une photographie d'Eugène qui ne remonte à pas plus de quinze jours.

Fernand ne s'attendait pas à la vivacité avec laquelle Geneviève se saisit du portrait. Il n'y vit qu'un reflet de ces allures théâtrales, dont la vie privée des acteurs a toujours, on le comprend facilement, quelque peine à s'affranchir.

— Qu'il est gracieux ! dit Geneviève d'une voix altérée ; il a aussi l'air intelligent, gai et brave.

— Il est tout cela.

— Je suis sûre qu'*ils* s'aiment autant que s'ils étaient réellement l'un le père, l'autre le fils.

— Je vous l'atteste.

— Quand on a toujours vécu seule, monsieur, on se surprend parfois à se mettre en la place des autres, à vivre pour eux. Votre histoire me rappelle justement une aventure arrivée à une de mes amies du Conservatoire. Cette jeune fille était maltraitée par sa mère, qui l'accablait de travail. Elle était jolie, ses camarades l'aimaient et la proclamaient à l'unanimité, la mieux douée de sa classe. Comme la pauvre petite allait débuter à Paris, sa mère fut frappée d'une maladie qui devait l'enlever bientôt. Mon amie, restée seule sur la terre, accepta un engagement dans une ville de province, où elle réalisa durant trois mois ce miracle de rester pure au théâtre.

Si elle succomba un jour, ce ne fut pas à l'intérêt, mais à l'horreur de la solitude, aux ardentes supplications d'un amour adolescent ; elle se laissa donc aimer par un jeune homme de vingt-deux ans, appartenant à une des familles les plus considérables de cette ville. Elle s'abandonna à la fois avec joie et terreur à la fascination des premiers serments ; la joie fut courte, et la terreur fut longue. Un soir elle perdit connaissance dans un entr'acte. En rouvrant les yeux, elle vit les regards ironiques de la troupe traîner sur elle, et croyant qu'on voulait seulement la railler sur sa faiblesse, elle dit alors :

— Ce n'est rien, c'est fini.

— Pas encore, ma mignonne, lui fut-il répondu, le médecin vient de prononcer que c'est seulement dans sept mois et demi que vous pourrez dire : c'est fini.

— Oh ! s'écria-t-elle, folle de peur.

— Pas de simagrées, pas de grimaces ! fausse Agnès, vous saviez ce qu'il en était avant nous.

A ces mots, mon amie vit rougir la lumière du lustre, sentit une douleur intolérable lui assaillir les tempes, et tomba, en apparence, morte. Ce soir-là, on donnait justement pour la première fois, un drame qu'attendait impatiemment la population de la ville ; c'était un bénéfice, et vous voyez d'ici la tempête qui accueillit l'annonce

d'un changement de spectacle. Il y eut grand scandale ;
le public vociféra : Notre argent ! Ce fut pour le directeur
et le bénéficiaire une perte immédiate et assez considérable ; le public fit des gorges chaudes sur le compte de
la pauvre actrice que ses camarades prirent en haine et
traitèrent de fourbe. Jusqu'alors, sa liaison était restée
cachée et il n'y avait dans le secret que la concierge de
la maison où elle logeait. Cette femme veilla la malade.

La première parole de mon amie, quand elle eut repris
connaissance, fut :

— A quelle heure est-il venu ?

— Il n'est pas venu, mademoiselle.

— Il a dû m'écrire.

— Le facteur sort d'ici, et ne m'a rien remis.

La pauvre délaissée pleura amèrement. Survint le médecin du théâtre, qui, avec toutes sortes de mystères,
l'invita, au nom de ses plus graves intérêts, à être
prudente ; puis il signa un bulletin attestant qu'elle pourrait reprendre son service le lendemain. La journée
s'écoula sans nouvelles d'Armand. Elle désira mourir.

Le lendemain soir, elle se rendit au théâtre, au risque
de recueillir partout une malveillante ironie ; elle comptait ainsi revoir Armand. Sa stalle était vide. Elle sentit
son cœur l'abandonner, et les regards qu'elle ne pouvait
s'empêcher de lancer à tout instant vers cette stalle, tra-
hirent un mortel souci auquel ne pouvaient plus rien
ajouter les murmures insultants du public. Armand ne
parut pas au théâtre de toute la soirée. Il ne restait même
pas à la malheureuse cette consolation de pouvoir se
dire : « Peut-être il est retenu pour un dîner de famille,
un bal, » puisqu'en des jours moins sombres, dîners et
bals étaient au contraire des circonstances favorables à
leur réunion. Le lendemain, n'y pouvant plus tenir, elle
écrivit à Armand. Le soir venu, elle reçut une lettre.

Hélas ! ce n'était pas l'écriture d'Armand, mais celle de l'*impressario* qui invitait mon amie à passer dans son cabinet ; elle y fut reçue très-froidement.

— Mademoiselle, fit le directeur, vous savez sans doute la fable du *Pot de terre et du Pot de fer ?*

— Oui, monsieur, répondit-elle naïvement.

— Je suis trop poli, mademoiselle, pour dire : le pot de terre, c'est vous ; bien que dans les pots de terre habitent les belles fleurs, ajouta-t-il avec une impassible galanterie, mais j'ai le droit d'être modeste et de dire : le pot de terre c'est moi. Le pot de fer c'est quelqu'un qu'il ne faut pas nommer, et qui m'a hier signalé certaine lettre, écrite par vous le matin même. En voici la copie ; l'original m'a été nettement refusé. Celui qui ne veut pas s'en déssaisir, représente ici le parti père-noble, Escobar si vous voulez, mais riche. Il s'est donc armé d'un vertueux courroux, et de saintes menaces, pour me prévenir que si mes pensionnaires s'amusaient à relancer au sein même de leurs foyers les jeunes fils de famille, il connaissait à cela un remède auquel ne résisterait pas un seul jour mon théâtre.

Jeune et innocente, on a un sens roide de la dignité, qui trop souvent fléchit plus tard devant les suggestions de l'intérêt, du repos et du bien-être. En outre, mon amie ne songeait alors qu'à plaindre Armand ; elle ne le croyait pas moins victime qu'elle-même du rigorisme familial, et ne doutait pas qu'il ne profitât du plus étroit interstice de liberté pour s'échapper de sa prison et accourir vers elle. Il se passa quinze jours avant qu'on le revît au théâtre ; « Mais, quoi ! il ne vient pas s'asseoir dans cette stalle du coin, d'où leurs yeux, jusquelà, pouvaient lire dans le cœur l'un de l'autre ! » Il s'assit, au contraire, et avec un dessein marqué, au fauteuil le plus éloigné de la scène. Pendant qu'elle jouait, il causait sans trêve avec ses voisins. Elle continua pourtant de l'aimer, par vertu, mais chaque jour un peu moins, jusqu'au moment où il fut lâche. Un soir, elle commit un lapsus qui fit rire la salle, elle le vit avec dégoût se joindre à la moquerie générale d'un petit air décidé. Tout était dit : car le lendemain même, ils se rencontrèrent dans la rue ; sans prendre la peine de regarder ailleurs, lui ne la salua pas ; elle n'en fut pas triste. Dans ce temps-là, elle reçut de bons avis d'un vieux journaliste.

— Mon enfant, lui dit-il, l'adolescent qui vous a trompée est, malgré ses cheveux blonds et ses joues à peu près roses, un affreux petit monsieur, dont les parents vivent de haricots et d'anchois, et octroient de loin en loin un sou aux pauvres. Ils ont trois millions presque au soleil et ne vous donneraient pas un liard, quand même ils seraient mille fois plus le grand-père et la grand'mère de votre enfant. Ils se savent à l'abri de toute contrainte légale, cela leur suffit, et leur permet de s'occuper tranquillement du mariage de leur fils. Ils commandent à une partie de la ville, et à la moindre réclamation de votre part, ils vous infligeraient des ignominies, dont la seule pensée vous couvrirait de rougeur. Soyez brave contre quelques jours de malheur, tenez bon et travaillez. Vous avez du talent, je l'ai imprimé et signé. Devenez une grande comédienne... Vous le pouvez, à condition de regarder non derrière vous, mais devant. »

Elle fut très-touchée de ces paroles et les grava dans sa mémoire. A la fin de la saison, son engagement ne fut pas renouvelé. Elle revint à Paris et y mit au monde un fils. Les dépenses amenées par cette naissance commencèrent par l'endetter, et la réduisirent à l'indigence absolue. Elle dut accepter d'aller jouer pour cent francs par

mois, dans une plus petite ville encore. C'est alors qu'elle
ploya sous le découragement et l'indignation, et qu'elle
repartit seule... d'Amiens, ajouta Geneviève en baissant les yeux. Huit ans après, la fortune et les succès
prédits arrivèrent... mais trop tard. Elle avait gardé son
vœu de pureté quand même ; nul homme ne pouvait dire
qu'il eût été reçu chez elle, même à titre d'ami. Elle s'a-
dressa en paroles et par lettre à l'hôtel que vous savez.
Les anciens maîtres en étaient partis. Elle ne put obtenir le moindre renseignement. Depuis douze ans, elle
expie par d'incessants chagrins son crime d'une seconde.
Aujourd'hui, elle voit pour la première fois un rayon
d'espérance lui sourire.

Geneviève n'était plus une belle et blanche statue ;
palpitante et frémissante, elle sanglottait. Fernand, très
ému lui-même, ne sut d'abord que lui dire :

— Et, qu'est devenu ce misérable ?

— Ah ! ce n'est pas de lui qu'il s'agit, s'écria Geneviève. Je ne dis pas qu'il est mort pour *moi* ; l'idée de
mort suppose des regrets, un souvenir quelconque : Je
dis qu'il n'a jamais existé.

— Alors, de quoi s'agit-il ?

— Revoir l'original de ce portrait, serait mon Paradis ; pour que ce portrait ne me quittât plus, je vous
prierais à genoux.

— Il est certain que de ces deux choses, l'une est
facile et l'autre l'est moins.

— Quelle est la plus facile ? demanda Geneviève.

— Gardez le portrait...

— Mon Dieu ! murmura Geneviève, toute pâle, et se
couvrant la figure avec les mains.

— ...Comme un gage, poursuivit Fernand, du serment que je fais d'essayer de vous conduire en Paradis.
Aujourd'hui, contentez-vous d'apprendre que votre fils

est vivant; mieux que cela, destiné à un bon avenir, mieux encore, digne des soins qu'on lui prodigue. Calmez-vous, et comptez sur mon zèle, sans vous diminuer la gravité de certains obstacles. Un homme a sacrifié sa jeunesse, ses projets, sa vocation peut-être, à un enfant étranger. Cet enfant devenu pour lui une source de joie bien gagnée, n'y aurait-il pas cruauté, dans le seul rêve de les séparer ?

— Je le sais, monsieur, je le sais.

— Vous m'avez fait l'honneur de m'admettre chez vous, de vous confier à moi. Agréez un conseil. Gardez-vous d'intervenir directement dans le plan que nous tracerons ensemble. Je suis à votre service, employez-moi. Ecrivez-moi tous les jours, si cela vous plaît, je ne laisserai pas une de vos lettres sans réponse.

Fernand partit de Paris le lendemain, et s'arrêta à Douai, laissant la belle artiste en proie à un tumulte de pensées et de sentiments nouveaux. Après douze ans passés dans l'amertume de la pauvreté, la détresse du remords, le désespoir du mal accompli, et l'exaltation de l'art, elle était redevenue jeune pour trembler et espérer. Ceux qui l'approchaient ne cessèrent pas d'admirer avec étonnement en elle le type incomparable d'un renoncement, qui ne s'émouvait pas plus de l'ivresse des ovations théâtrales, que du prestige exercé sur la foule par une beauté rayonnante, mais ils la virent avec un autre genre de surprise, gaie et s'interessant à mille petites choses jusque-là négligées par elle.

Fernand fut accueilli à Douai par des hourras ; il retrouva son ami Fontenne plein de projets. Il parlait de quitter les affaires. Eugène se destinait à l'École polytechnique, sa fortune était assurée ; en attendant, il irait vivre près de lui dans la grande ville. Rien ne les retenait à Douai, où ils n'avaient pas de famille. Eugène en

constituait pour son protecteur une excellente dont ils
étaient enchantés tous deux.

— Cher enfant ! disait Fontenne, par sa présence et son
bon cœur, je suis récompensé d'un plaisir.

— As-tu jamais songé, lui dit Fernand, qu'un jour ou
l'autre, tu pourrais retrouver sa mère ?

Fontenne, regarda son ami, et comme au jour de l'a-
doption, il se contenta de dire : Pauvre femme !

Puis il ouvrit son secrétaire, en tira un papier blanc
qu'il déploya, et qui enveloppait deux pièces d'or.

— Tu connais toute l'histoire, ajouta Fontenne. Ce n'est
rien, ces quarante francs... Eh bien lorsque je revois le
passé, et que l'image de cette femme s'y dresse environ-
née d'ombres accusatrices, pour les dissiper, je n'ai qu'à
regarder ces quarante francs. Je me dis qu'à l'heure du
désespoir, en même temps que son enfant, la malheu
reuse abandonna aussi son dernier morceau de pain.
J'ai montré à Eugène la cachette où je les conserve, sans
lui dire leur origine, et en lui recommandant seulement
de n'en jamais disposer, afin que la dernière bonne pensée
de la mère habitât sans cesse avec le fils.

— Si tu la voyais, la reconnaîtrais-tu ?

— Je crois que non; nous ne nous sommes presque pas
regardés en face. C'était une jolie femme, maigre, à la
peau très-blanche, aux cheveux très-noirs... et puis il y
a si longtemps de cela.

Fontenne, qui avait toujours été amateur de spectacles, questionna son ami sur les théâtres de Paris.

Fernand trouva cette diversion de bon augure. C'était
une occasion admirable de servir Geneviève, sans émouvoir brusquement Fontenne.

— J'ai, cette fois-ci, Édouard, déserté la musique en
faveur de la comédie, première passion de mon enfance.
Je suis allé souvent au Théâtre-Français applaudir la belle

22

Geneviève Blanchart, qui est trois fois une merveille par le talent, la grâce et la vertu.

— Jeune homme plein d'illusions !

— Mon ami, je ne m'en suis pas rapporté, crois-le, au seul témoignage des oreilles ; *j'ai vu*. J'ai été reçu chez Geneviève. Quand Geneviève a joué à Windsor, sur le théâtre particulier de la reine, sa sévère majesté, voulant rendre un hommage éclatant à la bonne renommée de Geneviève, l'a entretenue plusieurs fois, et lui a donné un bracelet qu'elle-même avait porté.

— Fernand, quand j'habiterai Paris, consentiras-tu à me présenter à cette merveille ?

— Du moins je le tenterai volontiers.

Deux jours après, Fernand était de retour à Gand. Il ne manqua pas d'instruire sa belle cliente de l'épisode rassurant des deux louis.

A quelque temps de là, Fontenne s'épuisait à vouloir découvrir la provenance d'une lettre, non signée, et timbrée de Paris, dont voici le contenu :

« Le ciel a béni votre générosité, ne maudissez pas celle qui en a été l'occasion, et qui donnerait le reste de sa vie pour en être un seul jour le témoin. »

Edouard adressa à Fernand, qui n'en avait pas besoin, une copie de cette lettre. Le Gantois se crut permis d'écrire à Geneviève :

« Réjouissez-vous ; il est sûr maintenant que la mère d'Eugène est vivante et habite Paris, et il n'interrompt aucuns de ses préparatifs pour y aller vivre lui-même. »

Les soins d'une nouvelle résidence et la liquidation de ses affaires ne demandèrent pas moins de deux mois à Fontenne, qui vint se loger dans le faubourg Poissonnière. Geneviève n'en ignora rien. « Le croirez-vous, écrivit-elle alors à Fernand, l'impatience que j'avais réussi à dompter, quand *ils* vivaient loin de moi, et qui me faisait tressaillir lorsque je rencontrais dans un journal le mot de Douai, l'emporte aujourd'hui que je les sais demeurant à trois cents pas de ma maison !...

— Madame, dit un jour la femme de chambre, à Geneviève, qui rentrait d'une répétition, il est venu un monsieur qui a laissé pour vous sa carte et cette lettre.

La carte portait ce nom : « Édouard Fontenne. » Sur l'enveloppe de la lettre, Geneviève avait reconnu l'écriture de Fernand.

Fanny, la soubrette, crut que sa maîtresse était devenue folle, en l'entendant crier : « vite ! mes cartes. »

Sur l'une d'elles, Geneviève fit écrire par Fanny : « Recevra avec plaisir M. Fontenne, demain, à partir de midi. » Fanny crut que Geneviève tournait à la cupidité, et qu'un impressario de l'autre monde était venu à Paris lui offrir un million pour dix représentations.

Geneviève courut porter elle-même cette carte dûment enveloppée à son adresse, afin d'avoir un prétexte de franchir le seuil qui connaissait les pas de son fils.

Le soir, Fontenne fut arrêté par son concierge :

— Monsieur, une dame a apporté cette lettre pour vous.

Fontenne l'ouvrit, et sa première sensation fut pénible :

— Diable ! il me semble que l'ami Fernand est mieux avec cette beauté qu'il n'a jugé à propos de me le dire, puisque sur un simple mot de sa main, la voici qui accourt, sans doute pour m'entendre parler de lui.

Quant aux soupçons d'identité, Fontenne était loin d'en nourrir le moindre. Il s'était bien quelquefois surpris à être frappé de certaines notes de la voix de Geneviève, comme d'une harmonie connue. Mais la salle du Théâtre-Français où il était allé l'applaudir est très-vaste, et puis comme il l'avait dit lui-même, il y avait si longtemps de cela... il y avait si loin de la jeune fille, pâle, maigre, agitée d'un dessein désespéré, à la triomphante beauté d'une reine de Paris !

Édouard fut exact au rendez-vous. Au premier aspect de Geneviève, vue de si près, aux premiers mots de sa bouche, il ne put se défendre d'une secousse, mais la tranquillité de l'actrice le força bien à se contenir. Fernand avait conseillé à sa cliente de défendre son *incognito* durant cette entrevue... et puis le moyen d'aller dire à une actrice célèbre qui, sur vos instances, consent à vous recevoir : Madame, ne seriez-vous pas la mère de ce petit garçon que j'ai recueilli il y a douze ans ?

Geneviève n'arriva pas sans efforts à laisser errer sur ses lèvres le sourire aimable et satisfait d'une maîtresse de maison achevée et d'une artiste heureuse d'inspirer l'admiration. Elle sut mettre son visiteur à l'aise, tout en ayant l'air d'attendre qu'il justifiât par quelque mérite personnel d'esprit, l'intention où elle était de lui faire bon accueil. Le rôle de Geneviève était facile, comparé à celui de Fontenne à la fois hésitant entre sa stupeur et les lois de la politesse. Il parla de spectacles et des succès de Geneviève. Bientôt l'entretien s'engagea sur des sujets moins rebattus ; Geneviève interrogea Fontenne sur son installation récente à Paris.

— A vivre seul, répondit Fontenne, j'y serais triste ; heureusement, il n'en est pas ainsi, grâce à la présence d'un enfant, je pourrais dire de mon fils, en ce moment demi-pensionnaire au collège Charlemagne. Je n'ai jamais été marié, et cet enfant ne m'appartient que par les liens d'une mutuelle et indissoluble affection.

Geneviève, au fond très-heureuse d'avoir maintenant le droit de paraître touchée, retint son visiteur.

Fontenne, craignant d'être importun après avoir été grave, se retira, emportant de Geneviève la prière de la venir voir quand il lui plairait, à la même heure. Toutefois il ne se vit pas convier aux dîners de quinzaine, ni présenter au médecin et au peintre, et cependant il lui arriva quelquefois de venir deux jours de suite causer avec Geneviève, sans que celle-ci en témoignât la moindre surprise, et il prit peu à peu l'habitude de lui dire en la quittant : A demain, sans qu'elle y trouvât rien que de très-naturel. Jamais ces doux et mystérieux tête-à-tête, ne furent troublés par le coup de sonnette d'un tiers.

Geneviève eût été la plus rouée coquette du monde, s'attachant à enlever un diplomate, qu'elle n'eût pas mieux et plus adroitement ordonné sa maison.

Geneviève savait quelle était adorée, et regardait avec espoir les choses suivre leur cours. Un jour, la causerie dura jusqu'à l'heure du dîner ; Geneviève retint son visiteur ; comme toute fête intime et subite, celle-ci fut délicieuse.

On était au mois de juin ; par la fenêtre entr'ouverte, donnant sur le boulevard, Edouard voyait de sa place la foule remuante, comme on voit des ombres dans un rêve. Geneviève, gaie et confiante, servait Edouard avec je ne sais quelle déférence, visible seulement aux regards du cœur. Après le café, Fanny vint dire :

— Madame sortira-t-elle ?

Et Geneviève s'adressant à Édouard :

— Sortirons-*nous?*

Malgré ses trente-sept ans, Edouard avait le cœur tout neuf ; les vertiges du premier amour l'assaillirent ; d'une voix tremblante, il répondit :

— Si vous le voulez, Geneviève, je suis tout à vous.

— Eh bien, allons au bois...

En marchant quelques pas sur le boulevard à la rencontre d'une voiture, Edouard sentit avec les frémissements de la vingtième année, s'appuyer sur son bras un bras rond et satiné, qu'entourait seulement une transparente manche de dentelle. Edouard, pour cacher son transport, parlait avec feu de Paris, qu'il n'avait jamais connu si rayonnant et si enivrant.

Aux approches du lac, d'un mouvement tendre il lui enveloppa les épaules avec le cachemire qu'on avait emporté ; ce fut elle qui, arrivée à sa porte, dut lui rappeler : « A demain. »

Avant de se coucher, il lui écrivit une lettre de trois pages ; il lui disait adieu ; il n'était pas assez fort pour paraître de nouveau chez elle, sans lui désobéir formellement sur le point le plus sensible. Il ne doutait pas, cependant, qu'il l'aimait autant qu'elle méritait d'être aimée... mais elle ne voulait à aucun prix être aimée. Douleur pour douleur : la voir sans cesse avec l'obligation de se taire, ou pouvoir confier librement sa folie aux échos de l'absence, il préférait ce dernier supplice.

Ne recevant pas de réponse de Geneviève, il se sentit mortellement ému de la crainte d'un acquiescement de sa part à la détermination qu'il lui soumettait, et, vaincu par l'anxiété, il courut chez elle. Pour se donner une contenance, il entra avec un album sous le bras. Il nota sur le front de Geneviève une expression de chagrin. Pourtant, jamais les paroles de la belle actrice n'avaient eu cette douceur attendrie, ces inflections dociles.

— Qu'est-ce cela ? dit-elle en désignant l'album.

— Eugène m'a chargé d'intercéder auprès de vous : il fait collection d'écritures illustres ; ils sont au collége plusieurs amis qui rivalisent d'autographes précieux ; vous le voyez, son bonheur est dans vos mains.

— Puis-je rien vous refuser ? Et, elle écrivit.

Dès la première ligne, Edouard s'écria :

— Madame, daignez parler enfin ! Cette écriture n'est-elle pas de la même plume qui a tracé la lettre que j'ai reçue, il y a quatre mois ? Ne nous sommes-nous pas vus il y a treize ans ? dites !..

La beauté morale de Geneviève éclata alors de façon à égaler la bonté d'Edouard. Elle savait que celui-ci l'adorait, qu'un mot d'elle disposerait de toute sa vie, et ce fut elle qui baissa la tête.

— Treize ans de peine affreuse sont mes seuls titres à votre pardon ; c'est parce que je ne me croyais pas encore digne de votre amour, que j'imposais silence à mon ravissement...

— Geneviève, c'est moi qui vous dois tout.

Cette heure fut de celles que le songe le plus radieux envie à la réalité.

—

Les anciens amis de l'actrice continuèrent à être reçus chez elle, même après qu'elle fût rentrée dans la vie privée. Ils avaient toujours pour elle le même attachement respectueux ; mais chacun, à part soi, la regardait comme l'exemple le plus curieux qu'il eût rencontré des bizarreries du cœur féminin.

Le vieux docteur était le plus étonné. « Quand on m'annonça son mariage, dit-il, j'y crus, à la condition qu'elle épouserait ce grand Flamand qui paraissait l'avoir étourdie du premier coup. Eh bien, non ! Il s'est trouvé que son mari est quelqu'un qu'elle n'avait jamais vu. »

LE MARI DE CLAIRE

=

L'autre jour, à l'heure où les cafés du boulevard resplendissent, où l'on ne trouverait plus un Parisien chez lui, vers six heures en un mot, un train express déposait dans la gare du Nord sa provision de voyageurs. Inutile de décrire la légion quotidienne de ces Anglais, toujours et partout les mêmes, porteurs de sacs sans nombre, rasés de frais, munis d'or,| de *références*, et abritant sous leur casquette immuable, une érudition géographique assez étendue et une folle ingratitude envers nos pays hospitaliers qui leur prodiguent ce que ne saurait offrir l'Angleterre. D'ailleurs, ils n'exigent pas que vous leur ayez été présenté, s'il s'agit de vous arracher durant la route à votre lecture ou à vos réflexions pour vous questionner sur les villages traversés par le rail-way, ou sur le moindre bâtiment entrevu derrière les bouquets d'arbres. Il y a aussi les bonnes gens venus de tous pays pour passer à Paris la huitaine classique. Souvent ils sont trois: le père, la mère et un fils. Ce dernier, qui n'a jamais vu Paris, commence par se plaindre en arrivant de la longueur du trajet, à quoi le père objecte :

— Que dirais-tu s'il t'avait fallu passer un jour et une nuit en voiture, comme nous étions forcés de le faire, et comme nous l'avons fait sans nous plaindre, ta mère et moi, il y a vingt ans ?

Le père et la mère sont contents l'un et l'autre, car dans le regard qu'ils échangent à ce souvenir, il est aisé de lire : comme le temps passe !

Entre les facteurs assourdis de réclamations et les pyramides de bagages, circulait une jeune femme dont

l'aspect trahissait un chagrin sombre, malgré le rayonnement et les rumeurs du grand Paris. Elle était seule,
âgée de vingt deux ans peut-être, et trop belle pour
accomplir sans péril un tel voyage, si elle n'eut été
protégée par sa douleur.

Un jeune homme triste, nul n'y prend garde, ou bien
la vue en est importune. La tristesse est un ennemi
naturel, attendu, que tout homme doit combattre et peut
vaincre ; cette victoire est une des conditions de la dignité
masculine dont le travail est le soutien.

Mais une jeune femme triste, soit qu'elle ait perdu son
enfant, soit que ce lui qu'elle aime ne l'aime pas ou l'abandonne, qui la consolera ? Le désert de la vie souffle le
désespoir et la démence au cœur de la jeune femme seule,
sans enfant, sans bien aimé. Cependant, ô vertu ! vous
semez des fleurs, et vous répandez un parfum en ce
désert, vous y faites cheminer l'espérance d'une félicité
sans trouble, du bonheur céleste ! N'importe, le cœur
des femmes garde pieusement les débris du bonheur
terrestre.

La jeune voyageuse se fit conduire à un hôtel rue
Saint-Honoré. Elle se rendit aussitôt dans sa chambre
accompagnée d'une fille de service, qui lui remit un
journal :

— Si Madame désire voir les spectacles du jour...

L'étrangère soupira, ce soupir voulait dire : les comédies ne sauraient m'égayer, et il n'est pas de drame triste
comme le mien.

Cependant, après le départ de la servante, ses yeux
rencontrèrent le journal, et elle lut :

« Une femme dont l'esprit, la beauté et l'élégance, promettent de nous ramener les heureux jours des reines de
Paris (charmante royauté), madame Dernos a inauguré,
hier, son hôtel de la rue du Cirque par une soirée dont se

souviendront longtemps les amis du luxe ennobli par le goût. Nous avons remarqué parmi les privilégiés : le noble général de Bona-Croce, l'éminent pianiste Vert-Pré, le baryton aimé Vert-Bois, le flûtiste adoré Vert-Pomme, puis un des héros du Derby français, un transfuge du club, un vrai gentilhomme que nous croyions retiré au Groënland, et dont la présence inespérée, partageait l'attention générale avec ce groupe de célébrités artistiques et autres ; nous avons suffisamment désigné le vicomte Henri de Belmont. »

Le journal tomba des mains de la liseuse. Son visage s'anima extraordinairement... Elle sonna :

— Une voiture... tout de suite !

——

Une heure plus tard, la même voiture ramenait à l'hôtel blême, frissonnante, et ne pouvant se soutenir, la voyageuse désolée ; on dut la porter jusqu'à sa chambre, elle refusa un médecin et s'enferma.

——

Louise à M. Roland, médecin à Rambouillet.

Mon cher Alphonse, je viens d'arriver à Lille. Pendant la route une voisine très au courant de ce parcours, m'en a signalé les points intéressants : — Tenez, c'est ici que le mois dernier, dix personnes ont laissé la vie. — Près d'Arras, je vous montrerai les fameux marais de Fampoux, où quatre wagons se sont engloutis, etc.

Bref, à cinq heures, j'entrais dans Lille. M. Limric, le père de Claire, m'attendait à la gare ; il me reconnut tout de suite, malgré les huit ans écoulés depuis notre dernière entrevue.

— Et Claire ? lui dis-je.

— Ses bans sont publiés, elle ne sort plus ; autrement elle n'aurait pas manqué de m'accompagner.

Je fus touchée jusqu'au fond du cœur du plaisir avec

lequel Claire, à la veille d'un si grand événement, fêta l'arrivée d'une amie.

La belle chambre est pour ta femme... et cette chère Claire suspendue à mon cou, voilà le tableau. J'ai retrouvé la Clairette de la rue du Rocher. Claire Limric, de Lille en Flandre, comme nous disions, entra au pensionnat à onze ans. J'en avais quinze. Elle était un vrai modèle de petite fille sensible, studieuse, un peu sauvage et pensive, mais bien élevée et jolie! Moi, je dirigeais l'opposition, et j'avais de l'influence. Claire me plut et m'aima. En retour, ma protection la défendit contre les mille tracasseries auxquelles est en butte toute *nouvelle*. Bientôt elle me chérit de tout son cœur. Je le lui rendis, et il y a douze ans que cela dure. Aujourd'hui Claire a vingt-deux ans; je crois inutile, monsieur, d'insister sur ce point que je ne les ai plus.

A l'heure du dîner, je le vis enfin paraître, *lui*, ce fameux *lui*, qui est la vie de nos folles têtes; pour moi, *lui*, c'est *toi*. M. de Belmont appartient à l'une des vieilles familles de ce pays: figure belle et grave, homme du monde accompli, incapable de l'ombre d'une distraction sur le plus mince détail de politesse... ce qui ne me rassurerait guère, moi... c'est là un masque dont les gens habiles excellent à couvrir une foule de distraction intérieures. Ce dont les parents de Claire, qui est une très-riche héritière, sont le plus fiers dans cette alliance, c'est que M. de Belmont étant riche aussi, on ne pourra pas dire que c'est un *noble* ruiné qui a redoré son blason avec les écus d'un bourgeois.

—

Lettre d'un prétendant évincé à un de ses amis

« ... On a été jusqu'à dire que j'avais demandé la main de cette jeune mariée d'hier... Je suis plus que jamais le

célibataire optimiste que vous savez, regardant très-sin-
cèrement le mariage comme une combinaison ayant pour
objet de produire la tranquillité et la paix ; or, j'ai encore
dans mon sac trois pleines années qui appartiennent
légitimement à la guerre ; et puis, je vous le demande, un
gentleman que vous aimez, devait-il dire beau-père à un
homme qui met un quart d'heure à signer son nom au
bas d'une lettre et remplit toute la ligne ? »

—

Louise à M. Roland.

« Claire s'appelle depuis une heure, madame de Belmont.
Il s'est versé des ruisseaux de larmes à l'entrée de l'église.
A six heures, dans une salle royalement éclairée, nous
nous sommes mis à table. J'avais pour voisin un ancien
juge de paix, homme d'esprit, qui m'a fait trois ou quatre
doigts de cour, et m'a conté la biographie de tous les
assistants. Malgré leur fortune, et la grande situation que
leur fait dans une ville industrielle l'importance de leurs
manufactures, les parents de Claire ne voyaient pas le
monde, et vivaient cloîtrés chez eux.

Quel changement pour une jeune fille toute fraîche
sortie d'une gaie pension de Paris ! Claire possède le tact
délicieux de la vraie bonté, elle n'eut jamais l'air déso-
rienté.

— Où sont les parents du marié, dis-je à mon voisin ?

— M. de Belmont, fils unique, a perdu tout jeune son
père et sa mère ; il achevait alors ses études à Paris, où il
s'est fixé depuis. Pendant neuf ans, ce pays ne l'avait pas
revu deux fois, et voilà qu'en avril dernier, sans prévenir
personne, il est venu s'installer dans son vieux château,
situé à quatre lieues d'ici.

— Alors il connaissait Claire d'ancienne date ?

— Je ne le crois pas ; vous trouvez sans doute que,

pour une jeune personne sérieuse, votre amie Claire s'est décidée un peu bien vite ?

Je ne voulus pas dire oui, je le pensais; le vieux malin me tenait par la curiosité, il poursuivit :

— De Belmont revit d'anciens alliés de sa famille, qui ne manquèrent pas d'aborder la question de mariage. Sauf la différence des mots, les choses se passent uniformément comme suit : — Hé bien! jeune homme, sommes-nous content de la vie? — Très content, en vérité. — L'argent ? — J'en ai à vous prêter. — Les amis ? — Je serais un ingrat de m'en plaindre. — En un mot, vous ne souhaitez rien? — Rien absolument. — Ne serait-ce pas le cas de prendre une bonne petite femme ? — Remarquez, madame, que s'il y avait sur la terre le quart de bonnes petites femmes qu'on rencontre dans les plaidoieries de ces avocats de l'hyménée, il y en aurait trop. Invité à se marier, par allusions ou propositions formelles, M. de Belmont refusa en termes si nets, que nul, à moins d'être sorcier, n'aurait pu se douter, qu'un mois plus tard, il demanderait la main de mademoiselle Claire, et deux autres mois après lui jurerait fidélité et protection. On comprend que la jeune fille a pu être très-favorablement impressionnée envers son fiancé, en entendant raconter que sa seule vue, un souffle d'elle avaient suffi pour renverser l'échafaudage de résolutions et de protestations anti-matrioniales de M. de Belmont.

Voilà, mon cher Alphonse, ce que je me suis laissé dire à ce dîner de Gamache, en arrosant d'un joli verre de Johannisberg suranné une couple d'ortolans, et en regardant tour à tour Claire qui rayonnait, et M. de Belmont tendrement recueilli. Je le répète, il me paraît bon, il est instruit, spirituel, élégant au suprême degré, mais il a le front décidément trop pâle sous les bougies, et ses lèvres ont de petits frémissements....

Madame Dernos à madame Constantin.

Tu veux savoir, chère Marianne, où en est le cœur de
ta *Célimène*; il se porte bien, va ! J'aurais pu attendre
un jour ou deux, et aller en personne te parler de ces
petites choses, mais mon papier est d'un tel satin, et ma
plume court si bien ! et pour tout dire, malgré notre
touchante réconciliation, je ne suis pas encore à l'aise
avec toi.

Tu sais qu'enfin *il* est marié. C'est incroyable ce qu'il
peut tenir de sentiments contraires dans ce simple mot
il, et comme on voit tout de suite que je te parle du
dernier indifférent. Du reste il avait grand tort de me
rendre la vie odieuse avec ses longs raisonnements et sa
stupide jalousie, car si je ne le préférais à personne, du
moins je ne lui préférais personne non plus, et il aurait
tout gagné à se tenir content. Ce que je hais par-dessus
tout, chère Marianne, plus même que *son* assommante
mélancolie, ce sont les explications, les lignes de conduite, les professions de foi, et tout l'attirail des candidats
avides et des postulants malheureux. Le ciel te préserve
de l'horrible ennui d'être aimée plus que tu ne le veux !
Quant à cette fièvre d'étaler ses principes, d'exhiber les
aspirations de son cœur qui distinguait M. de Belmont,
c'est pour moi les antipodes de la naïveté, et le fait d'une
franchise suspecte. Un homme désintéressé, et convaincu
de sa propre loyauté, n'est jamais tenté de dire aux autres:
« je suis ceci ou cela.» Mais, parlons de moi, cela me fera
du bien. Si j'avais eu un vieux père, un vieil oncle, un
un bon vieux major d'oncle goutteux et bourru, au risque
de l'entendre raconter tous les soirs Lutzen et Bautzen,
j'aurais peut-être mis ma félicité à soigner sa pipe. Si
j'avais eu un enfant, je l'aurais adoré, je me serais éveillée

à trois heures du matin pour rêver à la toilette qui en aurait fait le plus joli *bébé* des Tuileries ; mais je ne puis souffrir les élégies de ces grands pleurards de trente-ans qui nous battraient si nous pleurions, et finissent tous par dire du mal de leurs maîtresses à leurs femmes et à leurs fils. Ce que j'aime aujourd'hui, je ne m'en vante pas, je dis la vérité (je dis toujours la vérité), c'est le velours, les dentelles, la soie, les bains, les parfums, les dîners délicats de trois mets au plus, l'opéra, les caméristes adroites, le sommeil régulier ; j'aime les livres aussi, j'entends ceux qui traitent d'ameublements, qui décrivent des coiffures et des jupes, qu'on peut commencer à la centième page aussi bien qu'à la première.

Enfin, je donne toujours raison aux femmes.

N'oublie pas de venir dîner avec moi mardi prochain, en robe décolletée, car mon salon se remplira dès neuf heures. Tu verras beaucoup tourner autour de moi un certain général ou amiral de Bona-Croce, sur lequel je te prie de ne pas m'interroger à fond, et qui est le plus complaisant des mortels. Tu voudras bien te charger de recevoir les artistes. Je ne connais personne qui réponde mieux que toi par une petite évolution d'éventail au salut respectueux des gens décorés et à la fausse timidité des peintres. Je te reproche seulement d'avoir le mépris trop bienveillant.

—

Claire à Louise Roland.

Nous sommes arrivés hier à Venise. Quel rare compagnon de voyage que M. de Belmont ! Il connaît à merveille tous les pays que nous traversons, et d'un seul mot de cette langue expressive et séduisante qui appartient en propre à un certain monde de Paris, il vous dépeint une race et vous représente l'état d'une nation. Il veut bien paraître prendre un plaisir nouveau en ma société à des choses qu'il sait depuis longtemps. Pour être tout-à-fait heureuse, il ne me reste qu'à me débarrasser de certaines entraves, en un mot qu'à me sentir à l'aise avec lui, ce à quoi je t'avoue que j'ai de la peine. Donne-moi ton avis sur ce que je dois faire ; mais surtout conseille-moi des moyens doux et tendres, car *il* m'est cher.

—

De Belmont au peintre Polet.

Mon cher Jacques, ferme ta porte, et laisse-moi te parler, un quart d'heure seulement, d'*elle*.

Il y a quatre ans, au Théâtre-Français, tu me présentas à une dame dont tu faisais le portrait, et qui occupait une loge, avec une amie. Celle-ci laissa tomber très-peu de mots, durant notre entretien à quatre, mais avec tant de piquante justesse, un si doux accent, un si voluptueux sourire, que ce soir-là même, l'amour me saisit, comme le feu nous brûle.

Tu en fus témoin, Jacques, et ta conduite fut dictée par l'honneur. J'aurais dû comprendre tes regards mécontents, imiter la retraite, seul moyen d'échapper au vertige. Ta cliente m'invita à l'aller voir ; je trouvai chez elle Adèle. Puis je désertai notre cher *cénacle* ; puis je ne te rencontrai plus que dans la rue, où tu m'arrêtas un jour pour me dire : « Tu as mauvaise mine, l'air de Paris ne te vaut rien, tu devrais aller boire du lait dans ta ferme, puisque tu as une ferme. » Ces quelques mots nous brouillèrent pour un mois. Je revins le premier ; puis tout alla bien entre nous jusqu'au soir lugubre où j'accourus me jeter dans tes bras. C'était un 26 juin, vers sept heures. Tu achevais aux clartés mourantes du soleil une scène d'*Ivanhoé* ! Tu nageais en plein bonheur d'artiste, moi en plein désespoir d'amant. Celle qui m'avait dit qu'aimée par moi, son bonheur la faisait trembler ; celle qui priait Dieu à genoux pour que je lui demeurasse fidèle, celle-là me trompait, sans raison, sans cause, sans besoin, sans amour. Jacques, ce soir-là tu fus éloquent et bon, et en reprenant ton pinceau pour ajouter quelques traits à la froide et poétique tête de Lady Rowena, tu me dis : Henri, en ta faveur, je consens à rompre la parole que je me suis donnée de ne jamais conter d'histoires, en voici une :

Un peintre de mes amis, à l'âge de vingt-trois ans, tomba comme toi amoureux... il s'agit aussi d'une chute. La femme était jeune et jolie. Mon ami vécut deux ans auprès d'elle, lui offrant l'asile, la dignité, en faisant la confidente bien-aimée de ses rêves. Il fut trompé, lui aussi, sans raison, sans cause, sans besoin, sans amour. Que fit-il ? Il commença par retirer son cœur de la bagarre. Il se rappela que la première leçon donnée à l'enfance par de sages maîtres, c'est que l'homme doit être à la hauteur des épreuves de la vie. Dans ce temps-là, il avait des manies théâtrales. Le soir même où il apprit la vérité, rentré le premier chez lui, il prit un grand drap blanc, et attendit le retour de l'infidèle. Alors, il la pria de s'étendre sur un divan qu'il avait poussé au milieu de l'atelier ; il la couvrit entièrement avec le grand drap blanc, lui ordonna d'être immobile, puis il s'agenouilla devant ce faux lit mortuaire, et dit : Adieu, pour toujours. Vous êtes morte maintenant, levez-vous... mais vous êtes morte, adieu ! et ils se séparèrent.

Six ans après, le peintre avait achevé douze toiles, dont chacune avec ses défauts et ses qualités, représentait la joie d'un effort accompli, d'un progrès vers le grand et le beau. Jeune encore, il tenait la réputation et l'indépendance au sein de Paris. Quant à la belle, elle devint parfumeuse dans un passage.

Jacques, tu eus le droit de me ravir ton estime, puisqu'après que tu m'eus prodigué l'amitié et le conseil, je passai encore près d'Adèle six mois hérissés de luttes et de peines. Tout en la détestant, je l'aimais mieux que la vérité, que la joie. Un jour, après une nouvelle trahison, n'osant plus affronter l'art venimeux d'Adèle, et sa grâce plus forte que mon courage, je partis ; je vins m'enfermer, loin de Paris, à Beuvries, dans un ancien château qui me vient de mon oncle.

Pressé par de vieux amis, j'acceptai leurs cordiales invitations. Chez l'un d'eux, j'eus un jour pour voisine à dîner, une jeune fille qui me parut avoir l'esprit et le cœur très-élevés, et d'une figure charmante. J'appris qu'elle était de parents fort estimables. La rencontre m'avait séduit ; on m'annonça qu'elle n'avait pas été non plus désagréable à mademoiselle Claire Limric. Je crus voir dans tout ceci la destinée elle-même, m'offrant de ses mains désormais amies une arme enchantée contre le monstre qui, visible ou invisible, m'obsédait également. Des intermédiaires très-actifs s'en mêlèrent, et c'est ainsi qu'un inconsolable amant se réveilla un matin galant fiancé, et puis douteux époux. Jacques, je suis un misérable. Je porte un masque trop lourd. La vie me fait mal. Par charité, dis-moi où *elle* est, parle-moi d'*elle* ! »

—

Madame Constantin à madame Dernos.

Cet excellent amiralissimo de Bona-Croce sort de chez moi. En somme, je le trouve un produit fort somptueux des lointains rivages d'où il nous dit venir. M. de Bona-Croce me paraît, en outre, je t'en préviens, un homme de sensations vives et passagères, et tout à fait l'opposé, (heureusement, ô ciel !) de l'élégiaque de Belmont. Après un quart-d'heure passé à dire de toi le plus grand bien, l'amiral m'a fait directement la cour, et m'a baisé de force les deux mains. Nous pouvons nous avouer ces choses, elles ne sauraient rien enlever à notre mutuelle affection, ni rien ajouter à notre mépris des hommes.

—

Jacques Polet à Henri de Belmont.

Quelqu'un m'affirme que ton château de Beuvries est le plus beau du pays. La lune rose entourée de nuages noirs se mire dans une sorte de lac qui baigne tes bois... une petite Ecosse, moins les montagnes, à ton usage personnel. A ta place je mènerais grande vie, je cultiverais mes terres, j'achèterais des tableaux et des faïences, je chasserais, j'aurais de grandes cuisines flamboyantes, avec de vieilles canardières accrochées aux soliveaux du plafond. Dieu soit loué ! tu as eu l'insigne courage de ne plus te laisser insulter vingt fois par heure, et le ciel t'a récompensé de ce beau trait, par le don d'une femme admirable. Quand je songe qu'à l'heure où tu maudis tout et tous, parce qu'une femme, *une seule femme* comme cent mille autres, n'est plus là pour t'accabler de mépris, je voudrais t'envoyer à l'école de vingt généreux pauvres diables de ma connaissance ; ceux-là, renonçant à la gloire, aux voluptés de l'inspiration personnelle, vont copier au Louvre dix heures par jour, afin que leur mère n'ait pas froid. Parfois on me demande ce que tu fais. Je réponds à ceux-là que tu es dans la diplomatie. L'autre jour tombe à l'atelier Robert Delannoy, qui passait pour une bête à Rollin, et faisait nos commissions. Aujourd'hui, à vingt-huit ans, il est enseigne de vaisseau, décoré, secrétaire d'un amiral, et il a déjà publié avec succès trois relations. « — Et de Belmont ? me demanda-t-il après la première embrassade, c'est drôle, on n'en entend point parler, et cependant autrefois, nous disions, que de nous tous, celui qui *arriverait* le premier, c'est de Belmont. » En effet, nous disions cela. Je n'ai pas répondu à Robert que ta profession actuelle était de collectionner les pantoufles avec lesquelles on t'a marché sur le corps... »

———

De Belmont à Jacques Polet.

(fragment)

... Faut-il t'apprendre qu'on aime à Paris autrement qu'ailleurs ? Bien mieux, c'est à Paris seulement qu'on aime ; interroge ceux qui ont aimé. En outre, Adèle n'a jamais ressemblé à une autre femme... il ne faut pas la juger selon la commune règle...

———

Claire à Louise.

Nous devions aller jusqu'à Constantinople ; mon mari propose de retourner chez nous. Ma prochaine lettre sera donc datée de Beuvries. Elle sera, je le crains, plutôt d'une mélancolique demandeuse d'avis et de consolations, que d'une nouvelle mariée en situation d'être fière. J'ai la certitude que M. de Belmont est la proie d'un vieux chagrin. Il ne cesse pas de me traiter en reine, avec la galanterie d'un fiancé... mais son humeur est sombre, il ne rit jamais, et paraît vouloir qu'on le laisse à ses songeries ; vois comme j'ai déjà appris la concision à l'école de cet homme si ménager de ses paroles, puisqu'en dix lignes, je t'ai raconté mon bonheur rêvé, et peut-être fait entrevoir mes futures peines.

———

Louise à Claire.

Il me serait difficile de m'apitoyer sincèrement sur tes chagrins ; cependant, comme la douleur dépend moins des accidents visibles, que de la sensibilité de notre cœur, je m'empresse de te dire qu'il ne faut pas te laisser troubler par la gravité de M. de Belmont. M. Roland, mon époux, m'a étonnée, en cette occasion, par la profondeur de ses aperçus. La plupart des hommes du monde parisien, m'a-t-il dit, sont énormément sérieux au début de leur vie de ménage, soit que la direction qu'il convient d'imprimer à la communauté leur paraisse matière à pensers profonds, soit afin d'inspirer, par cette attitude, un profond et indestructible respect. Quand on les sait prendre, cette race d'hommes produit les maris les plus faciles à vivre, les meilleurs et les plus heureux. N'interroge pas M. de Belmont, il s'ouvrira le premier ; les natures discrètes cèdent toujours au charme de la discrétion chez autrui... et surtout, sois brave.

———

Jacques Polet à Henri de Belmont.

Je ne suis pas bourgeoisement l'esclave d'un système au point de méconnaître l'utilité qu'il y a parfois à satisfaire un caprice. Il faut donc te parler de la touchante épouse de ce pauvre M. Dernos, lequel, je le crains fort, ne jouit pas seulement, depuis qu'on dit qu'il est mort, du privilége d'être invisible... Reproduire, comme tu le fais, à vingt-neuf ans, les angéliques absurdités de la vingtième année, c'est réciter une fable au dessert, avec le front dégarni ; c'est aller en tunique de garde national lire un compliment de bonne année à sa marraine.

Cependant je me suis mis en route à des heures où l'on me trouve généralement occupé à peindre. Je suis allé chez Lenox, dit le *Rival du Printemps*... un stoïcien, celui-là, qui commence à soupçonner le bonheur seulement depuis que madame Lenox a fui (pour toujours, il ose l'espérer), sans laisser sur une table la lettre d'usage.

J'étais certain d'obtenir par Lenox des renseignements de fraîche date. Je trouvai le laboratoire de ce philosophe, tout resplendissant de vues décoratives empruntées au règne végétal. Cela représentait des roses, des feuilles, des pêches, des raisins, des figues, une grotte, une cascade... c'était horrible, mais moins horrible cependant que le contentement inspiré par ces ignominies à leur auteur ; une excessive dignité l'empêchait seule de me montrer qu'il avait faim de ces poires, qu'il avait soif de l'eau de cette cascade.

— Heureusement, me dit-il avec une incroyable résignation, c'est pour une personne qui s'y connaît.

— Gageons qu'elle s'appelle Amanda.

— Non, monsieur le gouailleur, c'est une femme du meilleur monde, très intelligente... très *nature*.. madame Dernos.

Je ne dédaignai pas, ô amitié ! de recourir pour toi à des artifices de roman feuilleton.

— Madame Dernos, est-ce que je la connais ?

— Si tu veux t'en assurer, reviens demain, tu la verras, sa visite aura pour objet de fixer le prix de mon œuvre et d'en prendre livraison. Tu m'obligerais en venant ; voici pourquoi : nulle femme n'est parfaite, il se pourrait que madame Dernos *marchandât*... en ce cas, tu représenterais la galerie scandalisée ; tu viendras... merci.

Je tins parole. Frémis, vicomte ! je l'ai vue, *elle*, celle qui ne ressemble à aucune autre femme, et à qui je souhaite de grand cœur que nulle autre femme ne ressemble. Elle se dispose à offrir bientôt une fête à ses amis ; c'est pour cela que le bon Lenox a manufacturé ces effroyables fruits. La dame était escortée d'un vénérable monsieur que Lenox peu ferré sur les nuances de la prononciation péruvienne, appelle : M. l'amiral Bona-Croché. Lorsqu'il fut question de prix, tous deux prodiguèrent à Lenox d'aimables ironies dont le fond revenait à ceci : « filou, carotteur, rapin sans délicatesse. » Lenox m'appela à la rescousse, et je sortis de mon coin. A ma vue, *elle* eut un petit mouvement de dépit, mais non de honte. Si tu veux lui ressembler sur le chapitre des regrets, tu n'as qu'à dormir tranquille.

—

Madame Dernos à M. de Bona-Croce.

Je vous prie, mon cher Amiral, de ne pas venir à ma petite fête avec vos rubans et vos croix. Le *vrai* monde en France est un terrain d'égalité, et le simple habit noir est le symbole reçu de cette égalité. D'ailleurs, je m'engage à vous rendre en distinctions d'amitié, ce que vous perdrez en pittoresque ; habillé comme tout le monde, chaque fois que vous aurez à me parler, le plaisir que nous y pourrons prendre l'un et l'autre sera moins remarqué ; donc, laissez chez vous votre soleil. Si j'ai l'air ainsi de vous promettre pour ce soir de fréquentes audiences devant tout le monde, c'est qu'il me sera désormais impossible de vous en accorder dans le tête à tête. Vos derniers discours en m'étonnant, ont altéré beaucoup une tranquillité intérieure qui m'est chère pardessus toutes choses. Ce soir, au Vaudeville, la baignoire N° 6 vous sera fermée, si vous me parlez d'autre chose que de la pièce.

—

De Belmont à Jacques Polet.

Tu l'as vue, tu lui a parlé : Je t'en aime davantage ! Ah! ne plus se revoir, sans s'être dit adieu!... l'un et l'autre sous le coup d'irritations injustes ! C'est le silence d'Adèle, et nulle autre cause qui me rend malheureux. Il ne me faudrait que la voir et lui parler une dernière fois pour n'y plus penser de la vie. Je me suis marié afin de changer d'atmosphère morale, et de ne plus m'appartenir à moi-même qui suis mon pire maître. Ma femme n'a pas cessé d'être parfaite... Cependant, je revois toujours *ses* beaux cheveux arrangés comme je les aime en bandeaux ondulés, ses divines épaules, ses bras nus et blancs, ses yeux prestigieux, et ce regard enflammé qui m'a fondu. Cette vision m'atteint souvent le cœur à la façon d'un boulet qui ne l'aurait traversé qu'à moitié, et qui m'étoufferait. Autrefois j'avais une ambition : celle de me jeter dans la superbe mêlée littéraire. Je fus vite dégoûté d'écrire pour les autres en voyant les triomphes grossiers, la tyrannie de la mode, l'obscurité des érudits et des lettrés, l'existence des grands poètes si lamentable à son déclin, les penseurs sacrifiés aux jongleurs et aux clowns... Alors, je vis Adèle, et son regard fascinant m'inspira de *tout* demander à l'amour. Que ne donnerais-je pas pour lire au dedans d'elle !

—

Jacques Polet à de Belmont.

Tu y lirais : « Quel philtre détesté m'avait-on fait boire pour que j'aie ainsi donné, moi libre, moi raisonnable, trois ans de ma belle vie à ce malade, à ce fou furieux ! » Tu accuses cette femme de manquer de suite dans les idées... Elle est la logique même. Trouverais-tu surprenant que les Patagons (au milieu desquels je suppose qu'une série de lointains naufrages — moins terribles que ceux qu'on voit parfois à midi en plein Paris — t'auraient un jour lancé), ne comprissent point ta langue, et répondissent à tes discours, que tu les ennuies ? C'est ce qui vient de t'arriver. Toi sentimental, fiévreux, frémissant, reliant à d'éternels problèmes le moindre battement de ton cœur, tu te vas livrer à une femme qui ne rêve que bien-être, bains tièdes, amabilités, perruques. On ne t'a pas compris, c'était tout naturel... on t'a puni de ton obstination à parler, c'était justice.

De Belmont à Jacques Polet.

Tu étais, autrefois, un admirateur de Manon Lescaut. « Quel génie ne fallait-il pas, me disais-tu, pour avoir assis de généreux sentiments sur un fumier, ainsi que sur un trône d'or? Desgrieux ne recule pas même devant l'assassinat, dans son dévouement à Manon, type ignominieux d'une classe de femmes qui fait rougir jusqu'à la délicatesse d'un certain libertinage. Pourtant, un rayon illumine cette fang : c'est un grand amour, un amour plus fort que la honte, et martyr comme la vertu. Tu as donc un jugement pour la vie et un autre jugement pour les livres qui racontent la vie?

—

Jacques Polet à de Belmont.

Tu n'as pas compris... Puisque je suis peintre, tu me permettras d'emprunter à la peinture mon argument. Il peut arriver à tout le monde d'être tenté de se découvrir devant un portrait, et d'enfoncer son chapeau sur ses yeux en voyant passer l'original.

Quant à la situation de ton cœur, elle peut se définir d'un mot : égoïsme.

Qu'y a-t-il au fond de ces indéchiffrables aspirations, de cette ténébreuse avidité qui ne s'épouvante pas de la dégradation de l'objet convoité, sourde à toutes les voix d'en haut et d'en bas ; qu'y a-t-il, sinon l'immolation de l'avenir au présent, de l'idéal au toucher, du rêve à la sensation, de *tout* à *moi* ? Tu es un ivrogne d'amour.

—

Claire à Louise

Nous sommes arrivés à Beuvries. J'allais te dire des choses joyeuses et consolantes. M. de Belmont me montre enfin un visage heureux, un front sans nuage, son affection me sourit. Mais je n'ai pas de chance, moi : juste au moment où je rêvais de n'être pas séparée de *lui* une minute, *il* va me quitter.

— Claire, m'a-t-il dit hier, après un entretien charmant, il manque à votre parure diverses petites bagatelles, qu'on ne trouve que rue de la Paix ; en outre, il faudra me donner le dessin et la couleur des meubles de votre salon. Le tout ne me prendra pas deux jours.

— Que voulez-vous dire ? fis-je en pâlissant.

— Rien que de fort simple : je dois aller à Paris, pour y terminer des affaires d'intérêt, qui plus tard demanderaient un mois, et aujourd'hui demanderont trente-six heures.

— A Paris ! dis-je machinalement.

— Je ne crois pas qu'il y ait là rien d'excessivement surprenant, répondit M. de Belmont. Son accent me montra que je venais de déplaire. J'aurais dû continua-t-il, vous prier de m'accompagner ; mais ce voyage pourrait vous fatiguer.

A ces simples mots, qui faisaient allusion à une délicieuse espérance, je le trouvai adorable, et lui jetai les bras autour du cou. Il parut singulièrement touché. Je crus entendre des commencements de sanglots agiter sa poitrine ; ses yeux eurent un fugitif éclair d'angoisse ; ses lèvres frissonnantes semblaient murmurer : Pardonnez-moi, ce n'est pas ma faute.

—

Louise à Claire.

Ton mari a raison. Qu'est-ce qu'une séparation de deux jours ? Que dirais-tu si tu avais épousé un médecin ? Avec ces messieurs, ce n'est pas à un jour d'absence par ci par là qu'il faut se résigner, mais à ne jamais déjeuner en tête-à-tête, à faire d'un dîner non dérangé tout un poême, tout un rêve ; à savoir son mari cheminant la nuit par les routes obscures et les sentiers bourbeux. Ton seul malheur, à toi, est de ne pas connaître ton bonheur, de même que le seul bonheur de certaines gens est de ne pas connaître leur malheur.

—

Jacques Polet à de Belmont, à Paris.

M. Jacques Polet a le regret d'annoncer à M. de Belmont qu'il ne peut accepter son invitation à dîner, ni pour demain, ni pour les jours suivants.

—

De Belmont à madame Dernos.

Merci mille fois de m'avoir accordé pour ce soir une heure d'entretien. Ainsi que vous l'ordonnez, je vous jure qu'il sera parlé entre nous seulement de ce qu'il vous plaira d'entendre.

—

Madame Constantin à madame Dernos.

Tu as eu tort de *lui* accorder cette suprême et suprêmement inutile entrevue. Que te veut-il ? S'il est énergique, te rendre témoin de sa résignation (et sa résignation doit t'être fort égale), ou bien se brûler la cervelle sous tes yeux, à quoi tu gagneras une bonne migraine, un interrogatoire de M. le commissaire, un rassemblement sous tes fenêtres, et tes initiales dans tous les journaux de France et d'Algérie.... et s'il n'est pas énergique, ce sera pis encore.

—

De Belmont à Claire.

...Autrefois, à Paris, je vivais satisfait comme un égoïste de ne manquer de rien, et ne relisant que pour la forme le bordereau de mes banquiers. Aujourd'hui, je ne suis plus seul sur la terre, j'ai à entretenir la prospérité d'êtres aimés. On m'a presque persuadé d'acheter du terrain à Paris. C'est un beau placement. Tel est le motif de la prolongation de mon absence, et je vous prie non de m'excuser, mais de me plaindre.

—

Jacques Polet à son ami Derbois, docteur aliéniste à Gand.

Paul, je regarde toute définition du bonheur comme une froide mystification, et ceux-là sont la plus assommante espèce de pédants qui nous disent : Voici la route du bonheur. Dans ta dernière lettre, tu me racontes des choses bien étonnantes de tes pensionnaires ; je vais t'en dire de plus étranges de certains fous qu'on n'enferme pas... Tu n'as pas oublié de Belmont, tu l'aimais...

Tu as été dans le secret de sa désolante passion pour une femme au cœur froid, et aux yeux incendiaires, une de ces femmes que l'homme bien avisé aime pour lui-même... Dans la suite des temps, elle eut bravement des intrigues transparentes avec quelques-unes des connaissances d'Henri et des nôtres, sans parler des connaissances inconnues. Henri parvint à fuir, se retira dans son pays natal, et y a épousé le mois dernier une jeune fille idéale. — Tant mieux, me répondras-tu.

. . . .

—Paul, ce soir à minuit, au moment où je t'écris, par une furieuse averse, M. de Belmont erre comme un triste espion, comme un laquais chassé, sous les fenêtres d'une maison située rue du Cirque... et il se fait haïr pour sa peine. A quelle classe de fous appartient un pareil homme, y a-t-il moyen de le guérir ?

—

Le docteur Derbois à Jacques Polet.

Un médecin qui s'intéresserait peu aux fluctuations de cet invisible océan : l'être moral, te traduirait ainsi le cas d'Henri : notre sujet est de tempérament lymphatique nerveux, c'est-à-dire un mélange d'ardeur et de stagnation, qui l'expose à être longtemps la proie docile de ce qui pour la première fois l'aura saisi vivement. Une sombre langueur, résultat du mépris de l'hygiène, lui noircira, dans tous ses traits, le monde extérieur. Voilà ce que dirait le premier étudiant venu. Moi, je crois que l'abus de la pensée, du retour sur soi-même produit par l'exiguité du champ d'action ouvert aux intelligences, est en partie la cause de cette déviation d'un grand nombre d'hommes excellemment doués. De Belmont, à tes yeux, est un fou ; aux miens, c'est un mourant.

—

Claire à Louise.

Je suis seule et désolée. Henri, qui ne devait rester qu'un jour à Paris, est loin de moi depuis une semaine. C'est dimanche. Je suis restée tout le jour évoquant aux clartés pétillantes de la buche, nos beaux rêves communs d'hier, mais n'osant pas interroger demain, ni demander à cette sœur Anne intérieure, symbole de nos pressentiments, ce qu'elle voit venir. D'ailleurs M. de Belmont m'écrit de belles lettres, il y a joint un envoi de bijoux que je n'ose pas regarder, tellement ils ont l'air d'être venus là exprès pour me consoler. Ignorant jusqu'à l'hôtel où il est descendu, je ne puis même lui écrire.

—

Louise à Claire

S'il t'est impossible d'échapper à la mélancolie, du moins il est dans les forces de tout le monde d'éviter de s'y

complaire. Prends garde que le sort ne te punisse sévèrement de te plaindre de lui avant qu'il t'ait frappée. Si
mes lettres sont courtes, ce n'est pas que les tiennes
puissent jamais me paraître longues ni fréquentes. Je te
promets aussi de ne pas t'en vouloir, si après le retour de
M. de Belmont, tes lettres deviennent plus rares.

—

De Belmont à madame Dernos.

A quels sacrifices, à quel mépris de mon devoir et
de mes serments, ne suis-je pas prêt pour vous. Merci
de m'avoir promis quelque attention ce soir à votre fête...
Mais pour Dieu, ayez au moins l'air de m'écouter quand je
vous parle.

—

Madame Dernos à de Belmont.

Entendons-nous, s'il vous plaît : c'est à vos sollicitations
sans trêve, à l'horreur que m'inspire jusqu'au seul mot
d'esclandre, que vous devrez d'être admis ce soir chez
moi. Rappelez-vous qu'ayant, vous compris, soixante-
cinq invités, je ne pourrai donner que trois minutes à
chacun d'eux. Vous avez eu doublement tort d'employer
le mot de *sacrifices*, d'abord parce que je n'en réclame
aucun de vous, et ensuite parce que dans cette comédie
qu'on appelle la vie, j'ai avant tout horreur du rôle
d'obligée.

—

De Belmont à Claire.

Les affaires s'agitent et nous mèneront... à bien, je
l'espère. Le bonheur de vous revoir n'est plus différé
pour moi que de trois jours.

—

Madame Dernos à de Belmont.

Je daigne vous adresser ma première prière. Je vous supplie de quitter Paris où votre présence est une atteinte à mon repos, à mes plaisirs, à ma dignité, en même temps qu'un défi aux lois de l'honneur. Ma porte ne vous sera plus ouverte.

—

De Belmont à Madame Dernos.

Jadis je trouvais cruellement long le simple trajet de la rue Grammont à la rue du Cirque, et vous m'ordonnez de jeter entre nous quatre-vingts éternelles lieues, tant de plaines et de rivières ! Mon sang se glace !

—

Claire à Louise.

C'est une mourante qui t'écrit d'une chambre d'hôtel à Paris. Seule, je me sens près d'y mourir, comme on mourrait assassinée, la nuit, dans les falaises, ou dans une forêt, sans témoin de mes angoisses, sans prières. J'étais partie de Beuvries, après avoir écrit à mes parents que M. de Belmont (que je ne savais où trouver), me rappelait en hâte. Une heure après mon arrivée, un hasard fort imprévu me mettait sur la trace de mon mari, et je bénissais le ciel, en me faisant conduire vers la maison où je comptais être renseignée. Cependant, je grelottais, j'entendais des coups sourds retentir au dedans de moi. Le concierge de *cette* maison habitée par Mme Dernos de qui dépendait le succès de ma démarche, m'annonça que Madame était sortie, et ne rentrerait qu'après les Italiens. Cet homme me regarda avec une expression d'étrange surprise qui semblait dire : « Vous ici ! » je répondis qu'il n'était pas nécessaire que j'eusse affaire à madame Dernos personnellement, et que sans doute ses gens pourraient

satisfaire à l'objet de ma visite. On m'indiqua le second
étage, où je fus reçue par une femme de chambre. Elle
me demanda mon nom, et comme j'hésitais, elle allait
me fermer la porte au nez, lorsque de l'escalier, nous
arriva le son d'une voix impérieuse et sèche :

— Suzanne, j'ai très-froid, j'espère que vous n'avez
pas laissé éteindre le feu ; vous êtes si maladroite. Avec
qui vous amusez-vous à causer là ?

— Avec une personne qui refuse de se nommer, répondit d'un ton servile la cameriste si dure pour moi.

— Madame, dis-je à mon tour, tout mon bonheur tient
à un renseignement que vous pouvez me donner ici, tout
de suite, sans que je vous importune davantage.

Madame Dernos, après m'avoir examinée depuis le
chapeau jusqu'aux bottines, reprit d'un air aimable :

— Veuillez croire, que s'il était en mon pouvoir d'o-
bliger avec un mot, même une inconnue, je dirais ce mot
volontiers.

— Je viens vous prier de me donner l'adresse d'une
des personnes invitées à votre dernier bal.

— Soit ; mais alors il vous faudra être moins discrète
sur le nom de cette personne que sur le vôtre.

— Vous saurez les deux noms en même temps, madame, fis-je avec un faible sourire. Je veux parler du
vicomte Henri de Belmont, dont je suis la femme.

Que n'as-tu assisté, Louise, au changement subit et
terrible qui s'opéra dans les manières et le langage de
cette *Dame*. Elle devint toute fureur et toute haine. Je
ne te rappellerai aucune de ses paroles abominables. Peu
m'importait la forme, le fond m'avait terrassée. Elle
s'écria que M. de Belmont lui rendait la vie odieuse, et la
forcerait à quitter la France. Puis elle dit : « c'est ma
faute, j'ai été trop bonne ; » elle se traita elle-même de
sotte, de ne s'être pas tout de suite adressée à la police ;

elle détestait jusqu'au nom de M. de Belmont. Avant de le rencontrer, elle était la plus heureuse des femmes, depuis elle en était la plus misérable. « D'ailleurs votre mari ne loge pas, il passe ses nuits sous les gouttières, et ne peut manquer de se faire arrêter... c'est le bonheur que je vous souhaite. » Puis elle s'en alla comme une furie. La grande femme de chambre, qui n'était pas méchante, me souffla : *hôtel de..* comme je défaillais. Je fus portée insensible à ma voiture ; aujourd'hui ce n'est pas dans un lit que je me sens couchée, mais au fond d'un précipice d'où mes yeux n'aperçoivent que des troupeaux de nuages gris qui se poussent confusément.

—

Madame Dernos à de Belmont.

Je vous hais, je m'exilerais sous une hutte, plutôt que de vous revoir. Vous m'avez exposée hier à une scène qui m'a rendue malade. Je suis résolue à vous expulser par tous les moyens, si vous tentez de rentrer chez moi.

—

Madame Dernos à Jacques Polet.

Que signifie, direz-vous, au bas de cette lettre inattendue, la signature d'une femme dont j'ai dit et pensé beaucoup de mal ? — Je ne vous écris pas sous l'empire de l'attendrissement, ni avec le dessein de vous convertir à moi. Je respecte vos préjugés, faites qu'ils me respectent aussi. Je vous crois trop loyal pour persister à parler contre moi, s'il vous était prouvé que vous commettez une injustice en le faisant ; je vous apporte cette preuve. Un certain M. de Belmont, que sans vous je n'aurais jamais vu, a jadis fait violence à mon intimité. Cet homme que je n'aimais pas, ennuyait mon cœur. Enfin il s'éloigne, se marie, et m'en croyant délivrée, je redeviens gaie.

24

Hier, sa femme venait le réclamer chez moi, moi qui ne veux pas le recevoir, moi qui épuisai envers lui toutes les formules du dédain. Qu'un ministre, ou le moindre banquier, congédie impitoyablement solliciteurs et emprunteurs, chacun trouve la chose naturelle ; qu'une femme jalouse de sa tranquillité, ferme sa porte à un furieux, on crie à la coquette sans âme qui se fait un jeu de troubler les jeunes ménages. Prononcez.

—

Jacques Polet à madame Dernos.

Madame, je ne dis pas que votre lettre contribuera à relever à mes yeux la nature humaine ; mais si elle me fait plaindre davantage mon ami, elle m'interdit désormais de vous laisser accuser devant moi.

—

Claire à de Belmont.

Vous n'ignorez plus maintenant, monsieur, que l'on m'a vue à Paris. J'en repartirai dans une heure, et je vous laisse libre... Je vous aimais bien, j'aurais été la compagne joyeuse de tous vos jours, mon cœur n'est pas changeant, et n'avait jamais été qu'à vous. Je pourrais vous renier et vous haïr, mais au bord de l'infini, on dirait que l'infini du ciel se communique à nos âmes et l'on couvre d'un regard clément les torts bornés...

—

Madame Limric à Louise.

Où est Claire ? depuis trois jours qu'elle nous a quittés pour aller rejoindre M. de Belmont, nous sommes sans lettres d'elle, et notre inquiétude est grande.

—

Louise à madame Limric.

Ne soyez pas inquiète, Claire est chez moi, auprès de moi; en attendant que M. de Belmont ait terminé les affaires qui le retiennent à Paris, Claire a bien voulu nous donner quelques jours. Elle n'aurait pas manqué de vous écrire elle-même aujourd'hui, sans une violente migraine. Mon intention est d'empêcher, par tous les moyens, Claire de me quitter avant huit jours... Vous ne pouvez avoir déjà oublié certaine promesse que vous m'avez faite tout récemment, de venir passer une semaine à Rambouillet. L'occasion ne saurait se présenter meilleure.

—

Madame Constantin à madame Dernos.

Tu as bien fait d'accepter, ma chère Adèle. C'est, à la fois, un coup de fortune et de génie. Quand tu seras là-bas, pense quelquefois à moi, je t'aimais sincèrement.

—

M. de Bona-Croce à madame Dernos.

Vos désirs seront fidèlement suivis. On ne me verra plus chez vous avant notre départ pour le Havre. C'est dans huit jours que le *Lima,* un magnifique bâtiment, se met en route. J'apporterai au Pérou, un trésor mille fois plus précieux que tous ceux qu'a jamais rêvé d'en emporter l'imagination de vos Européens. Là-bas, vous attend un soleil éternel, moins rayonnant que le feu de vos yeux, moins ardent que celui de mon cœur.

—

Madame Constantin à de Belmont.

En son absence, madame Dernos m'a confié la direction de sa correspondance ; obéissant à ses instructions for-

melles, j'ai l'honneur de vous retourner vos lettres.
Mon amie a quitté la France pour toujours peut-être, et
si elle y reparaissait, ce serait sous un nouveau nom.

—

De Belmont à Jacques Polet.

Tout craque autour de moi ; le pavé s'enfonce sous mes
pieds ; ma vue s'obscurcit, je ne dors jamais, je ne mange
plus; malheur aux faibles ! Madame de Belmont est à
Paris, Adèle n'y est plus. Je ne sais quelle révélation
les à mises en présence. Ma femme aussi est invisible
pour moi, elle a disparu de son hôtel.

—

Jacques Polet à Henri de Belmont.

Viens tout de suite, et tous les jours. Parle-moi de ce
qui te plaît, aussi longtemps qu'il te plaira. Pardonne si
j'ai été un peu brutal. Que ne l'as-tu été toi-même !

—

Madame Limric à son mari.

Ce n'était vraiment qu'une migraine, mon cher Frédéric. Claire se porte bien, mais elle est toujours un
peu triste sans dire pourquoi. Nous n'étions pas ainsi
nous autres, et pourtant que de mal, que de travail ! Cela
prouverait-il que le meilleur lot est plutôt encore de
s'épuiser au bonheur des autres, que de se voir servir le
sien tout fait.

—

Henri de Belmont à Jacques Polet.

Il est certain que je souffre moins depuis le départ
d'Adèle, et depuis que tu as eu la bonne foi de convenir

avec moi qu'on devait l'aimer, et que c'était une chaîne enviable qui me liait à elle. C'est encore avec horreur que je me livre à l'espoir de l'oublier. En admettant que mon idole fut d'argile, mon culte était d'or. La religion est-elle dans les discussions sur la divinité, ou bien dans la foi du croyant? Comme ce peintre dont tu m'as conté l'histoire, j'ai jeté un grand linceul, trop grand peut-être pour une seule mort, sur l'ombre adorée... Je me suis agenouillé... j'ai dit : Adieu !...

—

Jacques Polet au docteur Derbois..

C'est encore d'Henri que je vais te parler. Peu de jours après le dernier récit que je t'ai fait du délire de notre ami, la femme qui en avait été la cause relativement innocente, donnait sa main à un Chiquito, et s'embarquait pour le Pérou. Cet événement avait simplifié le retour de Belmont vers sa femme qui en a pleuré de joie. La belle-mère s'est tue, ce qui devait passer pour un indice de la bienveillance d'en haut. Six mois se sont écoulés sans orages.

Madame de Belmont allait mettre au monde son premier-né, qu'Henri attendait avec une profonde impatience.

Il paraissait calme, à peine un rapide frémissement des lèvres, une rougeur furtive....

L'autre matin, on ne le vit pas descendre comme de coutume à l'heure du déjeuner. Le domestique chargé de l'aller prévenir descendit tout effaré ; monsieur ne voulait pas répondre, monsieur ne semblait pas entendre, monsieur était étendu tout pâle dans son lit. Madame de Belmont fut frappée, comme par un éclair, du pressentiment de l'affreuse vérité. Henri était mort en effet ; j'en reçus aussitôt la nouvelle par une dépêche. Madame de Belmont était instruite de la vieille amitié qui faisait jadis d'Henri un frère pour moi. Le soir même, je partis pour Beuvries où j'arrivai après minuit. Je veillai Henri jusqu'au matin. Sur son secrétaire, je trouvai le *Journal des Débats*, où je lus dans une correspondance de Lima les lignes suivantes :

« Parmi les nouvelles victimes de la dernière épidémie, nous trouvons le nom d'une jeune Parisienne, madame Dernos, tout récemment remariée à l'amiral de *Bona-Croce.* »

L'ORNIÈRE

=

I

MON VER RONGEUR.

Il y avait deux mois, deux siècles, ou deux heures qu'Hermance avait disparu. J'étais seul, triste, et je songeais. Ceci, dans ma chambre de la rue des Beaux-Arts, à minuit moins dix-sept minutes. J'entendais distinctement le chant des ivrognes, le bruit des querelles, le fracas des roues sur le pavé, et les propos amoureux de mon voisin.

J'ai un voisin, c'est un peintre ; il est charmant et du meilleur goût. Il m'a fait dire que je serais toujours le bienvenu dans son atelier. Donc, si je fusse entré chez lui, il m'eût accueilli honnêtement, il m'eût présenté à *mademoiselle*, puis l'on aurait fumé, bu du *kirchenvasser* de la rue Bonaparte, joué au bézigue, tandis que *mademoiselle*, qui possède des arts de désagrément, aurait tenu le piano. Merci ! C'est bien assez de mon ver rongeur.

Car, j'ai un ver rongeur. Je vous le décrirai quand M. Robillard, mon médecin, m'aura donné son signalement. M. Robillard a été appelé en consultation à Viroflay, et ne pourra être chez moi avant demain, vers huit heures du matin. Je l'attends avec impatience. Mais non, je n'attends rien, je ne désire rien.

Heureux qui n'envie rien ! a-t-on dit. Mensonge ! Vouloir que l'homme, ce fruit d'un double désir, ne soit pas lui-même tout désir, et reste encore un homme, n'est-ce pas vouloir que l'arbre vaincu par la foudre projette encore dans l'air ses fiers rameaux ? Pauvre homme ! Pauvre arbre !

Je souffre de ne rien désirer. Je ne suis ni éveillé, ni endormi. Vais-je souhaiter que le tumulte d'en bas expire ? Vraiment non, car cet unique vœu réalisé, il semble que je devrais me tenir satisfait, et la belle chose d'être heureux à si vil prix !

Que je le désire ou non, les ivrognes s'endorment, les querelleurs s'embrassent. mes voisins chantent.

Nous sommes au mois de septembre. Il pleut.

La première fois que j'ai parlé à M. Robillard de mon ver rongeur, il est parti de l'éclat de rire le plus forcé et le plus malsonnant du monde. J'en ai déduit que M. Robillard est un ignorant...

Cependant, on n'appellerait pas un ignorant en consultation à Viroflay ! Il m'a dit : « Je connais çà (çà !!!), ce sont des idées noires qui vous prennent ; il faut vous en distraire, et quand çà vous vient, occuper votre esprit d'autre chose, du premier objet venu... » Essayons de la recette. « Voyons voir, » comme disait mon maître d'escrime, un puriste pourtant.

Le premier objet venu est un singe empaillé, auquel j'ai dédié, dans un coin de ma chambre, un piédestal en bois de cerisier. Ce singe empaillé me vient de mon oncle Isidore. Occupons notre esprit là-dessus.

Comment mon oncle Isidore devint-il le propriétaire de ce singe ? Je me rappelle... (Pourquoi dire : *Je me rappelle*, puisque je ne l'ai jamais oublié ?)

Or, mon oncle Isidore, se promenant un jour, son bambou à la main, dans je ne sais quelle forêt de je ne sais quelle Amérique, sauva la vie d'une jeune dame, menacée d'être étranglée par ce singe, qui paraît aujourd'hui si peu méchant.

Naturellement la jeune dame, charmée, se jeta au cou de mon oncle. Ils furent heureux et n'eurent pas beaucoup d'enfants, puisque c'est à moi qu'ils ont légué ce bizarre memorandum du dévouement couronné par l'amour.

Hermance avait une peur horrible des singes : j'en ai pourtant connu de civilisés, qui dansaient la cracovienne, grimpaient au haut des arbres, habillés en généraux ou en mariés, et qui faisaient, pour amuser les enfants bien sages, toutes sortes de petites grimaces réjouissantes.

Pour être précis, je crois qu'il y a seize jours qu'Hermance est partie. N'était l'impossibilité d'avoir vécu seize jours sans manger et sans boire, je gagerais que je n'ai point quitté mon fauteuil, et que je fume le même cigare, au coin du même feu (tous deux éteints) depuis seize jours.

N'importe ! il s'est passé en moi de graves changements, et ma figure le trahit, car madame Durand, ma propriétaire, exprime que je ferais *peut-être* bien de me soigner. Elle n'affirme point que ma conservation vaille cette peine.

Ici mes yeux s'arrêtent sur une grosse natte de cheveux qu'enferme un cadre ovale suspendu à la droite du foyer. Ces cheveux, je les ai cueillis moi-même sur la tête d'Hermance ; et telle j'ai ramassé leur gerbe, telle elle est demeurée sous ce verre protecteur, et nulle autre main que la mienne n'y a touché.

Qu'Hermance fut belle ce jour-là ! Ce jour où, souriant à mon plaisir, elle ramena ses larges boucles devant son front, devant ses yeux, qui brillaient au travers comme deux étoiles à travers la ramure des chênes, tandis que sa bouche petite, amoureuse et mutine, murmurait un chant confus !

Suffoqué par l'émotion, j'ouvre ma fenêtre ; le ciel est noir, l'air humide, la rue déserte.

Une chauve-souris se précipite dans ma chambre, vole

en rond avec fracas, s'épouvante de la bougie et se va jucher sur ma statuette sombre de Méphistophélès ; elle triomphe et s'effare..., elle bat des ailes dans la nuit en signe d'horreur et de défi. Mes idées deviennent confuses et je ne me rappelle plus aussi distinctement certain sourire d'Hermance.

La pâle lune s'estompe derrière le ciel noir, comme une lampe blafarde derrière les tentures d'une salle mortuaire. La chauve-souris se fait hibou et Méphistophélès se fait Minerve.

Soudain, la plus belle des filles se dresse devant moi, fraîche et rose comme la plus belle des fleurs. Elle chante, elle danse, elle aime ! Tantôt elle porte la main à son cœur, comme si un glaive venait de l'atteindre, et la voici qui s'élance d'un bond sur ma table ronde couverte de livres. Elle en fait le tour, légère et mélancolique ; ses yeux cherchent, et sa main ne trouve jamais... Je l'appelle, elle s'envole.

Dans mon désert, dans mes ténèbres, une voix s'écrie : « Elle est à mille lieues d'ici ! » Et un beau cheval ailé, noir comme la nuit, rapide comme la foudre, me transporte vers elle... Je sens mon front se glacer, mes mains se roidir...

— Comment ! vous vous endormez avec vos fenêtres ouvertes, par une semblable nuit, et vous avez le front de me faire appeler ?...

C'est M. Robillard qui vient de parler ; je trouve qu'il prend chez moi beaucoup de pied, et me traite fort rudement. Il est huit heures du matin. Sur sa demande, je m'empresse de lui donner quelques explications sommaires...

II

LE DOCTEUR ROBILLARD.

....Alors M. Robillard, mon médecin, me répondit très-haut :

— Du courage, mon garçon, du courage, que diable !

M. Robillard a puisé dans la fréquentation des carabins un style brusque et impérieux qui me déplaît souverainement. D'ailleurs, il est consciencieux.

— Il faut vous distraire, poursuivit-il, vous secouer...

— Hélas ! monsieur Robillard, si je vous racontais...

— Ne me racontez pas... Il faut vous distraire, vous secouer, voyager, dit encore M. Robillard très haut; vous seul pouvez vous guérir. Bonjour.

Si j'étais capable d'une émotion voisine du plaisir, je serais bien aise que M. Robillard ait parlé si haut, car mes voisins, et ceux qui se trouvaient dans l'escalier en ce moment, n'ont pas perdu un seul mot de ce qu'il m'a dit ; et désormais Paris sera persuadé que je nourris un ver rongeur.

— Vous êtes plaisant avec votre ver rongeur, m'a dit M. Robillard, je voudrais bien savoir comment cela est fait.

Ce serait plutôt à moi de le trouver plaisant, à moi qui honore son prétendu mérite d'une confiance sans bornes, et qui suis obligé d'entrer dans une foule de détails qu'il devrait deviner, s'il est savant.

— Nommez-le comme il vous plaira, monsieur Robillard ; c'est un je ne sais quoi qui voyage par tout mon être, et m'arrache de temps en temps un petit morceau de moi-même , c'est surtout ici, autour du cœur, que l'invisible ennemi s'établit de préférence, et il y a des jours où il me paraît s'efforcer de le dévorer tout entier.

M. Robillard répéta en me quittant :

— Voyagez.

Tout cela parce qu'un jour, à Boulogne, au commencement de juillet dernier, une vague inattendue menaça de submerger la chaise sur laquelle une jeune veuve américaine..., née à Montpellier, avait posé son livre et son mouchoir... Je me précipitai, et ma vaillance fit naître un sourire qui, en son temps, devint un baiser, comme l'espoir devient la joie.

Au bout de six semaines, Hermance repartit pour l'Australie... ou pour Montpellier. Je l'avais inutilement priée d'attendre la première représentation d'une délicate comédie de mœurs que l'Odéon m'a promis de ne pas jouer.

Oui, c'est depuis ce temps que mon ver rongeur fait son office. Je ne puis encore vous le dépeindre aujourd'hui. M. Robillard dit que je manque d'énergie ; on voit bien qu'il ne connaît pas Hermance, et qu'il n'a jamais aimé. Cependant je vais suivre son ordonnance, je vais voyager.

Je fais mes malles. Je n'en ai qu'une, mais qui oserait dire : *ma malle ?*

Hermance avait de beaux bras ronds et doux, et de grands yeux d'un bleu pâle, tour à tour suppliants, effarés et spirituels.

Mes malles sont prêtes. Je juge poli d'aller faire une visite à M. Robillard avant mon départ. Il ne peut me recevoir, et me mande par sa petite bonne, qu'il faut me secouer, me distraire... Je baisse la tête.

— C'est vague, cela, me distraire...

— ... Voyager, ajoute la domestique en me quittant.

C'est là que je l'attendais, afin d'être bien sûr que le docteur Robillard n'a pas employé un mot au lieu d'un autre en me conseillant une première fois de voyager.

Je me décide pour les bords du Rhin ; cela est *neuf* et doit être mélancolique. Et puis il avait été question que j'y allasse avec Hermance.

Quand Hermance était joyeuse, et qu'une plaisante histoire éveillait sa gaieté, son rire ressemblait à un écho
charmeur de cette musique des étoiles qu'ouït Platon en
rêve... Quand Hermance pleurait, j'en étais tout fier : elle
pleurait bien.

III

LE CARILLON DE BRUGES.

Je m'éveillai sans savoir comment, à Bruges, peut-être
dans la même chambre de l'hôtel de *la Fleur de Blé*, où
rêva, aux accords anciens du carillon flamand, un de
mes poètes, l'Américain Longfellow : — peut-être aussi
dans la chambre d'Hermance, car elle passa trois jours
à Bruges.

A dix heures du matin je partis pour les bords du Rhin,
qui sont à cent lieues de là.

De Bruges à Gand il pleut. Il y a dans l'air ce *je ne*
sais quoi qui fait qu'on se pend. Cette maxime est d'un
pendu. Les vitres du wagon sont obscurcies de brume.
Je ne puis rien voir sur la route, et il n'y a rien à y voir.
Pourtant M. Robillard m'a particulièrement recommandé
de me distraire.

Je me mets à suivre avec torpeur le travail intelligent
de mon unique compagnon de voiture, qui, ayant saisi
entre ses dents un poil de sa moustache, le tient résolû-
ment captif. On dirait qu'il en a fait un vœu.

Il pleut, je soupire ! Mon voisin me regarde d'un air de
reproche, tire de son portefeuille une lettre, papier rose
parfumé... une lettre d'amour sans doute, il sourit. Il a
une épingle en or, une chaîne en or, deux bagues en
or... Oui, c'est une lettre d'amour.

Le ciel est gris, la campagne solitaire. La pluie va
mouiller les morts en leurs cercueils. Pauvres morts ! Il
semble que l'âme du monde, découragée, sommeille. Il
pleut. Nous arrivons à Gand. Vive d'Artevelde !

De Gand à Alost, je reste seul avec mon ver rongeur, comme Prométhée avec son vautour. Vous vous rappelez sans doute que M. Robillard m'a aussi recommandé tout particulièrement de me secouer. Le chemin de fer m'administre à merveille cette partie de mon traitement ; je suis même trop secoué... mais c'est pour mon bien.

On change de train ; c'est une petite distraction, cela. Je prends des notes.

IV.

RENCONTRE ET SOUVENIRS.

Arrivée à Malines. Il pleut. Changement de voiture.

Je tombe cette fois au milieu de neuf Anglais, dont quatre, se disposant à parcourir à pied le Tyrol, emportaient avec eux les souliers de Gargantua, attachés par des ficelles à la poignée de leurs valises.

Un des Anglais m'emprunte le *Guide* que j'avais acheté pour me distraire, et comme nous approchions du panorama de Liége, un autre Anglais me prend ma lorgnette.

NOTA. La différence entre l'homme qui emprunte et l'homme qui prend, c'est que l'un s'appuie généralement sur votre autorisation, et que l'autre a une assez bonne opinion de votre obligeance pour élaguer cette formalité.

Celui qui prend ma lorgnette, ne voulant pas me laisser les mains vides, me donne à garder ses grands souliers.

Le panorama de Liége m'échappe totalement. Persuadé qu'il ne reste plus rien à voir, l'Anglais me restitue scrupuleusement mon bien ; j'ai donc perdu cette nouvelle occasion de me distraire.

Je rends à l'Anglais ses escarpins, troublé par l'idée que celui qui chausse ces Léviathans, pourrait être le mari d'Hermance, qui a un pied si petit.

Hermance trouvait, pour parler d'amour, des mots tels que la plume des poètes n'en confia jamais au papier.

Sa bouche avait des moues enchanteresses quand elle m'appelait méchant. A Boulogne, lorsqu'elle sortait du bain, les promeneurs, charmés, s'arrêtaient pour lui voir tordre ses cheveux, ainsi qu'une Anadyomène. Elle jouai passablement de la guitare, n'aimait que la gelée de fraises, le chocolat et les gaufres. L'odeur du tabac l'incommodait ; elle n'avait bu toute sa vie que de l'eau, mais elle me permettait de chérir le vieux vin français. Vous voyez que je ne me suis pas flatté en disant qu'elle était pour moi d'une douceur inépuisable.

C'était le bon temps... Aïe ! c'est mon ver rongeur..., il vient de me mordre, mais sans trop de férocité. Cela va déjà mieux.

Je ne vous ai point mandé qu'il y a un admirable hôtel de ville à Louvain, et qu'on fabrique de célèbres dentelles à Malines. C'est près de là qu'est mort mon vieil ami H. B., pauvre toute sa vie, la veille du jour où il allait être riche. Je n'oublierai jamais le jour où on l'enterra.

V

LE JOUR AUX TOMBEAUX.

A la mémoire d'H. B.

Le jour où l'on déposa dans la terre ton corps maigre et blême, ce jour-là je ne vis que des morts, je ne rêvai que de tombeaux.

Une foule nombreuse d'amis désolés et de curieux surpris t'accompagnèrent jusqu'à la fosse, et quand le chantre eut chanté son dernier psaume, quant le prêtre eut demandé pour la dernière fois à son Dieu de te donner la vie éternelle, ceux qui t'avaient le plus connu racontèrent ta vie. Et, autour de nous, il n'y avait que des tombeaux.

J'étais debout et la tête découverte, auprès de ce même monceau de terre qui allait retomber sur toi ; le soleil dardait ses feux les plus brûlants sur mon front incliné, et sa chaleur cruelle mêlait une impatience à mon chagrin. J'enviais presque l'insensibilité de ton sommeil, je songeais que tous ceux-là qui t'accompagnaient seraient bientôt accompagnés à leur tour... et à mon côté, l'herbe croissait touffue et brillante sur les tombeaux.

Quand je rentrai dans la chambre où m'attend mon travail de chaque jour, je trouvai une lettre qui me dit :

« Venez si vous *la* désirez voir encore une fois, *elle* se meurt chez son père, dans une heure il serait trop tard. Venez. »

Mes cheveux se dressèrent sur ma tête, et une telle douleur me saisit le corps et l'âme, que je me demandai : « Vais-je donc mourir aussi, moi ? » et que je fus heureux à cette pensée !

Cependant, rendu à moi-même, je montai dans la voiture publique qui conduit de la ville bruyante au silencieux village où *elle* habite.

Ce jour-là je ne rencontrai que *des morts*, je ne rêvai que de tombeaux.

Dans la voiture, avait pris place avant moi une femme jeune et belle, heureuse comme la simplicité, souriante comme la vertu, une femme de vingt ans. Elle tenait sur ses genoux deux enfants, deux petits enfants de trois mois, nés le même jour, conçus dans la même souffrance, accueillis avec la même joie, et couverts maintenant, sous mes yeux, des mêmes caresses saintes.

Les mères aiment ceux qui paraissent aimer leurs enfants, et comme je contemplais avec sollicitude les deux petits êtres, elle s'approcha de moi comme d'un ami.

Elle leur donna son lait devant moi, et sa figure resplendit comme resplendit dans la Bible la face des anges.

Et parfois les deux enfants, quittant le sein de leur mère, se tournaient vers moi et me souriaient. Pourquoi donc occupé à leur sourire à mon tour, n'ai-je devant les yeux que des tombeaux ?

Et les deux petites créatures blanches et roses continuaient à me sourire ; puis elles souriaient à leur mère, au soleil, aux champs, aux arbres, aux moutons, au bon Dieu ! et parfois une subite pâleur couvrait l'éclat de leur charmant visage.

Ils étaient beaux comme les séraphins, ces deux enfants, je les pressai contre mon cœur, et la jeune femme me regarda avec un regard tel, qu'il me sembla que le ciel avait oublié mes péchés passés.

Ce regard disait : « Pourquoi êtes-vous triste ? ne vous parais-je pas bien heureuse, moi ? Pour être heureuse, que faut-il ? servir Dieu, aimer son mari et ses enfants, prier le matin et le soir pour son père et sa mère, donner aux malheureux une part de son cœur, et tenir d'un travail pur le pain quotidien. »

Et je lui répondais : « Seriez-vous heureuse, ô femme ! si comme moi vous alliez voir mourir ce que vous aimez ? » Puis je comparai en moi même les berceaux et les cercueils et je trouvai qu'ils sont frères.

« Dieu est bon, continua-t-elle dans la même langue mystérieuse ; celui qui espère en lui n'espère pas en vain ; mais celui-là qui compte sur les hommes, sera toujours trompé. Dieu est bon ! il a donné la force à mon mari, la santé à mes enfants, il m'a donné le bonheur. »

Puis elle embrassa avec tendresse ses enfants. Tous deux étaient devenus blancs comme leurs langes, blancs comme la parure du saint autel aux jours de fête, blancs comme le doux lait maternel.

Ils ne me souriaient plus, ils ne souriaient plus à leur mère, au soleil, aux champs, aux arbres, aux moutons... ils ne souriaient plus qu'au bon Dieu.... Ils étaient morts !...

Pendant longtemps je ne me souvins que de deux choses : c'est qu'on entraînait loin de moi une femme folle... et c'est qu'en arrivant auprès de celle que j'aime, quelqu'un y prenait la mesure d'un tombeau...

VI

AIX ET COLOGNE.

Arrivée à Aix-la-Chapelle. Il pleut.

Je me livre corps et malle à un automédon germain. Nous traversons une rue située en face de la station, et à l'extrémité de laquelle on bâtit une église, puis nous prenons, en tournant à droite, une autre rue qui tourne à gauche (naturellement), et au bout de laquelle est le théâtre. Vous croyez peut-être que cela me distrait : erreur, illusion, chimère ! Mais je suis superlativement secoué. Cela suffira-t-il à M. Robillard ?

Arrivée à Cologne. Il pleut !...

Le train dépose les voyageurs tout auprès de la cathédrale.

Je ne t'en veux point de n'avoir su me distraire, ô Cologne ! beauté majestueuse, dont l'enfance a dormi dans un berceau romain ?... Cologne, les flots du Rhin mélancolique caressent royalement ton sol vénérable, immortalisé par la légende et honoré du salut de l'histoire. Ici ont chanté les soldats triomphants, là sont mortes les reines exilées, partout ont rêvé les poètes. Religieuse patrie du maître Rubens, gloire à toi ! Ma tristesse m'est devenue chère à l'ombre de tes souvenirs.

Je passe trois heures dans la cathédrale ; j'y écris des notes le plus silencieusement que je puis, attendu que les suisses sont *instruits de* (sic) réprimer tout désordre. L'écriteau le dit.

Ce dôme est grand ; le tonnerre y pourrait gronder à l'aise. Mais je voyais Dieu de plus près dans cette humble chapelle des mariniers où Hermance allait dire sa prière du soir.

Tout près de l'hôtel-de-ville — un vrai bijou ! — j'achète des cigares, et je suis servi par trois demoiselles habillées comme pour le bal et qui m'ont poursuivi de regards très-provoquants. Au moment où cela allait *peut-être* me distraire, un soupçon me traverse l'esprit : — Elles en font assurément autant à tout le monde, me dis-je, et je dédaigne leurs agaceries.

Je retourne à la cathédrale. On m'affirme que cinq cents ouvriers y travaillent journellement ; je n'en vois pas un seul, ce qui vous donnera une idée des proportions de cet édifice.

D'ailleurs partout des yeux bleus, toujours des yeux bleus, et Jean-Marie Farina. Cologne enferme 105,000 habitants, y compris la garnison. Hermance partageait le faible instinctif de son sexe pour l'habit militaire ; mais ce qu'elle plaçait au-dessus de tout, c'était la beauté de l'âme.

J'ai heurté, sous le porche de la cathédrale, un personnage vénérable, avec une longue barbe blanche, un long manteau rouge, un long chapeau noir, un long bâton jaune, que j'ai pris pour un burgrave, et qui réclamait trois sous à un Hongrois. Ce patriarche était un bedeau... Il avait aussi les yeux bleus.

Un peu plus tard, en levant la tête dans la direction des tours inachevées, j'ai vu avec charme la dentelle des ogives ver lie d'une mousse tendre.

> Ce n'est pas seulement l'alouette et son nid
> Qui trouvent un refuge au monument superbe,
> On voit mainte fleurette et mainte touffe d'herbe
> Pointer entre les joints complaisants du granit.

a dit Emile Augier.

Mais tandis que je promène par le monde mon inguérissable ennui de t'avoir perdue, où es-tu, que fais-tu, mon Hermance bien aimée ? Si tu vis, tu m'appelles ; si tu es morte, tu m'attends.

VII

UMBRA ADORATA.

Ma bien-aimée n'est pas une reine, car les reines de ce monde quittent leur trône au jour de la mort ou des courroux populaires ; or, il n'est mort ni tempête qui fassent que ma bien-aimée ne règne pas sur mon cœur.

Ma bien-aimée n'est pas une femme, car les femmes de ce monde sont ingrates, oublieuses de leurs serments, insensibles aux splendeurs de l'âme, et ma bien-aimée est toute Justice, Fidélité et Poésie.

Ma bien-aimée n'est pas une fleur, car les fleurs de ce monde brillent un matin, et l'aurore suivante les retrouve flétries, méconnaissables ; or, il y a longtemps que ma bien-aimée parfume ma vie, et chaque aurore nouvelle ajoute à son parfum, à son éclat.

Ma bien-aimée n'est pas une étoile, car les étoiles de ce monde pâlissent au moindre nuage, et meurent aux approches du soleil..., et rien ne saurait voiler le rayonnement de ma bien-aimée.

Alors, qu'est-elle, ma bien-aimée, si elle n'est point une reine, ni une femme, ni une fleur, ni une étoile ?

Réponds pour moi, mon cœur, toi que sa présence enivre de joie ; répondez, tressaillements divins de mon âme enchantée....

———

Hermance n'était point de celles dont tout le monde s'écrie, comme obéissant à un mot d'ordre : « Voici une jolie femme ! » Elle était mieux que cela.

Qu'est-ce qu'une jolie femme aux yeux *de tout le monde*? Celle qui a la figure ovale, les traits réguliers, la lèvre souriante, les yeux noirs ou bleus.

La jolie femme est celle que *tout le monde* a tenu à

honneur de conduire à la danse et qui a dansé avec tout le monde. C'est, dans la République du bal, comme un pouvoir constitué, obligé vis-à-vis de ses mandataires ; c'est, sur le théâtre du monde, une comédienne favorite, que des poètes couronnent, que des rois adorent, mais qui doit saluer le parterre.

Je serais fâché qu'Hermance ne fût pas jolie ; mais, certes, je l'aimerais mieux laide que ressemblant à la jolie femme de tout le monde.

L'une est l'oiseau rare, la perle sans prix, sa conquête est une récompense, tandis que chaque triomphe nouveau rend la jolie femme de tout le monde *plus banale*.

Lorsque vous rencontrez pour la première fois *celle* que je veux louer, rien qu'à un regard furtif et involontaire échangé entre vous, votre cœur vous dit : *J'ai trouvé*, et il tressaille.

Cette femme, dont le premier aspect vous cause un tel charme, est rarement celle qu'on vous a vantée.

Comme elle est moins facile à reconnaître, elle a sur la jolie femme de *tout le monde* l'avantage d'être plus sensible aux efforts tentés pour arriver jusqu'à elle. Cependant elle est plus fière et de plus haute naissance morale que la *jolie femme de tout le monde*. Elle parle une autre langue, et ne sourit qu'aux éclats des bons esprits et qu'aux rayons des grands cœurs. Elle mêle à sa hauteur, à sa réserve, un je ne sais quoi de profondément humain et charitable. Elle hait l'étalage et le bruit, les gros bouquets et les grosses voix.

Enfin, pour ce qui regarde la jolie femme de *tout le monde, tout le monde*, libre de préjugés, estime que *tout le monde* a les mêmes droits à la désirer, ou à la posséder. Quant à l'autre, si on l'apprécie, on trouve qu'excepté soi-même, personne n'est digne d'elle.

Il se peut que mes distinctions vous paraissent subtiles.

Qu'importe, si Hermance est contente de son portrait ?
Hélas! elle ne le lira jamais; elle est si loin... cette feuille
est si petite, et le monde est si grand !

Hermance n'était point blonde, ni brune non plus. Ce
n'est point qu'elle eût les tresses dorées d'Eve, de Vénus,
de Cléopâtre, c'est-à-dire qu'elle fût rousse... Non. Elle
avait les cheveux châtains (*auburn*, disent les Anglais) ;
nuance peu célébrée par les poètes, à cause de la rencontre moins facile des rimes ; tandis qu'il n'est jamais
malaisé de faire s'accorder *blonde* avec *l'onde,* et *brune*
avec *fortune*, surtout s'il advient qu'on ait à célébrer
une héritière brune, ou tout simplement une bonne fortune qui a les cheveux noirs.

VIII

JE NE ME DISTRAIS POINT.

Arrivée à Coblentz. J'achète une casquette près de
Victoria strass, une rue qui aboutit d'une part à un
groupe de maisons séculaires et fantastiques, et de l'autre
à une charmille sombre. Je passe l'heure du crépuscule,
plongé dans un morne abattement. Je bois du vin de la
Moselle. Je ne me distrais point.

Je me demande ce qui pouvait forcer Hermance à retourner en Amérique... en passant par Montpellier.

L'appât de la gloire, les sourires de la fortune. les
faveurs d'un nouvel amour, tout serait impuissant à me
faire abjurer, pendant une seule minute, le culte d'Hermance...

J'arrive essoufflé tout au haut du dôme de Mayence et
j'y trouve Hermance saluant la fumée de Wiesbaden, au
bras du docteur Robillard...

Le vertige me saisit, et je tombe, en maudissant l'infidèle, à califourchon, sur le casque de saint Martin... puis

je m'éveille au sixième étage de l'hôtel du Rhin, où l'on rêve plaisamment, comme vous voyez.

Je reste deux jours à Mayence, plongé dans les plaisirs, en reconnaissance de la distraction que m'a procurée la vue du factionnaire planté devant l'hôtel du Rhin.

Mon ver rongeur me suit dans la patrie de Bettina d'Arnim, à Francfort, où un Faust nous est né ; à Heidelberg, où il pleut toujours, et qui ne m'a pas consolé d'avoir perdu Windsor ; à Hombourg, où je me consolerai d'avoir perdu soixante et onze francs... Mon ver rongeur finira par être un petit Malte-Brun.

A Carlsruhe, j'entends affirmer à table d'hôte que la ville est assommante, et qu'il n'est que Paris pour s'y distraire ; et moi qui ai quitté Paris pour venir à Carlsruhe ! Le docteur Robillard m'aurait-il trompé ?

Je retourne à Paris pour m'en assurer.

Rien ne saurait me distraire. Hermance a disparu.

UNE FÊTE D'AMOUR

La scène représente une chambre de poète. Cette chambre possède l'ameublement ordinaire aux logis de garçon : des pipes, quelques gravures d'où la crinoline est proscrite, des livres, des bustes, des fleurets, et, par égard pour la coutume du pays, des chaises, une table, un divan...

Il est dix heures et demie du soir. Les fenêtres, qui donnent sur le quai Voltaire, sont ouvertes malgré la bise des derniers jours d'octobre. Sur le divan est assis, ou plutôt couché, un jeune homme. Que nous importe son nom ? c'est *lui* qui attend *elle*.

Il l'attend toujours. Elle n'est pas encore venue, malgré des promesses sacrées ; il souffre ; à ses pieds gisent neuf ou dix volumes entr'ouverts et dédaignés ; sur la table, des manuscrits, des lettres ébauchées, des cigares interrompus, un verre de vin à demi rempli, et les pièces intactes d'un dîner refroidi.

Malgré la bise, malgré la tristesse de l'air, il y a de souriantes étoiles au ciel, pour montrer que le ciel ne compatit jamais aux douleurs de l'amant. Alors les hôtes inanimés de ce nid autrefois joyeux, les compagnons discrets du poète, trouvent une voix douce pour endormir sa peine :

LES LIVRES ENTR'OUVERTS A SES PIEDS.

— Je suis Shakespeare ! Tu m'as bien délaissé dans ces derniers jours. Jadis, tu n'aurais point su rester une seule nuit sans converser avec moi. Tu es triste et faible, reviens à moi, je te dirai les secrets de la force et les bienfaits du temps. Viens, j'ai des baumes qui relèvent le cœur et charment l'esprit. Tu m'as abandonné la même nuit que tu ramenas ici, resplendissante et amoureuse, Desdémone arrachée à Othello dans la folie d'un bal. Est-ce celle-là qui te désespère ! Ah ! perfide comme l'onde !... reviens à moi.

— Je suis Byron ! je t'ai dit : Mieux vaut, cent fois, être mort qu'avoir un cœur qu'une femme aime à tourmenter ; du moins, es-tu prêt à mourir ?

— Je suis Beaumarchais ? je t'ai prévenu que leur instinct à toutes est de tromper ; tu ne m'as pas cru, bonsoir !

— Je suis Molière !

— Je suis Balzac !

— Je suis Musset !

Viens à nous, et nous ferons tant saigner ton cœur et pleurer tes yeux !

LUI.

Laissez-moi, je n'ai rien à vous dire, et je ne saurais vous entendre. En quoi vos lamentations illustres adouciront-elles mon chagrin méconnu ?... Ah ! joie de mon âme, tu m'avais dit de ta voix la plus tendre : A sept heures, je le jure !

L'HORLOGE DU LOUVRE.

Une, deux, trois, quatre, cinq, six, sept, huit, neuf, dix, onze.

UNE LETTRE INACHEVÉE.

J'étais une pensée, un souvenir d'amitié pour ce pauvre Léon, ton ami, ton frère, qui se désole, qui s'inquiète, et doute enfin. Il y a deux mois déjà que tu m'as commencée... Achève maintenant, tu le peux, tes doigts sont libres. Pendant que tu te consumes en stériles angoisses, tu aurais eu le temps de remplir vingt fois ce devoir fraternel. Viens ! là-bas on t'aime, ici l'on t'assassine.

LE MANUSCRIT D'UN ROMAN.

Je suis le premier chapitre d'un récit d'infidélité et de

mensonge. Tu dois être en verve, viens-tu ? Je suis le
Travail, je suis le Devoir, je suis la Vocation, je suis
l'Avenir. Tu me négliges ; crois-moi, demain il sera trop
tard, je ne te parlerai plus...

LUI.

Eh bien ! cette nuit... si elle arrive... je le promets ;
mais tout de suite, comment voulez-vous que je tienne
une plume avec cette main qui tremble ? Onze heures et
dix minutes... Oh ! supplice intolérable !

LE VERRE à demi rempli.

Viens à moi ! je suis le cordial vin de France... je suis
la belle humeur, je suis l'audace, je suis l'art de plaire.
Te crois-tu bien fait pour charmer les yeux, avec cette
figure blême et ce front courbé ? Viens je vais mettre un
éclair dans ton regard, une chanson sur ta lèvre... et tu
seras heureux.

LA PIPE éteinte.

Je suis l'humble compagne de tes meilleurs jours, au
bon temps, au temps béni de travail et de liberté, au
temps bienheureux où tu n'aimais pas. Viens, je t'amène-
rai l'oubli, le sommeil et les rêves profonds d'autrefois.
Tu cesseras d'arracher avec rage ces cheveux blonds que
baisait ta mère et tu seras heureux !

LUI.

Je ne veux point oublier, ni dormir, ni rêver, ô témoins
compatissants de ma ruine ! Onze heures et demie !...
Amour, que t'ai-je fait ?

L'AMOUR.

Toi, qui oses te dire mon serviteur et ma victime, je ne
veux pas que tu mêles mon nom aux mensonges de cette
femme, ni à l'avilissement de ton cœur. C'est de l'amour,
dis-tu ! elle t'aime à ce compte ? Eh quoi ! tu te tords

sous l'étreinte d'un mal qu'elle a causé ; elle le sait, et elle n'est point accourue ! Elle n'est point là, dans tes bras, à tes genoux, ou versant sur ton front les parfums généreux de la pitié !

Puisque tu n'es pas de taille à la combattre ni à la dompter, fuis cette cruelle ennemie des bons jours que tu vivrais sans elle ; fuis n'importe où... Surtout n'affronte pas ses larmes perfides, ses désespoirs menteurs... En implorant ta pitié avec des sanglots, tu la verras détourner la tête pour sourire à un rêve de trahison.

LUI.

Tu m'ordonnes de la quitter, de ne la plus attendre. Et, si j'en avais la force, qu'adviendrait-il ensuite de moi, ô maître sans pitié, qui t'appelles l'Amour ?

L'AMOUR.

N'est-il plus par le monde de belles et pures et jeunes filles au cœur clément et libre d'artifice ?

L'AMANT.

Ah ! si tu m'avais trompé, je te tuerais peut-être ; j'en mourrais sans doute... mais te fuir !

L'HONNEUR.

Jadis, ton âme était fière, et douce, sensible à l'outrage, à l'injustice, ouverte à la noble pitié, aux desseins généreux, à l'enthousiasme du beau... Comment s'est-il courbé servilement jusque dans la cendre, ton front levé vers le soleil ? Va ! je ne te connais plus.

LES SOUVENIRS D'ENFANCE.

Tu l'as oublié tout à fait, ce père mort à quarante ans, qui te berçait sur tes genoux, au coin du feu, pendant les soirs d'hiver, qui t'aimait de toute la tendresse de son cœur vertueux, que ton sourire consolait des fatigues de sa vie usée à faire la tienne facile et douce. Eh quoi ! son

labeur nocturne aura eu pour récompense tes nuits désespérées ! Il ne pleura qu'une fois dans sa vie, le pauvre
homme : c'est lorsqu'il te vit quitter sa maison pour
accourir vivre seul dans ce radieux et sinistre Paris.
Comme il t'aimait ! et comme elle t'aime la veuve éplorée,
qui prie les martyrs pour ta santé et ton salut !. L'as-tu
oublié aussi, ce petit frère, le bel ange blond qui, né deux
ans après toi, promettait à ta vie un si cher compagnon,
si la mort jalouse n'avait volé le bel enfant !

LA JEUNESSE, LA GAITÉ.

Adieu ! adieu pour toujours !... C'est trop longtemps
subir tes mépris... Adieu !...

LUI.

Ah ! que je suis pâle quel tremblement me saisit ! Est-
ce toi, ô Mort, sœur de l'amour ?

L'HORLOGE DU LOUVRE.

Une, deux, trois, quatre, cinq, six, sept, huit, neuf,
dix, onze, douze.

Toutes les voix se taisent. Au dehors, le silence est
profond, sauf les rumeurs de la bise d'octobre.

La sombre nuit enveloppe le monde, et ce trouble
immense qui ravageait, comme la tempête fait des moissons, le cœur de l'enfant désolé, s'est changé peu à peu
en une langueur voisine du sommeil ; mais, ainsi que
dans un songe, il laisse échapper des mots confus.

— Oui, je reviendrai vers vous...

(A cet instant, les échos de l'escalier, reçoivent ces
paroles dites par une voix délicieuse : « Il ne se doutera
de rien ; s'il m'interroge, je lui dirai que ma mère m'a
retenue ; et s'il ne le croyait pas, ce serait tout de même.) »

— Oui, je reviendrai vers vous, poursuivit l'amant,
amis désintéressés, espoirs généreux de mes premières

luttes ; je secouerai ce joug affreux. Reviens, travail confiant; reviens, Shakespeare ! O vin joyeux de ma patrie !
ô ma jeunesse ! ô ma gaîté ! demain je vous serai rendu.
Et toi, femme impie que j'adore, et qui m'as voulu broyer
sous ta pantoufle noire, sois maud...

Un frôlement de robe murmure sur le palier ; la porte
s'ouvre brusquement ; c'est *Elle*.

LUI, tombant à ses pieds.

O Dieu ! que tu es bon !

ELLE.

Quelle glacière ! Je le crois bien, une fenêtre ouverte !

LUI.

Vous avez un peu tardé, ma reine.

ELLE.

Des reproches, toujours.

LUI.

Pardon !

ELLE.

J'ai eu souvent à vous pardonner depuis un mois.

LUI.

C'est la dernière fois, je le jure. O beauté que j'adore,
je suis à tes genoux, mais mon âme plane dans le ciel...

UN VOLUME DE DANTE ouvert à leurs pieds.

Lasciate ogni Speranza!

LA TROMPEUSE TROMPÉE

=

Un jeune homme de cœur et d'esprit que nous appellerons Maurice, nous étonnait tous par son idolâtre respect envers une femme, assez jolie, mais peu sensible, que nous appellerons Jeanne. Cette innocence d'un roué aux pieds d'une coquette faisait rire et quelquefois indignait une trentaine de Parisiens.

Un soir, au Théâtre-Lyrique, Jeanne, qui était la vanité elle-même, remarqua Maurice qui, faute de place ou pour toute autre raison, se tenait debout près de sa loge.

— Qu'ai-je donc fait à ce monsieur ? dit-elle à une voisine ; depuis le commencement du spectacle, ses yeux ne me quittent pas ?

C'était une idée fixe, chez cette jolie sotte, que tout homme qui n'avait fait que l'entrevoir en perdait la raison et trouvait l'amour. Le lendemain même, à un bal, Jeanne revit Maurice et demanda avec un geste d'impatience :

— Quel est donc ce jeune homme ?

— Je ne le connais pas personnellement, lui fut-il répondu, mais avant cinq minutes nous aurons sur lui tous les renseignements désirables.

Alors on questionna le premier personnage bien informé, lequel répondit :

— Mesdames, il n'y a pas dans ces salons, où nous étoufferons tous à minuit moins le quart, un seul homme, jeune ou vieux, qui puisse rivaliser avec Maurice pour l'esprit et le savoir-vivre. Ce n'est pas non plus la fortune ni la naissance qui lui manquent. On peut vous le présenter.

— N'en faites rien, dit sèchement Jeanne.

Maurice n'avait pas cessé de contempler la dame avec extase. Elle se dit : « Qu'il ne s'avise pas de venir me traduire en prose française les discours de ses yeux ! » Or, elle ne vit rien venir, et ne fut pas médiocrement vexée de ne plus trouver personne à l'endroit que Maurice occupait une seconde auparavant, Maurice, trop respectueux, avait donc mieux aimé déserter son poste que de venir s'installer auprès de Jeanne, avec cette hardiesse de bon goût qui se pardonne toujours, pourvu que le premier mot soit drôle.

Jeanne vit bientôt reparaître l'énigmatique Maurice au bras d'un invité influent. Maurice la pria de danser avec lui la prochaine valse.

Au dedans, Jeanne était flattée de cette invitation, et cependant elle répondit méchamment qu'elle était engagée.

Quelques-unes des personnes qui l'entouraient, frappées de l'air de cruauté avec lequel Jeanne venait de dire non à Maurice, la questionnèrent.

Jeanne se borna à répondre :

— Ne craignez rien... il reviendra.

A ces mots : *Il reviendra*, Maurice eut un sourire, et, dans le courant de la soirée, il passa encore deux ou trois fois non loin de Jeanne, qui se crut désespérément adorée, et n'y pensa plus.

Maurice, jeune encore, tout en ayant réussi à se faire ranger parmi les hommes avec qui l'on compte, était aussi des gens qui s'amusent.

Jeanne était coquette-née. Elle vivait seule, en sa qualité de veuve, seule avec un immense amour d'elle-même, entourant des soins les mieux ordonnés sa blanche personne, et trouvant Dieu bon et les hommes heureux lorsqu'elle avait bien dormi et que son déjeuner lui plaisait.

De telles dispositions ne vont guère avec la possibilité de s'inquiéter d'un jeune homme qui nous a regardée deux fois, surtout lorsqu'on chiffre par centaines les jeunes hommes qui ont pris plaisir à nous regarder.

Donc Jeanne ne se souciait guère de Maurice ; mais celui-ci paraissait avoir pris à merveille ses mesures pour n'ignorer aucun des endroits ou la belle passait ses soirées.

Le surlendemain du bal, ils se rencontrèrent de nouveau, cette fois encore au théàtre, et Maurice ne put se dispenser de la saluer et de lui parler, car dans la même loge se trouvait une amie de la famille du jeune homme. Maurice profita d'un entr'acte pour y pénétrer, porteur d'un sac de bonbons que Jeanne contribua, sans le moindre scrupule, à épuiser, comme l'oiseau croque le grain de blé, sans s'inquiéter de la main qui l'a fourni.

A partir de ce jour-là, Maurice se vit peu à peu admettre à venir causer avec Jeanne, ce qui, pour être franc, ne dut offrir au jeune homme qu'un plaisir relatif, Jeanne ayant une conversation d'un ordre très exclusif. Ainsi, elle pouvait s'étendre trois heures sur le dessin d'une robe qu'elle n'avait fait qu'entrevoir une minute au bois, et il lui aurait été impossible de répéter le sens d'une ligne d'un livre qu'elle aurait eu trois heures sous les yeux.

Un pareil caractère n'exclut pas l'amour, à condition qu'on ne fera pas grâce à l'amant le plus chéri des plus agaçantes inexactitudes.

Ne rions pas de cela, ce serait méconnaître la Providence qui a ses projets sur chaque être de la création, et sait ce qu'elle fait en donnant des ailes à l'oiseau... et à la femme.

Nous serions encore bien plus à plaindre si nous trouvions d'autres philosophes, d'autres économistes, d'autres députés chez les femmes.

Maurice, très sage, en jugeait sans doute ainsi, car il pouvait passer une après-midi à entendre Jeanne raconter

à un groupe de visiteurs, qu'au bal de madame A...,
madame F... portait absolument la même toilette qu'au
bal de madame O..., mais que grâce à une savante trans-
position de dentelles (*tout est là*), elle avait entièrement
l'air d'être une autre femme. Depuis deux mois, qui
voyait Jeanne voyait Maurice... et, cependant, pour
l'observateur, il était clair que le jeune homme n'avait
pas franchi le poste de soupirant. D'ailleurs, nul ne
pouvait douter que Maurice ne ressentît un vif amour
pour Jeanne. En attendant, il dormait bien, faisait chaque
jours deux bon repas escortés de vieux cigares, et consacrait aux distractions parisiennes d'assez [nombreux
instants.

Un beau jour, Jeanne, qui jusqu'alors ne s'était étonnée
que d'une chose, à savoir comment il y a des gens qui
osent se ganter au rabais, se trouva avoir à loger dans
sa jolie cervelle un autre sujet d'étonnement.

Ce monsieur Maurice qu'elle ne connaissait pas, il y a
deux mois, et qui depuis deux mois s'était fait son ombre,
de qui elle recevait des bouquets, des partitions, des
chinoiseries, que lui voulait-il donc? qu'espérait-il?

Jamais il n'avait dit un mot qui pût faire deviner le
secret caché derrière tant de zèle. Cela intéressa, intrigua,
émut presque notre belle, et ne lui déplut pas, tout en
jetant dans sa vie, par les mains de la curiosité, un élément
nouveau. Un soir, Maurice fut surpris de voir Jeanne
jeter sur lui un regard fixe et effaré, fait pour confondre,
de la part de cette femme dont chaque regard n'avait été
jusque là qu'un insolent éclair. Ce regard-ci paraissait
vouloir à tout prix découvrir le secret de Maurice. En
même temps, il reflétait l'agréable terreur que produit
dans une femme le pressentiment d'une force extraordinaire chez celui qu'elle avait cru jusqu'alors le plus faible
des hommes. Elle subit le charme d'avoir été conduite

par un fil invisible entre des mains qu'elle croyait esclaves.

Elle était seule avec Maurice ; au dehors, la pluie sifflait, le vent grondait ; nul visiteur, assurément, ne viendrait déranger leur tête-à-tête. Avec une expression mélancolique de douceur, elle dit à Maurice :

— J'espère que vous allez pouvoir me donner toute cette soirée, mon ami ?

Puis ses yeux interrogèrent le tapis pour y découvrir sans doute à quel endroit Maurice allait se prosterner dans le délire de sa joie.

Souci trompeur ! recherche vaine ! Maurice, loin de se baisser, venait, au contraire, de se lever ; il était debout, son chapeau à la main, dans l'attitude d'un prochain départ, malgré la pluie et le vent.

— Ne m'avez-vous pas entendu ? fit Jeanne. Je vous ai dit : « Restez ! »

— Hélas ! madame, j'ai trop bien entendu, puisque je vois que nous avons cessé de nous comprendre, ou plutôt que nous ne nous sommes jamais compris. Oseriez-vous dire quel philtre a molli votre cœur et rendu votre voix suppliante ?

— Vous êtes fou, monsieur. Dans quel but n'avez-vous rien épargné pour faire de ma maison la vôtre, et à quoi tendaient vos flatteries ?

— Pauvre de moi ! soupira Maurice avec l'accent de la consternation, je suis né pour l'amour pur. Madame, ai-je une seule fois franchi les limites de l'admiration et du dévouement ?

— Monsieur ! vos plaisanteries sont du goût le plus vulgaire !... s'écria Jeanne, furieuse.

— Hélas ! interrompit Maurice, affectant hypocritement une déception immense, comme s'il pleurait son idéal flétri, sa pure vision souillée par une tache terrestre !

L'attaque était cruelle pour une femme hautaine et

insouciante, dont les caprices avaient été jusqu'alors la seule loi d'un groupe d'adorateurs. Quel affront ! Elle, Jeanne, sans avoir demandé, subir ce méprisant refus !

Elle en garda une rancune mortelle, qui eût facilement dégénéré en passion folle, s'il y eût eu place pour cela dans le cœur de Jeanne. Maurice ne revint plus chez elle; mais, lorsqu'ils se rencontraient dans le monde, le jeune homme ne manquait pas de la saluer d'un air de désolation profonde, comme voulant dire : Elle aussi !

Ces façons irritaient Jeanne et lui faisaient redouter je ne sais quel pouvoir occulte qui l'empêchait de dénigrer son mystificateur. A peu de temps de là elle épousa en secondes noces un financier. Un jour, son nouveau mari lui demanda ce qu'était devenu ce monsieur Maurice, qui s'était institué jadis son chevalier. Ce jour-là, elle s'expliqua enfin.

— Ne m'en parlez pas, répondit-elle... c'était vraiment un *homme très grossier*.

HISTOIRE D'UN ROMAN.

—

C'est loin d'ici qu'eut lieu cette aventure que protège un secret inviolable et providentiel. La justice d'aucun pays ne s'est émue, les journaux n'ont point parlé, la catastrophe n'a pas eu de témoins, et n'a de preuves que les expansions incohérentes de l'agonie d'un fou, fou depuis ce temps. Il y a six ans, personne n'ouït dire qu'un soir, près des rochers qui bordent la mer, à trois cents lieues de Paris, au milieu d'un silence qui n'était troublé que par le chant du reflux, au sein de ténèbres profondes que déchirait seul l'éclair bleuâtre des vagues phosphorescentes, on entendit un coup de pistolet suivi d'un cri terrible. Personne ne vit tomber à côté du cadavre sanglant d'une femme, un jeune homme, foudroyé par la stupeur, et qui ne se releva que pour mourir deux fois.

I

Les pluies continuelles qui ont signalé désastreusement l'été de 186..., portèrent un coup funeste à la prospérité des villes d'eaux qui n'ont d'autre attrait à offrir au voyageur que la salubrité de l'air, sans le prestige d'une société élégante, et les tentations de plaisirs luxueux.

Baden et Wiesbaden, Ems et Hombourg, regorgeaient à l'ordinaire de gentilshommes riches et pauvres, et de belles dames plus ou moins titrées, mais il n'en était point ainsi du petit village maritime de N... en Hollande, auquel son abandon valut une réputation dans le monde des valétudinaires, et que fréquentaient, durant la belle saison, les convalescents et les gens à fortune médiocre des pays environnants.

Le petit village maritime de N..., est contenu tout entier dans un renfoncement des dunes, qui à cet endroit de la côte hollandaise sont d'une belle largeur. Sauf quatre ou cinq auberges ne remontant pas à plus d'une dizaine d'années , il est composé uniquement de cabanes de pêcheurs, alignées en petites rues, se coupant le plus géométriquement du monde. En sortant de ce hameau, qui a gardé précieusement le cachet des anciens jours, il faudrait marcher toute une journée avant de rien rencontrer qui ressemblât à une ville. D'ailleurs, la culture y est belle et riche, et quand on s'avance dans la campagne, les grasses prairies, les avenues plantées d'arbres, les sentiers ombreux se déroulent sans interruption, jusqu'à l'extrême limite d'un horizon dont la monotonie n'est point dépourvue d'un charme intime.

L'hospice St-François, un vieux château abandonné, l'Eglise, qui remonte au XIIIme siècle, sont les seuls édifices de la localité.

En 186., inspirés par les exigences d'une clientèle croissante, les gens du pays n'avaient rien négligé pour se montrer à la hauteur de leur fortune ; c'étaient encore des hommes, des femmes et des enfants, qui poussaient vers le flot les cabines des baigneurs, mais du moins le nombre de ces cabines s'était accru de douze toutes neuves.

Le *Café d'Erasme* avait fait l'acquisition d'un billard, et même un photographe avait planté sa tente dans les environs, quand les déluges de juillet et d'août vinrent submerger ces diverses espérances. Vers le milieu de l'été, les auberges et les maisons garnies attendaient encore leur troisième... victime.

L'hôtelier de l'*hôtel de Nuremberg*, le plus confortable de N.... crut que le feu dévorait son établissement, lorsque, dans la nuit du 30 juillet 186., il entendit carillonner à sa porte, avec un entrain inquiétant. Toute la maison fut sur pied en une seconde. L'auteur du tapage nocturne était un jeune Français, suivi du conducteur d'omnibus qui portait son bagage.

La légion de jolies bonnes court-vêtues qui étaient accourues à la porte, échangea diverses agaceries néerlandaises avec le conducteur qui, en définitive, se montra plus sensible au demi-florin dont le gratifia le voyageur, qu'aux charmes de ces belles syrènes en déshabillé de nuit ; puis l'*hôtel de Nuremberg* rentra dans son repos.

Le voyageur demanda si on pouvait le loger. On lui répondit un *oui* douteux, et le lendemain, il apprit que, sauf un Moldave, qui se mourait à l'entresol d'une pneumonie, et un paralytique, originaire de Bruxelles, il était le seul étranger présent à N.... On donna à notre compatriote une chambre très-propre et jouissant d'une *excellente* vue sur la mer. La mer est superbe de sauvagerie indomptable, à ce point de la côte. Elle y donne la plus complète image de l'infini, et par les nuits sans étoiles, son immensité murmurante va se perdre en des horizons ténébreux, pleins de mystère, pleins d'orages, pleins des secrets du Seigneur.

II

Charles Desloges, c'est le nom du nouveau débarqué, ne se sentant pas en humeur de dormir, tira de son sac de voyage des livres, des cigares, un buvard, un encrier, et se mit tout de suite à écrire :

A Monsieur Olivier, avocat à Rouen.

Ami, la cause de mon silence et des modifications subies par mon itinéraire, est une manière de fièvre qui m'attendait à Amsterdam, et m'y a interné huit jours dans une chambre d'hôtel, sans livres, sans papier... et sans toi. De l'aurore au crépuscule, mes contemplations embrassent un méchant paladin en porcelaine, occupé à pourfendre, depuis cent ans peut-être, avec son sabre en porcelaine, un Turc... en porcelaine.

On m'avait donné une lettre de recommandation pour un antiquaire de la ville, riche, érudit, et dont l'*imprononçable* nom ne fait rien à la chose. Je fis porter la lettre à son adresse, avec ma carte. Dix minutes après, mon collectionneur était chez moi, accompagné de son frère, lequel est médecin, et réside aussi dans Amsterdam. Deux beaux Hollandais. Le médecin me dit :

— Les bains de mer vous feraient du bien, et il me recommanda un petit Éden maritime, au nom barbare, situé à quelque trente lieues de là.

L'oracle d'Epidaure ajouta :

— La plage de N... est très-belle. Le village a une curieuse église ; il y a aussi dans les environs un vieux château et un couvent qui possède un Tintoret.

Le collectionneur m'invita à l'aller voir le lendemain, et m'exhiba de rares trésors.

Vingt heures plus tard, j'étais installé dans l'*hôtel de Nuremberg*, audit village de N... vraie succursale du Sahara, au point de vue des ressources de la civilisation ; bref, une Arcadie, moins les flûtistes, et moins les bergers, mais, plus une boîte aux lettres, et un Tintoret.

III

Huit jours avant l'installation de Charles Desloges à l'*hôtel de Nuremberg*, la cloche séculaire de l'hospice Saint-François tinta mélancoliquement dans la nuit, à l'heure où la religieuse veille et prie aux pieds du céleste amant. C'était une personne attendue qui s'annonçait à cette heure silencieuse, car la porte s'ouvrit aussitôt. Deux sœurs de charité, l'une au déclin de la

vie, et l'autre jeune encore, vinrent ouvrir le guichet
découpé au milieu de la porte ; elles aperçurent une jeune
femme soigneusement enveloppée et la tête couverte d'un
de ces chapeaux de voyage, dont les dames de Londres
ont répandu la mode dans toute l'Europe.

— Est-ce vous, mon enfant, qu'on appelle Louisa
Finlay ? dit la plus âgée des sœurs, qui n'était autre que
la supérieure de l'hospice.

— Oui, ma mère, répondit d'une voix douce et singulièrement harmonieuse, mais avec un accent étranger, la
voyageuse nocturne. Aussitôt la porte du couvent s'ouvrit.

— Soyez la bienvenue, ma fille, répondit la supérieure,
dont l'expression trahit qu'elle-même, la sainte si près
de Dieu, ne pouvait refuser un élan d'admiration à la
séduisante beauté de Louisa — votre chambre est prête,
ma fille, elle donne sur le jardin, c'est la plus gaie de
la maison. Il est bien tard pour que nous causions ce soir.
Vous devez être fatiguée, ne voulez-vous rien prendre
avant de vous mettre au lit ?

Sur la réponse négative de Louisa, la supérieure poursuivit :

— N'avez-vous pas avec vous quelques bagages, mon
enfant ? Je ne vois rien...

— Je les ai laissés au bureau de poste, tout près d'ici,
on me les apportera demain.

— Bonne nuit, ma chère fille, et que Dieu vous bénisse.
Savez-vous que je vous aime déjà pour vous-même, ce
qui fait que je vous aime doublement, en comptant une
fois encore pour votre charitable tante. Demain, après
la messe, je viendrai vous voir, et nous parlerons d'elle.
Sœur Mathilde, conduisez madame dans sa chambre.

L'étrangère accueillit ces affectueuses démonstrations
avec la froide réserve d'une Anglaise et le calme effrayant
des gens préparés à tout. Elle était d'une grâce merveil-

leûse en sa petite et fragile personne, et pouvait avoir de vingt-trois à vingt-cinq ans.

Mais, ô pitié ! sous ses cheveux touffus et bouclés comme ceux du jeune Apollon, son front portait le sillon de rides inattendues et précoces.

Rentrée dans sa cellule, elle écrivit la lettre suivante :

Louisa à mademoiselle Lawson, poste restante,
à Bordeaux.

Chère tante,

Si vous ne m'avez pas encore pardonné, vous êtes bien vengée par mes remords. Vous m'avez montré plus que la tendresse d'une mère..., et je vous ai tout caché ; et quand la vérité de ce terrible secret est venue vous frapper comme un coup de tonnerre, vous n'avez pas trouvé dans votre cœur offensé un murmure, un reproche ; vous n'avez même pas pleuré, afin d'être tout entière au soin de me sauver... Pardon, pardon à genoux !

Je vous écris aux pieds du crucifix, dans ma cellule de l'hospice St-François, où je viens d'arriver au milieu de la nuit. J'ai été reçue par votre vénérable amie, la supérieure. Il y a six lieues de la ville de... où s'arrête le chemin de fer, jusqu'au village où est situé l'hospice. Je suis arrivée à temps pour prendre la dernière place vacante dans la voiture qui fait chaque soir ce service. Comme il y avait eu fête dans la journée, la voiture était pleine d'hommes et de femmes ivres.

La dernière fois que je *le* vis, il était question qu'*il* partît bientôt pour l'Italie : si vous le revoyez, ma tante, ne le châtiez pas de votre réprobation, il fut toujours sincère et fidèle, et rendit heureuse la pauvre créature si tourmentée aujourd'hui. Je ne vous demande pas de lui parler de moi, mais au nom du ciel, qu'un regard de vous, qu'un simple regard lui apprenne que je vis.

Sa lettre terminée, Louisa s'agenouilla devant l'image de Marie, étoile des matelots ; elle pria et pleura longtemps ; puis, vaincue par la fatigue, elle s'étendit toute habillée sur son lit. De loin en loin, un murmure étouffé trahissait seul la vie dans ce corps accablé, mais une vie plus triste que l'immobilité attendrissante de la mort.

IV.

Charles Desloges à Olivier.

Il m'est arrivé souvent, cher Olivier, de te dire que, moi aussi, je voudrais avoir mon *roman* ; qu'il m'en coûterait beaucoup de dire l'adieu éternel aux heures généreuses de la vie, sans hériter d'elles quelque doux et fier souvenir de tendresse partagée, de périls courus ensemble. Je n'ai jamais connu que les audaces et les joies du rêve...

Des hauteurs de leurs aspirations, mon esprit et mon cœur, planant sur la réalité humaine, n'y ont vu que honte, faiblesse et pauvreté! Mon rêve d'un roman est une protestation vive de tout mon être contre l'avilissement des choses du cœur, dans le siècle où nous vivons.

Quand devant toi, je me plaignais de cette dégénérescence, ta voix grave me disait :

— Tu n'y changeras rien. Ces mauvaises mœurs sont aussi vieilles que le monde... Pour les âmes dignes de ce nom, il n'est pas d'espérance hors des liens consacrés par le devoir. Quant à tromper des enfants qui en meurent, ou des hommes qui ont le droit de vous casser la tête, c'est un triste jeu. En ces vils sentiers semés de mensonges, ne risque jamais tes pas...

Voilà ce que tu m'as dit, vrai sage ; et, conformant ta vie laborieuse à tes pures leçons, tu vas t'unir pour toujours à la pieuse et belle vierge de ton choix. Que ce bonheur mérité ne me prive point de toi. Dans un cœur tel que le tien, la seconde place est encore précieuse. Reviens-moi sans la quitter.

Charles à Olivier.

Ma névralgie (car c'est une névralgie, à ce qu'on m'assure), me fait passer des nuits blanches qui me rendent l'humeur très-noire.

La pluie tombe énormément depuis le matin jusqu'à six heures du soir environ. C'est seulement alors qu'il m'est possible de sortir de ma chambre. Je me promène sur les dunes, j'arpente la plage déserte. A neuf heures, je rentre. Une vieille hollandaise allume mon feu, puis j'écris, je rêve et je prie...

La plage et les dunes ne me paraissent pas aussi complétement dédaignées que je le croyais d'abord. Je t'ai dit que N... est adossé à la mer, et du haut des dunes, la vue s'étend à la fois sur la mer et sur la campagne. Cette campagne est pleine de silence ; à deux kilomètres de la côte est situé le couvent catholique, tenant à la fois de l'hospice et du monastère, qui possède un magnifique Tintoret, à ce qu'on m'a dit. Tous les soirs, depuis trois jours, je vois une ombre solitaire marcher rapidement à travers les prairies, et, par un long circuit, gagner la crête des dunes, s'y reposer en ralentissant le pas, et de là regagner les champs pour s'arrêter je ne sais où. Cette ombre, qui est tout simplement une femme, que je crois pouvoir qualifier de jeune, sans l'avoir vue, à en juger par la rapidité de ses allures, a, la première fois, attiré mon attention et éveillé ma surprise, parce que je me croyais tout à-fait seul ici. Quelle singularité de caractère, de position, pousse cette jeune personne à s'aventurer seule ainsi chaque soir, et courant presque?... Olivier, n'est-ce pas là le premier chapitre d'un roman ?

Charles à Olivier.

Olivier, le roman a deux grands yeux d'un bleu pâle, des cheveux châtains glissant en rouleaux harmonieux sur deux épaules classiques, et la taille élégante. Voici comment ton impressionnable ami apprit ces choses.

Hier, avant-dîner, j'errais sur la plage, quand je vis venir l'ombre dont je t'ai parlé. Elle paraissait absorbée dans je ne sais quel livre. « Du moins, je vais la voir! » pensai-je, à mesure qu'elle s'avançait de mon côté, quant à mon vif dépit, elle rebroussa chemin. J'avais compté sans la brise, qui vient toujours en pareil cas au secours des personnes sentimentales. La douce brise du soir, soufflant sur les feuillets du volume que tenait la fugitive, en fit sortir brusquement une lettre qui se mit à raser la terre et à cabrioler dans l'air, jusqu'à que je fusse assez heureux pour l'arrêter au vol. La jeune dame manifesta une certaine mauvaise humeur de sa maladresse, qui la mettait dans la nécessité de parler à quelqu'un, alors qu'elle aimait tant à être seule. Après avoir fait mine de s'en aller, en m'abandonnant ma conquête, elle se ravisa et fit quelques pas vers moi. J'avais préparé une petite phrase d'ouverture qui devait doubler le prix de mon service; mais elle n'attendit pas que j'en eusse prononcé les premiers mots, saisit vivement son bien, que je lui tendais, et me quitta sur le plus bref des : Merci, » Cependant, elle se retourna et, se reprenant : « Merci, monsieur, » avec un léger accent anglais.

Cette femme est la première dont l'aspect m'ait frappé d'émotions aussi étranges; j'ai senti tout de suite que cette étrangère indifférente qui ne sait pas mon nom, va changer le *cours de ma vie*.

Louise Finlay, à Mademoiselle Lawson.

Chère tante,

Je voudrais être morte. Avec quelle ardeur je l'appelle,

le jour où l'on dira de moi : « elle est morte ! Louisa est morte ! » Ah ! qui me sauvera de ma tristesse, elle m'accable et me ronge à la fois. Des tentations funèbres m'obsèdent. Parfois, comme si ma prière eut été entendue, je compte avec un sombre charme les battements ralentis de mon cœur, et une tranquillité profonde... mais non, je ne veux pas mourir; car si je meurs, je ne le verrai plus, *lui !* il m'oublierait ; on oublie si vite les morts ! tout y pousse, jusqu'à l'excès même du chagrin de leur perte.

Dieu, qui seul nous juge justement, sait bien que mes vœux étaient purs, et que je lui avais soumis tous mes rêves. Le caractère noble et le cœur fidèle de M... m'avaient présenté l'avenir sous des couleurs heureuses.

Nourris de la même religion, me disais-je, nés dans le même monde, fondus l'un dans l'autre par ces mille sympathies qui sont la plus vive félicité des âmes honnêtes, je me voyais d'année en année, transportée doucement avec lui, vers l'aurore de cette éternité, qui seule pourra satisfaire les cœurs altérés d'espérance.

Alors j'ai fui, et vous, désespérée... mais depuis trois jours, qu'êtes vous devenue ? et *lui ?*

Charles à Olivier.

Un vieux château en ruines, entouré d'eaux marécageuses, avoisine l'hospice Saint-François, dont le nom s'est présenté déjà sous ma plume.

Hier, dans l'après-midi, je me suis rendu vers cet hospice, pour y voir le Tintoret. Cet établissement est tenu par des religieuses ; on y soigne les malades, on y enseigne à lire aux enfants, et dans la saison des bains, quinze à vingt chambres sont mises à la disposition des dames que leurs maris ou parents ne peuvent accompagner.

Une sœur vint m'ouvrir, m'accueillit très-poliment, et

me conduisit au *sanctum*, dont l'entrée est tarifée d'une
légère rétribution au profit des pauvres pensionnaires de
la maison. Pour arriver à la chapelle, on traverse une
cour bornée par la haie d'un jardin, dans la principale
allée duquel je reconnus, à ma profonde surprise, la
jeune *Ombre de mes pensées*, se promenant au bras d'une
religieuse. Ses sanglots paraissaient la suffoquer, et la
bonne sœur pleurait aussi. Et, moi-même, oubliant pourquoi j'étais venu, je m'arrêtai à les regarder, comme si
c'était mon droit. La sainte fille qui me précédait, me
rappela aux convenances et à la réalité, en me disant
deux fois : vous vous trompez, monsieur, c'est par ici...

Le Tintoret est admirable..... je ne l'ai pas vu.

Charles à Olivier

Je connais maintenant les habitudes de ma mystérieuse voisine. Le jour, elle reste enfermée au couvent; mais
chaque soir elle va dire ses prières à la chapelle des mariniers qui touche à l'église et, quand la pluie n'y met
pas obstacle, elle se promène une grande heure, seule,
avec la tranquille indépendance des jeunes anglaises.

Dernièrement, je la vis de loin, occupée à prendre un
croquis du vieux château en ruines, qui fait tout ce qu'il
peut pour paraître hanté par des esprits, et où je croi-
rais volontiers qu'il revient de jolies âmes en peine, si
j'y voyais au clair de la lune cette belle désolée. Je m'approchai d'elle fort discrètement, de trop loin cependant
pour qu'elle m'entendît marcher, assez près pour l'entendre, elle, chantonner le refrain d'une romance du grand
Walter Scott. Dans l'original, ce couplet respire une
mélancolie *genuine;* ce sont les adieux d'un soldat écos-
sais à sa fiancée Marie :

« Je ne puis, je n'ose m'imaginer maintenant,
Le chagrin qui obscurcit ton beau front,
Je n'ose point me rappeler ton serment,

Et tout ce qu'il me promettait de bonheur, Marie...
Le soldat normand, ne doit point connaître les tendres regrets ;
Quand le Clan Alpin s'élance sur l'ennemi,
Son cœur doit être un arc bien tendu,
Et son pied, une flèche libre, Marie. »

La jeune artiste était accompagnée d'une grosse servante de l'hospice, qui portait son carton.

Soudain, en se retournant, elle me vit ; je changeai de couleur et tirai mon chapeau, ce qui est la seule ressource des gens pris en faute.

Elle me rendit vaguement mon salut, sans me regarder, mais sans paraître non plus scandalisée de ma politesse, car, c'est l'usage ici que tout le monde se donne le bonjour et le bonsoir. Puis, non moins brusquement, elle parut se souvenir, releva la tête de mon côté et l'inclina de nouveau, en mon honneur, avec un faible et triste sourire.

Encouragé par cet indice de reconnaissance, je m'approchai, le chapeau à la main, et de l'air le plus réservé, pour regarder son ébauche ; nous échangeâmes alors deux ou trois phrases.

Même, j'eus l'effronterie de lui donner des conseils, moi, que trois maîtres de dessin, et des plus opiniâtres, ont condamné. Elle m'écouta de fort bonne grâce, et me dit : je corrigerai cela, vous verrez; puis je la laissai.

Cette enfant est la proie d'un chagrin profond. Elle n'est pas habillée de deuil, ce n'est donc pas la mort d'un être cher qu'elle pleure... ce n'est pas non plus un chagrin de jeune fille. Malgré mon désir d'être informé, je dois avouer que cela ne me regarde pas.

Je commence à me trouver mieux, et les bains de mer me font le plus grand bien, à ce qu'assure l'Esculape de la localité. Il se nomme M. *Albertus.* Vive la Hollande ! n'est-ce pas?

Louisa Finlay à Mademoiselle Lawson.

Chère tante, est-ce à l'influence de ce pieux séjour, que je dois le calme relatif de mon esprit, ou bien est-ce à la fatigue produite par l'excès même de mon trouble? Je ne sais, mais quelle qu'en soit l'origine, triste ou consolant symptôme, mon désespoir s'est adouci; et si j'aspire toujours au ciel, la terre ne m'est plus odieuse. Vous me mandez que vous n'avez plus eu de nouvelles d'*Espagne* depuis mon départ, mais vous ne me dites pas non plus un seul mot de *lui*; cela m'inquiète étrangement. Je suis d'ailleurs condamnée à êtes tuée... *on* me tuera, vous dis-je. Cependant vous avez dû *le* revoir mille fois depuis mon départ; il a dû employer les larmes et les prières pour vous arracher le secret de mon exil...

Louisa Finlay était née en Australie. Elle y avait passé les premières années, entourée de sa famille, qui était de bonne naissance, mais pauvre et surchargée d'enfants. Louisa était la plus jeune. Quand elle eut atteint douze ans, ses parents vinrent en Angleterre habiter, dans le voisinage d'Oxford, une maison dont ils héritèrent à l'improviste, d'un cousin qu'ils n'avaient jamais vu. Louisa ne connut point les douceurs du foyer domestique : son père était le plus flegmatique dissipateur, et sa mère la plus dolente et la plus indolente personne de toute la Grande-Bretagne, sans parler de ses trois frères, trois drôles impérieux et fainéants qui n'auraient pas pu dire la couleur de ses yeux. L'enfant était née bonne, expansive, hardie et généreuse. Elle grandit mélancolique et comprimée. Mme Finlay avait une sœur, vieille fille, qui habitait Bordeaux. Cette sœur, appelée miss Sara Lawson, était comme brouillée avec mistress Finlay dont elle avait désapprouvé le mariage, mais elle lui écrivait quelquefois, et un beau jour la vieille fille offrit pour condition d'un raccommodement définitif que Louisa vînt demeurer avec elle. Elle se chargerait de l'éducation de sa nièce, et en ferait son héritière.

Cette proposition fut accueillie avec une extrême faveur par les parents de Louisa, et il fut fait comme la vieille demoiselle l'avait désiré. Celle-ci, du reste, remplit exactement ses promesses, en faisant donner les soins les plus minutieux à l'éducation de sa nièce, et en l'entourant d'une sollicitude plus que maternelle, du moins aux yeux de Louisa, que sa mère avait toujours traitée avec indifférence. Sarah Lawson était une dame d'un caractère froid, rigide, désabusé, mais d'une rare énergie. Louisa avait été son unique affection, si l'on en excepte un jeune officier de marine, mort dix-neuf ans auparavant, la veille du jour où il allait se déclarer. Mlle Lawson, fidèle à sa mémoire, avait fait vœu de célibat. Un jour, ennuyée de sa solitude et songeant à l'avenir, elle avait pensé à Louisa, qu'elle ne connaissait jusqu'alors que de nom... et aujourd'hui elle l'aimait avec idolâtrie. A la belle saison, la tante et la nièce faisaient tous les ans un petit voyage en Suisse, en Angleterre, ou dans l'intérieur de la France.

A dix-huit ans, Louisa était bien la plus charmante jeune personne qu'il y eut dans tout Bordeaux, où on l'appelait la perle d'Australie. Quand elle allait à Paris avec sa tante, voire même à Londres, on se retournait sur son passage. On admirait surtout ses yeux, dont l'expression tout à tour surprise, joyeuse, spirituelle et ravie, était irrésistible.

Sous un air de grande douceur, elle cachait une indomptable fermeté, de vives passions, et l'amour du commandement; elle avait pris peu à peu sur sa tante un grand ascendant qui lui fut fatal à elle-même, car elle

27

était libre de presque toutes ses actions dans l'intérieur
de la maison, et un reste de déférence pour les habitudes
françaises empêchait seul qu'on la laissât sortir sans
être accompagnée. Facilement impressionnable, son
imagination s'exalta démesurément à la lecture de livres
qui n'avaient pas été écrits pour elle. A l'époque où les
autres jeunes filles commencent à rougir au mot de mari,
Louisa rêvait passion, sacrifice, enlèvement, duels,
aventures. Durant l'hiver, Mlle Lawson, qui raffolait de
musique, recevait à certains jours nombreuse compagnie, d'où les hommes aimables n'étaient pas exclus, et
l'on remarquait parmi les plus assidus un ex-officier de
l'armée française, porteur d'un très beau nom, jeune
homme encore, et qui s'était retiré du service, à l'ordre
de sa famille. Il avait beaucoup voyagé, beaucoup *vécu*, disait-on tout bas. Louisa, presque enfant
encore, l'aimait, et allait en être aimée. Mlle Lawson
n'avait rien deviné, lorsqu'elle reçut une lettre de Mme Finlay. Sa sœur lui annonçait que des raisons importantes
exigeaient le retour immédiat de Louisa en Angleterre.
La jeune fille, le cœur agité de sinistres pressentiments,
obéit avec désespoir. Ses pressentiments ne l'avaient pas
trompée; son père lui déclara à l'arrivée que l'un de ses
amis, marchand de laines à Leeds, l'avait demandée en
mariage. Toute résistance était impossible, on ne lui
permit pas même d'écrire à sa tante au sujet de cette
abominable union. Le mariage s'accomplit, non sans jeter au cœur de Louisa des germes de haine et de révolte,
destinés à croître et à porter leurs fruits mortels.

Louisa avait rapporté de France une délicatesse
ombrageuse de sentiments et un sens de dignité, dont
son mari, grand fumeur et gros buveur, essaya de rire,
tout en enrageant, et qu'il tenta de réduire par une
brutalité voisine de la barbarie.

« Sans que j'aie rien fait à cet homme, disait Louisa dans une de ses lettres à miss Sarah Lawson, il me hait profondément, il me haïssait avant de me connaître, pourquoi ? Il m'eût cherchée par toute la terre, j'en suis sûre, pour me nuire; sa mission ici-bas est de me torturer... c'est mon mauvais génie. »

Un jour, le mari de Louisa vint lui annoncer qu'il allait se mettre en voyage; elle lui demanda avec des larmes la permission d'aller voir sa tante : « Faites ce que vous voudrez, lui répondit-il durement ; pendant ce temps-là vous n'aurez pas besoin d'argent. Je serai absent assez longtemps, ne revenez en Angleterre que sur mon ordre; j'irai peut-être vous chercher à Paris. »

Louisa lui eut volontiers baisé les mains lorsqu'il partit. Sa tante, en la revoyant, recommença à croire au bonheur. Quant au mari, il ne donna pas signe de vie pendant six mois. Durant l'absence de sa nièce, Mlle Lawson avait continué à recevoir ce jeune officier, premier amour de Louisa. Au lieu de l'assoupir, le temps et les rigueurs du sort avaient entretenu la passion de la jeune femme.

Sarah soupçonna d'autant moins l'imprudence coupable de sa nièce, que le volage amant venait de partir pour l'étranger, où l'appelait, disait-il, une grave affaire. Il s'agissait d'un mariage ! Louisa, se croyant assurée du retour, attendait avec confiance, quand un matin Sarah, pâle, les yeux égarés, entra dans la chambre de l'infortunée, une lettre à la main...

— Malheureuse fille ! s'écria-t-elle... Et elle resta quelques minutes sans pouvoir parler.

— Va-t-en au plus vite, malheureuse enfant ! reprit-elle... il sait tout, il te tuera, il sera ici demain... fuis... Tu es bien coupable ; mais je ne veux pas que l'on t'assassine sous mes yeux... Que faire, que faire ? oh Dieu !

Miss Sarah revint à elle, car c'était une femme courageuse. L'imminence du danger ne lui laissait pas le droit d'hésiter. Elle se rappela que la meilleure amie de sa jeunesse, religieuse aujourd'hui, était supérieure d'un hospice en Hollande. En deux jours, Louisa pouvait y être rendue. Elle écrivit aussitôt à la religieuse pour lui recommander tendrement sa nièce, pauvre jeune mère, inconsolable, lui disait-elle, de la mort de son enfant, et dont le mari voyageait au bout du monde. Nous avons vu comme la fugitive fut accueillie.

La pluie ne s'arrêtait pas; les toits humides du village maritime de. N...., en Hollande, semblaient pleurer toujours l'absence de leurs visiteurs accoutumés. Cependant chaque soir vers sept heures le déluge suspendait son fracas monotone.

Chaque soir les matelots épars sur les dunes et sur le rivage, chaque soir le génie mélancolique du vieux château, voyaient errer mystérieusement, ensemble et se parlant bas, un jeune homme et une jeune femme qui donnaient *la charité* à tous les pauvres du chemin.

Chaque soir, l'hospice Saint-François se refermait plus tard, chaque soir aussi les deux ombres cheminaient plus près l'une de l'autre.

Elles restèrent une fois huit jours sans reparaître. Elles avaient été surprises la veille par un rude orage, et Louisa était rentrée à l'hospice, mouillée comme si elle eût séjourné au fond de la mer; elle prit la fièvre, fièvre pernicieuse, qui la retint alitée une semaine, pendant laquelle Charles pensa mourir d'inquiétude. Enfin elle surmonta le mal, et ils reprirent leurs promenades, pendant lesquelles Charles obtint, mot par mot, les détails donnés plus haut sur la nièce de Mlle Lawson.

Tout à l'origine de leur connaissance, un incident vulgaire avait fait entrevoir à Charles la vérité.

Louisa raffolait de poésie, et un soir son compagnon lui récitait une pièce américaine, où se trouve cette pensée : « Je crois que la femme, dans son plus profond abaissement, pareille au diamant dans l'obscurité, conserve quelque rayon ineffaçable de sa splendeur céleste. »

Louisa pâlit.

A mesure que cette triste histoire fut révélée à Charles, il l'écoutait avec une profonde stupeur, et, chose pitoyable, il s'irritait moins de la cruauté du mari que du bonheur de l'amant. Louisa le comprit, elle le vit frémir comme une feuille au vent d'automne, quand elle disait : je l'aime! Elle vit qu'elle exerçait sur lui un prestige fatal, invincible... qu'il lui était voué. Elle le vit avec surprise, mais sans colère, et bientôt elle ne put plus se passer de ce culte fervent d'une âme neuve. Ses instincts de domination se réjouirent. C'était, au sein de ses alarmes, une sensation délicieuse pour elle, la proscrite, la malheureuse, de disposer si absolument du sort d'une âme. Elle se plaisait, par certains regards, à faire épanouir sous ses yeux ce cœur tendre, pur et intrépide, et à le plonger, par d'autres regards, dans une tristesse désespérée.

Elle s'appuyait tendrement sur son bras, en lui parlant de son amour pour un autre.

Un soir, ils eurent à traverser un petit lac formé par l'eau des pluies. Charles la prit dans ses bras pour la porter à terre. Quand ils en furent sortis, elle resta un instant suspendue à son cou avec une sorte de frénésie.

Alors, Charles l'étreignit contre son cœur, et lui dit avec désespoir : M'aimes-tu?

Et au milieu d'un baiser dont il faillit mourir, elle lui répondit : Non!

Pourquoi alors cette ivresse, qui eut les étoiles du ciel et les herbes des champs pour témoins !

Il se fit bientôt un nouveau changement dans l'humeur de Louisa. Ses terreurs noyées dans le courant rapide et troublé de sa nouvelle rencontre, revinrent l'assiéger en foule. Charles en souffrait sans pouvoir la calmer; et quand tombaient les ombres de la nuit au milieu de leurs entretiens, qu'une feuille vînt à frissonner, ou qu'un lièvre effaré, bondissant d'un champ voisin, traversât tout à coup le chemin, elle tremblait, ses dents s'entrechoquaient, elle quittait le bras de 'Charles et fuyait loin de lui.

Depuis une dizaine de jours, comme ils avaient cru voir qu'on les épiait, ils avaient changé leur promenade et se rendaient de préférence à un point très-écarté de toute habitation et à une demie-lieue environ du port. Un soir, à leur sortie du village, une vieille mendiante leur dit : « N'allez point par là, jeunes gens, les chemins sont très-mauvais; il a plu toute la nuit d'hier. » Ils lui firent l'aumône, mais ne suivirent pas son conseil. Louisa s'y fut rendue, sans la résistance de Charles. Louisa, que la fatigue, le mauvais chemin ou toute autre cause avait rendue maussade, reprocha aigrement à Charles son obstination à venir de ce côté. « Je m'en retournerai seule, » dit-elle. Et elle s'éloigna de quelques pas. Charles, obéissant à une secrète terreur, lui cria : je vous supplie ! revenez... j'ai tort !

Elle lui adressa, en se retournant, une moue angélique, et un sourire..... Soudain un coup de feu retentit. Elle tomba aux pieds de Charles sans avoir dit un mot. Elle tomba en souriant; son front blême et ensanglanté, éclairé d'un reflet de la lune, était tourné vers le ciel.

Charles foudroyé, incapable de faire un pas, la contemplait étendue, d'un œil éteint.

Deux hommes s'élancèrent d'entre les dunes, vinrent près du cadavre, et le plus grand des deux dit à l'autre .

— Elle est morte. Puis se tournant vers Charles :

— Allez-vous-en, vous n'avez rien à faire ici.

— Misérable! assassin! dit Charles presque à voix basse, fermant les yeux et murmurant d'une voix rauque des mots sans suite : Louisa, au nom du ciel, pardonne-moi... j'ai tort.

— Allez-vous-en! répéta l'autre durement... nous avons à travailler ici... et remerciez-moi de ne pas vous avoir expédié aussi, comme j'en avais le droit, en vous prenant tous deux ensemble. Mais pourquoi?.... peut-être vous ne saviez pas... Et puis je n'en voulais qu'à elle. Je suis le mari de cette femme! vous m'entendez... Oh! elle vous aura parlé du monstre, j'en suis sûr... Elle m'a trompé, je la tue... Bonsoir... Allez-vous-en!

— Viens-tu, Louisa, disait Charles...

Il porta la main à son front que baignait une sueur glacée, regarda fixement autour de lui, poussa un cri terrible, et tomba sur le corps insensible de Louisa.

Les meurtriers, après avoir enseveli dans le sable le cadavre de leur victime, et pris connaissance de l'identité de Charles, qui gisait toujours inanimé sur le sol, vinrent le déposer au milieu de la nuit à la porte de l'*hôtel de Nuremberg*. L'air vif le rappela bientôt à la vie, mais non pas à lui-même; c'était un autre homme. On ne l'entendit plus parler depuis ce temps, ses yeux cherchaient toujours quelque chose et son cœur n'était jamais en repos. Il alla se mettre au lit à peu près comme si rien ne fût arrivé; seulement, il ne dormit pas et le murmure des vagues l'irritait. Le lendemain, une grande torpeur l'avait saisi, il ne reconnut plus aucune des personnes de l'hôtel. On le fit aussitôt reconduire en France. Au couvent, on ne sut comment s'expliquer l'absence de Louisa pendant la première nuit. Le lendemain, un billet mystérieux apprit à la supérieure qu'elle ne reverrait plus sa pensionnaire.

Sarah Lawson, qu'inquiétait singulièrement le silence prolongé de sa nièce, allait se décider à se rendre en Hollande, quand elle reçut un pli cacheté, timbré de l'étranger et dont l'écriture la fit tressaillir.

« Ne tremblez pas pour votre vertueuse nièce Louisa.
» Elle est en sûreté.
» Elle n'a plus à craindre la vengeance de son mari.
» Elle est morte. »

Quand elle fut revenue de sa profonde horreur, Mlle Lawson vit le doigt de Dieu dans cette sanglante expiation. Elle resserra sensiblement le cercle de son intimité et finit par vivre tout-à-fait seule, priant et pleurant.

Vers la fin d'août 186., Olivier, l'ami de Charles Desloges, alarmé de ne point recevoir de nouvelles de son cher compagnon, voulut consacrer ses premiers jours de vacances à des recherches sur la cause de ce silence; il partit pour la Picardie où vivait la famille Desloges. A Amiens, on lui apprit que le père de Charles s'était retiré de l'industrie et habitait avec sa famille un château entre Abbeville et Pont-Rémy. Il s'y fit conduire par une belle matinée, et vers midi l'omnibus le déposa à l'entrée d'une longue avenue, fraîche, touffue et ombreuse comme une charmille. On n'y pénétrait jamais pour la première fois sans surprise, tant y était subit et inattendu le passage du grand jour au crépuscule. Quand on l'avait franchie, on trouvait à gauche des prairies et une ferme, et à droite le château entouré de fossés.

Après que le voyageur eut traversé le pont-levis, il fut salué comme un ancien ami par le premier serviteur qu'il rencontra. Olivier lui cria : M. Charles est-il ici ? Le valet baissa tristement la tête, et avant qu'il eût le temps de s'expliquer davantage, Mme Desloges vint à la rencontre du visiteur, et se jeta en sanglotant dans ses bras.

— Qu'est-il donc arrivé ? dit Olivier en pâlissant.

Comme Mme Desloges l'introduisait dans le salon de famille, une grande ombre, enveloppée d'une couverture de laine drapée à la façon des robes monacales, se glissa entre eux, et dit humblement :

— Vous l'avez-vue?

— De qui veux-tu parler? Charles, dit la pauvre mère.

— Pourquoi m'arrêter si vous ne l'avez pas vue; elle court et je puis à peine marcher; mais bientôt elle tombera, et alors je la rejoindrai.

Puis il disparut.

Frappée à son tour de l'indicible stupeur peinte sur la figure d'Olivier, Mme Desloges, lui dit : Hè, quoi... vous ne saviez pas... personne ne vous avait parlé du fou, car c'est ainsi qu'ils l'appellent.

Olivier devina tout, mais pour ne pas ajouter à l'affliction de cette mère, il accepta la version qu'elle lui donna. Elle dit qu'il avait attrapé la fièvre en Hollande, et que cela s'était porté au cerveau; le temps seul pourrait le guérir. Ordinairement, dit-elle, il ne connaît personne, pas même moi, et bien rarement il ouvre la bouche.

— Ne craignez-vous pas, dit Olivier, de le laisser abandonné à lui-même?

— Non, dit la mère, sans pouvoir réprimer un frisson, il ne sort guère des appartements, et le vieux François est toujours avec lui; seulement, il a dû aller ce matin à la ville...

Soudain, la porte du salon s'ouvrit, et un domestique de la ferme, tout effaré, dit : Madame, madame, monsieur appelle....

— C'est moi qu'il appelle, fit-elle avec le calme effrayant des gens habitués aux chocs terribles. Venez, mon cher Olivier. M. Desloges souffre beaucoup de la goutte; nous irons lui tenir compagnie ; il sera heureux de vous voir.

Cependant, une singulière expression d'effroi envahit

le visage de la pauvre femme, quand elle entendit une voix pleine d'alarme qui criait son nom : Thérèse ! Thérèse ! Malgré sa fermeté, elle se sentit défaillir ; Olivier la retint, et la porta presque jusqu'à la cour intérieure du château, sur laquelle donnaient les appartements de M. Desloges. L'ex-industriel, cloué sur son fauteuil, avait ouvert la fenêtre de sa chambre, et là, on le voyait, les cheveux en désordre, les yeux démesurément ouverts; il ne disait que ce mot: Thérèse !

Le soleil resplendissait; le ciel était bleu, les jeunes fleurs s'épanouissaient, et la même brise légère caressait les fleurs et agitait les mèches grisonnantes du père terrifié.

Mme Desloges tourna les yeux vers l'endroit qu'indiquait le geste de son mari, et elle bondit hors des bras qui la soutenaient.

De la chambre à coucher de Charles, située dans une autre aile du château, M. Desloges, au moment où il ouvrit la fenêtre, avait vu sortir une fumée qui s'épaississait, accompagnée de flammes à chaque seconde plus hautes. Désespéré de l'impossibilité où il était de se mouvoir, le père criait toujours et s'arrachait les cheveux.

Ivre d'épouvante, Mme Desloges se précipita, suivie d'Olivier et des domestiques du château, vers l'appartement de Charles.

Le fou, en quittant sa mère et son ami, avait traversé l'office ; il vit dans une armoire ouverte les cierges et les chandeliers qui servaient à la chapelle du château où Mme Desloges faisait ses dévotions. Il emporta dans sa chambre tout ce qu'il put prendre de ces cierges, les disposa autour de son lit, comme on fait dans les funérailles, autour d'un cercueil; puis il se coucha sur le dos, les mains jointes, dans l'attitude des pieux défunts de marbre qu'on voit dans les galeries de Versailles.

Un accident, inévitable en pareil cas, amena l'incendie d'un rideau de fenêtre; il allait gagner le lit, et l'avait presque atteint, quand l'intrépide mère entra suivie de ses serviteurs, dont le zèle et le dévouement triomphèrent bientôt de l'incendie naissant.

Toujours immobile sur son lit, Charles regarda autour de lui d'un air moins égaré que de coutume, sourit à sa mère avec une expression de tendresse infinie... Puis il tendit sa maigre main à Olivier, et une grosse larme roula sur ses joues pâles et creuses...

— Ma mère, je t'aime bien, lui dit-il... mais c'est à cause de moi qu'ils l'ont tuée... la pauvre Louisa.... Embrasse-moi.

Puis il mourut.

MADAME HERBERT

=

A M. C.

J'ai toujours rêvé de vous offrir, en retour de vos par-
faites bontés, une part de ma vie. Vous avez promis
d'accueillir mon présent, à cette condition qu'il revêtirait
la forme d'un récit personnel, où sous le travail et l'art
littéraire existât le nœud d'une réelle aventure. Chère,
lorsque jeune encore, on a déjà cessé d'être ambitieux
dans toutes les acceptions ordinaires du mot, que l'on
préfère une retraite où l'on est libre de ne voir du monde
que ce qu'on veut, à une foule et à un tumulte où l'on n'en
voit souvent que ce que l'on voudrait n'en pas voir, alors
les aventures sont rares, du moins, si l'on refuse ce nom
aux bouleversements profonds, mais silencieux, qui s'accomplissent au dedans de nous-mêmes. Pourtant, il me
souvient d'une scène, où je fus mêlé, comparse inattendu,
grâce à des incidents qui sont restés, à l'ombre ce votre
amitié, une des haltes préférées de ma vagabonde
mémoire.

Ce n'est pas à tout le monde que j'eusse osé offrir
l'hommage de ce récit, dans son style autobiographique.
Il est nombre de gens que ce procédé irrite ; cependant le
style autobiographique est l'interprète logique de la pensée, son mode le plus juste, le plus artistique. Rarement
un auteur parle moins de lui-même, que lorsqu'il dit : *je,
moi*. Enfin, pour ce qui vous regarde, vous préférerez
assurément m'entendre vous raconter en mon nom un
trait de ma vie bourgeoise, à me le voir mettre sur le dos
aristocratique de Maurice de B.., d'Ernest de R..., etc.

Vous vous rappelez le temps où je vivais sous le toit paternel. Ce n'est pas seulement en mon honneur que ce souvenir vous est resté, mais à cause de la courtoise et profonde amitié que vous portait mon père, homme de mœurs pures, mais très galant de cœur et à qui je n'ai vu accorder de pareils témoignages d'affectueuse attention, qu'à deux ou trois femmes d'élite, et encore était-ce avec un degré en moins de sympathie personnelle que lorsqu'il s'agissait de vous. Vous étiez la seule qu'il écoutât volontiers, avec un bon sourire, plaider à mon propos la cause des aspirations de l'adolescence. Il n'en changeait pas, il est vrai, sa ligne de conduite, mais il vous écoutait en souriant.

La vérité, c'est que je me sentais né pour écrire; s'il est admis que le ciel assigne à chacun de nous, dès l'heure de sa naissance, une fonction à remplir ici-bas, la mienne était de tenir une plume sous la dictée de mes pensées, de mes souvenirs, de mes sentiments... et sous nulle autre dictée. Durant les années considérées universellement à tort ou à raison, comme les plus joyeuses et les plus insouciantes de la vie, c'est-à-dire de vingt à vingt-cinq ans, je n'abordai jamais Paris sans éprouver un grand trouble de cœur qui ne ressemblait que fort médiocrement à la gaîté. Je ne nie pas qu'une fois installé, c'est-à-dire un ou deux jours après mon arrivée, tout allait déjà mieux, l'oppression avait disparu, et je foulais d'un pied confiant le sol de cette ville incomparable. Mais, le premier soir, lorsque tout seul, j'allais regagner la chambre meublée que j'occupais alors à l'extrême limite du faubourg St-Germain, mon cœur se gonflait, mes yeux se mouillaient, tandis que j'étalais sur la table mes livres, mes paquets de lettres, mes manuscrits.

Et je me posais mille questions décourageantes. Je m'écriais : « Poésie, passion, que me rendrez-vous pour

vous avoir sacrifié père, mère, frère et sœur ? nous aurions pu être tous si heureux ensemble, » et toute la nuit
je m'attendrissais. Aujourd'hui le calme s'est offert à mon
organisation maladivement sensible et nerveuse.

J'avais renoncé à me mettre dans mes meubles, comme
on dit, quoique je n'ignorasse pas que c'eût été une économie d'argent et un grand pas de fait vers cette chaleur
et cette gaîté du chez soi dont j'ai besoin. Rien n'engendre plus la réflexion triste que de s'arrêter à inspecter
un lit, une commode, une table, des chaises qui, témoins
du passage de tant d'autres avant vous, rappellent trop
que tout est passager.

Mais, d'un autre côté, je trouvais à ce mode d'installation de réels avantages. Dans mes meubles, j'eusse été
obligé d'avoir maison montée, tandis que dans mon
logement actuel, un coup de sonnette suffisait pour le
déjeuner et le dîner.

La maison meublée diffère de l'hôtel garni par des
nuances sensibles. L'hôtel garni est moins *respectable*,
dans l'acception anglaise du mot; il se compose surtout
de chambres de célibataires, en outre le personnel de
de ces établissements est souvent mêlé.

La maison meublée est surtout à l'usage de familles
étrangères qui viennent passer à Paris une saison ou
quelques semaines. Cela vous explique pourquoi les maisons meublées se trouvent en plus grand nombre que les
hôtels ordinaires de voyageurs (dont la fortune dépend
de leur proximité du centre des affaires et des plaisirs);
situés aux abords des points aérés de Paris, près du
Luxembourg, des Invalides, et sur les deux côtés de
l'avenue des Champs-Elysées. La maison où je demeurais alors à intervalles réguliers, depuis deux ans environ,
était située à l'entrée de la place des Invalides, et à
l'extrémité de la rue Saint-Dominique-Saint-Germain.

Cette région me sera longtemps chère, parce que c'est le premier aspect que je vis de Paris, au bon temps où je n'avais pas vingt ans. Une famille que je connaissais d'enfance, et, depuis dispersée par les coups de la mort, les trahisons du hasard, de la politique, m'y avait offert alors une joyeuse hospitalité. Alors, j'admirais tout. L'enthousiasme pour les choses oratoires et théâtrales était mon premier culte. L'amour profond et désintéressé de la nature, ne devait me venir que plus tard, comme il arrive à tous ceux qui se sont adonnés jeunes aux livres. Ce n'était pas encore dans ce temps-là que je goûtais le plus religieux des plaisirs à errer seul, le soir, sur les bords du fleuve assoupi, à suivre la dégradation des teintes lumineuses sur le feuillage d'alentour. Cette rivière dormante s'appelle la Deûle. Elle a vu mes aïeux, race vigoureuse et simple, ignorante et de belle humeur, que, le soir, après les soucis du jour, égayait un pot de bière.

L'atmosphère devenait soudain pour moi tellement imprégnée de leur souvenir que, dans ma langue métaphorique d'alors, j'appelais l'air : *le cimetière des âmes.*

Mais avant de connaître ces sensations, je m'émouvais surtout aux phrases sonores, aux attitudes scéniques. Qu'un ambitieux cupide, déguisé en serviteur de la patrie, de la justice et de la vérité, criât bien haut, c'était mon homme! La réaction fut profonde, sinon charitable.

J'occupais une chambre au second étage, c'était la moins gaie de la maison, elle donnait sur une arrière-cour désolée, où le recueillement du silence était remplacé par la morosité de l'abandon. J'en avais fait souvent mes plaintes à l'honnête personne qui régissait la maison, une veuve appelée madame Vermez. Chaque fois, elle m'avait fait entendre qu'elle ne pouvait, même en ma faveur, faire l'impossible. Or, l'impossible était de m'octroyer une chambre au midi et regardant les arbres de la plaine, attendu qu'elle n'en avait que trois ainsi favorisées, et disputées par de nombreux et anciens prétendants chaque fois qu'il s'y préparait une vacance. Le reste se composait d'appartements complets, retenus généralement par des familles américaines. A la rigueur, il eut été possible de m'allouer un de ces appartements, pourvu que je voulusse bien sauter de soixante francs par mois, mon prix ordinaire, à cinq cents. Je répondis par un sourire de mauvaise grâce à cette fâcheuse plaisanterie, et j'annonçai à Mme Vermez que, le printemps approchant, j'étais décidé à me mettre en quête d'un nouvel asile, puisqu'elle ne pouvait me satisfaire. Cette déclaration était mon Rubicon. Mme Vermez pâlit en me le voyant franchir, et me chanta son éternel : « à l'impossible nul n'est tenu. » Je dois vous dire que Mme Vermez était de mes rares lectrices, et que, loin de rougir de la présence des muses sous son toit, elle s'en faisait parfois, devant ses Américains, une innocente réclame, en grossissant beaucoup mon mérite et ma réputation. Je commençai mes courses dès le lendemain. Pendant huit jours je fis, en ligne ascensionnelle, des trajets considérables, mais inutiles.

II

Un matin, comme j'allais prendre mes lettres au bureau, Mme Vermez réclama de moi cinq minutes d'attention. Elle me demanda ce que j'étais décidé à consacrer à l'article du logement. J'avais sous la main une petite réserve; j'étais disposé à faire à ma bibliothèque et à ma table de travail les honneurs d'un cabinet spécial; enfin, je rêvais d'être en situation de convier mes amis à une tasse de thé ou à déjeuner. Ces diverses considérations me permirent d'énoncer un chiffre en dehors de mes habitudes anciennes, ce qui, tout en surprenant la dame, parut flatter ses prévisions. Elle reprit :

— Nous avons au troisième un superbe appartement donnant sur la plaine et sur la cour, et construit de telle sorte qu'il se peut facilement diviser. Jusqu'à présent, cela n'a jamais eu lieu, parce que tout l'étage était retenu d'ordinaire par une famille très-riche, dont la *demoiselle* va se marier avec un jeune homme qu'elle a connu chez nous.

Il me serait impossible de vous exposer tout ce que renfermait d'orgueil et de haute opinion de *sa société*, le regard de Mme Vermez à ce point du discours.

— Cette fois, l'appartement est libre, et voici ce qui m'arrive : une de mes amies que des affaires importantes vont retenir à Paris deux ou trois mois, vient de m'écrire qu'elle serait très-désireuse de loger ici. Son chiffre, joint au votre, complète le loyer de l'appartement; c'est pour cela que j'ai pris la liberté de vous interroger.

— Madame Vermez, répondis-je, je ne goûte pas infiniment cette co-habitation. S'il est un endroit au monde où je tienne à être *chez moi* (mais alors j'y tiens infiniment), c'est chez moi; je n'y accepte le contrôle de personne, surtout celui d'une femme délicate...

— Oh! interrompit Mme Vermez, vous auriez mauvaise grâce à vous montrer plus sévère que cette dame, qui est, ainsi que vous l'avez dit, très-délicate. Avez-vous le temps de venir visiter avec moi le logement ?

Je ne pouvais me soustraire à cette invitation, et cinq minutes plus tard j'étais tout-à-fait gagné à ce que Mme Vermez appelait sa combinaison. En effet, la section qu'on me réservait était tellement distincte de l'autre, que, pour peu qu'il existât entre les deux occupants le moindre désir de ne pas se voir, on pouvait vivre là-dedans à trois pas l'un de l'autre, sans jamais se rencontrer. Voici comment : la porte principale s'ouvrait

28

sur un vestibule carré ; à gauche, on entrait dans les pièces destinées à l'amie de Mme Vermez ; à droite, un long couloir servait d'avenue à mon futur domaine.

Ma propriétaire ajouta que l'on pourrait d'ailleurs rendre la séparation absolue en faisant communiquer mon logement avec un escalier de service qui serpentait dans le voisinage. Je n'en demandais pas tant, mon indépendance et le décorum sauvés, je me tenais satisfait. De la chambre à coucher, qui donnait sur une cour carrée, Mme Vermez me fit remarquer, dans la portion du bâtiment qui nous faisait face, un appartement situé au même étage que le notre. Il était d'un loyer énorme, et occupé, me dit cette dame, moins forte en géographie politique qu'en boniment administratif, par un *jeune duc* américain du Nord. J'eus beau protester courtoisement, et lui donner ma parole que dans le Nord il ne se fait pas de ducs... elle sourit, passa outre, et ne me crut jamais.

Nous descendîmes, et j'allai signer dans le bureau de Mme Vermez un petit acte. Le lendemain soir, je fis transporter mes livres, ma garde-robe et mes meubles dans mon nouveau logement, où je me trouvai tout de suite à l'aise. Pour le premier soir, j'installai mon matériel d'écrivain dans la chambre à coucher, et vers dix heures, j'étais à l'œuvre. Je travaillais assez tristement, comme il arrive lorsqu'après avoir longtemps couvé une idée que nous croyons notre vierge, nous voyons en l'exprimant sur le papier, qu'elle est, la courtisane de tout le monde ; triste sort promis aux choses de l'idéal, lorsque nous voulons les rendre sensibles. Un exemple frappant, quoique trop ordinaire, ne s'en offre-t-il pas à nous dans l'amour, si consolant, si divin et si pur dans les promesses du rêve, si amer et si orageux dans les champs de la réalité ? Cependant je travaillais en bonne conscience d'écrivain, cela suffit. Je n'ai jamais écrit une ligne qui ne fût bien de moi et signée de mon nom; je n'ai jamais écrit une ligne pour me venger d'un ennemi, pour plaire à un grand, pour flatter un riche. Je n'ai jamais écrit que pour donner une forme à la pensée que je croyais juste, au sentiment toujours sincère. Après avoir long-temps relu, ajouté, retranché, médité, j'éteignis ma lampe et je me mis au lit, les yeux fatigués et désireux de dormir.

III

Il me sembla que je commençais à m'assoupir, quand une assez vive clarté envahit toute la chambre et me força de regarder. Je crus à un petit commencement d'incendie; il n'en était rien.

Cette lumière venait en ligne droite de l'appartement occupé par le jeune *duc* américain, qui rentrait chez lui accompagné d'un autre homme de son âge, ou à peu près. Le premier était un bel adolescencent de vingt ans, peut-être, un peu trop mince, mais d'une figure char-mante. Je le voyais presque en face, et il ne pouvait pas me voir. Il avait sur toute sa personne cet air de race, de froide tristesse, de dégoût prématuré de tous les prétendus plaisirs de la vie, que la famille anglo-saxonne a trans-mis à tant de nobles enfants issus d'elle. Son compagnon était moins beau, moins frais, moins distingué.

Tous deux, gardant leurs chapeaux, allèrent s'asseoir l'un vis-à-vis de l'autre devant une table ronde, et ne soufflèrent mot. Il sonna une heure à l'horloge des Invalides. Bientôt, le premier des deux jeunes gens se leva, alla ouvrir un buffet et revint apportant deux verres et une bouteille qu'il posa sur la table.

Puis, le chef toujours couvert, ils se mirent à boire, sans échanger un mot. Chacun tira de sa poche un cigare et l'alluma, puis parut s'absorber dans la contemplation des spirales de la fumée. La première rasade, en moins de vingt minutes, était devenue déjà une série.

Je sentis que j'étais éveillé pour une heure au moins, intéressé de manière inexplicable, par ce banal spectacle de jeunes américains buvant de l'eau-de-vie.

Ils se taisaient toujours ; leurs figures étaient pâles. Le plus beau avait l'air de commander à l'autre. Bientôt, je regagnai mon lit, mais sans espoir d'y dormir. En effet, je passai les yeux ouverts le reste de la nuit, rêvant à mille choses sans liaison entre elles; ainsi, je fis mille conjectures sur ma future voisine. Elle était sans doute du même âge que Mme Vermez, qui l'appelait son amie. Je présumais que, puisque d'importantes affaires l'appelaient à Paris, ce devait être quelque intéressante veuve de lieutenant-colonel ou de magistrat, ayant affaire dans les ministères au sujet de sa pension. A coup sûr, ce ne pouvait être une émissaire de l'industrie ou du commerce départemental qui se hasarderait dans ces régions perdues. Mais c'était déjà trop m'occuper d'une inconnue ; je pensai à d'autres choses, à mes vieux projets de livres ou de drames. C'est étonnant, me disais-je, comme l'imagination vit d'une toute autre vie que la mémoire, et, comme à mesure que nous vieillissons, c'est-à-dire à mesure que le domaine du souvenir augmente, l'imagination en est appauvrie et confondue. Lorsqu'on est né poète, on ne le manifeste jamais avec plus d'éclat que de vingt à vingt cinq ans... Lorsque l'on devient conteur, on l'est rarement avec plus de charme, qu'au déclin de la jeunesse. Voyez les hommes d'invention ou de production constante : ils lis entpeu de choses, en dehors des ouvrages d'information techniques, afin de ne pas nuire à la fraîcheur, à la confiance, à la témérité de leur œuvre.

Vers neuf heures, le garçon qui d'ordinaire me servait à déjeuner et faisait ma chambre, me dit :

— C'est ce soir qu'arrive cette dame.

En traversant la cour, je vis un tas de sacs de voyage, escortant une malle énorme. Mes yeux tombèrent sur cette inscription accolée à la malle : *Hôtel Frascati, Havre,* et sur une toute petite plaque en cuivre, je lus encore : *Madame Herbert.* C'était un mercredi matin. J'allais, comme d'habitude, corriger les épreuves de mon article hebdomadaire dans les bureaux d'un vieux journal, où au moins une fois par semaine je suis sûr de passer quelques heures charmantes. Presque tous les rédacteurs, à part deux ou trois jeunes recrues, sont de la fondation du journal, qui a suivi de peu d'années l'avènement de la branche cadette. Le cabinet du secrétaire de la rédaction entendait chaque jour les conversations les plus intéressantes et les plus profitables, surtout pour un jeune homme. Quelques-uns des nôtres étaient octogénaires. L'un d'eux avait vu Louis XVI dans sa prison. A propos des noms qui ont marqué dans la politique et la littérature depuis cinquante ans, on y entendait, sur des personnages déjà légendaires, des anecdotes parfois comiques contées par des témoins irrécusables.

Le plus souvent, j'étais tout oreilles et toute gravité; parfois aussi, il m'échappait un clair éclat de rire, qui troublait ces vieillards, et avait l'air de faire voltiger de la poussière autour d'eux. L'un de ceux-ci prétendait m'aimer beaucoup, et chaque fois demandait au secrétaire de la rédaction qui j'étais.

Ce dernier, âgé d'environ cinquante ans, était un de ces hommes francs et sensibles, nullement poète par exemple, mais spirituel, sympathique, ami du bon vin, et tel que la génération, qui avait vingt-cinq ans en 1830, en a connu beaucoup. Il voulait bien me montrer de l'amitié. C'est sur son pupitre que je faisais mon travail, chaque mercredi; ensuite nous fumions un cigare, tantôt causant en confidence, tantôt commentant, avec force drôleries, les annonces des journaux de Paris, les faits divers de la province, et les études inspirées, fruit d'une désintéressée, où, Renne de Vicomtesseville, met une auréole au front des parfumeurs. Un jour, nous tombâmes, dans les colonnes d'un journal de Paris, sur un entrefilets qui, dédaigneux de servir les intérêts du négoce, se bornait à frauder l'administration des postes. La chose était rédigée en style de télégramme :

« C. N. à B. N. — Hôtel Sainte-Adresse. — Renseignements vrais. Je n'ai encore rien vu par moi-même. Logée dans la même maison, où tu sais. M'écrire sous le nom de la propriétaire. Santé meilleure que conduite. »

Après de frivoles conjectures sur ce texte embarrassant, nous nous séparâmes, et je rentrai vers sept heures rue Saint Dominique. Les sacs de voyage avaient disparu de la cour. J'entendis, en gagnant ma chambre, un certain remue-ménage qui m'indiqua qu'on était en train de tout ranger chez ma voisine, sans doute arrivée. Elle avait effectivement fait son entrée à la chute du jour. J'eus beau faire, ma pensée libre en ce moment, s'égara en mille suppositions sur cette dame. Le garçon me dit qu'il fallait que la nouvelle venue fût très bien avec Mme Vermez, attendu que le piano du salon allait être transporté chez ma voisine. Ce n'était pas là matière à découvertes importantes ! Mme Vermez songeait à mettre sa propriété en plein rapport, voilà tout. Mais il y avait autre chose : depuis deux ou trois jours, la figure placide de la dite Vermez, n'éveillait plus les mêmes idées de calme intérieur ; son regard lançait de mystérieuses lueurs, que je n'hésitai pas à mettre sur le compte d'un secret partagé entre elle et son *amie*. Lorsqu'un secret existe entre deux femmes, me disais-je avec l'aplomb naïf propre aux débutants, l'amour y doit jouer un rôle. Je m'endormis un peu plus tôt que de coutume, et lorsque vers minuit le soubresaut d'un rêve m'eut fait ouvrir les yeux, une obscurité profonde enveloppait la chambre. J'allai à ma fenêtre, tout était noir. Le jeune *duc* américain n'était pas encore rentré. J'entendis un léger bruit de pas dans le logement voisin, Mme Herbert ne devait pas être couchée. Je regagnai mon lit et m'y abandonnai à ce flot de pensées, d'imaginations et de réflexions, qui à cette heure envahit volontiers l'âme des poètes. Je pensai que cinq pas au plus me séparaient du mystère, de l'inconnu. Malgré les ténèbres, j'avais cru voir tantôt s'agiter les rideaux d'une croisée chez Mme Herbert, comme si elle eût voulu, elle aussi, comparer la tristesse du ciel à la mélancolie de son âme.

Le lendemain, je reçus de Mme Vermez un témoignage bien rare de considération. Un petit billet cérémonieux m'invitait de sa part à dîner, ce soir, chez elle.

Avec un peu de surprise j'acceptai, et à six heures, je me présentai chez la veuve. Dans cette maison meublée de la rue Saint-Dominique, la loge classique du concierge était remplacée par une sorte de kiosque en verre où une jeune femme incroyablement pâle, chargée de répondre aux allants et venants, travaillait tout le jour au linge de la maison. Ce kiosque s'adossait à la cloison vitrée d'un vestibule, aboutissant d'une part à l'escalier, de l'autre au *bureau* où Mme Vermez tenait ses livres et signait ses quittances. Quand on entrait dans ce bureau, on voyait sur le mur, vis-à-vis, des rideaux de velours vert, disposés en portière, et s'ouvrant je ne savais pas encore sur quoi; j'allais le savoir.

Vrai, il n'était donné qu'à Mme Vermez de pousser aussi loin les scrupules du cérémonial. Sur ce point, elle partageait les illusions étranges, mais presque touchantes, de certaines *landladies* des *boarding-houses* de Londres, de New-York et de Québec. Bonnes âmes qui s'imaginent et proclament que leur table d'hôte à trois francs avec le vin est le dernier sanctuaire des grandes traditions aristocratiques et des façons mondaines. Elles parviennent même à communiquer cette hallucination aux journaux du plus grand format, qui promettent aux personnes de la haute société en voyage, qu'elles retrouveront dans l'établissement si respectable de Mme X., les

IV

joies de la famille et les satisfactions du *high life*.

Donc, à six heures, comme j'allais entrer dans le bureau, un garçon ganté de coton blanc, et qui avait tout l'air de me guetter depuis une dizaine de minutes dans je ne sais quel coin, d'où il bondit avec la vivacité d'un ressort, s'élança devant moi, atteignit la portière, ouvrit un battant, et d'une voix retentissante lança mon nom dans un salon étroit comme une guérite.

La première chose que je vis fut une table de trois couverts, beaucoup trop ornée pour la circonstance. A chaque angle de la cheminée, où se mourait un de ces feux que Mme Vermez seule possédait le secret d'obtenir avec peu de bois et peu de charbon, reposait une dame. Dans la première, j'allai saluer mon hôtesse, qui me présenta ainsi à l'autre : « Monsieur Evariste, *auteur*. » Madame Herbert, l'autre, offrait alors une attitude pleine de charme naturel et d'abandon.

Vraisemblablement je venais de les surprendre en pleine causerie, et c'était alors le tour de Mme Herbert d'écouter. Elle avait deux doigts de la main droite enfoncés légèrement dans une joue; l'autre main, soulevant un peu sa robe et ses jupes, laissait à découvert, croisés l'un sur l'autre, deux pieds mignons et la naissance de jambes irréprochables.

Je fus d'abord frappé de son apparence de jeunesse, l'annonce de Mme Vermez m'ayant préparé à une contemporaine de notre hôtesse. On ne pouvait pas donner à Mme Herbert plus de trente à trente-deux ans. Elle avait le front lisse, la peau d'une blancheur mate et les cheveux très-noirs.

Ses yeux également noirs brillaient d'une flamme douce et séduisante. J'admirai le gracieux embonpoint de son corsage; en un mot, c'était là une femme merveilleusement en possession de plaire, et dont tout l'être vous disait : on m'a toujours aimée.

Nous nous mîmes à table; je fus gai, j'émaillai la conversation d'anecdotes personnelles assez comiques. Mme Herbert elle-même était sans effort enjouée, expansive, et lorsqu'elle pouvait se soustraire au joug de l'idée fixe qui, selon moi, la tyrannisait, elle révélait un fond joyeux. Au bout d'une heure, il semblait que nous nous connaissions déjà fort bien. Comme je m'étais un instant oublié à lui parler, en plongeant trop directement mes yeux dans les siens, elle appuya un doigt sur mon bras et me dit :

— Vous ne mangez pas !

Le fait est qu'à admirer son délicieux rire, à voir étinceler d'un double et fraternel éclat la fraîcheur de ses lèvres et la rare jeunesse de ses dents petites et serrées, je négligeais de faire honneur à la cuisine et au vin de notre hôtesse.

En sortant de table, elle me dit : Voulez-vous être assez aimable pour venir prendre ce soir chez moi du thé et des gâteaux avec Mme Vermez ?

Elle quitta bientôt le salon. Une heure après, je me présentai chez elle.

Elle tira de sa caisse un service à thé marqué à son chiffre et le disposa sur la table. Je ne cessais pas de la

suivre des yeux, je surprenais dans ses réponses
assez courtes, que sa pensée était ailleurs ; plus j'y songeais, moins j'arrivais à m'expliquer naturellement cette
tranquillité en face de mon ardente et mélancolique
contemplation.

A chaque page du roman de la vie, il y a une femme,
jeune et belle encore, déjà éprouvée par la passion ou
bien par d'autres causes, et qui se désespère. Soudain le
hasard vient prosterner à ses genoux un front candide,
une âme dévouée, et une voix mystérieuse lui souffle au
cœur : « Voici celui qui te servira. » Mme Herbert voit-
elle qu'elle m'a séduit ? Les maîtres moralistes affirment
que la plus niaise connaît sa victoire avant que nous soup-
çonnions notre défaite, et Mme Herbert n'était pas une
niaise. Le magnétisme amoureux est foudroyant. Ici, nous
n'étions pas deux à l'éprouver : elle le projetait, et je le
ressentais. Tantôt elle continuait à me préoccuper de ses
distractions ; tantôt, après m'avoir regardé avec fixité,
elle redevenait sereine, comme si ma vue lui avait suggéré
une issue à de longues incertitudes.

Il ne faut pas être un Parisien de Paris, c'est-à-dire
doué en ces sortes d'affaires d'une pénétration instinctive,
pour découvrir ce symptôme et en être refroidi.

Or, ce refroidissement n'atteignit chez moi que l'ardeur
aventurière, mais point la chaleur affectueuse dont je me
sentis animé après une heure passée à côté de Mme Herbert... et puis, s'il faut l'avouer, la bonté me poussait
alors. Au jugement suprême, lorsque la voix de l'ange
me criera à travers la trompette : « Evariste, voyons,
voilà ce que tu as fait de mal, cela, cela et cela ; qu'as-tu
fait de bien ? » Je lui répondrai : « Seigneur, je n'ai
jamais vu souffrir une de vos créatures, sans désirer
prendre ma part de son mal. » Je devinai que Mme Herbert
souffrait ou venait de souffrir beaucoup. Ce n'est pas de

son plein gré, me disais-je, ce n'est pas sans avoir connu quelque malheur, ou sans être menacée de quelque danger, qu'une femme de cet âge et de cette figure court le monde toute seule en cette saison.

Cependant comme pour donner un démenti à mes lugubres hypothèses, elle se dégagea tout-à-fait des brumes qui parfois altéraient l'éclat de ses yeux et le cristal de sa parole ; alors elle se montra gracieuse et même un peu coquette. En général, elle paraissait beaucoup mieux aimer m'entendre parler de moi-même, des particularités de la vie littéraire, du mécanisme de notre profession, que d'elle-même. Quand je la questionnais, elle évitait de me répondre directement. J'ai dit déjà que j'avais quelques raisons de douter qu'elle fût née en France, ou y eût vécu. Outre la prononciation étrangère de Mme Herbert, certains menus détails de notre nouvel entretien appuyèrent mes conjectures. S'il m'arrivait (et cela ne manqua pas) de faire quelque allusion flatteuse à sa beauté, Mme Herbert ne se défendait pas d'en paraître heureuse et reconnaissante, et chaque fois, elle me répondit *merci*, d'un ton bas et rapide, ce qui, on le sait, n'entre aucunement dans les coutumes féminines de notre beau pays. Puis, Mme Herbert me demanda avec un peu plus de sollicitude, peut-être, que ne le comportait cette innocente question, depuis quel temps je demeurais ici, et si je n'avais de relations avec aucun habitant de la maison. Force me fut de lui répondre que je n'y connaissais pas un seul visage, sauf celui du jeune Américain, qui s'abreuvait d'alcool à l'heure du repos et des songes. Je m'aperçus alors qu'elle m'écoutait à peine et qu'elle était retombée dans sa distraction. A dix heures et demie, quand prenant congé d'elle, je voulus baiser sa main soyeuse, elle eut un petit rire amer qui me déconcerta.

Toute la nuit, je fus en proie à une agitation fiévreuse,

qui loin de s'évanouir au jour naissant, s'aggrava avec la lumière et me retint cloué sur mon lit. J'essayai de me lever, mais avant que mes pieds touchassent le parquet, je fus saisi d'un froid général, et je me recouchai grelottant. Le garçon inquiet alla prévenir Mme Vermez, dont je reçus la visite. Elle voulut me faire prendre une tasse de bouillon, impossible. Inutilement aussi j'essayai de lire. Je subis le supplice de l'homme dont les yeux se ferment, dont tout l'être aspire vers le sommeil, et que l'incessante morsure de la couleuvre intérieure tient cruellement éveillé. Après beaucoup de luttes, entre neuf heures et minuit, je me sentis bercer par une légère somnolence, mais sans perdre le sentiment de mon malaise. D'ailleurs, je percevais distinctement le moindre son, et, comme l'avant-veille, j'entendis des pas allant et venant. Ma voisine avait l'habitude des longues veillées, paraît il; je ne doutais pas qu'elle ne les employât à lire, à écrire des lettres, à ranger ses tiroirs. Cela me parut bien triste, d'être malade, si près d'elle, sans l'entendre me plaindre de sa voix musicale. Vers une heure, je pris les amorces de la fièvre pour un renouvellement de force, je me levai, et j'allai à ma fenêtre dans le but de me distraire un peu à ce que j'appelais la scène des ducs américains. La réverbération d'un flambeau sur les vitres de ma croisée, m'avait appris qu'ils étaient de retour. Mais j'avais mal présumé : il n'y en avait qu'un dans le grand salon. Ce salon, le plus richement orné de toute la maison, possédait, entre autres objets de luxe, deux candélabres énormes et une pendule à sujet en bronze véritable ou faux, presque aussi grand que nature. Cette nuit, je ne vis donc que l'occupant légitime de céans, le gracieux et noble adolescent qui m'avait si fort intéressé.

Quoique seul, il alla, comme l'autre soir, tirer du buffet

la bouteille d'eau-de-vie, la posa sur la table; mais au lieu de la déboucher tout de suite, il resta devant elle en proie à une singulière hésitation. Tandis que, la tête couverte de son éternel chapeau, il avait l'air de s'absorber en lui-même, soudain, il tourna brusquement les yeux dans la direction de la porte, ses lèvres remuèrent. Il fallait deviner qu'on venait de frapper, et qu'il disait : « Entrez ». Je m'attendais à voir entrer son compagnon de l'autre soir. J'assistai à ce spectacle avec les sensations bizarres qu'on éprouve au théâtre, dans un couloir, à suivre par la lucarne des loges, les gestes des acteurs.

La porte s'ouvrit, tandis que le jeune homme faisait un pas en avant, et je vis entrer une femme soigneusement encapuchonnée. Nous avons tous ouï parler des dévastations opérées dans le cœur de nos sujets de la galanterie, du chant et de la danse, par les porteurs de dollars, et je crus que ce capuchon me cachait les traits éplorés d'une de ces lamentables victimes. Cependant, avec sa figure de Don Juan adolescent et désabusé, le jeune homme n'avait pas ce soir les allures du rendez-vous, et l'arrivée subite de cette visiteuse le stupéfiait. Ils restèrent muets et debout, l'un devant l'autre, pendant un instant.

Le jeune étranger continuait de regarder fixement la dame, dont la figure me restait cachée. Tout-à-coup il recula, se laissa tomber sur une chaise, et les bras appuyés sur la table, il y ensevelit sa tête accablée.

Aussitôt la visiteuse nocturne se précipita vers le jeune homme, l'entoura de ses bras, couvrit de baisers son cou et ses cheveux. L'enfant releva la tête...

L'inconnue eut un geste passionné, qui fit tomber son capuchon en arrière... et moi aussi, spectateur enfiévré, je tombai à la renverse en reconnaissant Mme Herbert !

V

Il se passa je ne sais combien d'heures ou d'années ! Je fus arraché au plus épais, au plus insensible sommeil, par des coups retentissants frappés à ma porte. En m'éveillant, je me trouvai étendu sur mon lit, mais vêtu de la tête aux pieds. J'allai en chancelant ouvrir aux tapageurs, et je trouvai devant moi le garçon, puis Mᵐᵉ Vermez ; puis à l'extrémité du couloir, Mᵐᵉ Herbert, attirée par tout ce bruit, sans doute prévenue par Mᵐᵉ Vermez, et peut-être alarmée sur mon compte.

La vue de cette jolie femme ajouta une étrange peine morale à mes souffrances physiques. Mᵐᵉ Vermez me força de rentrer aussitôt chez moi, et me dit :

— Vous nous avez donné bien de l'inquiétude depuis ce matin ; savez-vous qu'il est deux heures et demie ?

Je ne l'aurais pas cru, tant le jour était gris et brumeux, et s'accordait avec les pensées confuses qui m'assaillirent à ce mauvais réveil.

— Voyons, me dit-elle plusieurs fois, qu'avez-vous ? où souffrez-vous ? Je vais faire chercher mon médecin.

— Faites tout ce qu'il vous plaira, mais n'écrivez pas à ma mère qui est une femme très-impressionnable... si affaiblie par les plus cruelles épreuves qu'un nouveau choc la tuerait. Si je devenais sérieusement malade, je vous prie d'écrire à M. F..., qui est le plus ancien ami de la maison.

Et je fondis en pleurs en songeant à mon père, dont F.. avait été le compagnon ordinaire.

— Grâce à Dieu, nous n'en sommes pas là, mon cher Evariste, me dit la bonne dame. Je vais seulement envoyer chercher le médecin.

— Non, madame, pas maintenant du moins, car je ne saurais que répondre à ses questions, ni lui dire ce que j'éprouve. C'est une impuissance générale, mêlée de nausées... Je ne saurais avaler une goutte d'eau.

— Vous devriez tout de même essayer de prendre quelque chose. Dans tous les cas, vous n'aurez qu'à sonner. A quelque heure que ce soit de la nuit, Victor (c'était le garçon) sera prévenu. A propos, j'avais oublié de vous dire que Mme Herbert, aussitôt qu'elle a été informée de votre indisposition, a montré beaucoup d'intérêt pour vous.

— Je vous prie de remercier pour moi Mme Herbert, répondis-je sur un mauvais ton d'ironie. C'est beau de sa part, de daigner compatir à un étranger...

Mme Vermez sortit. Je me recouchai.

Cependant, je me sentais à chaque minute plus abattu, j'éprouvais au milieu du gosier des lancements douloureux, joints à la fièvre; cette fois, quand j'en aurais eu mille envies, il m'eût été bien impossible de me lever et de renouveler mon pénible espionnage.

Au sein des ténèbres, et dans la prostration où j'étais plongé, je ne me rendais pas raison de la marche des heures. Mon malaise devenait intolérable; il s'y mêlait des crises névralgiques, qui tantôt me faisaient fondre en larmes, tantôt éclater en sanglots. Alors je commençai à m'inquiéter très-sérieusement. Comme après un accès d'oppressions, je tentais de reprendre haleine, j'en fus empêché. Je sentais mes tempes se gonfler. Le mal, comme un brigand sournois, venait sans bruit de me saisir à la gorge. J'essayai de prononcer quelques mots ; seul un rauque murmure sortit de mes lèvres. Je fis une violence suprême à ma débilité, et j'allai m'accrocher à la sonnette.

Trois minutes plus tard, arriva le garçon Victor. J'avais la tête pleine du récit de morts subites amenées par l'angine couenneuse. Le domestique, s'imaginant que la faim seule avait pu me faire songer à le réveiller si brusquement, arrivait, à tout hasard, porteur de vivres. Un seul geste dissipa son erreur, et il courut tout de suite chez le médecin, qui demeurait rue Casimir-Périer. Le temps d'y aller, d'attendre qu'il fût prêt et de revenir, prendrait tout au moins une demi-heure, et le cercle de fer se resserrait autour de ma gorge. Cependant, mon cerveau restait complètement libre, et j'étais maître absolu de mes idées. Pour la première fois de ma vie, je connus les sensations étonnantes de l'homme qui se dit : « Il se pourrait que dans vingt minutes je fusse mort. »

Cette pensée m'affligea.

Non loin du lit était ma table, couverte de livres, de manuscrits ébauchés, de lettres demeurées sans réponse. Je me rappelais dans ce grave instant une pensée mélancolique du poète américain Longfellow : « il reste toujours quelque chose de *non fait*... Quelque chose d'*inachevé* attend toujours le prochain soleil. »

Je croyais à la mort, j'y pensais souvent. Dès l'âge le plus tendre, l'idée de ce mystérieux dénouement de notre activité s'offrit à mon esprit; mais je sentais bouillonner en moi tant d'ardeur, et mon âme embrasser si facilement l'infini, que je ne pouvais concevoir le non-être.

Ce soir, en présence de l'assaut probable d'un terrible agent de destruction, je fus envahi par un profond attendrissement.

— Hé bien ! me dis-je à moi-même, hé bien ! mon garçon, voilà ton tour venu, comme est venu celui de ton père, de tes oncles. Il y a quelques heures, les désirs d'amour te remplissaient. Il faut maintenant les laisser à d'autres, te repentir de tes fautes et remercier Dieu de t'avoir épargné le désespoir de survivre à ta mère.

Bientôt l'escalier résonna sous un pas lent et lourd. Victor entra le premier, sans que je l'eusse entendu. Il précédait et éclairait un vieillard au moins septuagénaire, dont le crâne entièrement nu et les traits fatigués par le labeur d'une longue vie, m'inspirèrent comme un remords compatissant d'avoir disputé à cet hôte prochain de la tombe une de ses dernières heures de bien-être terrestre. Je ne pus me défendre, malgré ma situation pénible, d'un rapprochement bizarre.

— Oh! puissance ou vanité de la vie! me disais-je; c'est à cet homme voisin de la mort que je m'adresse pour prolonger mon existence!

Le rapport du domestique avait inspiré au vieux docteur une inquiétude que la vue du patient (je le constatai avec plaisir) n'eut pas l'air d'augmenter.

Il mit ses lunettes pour m'examiner jusqu'au fond du palais. Cet examen me valut une défaillance.

Il me dit : ce sera long et douloureux ; armez-vous de patience et n'ayez pas peur.

— Comment ça s'appelle-t-il ? demanda Victor.

— Ça ne vous regarde pas, répondit en se retirant le vieux médecin, avec un impassibilité comique.

Pendant une semaine, il revint tous les jours, matin et soir. Une invincible torpeur succédait à de cuisantes douleurs. Brûlé par la soif, je ne pouvais ingurgiter une goutte d'eau, qu'au prix d'une affreuse lutte. Quelquefois, une sorte de long voile m'enveloppait.

C'était la nature écrasée qui demandait grâce à la souffrance, je crois même que j'eus un peu le délire. Je revoyais souvent dans ces étranges cauchemars la belle Mme Herbert, que j'allais adorer, entrant après minuit dans la chambre de ce froid et blond jeune homme.

Un jour, tout en rêvassant, j'entendis près de mon lit chuchotter deux voix de femme. Bercé par ce murmure, je savourai aussi l'enchantement d'un souffle frais et parfumé voltigeant autour de mon front, où vinrent

29

s'appuyer un instant deux lèvres de fée, tandis qu'une petite goutte d'eau, tombée je ne sais d'où, me rafraîchit comme une céleste rosée.

J'ouvris les yeux au risque de perdre cette extase, et je vis sortir de la chambre Mme Herbert, qui, sans doute, était venue tenir compagnie un instant à Mme Vermez, dont la sollicitude ne me fit pas défaut dans cette crise.

Et puis les jours s'enfuirent. J'étais sauvé, mais très faible encore. Toutefois on me permit peu à peu de reprendre mes anciennes occupations. J'écrivis à ma mère, qui n'avait nulle inquiétude et me croyait absent de Paris.

La première visite que je reçus fut celle de mon ami, le secrétaire de rédaction, qui était venu en personne s'informer de moi presque tous les jours. A l'arrivée de cette visite, Mme Vermez, si désireuse qu'elle fût de paraître à son avantage devant un personnage influent, voulut se retirer... Nous la suppliâmes de rester, et elle céda. De cette première entrevue il résulta de vives sympathies entre elle et mon ami, et s'il n'eut été l'heureux mari d'une femme très-bien portante, nul ne sait ce qui serait advenu de ces rencontres auprès de ma chaise de malade.

C'est en présence du secrétaire de rédaction qu'eut lieu, au terme de ma convalescence, la petite scène qui va servir de conclusion à ce récit.

Depuis longtemps je voulais adresser à Mme Vermez une question, qui chaque fois qu'elle allait sortir de mes lèvres, rentrait aussitôt dans mon gosier, désormais guéri. Je rêvais d'entendre parler de ma belle voisine, de savoir si j'avais été le jouet d'une hallucination, si d'aventure mon cerveau n'avait pas éprouvé certaines atteintes, la nuit où je crus voir entrer Mme Herbert chez le jeune américain. J'amenai la conversation sur l'étrangère en demandant à Mme Vermez si elle l'avait remerciée en mon nom de son obligeant intérêt.

— Oui, mais dans tous les cas, vous ne ferez pas mal de lui écrire aussitôt que nous aurons son adresse.

— Son adresse... elle est donc partie?

— Oh! c'est toute une histoire! répondit Mᵐᵉ Vermez.

— Ou tout un roman... que je sais peut-être mieux que toi, ajoutai-je entre mes dents.

— Oui, elle est partie, cette belles des belles, et ce n'est pas la seule perte que la maison ait faite ce jour-là.

— Le même jour vous a ravi le jeune américain?...

— Oui, c'est Victor qui vous l'a dit ?

— Alors je ne rêvais pas... ils étaient d'accord.

— Je vous crois; ce jeune homme, c'était son fils.

— Allons donc, ce grand garçon, à figure de séducteur las de mille conquêtes, le fils de cette délicieuse femme de trente ans au plus!

— Pardon, trente-sept et demi, s'il vous plaît, pour ne pas dire trente-huit. Le jeune homme, lui, a près de dix-neuf ans; dans son pays, ce sont déjà de vieux pêcheurs à cet âge-là, et qui ont déjà fait banqueroute. Mᵐᵉ Herbert, à l'âge de dix-huit ans, fut mariée à un homme estimable, et très-distingué, auquel la liaient des engagements de famille. Elle l'honorait légitimement, mais la tendresse de son cœur appartenait à un autre homme qui, de son côté, l'adorait. Après un an de mariage, la jeune femme mit au monde un fils, et comme celui-ci entrait dans l'adolescence, après avoir été comblé par elle, pendant seize ans, des soins d'une affection idolâtre, elle devint veuve à trente-cinq ans, dans toute la splendeur de sa beauté, et ayant conservé toute la jeunesse du cœur. Après les délais convenables, on trouva fort naturel qu'elle récompensât par le don de sa personne, l'amant fidèle et constant, qui n'avait cessé de vivre par elle et pour elle. Le jeune homme, votre ex-vis-à-vis, muni d'une somme considérable qu'il avait réussi à emprunter sur les propriétés paternelles, avait un jour disparu.. Puis il avait écrit à sa mère qu'elle ne le reverrait plus. Cependant, la pauvre mère, conscience très-chatouilleuse, a passé de bien mauvaises nuits de remords et d'inquiétudes, en recevant la cruelle lettre de son fils, qui depuis ne lui avait plus donné de ses nouvelles.

Elle ne doutait pas que le ciel n'eût voulu la punir d'avoir trop pensé à elle-même. Sans cela, elle eût été si heureuse : elle avait rempli son devoir et elle aimait. Et puis, quel tort faisait-elle à son fils ? En outre, le jeune homme n'était point parti en fugitif honteux, mais en prince mal satisfait. Il courut le monde pendant un an, et vint, il y a six mois, se fixer à Paris. Quelqu'un lui donna l'adresse de ma maison ; il y a demeuré depuis. Dans un théâtre, au café, au restaurant, ou dans la rue, le jeune homme fut reconnu par un compatriote, instruit des angoisses de sa mère, et qui, après s'être enquis de la résidence du fugitif, en informa Mme Herbert, qui se désespérait en secret.

Aussitôt Mme Herbert et son mari s'embarquèrent pour la France. Seulement Monsieur resta au Havre pour attendre les événements, et Madame vint s'installer ici. Le plus difficile était désormais de se ménager une entrevue avec son fils. Le jeune homme rentrait tous les soirs fort tard, et généralement en compagnie d'un autre, qui restait avec lui environ une heure. Une nuit, il y a bientôt un mois de cela, Mme Herbert guetta le retour de son fils, qui, bien heureusement, rentra seul. Toute tremblante, elle alla le trouver chez lui. Les choses tournèrent au mieux. Entre nous, je ne dis pas qu'une immense surprise ne contribuât à la soumission immédiate du jeune homme, lequel se rendit au premier mot de sa mère. N'importe, ajouta Mme Vermez essuyant alors ses yeux, Mme Herbert est un cœur d'or. Sachez que, malgré ses préoccupations, elle n'a pas voulu quitter Paris sans vous faire sa visite d'adieux.

— Je le savais déjà, Madame, et je ne l'oublierai jamais.

— Enfin, un beau jour, son mari qui l'attendait dans un hôtel à Sainte-Adresse, est venu la chercher.

— Evariste, me dit le secrétaire, m'arrachant à une méditation attendrie, vous rappelez-vous cet énigmatique message que nous lûmes ensemble, il y a quelques semaines, à la troisième page d'un journal? Il me semble que ce n'est plus une énigme maintenant.

L'HONNEUR DE GABRIELLE

I

Tous les jours, Georges D.... sortait de chez lui vers midi. Il allait déjeuner dans un café du boulevard, y lisait les journaux, et après une longue promenade dans Paris, il regagnait sa bibliothèque où il dînait seul. Le soir, il allait entendre du Molière ou du Mozart. Son domestique était un ancien soldat, qui savait dire seulement : *oui, non, Monsieur*.

Georges passait la moitié du jour à lire. Sa profession était celle d'homme de lettres; mais il écrivait peu pour les imprimeurs, et plus volontiers il correspondait avec des amis lointains, Américains, Suédois, etc.

Quoique vivant, par choix, à peu près hors du monde, c'était d'ailleurs un homme du monde accompli.

Ce jeune homme d'un peu plus de vingt ans, avait déjà dépouillé le désir et la solitude de leurs secrets. Dans son regard, on pouvait lire, qu'au trône du monde et aux joies de la foule, il préférait sa tristesse. D'ailleurs, il fuyait les tirades, les exclamations, les ricanements amers. Une résignation infatigable à tous les mensonges de la vie, devait préserver de la colère et du désespoir, cette âme habitée par le doute.

Cependant, assis dans le fond de l'obscure cuisine, sur un escabeau en chêne, l'ancien soldat consommait d'innombrables pipes, et ne demandait rien au ciel; la plus petite prévenance lui eût causé de la gêne, la moindre plaisanterie l'eût déconcerté.

Georges D.... était fils d'un ancien magistrat près la cour de Lyon, mort depuis longtemps.

L'intérieur moral de Georges offrait des nuances curieuses ; ce rêveur artiste, fils d'un austère magistrat, joignait à la haine du *banal*, l'amour du *régulier*.

D'ailleurs à vingt-trois ans, il n'avait jamais aimé, et les rares concessions qu'il avait faites aux exigences de son âge, aux invitations de la poésie, et aux rencontres du hasard, n'avaient fait qu'attrister ce cœur voué au respect de l'amour unique.

Si la foi catholique eût mêlé sa ferveur aux aspirations de ce grand ami de la pureté, la cellule d'un cloître eût été sa maison. En attendant, il semblait vivre ses jours brumeux et ses nuit moroses dans l'attente d'un second déluge, ou d'une révolution morale.

Au fond, il n'était rien moins qu'un misanthrope, et n'ayant jamais souffert de l'infidélité, il ne croyait pas au règne du mal. Sa raison inflexible, son esprit investigateur, sa mémoire immense et son cœur tendre, constituaient une âme haute, mais troublée.

Il n'était point beau, si la beauté masculine n'existe pas hors d'une barbe noire, et de traits bien alignés. Il était blond, et sa figure pâle, trahissait les fatigues et les angoisses de la névralgie.

Un jour il accepta une invitation de bal, chez son éditeur, pour la Noël 1859. Quand Georges entra, vers dix heures, on récitait déjà des vers dans le salon de l'éditeur. Prié d'en dire aussi, D.... sollicita un répit, ce qui d'ailleurs fut loin de lui nuire auprès de lyriques inédits qui attendaient leur tour avec fièvre.

Georges se sentit destiné à souffrir parmi ces jeunes chevelus au front ruisselant. Les jolies femmes, lui apparurent sous la forme de quatre bas-bleus, familiers avec les hommes de lettres. Il se renferma en lui-même, ne distingua plus rien autour de lui, et il crut rêver.

Il fut distrait de sa torpeur par un petit coup de sonnette. Soudain l'appartement sembla illuminé comme par magie. Il y eut de la gaîté dans l'air, des chansons, des baisers, de la jeunesse.....

Gabrielle parut.

II

Cette Gabrielle était une des plus jolies femmes de Paris, des plus instruites et des plus spirituelles.

Depuis le son de sa voix et le souffle de son haleine, jusqu'au rayon de ses yeux et la petitesse de son pied, elle répandait autour d'elle la triple volupté de l'harmonie, de la fraîcheur et de la lumière.

Je ne saurais vous parler de ses rondes et soyeuses épaules, de sa gorge, qu'elle avait la coupable faiblesse de laisser entrevoir, ni de cette taille voluptueuse... je ne vous décrirai pas ses yeux au capricieux reflet, ses beaux grands yeux effarés et interrogateurs.

La chaise de Georges, vu l'exiguïté du salon, adhérait au fauteuil sur lequel elle était assise avec nonchalance et dignité A plusieurs reprises, ses yeux avaient rencontré ceux de Georges, envahi par l'extase ; il n'eût pas voulu, au prix d'un monde, être forcé de parler ; il rêvait à des jours féeriques, aux côtés de la beauté sans rivale qu'il voyait pour la première fois.

Il rêvait. Chose étrange, Gabrielle semblait suivre avec intérêt le mystérieux travail opéré par sa présence. Oh! délices profondes de l'amour poétique ! Le ciel est dans vous, et vous êtes le ciel ! Il n'est pas de consolation au malheur de vous avoir chéries et perdues. On vous a comparées à l'aurore, on vous a appelées le soleil de la vie morale, et le berceau de l'âme.... Que n'es-tu l'éternité, ô triomphe sacré du premier amour, ou du moins, pourquoi te survivons-nous ?

Quand le tour de la poésie fut achevé, la maîtresse de la maison vint prier Gabrielle de se mettre au piano. Elle se rendit au désir de ses hôtes, non sans avoir interrogé d'un regard furtif son énigmatique voisin.

Après un morceau de Beethoven qu'elle joua en artiste d'un ordre élevé, on vint la prier d'exécuter un quadrille, puis une valse, puis deux galops. Les bas-bleus bondissaient, chacun au bras de son élégiaque.

Gabrielle revint s'asseoir auprès de Georges, assez loin des autres invités.

Il la pria de vouloir bien danser avec lui.

Après quelques tours de valse, tous deux regagnèrent leur place, sur les sièges qu'on avait exilés dans l'alcôve ordinairement remplie par le lit conjugal.

Le reste de l'assistance ne leur accordait pas plus d'attention, que s'il n'eussent pas été de ce monde. Gabrielle mit une main sur son cœur; soit fatigue, soit surprise, la jeune femme était réellement émue.

Une portière en reps brun, couvrait de son ombre épaisse, presque toute l'alcôve où Georges et Gabrielle causaient à demi-voix.

Georges, l'œil illuminé des flammes de la première passion, n'était déjà plus absorbé par l'étonnement de sa propre transformation ; déjà il savourait les joies profondes d'un ancien rêve réalisé. Celle qu'il avait suppliée dans ses prières d'amoureux, dans ses évocations d'artiste, elle était tout près de lui, le regardant avec ses yeux angéliques, lui parlant de sa voix douce, embaumant du parfum de son haleine et des boucles de ses cheveux l'air dangereux qu'ils respiraient ensemble.

Dans un langage entrecoupé, éloquent à force de vérité, irrésistible dans sa faiblesse, il lui dit son culte pour la beauté honnête; il lui raconta sa jeunesse vagabonde, solitaire et chaste... Avec les mots les plus simples, aidés

d'une voix sincère, il lui chanta l'hymne le plus poétique
du monde.

Gabrielle luttait en vain contre son attendrissement.

Georges lui étreignit doucement les mains et lui dit :

— Madame, je ne sais pas même votre nom, le hasard
et le désœuvrement m'ont seuls conduit ici. Je ne vous y
eusse pas trouvée, que depuis quatre heures, je serais
paisiblement endormi, ou fumant des cigares. Demain,
je me serais éveillé, ni plus ni moins gai qu'hier, et ma
vie sans but n'aurait compté qu'un jour morne de plus.
Or, demain je maudirais le ciel et je m'arracherais les
cheveux, si l'on me disait que je ne dois plus vous revoir et que vous êtes une vision.

— Y tenez-vous beaucoup ? dit-elle, en relevant ses
manches, d'un geste signifiant qu'elle ne croyait pas que
les visions eussent de pareils bras.

— Oh ! quand la revoir, cette vision délicieuse ?

— Si vous êtes bien raisonnable, elle vous appa-
raîtra de nouveau, demain, à sept heures du soir, devant
la grille de Notre-Dame-de-Lorette.

A ce moment, la femme de l'éditeur vint se joindre à eux.

Leur tête-à-tête étant désormais rompu, Gabrielle en
consola Georges par un long regard, plein d'espérances
profondes.

La conversation était devenue un trio ; Georges apprit
alors que Gabrielle et la maîtresse de la maison étaient
deux sœurs par l'amitié. Aussi, il ne manqua pas de
combler cette dernière d'égards.

III

Le jour commençait à naître, quand Georges rentra
chez lui ; il trouva l'ex-hussard endormi tout habillé, sur
son escabeau, et broyant entre ses dents de silex, une

pipe éteinte depuis douze heures. Georges lui frappa sur l'épaule en souriant, c'était la première fois. Le soldat eut quelque peine à reconnaître son maître sous cet aspect inattendu d'humeur familière.

Georges, en rentrant dans sa chambre, eut un étonnement profond d'y retrouver tout dans le même état que la veille; le livre entr'ouvert à la même page, le cigare inachevé sur le même coin de la cheminée. Il lui semblait qu'il avait quitté tout cela depuis vingt ans au moins, tant il s'était opéré d'énormes changements en lui.

— Hé quoi! se dit-il, en moins de temps qu'il n'en coûte à un livre entr'ouvert pour se refermer, une âme se transforme, une existence se décide, et le ténébreux horizon s'éclaire...

Puis une molle torpeur le saisit, et le charme ineffable du sommeil en plein jour le domina insensiblement. C'est un grand supplice de rester éveillé la nuit dans son lit; mais c'est une grande douceur de dormir au jour dans son fauteuil; pour ne parler que des rêves, ils sont alors semés d'enchantements ; nos yeux baignés de lumière, quoique fermés, se plongent dans l'infini des régions prismatiques...

Au réveil, le temps était froid, le ciel gris ; dès dix heures du matin, Georges se demanda quel usage honnête il pourrait bien faire des heures qui le séparaient encore de sa seconde rencontre avec Gabrielle. Elle avait dit: à sept heures du soir, demain, devant la grille de Notre-Dame. Georges avait-il bien entendu? Gabrielle avait-elle réellement dit : *du soir?*

Il descendit sur le boulevard, il gagna la Madeleine et, arrivé à la hauteur de la rue d'Amsterdam, il entendit un garçon de café annoncer à un consommateur inquiet, que le train de Versailles partait seulement dans un quart-d'heure. Cela le décida, il y avait longtemps qu'il

était sans nouvelles d'un ami résidant par là. Un quart-
d'heure après, il était en route ; l'ami qu'il voulait voir
avait pris de son côté le train pour Paris, où Georges fut
lui-même de retour avant onze heures; il déjeuna, à onze
heures et demie, il avait fini ; il lut les journaux, et crai-
gnit sérieusement de ne pas vivre jusqu'à sept heures; il
se demanda ce que faisait Gabrielle pendant ce temps-là,
sans doute elle partageait son impatience, et accusait la
lenteur des minutes cruelle. L'étrange et adorable femme!
sans doute elle n'avait jamais aimé, pour jeter avec tant
de confiance, dans l'urne aléatoire, le repos et le bonheur de sa vie. Mais d'un autre côté, n'était-ce point le
fait d'une coquette éprouvée, que ces regards ardents,
ces étreintes furtives ?

A trois heures, la pluie tomba avec une furieuse
abondance. Trente minutes plus tard, le ciel le plus bleu,
le soleil le plus éclatant, rayonnaient sur le boulevard,
où Georges se remit en marche; il plaignait du fond du
cœur, les cinquante mille inconnus, qu'il coudoyait dans
sa promenade, et qu'il regardait comme autant de déshé-
rités, parce que, à sept heures, tous ces gens-là, riches
ou pauvres, seraient n'importe où (quel motif ont-ils
donc de vivre?), tandis que lui, Georges, serait auprès de
Gabrielle, la plus belle et la plus tendre des femmes.

Il alla dîner ; grâce à la lenteur du service, c'est à
grand'peine, s'il eut le temps d'arriver devant la grille de
Notre-Dame, cinquante-neuf minutes avant l'heure con-
venue ; il arpenta le trottoir, et avait fait environ deux
lieues, à cet exercice, quand il entendit enfin les bienheureux sept coups, dont chacun résonna comme une
mélodie, jusqu'au fond de son âme.

Aussitôt, il se campa à l'un des angles de la grille, d'où
il surveillait à la fois les rues des Martyrs, Olivier et
Laffitte ; sans doute, Gabrielle viendrait d'un de ces trois

côtés ; il y en avait bien un quatrième, qui faisait le dé-sespoir de Georges : la rue Saint-Lazare.

Sept heures un quart. Hé! quoi, personne ! à chaque instant, les investigations de Georges sont interrompues, par l'entrecroisement des omnibus de l'Odéon et de la barrière Clichy ; toutes les secondes un couple passe, toutes les secondes, le cœur de Georges bondit dans sa poitrine, à l'aspect d'une femme, qui, venue de la rue Massillon, ou de la rue Bourdaloue, escalade le trottoir où il semble fixé, et le regarde dans les yeux en passant. Vainement, son cœur se déchire ; vainement, après dix minutes d'angoisse, de nouveau, il espère; elle ne vient pas, elle ne viendra pas, celle qu'il attend.

Georges ne se dit plus : c'est un rêve ! il commence à croire à la réalité de sa souffrance. Découragé, il se décida enfin à quitter la place, le retour de la pluie vint le confirmer dans cette bonne résolution ; il sauta dans un coupé et se fit conduire chez lui, en pleurant de colère, et maudissant son oublieuse; à aucun prix, il n'eût voulu d'une seconde journée pareille à celle-ci. Il y a pourtant des gens très expérimentés qui appellent cela vivre.

En rentrant, il trouva cette lettre :

« J'ai mille regrets de vous prier de n'aller point m'attendre où vous savez. Ce rendez-vous est impossible ; non pas qu'il se soit opéré aucun changement dans mes dispositions envers vous; je ne rétracte rien de ce que vous ai dit, et si je vous ai dit que je vous aime, je suis toute prête à le répéter. Mais la rencontre que nous avions projetée pour ce soir était pleine de dangers et de difficultés; s'il ne s'agissait que de moi, je vous dirais que c'est justement à cause de cela que je m'en faisais d'avance une fête. Tenez, je suis folle, et ma plume court au hasard... Hélas ! peut-être ne fait-elle que suivre mon cœur ; c'est votre air de grande bonté qui m'a charmée

tout de suite, j'ai tant besoin qu'on respecte mes petites
faiblesses, et si vous vous prenez à m'aimer pour de bon,
tout ne sera pas couleur de rose dans votre métier, je
vous l'assure.

» Mais vous ignorez quelle surprise je vous prépare : il
se passera lundi prochain, rue Vanneau, un grand bal
auquel je serai forcée d'assister, j'aurai toutes sortes
d'achats à faire pour cette cérémonie... c'est-à-dire deux
heures à vous donner.   GABRIELLE. »

Georges lut cette lettre deux fois de suite avec une
sorte d'indifférence, et s'endormit. Le lendemain, il en
reçut une autre ainsi conçue :

« Ma dernière pensée de ce soir aura été pour vous,
ma continuelle pensée de ces trois derniers jours a été
vos lettres, elles seraient si tendres et si poétiques, si
vous écrivez comme vous parlez ; mais qu'allez-vous
croire de moi ? C'est là ma grande inquiétude, ne trouvez-
vous pas que j'ai un peu l'air de me jeter à votre tête ?
personne ne me reconnaît, et je ne me reconnais pas
moi-même, j'ai bien quelques remords à la pensée de me
rendre à un bal où vous ne serez pas, mais d'abord, je
suis forcée d'y assister : il a lieu chez une sœur de ma
mère. En outre, si je refusais, quel prétexte aurais-je pu
invoquer, pour aller à votre rencontre aujourd'hui, car
c'est aujourd'hui que je vous prie de vouloir m'attendre
tout à l'entrée du faubourg Saint-Denis. Ne me boudez
pas, et aimez-moi *trop*. »

A l'heure dite, Georges vit en effet arriver, du milieu
du faubourg, très simplement vêtue, mais adorablement
gracieuse en sa démarche, et la figure illuminée d'un
rayon de bonheur, cette Gabrielle déjà si chère à son
premier amour.

Il faisait taire la curiosité de son imagination, éveillée
par certain côté mystérieux de son existence, pour ne

laisser parler que son cœur fou de tendresse. Elle lui prit
le bras, comme si ce bras était son bien, elle s'y suspendit
presque, et en marchant, elle interrogeait souvent Georges. Elle voulait savoir s'il avait eu des maîtresses,
combien ? s'il les avait aimées, comment ? ce qu'il avait
éprouvé en la voyant tout à l'heure ? s'il avait bien pensé
à elle, s'il avait fait des vers sur leur amour ? comment
était tapissée sa chambre ?

Puis, elle ajouta que de grandes catastrophes pouvaient
la laisser froide, tandis qu'un mot dur lui arracherait
des larmes, et qu'elle aimait beaucoup les petits soins et
l'empressement.

IV

Enfin leur conversation prit pour thème l'*honneur des
femmes*. Gabrielle affirma qu'elle connaissait beaucoup
de femmes nourrissant un sens plus juste de l'honneur
que les hommes. Elle se faisait fort de lui citer dix
grosses infamies d'hommes réputés honnêtes ; quant à
elle, elle ne saurait vivre sans la conscience qu'elle était
une femme d'honneur.

Georges voulut amener l'entretien sur des sujets plus
conformes à leur position respective ; il lui parla de son
immense amour, il fut pressant. Gabrielle devint toute
triste.

— Je vous aime, Georges... mais l'honneur me défend
de vous écouter.

— Décidément vous vous appelez Chimène et non pas
Gabrielle. Vous moquez-vous de moi ?

— Vous êtes bien sévère, monsieur !

Et elle lui tendit en soupirant la main, tandis
qu'elle se disait intérieurement : « Il m'aime et je l'aime,
mais il ne me comprend pas. » Puis il fallut se quitter.
Gabrielle reprit :

— Surtout ne passez jamais sous mes fenêtres, et, au nom du ciel, ne m'écrivez pas, car tout serait perdu.

Dans l'intervalle qui sépara cet heureux jour du samedi fixé pour le bal, Georges reçut tous les matins une lettre, lettre furtive que Gabrielle écrivait le soir dans sa chambre avant de se coucher, et où elle lui racontait l'emploi de sa journée. Toutes ces lettres portaient l'expression d'une ardeur chaque jour accrue; Georges était devenu un autre homme : la solitude, autrefois si chère, lui pesait maintenant.

Gabrielle se lamentait de plus en plus de la nécessité de figurer à ce bal, et Georges en souffrait de son côté.

Sans doute elle y danserait toute la nuit, elle raffole de la valse; là valse est éloquente et hardie. La taille adorée de Gabrielle serait étreinte par le bras d'un autre. Afin de consoler Georges, Gabrielle lui promettait pour le samedi une longue lettre. C'était une intimation de rester chez lui tout le jour pour l'attendre. Georges l'attendait avec calme.

A huit heures et demie, le dernier courrier n'apporta rien. Georges allait s'emporter ou pleurer, quand la porte de sa bibliothèque fut brusquement ouverte, et une ombre enveloppée d'un burnous vint tomber sur un fauteuil en murmurant : Georges !

Georges eut un frémissement dont il pensa mourir. Il avait reconnu la voix et deviné les yeux.

Neuf heures sonnaient à la pendule en bois de chêne qui représentait un vautour les ailes déployées et le bec recourbé.

Des piles de livres, des liasses de manuscrits étaient éparses sur le plancher; la bûche domestique pétillait au foyer.

Gabrielle s'assit tout auprès de Georges et lui dit : — Je vous aime comme la vie, et je viens de me perdre pour vous. Je mourrai de votre bonheur, et j'en suis heureuse..

Georges baisa son beau front, couronné de violettes, et lui voua sa vie.

— Et maintenant, si vous alliez ne plus m'aimer ! dit-elle ; mais j'aurais tort de vous comparer aux autres, puisque je vous ai choisi entre tous, c'est pour toujours, n'est-ce pas ? répétez après moi : toujours !

Cependant il était temps qu'elle se dirigeât vers la rue Vanneau. Elle promit de quitter le bal à minuit.

A minuit et demi, lorsque Gabrielle, fidèle à sa parole, se montra rue Bellefond, à travers la brume dont était obscurcie la vitre du coupé, elle distingua pourtant une ombre, passant et repassant gravement devant la porte du Nº 11, d'abord elle eut peur, et bientôt elle poussa un cri de joie en reconnaissant Georges.

D.... regarda longuement cette maison d'apparence triste, qui renfermait une femme tant aimée. Il se livrait tout entier au recueillement d'une intense félicité. Un homme moins poétique, ou davantage malmené par la vie de Paris, n'aurait vu dans tout cela que la mise en scène habile d'une *lionne* sûre de plaire et désireuse de se tromper elle-même. Georges y admirait l'audace d'une jeune femme ardente et romanesque.

On aurait eu peine à retrouver l'amoureux ordinaire et satisfait sous cette exaltation religieuse, sous cet enthousiasme de visionnaire, à propos d'une femme plus jolie que d'autres, et amie de l'intrigue ; c'était quelque chose comme l'extase du croyant qui conquiert son Dieu. Gabrielle n'appartenait pas à l'humanité, c'était une sainte, une héroïne. Georges en vint, par une gradation peu ménagée, à regarder son action du soir, comme tout à la fois admirable, touchante et pieuse.

Chez un liquoriste, où Georges entra pour allumer un cigare, il lui sembla que les ivrognes attardés se le mon-

30

traient en disant : « Voilà cet homme, heureux parmi
tous, qui est l'amant de Gabrielle. »

A quelques minutes de là, il rencontra sur le boulevard
un vieil homme de lettres, crasseux et désabusé, qui lui
confessa avoir eu vingt maîtresses, qui avaient toutes fait
semblant de l'adorer, qui étaient toutes plus belles que le
jour, et qui toutes l'avaient trompé. « Il n'y a pas de
femmes fidèles, disait le vieux gratte-papier, il n'y a pas
de femmes tendres ; il n'y a que des femmes menteuses. »

Georges regagna sa chambre, cette chambre où elle
était venue, où elle l'avait aimé, cette bienheureuse
chambre où elle lui avait versé la pleine ivresse de
l'amour ; il jura de consacrer tous ses jours à l'incomparable femme qui s'était abandonnée si noblement à lui ;
il était encore tout ému de l'extrême admiration que lui
avait causée la beauté sans tache de sa maîtresse. Il se
rappelait tous ses regards et son moindre soupir !

Le lendemain, il alla rue Bellefond dans l'espoir de
voir sortir ou rentrer Gabrielle ; un rayon blafard du
morne soleil de janvier éclairait la cour déserte. Gabrielle
ne parut point. Cependant Georges la voyait partout, et
dans ce même moment, elle se fût montrée en personne,
qu'il n'eût pas osé aller à sa rencontre, tant il aurait cru
que c'était la continuation de son rêve ; à trois heures, il
se fit conduire au Bois. Toujours possédé par la même
image, il ne put retenir un cri de surprise en voyant
étendue sur les coussins d'un magnifique coupé, qui
venait de traverser au grand trot le carré Marigny, une
jeune femme dont la pose et l'air de tête lui rappelaient
tellement Gabrielle qu'il en fut bouleversé. En somme, il
rentra chez lui, maussade et ennuyé.

Ce jour-là, il trouva la vie sans but et l'amour insuf-
fisant. Quel droit avait-on d'appeler le bonheur, cette
ivresse folle et fugitive, dont ses lèvres étaient restées

altérées? Blasphême ! Un instant après, quand on lui remit une lettre, il se précipita pour l'atteindre plus vite, et en brisa le sceau fiévreusement :

« Chère âme, lui disait-on, je suis restée à la maison toute la journée, je suis brisée. Ah ! que je vous aime ! Aussi n'est-ce que depuis hier que je sais combien je vous aime ! Il faut que vous travailliez, je ne veux pas mériter le reproche d'avoir entravé votre carrière et compromis votre avenir. »

Fragment d'une autre lettre :

« Mon ami, je suis poursuivie par les idées les plus noires, à cause de cette journée passée sans vous voir, alors que je brûlais du désir de lire dans vos yeux, d'entendre de votre bouche, ces doux serments d'amour... Nous irons ce soir au Théâtre-Lyrique entendre *Orphée.*»

Georges alla au théâtre indiqué et prit une stalle voisine de celles occupées par Gabrielle et sa mère. C'était la première fois que Georges la revoyait depuis la fameuse soirée du bal, et il était très-ému. Gabrielle était blanche, d'une pâleur maladive. Elle parut mécontente en voyant Georges s'asseoir non loin d'elle.

Georges, après avoir vainement essayé d'attirer l'attention de Gabrielle, toujours maussade et hautaine, prit le parti de regarder la scène.

Malgré son amour idolâtre, Georges était possédé d'un esprit de justice assez rigide, pour attendre désormais que Gabrielle fît les avances. Elle le sentit bien et en souffrit. L'opéra fini, les deux dames s'en allèrent. Un monsieur très-complaisant les voyant sans cavalier, un monsieur auquel Gabrielle avait plu, vint leur offrir d'aller chercher une voiture. Elles répondirent par le silence du dédain au monsieur complaisant, qui n'eut pas l'air offensé, et alla renouveler son offre à d'autres personnes qui l'accueillirent fort bien.

De retour rue Bellefond, Gabrielle tomba en sanglotant sur un fauteuil : « Ah ! l'horrible supplice, dit-elle... Oh ! je l'aime !! mais il faut en finir, je lui écrirai. » Et d'une main fiévreuse elle écrivit. La pendule sonnait deux heures, la lampe mourante projetait sur le mur des ombres fantastiques, elle écrivait toujours. Sa lettre achevée, elle la cacheta, y mit l'adresse, et, comme soulagée d'un grand poids, alla s'étendre et rêver sur une causeuse. Puis elle se leva, alluma une bougie et y brûla sa lettre.

Alors elle s'enferma dans son boudoir, pour y faire sa toilette de nuit. Elle reparut, éblouissante de grâce et de fraîcheur. Ses cheveux, relevés négligemment sur le front, étaient rassemblés à l'abandon, dans une résille en filet blanc. Les invisibles esprits, épars dans la chambre, eurent leurs yeux éblouis par une de ces rares splendeurs de forme, qui font comprendre que certaines gens aient risqué sciemment la damnation, en cherchant la volupté.

Gabrielle prit un livre... mais sa pensée était ailleurs... et ses yeux mêmes suivaient, sans les reconnaître, les lignes et les pages... Et tranquillement, au milieu de ses rêveries, le sommeil vint la prendre. La veilleuse continua à brûler auprès d'elle, et illumina, de teintes mélancoliques, son gracieux visage, qui peu à peu avait désappris de rire.

V

Georges restait quelquefois la moitié du jour penché en dehors de sa fenêtre, pour voir passer l'omnibus rouge que connaissent bien les voyageurs de la barrière du Maine. Toutes les douze minutes, le lourd omnibus traversait au grand trot, l'espace de quai, compris entre le Pont Neuf et l'entrée de la rue Bonaparte, qu'il gravissait lentement jusqu'à la hauteur de la rue de l'Abbaye, où demeurait Georges. Quand il s'arrêtait... la respiration du malheureux en restait elle-même suspendue.

Assez souvent Gabrielle se faisait descendre, à quelques pas de la rue de l'Abbaye... elle avait une clef de l'appartement, il lui était aisé de profiter de la préoccupation de Georges, pour entrer sans être vue, et de jouir de sa surprise. Elle possédait bien Georges tout entier : elle dominait son goût par la perfection de la beauté la plus gracieuse, et son intelligence par l'esprit, l'instruction et l'élégance. Cependant elle était chaque jour moins gaie ; ce n'était plus la rieuse et piquante Gabrielle. Georges la vit souvent passer, avec une angoisse soudaine, sa main sur son front ému.

Et quand il la pressait de questions, elle se couvrit la figure avec les mains, et répondit : Je t'aime.

Régulièrement, à onze heures du soir, deux ombres, presque enlacées, descendaient la rue Bonaparte, dans la direction du quai Voltaire, où il y a une station de voitures, et indiquaient à un un cocher le n° 11 de la rue Bellefond.

Gabrielle avait des heures de délire auxquelles succédait une lamentable atonie. Quelquefois elle prenait la tête de Georges et l'étreignait contre son sein... d'autres fois elle se reculait de lui avec une sorte d'aversion.

Il n'y comprenait rien ; mais son propre caractère avait subi de regrettables métamorphoses. L'équanimité d'autrefois était remplacée par une humeur enthousiaste, irascible et fantasque, qui reflétait les caprices sans nombre de sa maîtresse. Cette femme en eût damné de plus forts et de plus rompus aux crises de la vie.

Elle passait avec tant de charme de la mélancolie amoureuse aux gaietés parisiennes ! sa conversation avait des grâces si nouvelles, si originales...

Georges avait des ironies, des réticences qu'elle pénétrait si vite ! Ils participaient si bien tous deux aux mêmes sujets de rire ! et tous deux étaient très-prompts à saisir le côté ridicule ou plaisant des êtres et des choses.

Lorsque Georges, qui avait un cœur très-accessible aux émotions généreuses, les exprimait devant elle, Gabrielle devait se faire violence pour ne pas le prier d'abréger... mais si, au contraire, il lui échappait une phrase incisive, une image risible, elle l'embrassait avec passion pour sa récompense, et le trouvait charmant.

Un jour, qu'elle avait promis de passer l'après-midi avec Georges, elle lui écrivit de ne pas l'attendre, parce que des palpitations de cœur la retenaient chez elle.

Cette journée parut mortellement longue à l'amant solitaire, qui résolut de passer la soirée aux Italiens, où l'on donnait *Il Trovatore*, par madame Alboni et Tamberlick. La salle était comble ; il trouva à se placer, lui quatrième, dans une loge des secondes, déjà occupée par trois jeunes gens, ornés de monocles investigateurs.

Vers le milieu du second acte, il les entendit se parler à voix basse, et les vit diriger leurs lorgnettes vers une loge du même rang.

— L'adorable créature ! murmura l'un d'eux.

— Qui de nous la connaît ? Ce ne doit pas être une étrangère. Quelle autre qu'une Parisienne née ose se coucher et regarder ainsi ?

Georges, intrigué par cet incident, voulut voir aussi cet objet d'admiration, et frémit des pieds à la tête, en reconnaissant Gabrielle.

— Attendez donc ! fit soudain un des trois jeunes gens. Hé ! pardieu ! je ne me trompe pas...

— Qui est-elle ? dirent les autres.

— Je ne sais pas son nom, reprit l'orateur un peu plus bas ; je sais seulement que c'est la maîtresse du général Beyraud, justement de retour à Paris depuis hier.

— Allons donc !

— Vous saurez, messeigneurs, qu'avant de devenir, à votre exemple, un collectionneur de cravates et un jeune homme tout à fait inutile à la société, j'ai travaillé dix-huit mois dans l'étude de Mᵉ Lambert, mon oncle, un notaire dont le général Beyraud est le principal client. Le général a quitté le service, il y a trois ans, pour aller diriger ses propriétés des Ardennes. A Paris il habite son hôtel du carré Marigny. C'est un grand ami du plaisir, malgré ses soixante ans, et dont les succès galants ont eu beaucoup d'éclat, au temps où nous épelions l'histoire sainte.

Il y a environ six mois, Mᵉ Lambert m'envoya, dès neuf heures du matin, porter une pièce à la signature du général. Je fus introduit dans une salle à manger, où la dame que voici, vêtue d'un peignoir, était assise et déjeunait tranquillement. Le général était tout près d'elle. Il se disposait à partir pour la campagne, et était très-pressé. Il dit plusieurs fois à la jeune dame d'un ton très-affectueux : Dépêchez-vous, Gabrielle !

Georges sentit un bourdonnement sourd lui troubler la tête. Un nuage passa devant ses yeux, il sortit chancelant et se cognant aux murs des couloirs, faible et désolé.

D'abord il songea à se montrer à Gabrielle; des mondes d'images et de réflexions remplissaient son cerveau. Tout lui était expliqué maintenant : l'étrange et variable humeur de cette femme, ses tristes caprices et ses tendresses insensées. A peine s'étonna-t-il. Il ne cria pas : Dieu vengeur ! Il se regarda comme un honnête homme trompé, et put croire, tout le premier, à sa propre résignation et au retour immédiat de son ancienne placidité. Les vétérans de l'amour n'ont pas confiance en ces conversions foudroyantes; ils aiment mieux, au point de vue de la guérison, les grands cris et les grosses larmes.

Georges se tut et ne pleura pas. Gabrielle fût passée ce

soir à côté de lui, qu'il ne l'eût pas regardée; et cet amant idolâtre, que la rivalité d'un roi eût jadis indigné, se représentait maintenant sans colère sa bien-aimée d'hier, assise au banquet des orgies, et courtisane banale.

Il se résolut au départ pour le lendemain, et s'endormit en disant : Quelle ville et volage poussière est donc le cœur des hommes ! Hier, le mien frémissait de colère et de douleur, au seul penser de l'infidélité... Aujourd'hui, devant ses preuves, je reste froid comme l'indifférence... non, comme la justice.

Georges ignorait la vie.

VI

Le lendemain au matin, Gabrielle, le front blême, l'œil sombre, était chez Georges; grande fut sa surprise en apprenant qu'il était sorti. Cependant, elle rentra chez lui, et ne fut pas peu émue à la vue d'une malle ouverte et à moitié pleine d'effets. Elle en chercha vainement l'explication, dans un mot que Georges avait dû laisser à son adresse sur la cheminée, mais elle ne trouva rien, que deux lettres à elle, qui s'étalaient dans un vide-poche, témérité que Gabrielle se promit de lui reprocher.

Bientôt, fâchée d'attendre, elle envoya chercher une voiture. Elle revint à six heures. Georges n'était pas rentré. Sérieusement inquiète cette fois, elle se promit de revenir dans la soirée, et, le fallût-il, dans la nuit. Pendant ce temps-là, Georges errait à travers Paris, le cœur plein de larmes à la pensée de ce qui avait été et de ce qui ne serait plus.

Il marcha longtemps sans but, évitant les rues qu'il avait traversées avec elle. Et se demandant avec inquiétude : où est-elle maintenant ? et il croyait ne plus l'aimer.

Il avait lu qu'il n'est point d'éternelles amours, que

les situations excessives, telles que la sienne, ne sont point le vrai, ni le juste, et qu'elles sont vouées à la ruine. Jadis, il s'irritait d'entendre se mêler aux hymnes printanières de sa passion heureuse les bourdonnements de l'expérience vulgaire... et maintenant, il reconnaissait en eux la voix de la prudence. Cependant, il marchait toujours, allant n'importe où... il avait froid, sa chair tremblait. Il s'accusait de sa jeunesse inutile, de sa liberté mal employée et perdue; et parfois, au penser cruel de la fidélité trahie, il avait peine à retenir ses larmes en pleine rue.

Tantôt il regardait comme un songe Gabrielle et son passé, et cette enchanteresse nuit de Noël, et son amour, et leurs aventures. Il était plus de minuit quand il rentra chez lui. Il se coucha dans un fauteuil. Il dormait, et des rêves bizarres se pressaient autour de son cerveau, tristes et lourds comme des cauchemars. Il rêva qu'il était attaché aux quatre coins de son lit par des chaînes étroites, qu'on frappait à sa porte et qu'il ne pouvait ouvrir, et qu'un bâillon fixé à ses lèvres l'empêchait aussi de répondre. Et les petits coups redoublés ne cessaient point. Enfin la conjuration se dissipa. Il ouvrit les yeux, une pluie furieuse fouettait les vitres et battait le toit... Cependant, un faible bruit de sonnette, accompagné d'un redoublement de coups frappés avec le doigt contre la porte, et d'une voix plaintive qui répétait en s'affaiblissant : Georges, c'est moi ! montrèrent que ce n'était pas tout-à-fait un rêve. Georges, tout frissonnant de froid et d'émotion, alla ouvrir, et soudain recula à la vue d'une femme accroupie au pied de la porte et presque évanouie.

C'était Gabrielle!

Georges la porta sur un divan, et s'efforça de la rappeler à elle, mais elle restait froide et insensible. Alors il se jeta à ses genoux, et lui demanda pardon...

Deux bougies brûlaient sur la table, et les rideaux entrecroisées livraient passage à un filet d'aurore pâle, qui donnait à cette chambre l'aspect d'une salle funèbre. Georges, vaincu par la fatigue et les émotions de cette nuit, vit, non sans terreur, les yeux de Gabrielle se fixer sur lui. La jeune femme étendit avec peine ses bras vers Georges, lui prit la tête, et la couvrit de baisers et de pleurs. Puis elle murmura à demi-voix :

— Éteignez cette bougie, ne dirait-on pas que nous veillons un mort ?

Puis elle reprit : Je ne me suis pas trompée, Georges, il y a un mort ici, c'est votre amour pour Gabrielle...

— Je t'ai fait mal, répondait l'autre en sanglottant... Pardonne-moi...

Gabrielle tenta un grand effort pour redevenir calme, et se faire bien comprendre, et elle dit lentement :

— Pourquoi ne m'as-tu pas compris quand je te suppliais de faire de moi ta meilleure et fraternelle amie ? j'avais de graves et tristes raisons pour cela. Si le lugubre mystère qui domine ma vie devait être connu un jour de toi, tu n'aurais pas à me le reprocher, du moins comme une offense envers toi. Tu ne croyais pas à l'honneur des femmes... Hé bien ! je voudrais mourir, parce que j'ai perdu l'honneur à tes yeux. Et pourtant si tu savais !!!

Georges voulut savoir, et elle lui raconta comment, fille de soldat et sans fortune, elle avait été présentée comme professeur de musique, dans la maison du général, lequel veuf, et père d'une fille, l'avait priée de donner à celle-ci des leçons de chant.

Après le mariage de sa fille, le général n'avait pu se résigner à l'absence de Gabrielle ; malgré son âge, il avait montré la galanterie romanesque d'un amoureux de trente ans... Il avait offert à Gabrielle de venir vivre auprès de lui dans son château des Ardennes... en qualité d'épouse du propriétaire.

Ce dessein n'avait point été abandonné, et le général, loin d'être infidèle à sa parole, en pressait au contraire chaque jour l'exécution. C'était Gabrielle qui résistait, qui tremblait à l'idée de s'engager, et de quitter Paris qu'elle adorait.

— Cependant, reprit-elle d'un ton bas et mourant... Je ne m'appartenais plus, je le savais, et mon ferme projet était de régler ma vie d'après cette loi. Mais, je n'avais pu étouffer je ne sais quel rêve d'amour idéal et immaculé. Alors, je te rencontrai, et tout mon cœur vola vers toi. Vers toi le poëte, le rêveur, le chaste adolescent... Ah! si tu l'avais voulu, au lieu du chagrin qui nous brûle, quel paradis j'avais rêvé pour notre tendresse! je ne tenais pas compte, en mon âme pleine de chimères, des choses qui ont toujours existé, je voulais ignorer que l'homme le meilleur ressemble à tous les hommes...Adieu, Georges, et pour toujours!...

Elle essaya de se lever, mais elle chancela, et reconnut qu'il lui serait impossible de faire un pas. A sa prière, à son ordre, Georges alla chercher une voiture. La radieuse et vive Parisienne du commencement de cette histoire était languissante, décolorée. Elle partit sans permettre qu'il l'accompagnât.

VII

Depuis lors, et pendant de longs mois, la vie de Georges n'eut plus qu'un souci : revoir Gabrielle. Ce fut en vain qu'il se posta des journées entières devant le N° 11 de la rue Bellefond, et qu'il tenta même l'entrée de la place. Il prodigua aussi les lettres. Tous ses efforts aboutirent à cette simple réponse que Madame voyageait au loin, et n'avait pas donné son adresse.

Georges n'en voulut rien croire, et pendant quelques mois encore, il resta dans Paris, usant les battements de son cœur, à un murmure de robe dans l'escalier, à l'uniforme du facteur qu'il épiait au tournant de la rue à l'heure de chaque distribution.

Il connut cette vie lamentable de petits espoirs sans cesse déçus... Il fit son métier d'aller de ville d'eaux en ville d'eaux (car décidément Gabrielle n'était plus à Paris, mais Georges persistait à la tenir régulièrement informée de ses déplacements), entendre dire à tous les guichets de Poste-Restante : *Rien !* Pourquoi cet implacable silence et ces dures représailles ?

Il est vrai qu'à la triste nouvelle, il s'était isolé et avait fermé sa porte... mais Gabrielle devait-elle lui garder rancune de ce haut prix attaché à son amour et à sa foi ?

Bientôt il ne fut plus question de récriminer contre Gabrielle, même sous la forme de ces innocentes questions intérieures.

Gabrielle était un ange méconnu, la victime d'une grossière ingratitude, et lui, Georges, un homme désigné par son aveuglement exclusif, à tous les mauvais tours de la fatalité.

Depuis, en avait-il vus, grands Dieux ! de ces hommes qui le valaient bien, lui, et placés sur les plus hauts échelons de la vie sociale et littéraire, et qui se tenaient satisfaits de femmes qui, même portant leurs noms célèbres, avaient un passé ou un présent auprès desquels l'attitude de Gabrielle était celle de la plus pure vertu... sans parler de sa bonté, de son affection si tendre, hélas ! perdue à jamais !

Ces comparaisons toutes favorables à l'*ange* disparu, aigrissaient encore les fruits acides de l'absence et du silence. Le danger fut devenu mortel pour la raison ou pour la santé de Georges, sans un petit incident qui le mit sur la route de la guérison.

Dirigé par une vague espérance, Georges était parti pour les Pyrénées. A l'hôtel de Luchon, rempli jusqu'au faîte, il rencontra d'anciens camarades de Louis le-Grand, qu'il n'avait pas revus depuis dix ans, mais auxquels il avait laissé d'excellents souvenirs. Ces messieurs lui facilitèrent par leur complaisance la question du logement. Ils lui firent une place à leur table *réservée,* ils l'introduisirent dans un cercle joyeux, où l'on ne s'occupait que d'excursions et de parties aimables.

La nouveauté de cette vie, si banale pour tant d'autres, produisit chez Georges une réaction salutaire. Bientôt, sans doute, il se dégoûta de ces discours frivoles et de ces amours faciles. Il rêva autre chose. La crise était passée, et très heureusement, puisque maintenant, il raisonnait avec lui-même, et discutait l'avenir.

Ce qui lui avait aidé ce dangereux passage, c'étaient les confidences individuelles de ces viveurs, qui une fois réunis, ne savaient que railler le sentiment.

Il pensa donc tout bourgeoisement à se marier, mais il n'y fut pas seulement amené par ce raisonnement que les amours romanesques aboutissant au même résultat que les amours vulgaires et mercenaires, il restait l'amour honnête et permis dont se contentent les braves gens.

Le meilleur raisonnement ne produit jamais tout seul ces franches conversions. Dans les Pyrénées, Georges avait été présenté à une famille, pourvue d'une fille de vingt ans, jeune personne tout-à-fait conforme au type rêvé par Georges, relativement à la figure et à l'éducation. On avait déjà beaucoup *excursionné* et dansé ensemble, lorsque Georges apprit que cette famille résidait à Fontainebleau. Justement, il avait toujours désiré s'installer une partie de l'année dans quelque une de ces villes historiques, à demi-champêtres, grâce aux forêts, et avoisinant Paris.

Ces préoccupations de mariage donnent à la vie le montant d'une entreprise... elles endormirent chez Georges la pensée de Gabrielle. D'ailleurs la principale intéressée lui plaisait beaucoup, le père était président du tribunal de Melun... le frère de la mère était général... tous gens bien posés.

La cérémonie faite, comme Georges était allé inspecter son logement de Paris avant de se mettre en voyage, l'ancien hussard lui remit un paquet apporté mystérieusement, pour être livré en mains propres et à Monsieur *seul*. Georges frémit de haut en bas. C'étaient les lettres qu'il avait écrites depuis un an à Gabrielle... pas une n'y manquait... *toutes* étaient numérotées au crayon par ordre de réception, et trahissaient des lectures répétées.

Un petit billet accompagnait cet envoi.

« Ces lettres étaient toute la vie d'une femme qui vous a *sincèrement aimé ; l'honneur* lui défend aujourd'hui de les conserver. »

On devine par quelles voies mystérieuses, Gabrielle avait été tenue au courant des actions de Georges. Le général Beyraud était l'oncle de la jeune fille qu'il venait d'épouser. On n'avait plus reparlé de cet oncle, qui vivait éloigné de ses collatéraux, et les exaspérait par ses projets de remariage avec une maîtresse de piano intrigante.

L'amoureux guerrier tenait ferme à son idée, à en juger par les sollicitations pressantes dont il accablait Gabrielle rétive. Celle-ci donnait communication à Georges de quelques-unes de ces prières : « Vous le voyez, ajoutait-elle, je n'ai qu'un mot à dire, et demain j'entre dans votre famille... mais cela, l'*honneur* me le défend aussi...

Vous rappelez-vous notre conversation sur *l'honneur des femmes?* renvoyez-moi cette lettre-là, et brûlez *les autres.* L'*honneur* vous le commande. Faites votre devoir, cela seul est bon. Si vous pensez à moi, que ce soit comme d'une morte... car vous ne me reverrez... *jamais! jamais!!...* »

Georges pleura amèrement.

Un jour, au fumoir, chez son beau-père, on causait entre co-héritiers frustrés, du général Beyraud.

— Décidément, épouse-t il, ou n'épouse-t-il pas sa drôlesse? hasarda quelqu'un.

Georges bondit sous l'outrage.

— Comment, dit-il, appelez-vous les femmes de votre connaissance, si vous traitez de la sorte une femme d'un aussi grand cœur?

Il y eut un silence.

— Malin! firent les autres, en se retirant ensemble, la soirée finie. Il tient à ménager le général... Il sait que rien ne va au cœur de ces vieilles... gloires, comme de diviniser leur faiblesses. S'il croit que nous irons lui répéter ses fadeurs!... Ah! mais non!...

———

C'est ainsi que les jugements du monde vont souvent à l'envers de la vérité.

FIN.

TABLE.

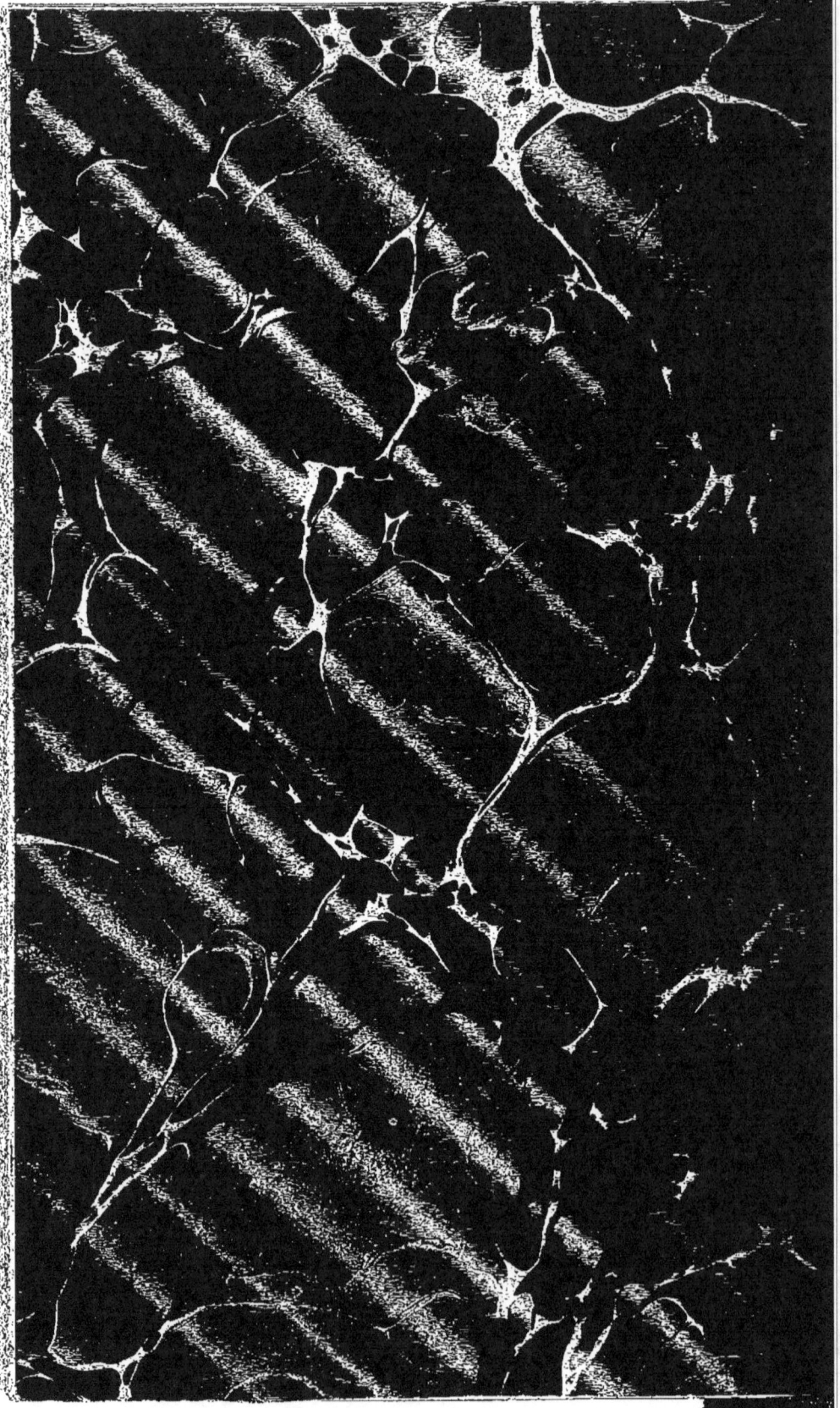

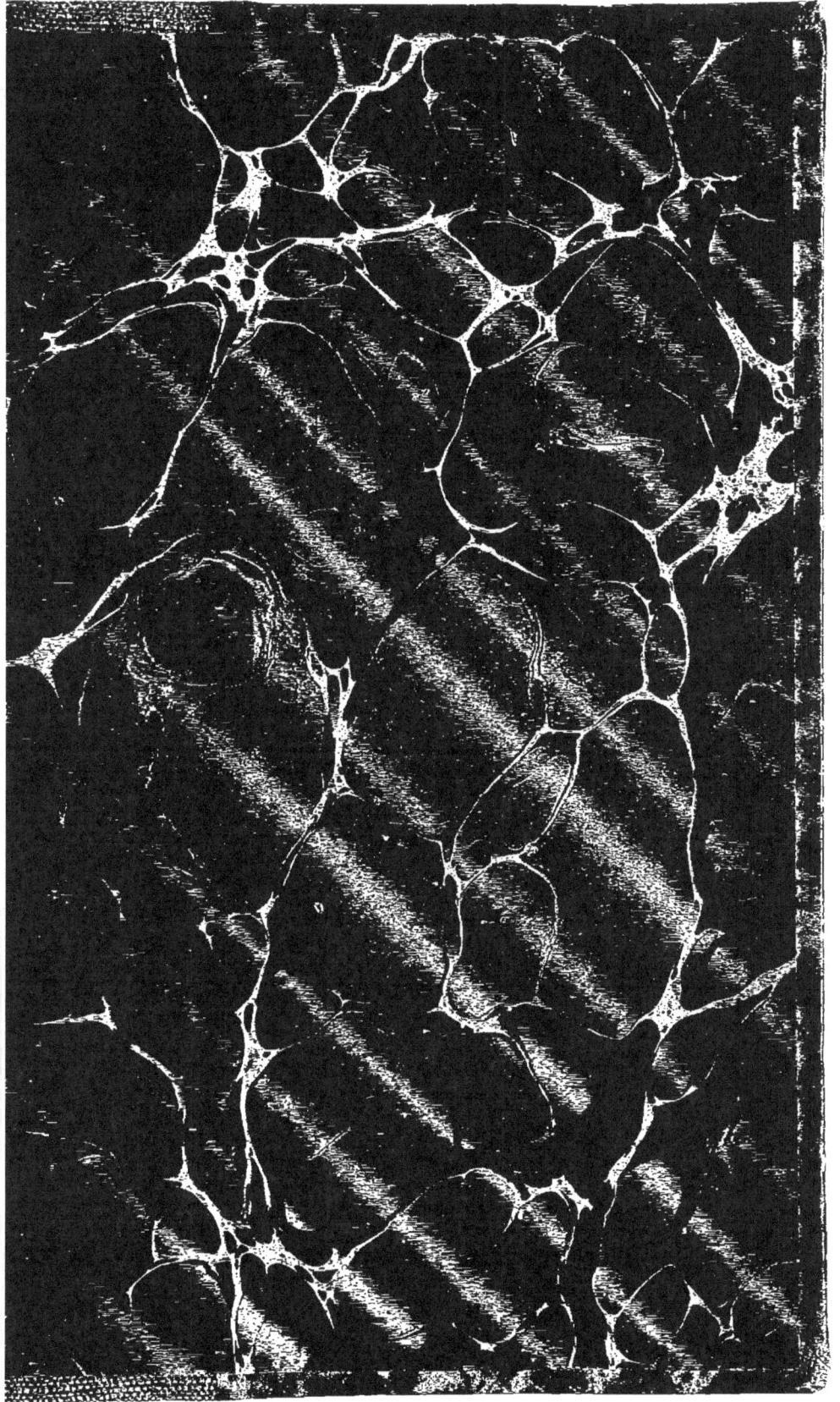

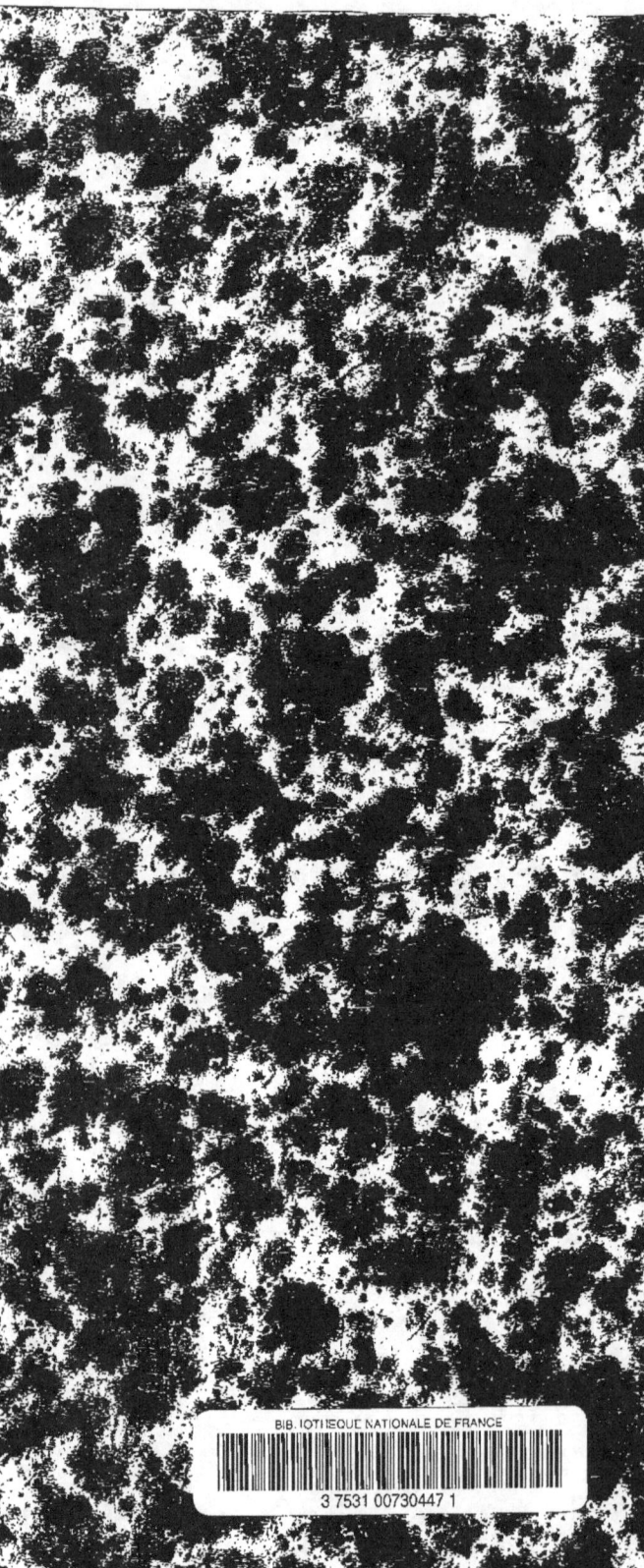